Apocalipse Zumbi 2
Inferno na Terra

Alexandre Callari

Apocalipse
Zumbi 2
Inferno na Terra

generale

Diretor-presidente
Henrique José Branco Brazão Farinha
Publisher
Eduardo Viegas Meirelles Villela
Editora
Cláudia Elissa Rondelli Ramos
Projeto gráfico e diagramação
Casa de Ideias
Capa
Bruno Zago
Copidesque
Andrea Vidal
Revisão
Catia Pietro e Mary Ferrarini
Ilustração
Eduardo Costa
Impressão
Assahí Gráfica

Copyright © 2013 by Editora Évora
Todos os direitos desta edição são reservados à Editora Évora.
Rua Sergipe, 401 – conj. 1310 – Consolação
São Paulo, SP – CEP 01243-906
Telefone: (11) 3562-7814 / 3562-7815
Site: http://www.editoraevora.com.br
E-mail: contato@editoraevora.com.br

Ficha técnica do CD Apocalipse zumbi II: inferno na Terra
1. Prelúdio
2. O Fim
3. Perda
4. A Carne
5. O Dia da Donzela Perdida
6. Corsários da Rua Maldita
7. Dias Terríveis

Bruno Ferraz – vocal
Gabriel Ferreira – violão, guitarra e teclados
Gezez Teles – flauta
Alexandre Callari – letras

Todas as músicas compostas por Gabriel Ferreira, exceto faixas 2, 3 e 4, compostas por Gabriel Ferreira, Alexandre Callari e Bruno Ferraz.
Todos os arranjos por Gabriel Ferreira.
Jean Delafiori – mixagem, masterização e engenheiro de som da faixa 7.

Apocalipse zumbi II: inferno na Terra foi gravado por Gabriel Ferreira, entre dezembro de 2012 e fevereiro de 2013 em Araraquara/SP.

Dados Internacionais de Catalogação na Publicação (CIP)

C16a
    Callari, Alexandre.
        Apocalipse Zumbi 2 : inferno na Terra / Alexandre Callari. - São Paulo : Évora, 2013.
        362p. : il. ;

        ISBN 978-85-63993-60-1

        1. Ficção brasileira. I. Título.

                                        CDD- B869.3

José Carlos dos Santos Macedo   Bibliotecário CRB7 n. 3575

SUMÁRIO

Introdução 7
Interlúdio I – o Bispo 13
Interlúdio II – Tebas 19

Capítulo 51 28
Capítulo 52 36
Capítulo 53 42
Capítulo 54 48
Capítulo 55 51
Capítulo 56 56
Capítulo 57 64
Capítulo 58 68
Capítulo 59 76
Capítulo 60 85
Capítulo 61 104
Capítulo 62 115
Capítulo 63 123
Capítulo 64 128
Capítulo 65 134
Capítulo 66 143
Capítulo 67 148
Capítulo 68 156
Capítulo 69 161
Capítulo 70 167
Capítulo 71 171
Capítulo 72 182
Capítulo 73 195
Capítulo 74 207
Capítulo 75 213
Capítulo 76 219
Capítulo 77 226
Capítulo 78 233
Capítulo 79 241
Capítulo 80 252

Capítulo 81 257
Capítulo 82 262
Capítulo 83 265
Capítulo 84 272
Capítulo 85 291
Capítulo 86 297
Capítulo 87 308
Capítulo 88 313
Capítulo 89 318
Capítulo 90 – O cativeiro de Manes. 324

INTRODUÇÃO

Enfim, essas criaturas chegaram ao coração da cultura pop mundial – e agora não há mais volta!

Sim, é verdade que zumbis sempre estiveram presentes, de uma maneira ou de outra. Antes de Romero, eram os monstros das lendas do Haiti ou, no caso dos filmes da década de 1950, criaturas revividas por radiação ou por alienígenas. Quer dizer, isso se você não estiver assistindo a um delicioso filme sem pé nem cabeça de Ed Wood, em que os zumbis simplesmente *estão* lá (você já viu *Night of the Ghouls* ou *Plano 9 do espaço sideral?*). Mas, depois de Romero, a contaminação foi lentamente se espalhando por toda a sociedade.

Os europeus têm grande culpa no cartório, com destaque para os diretores italianos. Lucio Fulcci é meu favorito, com as obras-primas *Zumbi* (me recuso a chamar de *Zumbi 2*, já que isso é picaretagem das distribuidoras de vídeo), *The Beyond* (mais conhecido por seu título original, *Terror nas trevas*, estrelado por Catriona MacColl – linda atriz que eu mencionei no primeiro volume de *Apocalipse zumbi*), além de *A casa dos mortos-vivos* e *Pavor na cidade dos zumbis* (ambos divertidíssimos e também com participação de Catriona).

Claro que não posso deixar de mencionar Lamberto Bava (*Demons – filhos das trevas* é um filme de demônios ou de zumbis?), filho do grande Mario Bava, que de certo modo flertou com o gênero em *As três máscaras do terror* e *Hércules no centro da Terra*.

Há outros menos expressivos, claro. Um dos últimos filmes de Marino Girolami foi *Holocausto zumbi* (que ele assinou como Frank Martin), e há os tão sofríveis quanto divertidos filmes de Claudio Fragasso, Umberto Lenzi, Joe D'Amato e Bruno Mattei.

Outro que usou pseudônimo – A. M. Frank – para assinar um filme de zumbis foi o espanhol Jesus Franco, que dirigiu *Oásis dos zumbis* (1982), mas pessoalmente eu prefiro o francês Jean Rollin, que fez tranqueiras deliciosas como *As uvas da morte* (sim, você leu certo), *Le lac dês morts vivants* (que o público reconhece mais pelo título em inglês, *Zombie Lake*), *Les démoniaques* e *La morte vivante* (clássico cujo título norte-americano, *Living Dead Girl*, foi homenageado pelo cantor Rob Zombie em uma de suas músicas). Na verdade, Franco e Rollin dividem os créditos de um filme de 1973, *Une vierge chez les morts vivants*, cujo roteiro mal faz sentido se você excluir as situações que são mero pretexto para mostrar desesperadamente altas doses de sexo e sangue.

Falando nisso, Amando de Ossorio entregou duas obras de baixíssimo orçamento, mas que se sustentam pela enorme quantidade de gore e sexualidade: *La noche del terror cego* (1972) e *O retorno dos mortos-vivos* (1973), e o inferior (na minha opinião) *El buque maldito* (1974). E já que estou desenterrando maluquices, vou citar o musical com o título mais *motherfucker* da história: *The Incredibly Strange Creatures Who Stopped Living and Became Mixed-up Zombies!!?*, do estadunidense Ray Dennis Steckler.

Bom, com certeza estou me esquecendo de um monte de gente boa e que mereceria ser citada, mas já deu para perceber que, caso seu interesse por zumbis tenha sido despertado recentemente por causa do excepcional (e justificável) sucesso de *The Walking Dead*, você tem muito o que correr atrás. E olha que tudo isso que foi citado vem antes de obras que reviveram o gênero nos anos 1980, como *A volta dos mortos-vivos* e *Re-animator*. E, claro, o videoclipe de um dos maiores artistas da música pop da história, "Thriller". Zumbis na cultura pop? Pois é, Michael Jackson já havia feito isso há bastante tempo. Mas nem mesmo ele conseguiu resultado melhor do que este que vemos hoje em dia!

As *Zombie Walks* tornaram-se mania mundial, e a explosão dos filmes supera sobremaneira todas as ondas anteriores. Por mais que muita coisa que vem sendo feita hoje seja porcaria, há filmes bem legais, como *Rec*, *Extermínio* e *Madrugada dos mortos* — isso sem contar que, a exemplo de outras criaturas, como vampiros e lobisomens, o zumbi ganhou corpo e volume e transcendeu o rótulo "terror", migrando para outros gêneros enquanto temática.

Por exemplo, zumbis hoje são cômicos, como em *Todo mundo quase morto* (do genial Edgar Wright), *Doghouse* (sexista ao extremo, mas, se você entrar na brincadeira, se divertirá bastante) e o mais famoso, *Zumbilândia*. Há também os filmes de humor negro, como *As strippers zumbis* (quer coisa melhor do que a escultural atriz pornô Jenna Jameson atuando ao lado do Freddy Krueger Robert Englund?), seu clone menos conhecido *Zombies! Zombies! Zombies!*, e o surreal *Zombie Women of Satan*, cujo título maluco já dá uma amostra do clima da podreira — isso sem contar a participação excelentemente canastrona de Victoria Hopkins.

Zumbis viraram também filmes de ação, como *Eu sou a lenda*, *A batalha dos mortos*, *Dead Snow* e *Guerra mundial Z*; romance (*Sangue quente*, alguém gritou lá do fundo); ficção científica, com *Fantasmas de marte* (do mestre John Carpenter), *Canibais* (diretamente da Austrália) e o francês *Mutants*; dramas arrastados e chatos como *Zombies Anonymous* (também chamado de *Last Rites of the Dead*) e *Autumn*; faroeste, como *Gallowwalkers* (com Wesley Snipes) e o inusitado *Exit Humanity*; e coisas que não podem ser facilmente categorizadas, como *Fido – o mascote* e *Grace* (um zumbi crescendo na barriga da mãe?).

E, claro, há sempre o universo incrivelmente vasto de filmes que apenas caem na categoria terror, como *Dead Air* e *O voo da morte*, além da série britânica *Dead Set* (cinco excelentes episódios). Menção honrosa vai para *Poultrygeist: Night of the Chicken Dead*, uma das maiores insanidades a que já tive oportunidade de assistir.

E toda essa onda foi além do cinema e chegou às livrarias, que atualmente estão sendo inundadas por títulos e mais títulos zumbísticos — e não apenas de autores gringos. Outros brasucas têm se aventurado no gênero, o que é bom!

Toda essa enorme exposição nos traz, enfim, a este segundo volume da saga *Apocalipse zumbi*. Graças ao sucesso do original, tive a oportunidade de continuar minha história e mostrar a direção em que pretendo levar Manes e todo o pessoal do Ctesifonte.

Ah, sim, claro... esses nomes malucos. Quanta discussão não li sobre eles na internet. No princípio, as pessoas apenas apontavam que os nomes eram muito estranhos, e os mais apressados escrachavam minhas escolhas. Felizmente, após certo período, alguns leitores passaram a se perguntar se essas opções tinham algum significado, e eis que ocorreu exatamente o que eu queria: os fãs do primeiro livro começaram a descobrir as camadas ocultas no trabalho, os *easter eggs* que inseri no texto. Foi uma sensação incrível ver as pessoas conversando sobre a filosofia por trás da obra, e espero que esse processo continue com mais intensidade agora.

Um dos aspectos de que os leitores mais gostaram no primeiro livro foi o modo como tratei a temporalidade nos diversos núcleos narrativos. Levei isso ainda além neste volume e, resistindo à tentação de inserir os horários no início de cada capítulo, concebi a ação de forma que o leitor monte um pequeno quebra-cabeça em sua mente para determinar o que está acontecendo com quem em cada momento. É algo que, sem dúvida, não interfere na leitura, mas que confere um caráter divertido ao texto.

Muita coisa aconteceu na minha vida entre o primeiro livro e este segundo: consegui recontar de forma aterrorizante a fábula da Branca de Neve em um livro homônimo, também lançado pela Generale; ganhei maior exposição com meu site, o Pipoca e Nanquim; e tornei-me editor das revistas da DC Comics no Brasil. Mas nada disso se compara ao desejo que tinha de lançar esta segunda parte da trilogia, portanto, agradeço a você, leitor, por ter dado crédito ao meu trabalho. Tenho esperança de que você vá gostar ainda mais desta continuação da história e espero revê-lo em breve, para o canto do cisne do Apocalipse! (Será?)

Boa leitura!

"Na verdade, aqueles suplícios que dizem existir nas profundezas do Inferno estão todos aqui, nas nossas vidas."

TITUS LUCRETIUS CARUS (LUCRÉCIO)

INTERLÚDIO I – O BISPO

Na Era A.A. (Antes do Apocalipse), o homem ainda não era chamado de Bispo. Ele nem ao menos era católico. Sua vida era um amontoado de rotinas intermináveis que dialogavam umas com as outras — e isso representava o máximo de excitação que ele poderia esperar. Crianças chorando, contas vencidas e juros bancários (não necessariamente a favor), um trabalho estressante, uma hora e meia para ir e outra para voltar do serviço todo santo dia... E, ao chegar em casa, um constante pé de guerra com sua esposa.

Sim, naqueles tempos, o Bispo era casado, embora hoje ninguém saiba disso. E ele odiava aquela mulher!

Mas o Bispo não saberia dizer em que momento da sua antiga vida o amor transformou-se em ódio. Nos anos que precederam o Apocalipse, quando seu relacionamento já havia degringolado, vivia dizendo a si mesmo que ela não era mais a mulher que ele conhecera em sua juventude, doce, esperta e sagaz; e lembrava-se consternado de uma piada que dizia que o que separava uma feiticeira de uma bruxa era apenas dez anos de casamento. Com frequência diária, ele aplicava a anedota à própria vida, fazendo chacota de seus dramas pessoais, sabendo que a ironia e o desprezo eram remédios melhores que as lágrimas. Ainda assim, ocasionalmente, quando o fantasma das confissões pessoais o atormentava mais do que de costume, impossibilitando-o de escapar a suas próprias verdades, o Bispo murmurava para si mesmo, bem baixinho e na segurança da solidão, que provavelmente ele também não era mais o homem com quem ela havia se casado.

Mas ele não admitiria algo assim em voz alta. Jamais. Breves momentos de reconhecimento ocasionais já eram o bastante. E assim, vinte anos de casamento tinham se passado. Dois anos realmente bons, dois anos estranhos, três anos ruins, e os demais... Bem, os demais haviam sido mera questão de sobrevivência. A morte de um relacionamento é algo tremendamente triste, e nem sempre as pessoas reconhecem isso. Trata-se, afinal, de uma morte!

Na intimidade do lar, o Bispo era sapateado pela esposa, mas no serviço havia se transformado em um déspota cruel, que torturava diariamente a pequena equipe de seis funcionários sob o seu comando. O Bispo era uma daquelas pessoas infelizes — mas tão infeliz que engolira toda e qualquer fração de sentimento positivo e, em seu lugar, regurgitara apenas dissabor. Pela vida. Pelo trabalho. Pela esposa. Pela família. Pela existência. Ele era um ser humano triste e mesquinho, pequeno e neurótico. Mas não pensava assim de si mesmo. Não mais do que o faz a esmagadora maioria das pessoas.

Aos domingos, sem falta (e, ocasionalmente, às quartas), sua esposa o obrigava a ir à missa — o que ele detestava com todas as forças. Sim, porque, embora ela não aplicasse absolutamente nenhum preceito de compaixão e amor que estivesse registrado na Bíblia (pelo menos não com ele), dizia-se religiosa e temente a Deus. Era o que um homem sem rodeios e papas na língua chamaria de hipocrisia, falsidade e embuste. De fato, ela não guardava a menor semelhança com a garota que, em uma tarde ensolarada de verão, havia sido a visão do Paraíso para ele, emoldurada contra o céu escarlate de um entardecer qualquer, chupando, num misto de malícia e peraltice, um picolé de frutas, o qual derretia e lhe escorria pelo queixo. Ainda assim, quem sabe aquelas idas à Igreja tenham sido a semente plantada para que, após o Apocalipse, ele tivesse se tornado quem era?

O homem jamais retrucava, evitava levantar a voz, buscando manter certa política de convivência — já que a vida não podia ser boa, que fosse ao menos aceitável. Tudo piorou quando os filhos cresceram, e o aceitável tornou-se insuportável após a ida deles para a faculdade, quando o casal ficou sozinho pela primeira vez em anos, no antigo casarão onde moravam. Sozinho com suas memórias e ranços. O ódio mútuo tornou-se rotina, a ponto de ninguém saber mais o motivo de ele existir. Hábitos e costumes se enraízam nas profundezas da mente como um câncer, e as pessoas passam a obedecer-lhes, incapazes de enfrentá-los, muitas vezes até alheios a sua presença.

Aquela briga, em particular, deveria ter sido como todas as demais, exceto que, daquela vez, por algum motivo que lhe fugia ao próprio entendimento, o Bispo decidiu se manifestar. Retrucou. Cuspiu a virulência que queimava seu estômago, sem hesitar. Sentiu-se aliviado a princípio por tê-lo feito, um rompante momentâneo de sucesso e triunfo. Entretanto, as consequências vieram quando o castelinho de cartas, frágil como era, caiu. O conflito estava armado. Nada de guerra fria — a batalha campal começara, e tudo era questão de quem gritava mais alto. Tratava-se de prevalecer sobre o outro, de tripudiar sobre seu corpo desfalecido, tendo encontrado o certo e o errado mesmo onde ambos inexistiam. Era parcialidade pura e simples. Àquela briga seguiram-se outras, e outras, e outras, até que a relação resumira-se basicamente a "encontrar-se pela manhã para brigar", uma pausa durante a tarde, e o segundo *round* à noite, com eventuais prorrogações de madrugada. A casa tornara-se o lar de Anúbis, onde o julgamento e a condenação absolutos ocorriam diariamente.

Julgamento... Punição...

Apenas palavras lançadas ao vento, que, no entanto, significam tanta coisa. Palavras que encerram dentro de si o poder de decidir a vida das outras pessoas.

Certo dia, após uma discussão sardônica sobre o mais fútil dos assuntos, o Bispo pegou seu carro, um Gol vermelho, polido e bem cuidado, e saiu de casa, furioso. Os olhos eram duas brasas incandescentes, o maxilar estava trancado com tamanha força que poderia ter triturado os próprios dentes molares, pressionados uns contra os outros. Sua cabeça queimava e doía, dando-lhe vertigens, e ele abriu um pouco a janela para o vento bater em seu rosto. O homem na rádio falava sobre trivialidades e ria, fingindo viver uma vida melhor e superior à do Bispo. Era mentira. Ele era um embusteiro. Todos viviam uma mentira.

O carro fazia curvas vorazes, relinchando os pneus pelas ruas desertas, enquanto o Bispo repetia em voz alta e tom jocoso trechos da recente discussão brutal, fazendo caras e bocas.

Era madrugada, e a rua estava escura e vazia. A forma como ele registrou o que se passou a seguir, a maneira como se convenceu de que a cena acontecera em suas memórias, foi distinta e peculiar, tendo o Bispo atribuído a responsabilidade do ocorrido às lâmpadas queimadas, que turvaram sua visibilidade, e às copas cheias das árvores enfileiradas, que impediram a passagem da luz natural da Lua. Mas isso não era verdade; tratava-se apenas de uma versão que, muito depois, ele contou a si próprio vezes suficientes até que nela acreditasse. Talvez ele só quisesse apaziguar a culpa. Mas culpa é coisa relativa. Faça algo muitas vezes e, mesmo que esse algo seja errado, ele entrará em sua rotina e toda e qualquer culpa será varrida para debaixo do tapete, e os sentimentos de vergonha se transformarão em algo diferente, talvez em triunfo. E assim, até mesmo culpa, até mesmo erro, até mesmo vergonha podem se tornar um hábito.

A rua estava escura, é verdade, mas não o bastante para que ele não pudesse ver. E, ainda que não pudesse, o ato que sucedeu jamais teria acontecido senão pela ação deliberada e proposital do homem.

O Gol seguia rápido por uma pista reta de mão dupla. Havia, de fato, árvores de copas largas nas calçadas de ambos os lados, mas elas não eram problema. O problema era a fúria!

Um pedestre — e o Bispo sempre se perguntou o que alguém estava fazendo na rua, a pé, naquela hora da madrugada — vinha atravessando no meio da via, fora da faixa, cobrindo uma linha diagonal para cortar mais rapidamente o espaço, à maneira que a maioria das pessoas costuma fazer. Na pista oposta à do Gol não vinha carro algum, então ele atravessou até o meio da faixa e, com uma margem de segurança de um metro, ficou à espera parado, aguardando que o carro vermelho passasse por si. O Bispo o viu — a muitos metros de distância. Viu com a clareza de quem enxerga algo extraordinário. E a raiva de seu coração, de sua mente, de seu espírito, correu pelo corpo e tomou posse de suas mãos, inundando-o com uma descarga elétrica. Em sua cabeça, a voz de sua esposa gritava esganiçada, chamando-o de inútil, de impotente, de descerebrado. Algo latejou em seu peito. Os dedos, pressionados no volante, formigaram. Não foi uma ação pensada, mas um reflexo; o pedestre estava cada vez mais próximo, na suposta segurança da pista ao lado da sua. Então, em uma fração de segundo, no derradeiro extravasar de toda uma vida, o Bispo girou o volante abruptamente para a esquerda, fazendo com que o carro desse uma guinada.

O veículo desenhou metade de um "S", saiu de sua pista e invadiu a pista oposta, golpeando em cheio o pedestre desavisado, que, parado no meio da rua, apenas esperava para atravessar. Uma vítima. A primeira de muitas; alvo da inocência de quem confia demais no próximo. Alvo da distração. Homem algum atropela o outro sem propósito. Ou, ao menos, homem algum deveria fazê-lo.

Foi tudo rápido demais, um baque surdo, o vislumbre desfocado do corpo, rolando sobre o capô e por cima do vidro, para cair pesadamente atrás. Uma nova guinada e o carro estava de volta ao seu lado da via. Pelo retrovisor, o Bispo observou o corpo inerte estendido no chão. Seu coração palpitou como um tambor e a excitação vazava pelos poros da pele. O pedestre estava morto? Paralítico? Ou recuperou-se e viveu uma vida normal? O Bispo jamais soube. Mas, por causa do simbolismo libertário da ação, ele nunca deixou de contabilizar aquele como sendo o "primeiro".

Voltou para casa anestesiado, ainda sem plena certeza do que havia acontecido, do que havia feito. Ele lavou o carro na garagem, limpando o sangue borrifado no para-choque e subiu extasiado. Sua esposa dormia pesadamente. Ele nada disse, apenas virou-a brutalmente de costas e a penetrou com violência e ferocidade. Ela o xingou e tentou lutar, mas foi incapaz de vencer a força bruta que ele aplicou. Nos tempos porvir, aquela cena se repetiria incansáveis vezes e, embora a relação deles jamais tenha melhorado e ela nunca tenha sido capaz de admitir, adorava quando ele a pegava pelos quadris e batia seu corpo contra o dela quase como num estupro. Aquele se tornou o momento secreto deles; nunca era falado, nunca era comentado, apenas vivido. Na manhã seguinte, a guerra era retomada. E até aquilo virou rotina, um hábito. De tempos em tempos, após uma saída noturna, ele deixava de ser um cordeiro e voltava para casa como um leão.

Naquela primeira noite, o Bispo ficou sem dormir. A adrenalina quase o impedia de respirar, dando um nó em seu pescoço e queimando-lhe os intestinos. Os dias que se seguiram ao "primeiro" não foram nada fáceis. Ele não conseguia pensar noutra coisa, era incapaz de se concentrar, ficava o tempo todo a imaginar em que momento homens fardados iriam até sua casa ou seu serviço para prendê-lo, orientados por alguma testemunha ocular, por fibras na roupa da vítima, uma câmera escondida, ou qualquer outra pista que tivesse ficado para trás.

O que o Bispo percebeu foi que aquela sensação de antecipação era quase tão extasiante quanto fora o próprio ato em si. A expectativa era... inebriante. Uma droga hipnótica, o verdadeiro êxtase. Após tempo suficiente ter se passado, contudo, o homem percebeu que ninguém viria pegá-lo. Não havia provas, não havia testemunhas, não havia nada. Quer o "primeiro" tivesse vivido ou morrido, ele havia escapado.

Matar era fácil!

Daquele dia em diante, o Bispo evitava discutir com a esposa. Ele ainda a odiava, mas agora seu ódio era externado de outras maneiras. A transformação foi como a de uma serpente que abandona a antiga pele e inicia vida nova. Era assim que o homem se sentia: renovado! As relações sexuais dos dois, facilmente categorizadas como violações, com frequência eram vis e repugnantes, e raramente os rostos deles se cruzavam. O Bispo não se achava um monstro, um psicopata, um estuprador. Ele não era nada disso. Via a si próprio como um ser humano normal, com um emprego medíocre, uma vida cotidiana e insuspeita e um casamento fracassado. Ele não tinha taras, não tinha necessidades especiais. Ele simplesmente começara a matar gente por prazer, cada hora de uma forma diferente, sem *modus operandi*, sem ser espalhafatoso, sem teatralidade. Ele apenas... matava! E aquele tornou-se seu hábito.

O "primeiro" ocorreu cinco anos antes do Dia Z e, até tal data, ele havia contabilizado sessenta e três pessoas. Sua sofisticação e experiência cresceram e foram mais do que suficientes para compensar o avanço da idade. Sua segurança aumentou. Sua frieza também. Ele se tornou um bisturi afiado e deixou de ser a bomba-relógio de outrora. Pela primeira vez, a vida parecia valer a pena — tudo fica melhor com satisfação. Mas, no dia em que o Apocalipse chegou, o Bispo, como tantos outros, perdeu esposa e filhos.

Ele não sentiu nada. Absolutamente nada. Nem o menor resquício no coração. Ele não sentiu o amor que permeou aqueles anos iniciais de casamento; não sentiu a fúria do auge das brigas; não sentiu saudade, tristeza, liberdade ou ira. Ele simplesmente observou a esposa largada no chão com a mesma indiferença de quem olha para um inseto esmagado. A única coisa que lhe dava prazer era matar, era sentir a vida de uma pessoa em suas mãos e vê-la escoar dos olhos, sendo sugada para o vórtice desconhecido que é o abraço da morte. Em suas fantasias, contudo, o Bispo reservava um lugar especial para a esposa. Ele sempre pensou que seria o responsável pelo fim dela, mas o destino tomou de suas mãos essa incumbência. Sem sentir coisa alguma por dentro, como se também estivesse morto, ele seguiu em frente. A morte é uma relação de poder; esse novo mundo que se desnudava diante dele lhe traria mais ou menos poder?

Munido daquele vácuo, da ausência interior por ter perdido algo, ele caminhou desolado pelo mundo. Mas, quando teve que matar novamente, foi para defender a própria vida. E o que ele matou foi uma criatura pálida e de olhos rubros, que cuspiu sangue purulento e marrom. Aquilo não lhe trouxe prazer!

"Um homem morto por dentro", foi no que ele se transformou. Uma expressão que se tornara um chavão, usada em poemas, letras de música, filmes e peças teatrais, mas cuja profundidade ninguém consegue abraçar de fato. Pois o vazio do homem morto por dentro é tão grande que nunca se chega ao fundo dele, por mais que você mergulhe. E, quanto mais fundo, mais escuro o poço de alcatrão se torna.

Desintegração...

Um homem com aquela personalidade, contudo, pode ter facilidade de se destacar em uma realidade apocalíptica, por mais paradoxal que a ideia possa parecer. O Bispo conquistou, no mundo dos mortos, o que nenhum outro havia conquistado: domínio! Ninguém sabia sobre seu passado, quem ele era ou o que havia feito. E ninguém se opôs quando ele assumiu o controle da maior comunidade de sobreviventes da Era D.A. (Depois do Apocalipse): a Catedral.

Na Catedral, ele era o líder. Supremo e incontestável. Sua vontade era Lei. E, no comando de quase cinco mil devotos, ele havia se tornado, provavelmente, o homem mais perigoso do mundo!

INTERLÚDIO II – TEBAS

Dois meses atrás

Eram dezesseis carros no total, dispostos em círculo, todos com as frentes voltadas para dentro e os faróis acesos. Eles estavam tão juntos uns dos outros, relando para-choques e lataria, tão comprimidos, que a única forma de entrar ou sair do círculo era por cima de um deles. Em uma extremidade da arena de carros, o homem que todos chamavam de Tebas estava sentado em uma cadeira de ferro dobrável, daquelas que costumavam ser usadas em bares na Era A.A.

Tebas estava sem camisa; seu corpo parecia totalmente relaxado, os braços com músculos que eram como cordões de aço caídos sobre o colo, mas seu olhar indicava que, ao contrário do que a postura transparecia, ele estava alerta. Muito alerta. Havia cicatrizes de todos os tamanhos espalhadas pela pele que estava à vista e uma marca disforme de queimadura sobre o ombro direito. No antebraço esquerdo, uma tatuagem de Nossa Senhora Aparecida e, no direito, uma caveira apunhalada por uma faca – ambas pinturas de prisão. Ele tinha cabelos lisos, escuros e longos, barba comprida e desgrenhada, e profundos olhos azuis, que reluziam como duas turmalinas incrustadas na parede de uma mina. O corpo era como o de um estivador; nada de músculos moldados por academias em treinos com professores particulares, máquinas, esteiras e pesos, mas sim a bruteza que se encontra em pessoas rudes e de poucas palavras. Um garoto de apenas catorze anos massageava seus trapézios, à moda dos boxeadores nos tempos idos, antes de eles entrarem em uma luta, ou entre um *round* e outro.

Outro jovem, este um pouco mais velho do que o primeiro, aproximou-se de Tebas e sussurrou algo em seus ouvidos. O homem escutou atentamente por detrás do rosto sisudo, a pele curtida pelo Sol e judiada pela poeira, e então gritou:

– Seus dois veículos. E também sua mulher!

A centena de pessoas que se amontoavam do lado de fora, ao redor do círculo de carros, explodiu em uma ovação selvagem, batendo com canos nas latarias dos veículos, tomando cerveja quente (e jogando-a sobre a própria cabeça), começando brigas inofensivas e transando com qualquer traseiro que se arrebitasse. Era como uma horda bárbara divertindo-se antes de um espetáculo. Era o exército de Aníbal ou a legião de William Wallace.

Tebas havia se dirigido ao homem barbado que estava de pé do lado oposto do círculo. Era uma figura bem mais velha, esguia e mal-encarada. Ao escutar a menção a sua esposa, ele teve um rompante de raiva e praguejou com velocidade alarmante, emendando um palavrão no outro. Tebas interrompeu o homem no meio de suas imprecações e, como um urso feroz, rosnou uma única palavra:

– Trinta!

De repente, a turba fez silêncio. Todos sabiam o que aquilo significava: suicídio! O homem barbado, surpreso, esqueceu a injúria sobre sua mulher e replicou:

— O que você disse?

— Eu disse trinta segundos! Quero dois veículos e sua mulher em troca! — A voz de Tebas era um trovão!

— E se você perder?

— O acordo de sempre: tudo o que é meu passa a ser seu!

— Tudo...?

O homem barbado olhou para trás, além da rebentação de carros, e viu uma mulher magra e suja, de pele escura e olhos castanhos, usando roupas rasgadas e bijuterias douradas de terceira nos punhos e dedos. Parecia completamente alheia à conversa, apesar de seu destino estar sendo decidido à sua revelia. O homem deliberou consigo mesmo por alguns segundos, movendo os lábios sem emitir som, externando a loucura que se apossara da maioria. Era comum ver pessoas falando sozinhas, dando tapas no próprio rosto e ostentar olhares arregalados e alucinados. Aquele se tornara o modo de ser do mundo, e pessoas como Tebas, que aparentemente preservavam as faculdades mentais do mundo A.A., eram cada vez mais raras. Por fim, concluindo que o risco não valia a pena, o homem barbado respondeu em alto e bom tom:

— Não!

A multidão vaiou de forma ensurdecedora, não só os membros do grupo de Tebas, mas também os seguidores do barbudo. Eram duas comunidades distintas, envolvidas em uma atividade de trocas e apostas que, em tempos mais recentes, se tornara comum entre todas as comunidades nômades do estado. Objetos foram arremessados contra o homem barbado, que, sem tentar se proteger ou se esquivar, justificou-se para Tebas:

— Você não tem nada que eu queira! Além do mais, Tebas, você já tem uma mulher. — Então, voltou-se para a multidão, tentando virar a mesa. — Será que ela não é o bastante para ele? Se ele não dá conta nem de uma, quem dirá duas?

Tebas não respondeu. Palavras não eram seu forte. Em seu lugar, o garoto que lhe sussurrara a misteriosa mensagem falou com autoridade:

— Temos remédios, armas e veículos. Temos comida, garotos e garotas. E, acima de tudo, temos coragem! E o senhor, o que tem?

O homem debochou:

— Estão vendo isso? Não preciso que um garoto fale por mim! Vamos embora, meu povo. É hora de acabar com essa besteira toda!

De repente, Tebas levantou-se. Seus olhos fulgiam, espreitando sua presa. Ao vê-lo ereto, a multidão mais uma vez fez um silêncio espectral. Era impressionante o misto de medo e respeito que todos tinham em relação a ele. E não era para menos — afinal, cada vez mais suas façanhas no mundo D.A. se tornavam lendárias entre os nômades. Ele vinha se tornando uma magnética figura do submundo, conhecida e admirada, um gladiador apocalíptico. Todos queriam ver seu espetáculo, todos queriam estar perto dele e sentir sua intensidade. Ainda assim, ele fazia o possível para manter sua comunidade reduzida, o que nem sempre conseguia.

A noite densa e lúgubre pesava sobre aqueles ombros largos, delineados pelas luzes amarelas dos faróis. O corpo de Tebas era como um amontoado de bolas de ferro estriadas, cada estria a marca de uma cicatriz de batalha. Lentamente, ele sacou da cintura uma faca com mais de um palmo de comprimento e, com um sorriso cáustico e confiante, bradou:

— Trinta segundos. E quatro deles. Minha oferta final.

O número "quatro" ecoou pela multidão, passando de boca em boca como se fosse uma palavra sagrada, reverenciada. Não era uma massa homogênea. Havia o grupo de Tebas, com pouco mais de quarenta indivíduos, uma dúzia deles jovem demais para ter pelos no peito. Completando a turba, havia o grupo do homem barbado, o desafiado, com cerca de sessenta pessoas de idades variadas. Todos pareciam desgastados; e todos estavam desgastados — era o que a vida no mundo do Apocalipse fazia a qualquer ser humano. Aqueles encontros ocasionais eram excelentes para melhorar o moral de todos: eles punham em funcionamento a antiga prática do escambo, conversavam, transavam o máximo que conseguiam naqueles cinquenta ou sessenta minutos e, sobretudo, apostavam. Obtinham o que não possuíam e forneciam o que tinham de sobra. E quando havia os jogos... Sim, os jogos eram uma atração à parte, principalmente quando Tebas participava. Mas trinta segundos era um tempo demasiado pequeno, até mesmo para ele. E enfrentar quatro juntos era, como já se disse, suicídio.

O homem barbado hesitava. Ele não ligava para os veículos, assim como não se importava em angariar os pertences da comunidade de Tebas. Perder a garota já era outra história... aquilo não estava em seus planos. Em pouco tempo, a multidão partidária de Tebas começou a vaiar o líder do outro grupo, seguida, imediatamente, do séquito do barbado. O mundo não era mais lugar para os fracos, e o desafiado sabia que, se recusasse a oferta de Tebas, estaria se arriscando a perder tudo o que havia conquistado. As massas são volúveis; elas seguem líderes destemidos e arrojados, aqueles que inspiram confiança. Os trêmulos e vacilantes, os que demonstram medo, são pisoteados como formigas. Se ele negasse a Tebas a chance de fazer o que todos consideravam impossível, passaria de líder a covarde aos olhos de todos. Seria o fim de sua reputação. Daí em diante, seria só uma questão de tempo...

Por fim, a pressão da multidão cumpriu seu papel. O homem barbado, acuado e sem opção, com os dentes cerrados e os olhos pousados sobre a mulher, rosnou:

— Trinta segundos! Quatro deles! E veremos seu fim!

Foi como se o Coliseu lotado testemunhasse o massacre de um judeu por um leão, gritando ao mesmo tempo com intensidade e energia; em alvoroço, diziam em voz alta uma mesma palavra, que arrebatou um meio sorriso dos lábios do objeto de adoração da caterva. O nome "Tebas", como o símbolo de um culto, foi gritado repetidas vezes, ribombando no peito do homem. Aquilo deu-lhe forças para fechar os olhos em profunda inspiração e abrir os braços em forma de cruz, arrancando uivos ainda mais frenéticos da multidão.

Tebas, examinando o gume de sua faca, disse baixinho, quase para si próprio:

— Vamos acabar logo com isso.

Imediatamente, as demais pessoas saíram do círculo, indo para a segurança não tão segura que havia atrás dos veículos, deixando o guerreiro totalmente só na arena improvisada. Tebas aquecia os músculos de forma discreta, girando concentricamente os ombros e o pescoço, atingindo um estado pleno de concentração, que fazia todo o resto parecer deslizar ao seu redor. A noite era sua inimiga, pois limitava sua visão. O tempo era seu inimigo, pois era escasso e veloz. Os números eram seus inimigos, pois ele estava em minoria. O guerreiro, um homem nascido para matar, sentiu-se cômodo em seu elemento.

Os carros do círculo começaram a ser manobrados por homens que sabiam exatamente o que fazer (afinal, já tinham feito aquilo dezenas de vezes), de forma a abrir espaço para que mais um veículo entrasse, dessa vez de ré. Era um caminhãozinho baú, com caçamba de metal cujas portas duplas abriam para fora. Tebas não sabia como as criaturas haviam sido levadas para dentro do baú, quem as capturava, como as transportavam de dentro para fora e de fora para dentro. A única coisa que sabia era que o homem barbado sempre gozava daquele tipo de recurso e que, escambo à parte, eram os jogos que realmente movimentavam suas finanças.

O homem barbado era um homem de negócios: rodava o estado organizando aquelas apostas, visitando pequenas comunidades para exaurir seus recursos em troca de satisfazer a inexplicável e insaciável sede de sangue dos homens. Sempre se apropriava do que tinham a lhe oferecer, confiando nos desejos infantis e medonhos das pessoas, e na necessidade da raça humana de se alimentar de emoções perigosas. Alguns poderiam dizer que o homem barbado era uma sanguessuga — quem sabe até o fosse —, mas ele via a si próprio apenas como um sobrevivente. Ele tomava tudo o que podia daqueles com quem se relacionava, tudo o que queria — exceto dele, Tebas. Dele nada jamais fora tomado. Na verdade, era o oposto: era Tebas quem conseguia o que queria, vencendo desafio após desafio, mostrando seu valor por meses a fio e, o que é pior, ganhando a simpatia das massas. Ele era alguém naquele mundo de horror.

Um grupo de homens portando armas pesadas posicionou-se em quatro pontos do lado de fora do círculo, para garantir a segurança dos espectadores. Era procedimento-padrão. A expectativa foi precedida por uma fleuma, uma impassibilidade presente no olhar de Tebas que contaminou a massa a ponto de calá-la. Um jovem trêmulo, de pé, ao lado do caminhão, cruzou o olhar com o do guerreiro no centro do círculo, perguntando com sua expressão se o outro estava pronto. Com um leve movimento de pescoço, Tebas afirmou que "sim", ele estava pronto, e assumiu sua postura de luta: a perna esquerda semiflexionada à frente do corpo e a perna direita atrás, servindo de base; o corpo estava ligeiramente arqueado e o queixo, colado no peito. Seus dedos comprimiam com a força de dez vagalhões a única lâmina na mão direita, com a ponta virada para baixo. O jovem engoliu em seco e destrancou uma alavanca, puxando-a para o alto, permitindo, assim, que as portas fossem abertas para fora. Sem sequer ficar para ver o resultado, ele correu para trás dos carros e para longe do terror que saiu do invólucro que o continha. As portas explodiram com violência, o cronômetro foi acionado, e os urros chegaram viajando pelo ar denso e carregado antes mesmo de a visão ter revelado o horror.

Trinta.

O primeiro salta do caminhão e toca o chão. Seus dentes arreganhados, os olhos vermelhos e a pele lívida como a de um morto. Tebas sente a segurança da faca em suas mãos, o cabo enrolado por um cordão de couro, a lâmina afiada como a de um bisturi. Cada músculo de seu corpo contraído e tensionado prestes a irromper numa fúria frenética. Distância: seis metros.

Vinte e cinco.

Os pés do último tocam o chão, levantando uma pequena nuvem de poeira, imperceptível a olho nu. Cercado. Tudo tão rápido, tudo tão extremamente rápido que não é possível pensar. O próprio pensamento se transforma em instinto, e ambos são um só gume. A lâmina brande, desenhando um círculo perfeito, um escudo e uma salvaguarda, que mantêm a distância segura. Guiados por seus instintos selvagens, os quatro buscam uma brecha, quase como se caçassem em grupo — como se isso fosse possível entre seres daquela estirpe. Eles são ferozes, mas não à maneira de um felino inteligente e perspicaz; eles são ira desenfreada. Um grito gutural emitido por um deles viaja em ondas sonoras pela imensidão da noite, fazendo com que os espectadores estremeçam. O próprio homem barbado prende a respiração e, embora esteja na segurança da plateia, fora do círculo, chega a dar um passo para trás. Mas o guerreiro no centro da arena não se move. O zunido agudo do metal rasgando o ar marca a trajetória da faca; não há espaço para erros. Distância: contato!

Vinte.

Os gritos do primeiro cessam. A multidão assiste paralisada à apresentação mais espetacular de sua vida. Seus corações canhoneiam sangue, quase explodindo-lhes as artérias. A adrenalina saliva as bocas, arregala os olhos, articula os músculos. O corpo sem vida do primeiro infectado produz um baque seco ao bater no chão. Ele quica como uma bola, os membros moles e o golfo de sangue marrom espalhado pela rua úmida e suja. Sua garganta está aberta, rasgada de ponta a ponta; os olhos de cor escarlate mostram-se estáticos e vítreos. As garras do segundo por pouco passam no vazio, quando Tebas se abaixa com graça felina num arco reflexo e sua lâmina lacera os tendões do joelho do oponente, inutilizando-o. Ele vai ao chão, mas outro já está próximo demais, e sua mão chega a resvalar nas costas do guerreiro, deixando uma trilha de quatro sulcos marcada na pele. Com nova guinada de corpo, Tebas lança

um soco de baixo para cima com a mão livre, direto contra o estômago da criatura, praticamente arrancando-a do chão com o impacto. O homem barbado assiste a tudo impassível, suas pernas bambas diante do espetáculo.

Quinze.

O segundo cai, o joelho partido, mas ele ainda vive. Seus guinchos agudos parecem vozes profanas capazes de derrubar uma sacristia somente pela vibração inumana. O terceiro está abalado pelo soco, mas continua próximo demais. Cálculo mental errado: a criatura é mais resistente do que o esperado. Se ela o agarrar, será seu fim. O quarto monstro entra no raio de ação. Novo contato. Não há opção, a não ser sacrificar a arma. A faca faz uma manobra rápida em três movimentos, lacerando a barriga para a esquerda, retorna cortando o pescoço para a direita e termina a trajetória na órbita direita, enterrada fundo no cérebro — tudo em um movimento fluido e rápido demais para os olhos acompanharem. A criatura cai de joelhos, flexiona as pernas e arqueia o tronco para trás; seus uivos lupinos descontinuados se transformam em resfolego e gorgolejar de sangue. As vísceras vazam por sobre a rua suja e lodosa. Mãos nuas agora. O último investe, mas é derrubado por um movimento do quadril; suas pernas voam por sobre as costas de Tebas como um judoca, e ele colide contra o asfalto, por pouco não levando o guerreiro consigo.

Dez.

Tempo acabando. O homem barbado contrai o corpo, mãos cerradas, olhos premidos e atentos a cada detalhe. O infectado se levanta; seus olhos coléricos parecem falar e expressar toda a sanha de uma raça. O ombro está quebrado, o braço mole, largado ao lado do corpo, mas ele não demonstra sentir dor. Distância: um metro e meio. Nova investida. Cálculo mental rápido: esquivar é impossível.

Oito.

Bloqueio fácil de um ataque desajeitado, golpe no plexo, na têmpora, no pescoço. Pêndulo para fugir ao agarrão quase às cegas. A criatura solta um urro vindo das catacumbas da alma. Tebas ganha suas costas, um braço envelopa o meio do rosto e dá um tranco na direção oposta. O pescoço se quebra como um graveto seco e o corpo do quarto despenca tal qual uma árvore derrubada por um lenhador. O fim da criatura se dá em silêncio.

Cinco.

Resta, ainda, o segundo: perna lacerada, joelho arrebentado, mas tentando tomar parte da contenda, uivando algo que não se sabe se é dor ou raiva. O sobrevivente do quarteto avança rastejando sem a menor preocupação com a própria segurança. A boca escancarada morde o ar desesperadamente, as unhas infecciosas imitam garras, os olhos denotam um único desejo: matar!

Quatro.

Distância: quinze centímetros. Tebas ergue a perna direita de forma exagerada a mais de trinta centímetros de altura, a fim de proporcionar um espetáculo de fundo teatral. A multidão se alonga, inflando o peito e ficando na ponta dos pés, como se estivesse se erguendo junto com a perna dele. A luta estava ganha! A pisada esmaga a laringe do último oponente, que estoura em um espasmo final, se contorce e fica estático, engolfado pelos braços da treva eterna.

Silêncio sepulcral...

A multidão respira. Durante vinte e seis segundos, não foi capaz de buscar ar, vencida pelo assombro, assombrada pela maravilha, maravilhada pelos atos de um verdadeiro guerreiro.

O cronômetro parou. Quem o marcava era um garoto, que abriu um enorme sorriso e gritou:

— Faltam quatro segundos ainda!

A turba explodiu. Tebas era um deus caminhando entre homens, um gladiador capaz de feitos impossíveis. Muitos já o tinham visto lutar antes, mas ninguém jamais testemunhara uma exibição como aquela. Não em tão pouco tempo, não enfrentando quatro de uma só vez!

Ele se aproximou do homem barbado e exigiu:

— Eu quero o que é meu!

Os olhos do outro não disfarçavam sua raiva, mas ele sabia o que tinha de fazer. Embora seu grupo tivesse mais homens que o de Tebas, embora os guardas armados fossem seus, embora soubesse que, a um comando seu, poderia pôr fim a tudo aquilo e tomar à força o que quisesse, jamais cogitou fazê-lo. A estrutura do mundo D.A. era frágil demais para suportar uma traição naquele nível. Se o homem barbado perdesse a reputação adquirida de negociante honesto, tudo iria por água abaixo. Restava-lhe seguir com a vida:

— Sou um homem de palavra...

Ele fez um sinal para alguns dos seus — decerto gente de confiança — trazerem a mulher. Tebas segurou-a pelo punho com brutalidade e puxou-a para si. O outro, engolindo em seco, perdeu a compostura, o orgulho e a vaidade, e implorou:

— O que posso fazer para mantê-la ao meu lado? O que você quer?

— Eu tenho o que quero!

— O que fará com ela? Você já tem mulher!

O guerreiro sorriu e meneou a cabeça em direção ao jovem que massageava suas costas antes do início da luta, dizendo:

— Ele não tem.

O homem barbado engoliu sua raiva a um custo inimaginável. Ele não tratava bem sua mulher. Violentava-a com frequência, espancava-a ocasionalmente e os dois jamais conversavam. Mas ela era sua! Ele praguejou, cuspiu no chão e cruzou os braços.

Tebas deu de ombros, arrastando a mulher consigo. Ao seu lado, o fanático grupo de seguidores recolhia seus pertences e os bens recém-adquiridos. Alguns membros dos dois grupos trocaram de lado, algo que era relativamente normal entre aquelas alcateias e que, embora incomodasse um pouco ambos os líderes, estava fora da esfera de influência deles. Era como as coisas funcionavam. Era a lei subjacente e não dita.

O homem barbado ficou observando sua mulher desaparecer em meio aos véus noturnos, sabendo que aquela seria a última vez que colocaria os olhos nela. Na segurança da intimidade de sua mente, amaldiçoou a existência de Tebas. Depois, dissipando o pensamento, deu meia-volta e partiu, deixando para trás todos os que ainda comemoravam ou estavam atônitos demais para segui-lo.

Entre esses, ficou no grupo de Tebas um rapaz que, impressionado pela lasciva exibição de força, decidiu trocar de lado. Seu nome era Dujas.

CAPÍTULO 51

Quartel Ctesifonte

Cortez já estava sentado havia um bom tempo na pequena sala e começava a dar sinais de impaciência. Os indicativos do seu estado de espírito estavam por todos os lados: as palmas das mãos suadas, a perna balançando sem parar, os constantes suspiros e bufadas... Enfim, Manes entrou esbaforido e sentou-se.

— Desculpe, amigo. Fiquei preso resolvendo algumas coisas. Não queria tê-lo deixado esperando por tanto tempo.

— Tudo bem. E aí, o que queria falar comigo?

Manes entrelaçou os dedos e descansou os braços sobre a mesa. Seu corpo, projetado para a frente, indicava que o assunto era sério:

— Eu andei bolando uns planos de ação nos últimos dias, e queria que você olhasse e desse sua opinião. — Logo em seguida, o líder começou a abrir uma série de papéis sobre a mesa, anotações, mapas. Cortez manteve o corpo afastado, com os braços cruzados e as costas na cadeira. Sua postura indicava distanciamento. — Eu acho que, se começarmos por aqui, poderemos...

— Mani, o que você tá fazendo?

— Como assim?

— O que é isso? O que é isso tudo? O que pretende com todos esses planos, todos esses esquemas, como se fosse um conquistador?

Com dificuldade para assimilar o baque, Manes franziu a testa e replicou, com uma expressão sisuda.

— Cortez, achei que você, mais do que todos, entenderia o que pretendo fazer. Nós temos que reagir, senão...

— Eu sei que temos de reagir. Mas também percebo claramente o que você está fazendo. Acha que esse é o caminho? Mandar o Quartel inteiro pra morte?

Sentindo-se pressionado, o líder rosnou como uma fera acuada:

— Do que tá falando? Você estava lá fora junto comigo, Cortez. Viveu cada momento e viu o que fizemos em tão poucos. Imagine se nos unirmos. Não de mentirinha, mas pra valer. Se todos nós nos unirmos e agirmos de forma organizada, não apenas aqui dentro, mas juntando todos os que estão do lado de fora... Somos pouco mais de duzentos aqui. São quatrocentas mãos para lutar, mas, se unirmos todas as comunidades, teremos um número realmente substancial!

— E você quer que a gente faça aquilo que os exércitos de todas as nações não conseguiram? É isso? Já parou para pensar no absurdo dessa proposição?

Manes esfregou o rosto com as mãos. Não esperava ter que se justificar para seu amigo mais antigo:

— Cortez, eu sei que parece loucura, mas você vai precisar confiar em mim. Você tem suas ressalvas quanto ao que já foi feito? Eu sei, eu estava lá. Pode ter certeza que, acima de todos, eu sei! Mas no começo não havia organização. Nós nem sabíamos o que eles eram, não sabíamos como a epidemia se espalhava, não sabíamos contra quem lutar ou como lutar. Foi tudo um pandemônio, e as principais ações militares falharam por causa disso, por falta de liderança e planejamento. Agora vai ser diferente. Vai dar certo, eu sei que vai. Tem que dar, ou então...

— Ou então o quê? Vai dizer que será o nosso fim? Que esta é a última chance? Sei que está abalado por causa da Liza, todos estamos. Mas já faz um mês, e você deveria estar pensando em outras coisas...

— Por exemplo?

— Em como manter esta comunidade ao invés de afundá-la de vez. As pessoas não precisam ser arrastadas para uma cruzada, para uma guerra santa, munidas de falsas esperanças. Elas precisam se sentir seguras!

Manes se levantou de supetão e bateu com ambas as palmas sobre a mesa.

— E depois? Eu passei quatro anos fazendo exatamente isso, e olha só o resultado. Nossa fragilidade foi exposta que nem um nervo pinçado. Não... Para mim, já chega. Isso aqui não é vida. Todo esse medo... Essa, essa... prisão! Se Dujas estava certo quanto a algo, era isso! Ou nós vamos lá fora e retomamos o que é nosso, ou prefiro não estar vivo!

Cortez esfregou o rosto e deixou escapar um profundo suspiro. Retomando a calma, explicou:

— Mani, seu discurso foi muito bonito naquele dia e eu o apoiei, pois sei que precisava daquilo. Todos precisavam. Você recuperou a confiança do Quartel e colocou as pessoas em sintonia, e isso foi bom... Você as uniu quando tudo parecia perdido e quando não confiavam mais umas nas outras. Agora é hora de dar continuidade a isso e...

— Não! Agora elas querem algo mais de mim! — interrompeu o outro. — Quando nossos recursos começarem a acabar — e eles vão acabar —, tudo vai explodir novamente. Há quanto tempo não encontramos fósforos? As pilhas e baterias estão expirando. Até enlatados vão expirar. E aqueles monstros continuam lá fora. Não sei o que os move, se é ciência, biologia ou magia, mas quer saber? Não me interessa mais! Só o que sei é que eles estão lá e já deu pra perceber que não vão a lugar algum!

Cortez suspirou. Os planos de Manes, esparramados pela mesa, eram tão simples quanto insanos. Lutar. Resistir. Vencer. Era a mentalidade nata de um guerreiro. Mas poucos ali eram guerreiros. E a proposição de estender aquele plano a outras comunidades que eles nem conheciam pessoalmente era, no mínimo, arriscada. Cortez resolveu seguir outra linha de raciocínio:

— Pense um pouco, Mani. Você está falando em exterminar dois terços do planeta que não morreu no Dia Z. Quem sabe até mais. Isso é impossível.

— Por quê?

Cortez coçou a cabeça. Buscava argumentos para tentar incutir um pouco de bom senso na cabeça do amigo:

— Olha, você sabe quantos judeus morreram na Segunda Guerra Mundial?

— Seis, sete milhões. O que isso tem a ver?

— Quando os nazistas começaram a exterminar judeus pra valer, eles logo perceberam que balas não seriam suficientes, então começaram a criar formas mais eficientes para assassiná-los em massa. Consegue ver essa imagem na sua mente? Havia mais gente a ser morta do que balas disponíveis para matá-las! Então, eles criaram os fornos e as câmaras de gás...

— Cortez, por favor, vá direto ao ponto! — Manes estava impaciente, andando de um lado para o outro.

— O que estou dizendo é que na guerra inteira morreram seis milhões de judeus e ainda tinha um monte deles por aí. Morreram dezessete milhões de russos. Milhões de alemães, chineses, poloneses, japoneses... E, ainda assim, tinha gente pacas no mundo. Como você espera, com meia dúzia de milícias, conseguir...

— Eu não sei, tá bom? — explodiu Manes. — Eu não sei! Só sei que tenho de fazer alguma coisa. Eu *vou* fazer algo, nem que faça sozinho. E esse algo ou vai melhorar nossa vida ou eu não terei mais vida para ser melhorada. Ponto final! Não dá mais para ser passivo, não dá mais para viver de migalhas. Chega de viver com medo. É impossível depois de tudo o que aconteceu! E eu sei que, no fundo, a maioria pensa como eu! Quem sabe não seja uma questão de matar todos esses desgraçados, mas sim de retomar parte da normalidade por meio de uma união sincera.

Os dois ficaram em silêncio por um tempo, encarando-se mutuamente até o ponto em que ficar dentro da sala se tornou incômodo. Por fim, Cortez quebrou o gelo.

— Tudo bem. Qual é o plano?

— Você viu qual é o plano... está esparramado aí na mesa.

— Manes, vou perguntar de novo. Qual é o plano?

O líder sentou-se novamente. Pressionou com o dedão e o indicador a região entre os dois olhos, como se quisesse afastar uma dor de cabeça, e respirou fundo, dizendo:

— Olha, você tá certo. Pode ser que a gente não consiga matar todos. Merda, é claro que não conseguiremos fazer isso! Mas, no fundo, não é o que pretendo. Pense no mundo antigo. Pense nas primeiras comunidades humanas que surgiram nas selvas cheias de predadores. Eram redutos seguros bem em meio a ambientes hostis. É exatamente do que precisamos. Acho que, com algum esforço, é possível pelo menos criar um ambiente seguro. Se pudermos isolar todos esses pontos em vermelho marcados neste mapa, teremos uma área de seis quilômetros quadrados. Isso pode abrigar um bocado de gente. Veja: os pontos de acesso são aqui e aqui... — Ele começou a mostrar no mapa ruas e avenidas principais e secundárias. — Eles podem ser bloqueados e reforçados com segurança pesada. A partir daí, restauramos a vida comum dentro de uma comunidade de verdade, com as pessoas vivendo em suas casas e apartamentos e, com o tempo, se quisermos, poderemos expandir de forma exponencial. Compreende? Seria uma comunidade de verdade, especialmente porque inclui a central de energia, que estaria sob nosso comando, e o centro de tratamento de água, aqui! — Ele mostrou os dois pontos no mapa. — Mas, para isso, precisamos recrutar mais gente.

— Falar é fácil. Uma área de seis quilômetros quadrados... Só para limpá-la será um inferno. Um verdadeiro pesadelo logístico. Essas pessoas não são batedores, não têm experiência de campo. O risco de falha é enorme. Isso sem contar que um monte de gente vai morrer!

— Muitos morrerão para que tantos outros possam viver.

— Já contatou outras comunidades?

— Sim. Júnior tem cuidado disso para mim com base nos dados armazenados por José. Esses garotos mantinham conversas com mais gente do que eu pensava. Eles falavam com gente do mundo inteiro pela internet e mesmo no nosso estado há...

— Qual foi o resultado?

— Das vinte e três comunidades com as quais falamos, recebemos resposta de dezoito.

— E?

— Quinze acham que é uma boa ideia e vão nos apoiar.

— Alguma das grandes?

— Sim, a Favela concordou.

Cortez começou a rir.

— Manes, eles estão a quinhentos quilômetros de distância, em outro estado. Fora isso, a Favela já conseguiu fazer sozinha exatamente o que você propõe: eles isolaram o morro, fortificaram todos os pontos de acesso, são autossuficientes e vivem uma vida quase normal dentro deste contexto. O que está passando pela sua cabeça? Acha que eles vão sair da segurança do morro e cruzar quinhentos quilômetros em uma viagem perigosíssima para ajudá-lo a assegurar uma área em outro estado? Honestamente, não sei se você pirou ou se está simplesmente sendo ingênuo.

— Eu sei, eu sei. Mas eles foram solidários, e é isso o que importa. Eles nos ajudarão da forma como puderem. Talvez não possam ajudar diretamente nesta etapa, mas concordaram em seguir meu plano coordenado de expansão. Ou seja, o que fizermos aqui refletirá lá, e vice-versa.

O velho se contorceu na cadeira:

— Isso tudo é muito abstrato. — Ele deu ênfase ao "muito", estendendo a pronúncia da letra "u".

— Eu sei, mas você tem ideia melhor?

— Você realmente acha que podemos limpar este país?

— Acho! Não estaria fazendo nada disso se não achasse. E não estou sendo ingênuo, Cortez. Isso não é um curso de ação desesperado, mas algo que pode ser realmente elaborado.

— OK. Vou continuar na tua onda. Quantas pessoas temos?

— Bem, Júnior fez as contas e, se reunirmos todas as comunidades, poderemos contar com quase três mil pessoas.

Cortez franziu a testa, denotando estar fazendo um rápido cálculo mental. Depois indagou:

— Incluindo a Favela?

— Sim.

O velho observou um pouco o líder e viu que ele estava esquisito. Manes era transparente como uma vidraça.

— Manes, qual é o número exato?

— Duas mil e trezentas pessoas.

— É pouco, muito pouco. Não dá nem pra saída. Isso sem contar que a maioria delas está bem longe daqui e não tomará parte direta no que precisamos fazer. De quantas pessoas vamos dispor para a ação inicial?

— Entre setecentas e oitocentas.

O velho teria dado risada se a situação não fosse séria. Manes continuou se explicando:

— Grande parte dessas comunidades pequenas é nômade e está em constante movimento. Não é impossível trazê-las para cá! Na verdade, eu já emiti vários comunicados via frequência de rádio e acho que...

Súbito, o batedor interrompeu o líder, pontuando algo que era óbvio e que, no fundo, ambos sabiam:

— Você sabe do que precisamos, Manes. No fundo, você sabe! Por mais que eu continue achando isso tudo uma completa maluquice, para termos uma chance mínima de êxito, precisamos falar com a Catedral.

Manes baixou a cabeça:

— Júnior já tentou. Mais de uma vez. Em todas as tentativas, o operador deles disse que não tinham interesse em nada do que queremos fazer. Eles não querem ajudar. Não passam de um bando de fanáticos religiosos. Isso sem contar que o problema é quase o mesmo da Favela: eles estão a quase trezentos quilômetros daqui.

— Pode ser. Mas vamos ser realistas, Manes. Sem a Catedral, não dá para ser feito. Com oitocentas pessoas, não limpamos essa área que você marcou. Simplesmente não limpamos, não tem como. Mas, se você convencê-los, terá cinco mil pessoas do seu lado. Até onde sabemos, é a maior comunidade ativa do país — quem sabe do mundo. Se somássemos às demais que você já conseguiu, eu diria que isso, sim, seria um bom começo. Continua sendo suicídio, principalmente se levarmos em consideração que apenas metade desse número estará apta a lutar, mas quem sabe seja possível chegar a um número final de quatro mil guerreiros. Ou algo assim...

Manes deu de ombros:

— Sim, Cortez, acha que já não pensei nisso? Que já não fiz esses cálculos? Mas eles não querem ceder. Não querem nem conversar! Pedi ao Júnior que me colocasse em contato com o líder deles, o tal do Bispo, mas ele nem sequer me atendeu. É a maior comunidade humana do país, mas o cara diz que eles estão indo muito bem por conta própria e que não querem colocar tudo a perder.

— Um homem sábio! — retorquiu o outro, com ironia na voz. — Bem-vindo ao mundo da política, Manes. Se você quiser algo de outros líderes, terá que oferecer em troca mais do que um sonho.

O líder bufou:

— Não estou oferecendo sonhos! É uma tentativa válida de reverter essa merda toda.

— É um sonho! Por enquanto, não passa disso.

Manes crispou os punhos. Cortez observou-o com cuidado e viu um vislumbre de toda a raiva contida em seu âmago, que ele deixou escapar por alguns instantes:

— Ele está cometendo os mesmos erros que eu. A única diferença é a escala. Ele acha que está seguro e que está indo bem, mas, quando a coisa estourar dentro da Catedral, não será bonito. E nós dois sabemos, por experiência própria, que pode demorar, mas ela estoura.

— OK. E quais são as nossas opções? É muito simples: sem a Catedral, não dá pra fazer. E aí?

Manes levantou as palmas das mãos abertas para o alto, indicando que não tinha a resposta:

— Por isso estou conversando com você, porra. Em sua opinião, qual acha que seria a melhor estratégia para convencer o líder deles, esse tal de Bispo?

Cortez não teve tempo de responder. Na verdade, os dois sabiam qual era a resposta para uma questão como aquela, mas não se atreviam a dizê-la em voz alta, como que por medo de materializar seu significado. Por fim, Manes falou:

— Bom, então é isso, não há outra opção. Vou ter que ir até lá!

No mesmo instante, Cortez deu um pulo da cadeira, fazendo seu papel de advogado do diabo, embora soubesse que aquela era a melhor saída:

— De jeito nenhum, Manes. A Catedral fica a trezentos quilômetros. É uma viagem longa, perigosa e com grandes chances de não gerar fruto algum. Pode ser que eles nem o deixem entrar...

— Fica longe, eu sei, mas temos equipamento adequado para cobrir essa distância. A maior parte do caminho é de estrada, e o principal risco que posso correr não é em locais ermos e abertos, mas nas cidades, com suas emboscadas e rotas obstruídas e o enxame de contaminados que vêm de todos os lados! Conversar com ele pessoalmente talvez seja a única maneira de convencê-lo. E, como você mesmo disse, sem o envolvimento de uma das grandes, não existe plano.

— Então a Favela, que já topou nos ajudar...

— É ainda mais longe. Quase o dobro da distância. Pensando friamente, as estradas são piores e, para bem ou para mal, eles já estão conosco... Não preciso convencê-los. A solução está na Catedral!

O velho parecia começar a se dar conta das consequências que aquela conversa traria:

— Você pode estar cometendo suicídio por nada!

— Não é "por nada"! É uma causa válida, e nossa melhor alternativa. É isso ou, daqui a algum tempo, começaremos a definhar. Não teremos condições de alimentar essas duzentas pessoas da forma adequada por muito mais tempo.

Enfim, com a inflexibilidade que lhe era característica quando tomava uma decisão, Manes abriu um sorriso maroto e afirmou:

— Cortez, está decidido! Esse Bispo escutará o que tenho a dizer de uma forma ou de outra. E, mesmo que ele não queira tomar parte no nosso plano, vou dar um jeito de falar abertamente para toda a comunidade e arrastar de lá quem quiser se juntar a nós! Enquanto isso, na minha ausência, você ficará no comando do Quartel.

O outro começou a rir ironicamente:

— Então, além de tudo, eu não vou? Você me confidencia essa bosta toda e agora quer me deixar de fora? Posso saber quem escolheu, então, para tomar conta da sua bunda?

— Vamos precisar seguir em um grupo pequeno. Maior mobilidade, menos riscos. Chamando pouca atenção... Você fica aqui, pois, apesar de as coisas parecerem estar nos eixos, não quero correr o risco de acontecer o mesmo que da última vez. Chega de revoluções! Você é uma pessoa em que todos confiam e respeitam.

— Então quem vai? Zenóbia?

Manes suspirou.

— Não. Também não posso correr o risco de perdê-la. Eu sei, é uma questão afetiva e pessoal, e não deveria influenciar meu julgamento, mas... Não, Zenóbia fica. Ela não é, de qualquer modo, a melhor batedora para essa missão. Vamos eu, Espartano e Júnior.

— Espartano? — gritou o velho, com os olhos esbugalhados e dando um murro na mesa.

— Ele é um guerreiro valoroso. Sei que vocês dois têm se estranhado bastante nos últimos dias — não é pra menos, depois de tudo o que aconteceu. Tirá-lo daqui talvez seja a única forma de evitar um conflito entre vocês.

Cortez fitou o amigo de forma sombria, rosnando as palavras em um tom grave e austero:

— Tem certeza de que quer confiar sua vida a um homem que matou um dos nossos a sangue-frio?

Manes ficou pensativo. De um lado, ao sair do Quartel em uma missão arriscada como aquela, gostaria de contar com o apoio e a segurança de um grupo. De outro, um trio se moveria com mais velocidade e facilidade e, sobretudo, quando chegasse à Catedral, não daria a impressão de ser uma ameaça. Pelo pouco que sabia do líder daquela comunidade, a Catedral poderia ser um local tão perigoso quanto um ninho de contaminados, e todo cuidado era pouco. Não lhe agradava atravessar um campo minado da forma como estava prestes a fazer, mas ele não via opção. Era um risco e, ao mesmo tempo, uma aposta. Respondeu:

— Na verdade, não. Mas, no momento, não vejo alternativa melhor. Você precisa ficar aqui para manter a comunidade coesa, e não vou privar as pessoas de nossos melhores lutadores, então não posso levar Cufu e Kogiro.

— E Júnior? Ele não é um homem de campo. Não é um homem de ação.

— Sim, mas, se não fossem ele e José, as coisas teriam ficado muito mais feias por aqui. Acho que ambos provaram ser mais do que aparentam e merecem um voto de confiança. De qualquer modo, ele precisa ir, porque foi o responsável por todos os contatos e conversou com o operador deles. Tenho certeza de que a presença dele pode, de algum modo, facilitar nosso acesso.

— Tudo bem. Mas ele não *precisa* ir, de fato. Pelo amor de Deus, Mani, o cara vai ser um peso morto se vocês precisarem se mover em campo aberto!

— Eu espero que isso não ocorra, mas é um risco que teremos que correr. Que *ele* terá de correr.

— Sério?

— Sim.

— Bom, então creio que está tudo decidido. Alguma chance de deixar tudo isso para lá, abrir uma cerveja e contar histórias e piadas em volta de uma fogueira?

— Não!

— É, eu sabia... Quando pretende partir?

— O quanto antes.

CAPÍTULO 52

Júnior entrou sem bater no cômodo, encontrando o amigo José sentado no leito que havia sido improvisado para se parecer com uma maca de hospital. Ao ser surpreendido pela súbita visita, José tentou ocultar algo embaixo das cobertas brancas providenciadas por Judite, porém os olhos de Júnior captaram a tentativa:

— O que é isso?
— Nada.
— Como "nada"? Se não é nada, por que tentou esconder? Deixa eu ver!
— Não!

Sem perder tempo, Júnior encurtou a distância e pegou o que estava sendo ocultado. José tentou impedi-lo, dando uma guinada rápida para segurar a mão do amigo, porém o movimento o fez lembrar que seu corpo não estava completamente recuperado dos ferimentos: a região abdominal gritou de dor, deixando-o com uma expressão acabrunhada. Júnior divertiu-se, falando:

— Vê se não vai estourar os pontos...
— Eu já tirei os pontos! — respondeu o paciente, mal-humorado.
— Então por que não está trabalhando? Já não chega de dormir, não?

Júnior soltara aquele cutucão enquanto folheava o objeto que havia apanhado — na verdade, era apenas um pequeno caderno de notas, com uma caneta metida no meio do espiral. Ele passou os olhos pelo papel, com ares de pouca importância; depois, segurou-o pela ponta entre o dedão e o indicador e o sacudiu no ar, resmungando:

— Que merda é essa?
— Só umas anotações que eu fiz. Pra passar o tempo. Porra, cadê minha privacidade?
— Se foi. Junto com tudo mais, no Dia Z. Agora diz aí: o que é isso? "Zumbi Africano." "Zumbi Deficiente." "Zumbi Açougueiro." Que é que você...
— Eu fiz uma lista com os tipos de infectados que nunca encontrei por aí... e que acho que devem existir.

Júnior olhou para ele, para o papel, e então para ele novamente. Após pensar um pouco, afirmou:

— Santa nerdice, Batman! Mas quer saber? Até que isso não é tão estúpido quanto achei que seria. Pena que você não tá no caminho certo...
— Como assim?
— "Zumbi Africano"? Porra, você nunca vai ver um zumbi africano, a não ser que a gente vá pra porra da África. Não vamos ver zumbis de nacionalidade nenhuma, a não ser brasileira. Nada de Zumbi Chinês, Espanhol ou Esquimó, a não ser que você dê a sorte de topar com um gringo. Não que vá reconhecê-lo, claro...

José recostou a cabeça no travesseiro. Ele parecia cansado.

— É, acho que você tem razão. Só lembrando que "esquimó" não é uma nacionalidade.

— Porra, eu sei, mas como se chama o cara que nasce no Círculo Polar Ártico?

— Sei lá. Mas eis aí um infectado que nunca vamos ver: Zumbi Esquimó!

— Eles devem ter congelado, isso sim. Na verdade, pensando bem, é o que todos deviam ter feito: ido para regiões geladas. Qualquer contaminado que tentasse chegar até você congelaria antes. Não faz sentido?

— Talvez. Mas a verdade é que você também congelaria! Não adianta tentar ir para regiões que você não domina. Tudo bem se você for o Bear Grylls, mas gente comum empacotaria em terrenos extremos...

— Quer dizer que você acha que os esquimós se deram bem? Melhor do que a gente? E os índios?

— Não sei. Nunca pensei muito sobre isso. Não sei dizer se tribos nômades no deserto, beduínos, essas merdas, tinham mais ou menos vantagem que a gente. Mas, voltando ao assunto, acho que até deve haver alguns estrangeiros perdidos por aí que são infectados, mas... Ei, ei, ei... O que você tá fazendo?

Júnior estava com a caneta na mão, escrevendo:

— Contribuindo com sua lista. Vamos bolar algumas coisas realmente legais aqui!

— Júnior, larga isso, porra! É a minha lista, minha ideia.

— Nossa, segura a periquita, José, senão ela sai voando. Que foi? Dormiu de calça jeans? Calma, ninguém vai roubar seu brinquedinho. É só que sua imaginação está muito limitada... Vamos tentar algo mais fértil e divertido!

José endireitou-se na cama da melhor forma que conseguiu e falou com ar pomposo:

— Então, como anda sua criatividade? Se zumbis de outras nacionalidades não são legais, então o que seria?

— Bom, pra começo de conversa, eu já vi infectado deficiente, então pode riscar desta lista. — Ele disse isso enquanto fazia um traço horizontal no papel, riscando o item mencionado, o que fez o amigo estremecer de raiva. — Mas isso leva a uma excelente pergunta.

— Qual?

— Será que os infectados que estavam em cadeira de rodas mantiveram, de alguma forma, a consciência de que não poderiam sair da cadeira? Raciocine comigo: será que eles estão por aí conduzindo seus veículos, mesmo na condição de contaminados? Ou será que, quando a merda fedeu, simplesmente caíram no chão, incapazes de perceber que tinham que continuar usando as mãos para se locomover?

José fez pouco-caso, dando de ombros, mas na verdade não queria dar o braço a torcer. Aquela *era* uma boa pergunta. Nunca foi possível estudar o comportamento dos infectados — pelo menos não a fundo. Que funções cerebrais eles tinham mantido após a transformação era algo que ninguém sabia dizer. Não havia sequer especulações. Qual era a extensão do raciocínio deles? Que funções básicas haviam permanecido? De onde vinha a necessidade de canibalizar os humanos? A maioria das pessoas se apressava em afirmar que os infectados eram puro instinto, mas qualquer exame mais apurado mostraria que aquilo não era de todo verdade. Talvez fosse mais simples, mais cômodo rotulá-los daquela forma. Ao pensar neles mais como coisas e menos como pessoas, tornava-se mais fácil matá-los, mas o fato é que eles eram mais do que um estereótipo.

— Afinal, o que você escreveu aí?

Júnior riu:

— Que tal uma lista de infectados que gostaríamos de ver, mas que nunca veremos? Com certeza tem um monte de açougueiro por aí. Não deve ser tão difícil ver um infectado com roupa de açougueiro; basta procurar. Mas sabe o que é difícil?

— Não, o quê?

— Encontrar um infectado fazendo *cosplay*!

José desatou a rir até seu abdômen doer. Júnior ficava pedindo ao amigo que parasse, mas ele próprio não conseguia se conter, afundado em uma gostosa gargalhada:

— É sério! É possível que em algum lugar do mundo estivesse havendo um evento de quadrinhos, *anime* ou sei lá. E as pessoas que estavam lá se transformaram também, caramba!

— Você quer dizer que, em algum lugar por aí, tem um zumbi fazendo *cosplay* do Pokémon?

Júnior explodiu de vez, causando solavancos no próprio corpo com sua risada estridente. Ele não havia pensado naquilo; sua mente orbitava mais em torno de heroínas japonesas sensuais, mas a imagem sugestionada quase o fez convulsionar. Ele logo emendou, deixando a imaginação flutuar:

— Sabe o que seria ainda pior? Um zumbi que estivesse fazendo *cosplay* de zumbi!

— Sim, sim, genial! Acha que seria possível?

— Bom, supondo que em algum lugar tava rolando uma Zombie Walk durante o Dia Z... É possível, pô!

— Sim, sim. É possível.

José emendou:

— E um zumbi anão?

— Essa é fácil! Cadê sua imaginação, pô? Você pode fazer melhor do que isso!

José pensou mais um pouquinho, e então falou:

— OK. Seria bem maluco ver um zumbi gótico. Ou punk. Ou...

— Emo?

Após muitas gargalhadas, os dois ficaram um pouco em silêncio. Enfim, Júnior perguntou:

— E aí? E essa história de ser pai?

— Não sei. É muito estranho... Parece que tudo o que vivemos nos juntou ainda mais, eu e Maria. E cada vez que olho para o meu filho, nossa, não dá pra descrever a sensação. Mas, ao mesmo tempo, fico com um nó na garganta, sabe? De imaginar que a qualquer instante eles podem entrar aqui e tudo isso ir pelos ares. Sempre soube que tudo é efêmero, a nossa vida é efêmera, mas acho que antes eu meio que...

— Dourava a pílula?

— Sim. Agora a realidade me aturdiu de vez. Não sou mais só eu, então aquela coisa da responsabilidade pegou. Pode parecer besteira...

— Não, não é não! Te entendo totalmente. Bom, preciso ir nessa. Parece que Manes e Cortez querem falar comigo.

José deu um assobio alto e agudo e depois retrucou:

— Nossa! Deu alguma merda?

— Espero que não. Mas vamos ver.

Júnior levantou-se da beirada da cama, jogou o caderno sobre o colo do amigo e deixou o quarto sem dizer mais nada, limitando-se a um aceno de cabeça. O outro olhou a sua volta e quase permitiu-se contaminar pela seriedade de sua atual situação, mas resolveu deixar aquilo de lado. Com um meio sorriso no rosto, retomou o caderno e escreveu: "Zumbi Animadora de Torcida".

Em outro ponto, Judite estava deitada com a cabeça apoiada no peitoral de Cufu. O casal estava nu, corpos suados e ainda ofegantes do amor que tinham feito. Ela triscou a pele do amante com seu arremedo de unha comprida e deu um longo suspiro. Perceptivo, o homem indagou:

— Qual é o problema, Judite?

Como se saísse de um transe, os olhos dela moveram-se nervosos e retornaram ao planeta Terra. A resposta automática veio no formato de uma voz apreensiva e trêmula.

— Não. Nada, não. Só estou cansada.

— Você sabe que pode conversar comigo, não?

Ela endireitou o corpo para olhar no rosto dele e respondeu, com um leve ar de indignação:

— Claro que sei. Por que diz isso?

— Digo isso para lembrá-la de que você não precisa carregar sozinha o que quer que esteja te atormentando. Se precisar conversar, eu estou aqui.

Judite sentou-se na cama, meditativa. O quarto estava iluminado apenas por uma luminária pequena, que lançava uma claridade desmaiada e pálida no casal de batedores. Ela deu um tapa carinhoso e descontraído no braço dele e ralhou:

— É muito cedo para você me conhecer tão bem.

— Ainda assim, eu a conheço. — O gigante de ébano também endireitou o corpo. — Fale comigo.

Voltando a ficar taciturna, ela deu novo suspiro. Não fazia ideia de quais poderiam ser as repercussões se partilhasse o que sabia. De outro lado, confiava em Cufu e, francamente, já estava cansada de carregar aquele fardo. Enfim, disse:

— Tenho uma suspeita, Cufu. Uma suspeita muito grave. Na verdade, eu diria que é quase uma certeza.

— E qual é?

— Dujas não morreu de forma natural.

O batedor agitou-se, como se seu corpo não conseguisse ficar parado, e franziu a testa. Sua expressão preocupada excedia a própria curiosidade. Aquilo era, de fato, muito sério:

— Então... ele morreu de quê?

— Eu acho que ele foi assassinado!

O silêncio caiu sobre o cômodo, enquanto Cufu absorvia a notícia. Alguns instantes depois, ele rosnou:

— Se você me contou isso, com certeza suspeita de alguém.

— Espartano — disse ela, sem rodeios.

— Espart...? Mas não faz sentido. Ele nem sequer conhecia Dujas. Quando saiu em missão, Dujas estava em quarentena e tudo aconteceu...

— Eu sei, eu sei. Mas, ainda assim, acho que ele foi até o quarto onde Dujas estava no meio da noite e simplesmente o matou.

Cufu juntou as palmas das mãos em frente ao corpo e descansou o queixo sobre elas. Parecia fitar o vazio, mas, na verdade, sua cabeça estava trabalhando ativamente. Aquilo tudo era muito para ser processado, e os desdobramentos podiam ser gravíssimos.

— Sabe o que isso significa? — ele perguntou, afinal.

— Claro que sei. Temos um matador entre nós. Um assassino!

— Uma coisa é matar infectados nas missões... ou perder alguém no calor da batalha, como aconteceu com Conan. Mas daí a matar a sangue-frio um paciente convalescente...

— Sim. Todos nós sempre evitamos ao máximo matar infectados, mas aquela missão mudou tudo. A regra caiu por terra, mas ainda acredito que todos mantiveram algum senso de "certo" e "errado". O que aconteceu na comunidade durante a nossa ausência foi algo meio *Senhor das moscas*, mas... Caramba, Cufu, sei lá! Esse é um negócio com outras proporções. Eu acredito que até mesmo a morte do Conan, como você mesmo disse, pode ter uma ou duas justificativas, por mais horrível que tenha sido. A tensão do momento... A insegurança e impulsividade... Mas entrar no hospital e matar uma pessoa no leito, indefesa, por mais detestável que ela seja... Aí estamos falando de algo completamente diferente. Algo perverso, eu diria. E você se lembra da loucura que foi lá no prédio, né? A culpa foi de quem, no final das contas? Quem acendeu as luzes?

— Sim, é outro nível de comportamento. Ele está instável, isso é fato, mas se cometeu um crime... Agiu como juiz, júri e executor, sem deliberar, sem compartilhar nada com ninguém. Simplesmente foi algoz por iniciativa própria. Mas não sei se estou disposto a julgá-lo de forma tão parcimoniosa... pelo menos não tão já.

Judite levantou-se e caminhou pelo quarto. Não queria mais permanecer deitada. Sua mente estava muito agitada. Ela agarrou as calças que estavam dobradas nas costas de uma cadeira e as vestiu, sem colocar roupa de baixo. Somente após abotoar e subir o zíper, falou:

— Temos um assassino entre nós, Cufu. Lá no fundo, eu sei.

— E qual é a sua certeza de que ele realmente é o responsável?

— Não tenho prova nenhuma. Nada factível. Mas eu o confrontei no dia seguinte e vi a verdade dentro de seus olhos. E quer saber? Ele não demonstrou um pingo de remorso. De arrependimento. Nada. Parecia estar, de certa forma, satisfeito. Orgulhoso até. Mas o problema é: se ele mata assim, tão friamente, o que mais é capaz de fazer?

— Ele e Cortez se estranharam na missão de resgate.

— Sim. E não só na missão. Eles têm se estranhado esse tempo todo. Mas o problema é que Espartano não parece respeitar mais nada. Nem mesmo Manes. Essa instabilidade...

— É um risco! Judite, eu tenho de alertar Manes.

Ela teve um sobressalto:

— O quê?! De jeito nenhum. Eu contei isso porque confio em você. Não podemos causar mais...

— Minha linda, se você estiver certa, Espartano é um risco. A todos nós, a toda essa comunidade. Você se lembra dele tremendo naquela noite? Quando ele acendeu as luzes do prédio... Droga, se não tivesse feito aquilo, Erik estaria aqui, ao nosso lado, divertido e fanfarrão. Não acho que Espartano esteja bem. Aliás, acho que ele não está nada bem. E com isso que me contou...

Ela tornou a se sentar, cabisbaixa. Pensou um pouco, guardando um respeitoso e meditativo silêncio, até decidir:

— Tudo bem. Mas é o seguinte: não quero ir até Manes sem termos provas.

— Que provas?

— Não sei. Qualquer coisa a mais do que a minha intuição. Tudo ainda está muito fragilizado. As pessoas estão inseguras e ainda não se recuperaram do baque. Pessoas morreram e muita gente se feriu. Parte do Quartel foi destruída, e a confiança de todos está abalada. Não posso jogar mais lenha nessa fogueira; não dá para fazer uma acusação tão séria sem provas. Vamos esperar e falar com Manes quando algo concreto surgir.

Muito a contragosto, Cufu concordou, mas observou:

— Eu tenho a impressão, e não é de agora, que Espartano está prestes a explodir. Se ele for colocado em uma situação de pressão, não sei o que pode acontecer; e se o que você me contou for verdade, o cara é um barril de pólvora. Concordo em esperar pra falar com Manes, mas se eu achar que Espartano pode ter um novo rompante... Judite, se há algo de que não precisamos, é um justiceiro fora de controle! Acredite quando digo que Espartano pode estourar a qualquer instante.

— Se notarmos que isso está prestes a acontecer, vamos juntos falar com Manes. Feito?

— Feito!

CAPÍTULO 53

Manes relatou brevemente a Zenóbia quais eram suas intenções. Quando a amazona soltou um sonoro "O quê???!!!" no meio dos corredores do Quartel, ele lhe pediu discrição e fez um sinal para que fossem para um lugar mais reservado.

O casal dirigiu-se a uma sala que pudesse lhes dar um pouco mais de privacidade. Ele ficou longos instantes sem dizer nada, os punhos fechados apoiados sobre uma mesa, as costas arqueadas e o pescoço afundado. Zenóbia observou a tensão no comportamento do amado, típica de casais com um histórico de relacionamento problemático. Ela sabia o quanto a culpa o consumia e respeitara o espaço dele, permitindo que o líder vivesse seu luto da forma que lhe fosse mais aprazível. Embora tivesse se envolvido em um malfadado triângulo amoroso e protagonizado momentos difíceis, a amazona era uma mulher formidável. De fato, nem ela nem Liza eram Sêmele e Hera, e as posturas adotadas por ambas foram, dentro do possível em uma situação tão difícil, dignas.

Em um movimento repentino, Manes deu uma guinada e envolveu a cintura de Zenóbia com o braço musculoso, trazendo-a próximo de si. A mulher ofereceu uma pequena resistência, como uma felina dengosa desempenhando seu papel no jogo da conquista, mas logo viu seu rosto colado ao dele, os lábios a poucos centímetros de distância, seus olhos mergulhados na imensidão que eram as pupilas dilatadas pela emoção do líder. Já havia algum tempo que não ficavam tão próximos um do outro; ela prometera a ele o tempo que fosse necessário depois da morte de Liza, e cumprira sua palavra.

O homem falou com a voz mais terna que sua garganta áspera podia produzir:

— Você entende o que estou fazendo, não?

As palavras dissiparam a doce sensação do afago repentino e lembraram a moça do que estava prestes a acontecer. De súbito, ela se sentiu desconfortável nos braços dele e esforçou-se um pouco para se desvencilhar de sua pegada. Desviando o olhar do rosto marcado de cicatrizes do amado, mirou o chão ao mesmo tempo que respondeu:

— Sim, eu entendo. Mas não aprovo.

Eles estavam separados agora. Não só pela distância física, mas, e principalmente, pela rachadura interior que talvez jamais se curasse. Há chagas que são tão profundas, marcas que são tão intensas, que obscurecem até mesmo os sentimentos mais nobres. E a história daquele casal era conturbada. A amazona o amava, mas não tinha como deixar de se perguntar se ainda havia alguma chance para os dois. Manes prosseguiu, justificando-se:

— Zenóbia... Há outros lá fora. Outros como nós...

— Outros como Dujas? — ela o interrompeu, procurando mostrar-lhe a volatilidade de seu raciocínio.

— Não! — a voz do líder foi enérgica. — Não como ele. Não necessariamente como ele. Outros como nós, que querem reconstruir. De verdade. Há pessoas más no mundo, sempre houve. Mas recuso-me a acreditar que elas superam as boas. Mesmo com tudo o que vivemos, mesmo com...

Ela mantinha a cabeça baixa. Não sabia ao certo o que ele queria que ela dissesse. Desejava sua aprovação da mesma forma que pedia a de Liza antes de tomar qualquer atitude e, com ela aprovando ou não, fazia o que queria? Manes não era um homem de joguetes, não era de fazer jogos mentais — ele era simples demais para algo do tipo, honrado demais para maquinações, era alguém direto, cuja determinação e franqueza em geral se constituíam em obstáculos aos que o cercavam. Então, o que havia por trás daquela cena e de tantas outras? Qual era o significado daquilo? Por que ele precisava de uma figura feminina forte para confidenciar seus segredos? Será que era aquilo que abastecia o seu espírito indomado? Zenóbia tentou refletir sobre a personalidade tumultuada do amado, fazer uma autópsia no comportamento dele, mas a verdade é que lhe faltava objetividade para chegar a uma conclusão, pois a imagem que ela tentava criar sempre aparecia turva, misturada com o conceito pessoal que tinha do homem. Todo e qualquer raciocínio era devorado pela força do coração! O líder continuava falando:

— Olha essa comunidade, a grandona. A Catedral. Essa que preciso visitar pessoalmente... São cinco mil pessoas vivendo juntas. Sabe o que isso significa?

— Sim, cinco mil problemas! Manes, o que há de errado com o que temos aqui? Com o que construímos? Por que não podemos nos contentar com a vida no Quartel? Por que não podemos nos suprir apenas uns dos outros? De onde vem toda essa ambição? Seria tão mais fácil apanhar aquilo que já temos, aprender com nossos erros e recomeçar com uma base mais segura e sólida. Sabe, às vezes, eu acho que...

A voz morreu na boca da moça, que abraçou o próprio corpo e se encolheu. Ela teria entrado em posição fetal, se pudesse. Teria feito uma capa protetora com a própria pele e se agasalhado dentro de seu âmago, criado um casulo e mergulhado no interior do seu ser. Tudo o que queria naquele instante era se acastelar dentro de si mesma e ali ficar, sem que pudesse ser vista por ninguém. Sabia que, independentemente do que dissesse, Manes faria o que quisesse. Aquela conversa era mera formalidade e uma tentativa de obter apoio e aprovação. Sim, só podia ser isso. Uma forma de expiar a culpa por tomar uma atitude dúbia, talvez. Ainda assim, a simples hipótese de reviver algo sequer parecido ao que ocorrera no mês anterior a aterrorizava. O líder se aproximou e, com voz imperiosa, forçou-a a terminar o pensamento:

— Você acha que...?

— Deixa pra lá.

— Não, fale. Eu valorizo o que você pensa. Sua opinião...

"Valor?" Seria essa a motivação do homem? Eram esses os botões que o faziam funcionar? E o que é "valor"? Coragem? Bravura? Ousadia? Denodo? Estima? Ela tomou coragem e respondeu:

— Manes, você só valoriza sua própria opinião. É um doce de pessoa quando quer, e eu o amo mais do que minha própria vida, mas você também é o cara mais cabeça-dura que já conheci. Você faz o que quer, como quer e quando quer, doa a quem doer. Eu posso falar o que for, posso apresentar uma tese de doutorado sobre o assunto que não vai adiantar, pois quando você se convence de algo... O que eu ia dizer é que... Bom, é que eu sinto como se isso tudo fosse uma cruzada de um homem só. Como se, ao alcançar esse seu objetivo supremo — o que quer que você almeje —, ao suportar todas as dores de mártir e realizar o plano que há na sua cabeça... Sinto que é como se você simplesmente estivesse tentando encontrar uma maneira de...

— De...? Fale de uma vez, Zenóbia!

Ela o fitou, seus olhos cor de mel denotando seriedade. Os sons pareceram absorvidos pela súbita tensão que permeou o cômodo, e só o que restou foram as respirações ofegantes da guerreira e de seu amante. Por fim, a amazona concluiu:

— Ela não vai voltar, Manes. Não importa o que faça, não há como ela voltar. E não há também do que se redimir. Não foi culpa sua. Você fez o que achava certo e...

Ele ergueu a mão, em sinal para que a moça parasse de falar:

— Por favor, não conclua esse pensamento. Isso não tem nada a ver com Liza. Nada! Tem a ver com a gente. Com a nossa sobrevivência.

— Não tem a ver com Liza? Não é uma forma de autopunição que você encontrou? Essa missão impossível que se impôs? Essa tarefa hercúlea? Fazer algo que a humanidade inteira não foi capaz não é uma forma de não pensar, de não lembrar? Não é uma fuga? Uma forma de espiar sua culpa por estarmos juntos quando ela...

— Isso não tem nada a ver com Liza! — ele grunhiu como um animal selvagem, com a fronte franzida e o corpo tensionado.

— Então, se não for autopunição, talvez seja sua forma de redenção! Repito: por que não nos agarramos ao que somos e ao que temos? Não faz nem um mês que tudo ocorreu... O que precisamos é de reestruturação, aqui, dentro do nosso lar. Você nos deve orientação, nos deve sua presença! Como comunidade, não precisamos do nosso líder ausente, aumentando nossas fileiras; precisamos dele aqui, conosco! E, como mulher, eu preciso do homem que amo ao meu lado! É isso o que tenho a dizer e aposto que todos os outros dirão a mesma coisa!

Ele ficou pensativo, repassando na cabeça a conversa com Cortez. Parecia estar tendo um *déjà-vu*. Infelizmente, Zenóbia estava certa sobre uma coisa: o coração do líder era, de fato, muito duro. Implacável. Ele envolveu o rosto dela com ambas as mãos e afirmou:

— Não é tão simples assim. Eu estou pensando no nosso fut...

Mas ela rechaçou seu carinho e protestou:

— É exatamente simples assim. Nós podemos ver a vida de maneira singela ou complicada. É só uma escolha!

— Zenóbia, esse tempo todo em que estive afastado de você serviu para que eu abrisse meus olhos. Não a rejeitei. Nunca a rejeitei, jamais fiz isso. Mas precisava de um tempo; pensar, refletir. Liza morreu de uma forma terrível, enquanto nós fazíamos amor. Sabe o que isso representa? O que faz à alma? Não é um peso fácil de carregar...

— Eu compreendo, Manes. Sempre compreendi e, por isso, jamais o pressionei. Mas queria te lembrar de que o peso pende para os dois lados. Ou você acha que não me sinto culpada também? Acha que essa porcaria toda não me afetou? Ela era a rainha, eu sou a cadela. É tipo Anna Karenina sendo corroída por toda aquela pressão da sociedade burguesa e hipócrita da época. Todos aqui têm falhas muitos piores do que as minhas, mas parece que sou eu quem fica em evidência. Sou eu que estou na boca do povo e nos olhares dissimulados. Eu, Manes! Eu!

Ele ficou mudo. Jamais havia pensado nos sentimentos de Zenóbia com relação àquilo tudo, apenas nos próprios. Por um instante, sentiu-se egoísta e mesquinho. A amazona prosseguiu:

— Durante muito tempo, antes de tudo isso acontecer, lidei com sua indiferença, mesmo sabendo o que sentíamos um pelo outro. Fiz isso porque compreendo e aceito suas responsabilidades, porque respeito suas escolhas e porque sei da importância do seu papel para todos nós. Mas isto aqui é outra história. Não peça que eu assine embaixo de algo com que não concordo. De algo que pode nos arruinar.

— Eu sei que já falei isso tudo antes, mas me deixe terminar. Olha, são dois assuntos separados. Isso aqui não tem nada a ver com ela. De verdade. Tem a ver com uma chance de nos unificar. Reconstruir. Pra valer. Eu estou cansado de viver com medo, de viver enjaulado, porque isso aqui nada mais é do que nossa prisão particular. Veja o que todos esses anos de reclusão nos trouxeram: tudo explodiu como nitroglicerina na primeira oportunidade. Acha que será diferente no futuro? Quanto tempo mais até as coisas ficarem insustentáveis novamente? Acha que as pessoas vão aturar muito mais? Vou ser honesto, Zenóbia, não vai demorar muito para começarmos a encontrar gente enforcada no banheiro. A pressão é demais. Nós regredimos. Violamos uns aos outros. Foi uma coisa horrível o que aconteceu aqui dentro, e por isso temos que fazer as coisas de um jeito diferente agora. Mas, para isso, precisamos de ajuda.

Ela estava cabisbaixa ao responder:

— E você acha que esse é o caminho? Trazer cinco mil pessoas para nossas vidas vai mudar algo? Ou só vai aumentar a escala dos problemas?

Ela expunha a questão sob um prisma difícil de ser rebatido, mas, ainda assim, o homem foi incisivo. Naquele momento, trazê-la para o seu lado era mais importante do que qualquer lógica:

— Sim. Tenho certeza de que esse é o caminho. Temos que sobreviver em nome de todos os que morreram. É nosso dever moral! É só o que nos resta a fazer.

Zenóbia não era tola. E não seria uma conversa como aquela, com um fundo moral forçado e duvidoso, que a convenceria. Contudo, ela sabia quando parar. Nada de positivo resultaria de uma discussão mais longa, portanto, apenas deu de ombros, abraçou-o e beijou-o calorosamente, ficando na ponta dos pés para chegar à altura adequada. O beijo foi longo e molhado e, quando terminou, sem se desenredar, disse em meio a um sorriso maroto:

— Então me deixe ir com você. Pelo menos vamos ficar juntos.

— Não. Acima de tudo, esta é uma missão tática. E tenho de levar os homens mais adequados para cumpri-la. Fora isso, preciso de você aqui. Você e Cortez terão que ser minha voz para a comunidade enquanto eu estiver fora. Eu confio em vocês; confiaria minha vida a vocês, então essa é a única alternativa. Vocês manterão o Ctesifonte unido.

Zenóbia não sabia dizer se aquilo tudo era sério, se Manes acreditava de verdade em toda aquela ladainha ou se estava simplesmente procurando uma forma de morrer, de aliviar a carga em seus ombros. Àquela altura, ela não sabia de mais nada. Deu uma risada forçada e afirmou:

— Eu? A cadela? Manter a comunidade unida? É piada, não?

— Para de falar assim!

— Manes, vamos ser honestos. As pessoas nem ao menos gostam de mim. Parte da comunidade me evita desde... Bom, desde que eu e você nos envolvemos. E agora, depois de Liza, acho que a tendência é piorar.

— Você não teve nada a ver com o que aconteceu com ela.

— Não, mas eu não sou ela! E todos sabem disso, até mesmo eu!

Manes pousou ambas as mãos nos ombros da mulher. Ela era tremendamente forte para seu tamanho, porém sentiu o peso dos membros dele e o natural aperto de seus dedos, mesmo quando a intenção dele não era fazer pressão.

— Zenóbia, eu sou da opinião de que as pessoas são boas. Tenho que acreditar nisso. Nós já falamos sobre isso antes e, apesar de tudo, apesar de toda a merda que aconteceu, continuo achando isso. Se você der uma chance, as pessoas vão mostrar seu lado positivo. Elas vão ajudar. Vão mostrar sua bondade. Eu acredito que elas se sentem bem quando fazem isso. Mas as condições adequadas precisam ser criadas. Você vai ter Cortez ao seu lado, e os dois tomarão todas as decisões certas; estou convicto disso!

Ela apontou o óbvio:

— Bem, alguém precisa tomar decisões certas, pra variar!

Ele precisou engolir o orgulho para responder:

— Por favor, eu não quero discutir. Preciso do seu apoio para poder mudar as coisas. Chega de meias verdades. Chega de repressão e decisões unilaterais. Se Dujas tinha razão numa coisa é que temos a chance de construir algo diferente. Pra valer. Mas, para isso, temos que mudar tudo, destruir todos os sistemas antigos e erigir algo novo. Algo fresco. Esta é a hora!

— OK. Espero que você esteja certo.

O casal beijou-se novamente, e ela sentiu um frio no estômago.

— Quando pretende partir? — perguntou.

— Amanhã, se tudo já estiver pronto, então acho que está na hora de reunir as pessoas e expor o plano.

Ele estava se afastando, quando ela o puxou pelo braço, dizendo:

— Isso pode esperar.

E, com a outra mão, correu lenta e sensualmente os dedos pelo próprio pescoço, circundando um seio por cima da roupa, estacionando na altura do umbigo. Manes abriu um sorriso largo e mimetizou a frase:

— Pode esperar!

CAPÍTULO 54

Os preparativos foram rápidos e concisos. O veículo foi preparado, guarnecido com armas e abastecido. Um galão extra de combustível foi colocado no porta-malas, e também alimentos não perecíveis. Manes pediu a inclusão de lanternas com baterias, comunicadores de curto alcance para que o trio falasse entre si, caso necessário, armas brancas diversas e um rádio para se comunicar com o Quartel, embora ninguém soubesse dizer se ele funcionaria a uma distância tão longa.

— Tem certeza quanto a esses explosivos? — perguntou Cortez. — Temos poucos deles.

— Sim. Eles já estão aqui há três anos e jamais os utilizamos. Não sei nem se vão funcionar, então vou levar três e deixar um com vocês. Não se esqueça de colocá-lo de volta no cofre. Sei que o acesso à sala de armas está bastante restrito e controlado, mas é melhor não arriscar.

O cofre era algo de que pouca gente na comunidade tinha conhecimento. Apenas Manes, Liza e Cortez sabiam de sua existência. Lá, o líder guardava algumas coisas realmente perigosas, incluindo aqueles quatro explosivos militares que ele adquirira ainda nos primeiros anos. Os explosivos funcionavam à base de C4 e tinham cronômetro digital. Eram quase cinematográficos.

Escondido atrás de um armário de metal, o cofre ficava em uma espécie de acesso secreto no almoxarifado. Cortez colocou os três explosivos dentro de uma mochila para que o líder levasse e, por ora, deixou o último na prateleira da sala das armas, dizendo:

— Depois eu o guardo lá. Fique tranquilo, que não vou esquecer.

Naquele momento, pareceu inofensivo deixar aquele explosivo dentro da sala de armas. Mal sabia a dupla a repercussão que tal ato teria em pouco mais de vinte e quatro horas.

Eles pegaram as demais armas que Manes escolhera e fecharam a porta de metal. A Sprinter já estava preparada, e Espartano e Júnior esperavam prontos a seu lado. Manes conversara previamente com ambos, em separado. Júnior ficara tremendamente surpreso por ter sido escolhido para tomar parte em uma missão daquelas. Ele jamais saíra com os batedores, quem dirá empreender uma viagem longa, mas não se sentiu intimidado. Na verdade, a sensação que teve foi de valorização. Ele era importante!

A conversa com Espartano não havia sido assim tão animadora:

— E você quer que *eu* vá? — foi a pergunta óbvia que ele fez.

— Preciso de um bom batedor para me dar cobertura.

— E por que não Cufu? Ou Kogiro? Eles são guerreiros mais habilidosos do que eu.

— Exatamente. E por isso precisam ficar aqui e resguardar a comunidade. Não vou cometer o mesmo erro que da última vez.

— Sei... — o homem ficou pensativo. — E você também precisa me manter afastado de Cortez, certo?

Manes não tentou disfarçar:

— Isso também.

— Ouça, Manes, não é porque quase saímos no braço meia dúzia de vezes nos últimos dias que vamos nos matar.

— Assim espero!

Foi quando ambos trocaram as únicas farpas daquela discussão. Espartano se aproximou e, olhando o líder no olho, falou:

— Eu vou. Mas saiba que, se a coisa apertar, farei as coisas do meu jeito.

Manes também deu um passo adiante para ficar ainda mais próximo do batedor e rosnou, com a fronte franzida e os olhos cintilando de ardor:

— Você vai estar em missão sob o meu comando, soldado! E vai fazer exatamente o que eu mandar...!

A frase não foi exatamente reticente, mas, tendo interpretado dessa forma, Espartano perguntou:

— Senão...?

— Eu e você teremos um sério desentendimento. E você será lembrado de uma ou duas coisas que parece ter esquecido!

Os olhos lupinos de Manes faiscaram por debaixo das sobrancelhas espessas com tal intensidade que toda a ironia e o sarcasmo desapareceram do rosto de Espartano e ele foi incapaz de sustentar aquele olhar, que era como uma agulha que apunhalava, desviando o rosto para o chão. Manes inquiriu:

— Estamos entendidos?

— Sim!

E para não haver mais dúvida a respeito de quem estava no comando, o líder emendou:

— E como esta é uma conversa militar, eu poderia pedir a você que respondesse "Sim, senhor!". Mas não vou fazer isso. Entretanto, não confunda minha complacência com fraqueza. E sempre, sempre lembre-se de que em uma queda de braço entre nós dois você não tem a menor chance. Ficou claro?

Espartano consentiu. Manes alertou:

— Saímos em uma hora.

CAPÍTULO 55

Kogiro estava cabisbaixo, ombros caídos, olhar apagado. Seu espírito guerreiro, consumido pela dor da derrota, parecia completamente sobrepujado — pelo que nem ele próprio entendia.

O Mestre aproximou-se com seus passos silenciosos e leves como os de um gato e falou com seu indefectível sotaque japonês:

— Você não treina hoje, Kogiro?

— Sim, *Sensei*. Já vou me trocar. Desculpe, eu só estava pensando.

— Pensar nem sempre bom. Melhor sentir.

— Eu sei. E eu sinto, *Sensei*. Estou sentindo lá no fundo da alma. Sinto uma dor que não dá pra explicar. Humilhação mesmo.

— Dor passar. Agora treinar. Aí melhora.

O jovem aprendiz engoliu em seco. Não estava com vontade de fazer nada naquele dia. Nem sabia por que tinha ido até a academia, quando sua vontade era apenas de ficar em casa, deitado no sofá.

— Eu perdi o campeonato, *Sensei*. Estava nas minhas mãos e eu perdi.

— Sim. Quando luta, só há dois resultados. Um vence, outro perde. Às vezes empata, mas empate não bom. Ontem você perde. Amanhã, outro dia. Agora veste quimono.

Sem dizer mais, o Mestre afastou-se, mas Kogiro falou em voz alta:

— Minha técnica era melhor, *Sensei*. Muito melhor. E mesmo assim eu perdi!

O Mestre parou onde estava e ficou alguns segundos quieto, de costas para Kogiro, como se ponderasse sobre o que ia falar. Então, voltou-se e disse:

— Sim, técnica melhor. Mas luta mais que técnica. Luta precisa coração também. Você, ontem, técnica melhor. Mas ele, ontem, samurai melhor. Agora você treinar mais para encontrar, um dia, lugar no coração para ser samurai melhor. Você muito aqui. — Com o dedo indicador, ele bateu três vezes na têmpora de Kogiro. — Não bom. Bom é aqui. — E ele bateu repetidas vezes com os quatro dedos estendidos no próprio peito, indicando o coração. — Agora levanta, pega espada e treina! Treino limpa tudo!

A conversa estava encerrada. Qualquer outra coisa que Kogiro falasse seria em vão, ele bem o sabia. As palavras de seu Mestre costumavam ser uma armadura que o revestiam nos momentos difíceis. Mas não naquela tarde. O embaraço da humilhante derrota que sofrera no campeonato, no dia anterior, era demais para o orgulho do aspirante a samurai. Tendo interpretado errado toda a forma do pensamento samurai, sentia como se houvesse apenas desonra em seu coração. Ele treinou sem vontade naquela tarde; os golpes estavam imprecisos e fracos; a espada parecia um instrumento frágil em suas mãos, que repicava ao tocar o alvo e perdia o controle a cada ataque desferido. Todos perceberam a situação, incluindo ele próprio.

O Mestre, homem de poucas palavras (ainda mais durante o treino), falou mais do que de costume naquela uma hora e meia que os dois passaram juntos. Era como se suas palavras ignorassem o resto da turma e tivessem sido ditas diretamente para o espírito amargurado e abatido de Kogiro, mas nada parecia surtir efeito, nada parecia apaziguar sua alma. O Mestre disse que combater era como pintar. Como esculpir. Uma arte. E que cabia a cada um saber que tipo de artesão queria ser.

— Mente não pode estar na luta — disse o Mestre. — Ego não pode estar na luta. O que outros pensar não importa. Se golpe bonito, não importa. Vitória ou derrota, não importa. Só luta importa! Na luta, vence ou perde. Vive ou morre. Nada mais!

Kogiro terminou o treino sem ao menos suar; algo impensável. Suas mãos pareciam inseguras, trêmulas, incapazes de sustentar a responsabilidade de segurar uma *katana*, a arma que trazia a alma do guerreiro samurai dentro de si. Ele arrumou suas coisas com rapidez, sem conversar com os colegas no vestiário, e saiu depois de se despedir timidamente. Não queria dar chance para que ninguém viesse falar com ele, não queria que ninguém o tirasse de sua preciosa crise de autopiedade. Ele já estava descendo as estreitas escadarias da academia quando o Mestre o chamou. Kogiro deu meia-volta e apresentou-se na frente do *Sensei*, que foi breve:

— Um dia, você encontra verdade. Dentro de si. E, nesse dia, você samurai maior que todos aqui.

Kogiro queria uma bravata, queria espernear, rosnar e se debater. Queria dizer em voz alta que havia treinado duro durante meses, durante anos, mais do que todos os demais alunos juntos. Queria externar aquela decepção, que era a maior de sua vida, que era mais do que ele podia aguentar; queria alertar que estava pensando seriamente em jamais voltar a treinar e que as dúvidas haviam se apossado de seu espírito. Que legado era aquele, afinal? Os samurais estavam mortos! Não havia espaço para eles na vida moderna — era tudo filosofia de botequim! E, mesmo que estivessem vivos, eles estariam a meio planeta de distância. Um modo de vida não pode cruzar a face da Terra, não pode se adequar a uma mente juvenil separada pelo tempo e pelo espaço. Ele queria dizer tudo aquilo, colocar para fora a frustração e anunciar o fim de tudo, porém não o fez. Apenas engoliu em seco e, com um aceno de cabeça mudo, despediu-se do Mestre.

Foi duro conter as lágrimas.

O percurso da academia para casa não era longo — apenas algumas quadras caminhando por uma avenida longa e movimentada. Jovens passavam a seu lado, com seus fones de ouvidos plugados aos celulares, encerrados em seus próprios mundos. Uma senhora carregava duas sacolas recicláveis de supermercado com as compras da semana. Um homem vestindo roupas finas parecia discutir calorosamente no celular, falando algo sobre suas ações. Um carro do outro lado da avenida escutava música tão alta que o grave das caixas de som parecia ribombar em seu peito. Kogiro não deu atenção a nada. Ele continuava absorto em seus pensamentos, cabisbaixo. Seguia reto quando um som alienígena ao cotidiano, agudo e repentino, tirou-o do refúgio de sua mente. O grito foi quase imediatamente acompanhado de outro, e mais um, então o barulho altíssimo de uma colisão de veículos o fez dar um pulo de susto. Em uma fração de segundo, o mundo ao seu redor havia colapsado.

O conhecido e assustador barulho de pneus freando feriu seus ouvidos quando um carro deu uma guinada, desviando-se do acidente que tomara metade da rua. O motorista perdeu o controle do veículo e virou para a calçada, indo na direção do samurai. Não houve tempo de pensar, apenas de reagir. Ele jogou a mochila (mas não a espada) para o lado e deu um rolamento perfeito sobre o capô, impedindo que o carro batesse em suas pernas. Ainda assim, o violento impacto trincou o para-brisa e o fez quicar, derrubando-o na lateral da sarjeta. O carro terminou sua trajetória espatifando-se contra o muro de um prédio, mas não havia tempo para ver se o motorista estava bem. Não havia tempo nem para examinar os próprios ferimentos. Ao seu redor, o impensável acontecia.

Kogiro não era de falar palavrão, mas soltou uma imprecação maldosa quando algo que era um arremedo de ser humano investiu em sua direção. A pele da criatura era cinzenta e seus olhos, vermelhos, como os de um ser recém-saído de um livro de literatura fantástica, urrando e babando num descontrolado frenesi. Usando em seu favor a violência da negligente investida, ele aplicou um *koshi waza* e pregou o atacante no chão. O tronco da criatura se espatifou contra o asfalto nu, mas, em meio à queda, ela se agarrou à camisa do jovem, rasgando-a de ponta a ponta.

Tudo aconteceu ao mesmo tempo: explosões próximas e distantes chegaram aos ouvidos do samurai; uma orquestra de gritos e pavor soou alarmantemente alta, como se viesse de todas as direções; outros acidentes, provavelmente em ruas perpendiculares ou paralelas, indicaram que o problema era maior do que parecia. Imediatamente, Kogiro pensou que precisava sair das ruas e ir para casa. Então, deu-se conta dos uivos. Ao seu redor, dezenas, talvez centenas estavam mortos, caídos, como se seus corpos tivessem simplesmente parado de funcionar. E tantos outros se levantavam, assumindo novas e grotescas posturas, similares ao monstro que o atacara. O horror, puro e pleno, tomava forma bem diante de seus olhos. Aquela manifestação não era como as que ele já vira no cinema — não, tela alguma jamais fora capaz de retratar o que ele testemunhava naquele instante.

O choque inicial passou. Ele largou o monstro que derrubara e tirou das costas o *case*, um invólucro de náilon feito especialmente para acomodar a espada dentro da bainha, que era carregado sobre o ombro da mesma forma como se carrega uma mochila. Kogiro abriu-o e apanhou a arma, desembainhando-a no meio da rua. O aço polido brilhou, refletindo a luz tênue do Sol, que já preparava sua descida a oeste. Nem bem havia feito aquilo, quando foi atacado novamente.

Desta vez, o atacante viera pelas costas, mas não houve tentativa consciente de apanhá-lo de surpresa. Mesmo que aquele terrível grito, que mais se parecia com um uivo, não o tivesse alertado, os movimentos do ataque o teriam. Kogiro, cuja mente estava acostumada ao combate e, portanto, era mais sensível a suas peculiaridades do que a mente das pessoas comuns, já havia pressentido que estava sendo ameaçado. Assim, reagiu sem nem sequer olhar para trás — a reação de um guerreiro!

Quando deu-se conta, sua espada já estava enterrada dentro da barriga de uma criatura. Era uma moça jovem, de uns dezessete anos de idade. Tinha cabelos loiros divididos em duas tranças, piercing no nariz e sardas no rosto, que podiam ser percebidas apesar daquela pele cinzenta, com aspecto repugnante e doente. Ele arrancou a lâmina e desferiu novo golpe, desta vez cortando na linha da garganta. Então, percebeu a cor do sangue que ficara grudado na arma.

A jovem caiu de joelhos, mas ele não ficou para acompanhá-la ao seu derradeiro fim. Kogiro correu o máximo que pôde, tentando chegar até sua casa. Ele jamais havia matado alguém antes; nunca havia sequer pensado no assunto. Naquela tarde, ele matou três pessoas. Suas mãos tremiam quando, finalmente, encontrou a segurança de seu lar. Infelizmente, assim como muitos outros, ele foi o único de sua família a sobreviver. Os anos seguintes não foram nada fáceis.

Havia muito tempo que o samurai não pensava naquele dia. Desde então, ele não tinha mais Mestre. Jamais soube o que houve com seu *Sensei*. Tempos depois, voltou à academia e encontrou-a deserta; recolheu todas as espadas que havia por lá e as levou consigo. Isso foi bem antes de ele se aperfeiçoar no uso do facão, arma mais simples de ser encontrada e de manter afiada. Mas ele ainda treinava com sua espada ocasionalmente.

Durante quatro anos, ele sobreviveu naquele mundo apocalíptico, tentando encontrar um propósito em seu coração, tentando encontrar o espírito samurai que seu Mestre havia visto dentro dele, mas que ele próprio jamais conhecera. Há um mês, em uma situação de extrema urgência em um telhado abandonado, contra todas as chances e lógica, ele afinal cumpriu a profecia do *Sensei*. Desde então, seu espírito se aquietara, deixando de singrar para lá e para cá, incerto, perdido, em constante movimento. Ele se tornara denso e seguro; toda a ansiedade fora deixada para trás, todas as dúvidas, as necessidades. Não havia mais desequilíbrio, não havia mais medo, incerteza, suspeita ou precariedade em seu coração. Kogiro, enfim, estava em paz.

Dias atrás, o líder Manes, ao cruzar com ele nos corredores do Ctesifonte, perguntou se ele estava bem.

— Por que a pergunta?

— Você parece mudado. Nós nunca conversamos muito, mas você sabe que eu sempre o tive na mais alta conta.

— A recíproca é verdadeira. Mas o que quer dizer com "mudado", Manes?

— Você parece mais... sólido!

O samurai demorou a responder àquela pergunta. Não foi naquele dia, nem no dia seguinte, apenas no outro que, ao cruzar com Manes novamente, disse:

— Neste mundo, o homem nasce e morre só. Não levamos nada de fora para o túmulo, apenas o que há dentro de nós mesmos. Para viver, um homem precisa aprender a morrer. Naquele telhado, eu aprendi a morrer e agora morro todos os dias, todos os instantes, para todas as coisas.

— Você quer dizer que se desapegou da vida?

O japonês apenas insinuou um sinal de positivo com a cabeça. O líder completou:

— Então... Por que seguir em frente? Por que não dá um fim nisso tudo imediatamente? Por que manter a dor?

Kogiro sorriu.

— Precisamos manter a ilusão enquanto estamos aqui.

— Ilusão? Que ilusão?

— A ilusão da vida. Tudo é efêmero e passageiro. Nós viemos; nós fizemos; nós vamos embora. Como o pólen das flores em um dia de primavera.

Manes não compreendeu aquelas palavras. Apenas acenou com a cabeça e continuou sua caminhada. O samurai sorriu ao ver se afastar aquele que era um grande homem, porém não pôde evitar pensar no que seu Mestre teria dito dele: "Muita coisa aqui!", apontando para a têmpora. "Precisa de mais coisa aqui!", apontando para o coração.

CAPÍTULO 56

Três dias.

Fazia três dias que Júnior não comia nada. Nem mesmo uma fruta, um amendoim, um grão de cereal. Três dias apenas bebendo água, dormindo a maior parte do tempo e, no resto dele, rolando no sofá, lamentando-se e esperando que o mundo acabasse.

A simples possibilidade de abrir a porta do apartamento e sair o apavorava em tal nível que, de repente, a ideia de deitar-se e esperar a morte chegar não parecia tão ruim assim.

Várias vezes por dia ele se levantava, sacudia a poeira e dizia a si próprio que aquilo não era opção, que ficar passivo daquela maneira não tinha nada a ver com seu comportamento e que precisava lutar para sobreviver. Contudo, bastava se aproximar da maçaneta que toda a sua armadura de coragem — na verdade, apenas um pequeno verniz que o recobria momentaneamente — desfazia-se como poeira levada pelas chuvas.

Morrer seria algo tão ruim assim? Qual era o propósito de continuar vivo, afinal? Seus pais e amigos estavam provavelmente mortos — ou pior, transformados. Se ele permanecesse bem quieto, deitado, com os olhos fechados, será que teria paz? A fome iria, enfim, desaparecer e ele conseguiria sentir os braços da morte chegando de forma lenta, porém inexorável, tomando, pouco a pouco, conta de seu corpo até que restasse apenas um grande silêncio... Ou estaria ele se submetendo a uma infindável agonia, pior do que qualquer ação que pudesse realizar?

Shakeaspeare questionava a morte em *Hamlet*, na passagem mais famosa, do "ser ou não ser". O que havia de errado na entrega, afinal?

De repente, algo o aturdiu. Júnior sentiu como se sua cabeça tivesse recebido uma marretada e os cacos do cérebro partido tivessem se espalhado por todo o cômodo. Foi uma percepção instantânea, um reconhecimento da verdade sobre algo tão grande e tão certo, que envolvia todas as demais coisas. A expectativa da morte deixou de alarmá-lo, bem como sua eventual chegada — se havia uma certeza, *era* aquela! A morte chegaria em dez minutos, em dez anos ou mais; não importava, mas ela chegaria. E, quando ela chegasse, a grande pergunta a fazer seria: o que foi feito dele em vida?

As pessoas passam a maior parte da vida gastando tempo com coisas tolas e fúteis; elas fazem isso enquanto há tempo para viver, mas, quando a morte chega, o que elas dizem?

De repente, Júnior levantou-se com uma tenacidade que jamais tivera desde o Dia Z — na verdade, uma tenacidade que jamais tivera em toda a sua vida. Ele não queria saber da morte, não queria nada com ela; o que ele queria era saber da vida!

Caminhou até a porta, girou a maçaneta e deu uma última olhada para trás, para seu antigo apartamento, para sua antiga vida. Um último suspiro, os olhos fechados por um momento, absorvendo a essência de tudo aquilo — e então o elo se desfez. Desapegado, Júnior deixou tudo para trás, fechando a porta atrás de si. E daquela vez para não ter volta, pois não levara a chave consigo. A porta bateu, o trinco fechou e a catacumba que seu antigo lar havia se tornado perdera seu único prisioneiro. Júnior decidira viver, quer fossem mais dez minutos, quer fossem dez anos ou mais!

A cidade estava assustadoramente silenciosa. O único ruído presente era o ronco do motor da Sprinter, misturado àquele som característico da rolagem dos pneus contra o asfalto, alterado pela lufada intermitente do vento que entrava pela janela entreaberta. A saída do Quartel tinha sido fácil. Nada de contaminados cercando o Ctesifonte daquela vez; apenas um breve abrir do portão, tempo suficiente para que o carro deixasse a fortaleza e ganhasse as ruas. Curiosamente, chegar aos arredores da cidade também não tinha sido tarefa difícil. Era como se os deuses estivessem, pelo menos uma vez, colaborando para o bom andamento da operação.

Os ocupantes do veículo, deixando-se levar pela onda de tensão que a quietude e a constante desolação da paisagem traziam, mantinham-se isentos de falar, limitando-se a olhar para fora e gravar, com cuidado, cada detalhe que conseguissem perceber. Por fim, foi Júnior quem quebrou o pacto velado do grupo:

— Parece que está ficando menos obstruído deste ponto em diante.

Manes, ao volante, respondeu:

— Sim, mas não sei por quanto tempo. Estamos saindo da cidade e pegando a estrada principal. Ela é larga, com três pistas na maior parte do caminho, mas são por volta de trezentos quilômetros até lá. E, pouco antes de chegarmos à Catedral, teremos que pegar uma vicinal — sete ou oito quilômetros mais ou menos. Lá, será preocupante.

— Bom, trezentos quilômetros também não é tanto assim. Teoricamente, chegaremos lá ainda hoje.

O líder sacudiu a cabeça:

— Improvável. Não conseguiremos manter velocidade constante durante muito tempo. Logo mais o caminho ficará complicado. É capaz até de encontrarmos antigas barricadas das Forças Armadas, o que nos obrigará a contornar a pista ou a pegar desvios.

— Como sabe disso?

— Bom, é apenas suposição, mas como a maioria das coisas se mantém igual desde o colapso do governo, ainda no primeiro ano da Era D.A., é quase certo afirmar que as resistências feitas pelos militares, todas aquelas tentativas de contenção e quarentena do início continuam no lugar. Sorte nossa que evacuações não foram programadas, ou as estradas seriam filas de carros vazios intermináveis que nós jamais conseguiríamos transpor.

— E você viu isso tudo? A ação militar, quero dizer. — Júnior estava bastante interessado em escutar histórias de alguém que esteve no olho do furacão como testemunha ocular.

— Grande parte. O governo — ou melhor, o que restou dele — tinha alguns planos, que, infelizmente, não batiam com as ideias dos militares. A dificuldade nas comunicações e a descentralização do poder foram dois fatores complicadíssimos. Algumas pessoas aproveitaram a confusão para subverter a ordem, mas o resultado disso foi...

Espartano tomou parte da conversa:

— Caos?

Manes olhou para ele pelo espelho retrovisor. O batedor estava sentado teso, com expressão de poucos amigos e a arma no colo.

— Sim. O resultado foi o caos.

Júnior queria saber mais:

— E a Batalha da Paulista? Você esteve lá de verdade? — Manes apenas fez que sim com a cabeça. — E por que uma única batalha selou o destino do nosso país? Por que os outros estados não se organizaram, mesmo depois do fracasso dela? Nunca consegui entender a importância daquele conflito e por que tudo degringolou depois...

— Só entende quem estava lá, Júnior. Não há mais livros de História para elucidar as dúvidas. Na verdade, não há mais História sendo escrita, senão aquela nas nossas cabeças, esperando por um dia, por uma brecha para ser registrada. Nossa cultura está acabando, definhando, morrendo junto com tudo o que fomos e somos. É por isso que temos de reconstruir. E reconstruir imediatamente, antes que percamos demais, a ponto de não poder recuperar. Olhe para nós, usando rádios para nos comunicar, como era feito na Segunda Guerra Mundial; veja o quanto retrocedemos. Sim, ainda temos internet, como você bem sabe, graças à boa vontade de meia dúzia de *hackers* malucos que continuam lutando para manter esse meio vivo, mas nós não conseguimos nem usá-la em *smartphones* ou trecos assim que, até o Dia Z, eram comuns. Tudo despencou. Meu ponto é que ainda temos alguma chance de reverter isso, pois lá fora há pessoas com capacidade para tanto. Mas, quanto mais tempo passa, menores são as nossas chances. Quando as pessoas que mantêm a net viva caírem, por mais precária que ela esteja, quem terá sobrado com conhecimento suficiente para fazê-la funcionar de novo? Compreende? O mesmo vale para outras coisas, de estações de tratamento de água à fabricação de pneus. Se o conhecimento morrer, nós morreremos com ele.

De repente, Espartano deu uma guinada em seu assento e, em uma fração de segundo, estava com a arma apontada para fora. Segurava-a com firmeza, um olho aberto e outro fechado, mirando um alvo. Júnior, totalmente absorto pela conversa, teve um sobressalto e girou a cabeça diversas vezes, tentando descobrir o que estava acontecendo. Logo foi acalmado por Manes, que disse, ao mesmo tempo que Espartano parecia relaxar:

— Calma, Júnior, eles ficaram para trás.

— Eles? Como assim? Eu nem vi...

Espartano rosnou:

— Sobreviver aqui fora é diferente de viver no Quartel, Júnior. Você precisa ficar esperto.

O jovem tomou o conselho como ofensa, embora não o fosse, e subiu nos tamancos para dar uma resposta à altura:

— Cara, eu sei me cuidar muito bem, falou? Eu enfrentei o Hulk no mano a mano! Se não fosse eu, Liza...

Quando percebeu que havia tocado no assunto, Júnior parou de falar. Mas já era tarde demais. Manes manteve-se tenso, olhando para a frente e, embora tenha tentado não demonstrar, a mera menção ao nome da falecida esposa mexera com ele. Espartano respondeu:

— Calma, garoto. Sua coragem e a de seu amigo não estão em discussão aqui. Sem os dois, tudo teria sido muito pior e talvez estivesse além de qualquer remédio. Mas aqui fora a coisa é um pouquinho diferente. Uma hora ou outra este carro vai ser obrigado a parar e, então, você vai sentir a tensão abraçá-lo como se fosse uma coisa viva. Vai ficar com medo de dar uma mijada, vai olhar para todos os lados enquanto faz isso, olhar por cima do ombro, sempre pensando que será atacado pelas costas. Aqui fora você descobre que, não importa onde esteja, sempre há um deles próximo o bastante para agarrá-lo. Aqui fora você percebe que eles correm mais, são mais fortes, selvagens e o superam em número. Sempre! E cada vez que...

— Chega, Espartano! — berrou Manes. — Não precisamos do rapaz apavorado do nosso lado! — A voz dele ficou moderada novamente. — Júnior, o que ele está dizendo é que o bicho pode pegar — e muito. Esteja pronto pra isso. Fim da história!

Júnior olhou para o motorista, depois para o passageiro no banco de trás e então sentou-se direito, com os braços cruzados. A paisagem à sua direita era uma série de borrões passando em alta velocidade, porém, concentrando-se um pouco, ele divisou um contaminado bem no meio de um grupo de araucárias. Foi apenas por uma fração de segundo, e a criatura logo ficou para trás, mas ele se surpreendeu consigo mesmo por tê-la percebido. Bastou uma breve concentração, um momento sem fazer piada nem cantarolar rock'n'roll mentalmente, e ele viu algo oculto que, em outras circunstâncias, não teria visto. E, meio sem querer, pensou nas teorias malucas que José adorava repetir todo o tempo sobre o tipo de pessoa que conseguia sobreviver em um mundo apocalíptico e em como era necessário talhar-se para aquilo. Sentiu que algo estava mudando dentro de si, tal qual a paisagem: havia cruzes de madeira fincadas ao longo da lateral da estrada, marcando a lembrança querida de alguém; havia uma dança de folhas secas sopradas pela brisa quente e suave vinda do sul; havia um horizonte meditativo, com nuvens cinzas cavalgantes que prenunciavam tempestade. Ele falou, não direcionando a frase para ninguém em específico:

— Foi só aqui, no fim do mundo, que percebi uma coisa.

Ninguém perguntou o que, mas ele respondeu mesmo assim:

— Foi em meio a toda esta desolação que aprendi a me comunicar com as pessoas. Comunicar de verdade. Quer dizer, eu ainda estou aprendendo... acho. Antes eu achava que me comunicava com todo mundo, via e-mail, via Facebook ou outra rede social. Eram aquelas conversas bestas, sem conteúdo. Eu conversava com gente do mundo inteiro, mas agora percebo que não conhecia ninguém. E ninguém me conhecia...

— É... Era um mundo bem louco aquele — disse Espartano. Ficaram um pouco em silêncio, enterrados dentro da própria mente. Enfim, Júnior perguntou:

— Manes, você ainda não falou sobre a Paulista. O que aconteceu?

A curiosidade do jovem técnico suplantava sua argúcia. O líder achou interessante a necessidade dele de saber sobre tais assuntos. Para Manes, que vivera aqueles dias inglórios, tudo era altamente elementar, os fatos se encadeavam perfeitamente na sua cabeça. Ainda assim, ele compreendia a insegurança e a incerteza que as pessoas comuns vivenciaram, carentes de toda e qualquer informação, pegas no claudicante fogo cruzado de uma guerra fratricida e antropofágica, que se alimentava de si, que devorava a si mesma. Tentou ser o mais didático possível, embora isso não fosse exatamente de sua natureza e ele precisasse se esforçar para agir assim:

— Bem, como já expliquei, o diálogo entre o Exército e o governo se perdeu.

— E o que isso significa?

Espartano se intrometeu:

— Significa que os filhos da puta ficaram mais filhos da puta ainda. Mas dessa vez a coisa era séria demais, e as consequências afetaram a vida de cada desgraçado que morava neste país.

Manes prosseguiu, ignorando a interrupção:

— O governo tinha um curso de ação estabelecido, cujo objetivo principal era garantir a segurança da população. Entenda: a situação que vivemos era algo que nenhum país do mundo esperava e, portanto, ninguém estava preparado. Claro que países como os Estados Unidos tinham *bunkers* e planos de evacuação, contingência e coisa assim, mas sempre se espera que a ameaça venha de fora, não de dentro. Governos do mundo todo estavam preparados para guerras e possíveis catástrofes naturais, não para o que aconteceu. Isso sem contar que as pessoas que dão as ordens, os "responsáveis" — Manes tirou as mãos do volante para fazer sinais de aspas no ar —, caíram duras no chão, como todo mundo. Isso foi o pior de tudo. Deus do céu! Metade dos presidentes do mundo morreu no Dia Z. Metade! Isso ajudou a generalizar o caos, potencializou disputas internas e atrasou a tomada de decisões. Houve dissidências e brigas partidárias, mas nosso governo, assim como vários outros países, conseguiu estabelecer um núcleo relativamente coeso; afinal, a situação era urgente demais... Usando os meios de comunicação — lembrando que tudo ainda funcionava perfeitamente bem no começo —, o governo trabalhou em uma proposta inicial estabelecida emergencialmente pela própria ONU.

— Ou o que restava dela! — interrompeu novamente Espartano.

— Ou o que restava dela! — confirmou Manes.

— E que proposta era essa? — Júnior parecia confuso. Nos primeiros dias da infecção, ele não acompanhou nada daquilo pela internet. De repente, sentiu-se culpado por ter passado tanto tempo visitando blogues sensacionalistas, colecionando piadas e memes de zumbis que pipocavam infinitamente na rede. Percebeu que o mundo girava a sua revelia e que havia pessoas tomando decisões que afetavam sua vida o tempo todo. Mas ele não parecia se importar. Sentiu-se culpado por ser tão relapso e passivo. Manes explicou:

— Para o governo, a segurança da população era primordial. O foco não era combater o inimigo, mas sim assegurar proteção a áreas, bairros, zonas, cidades inteiras, se possível, mantendo os infectados do lado de fora. Se conquistadas, essas áreas, todas de importância estratégica vital para a consolidação de uma resistência forte, poderiam ter garantido a segurança de milhares de pessoas. O plano era ambicioso, porém viável. Mas sua concretização só seria possível com o esforço conjunto de todas as autoridades envolvidas. E quando digo *todas* as autoridades, estou falando até dos malditos escoteiros. Todo mundo tinha que trabalhar junto nessa meta.

— Mas os militares tinham outros planos? É isso que você está dizendo?

— Sim. Há gente que afirma que tudo não passou de um mal-entendido e de uma série de problemas de comunicação. Pessoalmente, não acredito nisso. A verdade é que, para certos generais, a proposição de ilhar-se em determinadas áreas que nem sempre eram boas escolhas — e nisso concordo com eles — não era uma opção. Eles achavam que, caso ficassem atrás de barricadas, por mais bem estruturadas que elas fossem, seria apenas uma questão de tempo até os infectados estabelecerem um cerco e, eventualmente, atacarem com uma força que não pudesse ser rechaçada. Foi como eles viram a coisa toda e, a partir dessa linha de pensamento, decidiram agir ofensivamente!

— Mas qual é a relação disso com a Batalha da Paulista?

— A opção deles foi atacar a maior massa conhecida de infectados da cidade, reunida na região sul, e destruí-la de uma só vez. Tínhamos homens suficientes para isso e também armamento. O problema foi a realocação de recursos e divergências dentro do próprio Exército; algo inesperado. Ocorreu que tínhamos duas operações em andamento, quase simultaneamente: esta e a tomada da região oeste, que nos daria acesso às principais estradas do país, aos dois rios e a um grande número de fábricas, isso sem contar subestações de luz e coisas assim.

— Essa era a meta do governo? Dominar toda a região oeste da capital?

— Sim. Mas, ao mesmo tempo, parte das forças optou, de forma consciente, por não dar a cobertura essencial de que o governo precisava para assegurar a população e essa área onde o foco da resistência seria erguido. Então, o Exército ficou dividido, sem comando central, sem direcionamento, com ordens conflitantes e um monte de gente que não se entendia. Consegue imaginar o caos que foi?

— E vocês não tinham como vencer a luta?

Manes riu:

— Foi um massacre. Sem a cobertura adequada das Forças Armadas, foi um massacre. Júnior, vou te contar uma coisa, sabe o que significa descarregar pentes e mais pentes de bala em uma multidão e ela continuar avançando? Nós não tínhamos como vencer — não desfalcados. E quando os "responsáveis" viram o tamanho da merda, já era tarde demais. O problema foi que a operação na Paulista falhou e a operação na zona oeste também, e as duas juntas dilapidaram praticamente toda a força militar do estado. O resultado foi pior ainda, porque a desconfiança de todas as autoridades e a incapacidade de elas trabalharem em conjunto só piorou dali pra frente. Sem centralização do poder, o único resultado foi o caos. Depois, foi ladeira abaixo.

— Que filhos da puta!

— Não disse? — completou Espartano.

— Não os julgue. Ninguém queria destruir o país. Eles fizeram o que julgavam certo. O pensamento militar, embora estratégico, tem a característica de ser ofensivo. E, a bem da verdade, poderia ter funcionado. No fim das contas, o Exército queria lutar; o governo queria resguardar. Ambos fizeram o que julgaram necessário para conter a infecção. Infelizmente para todos nós, não houve diálogo e as duas frentes de ação falharam. Todos estavam errados. Nosso Exército estava dilapidado em todos os sentidos; ele vinha sendo minado havia décadas, talvez como algum tipo de retribuição pelos tempos de ditadura, mas isso não importa. A questão é que tínhamos um contingente muito pequeno de homens capazes de lidar com a situação, ainda mais após o Dia Z. Ninguém estava preparado para aquilo e quando a coisa desandou na Paulista... Maldição, ainda havia centenas de civis no local, escondidos em prédios, no metrô, no museu... tudo isso no meio da guerra. Imagina ter uma horda de milhares de contaminados rompendo suas defesas, um monte de soldados inexperientes, alguns chorando de medo, incapazes de disparar uma arma e, para piorar, mulheres e crianças correndo no fogo cruzado, achando que a gente estava lá para resgatá-las. Porra, nós nem sabíamos da existência de civis no local e tivemos que improvisar. Foi um pandemônio aquilo tudo, a pior coisa que já vi na vida. De longe... Houve insubordinação. Monstruosidades ocorrendo entre nossos próprios membros. Não vi várias coisas terríveis, mas sei que elas aconteceram. Foi algo muito, muito sinistro...

— Insubordinação? Sob o seu comando?

Manes não respondeu. As memórias desenterradas não eram boas. Ele deu sequência ao relato como se a pergunta não tivesse sido feita:

— No fim das contas, o governo provisório foi incapaz de seguir seu planejamento. As iniciativas falharam, o Exército — ou melhor, o que sobrou dele — se dispersou, mas não antes que toda essa situação tenha contaminado os demais estados. Logo ninguém mais se entendia, e você viu onde tudo acabou.

— Quer dizer que essa infâmia toda que vivemos poderia ter sido evitada se algumas pessoas tivessem dialogado?

Manes considerou a pergunta com cuidado. Nada era tão simples assim:

— Não, Júnior. Não é isso que teria evitado a desordem. Pelo menos, não com certeza. Tenho a sensação de que nenhuma das duas iniciativas tinha chance de dar certo. Talvez a tomada da Paulista... Mas hoje sabemos que isso não teria exterminado o problema dos contaminados, apenas atenuado, então... Sei lá, é difícil dizer. Mas eu acho que a falta de conversa é o principal problema dos seres humanos.

Espartano completou:

— Ninguém fala a porra da língua de ninguém neste mundo. Não é uma piada cruel de Deus? Caso ele exista de verdade e um dia eu fique de frente com ele, essa é uma coisa que vou perguntar, com certeza. Pois para mim é uma puta piada de mau gosto colocar todos nós no mesmo planeta, mas garantir que ninguém se entenda! Como podemos construir algo assim?

Júnior sabia que a questão era bem mais complexa do que aquela, mas não estava com vontade de iniciar um bate-boca. Toda a conversa o deixara fascinado ao extremo e tremendamente amedrontado. No passado, sua vida fora controlada por pessoas que ele nem sequer conhecia, pessoas que ditavam seu futuro e quase tudo o que viria a lhe suceder em nível genérico. Pessoas dentro de gabinetes, atrás de mesas de carvalho, vestindo ternos caros e envolvidas em escândalos políticos. Essa gente tomava as decisões que afetavam sua vida. A vida de todos. Agora, sem governo, sem comando, não havia ninguém para controlar seu futuro, e, francamente, Júnior era incapaz de dizer qual das duas propostas era mais assustadora.

Desencostando do assento, Espartano apoiou os cotovelos nos dois bancos da frente e resmungou:

— Podemos, afinal, saber qual é o plano?

CAPÍTULO 57

As pessoas do Quartel Ctesifonte estavam cada uma cuidando de seus afazeres habituais quando o fato aconteceu. Algumas apenas se entretinham; as demais eram responsáveis pela segurança em seus postos. Kogiro praticava arduamente, tendo estabelecido para si, em tempos recentes, uma rígida rotina de treinos. José descansava em seu leito, lendo um livro de Thomas Harris, enquanto sua esposa amamentava o filho de ambos, sentada em uma cadeira no mesmo cômodo. Cufu e Judite conversavam enquanto passeavam de mãos dadas pelos corredores, como um típico casal apaixonado. Zenóbia havia se retirado para seu quarto; deitada, olhando para as rachaduras do teto, pensava profundamente na vida e no seu relacionamento tumultuado com Manes, o líder que, mais uma vez, estava ausente de sua comunidade. Cortez preparava-se para fazer um lanche na cozinha, em companhia da divertida Berta. Batedores, quando não estavam em missão, gozavam de bastante tempo livre e merecido descanso, raramente se envolvendo nas tarefas domésticas do Quartel, como cozinhar, lavar ou limpar. Mesmo sendo o mais velho, ou exatamente por isso, Cortez nunca permitia que ninguém cuidasse de suas necessidades pessoais. Exceto pela partida de Manes, aquele deveria ter sido um dia como outro qualquer, mas acabou sendo um evento extraordinário, tenso e amedrontador.

Quer fossem guerreiros, quer fossem gente comum, todos os que habitavam aquela pequena comunidade — pouco mais de duas centenas de pessoas — ergueram a cabeça para o teto simultaneamente onde quer que estivessem, assaltadas por um sentimento de susto, seguido de apreensão e, em alguns casos, até de pânico.

— O que foi isso? — perguntou Maria, privando seu filho do peito antes que ele estivesse saciado e se colocando de pé assim que já estava recomposta.

José engoliu em seco e deixou o livro de lado, sua cabeça movendo-se afetada de um lado para o outro. Ele colocou em palavras o que era evidente, como forma de aliviar a súbita descarga de estresse que percorreu seu corpo:

— As luzes apagaram.

Assim que ele disse isso, a iluminação sobreveio na forma de lâmpadas auxiliares, acendidas automaticamente em alguns pontos específicos por todo o Quartel, o que derramou uma luminosidade tênue no quarto, vinda de fora. Sua esposa comentou:

— Ufa, que susto! Elas já estão voltando.

— Não — ele a corrigiu. — Essas que acenderam são as lâmpadas auxiliares. O quadro de força delas é independente e ligado ao gerador interno, à base de diesel. É um negócio antigo, mas funciona. Se não me engano, foi uma adaptação que Cortez fez...

Ana Maria não entendeu muito bem o que significava aquilo que ele havia falado, então perguntou:

— Bom, mas e daí?

Tentando sair da cama, ainda mostrando sinais nítidos de dor na região da facada, ele ralhou:

— Nós estamos sem energia, Maria. A comunidade apagou! É procedimento-padrão que o gerador auxiliar seja imediatamente ligado em caso de falta de energia.

O rosto de espanto dela não poderia ter sido divisado no escuro, mas o técnico também não ficou tempo suficiente para ver a moça absorver todas as implicações daquela afirmação. Cambaleando, mas ignorando o desconforto, José rumou em direção ao salão principal, de onde provinha a maior parte da iluminação auxiliar; ali encontrou já duas dúzias de pessoas aglomeradas e outras chegando de todas as direções, apressando-se pelos corredores escuros, tateando seu caminho até o âmago do Quartel.

Cortez, ocupando o local que habitualmente pertencia a Manes, era o centro das atenções. Zenóbia estava lá ao seu lado, mas parecia desconfortável na posição que costumeiramente pertencia a Liza. Entretanto, respeitando a vontade do líder do Ctesifonte ao sair e suas ordens expressas, manteve-se junto do velho batedor. Não tardou para que os demais batedores chegassem e se aplicassem à tarefa de apaziguar os ânimos do povo, que se agregava exponencialmente.

José tentava se aproximar de Cortez, abrindo caminho por entre a multidão, mas outra pessoa passou a sua frente e cochichou algo no ouvido do regente do Ctesifonte. A expressão do batedor alterou-se nitidamente, o que podia ser percebido mesmo sob a luz fraca que emanava dos refletores auxiliares. Ele abriu os braços naquele sinal universal que pede calma e aguardou até que os murmúrios cessassem.

— O problema é grave... — começou.

— O que aconteceu com a luz, Cortez? — Veio um grito do meio da multidão, que já havia dobrado de tamanho. Ele respirou fundo e respondeu sem delongas:

— Ela acabou!

— Como assim, "acabou"? — bradou outra voz.

— Simplesmente acabou. Não tenho mais nada a dizer a vocês, nenhum esclarecimento, a não ser confirmar que este é o dia que todos temíamos. Não temos mais energia! E o problema não é aqui, definitivamente; é lá fora! — e ele apontou para a direção da rua.

O silêncio que se fez a seguir foi impressionante. O Quartel havia se adequado a uma vida quase normal, com *freezers*, lavadoras de roupas, internet e aparelhos de som. Eles tinham água quente e cafeteiras, tinham abajures e projetores, tinham furadeiras e liquidificadores. Os derradeiros resquícios da civilização, reunidos ao longo dos últimos quatro anos, os quais eles fizeram questão de manter e utilizar. Cada pessoa que estava presente viu, de alguma maneira, seu sonho pessoal esvanecer. O velho continuou:

— Vou pedir algo a vocês: não entrem em pânico. Isso não ajudará em nada. Não há responsáveis aqui, todos estão no mesmo barco. Por favor, confiem em mim, pois vou traçar o melhor plano de ação para o momento. Se essa situação puder ser resolvida, juro por minha vida que ela o será! Agora, peço que ajudem uns aos outros, verifiquem tudo o que pode ser feito sem energia para manter o funcionamento da comunidade e façam. Sentinelas, chequem se algo muda em nossa segurança com a falta de energia; Cufu, por favor, supervise e oriente as pessoas. Confio na autonomia e no discernimento de todos para atravessarmos esta crise.

A multidão continuou quieta. Não era um choque simples de ser assimilado. O velho fez um sinal para que os batedores o seguissem e, ao ver José, chamou-o também. O restrito grupo dirigiu-se até uma sala adjacente, que recebia um pouco da iluminação do salão principal por um grande vitral fosco. Antes que todos entrassem, Cortez disse:

— José, vá buscar o mapa da cidade.

O técnico não titubeou. Caminhou até o escritório, a alguns metros dali, o mesmo local onde seu filho nascera durante sua ausência, sob circunstâncias duríssimas. O pensamento de que algo semelhante tornasse a acontecer arrepiou-lhe a alma. Ao retornar com um guia, que era um volume bastante grosso e completo em mãos e entrar de supetão na sala, captou uma frase de Cortez pela metade:

— ... eu e Zenóbia. Acho que é melhor. Ah, José, deixa eu ver.

O velho abriu o guia com a confiança de quem já o havia examinado dezenas de vezes. Indo diretamente à página que queria, indicou aos demais um ponto, enquanto dizia:

— Estamos aqui. A usina de força é aqui. Pela escala do mapa, estamos falando de algo em torno de oito quilômetros. Talvez dez...

— Mas, Cortez, o que você espera fazer ao chegar lá? — indagou Judite.

— Eu não sei. Mas tenho conhecimento sobre o funcionamento de geradores e coisas do tipo. Se a luz puder ser religada, será. O que não podemos é ficar aqui sem fazer nada.

Kogiro observou:

— Cortez, há um motivo para nunca termos ido até a subestação de luz da região e descobrir por que a energia continua ativa depois de tanto tempo.

O velho baixou a cabeça, engoliu em seco e deu um soquinho sobre a mesa, mostrando que aquilo era redundante:

— Sim, eu sei que há. Porra, eu sei melhor do que todo mundo aqui! A maioria das ruas é intransitável. Mapeamos aquela região tempos atrás, constatando que ela abrigava grande concentração de contaminados. Há áreas desmoronadas e outras completamente ocupadas pela mata. Nós nunca fomos até lá porque...

— É suicídio! — completou Judite.

— Eu ia dizer "perigoso"! — asseverou o velho. — Mas agora nada disso faz diferença, pois não temos opção.

José murmurou:

— Puta merda, como é que pode? Faz poucas horas que o Manes saiu. Essa merda não podia ter acontecido um pouquinho antes?

De repente, a expressão no rosto de Cortez mudou. Ele ficou lívido, como se todo o sangue tivesse sido drenado de sua face, e olhou para Zenóbia e Kogiro. Nos olhos de ambos, viu que algo também os incomodara. De fato, parecia uma coincidência grande demais. Enfim, disse:

— Tem razão. Não pode ser coincidência.

— O que quer dizer? — questionou Cufu. Kogiro completou:

— Ele quer dizer que isso tudo é muito, muito improvável. Manes sai em uma missão e, algumas horas depois, a energia acaba? Quais são as chances?

— Está sugerindo que foi algo proposital?

A sala guardou um breve silêncio. Por fim, depositando nos ombros o ônus da liderança, Cortez falou:

— Não importa. Alguém tem que ir até lá e verificar o que aconteceu. Eu sou a pessoa mais adequada, mas preciso de cobertura.

— Então deixe que vou com você — ofereceu-se Kogiro.

— Não. Você e Cufu são nossos melhores guerreiros. Precisamos de vocês aqui, defendendo a comunidade. Temos que lembrar que a prioridade é sempre o povo. Zenóbia vai comigo.

Ninguém discutiu. Ele prosseguiu:

— Bom, nós perdemos dois veículos no último mês, e Manes saiu com a última Sprinter, mas, mesmo que tivéssemos carros preparados para andar nas ruas, eles não adiantariam de nada. O portão do Quartel é automático, não abre sem energia. Na verdade, até abre, mas daria um trabalhão enorme e seria arriscado. De qualquer modo, até onde sabemos, a maior parte do caminho está intransitável. Sugestões?

— E se vocês forem de moto? — perguntou José.

— A motocicleta que temos aqui está longe de ser adequada para uma missão! — ralhou Kogiro.

— Bom, melhor do que andar a pé ela é! — afirmou Zenóbia. Cortez refletiu e deu seu parecer final:

— Então está decidido. Temos mais umas três horas de luz do dia. É tempo mais do que suficiente para chegarmos até lá, cuidar do problema e voltar ou, se preciso, pernoitar. Seja como for, fica um aviso: se este ato foi premeditado — e não vamos nos esquecer do que aconteceu há apenas um mês —, vocês não devem abrir as portas em nenhuma circunstância. Para ninguém. Está claro?

O grupo respondeu em uníssono que sim, e ele concluiu:

— Zenóbia, vista-se. Partimos em quinze minutos!

CAPÍTULO 58

Júnior abriu os olhos, sobressaltado. O veículo havia parado. Ele tentara ficar acordado durante todo o percurso, tinha até mesmo se comprometido a isso, porém, sem que houvesse se dado conta, fora enredado pelos braços de Morfeu, um dos mil filhos de Hipno, e perdera-se nos reinos oníricos em algum momento. Por quanto tempo ele não saberia dizer; contudo, a repentina falta de movimento do carro serviu de sinal de alerta e o trouxe de volta à consciência.

— O que aconteceu? — perguntou ele, exaltado. Entretanto, a questão era redundante, pois, assim que firmou os olhos no que havia mais adiante, percebeu o motivo de o veículo estar parado.

Ocupando a estrada inteira, a uns cem metros de distância, estava um grupo de contaminados. Eles se aglomeravam como um bando de babuínos selvagens na savana, aparentemente despreocupados e cuidando da própria vida — até, é claro, que presas em potencial surgissem. Júnior tirou os óculos, esfregou a vista ainda surpresa pelo súbito despertar, limpou a areia do canto dos olhos e perguntou:

— Quantos vocês acham que tem lá?

Manes, ligeiramente debruçado sobre o volante, com os dois antebraços apoiados no couro artificial, parecia estar justamente fazendo aquele cálculo mental:

— Não muitos. Contei uns trinta.

Espartano desalojou-se do banco de trás e rosnou:

— Então o que está esperando? Passa por cima deles!

— Não sei, não. Tem algo errado...

— Como assim? — inquiriu Júnior.

— Eles não estão fazendo nada. Estão apenas ali parados, olhando para nós da mesma forma que estamos olhando para eles.

— E...? — Espartano estava impaciente, mas não descuidava da segurança ao redor do veículo. Olhava com atenção para todos os lados, a fim de se certificar de que não seriam emboscados. Fortuitamente, eles estavam em uma área bastante aberta da estrada, que lhes conferia ampla visão em todas as direções, o que tornava impossível alguém surpreendê-los. Havia grandes aglomerações de árvores, densas e fechadas, somente do lado direito da estrada, a algumas dezenas de metros da pista; isso lhes conferia espaço mais do que suficiente para que o veículo empreendesse uma fuga, caso contaminados surgissem traiçoeiramente das matas.

Manes virou parcialmente o corpo para trás, a fim de encarar o batedor de frente, e disse:

— Espartano, esse comportamento não é típico de infectados. Os outros que vimos correram atrás do carro, e teriam se jogado sobre ele, se não estivéssemos passando rápido. Esses daí parecem curiosos com nossa presença...

— Pergunte logo o que quer perguntar, Manes.

— Existe alguma chance de eles serem daquele mesmo tipo que o manteve encarcerado?

O batedor ficou lívido. Sua mente foi subitamente arrastada de volta aos momentos de terror que vivera naquela garagem escura, e a imagem de uma jovem infectada com as unhas cravadas em sua pele nua o lançou em um vórtice de confusão. Infelizmente, a cena ocupava maior espaço em suas memórias do que ele gostaria e, como um fantasma, voltava com constância para assombrá-lo. Pior ainda eram as sensações que vinham com ela. Não era asco, não era medo, não era raiva. Era algo que o fazia sentir... perverso! O espanto de Espartano durou apenas um instante; em seguida, seu rosto ruborizou-se de raiva e ele vociferou:

— E se forem? Qual a diferença? São infectados! Nada de bom pode vir deles, então passe por cima desses desgraçados e vamos seguir viagem!

— Espartano, um dia teremos uma conversa séria sobre o que aconteceu naquele dia.

— De que porra você tá falando?

— Eu estou dizendo...

Júnior interferiu, dando sua opinião ao perceber que os dois haviam perdido a objetividade da conversa:

— Manes, mesmo que eles sejam uma variação do vírus (e nós temos discutido muito essas possibilidades recentemente), isso não tem nada a ver com o que viemos fazer aqui.

O líder ponderou e percebeu que aquela não era mesmo a hora de discutir o assunto. Ele esperava ter uma chance de conversar com Espartano a sós durante a viagem, tirar a limpo certos assuntos, esclarecer, entre outras coisas, a questão sobre Conan, que continuava sendo o elefante dentro da sala, mas decerto haveria momento melhor. E menos tenso. Afirmou:

— Concordo. Mas, apesar de tudo, não estou disposto a passar por cima deles, já que não foram agressivos conosco. Além disso, não há motivos para nos arriscarmos. Se qualquer coisa — e eu digo qualquer coisa mesmo — der errado, e perdermos nosso veículo, será o fim para nós.

— Não vai dar nada de errado. Atropela esses desgraçados logo!

— Eles não nos atacaram!

Em tom irônico, Espartano contestou:

— Sempre o puritano... Cadê o cara que estava disposto a matar meio planeta?

— A questão não é essa. O negócio é que...

O batedor não deu brecha para que o líder se explicasse e falou:

— Então qual é sua sugestão? Passar voando?

— Vi uma saída a uns oitocentos metros lá atrás. Vamos contorná-los.

Espartano mergulhou o rosto nas duas mãos abertas, em uma atitude afetada, e chiou:

— Não, não, não! Você vai fazer merda e acabar matando todos nós! Sair da estrada principal sem necessidade? Não faz o menor sentido. Estamos a... O quê? Oitenta quilômetros da Catedral? Cinquenta? Foi tudo perfeito até aqui! Vai saber o tamanho da volta que teremos que dar apenas para não avançar sobre essas... essas... coisas! Manes, você não percebe que continua tomando todas as atitudes erradas possíveis? Não dá para ser o líder que você quer ser sem sujar as mãos!

— E você não percebe que está perdendo sua humanidade? Que mergulhou dentro de um abismo negro e só chafurda mais na lama? E se alguma daquelas pessoas ali fosse sua mãe? Ou sua irmã? Passaria por cima delas mesmo assim?

— Minha mãe e minha irmã estão mortas, Manes. Mas, se fosse uma delas, eu meteria uma bala na cabeça sem dó. Mas eu não preciso lhe dizer isso, não é? Afinal, você sabe por experiência própria...

A frase ficou no ar, mas foi o bastante para que a imagem de um gigante ruivo voltasse à mente de Manes. Súbito, o ambiente pareceu ficar muito pesado. Espartano prosseguiu:

— Você se apega a uma esperança que não existe. Mesmo que estivesse ali qualquer pessoa importante pra mim, no meio daquele monte de infectados, eu faria um favor a ela se a atropelasse e a arrancasse dessa bosta de existência.

— E se encontrássemos a cura? Como você colocaria a cabeça no travesseiro e dormiria em paz?

— Se... Se... Se... É sempre um monte de "se". Você é um idealista. Bom pra você. Mas eu cansei das fábulas. Digo que não existe mundo senão este em que vivemos! Fim da história! Além do mais, era você quem estava falando em exterminar todos nos seus discursinhos lá no Quartel... Ou aquilo era só pra inglês ver? Cara, vou te contar, a verdadeira contradição aqui é você. E ela só piora, dia após dia.

Manes se endireitou no assento, engolindo a raiva. Não sabia se o que havia ferido seu orgulho era o fato de Espartano ser tão prepotente ou o de ele estar certo. A verdade é que ele havia feito tantas coisas condenáveis, que já havia perdido a conta. Havia matado um monte de gente, traído sua esposa, tomado decisões que resultaram na morte de inocentes e, cada vez que era obrigado a enfrentar assuntos de vida e morte, buscava contornar o problema. Culpa, talvez? Quem poderia dizer? Mantendo uma das mãos apoiada sobre o volante, seus olhos se fixaram no grupo à frente. Então, ele deixou a frase escapar no ar, meio dita para si próprio, meio para o colega:

— O que aconteceu com você, Espartano?

— Eu abri os olhos. Já está na hora de você fazer o mesmo.

O líder olhou para Júnior, que acompanhou a discussão atentamente, incapaz de se intrometer, ainda que tivesse suas próprias opiniões. Dois lados da mesma moeda; pensamentos opostos — em geral complementares, mas hoje antagônicos.

Manes observou durante algum tempo as criaturas estendidas no meio da pista, entendendo-as como homens das cavernas, talvez romantizando em sua mente algo que não existia de fato; contudo, sentiu-se incapaz de acelerar o veículo. Em vez disso, engatou a ré sem maiores explicações e começou a fazer a volta. Espartano nada disse, apenas soltou um murmúrio inaudível para os demais:

— Cartas na mesa.

A Sprinter retornou quase um quilômetro pela estrada até o acesso que Manes havia mencionado. Era uma saída à direita, sem indicações (a placa parecia ter desaparecido havia muito tempo), quase encoberta pela vegetação que avançara por sobre o asfalto naquele ponto. Sinuosa, ela descia por mais de trinta metros, cercada por altas paredes de pedra, pela qual passava apenas um carro de cada vez. Enquanto dirigia lentamente pelas curvas que não lhe davam a visibilidade do todo, Manes torceu para que a estreita rota estivesse desimpedida e respirou aliviado quando, enfim, eles deram de cara com uma rotatória larga que se distribuía em quatro saídas diferentes. Nenhuma delas, contudo, parecia ir na direção em que os ocupantes do carro queriam seguir. Manes fez outra breve pausa, tentando examinar os arredores, mas Espartano o pressionou:

— Para onde vamos agora?

— Estou pensando.

— Manes, vamos nos desviar de nosso caminho, nos atrasar, talvez nos perder, e sabe o que vai acontecer? Vai anoitecer e teremos que passar a noite às descobertas. Eu imploro uma última vez: desista dessa loucura! Vamos por cima. Quem sabe aqueles desgraçados saem da frente do carro se buzinarmos bastante e atirarmos para o alto!

A ideia parecia ter lógica. Ou pelo menos valia uma tentativa. Antes de se aventurar por um caminho desconhecido, correndo o risco de se perder, eles poderiam tentar provocar um estouro da boiada na estrada principal, sem prejuízo para os contaminados, até então inofensivos. Sem um único som, Manes fez a volta na rotatória e tornou a subir pelo mesmo caminho estreito pelo qual viera antes; entretanto, assim que desembocou na estrada principal, meteu o pé no freio, surpreso. Foi Júnior quem soltou o primeiro palavrão:

— Puta que o pariu!

Os outros nada conseguiram dizer diante da cena. Era improvável. Talvez impossível, mas, ainda assim, estava acontecendo.

— Caralho, de onde saíram tantos?

— Acha que iam nos emboscar?

— E isso interessa? Só sei que tão vindo para cá. Dá ré nessa merda!

Mais uma vez, Manes manobrou, dessa vez apressado e ofegante, e tornou a descer pelo caminho apertado, sob os protestos de um Espartano que não parava de gritar: "Eu te disse! Eu avisei, porra! São todos uns filhos da puta!". A Sprinter chegou até a rotatória, saindo momentaneamente da vista de mais de uma centena de contaminados que corriam em alta velocidade pela estrada principal, tendo cortado, em poucos minutos, a distância que mantinha os ocupantes do carro em segurança. O que o trio viu, ao desembocar na estrada, foi um enxame vindo em sua direção, provavelmente saído das matas, cambaleando e emitindo um uivo em conjunto, alto e agudo, como uma orquestra de terror. Diante das opções que a rotatória dava, Júnior arriscou um palpite:

— Eles estavam à nossa frente, então não podemos seguir reto na rotatória, ou corremos o risco de dar de frente com o grupo. E é possível que aquelas matas estejam infestadas...

Espartano completou:

— À esquerda vamos passar por baixo da estrada e retornar. Você quer abortar a missão?

Manes estava resoluto:

— De jeito nenhum. Será à direita, então!

No instante em que os primeiros contaminados apareciam na continuação da vicinal bem à frente deles, ainda a bons metros de distância, a Sprinter pisou fundo e dobrou à direita, rumo a um destino ignorado, sem jamais saber de onde viera aquele súbito conclave de horrores que estava reunido no meio da rodovia. Diante de si, uma estrada pequena e acidentada, uma linha reta, porém duvidosa, que ia desembocar em algum ponto aonde eles não queriam ir. Depondo contra o trio estavam os ponteiros do relógio, que indicavam que em algumas horas o Sol se deitaria para dormir, deixando em seu lugar sua irmã mais nova, a jovem Lua.

Cortez reuniu-se com Pearson em uma pequena sala sem mobília, próxima ao almoxarifado. O homem, que tinha uma aura misteriosa, era magro a ponto de parecer descarnado. Ostentava uma proeminente calvície precoce, nariz de falcão e queixo pontiagudo. Era uma pessoa quieta, daquelas capazes de entrar em uma sala, sentar-se e acompanhar uma série de eventos sem que sua presença fosse notada pelos demais; contudo, sua inteligência lógica e analítica rivalizava com sua timidez. Pearson comia sozinho, evitava multidões, não gostava de sair de seu quarto e raramente se reportava a outra pessoa que não fosse Manes. Entretanto, ao saber que Cortez pretendia sair com Zenóbia para resolver o problema da energia elétrica, pediu uma audiência rápida antes da incursão da dupla.

Embora quisesse partir o quanto antes para aproveitar ao máximo a luz do Sol, devido ao pedido inusitado e especialmente devido a seu solicitante, Cortez achou por bem escutar o que o homem tinha a dizer:

— Pode não ser nada, Cortez, mas é algo que achei melhor reportar. Deveria ter falado com Manes antes que ele saísse, mas, por coincidência, só tive certeza dos dados há pouco, após uma segunda análise...

Pearson perdeu-se durante alguns segundos falando sobre seu trabalho (que quase ninguém na comunidade sabia o que era) e o que os resultados de suas pesquisas mostravam, entediando Cortez, cuja mente divagava por outros assuntos enquanto fingia escutar a voz aguda e monótona do homenzinho. Na verdade, em sua outra vida, Pearson trabalhara com estatísticas demográficas, desempenhando uma função altamente tediosa para qualquer pessoa que não vivesse a excitação partilhada somente por aqueles que são entusiastas da matemática e de seus resultados. Com pressa, e começando a soçobrar nos devaneios do colega, Cortez cortou-o bruscamente:

— Pearson, por favor, vá direto ao ponto.

— OK, me desculpe. Preste atenção: para que você entenda o que estou dizendo, saiba que já há algum tempo venho desenvolvendo, para Manes, um estudo sobre a movimentação dos contaminados.

— O quê? Como assim? Eu não sabia de nada disso...

— Sim. Mas não foi por mal. Não é nenhum segredo ou algo do gênero. Foi apenas uma proposta que fiz e que poderia não dar em nada, já que praticamente não disponho de instrumentos adequados para fazer a pesquisa, que se baseia, quase em sua totalidade, em impressões visuais, anotações e...

O homem começou a folhear o calhamaço de papéis que tinha nas mãos, como se estivesse prestes a mostrar muitos números e referências, mas o outro deu a entender que aquilo não lhe importava:

— Tudo bem, tudo bem, entendi. Prossiga.

— Bom, meu objetivo era identificar padrões na circulação dos contaminados. Saber se eles eram territorialistas ou nômades, se eram atraídos por algum evento em especial ou se sua movimentação ocorria de forma randômica, se eram solitários e se sua acumulação em grupos resultava de acasos ou de ações promovidas por fatores externos. Enfim, sinto que dei início a algo que poderia nos ajudar a compreender melhor o modo de ser dessas coisas e, a partir dessa compreensão, traçar nossas estratégias e embasar as decisões tomadas.

Cortez coçou o queixo, premendo os olhos na sala mal iluminada, enquanto todo tipo de ideia corria por sua mente ao ver aquelas anotações feitas à mão. Fez menção de se manifestar, mas preferiu refrear as dúvidas e continuar a ouvir:

— O estudo está muito no início, em um estágio quase embrionário, para ser conclusivo, mas obtive ao menos alguns dados seguros, e são esses dados que gostaria de compartilhar com você. Está vendo este número aqui?

O homem apontou para um rabisco praticamente ilegível no final de uma coluna, escrito em uma folha qualquer. O número indicado era precedido por diversos outros. A folha também trazia operações matemáticas e fórmulas escritas a esmo, distribuídas por todos os lados sem uma sequência lógica aparente, frases deixadas pela metade, rabiscos e até uma mancha de café, que deixara amarronzada a borda superior do papel.

— Sim. Que é que tem?

— Este número representa a média da movimentação de contaminados, por indivíduo, nos últimos seis meses. Lembre-se de que isso é só uma média, certo, e que ela tem uma margem de erro de vinte por cento para cima ou para baixo, devido a minhas limitações e...

— Tá, já entendi. Você praticamente teve que contá-los na unha.

— É, algo do gênero. E, como você pode imaginar, o resultado apresenta falhas.

Cortez fez um sinal de positivo com a cabeça. O outro prosseguiu:

— Pois bem, agora veja este número...

Pearson começou a virar avidamente algumas folhas, lambendo o dedo de quando em quando para desgrudá-las, enquanto seus olhos corriam pelos papéis, nitidamente se fixando em dados que eram importantes para o processo, mas incompreensíveis para Cortez. Quando ele finalmente estancou e apontou com o dedo outro número, observou:

— Este é o percentual de contaminados em nossa região, nos últimos vinte dias.

O velho franziu a testa e olhou intrigado para o outro. Mesmo ele, que ignorava todo o processo matemático utilizado por Pearson, conseguia distinguir o abismo que separava os dois números mostrados. O velho murmurou:

— É mais que o dobro!

— Sim.

— E o que isso significa?

— Não sei ao certo. Só o que tenho são os números. As razões por trás deles não tenho poder de determinar. Mas, claro, tenho minhas conjecturas.

Cortez ficou em silêncio por alguns momentos e depois perguntou:

— É possível que esse número exagerado tenha sido causado pelos eventos do mês passado? O incêndio, o tiroteio...

— Os números do meu estudo mostram uma tendência comportamental clara. Os contaminados são atraídos a determinado local por eventos visuais e sonoros, mas não permanecem na região mais de dois ou três dias. A dispersão é fácil, dada a ausência de um raciocínio para guiá-los. Isso quer dizer que, no instante em que algo mais chama a atenção deles, seu foco muda e eles migram para outra região.

— Em resumo...

— Eles, sem dúvida, foram atraídos para cá por todos os nossos problemas. Mas, seguindo a linha de comportamento que determinei até agora, eles já deveriam ter partido. Você se recorda de como antigamente nos perguntávamos por que eles se juntavam, de vez em quando, na nossa porta, sem motivo aparente? Identifiquei essas ocasiões e as associei a vários eventos, que vão desde a cremação de corpos até nossa sessão semanal de cinema. Tudo colabora para atraí-los. Por exemplo, a Sprinter de Manes saiu relativamente sem interferência alguma, mas o motor dela atraiu algumas dezenas de infectados e agora, se você tiver de sair, terá mais dificuldades.

O batedor pegou os papéis e começou a folheá-los, sem, contudo, entender a maior parte do que estava ali. Na verdade, aquela ação maquinal era algo que o ajudava a pensar, pois o que realmente importava já estava claro para ele. Enfim, rosnou como um lobo acuado:

— Tem algo cheirando muito mal.

— É exatamente esse o ponto. Perceba meu raciocínio: ao identificar essa grande quantidade de contaminados nas redondezas, somei-os a minha pesquisa. Era para ser apenas mais uma estatística. Mais um dado. Mais uma peça do quebra-cabeça. Eu poderia ter alertado Manes antes de ele sair, mas deixei para depois, pois não dispunha de conclusões acertadas — na verdade, ainda não disponho. Mas agora estou achando que é uma coincidência grande demais ele empreender uma viagem e, do nada, as luzes se apagarem após tanto tempo de estabilidade. E, para piorar, bem no momento em que identifico uma concentração duas vezes maior que a média de contaminados nas imediações.

— Você acha que...

— Meu palpite?

— Sim!

— Algo está atraindo os contaminados para o bairro. E o que é pior: os está mantendo aqui. Não sei se isso é proposital ou não, mas, como diz a máxima, a resposta mais simples e óbvia costuma ser a mais acertada.

Cortez devolveu o calhamaço a Pearson e pousou a mão em seu ombro, dizendo:

— Fez bem em trazer isso até mim, meu amigo. Infelizmente, não muda o que tenho a fazer, pois o fato é que continuamos sem luz e alguém tem que ir lá resolver isso. Mas você fez muito bem.

Pearson sorriu e viu a figura corpulenta de Cortez ser emoldurada pela porta, pausar um instante, como se não quisesse ir embora, e então desaparecer no corredor. A melancolia o atingiu. Uma sensação, um transtorno, uma angústia terrível lhe dizia que tudo o que poderia dar errado estava prestes a dar.

CAPÍTULO 59

João era um dos sentinelas do Quartel. Ele assumira a função já havia algum tempo e sempre a cumprira com seriedade, sabendo que de seu discernimento e atenção dependia parte da segurança da comunidade. Há um mês, ele havia pegado em armas no arremedo de rebelião comandado por Dujas, que fora, contudo, mais do que suficiente para dilacerar a estrutura interna do Ctesifonte.

Na verdade, ele havia escolhido participar da luta por causa de Silvério, a quem sempre considerara um amigo, porém teve o bom senso de perceber que tudo aquilo estava indo longe demais e que as pessoas ao seu redor estavam perdendo a noção. Aliás, o próprio Silvério percebeu aquilo antes do fim e garantiu a si mesmo um mínimo de redenção — ainda que seu caso não tivesse ganhado nenhum destaque entre os sobreviventes.

João imaginou que, após o incidente, sofreria consequências, e ficou muito tempo pensando na gravidade delas. Haveria o risco de ele ser colocado para fora da comunidade? Danos físicos, talvez? Trabalhos forçados? Todo aquele pandemônio resultou na morte de muita gente, incluindo a esposa do grande líder do Quartel e, desde então, João fugia da presença de Manes.

Eventualmente, quando ambos se cruzavam nos corredores, João baixava a cabeça e pensava: "Ele sabe que tomei parte naquilo tudo. Sabe a merda que fiz. Ele vai me matar...", mas Manes sempre passava apressado, muitas vezes dando a impressão de nem sequer tê-lo notado.

Na verdade, João não sabia dizer se Manes tinha conhecimento de toda a verdade. De quem havia lutado contra ou a favor. De quem havia defendido e de quem havia tumultuado. Quem acreditava, quem desacreditava e quem só queria anarquizar. Era possível que aquela sensação que fazia seu ser formigar fosse apenas a culpa falando alto demais. Talvez...

Ele tinha uma imagem quase onisciente do líder, e não raro sentia-se confuso; em alguns momentos, tinha certeza absoluta de que Manes sabia de tudo, mas fazia vista grossa. Noutros, suas convicções caíam por terra. No último mês, ele vivera se consumindo, como um fantasma arrastando as pesadas correntes de seu arrependimento, combalido pela dor que afeta todo homem cujo mínimo de consciência o faz perceber-se do lado errado de um conflito.

As ações de João, naquele dia fatídico, não tinham chegado a ser decisivas; ele havia sido um dos vários que correram muito e fizeram pouco. Mas isso não impedia que ele se questionasse. Se tivesse tomado a atitude certa, as coisas poderiam ter sido diferentes? Será que, se não tivesse se deixado levar pela influência dos outros, os danos poderiam ter sido evitados? Será que, se tivesse pensado por si só, algumas pessoas ainda estariam vivas?

As ações de um único homem teriam alguma relevância no todo?

Em seu posto, sozinho, ele refletia, bebendo do cálice amargo da vergonha. Agora, um mês depois do último tumulto, uma nova situação se apresentava. Seu líder mais uma vez estava longe, e as luzes haviam se apagado.

O portão de saída dos carros não se abriria — não sem eletricidade. Talvez, se fosse forçado, ele cedesse, mas e quanto ao risco? E se o grande portão, por onde um oceano de contaminados poderia entrar em poucos instantes, travasse e não pudesse ser lacrado manualmente? A decisão de Cortez foi lógica: sairiam pela porta lateral. Do segundo andar da fortaleza, de uma plataforma que lhe garantia vista tanto do lado de dentro quanto do lado de fora, João observou o velho batedor preparar-se ao lado de Zenóbia.

A dupla subiu em uma motocicleta simples e tradicional, produzida no país havia bastante tempo, uma NX4 Falcon. Aquele modelo, em especial, tinha sido fabricado poucos anos antes e estava em boas condições de uso. João recebeu instruções expressas do próprio Cortez, que perguntou a ele quais eram as condições externas:

— O que você tem observado, João?

A resposta foi nervosa e um pouco desvairada. João tentou explicar que naquele momento, em especial, não havia muitos contaminados à vista, porém recentemente ele percebera vários nas imediações. Assim, era possível que eles tivessem poucas dificuldades para sair, mas teriam de lidar com a possibilidade de enfrentar perigos ao longo de vários quarteirões.

— Cortez, a moto não tem a segurança de um carro — ele disse o óbvio. O batedor respondeu:

— Não temos opção melhor.

Preocupado, João observou do alto os últimos preparativos antes da saída, tendo recebido a incumbência de "cobrir" a partida dos batedores, caso fosse necessário. Ele, justo ele, que os havia traído. Será que eles sabiam daquilo? Será que se lembravam do seu rosto? Será que tinham consciência do seu papel na rebelião? Ele, que já havia esquecido o próprio sobrenome e que se tornara apenas João. Mais um na multidão, anônimo. Sem raízes ou origem, um nome perdido no mundo do Apocalipse. Ele poderia ser João das Fábulas ou João Ninguém. Sua identidade havia desaparecido nas brumas cinzentas daqueles tempos terríveis.

Ele já havia testemunhado a perda de uma identidade, quando vira seu avô se transformar em algo descaído bem diante de seus olhos, em um passado que agora parecia estar a uma eternidade de distância. O rosto do velho ficou pálido, seus olhos reviraram, as veias das têmporas pareciam inchadas; ele resfolegou, contorcendo-se em um espasmo para trás; a face convertera-se em uma máscara arruinada, quando, em uma cama de hospital, ele dera seu último suspiro. A vida tornou-se não vida, e João, então apenas uma criança, segurou a mão do velho naqueles derradeiros momentos. O moribundo ficou hirto e depois relaxou, os ombros baixos, os olhos tornaram-se uma imagem grotesca que era um misto de dor e alívio.

Não havia mais nada que movesse aquele corpo e, apesar de muito jovem, João percebeu nos olhos do avô a ausência. O vazio. Uma espécie de fenda. De vez em quando, ao olhar fundo nos olhos de um contaminado, ele via a mesma fenda, uma extenuação, um abismo, principalmente quando eles estavam naquele modo dormente. Mas então, claro, eles despertavam, e os olhos brilhavam com fúria intensa e delirante, e a ausência se transformava em ódio, ira, raiva ou qualquer que fosse aquele sentimento que os dominava.

João perdera sua identidade, mas o resto do mundo não perdera também? E o que era uma identidade, afinal?

E lá estava Cortez, montado na moto com a bela Zenóbia sentada em sua garupa. Com uma das mãos, ela enlaçou fortemente o estômago dele, colando os dois corpos com a pressão dos braços; ela sabia que ele precisaria arrancar dali com a motocicleta e correr como um corisco. Na mão livre, a amazona trazia uma pistola calibre .40, até onde João conseguia discernir – a mesma adotada pela polícia militar brasileira nos anos que antecederam o Dia Z. Uma arma semiautomática, leve e segura. Era a batedora quem daria a verdadeira cobertura, derrubando cada ameaça que estivesse próxima demais, mas João seria o seguro de vida da dupla, sua salvaguarda. Uma carta na manga. Quando aquele motor fosse ligado, a dúzia de infectados que estavam inertes, bem ali nos arredores, despertaria para um estado irascível e tresvariado, e os demais que estivessem nas redondezas seriam atraídos pelos uivos de seus companheiros demoníacos. Cortez teria que ser rápido, muito rápido. E João faria tudo o que estivesse ao seu alcance para ajudá-lo. Era o mínimo que podia fazer; afinal, eles continuaram confiando nele, mesmo após tudo o que tinha acontecido no mês anterior. Eles sabiam que João estava do lado errado do conflito – lógico que sabiam, tinham de saber. Ainda assim, lá estava ele, arma em punho, dando cobertura. Que voto de confiança! Aquilo tinha de valer alguma coisa. João estava arrependido de verdade, e a ideia de que tudo poderia ter sido diferente não lhe saía da cabeça. Bastava que ele tivesse sido atuante. Bastava que tivesse tomado as atitudes certas para provocar as reações certas, tal qual o bater das asas da borboleta.

A sentinela prometera a si que aquela inação jamais se repetiria! Ele seria ativo e atuante, e sempre, sempre, sempre estaria do lado da razão. Nunca mais tornaria a ver algo errado, a testemunhar um tumulto, um conflito, e ficar sem fazer nada, ver um desfavorecido e se omitir... Nunca mais!

Zenóbia estava no banco, pronta. Mesmo de longe, era possível perceber a tensão nas mãos do velho ao apertar as manoplas da motocicleta. Ambos usavam capacetes e as tradicionais vestes de proteção dos batedores. A moça, como todos sabiam, costumava vestir-se "leve", com pouca roupa, com a desculpa de que o excesso limitava seus movimentos. Mas, para aquela missão, Cortez a convenceu a usar o traje completo – ou quase. E com razão; afinal, não havia a lataria de um veículo para protegê-los.

O piloto fez um sinal positivo com a cabeça para os dois fulanos que estavam à sua frente, que tinham sido previamente instruídos. O primeiro, armado, também daria cobertura. O segundo, de forma sutil, destrancou o portão lateral, fazendo o mínimo possível de barulho.

O portão era de metal bastante sólido, mas sua largura era de apenas oitenta e cinco milímetros — pouca coisa maior que a largura da motocicleta. Isso significava que Cortez não poderia sair em velocidade máxima lá de dentro; teria que passar pela abertura com certo cuidado. Mas o risco havia sido calculado e, como a última peça no tabuleiro, João deu seu aval pelo rádio à sentinela que havia destrancado a porta:

— Estou pronto!

Dali em diante, não houve mais comunicação verbal, apenas ação! O portão foi aberto no mesmo instante em que Cortez ligou a moto. O ronco do motor foi um grito grave e reverberante, ouvido a centenas de metros de distância e, de imediato, as monstruosidades na rua despertaram. A primeira e mais próxima da saída, uma mulher seminua, descalça e descarnada, arremeteu contra o portão, mas, autorizado a usar cem por cento de força letal, João disparou antes mesmo que ela tivesse dado três passos. O tiro, dado de forma deselegante e imprecisa, acertou a contaminada na coxa, rompendo-lhe a musculatura, e derrubou-a em um rodopio dado no próprio eixo, no momento em que a moto passava ao lado dela e o portão batia atrás da dupla de batedores. Precisão cirúrgica!

João pensou em atirar mais uma vez; contudo, na garupa da moto, Zenóbia era uma máquina mortal, disparando com amplitude e precisão, derrubando os contaminados que vinham em sua direção como pinos de boliche. A perícia de Cortez fez o resto e, em poucos segundos, a motocicleta dobrou a esquina, desaparecendo da vista. Pouco depois, o som ruidoso do motor esmoreceu até minguar por completo.

Dentro do Quartel, a dupla de sentinelas que estava no térreo bateu as palmas das mãos em cumprimentos rápidos, sorrindo de alívio. Olhando para cima, para João, para o ex-traidor, os dois fizeram sinal positivo com os polegares.

A sensação foi reconfortante. Sentir-se útil. Sentir-se importante e bem quisto. Será que um dia ele poderia se perdoar por ter feito o que fez? Será que um número suficientemente elevado de boas ações poderia apagar uma péssima escolha quando o julgamento final chegasse e os atos de toda uma vida fossem avaliados? Existia tal compensação? João esperava, sinceramente, que sim.

Ele tornou a olhar para baixo e viu, arrastando-se na rua, a mulher que havia sido alvejada. Ela emitia um som gutural lancinante, as mãos como garras buscando segurar o vazio, num inexplicável e incompreensível delírio. João viu que ela estava sentindo dor. A libertação seria um ato bom?

Ele mirou com cuidado, ciente de que não queria mais causar danos, apenas resolver a situação, e disparou. O cartucho voou fumegante, e um esguicho de sangue marrom maculou a calçada cinzenta. Não tardaria para que o silêncio voltasse e, com ele, os questionamentos do jovem.

Ele precisaria ficar naquele posto mais quatro horas, sozinho. Outras quatro horas sem conversar com ninguém, apenas observando e meditando sobre o que o desconcertava. Horas antes que pudesse tomar um banho e comer alguma coisa, limpar-se da podridão de mais um dia no mundo do Apocalipse. Era incrível, mas, mesmo quando tudo corria bem, a sensação que as pessoas tinham era de repugnância, como se algo estivesse grudado na pele, permanentemente grudado.

Limpar-se? Ele havia acabado de matar uma pessoa e só o que pensava era numa ducha e uma refeição quente. Como limpar-se daquela indiferença? Com pesar, João se deu conta de que todos estavam infectados de alguma forma; o planeta inteiro havia sido contaminado. Tornou a pensar no passado, em seu avô e no destino que aguardava todos. Quando jovem, recebera de seu pai uma espécie de herança de família, um objeto que antes pertencera a seu avô, a seu bisavô e a seu trisavô. O que era? Talvez uma abotoadura, ou um compasso, ou uma caneta... João não conseguia lembrar-se do que poderia ter sido importante para as gerações de sua família passarem adiante, tampouco que fim levara tal objeto. Tudo aquilo se perdera junto com a identidade de quem ele havia sido.

De repente, um ruído fora de contexto agrediu seus ouvidos. Ele olhou para a rua e o que viu quase o fez cair de costas no chão. Lá estava um homem como jamais vira antes, fazendo algo que ele também nunca testemunhara.

Os infectados se amontoavam ao redor dele, arranhando, batendo e lacerando — na verdade, tentavam fazer isso tudo, mas não conseguiam encostar nem um dedo na dinâmica figura, que se movia como a graça e ferocidade de um tigre em ação. O homem se contorcia e esquivava, fazia pêndulos e até rolamentos; parecia desarticulado, dobrando-se sobre si próprio, sinuoso e ondulante. Qualquer que fosse sua trajetória, corpos caíam à sua volta, vitimados pela agitação precisa de um facão longo e afiado.

Os olhos de João brilharam como se testemunhassem um milagre, e a cena abalou cada fundamento de seu ser quando a figura, forte e flexível, conseguiu que seus atacantes lhe dessem um tempo e olhou diretamente para ele, como se soubesse exatamente onde ele estava. O homem gritou:

— Abra essa merda!

Imediatamente, as ordens de Cortez latejaram em sua cabeça, como uma forte enxaqueca: "Não abra esse portão, aconteça o que acontecer!", mas, decerto, Cortez não previra algo como aquilo. Sim, "aconteça o que acontecer", mas João estava cansado de tomar as atitudes erradas. Ali estava um homem valoroso, lutando contra as criaturas, enfrentando-as sozinho — e vencendo! Mas ele não poderia resistir para sempre. Ao longe, João viu outros infectados surgirem nas esquinas, vindo correndo em desvairo, atraídos pelo som da peleja, e sabia que os uivos deles atrairiam cada vez mais dos seus pares. Algumas dezenas logo se tornariam uma centena e, daquele ponto em diante, só pioraria.

— Abra, porra!

Novo grito advindo de uma voz imperiosa feita de trovões. João estremeceu.

Uma criatura saltou sobre o homem e, tendo agarrado suas costas, por pouco não conseguiu morder-lhe o pescoço. Felizmente, um movimento brusco, uma espécie de chicotada dada com o tronco inteiro, a atirou para longe, leve que era. Aquilo não podia prosseguir e, no final das contas, não era política do próprio Manes ter as portas do Quartel abertas para todos? Sim, Dujas havia sido um erro, mas aquilo fora uma infelicidade, um aborto do Destino! O objetivo do líder era unificar as comunidades, e lá estava um homem de incrível capacidade, lutando para viver.

Vida...

João percebeu que a vida daquela pessoa estava em suas mãos. Uma chance de redenção. Uma boa ação, algo a mais para ser pesado contra os erros idos; uma chance de reequilibrar a balança. A sentinela apanhou seu rádio e gritou convicto:

— Jorge, você tá aí embaixo?

Cada segundo urgia. O guerreiro solitário estava a poucos metros do portão lateral, mas o cerco se fechava ao seu redor.

— Jorge, responda, cacete!

— Sim, tô aqui!

— Cara, vai lá e abre o portão agora!

— O quê? Cortez já voltou? Ele disse que ia me chamar pelo rádio quando estivesse...

— Não é o Cortez, porra! Vai lá e abre!

O outro ficou reticente. Não sabia o que dizer, exceto que tinha recebido ordens e que precisava cumpri-las.

— João, não sei o que tá acontecendo, mas você sabe que não podemos abrir o portão. Recebemos ordens de não abrir pra ninguém. Que porra...

A sentinela no piso superior se irritou com os questionamentos. Enquanto o colega falava no rádio, um guerreiro podia morrer:

— Onde você tá?

— Do outro lado, próximo à portaria principal, caralho! Como assim, onde eu tô?!? João, o que é que tá acontecendo?

— Tem alguém no portão lateral para abrir a porta?

— Por ora, não. O pessoal já voltou para seus postos, cara, eu...

João desligou. Em sua mente, sabia o que tinha de fazer. Era uma oportunidade ainda maior de compensar suas falhas — a pura e derradeira redenção. Uma chance como aquela não se repetiria. Ele abandonou seu posto sem pensar duas vezes e começou a descer em alta velocidade a escadaria de metal lateral que desembocava a poucos metros de distância da entrada por onde, há menos de uma hora, a motocicleta havia saído. De forma negligente, pulando os degraus de dois em dois, João chegou até o solo e avistou o portão. Do outro lado da instalação, Jorge saiu correndo alarmado, junto com outros dois colegas. O que quer que João fizesse, não seria bom, disso ele tinha certeza.

Do lado de fora era possível escutar a algazarra, mas tudo o que João conseguia pensar era que ele seria o homem a salvar a vida de um futuro novo batedor, talvez o melhor que todos já tivessem conhecido; afinal, ele jamais vira alguém se mover daquela maneira. Nem mesmo Kogiro. A pesada tranca de metal deu um guincho agudo quando destravada de forma brusca e repentina, e o portão se abriu para fora, conectando o interior do Quartel com o mundo exterior. Diante de si, João viu aquela pilha de contaminados – ele jamais os vira tão de perto – cercando o homem e começou a atirar, abrindo caminho.

Um disparo, dois, três, e os poucos metros que separavam o forasteiro da entrada foram vencidos. Em poucos segundos, a inusitada dupla estava dentro da instalação, segura, com a porta de metal fechada a suas costas. Esbaforidos, mas vivos e bem. Mais uma vez, precisão cirúrgica! O homem sorriu, mãos apoiadas nos joelhos e costas curvadas, tentando capturar o ar que lhe parecia rarefeito, devido ao esforço.

João devolveu o sorriso, e o momento pareceu quase íntimo, motivando uma gargalhada mútua. A sentinela sentiu-se bem.

— Cara, que susto você me pregou! Puta merda, de onde você veio?

O outro guardou seu facão na bainha manchada de sangue que trazia à cintura e devolveu a indagação com outra:

— Qual é o seu nome, garoto?

— João.

— OK, João, meu nome é Tebas. É um prazer conhecê-lo. Ah, e muito obrigado. — Agora o corpo dele já estava totalmente endireitado. Era um homem alto e parecia feito apenas de pele e músculos, sem um grama de gordura no corpo.

— Que é isso, senhor Tebas! O prazer é meu. E não precisa agradecer, não. Afinal eu não podia deixá-lo lá fora com aquelas coisas, certo?

— O quê? Eles? Não... Aquilo estava sob controle. Eles não tinham a menor chance. Eu estou agradecendo por você ter aberto a porta. Facilitou bastante o meu trabalho.

João arregalou os olhos. De algum modo, ele foi capaz de sentir, de perceber o que viria em seguida. Talvez tenha sido a inflexão usada pelo outro, talvez a forma fria como ele o encarou. Não cometer mais erros – essa era a tônica, era a máxima que deveria reger suas ações. João amaldiçoou a vida, crispou os dentes e xingou a si próprio na confidência de sua mente, perguntando-se como poderia ter sido tão imbecil. Mas não era momento para nada daquilo. Não era hora de se censurar. Era hora de reagir. Ainda havia tempo de salvar o dia. Sua mão ergueu-se, prestes a dar um disparo certeiro no peito de Tebas, mas, antes que a ação estivesse concluída, a arma não estava mais em sua mão.

O homem estava embainhando o facão.

Mas... Como? Ele o havia embainhado havia apenas alguns instantes, logo que entrara. João o vira claramente fazer aquilo. O que era aquele senso de irrealidade que tomara conta de si? Foi quando o choque veio abalroando seu coração, motivado, em parte, pela sensação úmida que parecia conspurcar todo o seu corpo e noutra pelo tilintar seco do metal batendo contra o chão. Ele viu sua arma caída e a horrível imagem de sua mão ainda segurando-a. Seu braço direito era apenas um toco e começava a esguichar sangue como se fosse uma cascata.

Os olhos de João encheram-se de lágrimas e ele falou num tom lamurioso:

— Ai, caralho! Puta que o pariu! Caralho...

Não houve resposta do outro, que parecia estar mais preocupado em olhar atentamente as cercanias, desvendando a arquitetura do Quartel com um olhar quase clínico. Enfim, ele rosnou:

— A vida não é uma merda?

João olhou fundo nos olhos daquele homem e viu uma velha conhecida sua, a fenda. E a fenda estava preenchida... de terror!

E foi a última coisa que João viu.

CAPÍTULO 60

Nos primeiros dias, muitas pessoas não tinham para onde ir. Elas ficaram ilhadas em certos pontos das cidades, longe de seus lares, isentas de qualquer forma de segurança, cercadas de estranhos e vivendo cara a cara com o perigo. Essas pessoas formavam grupos chamados informalmente de "errantes".

Os errantes não eram facções grandes. Raramente ultrapassavam trinta membros e, naqueles selvagens dias, ficavam juntos apenas para formar uma massa. Isso lhes trazia certas garantias: quando o ataque era feito por poucos contaminados, a massa conseguia lidar com eles; quando o ataque envolvia muitas criaturas, a chance de escapar com vida aumentava de forma diretamente proporcional à quantidade de membros do grupo. Afinal, os menos aptos morriam primeiro.

Entre os membros dos errantes não havia amizade nem gentilezas. Na verdade, as pessoas mal conversavam entre si. Grande parte delas ainda estava em estado de choque por causa de todo aquele caos inicial que tinha sido o Dia Z. Apenas realizavam tarefas corriqueiras, cujo cumprimento era esperado pela frágil estrutura social que se formara, embora não tivessem líderes: coisas como fazer uma fogueira em dias frios ou voluntariar-se para turnos de guarda.

Entre os errantes costumava haver estrangeiros, pessoas que estavam muito longe de casa e que não conheciam nada nem ninguém. Presos em uma terra estrangeira, estavam à mercê de condições adversas e, com frequência, sequer sabiam falar a língua do país; eram pobres, cujos barracões nas favelas não ofereciam nenhuma proteção contra os infectados, mendigos e sem-tetos, gente que muito tempo antes da epidemia já vivia pelas ruas daquela maneira. Outros refugos sociais, como viciados, também eram comuns de encontrar, além de pessoas que haviam perdido tudo o que tinham e não desejavam voltar para suas casas, encontrando uma situação mais confortável nos braços do anonimato.

Zenóbia vivera algum tempo com um grupo de errantes que se apossara de uma praça na região sul da cidade. Havia diversas árvores centenárias que as pessoas costumavam escalar à noite para dormir — supostamente, era mais seguro no alto do que no chão, território dos predadores. Era o mesmo princípio aplicado pelas tribos que vivem em regiões selvagens.

Eram os primeiros meses do Apocalipse, e ainda era comum ver carros de polícia passando com as sirenes ligadas. Cada vez que um carro aparecia, as pessoas, em vez de se encherem de esperança, corriam para se esconder, pois já tinham percebido que o som atraía as criaturas. Bastava um veículo cruzar as vias, fazendo todo aquele alarde e pronto: minutos depois, a região estava inundada de contaminados, que permaneciam vagando pela área por dias a fio. Os errantes não tinham mais expectativa alguma de que as coisas poderiam mudar; eram pessoas destruídas pelas forças das circunstâncias, vivendo apenas pela teimosia do corpo de continuar respirando, nada mais. Não raro, a aurora encontrava um deles com um laço no pescoço, sendo balançado pela brisa suave e indiferente da manhã.

Foram os dias mais melancólicos da vida da amazona, após os terríveis e inenarráveis apuros pelos quais ela passara no Dia Z, antes da vida tumultuada que viria a ter no Quartel.

— Qual é o seu nome? — perguntou um rapaz moreno, de olhos verdes como esmeraldas. Claro que Zenóbia já o tinha notado. O grupo dela tinha dezessete pessoas. O número era flutuante, já que as pessoas se uniam aos errantes e os deixavam com a mesma constância, mas, na medida do possível, ela mantinha um controle de tudo o que ocorria. Os errantes ficavam em uma mesma região durante longos períodos, às vezes semanas, espalhando-se por uma área ampla — em geral, próxima de mercados ou mercearias —, garantindo uns aos outros o espaço de que as pessoas pareciam necessitar. Eles só se aproximavam na hora de dormir, durante as refeições ou quando saíam em grupos pequenos para buscar comida. Não eram amigos, tampouco colegas; eram todos vítimas de uma mesma situação. Apenas isso. Um modo de vida bastante solitário.

— Zenóbia. E o seu?

Ela não sabia se estava confortável com aquela aproximação, mas já havia algum tempo que ansiava por algo que fosse similar a uma conversação normal.

— Sérgio. Zenóbia, hem? Uau, que nome bonito! Igual ao da guerreira...

— Sim. Raramente as pessoas reconhecem.

Sérgio divagou:

— Eu adorava História quando era mais jovem. Ela teve um grande reinado, mas acabou feita prisioneira do imperador romano Aureliano.

A mulher se contorceu. Não apreciava aquele tipo de flerte. Respondeu ríspida:

— Sim, sempre os romanos... O que você quer?

Sentindo que ela ficara arisca de repente, ele sorriu calorosamente e mudou a abordagem:

— Quero apenas conversar. Ninguém aqui fala nada. Parece que as pessoas desaprenderam a conviver. Tudo parece tão cinza que às vezes sinto que tô na porra de Londres. Vou acabar ficando deprimido...

Não houve resposta. A noite estava caindo, logo seria hora de se recolher. Ele mirou o céu e falou:

— Já faz algum tempo que não vejo um deles. Acha que estão acabando?

Ela negou com a cabeça:

— Acho que estão aumentando, isso sim.

Ele considerou brevemente o pessimismo da frase e, então, tornou às perguntas pessoais:

— E você? O que fazia da vida antes de essa merda toda acontecer? Era *personal trainer*?

Ela sorriu. Foi um movimento honesto, que brotou da lembrança de tempos não tão distantes, mas ainda felizes.

— É tão óbvio assim?

— Com esse corpo? Com certeza. Se estivéssemos em uma história em quadrinhos, eu diria que você é a identidade secreta de uma super-heroína, mas como isso aqui é a vida real...

— Na verdade, eu me graduei em Educação Física e atuava ocasionalmente em academias. Mas vivia mesmo era de competições. Tinha um bom patrocínio e...

Ela parou de falar quando seus ouvidos captaram um ruído familiar. Terrivelmente familiar. Sérgio também percebera, e havia se levantado de imediato. Eles estavam no centro da praça, ao lado do parque infantil. De todos os lados, as pessoas vinham correndo, buscando a segurança das árvores. Não houve gritaria nem estardalhaço — todos estavam escolados quanto ao que fazer; quanto menos chamassem a atenção, melhor.

O homem puxou-a pelo braço — não que isso fosse necessário — até uma grande árvore próxima e os dois começaram a escalar. Era um colosso secular, uma figueira de três andares, cada qual abrindo-se em uma teia de braços paralelos ao chão, que seguiam em todas as direções como garras anciãs de uma criatura mitológica petrificada; seu tronco tinha mais de cento e cinquenta centímetros de diâmetro e a altura chegava a quase vinte metros. Eles escalaram com a experiência de quem fazia aquilo diariamente e aguardaram imóveis, cada qual abraçado a um galho diferente, tentando manter-se o máximo possível oculto pela folhagem rala, confiando mais na altura do que propriamente na camuflagem oferecida pelas folhas.

O grupo de errantes já parecia estar totalmente seguro quando os contaminados começaram a surgir na extremidade da praça. Não eram muitos, apenas meia dúzia. Ainda assim, não havia motivo para enfrentá-los. Bastava que todos ficassem em silêncio, e as criaturas passariam por eles e seguiriam seu caminho. Tudo muito simples.

— Mãe?

A voz veio do meio da praça, aproximadamente a dez metros de distância da figueira. Zenóbia virou a cabeça para o lado oposto, seguindo a direção do som, e seu coração disparou. Parada em pé, no meio do parquinho, estava uma criança de no máximo quatro anos. Ela choramingava baixinho, a cabeça encolhida entre os ombros, as mãos unidas, metidas no meio das pernas. No galho ao lado da amazona, Sérgio soltou um praguejo:

— Puta que o pariu! Esqueci a menina!

Zenóbia olhou furiosa para ele e disse:

— O quê?

— A mãe dela pediu para olhá-la por cinco minutinhos, enquanto ia ajudar a trazer algumas coisas da mercearia que fica ali na esquina. Eu concordei.

— E você ficou me cantando enquanto a menina...

A amazona não terminou a frase. Não havia tempo. Aquilo ficaria para depois. Começou a descer velozmente do galho, balançando-se como uma trapezista enquanto Sérgio protestava, rosnando que não dava mais para salvá-la. De fato, os contaminados já se encontravam bastante próximos. E o primeiro deles, vendo a menina, arremeteu desgovernado em sua direção. Da primeira vez que Zenóbia chamou a garota, ainda enquanto descia pelos galhos grossos e retorcidos da figueira, seu grito foi sufocado pelo uivo da criatura. A garotinha permaneceu estática, completamente perdida, observando impotente aquele monstro avolumar-se diante de si, trazendo consigo o estigma da morte gravado nos olhos rubros e ferozes.

— Maldição! — bradou a mulher, quando seus pés tocaram o solo, e então gritou novamente. — Menina, venha já pra cá!

Dessa vez ela escutou e, ao ver Zenóbia, uma figura que reconheceu do convívio diário entre os errantes, correu em sua direção, cobrindo aquela distância até o pé da árvore com uma velocidade espantosa para seu tamanho. A guerreira segurou a menina pelas costelas com as duas mãos e ergueu-a o mais alto que pôde, esperando que Sérgio a pegasse no galho de cima. Mas o jovem não moveu um músculo.

— Sérgio, pega ela, cacete!

Ele parecia petrificado. Estava apavorado com a súbita aproximação das criaturas, que encurtavam a distância a uma velocidade alarmante. Ele olhou para a amazona e sibilou:

— Eles vão nos ver. Larga ela aí, que eles vão nos ver!

Zenóbia era uma mulher prática. Ela desistiu imediatamente daquele curso de ação, ciente de que ele não a ajudaria. Sabia, também, que não conseguiria subir na árvore usando um braço só — pelo menos não a tempo de escapar dos infectados. O uivo da criatura estava próximo, muito próximo, e outros se juntavam àquele primeiro. Eles estavam a poucos segundos de fazer contato. Então, ela tentou o impossível: levantou a blusa e, literalmente, ensacou a garotinha debaixo dela, metendo os dois pés dela dentro de suas calças, como as pessoas costumam fazer quando querem proteger algo de uma chuva forte. Foi a única coisa em que conseguiu pensar. Conforme iniciava a escalada, alertou o pacote:

— Segure o mais firme que conseguir, lindinha!

A menina, entendendo muito pouco da situação, mas de algum modo tendo seu instinto despertado pela necessidade e urgência, agarrou-se como pôde ao tronco suado da batedora.

Não era uma subida árdua, nem tão longa assim, mas o peso morto em sua barriga dificultava tudo. A velocidade também era imperiosa; ela precisava chegar ao primeiro andar de galhos rápido ou não conseguiria se defender, caso eles a perseguissem árvore acima. Sérgio havia passado do murmúrio ao escândalo, agora berrando em pânico e desespero:

— Olha aí; eles tão vindo. Olha o que você fez, porra!

A batedora chegou com folga ao primeiro grande galho, que ficava a pouco mais de três metros do chão. Era perfeito, pois seu único ponto de acesso era o tronco principal e ele tinha uma forquilha na ponta, onde a criança poderia ser apoiada. Mesmo que fosse perseguida, Zenóbia poderia defender-se indefinidamente, já que por ali passaria apenas uma criatura de cada vez. Então, quando já estava se ajeitando, segura de que havia escapado do pior, o inimaginável ocorreu:

— Não!

Ela deu uma guinada simultânea ao grito e fez o impossível, quando o corpo da menina escorregou, dobrando-se como uma sanfona e caindo para o vazio: Zenóbia abraçou o galho da grande figueira, travando seu próprio corpo nele, enquanto o braço livre mergulhou no vazio e segurou a menina pelo frágil punho, impedindo sua queda.

Houve um momento de suspensão. Foi como se o tempo parasse; na verdade, como se tudo passasse a se mover lentamente.

A menina não era pesada, e a amazona poderia tê-la segurado por muito tempo. Poderia até mesmo tê-la içado para a segurança do galho, caso tivesse oportunidade. Mas não foi assim que ocorreu. Uma criatura levantou o pescoço devagar e viu seu prêmio balançando no alto, como uma *piñata*, esperando para ser golpeada. A guerreira acompanhou impotente cada desdobramento do que veio a seguir e, embora tenha conseguido prever o que o contaminado faria, simplesmente não teve tempo de evitar. Da posição desajeitada em que estava, chegou a tentar erguer a menina; a musculatura do braço se contraiu levemente, mas não foi possível completar a ação...

O contaminado deu duas passadas longas, flexionou as pernas e saltou, as mãos em forma de garras desenhavam um arco perfeito e letal no ar. Então, sobreveio o grito da criança, alto e agudo, enquanto ela era arrancada das mãos de Zenóbia.

— Não! — a amazona berrou. Não foi um grito curto, mas um brado de dor longo e tenebroso. Ela se reposicionou e, por pouco, não desceu da árvore — de alguma forma, seu consciente falou mais alto. Já era tarde demais. Diante de seus olhos, os demais infectados chegaram, fechando um círculo em volta da vítima, e a frágil menina foi literalmente despedaçada viva por aquelas mãos abomináveis, seus gritos ecoando por entre as árvores ocupadas por covardes e tendo como testemunha apenas os brinquedos vazios e sorumbáticos do parquinho.

Assim que os olhos da criança pararam de se mover, o tempo pareceu voltar ao normal. Seu rosto lívido, salpicado de gotas de sangue, ainda lembrava a face de uma boneca: as bochechas cheias, os cílios grandes, o cabelo preso com duas tranças, uma de cada lado. Zenóbia olhou para Sérgio. Ele estava abraçado a seu galho, protegendo o rosto da cena medonha que se desenrolava abaixo. Um formigamento percorreu todo o corpo da guerreira, uma sensação como ela jamais tivera em toda a sua vida. Por mais incrível que fosse, daquela vez seu ódio não era dirigido às criaturas. Sim, elas tinham sido os algozes, mas o ódio da amazona tinha outro dono. A mulher ar-

rastou-se pelo galho, sem importar-se de ser sorrateira. Se as criaturas tinham fome, elas iam comer. Comer até se fartar! Ao perceber as oscilações na árvore, Sérgio levantou a cabeça, temendo que os contaminados estivessem escalando, mas, ao ver Zenóbia vindo em sua direção, rosnou com súbita coragem, que na verdade era uma reles tentativa de disfarçar sua covardia:

— O que está fazendo, sua piranha? Eles vão subir atrás de nós. Fica quieta.

Apenas um golpe, nada mais. Um movimento firme e preciso, desferido contra a garganta para minar as forças, e o homem mergulhou para seu destino, mimetizando a queda da criança. Ele caiu de mau jeito, batendo o ombro direito diretamente contra uma das grandes raízes expostas da figueira, e o ruído de sua clavícula se despedaçando pôde ser escutado mesmo do alto da árvore. Zenóbia ficou em pé no galho, olhando para baixo, sem que nenhuma emoção se delineasse em seu rosto. Ela nada sentiu, os olhos estavam frios e estáticos, o maxilar, pressionado com firmeza. Havia acabado de matar um homem, havia permitido que uma vida inocente literalmente escorresse de seus dedos, e nem uma única lágrima verteu de seus olhos. Ela havia embrutecido o coração, acompanhando o embrutecimento do próprio mundo. Uma parcela da sua alma havia empobrecido.

Naquele instante, ela desistiu. Não queria ser a pessoa que havia se tornado. Não havia motivo para continuar. Nada pelo que seguir em frente. Seu rosto estava branco, sua vontade minada; tudo parecia sem sentido. Por um segundo, ela disse a si própria que, caso as criaturas subissem atrás dela, após terminarem aquele seu banquete, ela não resistiria. Era a hora da entrega, do desprendimento! Para sua desgraça, os infectados partiram minutos depois, deixando o cadáver de Sérgio com as tripas expostas e uma expressão de pânico e dor gravada no rosto. Ele morreu gritando, mas a mandíbula inferior desaparecera de sua face, arrancada em meio à glutonice das criaturas.

Ela dera ao desgraçado o que ele merecia. Então, por que não se sentiu bem com aquilo? No tronco da árvore, havia uma inscrição, talhada à faca: "Tribunal de Osíris".

Eles ainda estariam lá, olhando pela humanidade, os deuses? Os malditos deuses, que criaram o homem, ensinaram-lhe a se portar, a evoluir, lhe deram pecados e tentações, e, depois, ousaram julgar seu coração? Aquele famigerado julgamento final, que media os atos da humanidade e permitia ou não que cada indivíduo seguisse para um pós-vida, para o além, para algo melhor — eles, os humanos, ainda eram julgados? Ou eram os deuses que mereciam julgamento, por terem liberado sobre a humanidade tamanho horror, tamanha abominação? Homens ou deuses eram responsáveis pela revulsão que o mundo se tornara — na verdade, uma revulsão que nos acompanha desde antes de a civilização surgir? Sete pecados; quatro cavaleiros; apocalipse... E sempre, sempre, um julgamento.

Zenóbia havia matado um homem, mas aquilo não aplacou a fúria que sentia naquele momento. Em seu âmago, ela gostaria de ter matado um deus!

Foi somente após seis tentativas de seguir por outras rotas — duas das quais colocaram suas vidas em risco — que Cortez e Zenóbia perceberam que não tinham opção melhor. Na verdade, não tinham opção alguma. Sem desligar a motocicleta, o batedor parou na frente de uma enorme cavidade negra, que se abria como uma fenda abissal no meio da cidade. O túnel estava obstruído nas duas vias de acesso laterais que corriam em paralelo pelo lado de fora e poderiam ser uma alternativa mais segura — uma delas com um ônibus inteiro carbonizado e virado de atravessado na pista. Não era possível contornar os obstáculos. No interior da grande abertura negra, duas pistas acenavam com a promessa de incógnitas, uma de ida e outra de volta, as quais passavam por baixo de três amplas avenidas da cidade e outrora haviam sido importante ponto de conexão entre duas regiões. As duas pistas permaneciam visíveis por alguns poucos metros antes de serem completamente engolidas pela escuridão densa e volumosa.

— Qual é a distância, você sabe? — perguntou a amazona.

— Um quilômetro, no máximo. Provavelmente menos. Acho que deve ter uns setecentos metros. É engraçado... eu olho pra esse túnel e sei para onde ele vai, me lembro de quando passava por aqui, sabe? Antes de tudo ruir... Mas, ao mesmo tempo, a cidade parece tão...

— Turva?

— Sim. Acho que é uma boa definição. Parece que nunca vou me acostumar a andar por aqui. Não é a cidade das minhas memórias. Todo o tempo sinto como se isto aqui fosse um lugar transitório e que nós estamos apenas aguardando...

— Aguardando o quê?

— Não sei. Quem sabe uma chance de que tudo seja diferente. Ou a chance de fazer tudo diferente. Às vezes, eu gostaria de estar nos planos de um cientista louco ou de acordar na Matrix... Bom, mas de volta à realidade...

— Sim — concordou a guerreira.

— O problema de passar por aqui não é a distância — observou o velho.

Zenóbia olhou profundamente dentro da grande boca que se avolumava diante dos dois, tentando decifrar algo além das trevas. Tendo falhado, disse:

— Tá tudo escuro lá dentro. Os faróis da moto estão funcionando?

— Sim — respondeu o outro, testando as luzes enquanto falava. — Mas o problema é não saber se há dois deles, vinte ou duzentos. Isso sem contar que podemos entrar e o caminho lá dentro também estar bloqueado.

— E, se nos encurralarem, não teremos para onde fugir. Tem certeza que não tem outra rota?

— Você mesma viu. Tentamos meia dúzia de possibilidades e não deu para passar. Essa parte da cidade tá muito zoada. Veja os desmoronamentos ali e ali — ele apontou para dois pontos — e todos aqueles veículos queimados. Com certeza houve luta armada aqui no passado. Para contornar, teríamos que ir até muito lá atrás e dar uma volta colossal. E, mesmo assim, não é certeza que conseguiremos. Se passarmos pelo túnel, chegaremos à central de força em dez minutos. Até menos...

— Pode ser, mas você conhece a lei, não?

Cortez sorriu:

— Sim, conheço. E acho que aquele Murphy era um filho da puta! Tomara que ele tenha virado um zumbi bem fodido.

Zenóbia riu e complementou:

— Ou que tenham mastigado o rabo dele!

Cortez descontraiu-se vendo em sua mente, por um breve instante, a imagem que fazia de Murphy tendo o traseiro mordido pelas criaturas, e permitiu-se um gracejo interior. A seguir, retomando a seriedade, afirmou:

— Não vejo opção.

— Então cai dentro!

Ela se agarrou firme à cintura do batedor e apertou com as pernas o corpo da motocicleta, tentando ficar o mais rígida possível. Então, recomendou:

— Cortez, não quero ensinar o padre-nosso ao vigário, mas lá dentro você não vai poder andar devagar demais a ponto de eles nos agarrarem...

— Nem rápido demais a ponto de nos machucar, caso eles nos derrubem ou que eu não consiga desviar dos obstáculos. Sim, eu sei. Fica fria, que dirijo essa porra desde antes de você nascer!

A frase não foi uma afronta, tencionava apenas ser divertida. Cortez sabia que, dentro do túnel, haveria muitos carros capotados, colididos e carbonizados que se transformaram em um monte de entulho perigoso para a travessia da moto.

— OK, OK. Só estava checando.

Ele recomendou:

— Não marca bobeira e...

— Vou atirar em qualquer coisa que se mover!

— Isso!

Com a mão livre, ela empunhou a arma, mantendo o braço flexionado em noventa graus, o cano apontado para cima, pronto para disparar. A motocicleta mergulhou túnel adentro, sendo engolida pela lúgubre e indistinta bocarra negra. O coração de Cortez disparou. À medida que eram envolvidos pela mais completa escuridão, salvo pela lanterna da moto iluminando apenas um filete à sua frente, os uivos começaram a reverberar. Zenóbia olhou para trás, e a entrada do túnel, que mais parecia um portal de luz levando a outra dimensão, começou a se distanciar e a ficar cada vez menor, desaparecendo após uma curva. Eles adentraram os domínios de Seth, os domínios de Hel, mergulhando em um abismo funéreo, lôbrego e decadente.

A moto seguia cautelosa, contornando os obstáculos previstos, porém o som do motor, isolado naquele vácuo negro, parecia terrivelmente alto. Seu barulho impedia que a dupla de batedores escutasse o agito dos passos no asfalto, com seu trote desenfreado e sincopado e o farfalhar sinistro de unhas longas arranhando as paredes umedecidas; impedia que escutasse os balbucios e gemidos, emitidos em um primeiro momento como consequência daquela súbita invasão da motocicleta nos domínios tetros da cavidade que cortava a barriga da terra; impedia que escutasse até os grunhidos e rosnados à medida que a catatonia dava lugar à fúria, os solavancos e contorções dos filhos de Moloch, erguidos e regurgitados do Geena, avolumando-se e avultando-se, como que preenchendo todos os espaços vazios e criando uma muralha viciosa de corpos repulsivos... Nada disso eles escutaram. Mas logo foi inevitável perceber o que se passava; já tendo mergulhado algumas centenas de metros naquela lombriga de concreto, os ouvidos da dupla captaram o som dos corpos — dezenas deles, talvez mais — trombando com todo tipo de entulho que obstruía parte da passagem e tornava a travessia do túnel triplamente perigosa; captaram o ruído gutural e profundo que nascia daquelas gargantas héticas e era projetado de forma inumana para se propagar pelo espaço e anunciar a todos ao redor a chegada daquelas novas presas; captaram o timbre grave do motor da motocicleta misturando-se a seus próprios ecos, aos uivos e guinchos, produzindo uma cápsula monotônica e envolvente de ansiedade, angústia e incerteza.

Em mais de uma ocasião, Cortez fraquejou e pensou em dar a volta, sentindo seu coração apertar e suas certezas minguar, pois o túnel parecia um grande estômago sem fim, no qual a luz não penetrava e cujos odores ácidos e pútridos iam consumi-los. No entanto, como se tivesse um sexto sentido que pressentia a insegurança do colega, Zenóbia pressionou forte o corpo dele com o braço e transmitiu uma sensação positiva, que dizia a ele, mesmo sem palavras, para que aguentasse firme e seguisse em frente. Na verdade, na condição de passageira, ela conseguia perceber, por meio da tênue luz derramada no interior do túnel pela lanterna, ao olhar para as laterais com sua arma nivelada e pronta para disparar, as multidões de infectados que estavam ficando para trás e se aglomeravam por onde eles haviam passado, formando um tapume subumano. Em seu íntimo, a amazona sabia que não havia mais volta. Dezenas ficavam para trás, cercando a dupla em uma armadilha letal. O caminho era retilíneo e eles tinham que passar. Do contrário, o fim estava decretado.

Por um instante, apenas por um mero instante, contudo, a luz brilhou e Cortez esboçou um sorriso ao fazer uma curva e avistar a saída a cerca de trezentos metros de distância. Ela era uma enorme abertura de fulgor, uma boca clara de aspecto angelical, que revolveu um filete de esperança nas almas dos batedores. O velho chegou a pensar: "Vamos conseguir!", mas não teve tempo de gritar e esboçar seu contentamento. Logo a seguir, uma silhueta surgiu das trevas, delineada contra a luz. O corpo, nebuloso e maltrapilho, foi somado a outro, e depois mais um, até que não era mais possível contá-los; o número de cabeças e troncos fechava por completo a saída.

Era como se o próprio Buer tivesse ordenado que todas as legiões infernais sob seu comando atacassem de uma só vez e elas estivessem brotando de algum orifício que conectasse o chão do túnel aos mundos inferiores, materializando-se das sombras como fantasmas crepusculares para impedir todo e qualquer acesso à luz.

As formas não ficaram paradas, mas investiram com carga total — sua corrida torta e sem uniformidade tornava-se ainda mais repulsiva ao ser vista apenas em seus contornos —, e os uivos ficaram mais altos do que o som do motor. Cortez pressionou com tanta força o guidão, que parecia que ia arrancá-lo, seu coração disparado, os olhos lacrimejando pelo vento frio e pela própria incapacidade de piscar diante da iminente destruição que se interpunha entre a dupla e a segurança do dia e dos espaços abertos.

"Puta merda, não vai dar", o batedor pensou, sua mão desacelerando levemente, como que respondendo ao desafio visual que os olhos captavam. De repente, ele se sentiu vencido e toda a sua determinação fraquejou, deglutida pela dura realidade: eles não sairiam dali!

Foi quando um estampido o fez ter um sobressalto e quase perder o controle do veículo. Zenóbia havia dado o primeiro tiro, fazendo uma das silhuetas tombar inerte, abrindo um buraco nas fileiras de criaturas. O barulho deixou os ouvidos de Cortez zunindo e pareceu não ter efeito moral algum sobre a multidão, que continuavam atacando como se não tivesse percebido o que acontecera. A amazona, sem titubear, disparou mais uma vez e outra na sequência, obtendo cem por cento de aproveitamento em cada tiro. Um pressionar de gatilho, um corpo tombava.

A ação da colega fez com que Cortez se recompusesse. Não era possível explicar a repentina influência que a resolução de Zenóbia teve sobre ele, mas o fato de ela atirar de forma tão segura e certeira, sem hesitar, fez o batedor ver que ela não havia se entregado e que estava fazendo o que todos sempre fizeram desde o Dia Z: lutando.

"Cinco ou dez, dez ou cem, não importa — um batedor luta até acabarem as balas, até seu facão perder o fio, por fim, luta até que toda a carne do seu corpo tenha sido devorada, levando consigo o máximo de infectados que puder. Não desistir, não se entregar, jamais permitir que eles vençam! Essa é a natureza do guerreiro!" As palavras de Kogiro, sempre o grande Kogiro, ecoaram em sua mente. A segurança dela contaminou Cortez, e, com incrível perícia, ele tirou uma das mãos do guidão, sacou a arma que trazia no coldre junto ao peito e também disparou, usando a luz do farol a seu favor.

A saída estava cada vez maior; de longe, ela parecia desobstruída, sem veículos barrando o caminho. Mas a travessia ainda não havia acabado. Os corpos caíram como moscas até que, enfim, o gatilho de ambos, ao ser pressionado, fez som de "clique": as balas haviam acabado. Sem que o batedor se desse conta, Zenóbia já estava com o facão em mãos, pronta para agir como uma guerreira medieval montada sobre um cavalo, soltando golpes em todas as direções, retalhando qualquer coisa que se aproximasse demais. As tentativas dos braços de agarrá-los acabavam em desmembramento ou evisceração, mas, até mesmo para ela, eles estavam em número muito grande. A amazona deu um grito tão forte que, apesar de todo aquele caos em que o túnel se transformara, Cortez conseguiu escutar:

— Acelera, Cortez!

Enfim, o cerco se fechara. A moto estava completamente cercada. O batedor cerrou os olhos, pressionou os dentes e rosnou como uma fera ferida que ainda não se

dava por vencida, antes de forçar seu veículo além dos limites da razão e torcer para que conseguisse controlá-lo. A motocicleta rompeu parte do cerco, golpeando de frente um contaminado, que rodopiou e caiu para a lateral; depois ela rabeou, mas foi novamente posta em linha reta pelas hábeis mãos do piloto. Mesmo enquanto a moto oscilava, sambando para a esquerda e depois para a direita, Zenóbia cortou e lacerou o que tinha ao seu alcance, parecendo completamente despreocupada com a própria segurança. Ela se moveu mecanicamente, compenetrada, dona de tudo ao redor. Cada músculo de seu abdômen estava contraído, lutando para mantê-la ereta, pois, àquela altura, ela havia largado o corpo de Cortez e usava ambas as mãos para pugnar.

Um segundo atropelamento foi seguido imediatamente de um terceiro e, desta vez, não foi possível segurar. Ainda que não estivesse em alta velocidade (Cortez já havia reduzido um pouco), a moto derrapou, com a roda traseira virando para a direita e ficando quase paralela à dianteira, ao mesmo tempo que o corpo motorizado começava a se inclinar para baixo, dando praticamente um cavalo de pau. Zenóbia, que não estava se segurando em nada, voou da garupa e, auxiliada pela sorte, aterrissou sobre três contaminados, indo ao chão de forma ligeiramente amortecida. Cortez, que tentou segurar o veículo até o último instante, caiu junto com ele e deslizou no asfalto duro e poeirento, derrubando diversas criaturas em seu percurso espetacular, com o metal arrancando faíscas do chão.

A batedora levantou-se quase de imediato, arrancou o capacete que limitava sua visibilidade e gritou o nome do colega, sem obter resposta. Ela sabia que tinha ferimentos no corpo — pela dor, provavelmente um ferimento grave na perna —, mas não podia pensar naquilo agora. Nenhum membro quebrado, uma dádiva divina naquele antro infernal. Ela brandiu a lâmina como uma artesã que domina seu ofício e abriu caminho entre as silhuetas que se interpunham diante de si, usando a luz da saída a seu favor.

Os esguichos amarronzados eram como sangue negro e coagulado, cuspido nas entranhas do túnel, e os guinchos e bramidos das criaturas não pareciam diminuir, mas sim aumentar. Ela sabia que era porque todos os contaminados que eles haviam deixado para trás desde o começo de sua travessia estavam correndo naquela direção. Era possível escutar o galope de suas patas, que outrora foram humanas, e, sem saber se sua mente estava pregando-lhe peças ou se aquilo estava ocorrendo de fato, a amazona sentiu o chão tremer.

Súbito, um grito chamou-lhe a atenção, algo que se distinguia dos abomináveis sons agudos emitidos pelas criaturas. A voz de Cortez soou grave e ríspida, denotando um enorme esforço. Ela girou o rosto na direção do som a tempo de ver, de relance, a imagem nebulosa do batedor levantando-se, saindo de baixo do amontoado de metal que estava sobre ele e jogando o capacete no chão desleixadamente. O batedor tirou do bolso de trás da calça um pente e carregou sua arma, reclamando e cuspindo sangue. Foram necessários apenas alguns golpes e poucos passos para que Zenóbia chegasse até o colega:

— Cortez... Tudo bem?

— Queda feia do caralho! — respondeu o velho, com dificuldade para falar e respirar, enquanto se colocava ereto e, ao mesmo tempo, recarregava a arma. — Cuidado!

Ele empurrou a batedora para o lado bem a tempo de enfiar uma bala à queima-roupa no meio do rosto de um infectado que tentava agarrá-la pelas costas. O estrondo ecoou pelo túnel, abafando, por um momento, o festival de uivos. O tiro abriu um buraco do tamanho de uma ameixa na testa da criatura, que foi arremessada a alguns metros de distância pelo impacto.

— Consegue correr? — perguntou Zenóbia, com urgência na voz.

— Sim.

— Estamos a cem metros da saída, Cortez. Corra como se o diabo estivesse em nossos calcanhares!

O fato é que o diabo realmente estava nos calcanhares da dupla. E todo segundo era preciso para que ambos saíssem vivos dali.

Cada passo dado era conquistado à custa de muito suor. Os corpos mutilados caíam em volta deles, confirmando a facilidade com que se podia matar as criaturas: elas não tinham nenhuma estratégia de ataque ou resquício de pensamento; simplesmente se atiravam para o combate, movidas pela ira e pelo tão inexplicável quanto inexpugnável desejo de matar. Contudo, o que lhes faltava em aptidão logo seria compensado pelos números e, infelizmente, o avanço dos batedores era mais lento que o da horda que os perseguia. Os sons da aproximação ficavam mais e mais altos.

A firmeza do facão de Zenóbia era impressionante, e havia melhorado muito desde a última vez em que ela estivera em situação similar, havia pouco mais de um mês, lutando contra dezenas de contaminados. Era como se ela houvesse adquirido um grau de segurança até então adormecido ou, como diz o ditado, como se tivesse "despertado o dragão". Talvez adquirido conhecimento "por osmose" ou pelo inconsciente coletivo, só de estar ao lado de Kogiro e Cufu, e de levar mais a sério o treinamento com eles. O fato era que a batedora se tornara uma eficiente máquina de combate; sabia economizar os movimentos, desferir golpes fatais, posicionar o corpo de forma a manter o flanco seguro contra as costas do parceiro e, ao mesmo tempo, mover-se rumo à saída. Cortez, de outro lado, parecia mais lento do que antes. A guarda dele baixou mais de uma vez, seus passos estavam trepidantes e inseguros, o corpo ligeiramente arqueado. Na verdade, se a escuridão do túnel permitisse, a mulher teria visto uma expressão excruciante de dor estampada no rosto do velho. Ainda assim, em sua ignorância do fato, ela o apressou da forma que pôde, ora puxando-o, ora imprimindo um senso de necessidade às palavras:

— Cortez, corre, cacete! Eles vão nos alcançar. Vamos, velho! Mexa essa bunda inútil!

A pistola do velho esvaziou mais uma vez. Ele puxou pelos cabelos uma contaminada que o agarrava traiçoeiramente, forçando o pescoço dela para trás; depois, com a coronha da arma, golpeou várias vezes o crânio da criatura, deixando-a estirada no chão, com a boca aberta e um gemido lamurioso, cuspindo sangue marrom. O barulho do osso rachando reverberou na alma do batedor, que, mais tarde, repassando mentalmente a cena, seria assombrado pela forma selvagem e feroz pela qual matara a agressora. Mas naquele momento, entorpecido pelo *élan*, seguiu em frente sem se questionar. Ele arremessou a arma vazia no rosto de outro infectado e, já quase chegando à saída do túnel, conseguiu alcançar a batedora, que estava alguns metros à sua frente e acenava para ele se apressar:

— Puta merda, você parou pra um cafezinho?

— Muito engraçadinha!

Ainda não era possível ver o grosso da massa que seguia em seu alcanço, apenas ouvi-la, porém os dois já divisavam, em meio à escuridão do túnel, os primeiros contaminados chegando.

— Nós passamos por uns cinquenta deles lá dentro. Mais até... — alertou ela. A saída do túnel era íngreme, com uma rampa longa que, até chegar ao nível da rua, se estendia por uns quarenta metros. Os dois subiram o mais rápido possível, com o fôlego teimando em escapar dos pulmões e, enfim, ganharam a via principal. A sensação calorosa do Sol tocando a pele foi como um renascimento. Os poucos minutos que haviam passado dentro do túnel pareceu-lhes uma vida inteira.

— Onde é a central de energia? — perguntou a mulher.

— Estamos perto, mas não dá para ir até lá com esses infectados atrás de nós... Temos que despistá-los.

Com olhos de lince, ela escrutinou os arredores e notou que o túnel desembocava em uma espaçosa avenida que, poucos metros à frente, se alargava e se dividia em quatro pistas. Estava ligeiramente danificada, mas contava com prédios razoavelmente intactos de ambos os lados.

— Ali! — gritou ela, apontando para um edifício com uma frente ampla, cercado por uma grade alta e lanceada, e um jardim que os ocultaria das vistas de quem estivesse fora. Aquela fachada parecia menos arruinada que as demais a sua volta e, ao menos momentaneamente, podia proporcionar um pouco de segurança. Os dois se apressaram rumo à construção, ela ligeira como um coelho, ele mancando e parecendo se arrastar. Ao chegarem lá, Cortez fez um "pezinho" para Zenóbia com as mãos entrelaçadas e ajudou-a, dando um impulso para que ela transpusesse a grade. Na pressa, a amazona rasgou a coxa na lança pontiaguda — um talho profundo de uns dez centímetros —, mas a adrenalina era tamanha que a mulher nem sequer percebeu o ferimento. Cortez, com certa dificuldade, escalou o obstáculo no exato instante em que os primeiros contaminados emergiram da boca do túnel. Sem perder tempo, com a arma recarregada, Zenóbia atirou de onde estava, derrubando cada vulto que ganhava as ruas, ganhando tempo para que seu companheiro transpusesse o obstáculo. De soslaio, enquanto o batedor caía para o lado de dentro, desajeitado e com muita dor, ela, enfim, percebeu que ele apresentava ferimentos graves — o motivo de sua lentidão — e engoliu em seco.

— Venha — a moça falou, ajudando-o a se levantar e servindo-lhe de muleta. — Vamos sair da vista deles enquanto ainda dá tempo.

Zenóbia sabia que, de acordo com o conhecimento que eles haviam adquirido a respeito do comportamento das criaturas, caso não tivessem estímulos visuais nem sonoros, elas logo perderiam o interesse e voltariam àquele estado catatônico que lhes era característico. A dupla ganhou o edifício até o hall de entrada, avançando com cautela, e sentou-se no piso de mármore para finalmente respirar. Ofegante, Cortez limpou o suor da fronte e indagou, em meio a um forte gorgolejo de sangue:

— Como você está de munição?

Diante da súbita golfada vermelha, Zenóbia se assustou. Ela sabia que o batedor estava ferido, assim como ela, mas à primeira vista não parecia ser algo tão grave a ponto de ele cuspir aquele sangue todo. Sem se dar o trabalho de responder, ela forçou-o a tirar o colete protetor. Ele protestou brevemente, reclamando da falta de segurança deles ali, mas, apesar dos resmungos, obedeceu. Assim que o colete foi aberto, ambos ficaram em silêncio. A camisa que o batedor vestia por baixo do colete estava empapada em um bolo escarlate. Zenóbia segurou o tecido da camisa na altura do abdômen e, com um movimento brusco, rasgou-o, revelando a barriga nua do colega.

— Puta mer... — Cortez começou a dizer, mas a voz morreu em sua boca antes que ele terminasse a frase. O que ambos viram foi uma enorme fenda de um palmo de comprimento, dois ou três centímetros de largura, bastante profunda e certamente feita no momento do acidente. Jorrava sangue como se fosse a nascente de um rio rubro. Era possível até mesmo ver as vísceras. Zenóbia afirmou:

— Precisamos entrar em algum apartamento e tratar dessa ferida. Você não pode ficar aqui!

— Outro prédio? Lembra-se do que aconteceu da última vez?

— Não temos opção. E, fora isso, o problema da última vez foi Espartano. Eles não nos viram entrar. Venha.

Novamente servindo de muleta, ela o ajudou a se levantar e o escorou por todo o caminho até as escadas do prédio. A trilha de sangue que ficava para trás era respeitável, e ambos sabiam que, se algo não fosse feito — e rápido —, ele não duraria muito. A subida até o primeiro andar foi um desafio. Cada passo parecia mais vacilante que o anterior. Ao chegar ao corredor, a visão de Cortez estava embaçada e seu raciocínio, falho.

— Tô perdendo muito sangue... — ele comentou o óbvio. Zenóbia fez sinal para que o colega se apoiasse na parede, enquanto o soltava para arrombar o primeiro apartamento. Não havia tempo para ser sutil, então ela simplesmente deu um violento chute na linha da fechadura. A porta não se mexeu. Por motivos evidentes, ela não queria disparar contra a maçaneta, e foram necessários mais quatro chutes firmes até que a tranca finalmente cedesse e a entrada fosse escancarada.

Por força do hábito, a batedora adentrou o local com a arma em punho, mas de imediato um cheiro pútrido golpeou-a como o cruzado de um boxeador. Nauseada, com os olhos premidos e o braço escondendo o nariz em um ato reflexo (como se aquilo pudesse, de algum modo, evitar que ela sentisse o odor fétido), Zenóbia fechou a porta novamente, deixando incólume e intocada atrás de si a cena que testemunhara: a família morta, carcomida e decomposta no meio da sala, vítima de uma morte que jamais seria esclarecida.

— Segura a onda! — ela disse a Cortez, notando a expressão de desmaio em seu rosto.

A seguir, Zenóbia forçou a porta ao lado, que cedeu com muito mais facilidade. Durante o tempo todo, o batedor tentou permanecer atento e altivo; ele acreditava estar abalizado e seguro, protegendo o flanco dela com a faca em mãos e uma determinação inabalável, voltado para a escada com o ombro apoiado na parede. Mas, na verdade, sem que se apercebesse, Cortez estava completamente vencido; tinha os olhos vidrados, os membros moles, trêmulos e incapazes; um filete fino de sangue vertia-lhe da boca, suas costas estavam curvadas. Era como se ele tivesse gasto tudo o que tinha, todas as suas forças, queimado toda a energia interior; agora nada mais lhe restava, senão a teimosia de quem se recusa a morrer.

Após uma rápida checagem nos cômodos, que revelou que o apartamento estava seguro, Zenóbia voltou ao corredor e ajudou o batedor a entrar, reiterando o tempo todo que aquela ainda não era a hora dele e deitando-o em um sofá empoeirado. Fechou a porta atrás de si e arrastou um móvel para a frente dela, a fim de evitar surpresas. Olhou para o colega e disse:

— Murphy filho da puta!

Cortez, em meio a gorgolejos de sangue misturado à saliva grossa, sorriu — os dentes manchados de escarlate lhe conferiam uma aparência tenebrosa — e balbuciou de forma pausada:

— Fi-lho... da... pu-ta...

A batedora não perdeu tempo. Lavou seus braços e rosto para tratar dele com segurança, e vasculhou o banheiro, à procura de qualquer coisa de que pudesse fazer uso.

Cortez, deitado com a mão pressionando a barriga, olhou para a ferida e perguntou-se como suas tripas ainda não haviam caído para fora. Provavelmente, o colete ajudara a mantê-las no lugar, mas ele havia forçado o corpo já desgastado além do limite naqueles poucos minutos de combate brutal. A imagem do que havia acontecido com Erik lhe veio à mente, e ele, olhando para os muitos respingos de sangue contaminado que estavam por todo o seu corpo, sentiu um calafrio percorrer-lhe a espinha. Irado, o batedor deu dois murros no sofá, berrando imprecações, bem no momento em que Zenóbia retornou com tesoura, gaze, fio dental e um alfinete grosso. Com a outra mão, segurava uma garrafa de aguardente, que ela sacudiu no ar com um sorriso malicioso enquanto dizia:

— Nem tudo está perdido...

Cortez imitou o sorriso da companheira, mas, nem bem fez isso, foi tomado pela agonia quando ela, arrancando com a boca a rolha que fechava a garrafa, derramou sem aviso o líquido sobre a fenda em sua barriga. Ele se contorceu de dor, engolindo os próprios gritos; como se fosse um personagem durão recém-saído de um filme de caubói, arrancou a garrafa da mão dela e tomou no gargalo um bom gole do líquido amarelado. Zenóbia riu ao vê-lo estalar os lábios e limpar a boca como um glutão e falou:

— Assim que se faz. Cortez, você sabe que eu vou ter que...

— Eu sei — interrompeu o homem, limpando a boca com o antebraço. — Costura logo essa merda! Vai dar conta com a porra dum alfinete?!?

Ela não respondeu. Apenas tirou um isqueiro do bolso e esterilizou as lâminas de forma precária, dizendo logo em seguida:

— Eu preciso ver se não tem hemorragia interna antes de fechar.

A preocupação dela era que os órgãos do batedor tivessem sido avariados no acidente. Se fosse o caso, Zenóbia não saberia o que fazer.

Secou a ferida como pôde com a gaze e, embora estivesse comovida pela clara demonstração de dor no rosto do colega, manteve sua determinação inabalada. Aquela aflição foi uma das piores coisas que Cortez sentiu em toda a sua vida, quando a gaze enxugou o sangue dentro do ferimento e ela, com as próprias mãos, abriu o corte, afastando ambas as extremidades para examinar a barriga por dentro, a fim de ver se havia danos. Enfim satisfeita, Zenóbia começou a árdua tarefa de costurar o homem utilizando apenas os poucos materiais de que dispunha. Ainda assim, a costura foi quase um alívio. Sim, ele sentia uma ponta perfurar sua carne e emergir do outro lado, um fio de linha correndo pelos buracos abertos e uma pressão quando ela arrematava cada nó, fazendo uma costura muito mais próxima a um bordado do que a uma operação. O velho sentiu cada detalhe do que fora feito, tentando amenizar a dor com grandes goles de cachaça, mas se manteve firme. Imaginou ser uma rocha, inabalável, capaz de suportar a carne lacerada sendo rematada de volta e os brutais edemas que se erguiam como colinas em sua pele. Quando a enfermeira improvisada murmurou que gostaria que Judite estivesse ali, ele respondeu com um rosnado brutal e sincero:

— Se outra pessoa estivesse ao meu lado naquele túnel, eu não teria saído com vida!

A amazona não conseguiu evitar a satisfação que aquele breve elogio dera ao seu ego. Mas também sabia que, por melhor lutadora que fosse, seu conhecimento médico estava muito aquém daquilo de que Cortez precisava naquele momento. Ainda assim, suas parcas habilidades fizeram tudo o que estava ao seu alcance em prol do colega. Ela limpou o ferimento com um resto de água oxigenada e bastante álcool, cauterizou tudo o que parecia mais grave usando a lâmina da tesoura esquentada e costurou a ferida com o fio dental. Um trabalho de açougueiro, mas era a única coisa que estava entre a vida e a morte do homem. Antes que ela terminasse a operação, o velho desmaiou, vencido pela dor e pela exaustão.

Quando tudo terminou, ela se recostou no braço do sofá, sentada no chão, e deu um bom trago na aguardente. Suas mãos estavam tingidas de vermelho e, depois da operação, começaram a tremer de nervoso.

Zenóbia sabia que as horas seguintes seriam vitais para a sobrevivência do batedor. Ela tinha ciência de seu compromisso para com o Quartel e de que seus moradores aguardavam com ansiedade a volta da luz, porém, teriam de esperar um pouco mais. A noite caía rapidamente e, mesmo que soubesse onde ficava a estação de força, ela não deixaria Cortez sozinho naquele estado. Indefeso como estava, o velho ficaria à mercê de qualquer perigo que surgisse. Não. O que quer que acontecesse, o Ctesifonte teria que passar aquela noite no escuro. Ela ligou o rádio e tentou comunicar o ocorrido à pessoa que estivesse de plantão.

— Nada — disse a amazona em voz alta, jogando o rádio sobre o sofá. O dispositivo repicou e aninhou-se próximo de algumas almofadas felpudas. Estranho... Deveria haver alguém nos rádios, que funcionavam à base de baterias e nada tinham a ver com a falta da energia elétrica. Estranho, muito estranho...

Como a guerreira poderia saber o novo terror que assolava o Quartel naquele exato instante?

CAPÍTULO 61

Manes desacelerou o veículo gradualmente, até pará-lo por completo bem no meio da estrada. Os contaminados tinham ficado para trás havia muito tempo. Uma margem de segurança de alguns quilômetros havia sido imprimida. O trio jamais saberia do que se tratava aquela aglomeração de infectados, se o raciocínio deles era, de fato, superior à média e se tinham desenvolvido alguma estratégia para surpreendê-los ou simplesmente investiram louca e desenfreadamente contra o veículo. Era uma daquelas muitas perguntas sem resposta com que a vida nos brinda. De qualquer modo, nenhum ocupante do veículo dedicou mais do que algumas elucubrações ao fato. O que estava feito, estava feito.

A noite começava a cair e, com ela, vinha um vento frio que enregelava os corpos e espíritos dos ocupantes da Sprinter. A noite nunca era animadora, não no mundo do Apocalipse. Júnior forçou a vista para tentar compreender por que Manes havia parado e o que era aquilo que estava estático no centro da pista, impedindo a passagem do carro. Ao discernir a imagem, ficou confuso.

Viu um homem parado, bloqueando o caminho. Ele era alto e magro, com braços finos e ombros rodados. Vestia uma camisa regata esverdeada e com listras, que deixava à vista seus braços e parte do plexo. Os cabelos eram longos, quase na linha da cintura, soprados pelo vento, repletos de revoltosos cachos acastanhados que se amontoavam uns sobre os outros, em uma forma organizada de ser desgrenhado. Os olhos da figura eram claros — uma linda e incomum tonalidade de verde, como o de uma grama viva e saudável. Sua barba estava por fazer; havia no rosto apenas uma camada rala acinzentada, típica de quem não se barbeava havia quatro ou cinco dias; na mão direita, ele trazia meia dúzia de longas argolas douradas, largas e reluzentes, que ficavam dançando no punho fino. O homem usava jeans surrados, com dois rasgos na coxa direita, e chinelos de dedo rasteirinhos, além de um longo colar dourado cravejado com uma única pedra verde-esmeralda, que chegava até a altura do umbigo. Um avantajado par de seios, redondos e quase explodindo para fora da blusa sem sutiã, com os mamilos delineados debaixo do tecido por causa do vento frio, completava a figura. Júnior olhou para Manes e preparou-se para comentar algo quando o líder, se antecipando, exclamou:

— Sim, você está vendo isso mesmo!

O carro havia parado não só porque o homem estava fechando a passagem, mas também porque portava algo que parecia ser uma espingarda, com um cano longo e fino apontado diretamente para eles. A figura trazia a arma apoiada no ombro nu, mantendo um olho fechado como quem indica que o veículo está na mira. Nada havia sido dito até então. Espartano, absolutamente tranquilo, apesar de eles estarem no rumo de uma espingarda, disse em voz alta:

— Será que aquela porra funciona?

Manes, tão calmo quanto o companheiro de jornada, examinou com cuidado a arma, semelhante àquelas guardadas antigamente em sítios, as quais serviam mais de enfeite do que propriamente para proteção:

— Se ela tiver sorte, não vai explodir na sua própria cara.

Júnior perguntou:

— "Ela"?

Ignorando-o, Espartano comentou:

— Dá para ver a ferrugem daqui. Aquilo deve ter meia dúzia de décadas de idade.

— "Ela"? — insistiu Júnior. Manes emendou:

— Sim. Isso sem contar que a mira está torta, desalinhada... Consegue ver? Se ela atirasse agora, a bala ia passar a meio metro da gente.

— Como assim, "ela"? Tem um cara barbado usando roupa de mulher, portando uma arma, com um par de peitos imensos bem na nossa frente.

Manes virou-se para o jovem técnico e falou:

— Nós sabemos, Júnior. Não dá pra perceber que é um travesti?

Espartano cutucou o líder e ralhou:

— Não temos tempo pra isso, Manes. Não sabemos onde estamos e, apesar de termos ganhado distância, pode ter uma turba inteira de contaminados em nosso encalço.

Do lado de fora, a figura gritou algumas palavras que eles nem se deram o trabalho de tentar compreender. Ela estava visivelmente nervosa, e não conseguia manter a arma firme.

— Não, não temos — concordou o líder, evidentemente fazendo planos e anotações mentais. Mas, observando naquilo uma oportunidade, completou: — Logo mais vai anoitecer e não é bom chegarmos à Catedral à noite. Não conhecemos o caminho nem as estradas, e passar por locais desconhecidos e sem visibilidade pode ser muito arriscado.

— Acha que ele... Quer dizer, "ela", tem um canto pra gente dormir? — indagou Júnior.

Lá fora, as ameaças gritadas pareciam ficar mais sérias, assim como o preocupante tremor; o cano da arma se movia de um lado para o outro. Manes, temendo que o nervosismo fizesse com que ela disparasse acidentalmente, ordenou:

— Espartano, renda ela de uma vez.

O batedor, como se só estivesse esperando a ordem, jogou metade do corpo para fora da janela e, apontando diretamente para a estranha figura um calibre doze, típico da polícia militar, gritou:

— Abaixa essa porra!

Houve um instante de hesitação por parte da figura, que, pega de surpresa, viu minguarem suas certezas. O batedor, empregando uma voz nada amistosa, num tom grave e rouco, avisou que não ia pedir novamente. Vencida pela aspereza do homem,

ela baixou a arma. Manes desceu do carro imediatamente, foi até a suposta ameaça e tomou a arma de suas mãos. Júnior permaneceu no veículo, sem conseguir escutar o que diziam. A conversa foi breve, pouco mais de quarenta segundos. Embora parecesse contrariada, a figura fez um sinal com a cabeça e seguiu o líder, que retornou ao carro. Ela entrou pela porta lateral e, carrancuda, sentou-se no banco de trás, ao lado de Espartano, que não descuidara da mira nem por um segundo. Manes jogou a arma que tomara dela no colo de Júnior, que teve um sobressalto, como se a espingarda fosse uma cobra venenosa. Em seguida, o líder fez as apresentações:

— Esses são Júnior e Espartano. Seu nome é mesmo...?
— Duda.

A voz ainda carregava um resquício de todos os hormônios femininos que ela havia tomado na Era A.A., mas agora era essencialmente masculina, embora tentasse falar em uma espécie de falsete. Júnior perguntou:

— Qual é o seu nome de verdade?

Ela pareceu brava e respondeu com a testa franzida, imprimindo energia à palavra:

— Duda!

Manes se intrometeu e explicou:

— Duda vai nos abrigar esta noite. Para onde?

Ela deu as coordenadas, guiando a Sprinter para fora da estrada principal. Eles pegaram uma sinuosa estradinha de terra batida que mergulhava dentro do coração de uma mata densa e sinistra, que os acercava cada vez mais, comprimindo e encapsulando a ponto de tornar quase intransitável a passagem do veículo. Enfim desembocaram em um portão de ferro todo enferrujado, bastante alto e diretamente ligado a uma grande cerca de arame farpado, que parecia circundar a propriedade toda. Assim que o carro se aproximou, os ocupantes escutaram cachorros latindo, e Júnior sorriu, expressando em voz alta seu contentamento:

— Minha nossa! Há quanto tempo eu não escuto o latido de cachorros!

Duda respondeu:

— Eu tenho três. Eles me fazem companhia e dão segurança. Nada consegue se aproximar sem que eles percebam.

Júnior sentiu-se realmente alegre com o fato:

— Caramba, isso é demais! Mesmo. Fico me perguntando o que aconteceu a todos os outros cachorros...

Os demais ocupantes do carro ficaram mudos, como se ele tivesse dito alguma coisa errada. Percebendo a súbita mudança na atmosfera, o técnico prosseguiu:

— Ei, é verdade! Quase todo mundo tinha cachorro em casa, e hoje é raro ver algum por aí. Me pergunto se essas coisas os comeram também.

Foi Espartano quem retorquiu:

— Você tá brincando, né?

— Não, é sério. Nunca parou pra pensar no assunto? Os cachorros...

— Quem nunca parou para pensar foi você. Logo você, com toda essa pompa de inteligente... — A frase de Espartano soou quase como um ataque pessoal. Duda completou o raciocínio com um pouco mais de tato:

— Qual é mesmo o seu nome?

— Júnior.

— Bom, Júnior, pensa comigo. O Dia Z ocorreu bem no meio do dia, certo? As pessoas estavam na rua, trabalhando, na escola. E a maioria delas morreu.

— E?

— E os cachorros estavam em casa.

De repente, como se a ficha de Júnior tivesse caído para um assunto ao qual ele jamais dedicara mais do que alguns segundos de investigação — talvez por não querer saber a verdade em um nível consciente —, seu rosto ficou lívido e ele soltou um inusitado e espontâneo "Oh", e logo depois engoliu em seco. Sua mente, repentinamente, encheu-se de imagens de cães, gatos, porquinhos-da-índia, canários e peixinhos dourados, sem a proteção de seus donos, largados para morrer sozinhos em seus lares, impossibilitados de fugir das casas, gaiolas e aquários, que se tornaram tanto suas prisões quanto suas alcovas. A visão de criaturas adoráveis e companheiras definhando em todo o planeta, sofrendo uma morte lenta por não ter o que comer ou beber após seus donos terem despencado para um destino talvez não tão cruel, porém tão funesto quanto, fez com que ele sentisse uma pontada no peito. Duda falou:

— Percebeu agora?

— Todo dia a gente continua descobrindo um lado novo desse mundo horrível — ele observou, sendo dramático de propósito.

Sem responder, ela se preparou para descer do veículo, mas Espartano a segurou pelo braço, dizendo:

— Opa, opa, opa. Aonde pensa que vai?

Ela olhou com desdém para a mão grossa e calejada dele segurando seu braço fino e delgado. Então fitou o rosto do batedor, depois novamente a mão dele, e, por fim, seus olhos, numa ação claramente teatral. Em seguida, respondeu sem perder a pose:

— Vou abrir o portão. Se importa?

Ele fez cara feia e, apenas para marcar território, manteve a mão no braço dela por mais alguns segundos, antes de soltá-la. Ela empinou o nariz, desceu e abriu o portão, destravando a corrente de ferro que o mantinha seguro e fechado. Os ocupantes do carro, pouco acostumados àquela falta de cuidado, que parecia negligência, olharam inadvertidamente em todas as direções para ter certeza de que o ambiente estava seguro. Uma coisa que a vida, na era pós-Dia Z, lhes havia ensinado era nunca se sentir confiante demais, lição que Duda parecia não ter aprendido. Ela empurrou as duas metades do portão para permitir que o veículo entrasse. Três enormes cachorros saíram saltitantes do interior da propriedade e começaram a brincar ao redor dela: um fila brasileiro, um pastor-alemão e um vira-lata de pelo pardo e grandes dentes caninos. Ela fez um sinal para que o veículo fosse estacionado à esquerda, a poucos metros de um enorme casarão de dois andares, emoldurado pelo céu alaranjado do Sol poente.

— Eles não vão fazer nada — disse Duda, referindo-se aos cachorros.

— É bom mesmo — alertou Espartano, desconfiado.

Ela sorriu e falou meio consigo mesma, meio para Manes:

— Ele sempre precisa se autoafirmar desse jeito? Uma noite comigo e vai estar mansinho que nem um gatinho.

Júnior riu, enquanto acariciava a maciça cabeça do fila de pelo marrom malhado, e Espartano, carrancudo, rosnou:

— Vamos entrar logo.

A casa não estava em boas condições, mas parecia bem cuidada, considerando-se que era habitada por uma única pessoa e que os recursos eram parcos e escassos. A pintura estava descascada em vários pontos, e, principalmente na varanda, as tábuas no chão rangiam ao serem pisadas. Dentro da casa havia pontos em que os batentes jaziam corroídos e podres, e algumas janelas estavam quebradas. Ainda assim, tudo estava limpo, sem poeira e, na medida do possível, até mesmo aconchegante. Ela rapidamente acendeu algumas velas espalhadas pela sala e sorriu, abrindo os braços e dizendo:

— Bem-vindos ao meu lar!

De início, o trio mostrou-se reticente — afinal, a desconfiança que ela tinha deles era recíproca. Contudo, Duda mostrou-se uma grande anfitriã e, embora cautelosa, não demorou a deixar claro que estava excitada com a visita. Permitiu que eles se lavassem e trocassem de roupa, tirando as vestes suadas, amarrotadas e empoeiradas pela viagem. Deixou-os à vontade na sala de estar para conversarem e planejarem o que quisessem, enquanto preparava uma refeição com batatas, cenouras, tomates e outros produtos frescos, provavelmente obtidos de uma horta local. Os batedores não se separaram de suas armas nem por um instante, cientes de que não podiam confiar em ninguém, além de estarem relativamente temerosos quanto à vulnerabilidade da casa. Foi só durante o jantar, à luz de velas, que o gelo começou a ser quebrado.

— Você vive aqui sozinha, então? — perguntou Júnior.

— Sim.

— Há quanto tempo?

— Um ano, um ano e meio. Parei de contar os dias, pra dizer a verdade. É algo que parece ter perdido a importância.

Saboreando as batatas, Júnior disse com a boca cheia:

— Eu também fiquei um período morando sozinho logo depois do Dia Z. Nossa, foram semanas trancado dentro de casa! Na época foi horrível, sem saber quem estava vivo, quem estava morto, recebendo informações falsas pela internet e sendo sempre atormentado pela dúvida sobre o que fazer.

"Internet". A palavra despertou sensações adversas em Duda, que se lembrou dos dias em que a rede fazia parte de sua vida. Ela cresceu na chamada "geração digital" e chegou a ter um blogue, no qual anunciava seus serviços de acompanhante, com fotos e vídeos postados diariamente. De outro lado, havia se acostumado, incrivelmente bem, a viver sem computador. De certo modo, a distância dos eletrônicos a tinha ensinado a viver novamente. Espartano completou a fala de Júnior:

— Você fez bem em não sair de casa. A maioria das pessoas que sobreviveram foi por conseguir ficar segura no começo, quando tudo foi pior...

— É, mas não foi uma opção consciente. Eu tinha medo de tudo, sabe? Racionei comida e bebida o máximo que consegui, mas, quando tudo acabou, por muito pouco não morri de inanição. Lembro-me de ter tentado sair, várias vezes, mas sempre era vencido pelo medo. E, por isso, neguei abrigo a um monte de gente que precisava. Não foi algo legal de se fazer, mas, no fim, gosto de pensar que só sobrevivi por causa disso, como você sugeriu. Só saí do meu apartamento quando percebi que, se continuasse lá, ia acabar morrendo de fome pra valer. Mas, cara, eu sentia tanto medo, mas tanto medo que, se pudesse, teria ficado lá até hoje. Era fobia mesmo... Sei lá, acho que, no fim das contas, minha casa também não era segura o suficiente.

— Não é o meu caso — disse Duda. — A propriedade aqui é grande, porém totalmente cercada por um arame farpado bem alto. Há mato por todos os lados, e os contaminados não são exatamente famosos por *gostar* de andar na mata. Todos sabem que eles preferem se concentrar nas cidades.

Manes congelou o ato de levar uma beterraba à boca e falou, encarando-a com seriedade e um brilho no olhar:

— Eu não sabia disso!

Ela riu:

— Claro que não. Vocês *vêm* da cidade grande. Mas por aqui as pessoas foram o mais para dentro da mata que conseguiram. A região está infestada dessas coisas, mas elas costumam ficar nas estradas, nas clareiras... É muito raro que andem esse tanto que percorremos, muito menos pela floresta. Os poucos que vêm até aqui chegam pela estradinha, e aí os cães alertam sobre a presença deles.

— E o que você faz?

— Eu os mato, lógico. Da forma mais silenciosa possível. Muito barulho é sempre um problema; atrai mais deles, e aí não tem floresta que ajude... Uma vida discreta é o segredo pra viver bem!

— Não sente falta de luz elétrica?

— Há um gerador aqui. Quando preciso, eu o ligo, mas, como já disse, o barulho os atrai. No fim das contas, acho que preferi me adaptar a essa vida campestre.

Continuaram a comer, guardando silêncio por algum tempo, até que Manes falou:

— Você também é da cidade grande. Como veio parar aqui?

— Como você sabe que eu vim da cidade grande?

Ele fez um sinal discreto com a cabeça, apontando para os seios dela, e respondeu:

— Não acho que as cidades pequenas aqui da região teriam aprovado alguém com os seus... dotes. Isso sem contar o sotaque.

Duda gargalhou. No fundo, apesar do estranhamento inicial, sentia bastante prazer em poder conversar com seres humanos após passar tanto tempo sozinha. Os batedores eram carrancudos, porém espirituosos, e naquela altura ela já havia percebido que eles não lhe fariam mal.

— É muita gentileza de sua parte se referir aos meus "dotes". Tenho orgulho deles! Infelizmente, a vida neste mundo horrível é ainda mais cruel para uma pessoa que fez escolhas como as minhas.

— Como assim? — perguntou Júnior.

— Doçura, tente encontrar hormônios femininos em alguma farmácia para entender o que quero dizer. Hoje em dia, até mesmo meu estoque de giletes anda baixo. Tenho de racionar — ela disse isso passando as mãos pela barba em seu rosto. Espartano, tendo limpado o prato, afastou-o alguns centímetros e foi direto ao ponto:

— Nada disso nos interessa, Duda. O que precisamos saber é como chegar à Catedral.

O rosto dela ficou sombrio de repente, como se tivesse sido engalfinhado por uma bruma terrível. Antes de responder, ela deu mais duas garfadas, mantendo a cabeça baixa e a fronte franzida. Manes insistiu de forma gentil, dizendo apenas:

— Duda... o que sabe sobre aquele lugar?

— Nada que valha a pena dizer. Aquilo é um antro. Catedral? Só se for do Inferno! Mantenham distância de lá! É o melhor que podem fazer!

Júnior engoliu em seco:

— Como assim? Do que está falando?

— Nada, OK? — respondeu ela, levantando-se, recolhendo seu prato e já alcançando o de Espartano. — Aquele lugar é maldito. Não há nada de bom para vocês ali.

Ela continuou mecanicamente a recolher os pratos, mas Manes segurou seu punho com firmeza, impedindo a ação e ralhando:

— Duda, aquela é a maior comunidade de sobreviventes do país. Talvez do mundo. Aquelas pessoas podem...

De repente, dando um puxão para se libertar, ela largou os pratos sobre a mesa e ergueu a voz contrariada:

— "Aquelas pessoas" podem o quê? Vocês acham que sabem de alguma coisa? Vocês não sabem de nada!

Diante da explosão dela, em um arco reflexo, Espartano levou a mão ao coldre, mas Manes fez um sinal discreto para que ele parasse. Tendo percebido a ação do batedor, ela o intimou:

— O quê? Vai atirar em mim agora? É isso?

— Acalme-se, Duda. Ninguém vai feri-la — respondeu o líder. — Mas suas ações não estão fazendo sentido algum. Se você tem alguma coisa a nos contar, então fale agora, de forma clara.

De pé, acariciando o punho que ele havia premido com mais força do que o necessário, ela singrou os olhos pelo trio sentado, sendo a única de pé, e encontrou rostos inquisidores. A cena ficou estática por alguns instantes, como se fosse uma pose para um retrato dramático, até que, enfim, ela prosseguiu:

— Vocês querem saber o que rola na Catedral? O que aquelas pessoas têm dentro do seu "coração religioso"? Pois vou mostrar!

Então, sem a menor hesitação nem pudor, ela simplesmente arrancou a blusa, virou-se de costas para a mesa e tirou o cabelo do torso, revelando ao trio um tronco completamente retalhado, com dezenas de cicatrizes sobrepostas. Algumas se erguiam quase meio centímetro acima da pele, oriundas de todo tipo de tortura. Cortes finos, longos e paralelos, rasgos grossos e profundos, queimaduras, marcas de ganchos e outras esteiras indistintas, cuja origem não podia ser detectada apenas pelo olhar. Com uma sensação de violação e ultraje, os olhos ligeiramente úmidos, Duda se recompôs e vestiu a blusa. Sentou-se com as duas mãos metidas no meio das coxas e disse baixinho:

— Aquela comunidade voltou à Era Medieval. Não há mais nada de bom ali, se é que algum dia houve. Saí de lá com vida por muito pouco. E muita gente não teve a minha sorte, isso eu garanto.

Fez-se um silêncio constrangedor. Os batedores esperavam qualquer tipo de relato, qualquer preconceito ou fantasia, mas nada como aquilo. Não uma demonstração tão suja e pérfida de maus-tratos e abusos como a que ela revelara. Sentindo-se oprimida pelo silêncio, Duda tornou a se levantar, apanhou os pratos sem ousar olhar para os hóspedes e saiu da sala. Espartano, abalado pela revelação, embora não demonstrasse, perguntou:

— Ainda acha isso uma boa ideia, Manes? Cinco mil problemas! É o que teremos!

Antes que o líder pudesse responder, ela retornou, dizendo:

— Olha, me desculpem. Eu não tenho o direito de me intrometer no que vocês estão fazendo, qualquer que seja o seu assunto. Eu acho que... Bom, aquele lugar me traz lembranças ruins e talvez tudo esteja diferente lá agora. Quem sabe o problema fosse eu... É certo que uma pessoa como eu não é aceita tão facilmente em todos os lugares.

Ninguém sabia bem o que dizer. Toda aquela situação era bizarra. Tinham conhecido Duda havia pouco tempo e, contra toda e qualquer lógica, num exemplo tão bonito quanto estúpido de confiança mútua, estavam jantando juntos, como velhos amigos. Manes, sem perder o foco da missão, preparava-se para dar continuidade à conversa e extrair dela toda e qualquer informação que lhe pudesse ser útil, mas também não pretendia entregar o que eles tencionavam fazer na Catedral. Contudo, queria, de alguma forma, corresponder à boa acolhida que receberam e atenuar a dor que ela sofria. Em meio à indecisão do líder sobre o que dizer, Júnior se adiantou:

— Bom, mudando de assunto, preciso confessar que, além de cozinhar muito bem e ser bastante simpática, você tem peitos bem bonitos.

— O quê? — perguntou ela, sacudida de sua angústia. Os outros dois voltaram-se simultaneamente para o técnico, igualmente pegos de surpresa.

— Pois é. As costas podem estar maltratadas, mas seu cirurgião foi realmente muito bom. Deixa eu ver de novo.

Ela esboçou um sorriso tímido, mas ele, cínico, insistiu e repetiu a frase várias vezes, gesticulando:

— Deixa eu ver de novo. Vai, mostra de novo...

Foi inevitável: Manes começou a rir e, após certa resistência, Espartano também. Enfim, a própria Duda desatou a gargalhar e brincou com os convidados, levantando e baixando a blusa rapidamente mais duas vezes, mostrando os seios volumosos, cobertos por uma leve penugem, atendendo aos pedidos de Júnior para vê-los.

A descontração foi boa. Nada daquilo apagava o estranhamento e a antevisão que tinham ficado no ar, mas não adiantava continuar discutindo aquele assunto. Manes desistiu do interrogatório — tudo poderia ficar para a manhã seguinte. Duda pediu licença e disse que ia arrumar os quartos deles, mas, antes de sair, falou por iniciativa própria:

— A Catedral não está tão longe daqui. Amanhã cedo posso dar todas as coordenadas a vocês sobre como chegar até lá. Mas, por hoje, vamos descansar; foi um dia exaustivo — ela sorriu e saiu da sala. Em seguida, voltou e deu uma última recomendação: — Mais uma coisa. Vou deixar a porta do meu quarto aberta. Se algum de vocês quiser me fazer uma visita, é só entrar sem bater. Garanto toda a discrição de que precisarem...

E, com novo sorriso, ela deixou o cômodo. Júnior riu e falou:

— Ela é bem alegre. Devíamos levá-la para o Quartel, junto com os cachorros, e dar o fora daqui!

Apoiando o rosto na palma aberta, cotovelo firmado sobre a mesa, Manes disse:

— Estamos muito perto para voltar agora.

— Perto do quê? — perguntou Espartano. — Ainda que consiga encontrar gente disposta a lutar por sua causa, e daí? Como você pretende levar toda essa galera para a cidade grande? Ou melhor, como pretende trazer o Ctesifonte para cá? Não consigo entender o que pretende com tudo isso, Manes. É inviável!

— Não é nada disso, Espartano. Você pode não acreditar, mas eu tenho um plano. De verdade! E, por mais louco que ele pareça, por mais insano, demente e alienado, garanto que não é uma carta de suicídio. Eu sei o que é preciso fazer para que as coisas voltem a ser como antes, mas não posso fazer sozinho. Nós não *podemos* fazer sozinhos!

Espartano deu de ombros e comentou:

— Só espero que você esteja certo. Não é apenas a nossa vida que você está arriscando, Manes, mas a de todos. Isso sem contar que está despertando nas pessoas uma última pontinha de esperança. Elas já estavam habituadas a viver em um mundo onde tudo estava perdido e só o que existia era o dia a dia, o presente... Agora você aparece com essa história toda sobre luz e redenção. É tudo muito bonito e tal, mas, se estiver errado, vai tomar delas tudo o que restou, vai tomar tudo pela segunda vez. Já parou pra pensar nisso?

— Eu não estou errado! Quando todas as peças se encaixarem, você verá!

Por mais teatral que fossem as falas de Manes, elas eram convictas. Júnior suspirou e pensou no absurdo de toda aquela situação. Sorriu ao fazer uma anotação mental no caderninho de José: "Zumbi Travesti". Logo depois, um longo bocejo lembrou-o do quanto estava cansado.

Eles se demoraram mais algum tempo à mesa antes de serem chamados por Duda, que anunciou ter preparado três quartos. A noite avançava velozmente, e parecia que aquela madrugada seria fria. Sonhos tumultuados açoitaram todos os ocupantes do velho casarão, que não conseguiram mais do que tirar algumas pestanas esparsas, entrecortadas por longos momentos de apreensão por conta do que o dia seguinte guardaria para eles. No meio da madrugada, a porta do quarto de Duda se abriu. Ela, que não estava dormindo e vestia apenas uma camisola transparente, se endireitou na cama e sorriu ao ver quem adentrava o cômodo, iluminado apenas pela luz de uma vela que estava sobre o criado-mudo. Sem conter o entusiasmo, ela disse:

— Eu sabia que você viria!

CAPÍTULO 62

Cortez cruzou os braços e olhou para o velho Pātik com desconfiança. Eles eram velhos amigos, conheciam-se desde os tempos da faculdade. Estiveram presentes um na vida do outro em todos os momentos mais seminais: Cortez testemunhara o casamento do colega, o nascimento de seu filho Manes, a morte da esposa Mariam. Foram tantas outras situações que ele considerava Pātik um irmão.

— Tem certeza disso? — perguntou o velho leão ao amigo. Pātik respondeu:

— Eu revi o plano de ponta a ponta. É algo que temos condição de fazer. E aquele lugar nos dará a segurança necessária para viver em comunidade. Entende o que isso significa? Nós poderemos recomeçar!

— Já falou com Manes?

— Ele está arredio com tudo o que vem acontecendo, mas tenho certeza de que, assim que eu expuser o plano, ele concordará. O moleque é durão e sangue ruim, mas quase perdeu Liza no dia da infecção e... Bom, não tem sido fácil pra ninguém. Mas ambos sabemos que ele é um grande guerreiro.

— Sim, ele é mesmo! Bom, então, que plano misterioso é esse?

Pātik sorriu:

— Nós vamos bater de frente, com estardalhaço, e arrasar o que estiver no nosso caminho.

Cortez deu uma gargalhada:

— Não parece lá muito estratégico.

— E não é; a estratégia virá depois. Tomar será fácil, apesar da amplitude do espaço; o duro será mantê-lo! Mas tenho certeza de que o Ctesifonte prosperará!

Cortez torceu o nariz:

— O que prosperará?

— O Ctesifonte. Esse será o nome da comunidade.

Silêncio. O velho ficou encarando o amigo, que trazia um meio sorriso debochado no rosto, e então falou:

— Que bosta de nome!

Pātik soltou uma gostosa gargalhada.

— Não é mais estranho do que o meu nome e o de Mani. Mas a vida é feita de estranhos momentos, não? E então, você tá dentro, Cortez?

— É lógico! Sempre estive ao seu lado, Pātik, durante toda a minha vida. Somos *hermanos*, e confio em você.

O outro suspirou. Era o que ele queria escutar:

— Então, preciso que prometa uma coisa para mim. — Cortez, então, consentiu com a cabeça. — Durante a investida, meu grupo será o mais vulnerável. Nem discuta, será assim e ponto final! Mas, se algo acontecer comigo, preciso que você fique ao lado de Manes. Não, não, não. Não diga nada. Estou pedindo como irmão! Você precisará estar ao lado dele, apoiá-lo e criar as condições para que ele faça o impossível! Ele é um grande homem, mas é muito impetuoso. Precisa de alguém que seja seu norte, sua consciência.

Cortez afastou a ideia com um aceno de mãos:

— Que merda de conversa é essa? Nada vai acontecer com você, Pātik.

— Prometa! — rosnou o outro. Ele nunca elevava o tom de voz, então aquilo fez com que Cortez tivesse um sobressalto e dissesse:

— OK, eu prometo. Claro, cacete, ou você acha o quê? Que eu deixaria seu filho na mão? Vou cuidar dele da mesma forma que cuido de você, porra. Mas fica frio, que nada vai te acontecer!

Cortez contorceu-se como se tivesse sido espetado por uma agulha no meio da barriga e gemeu de dor. Seus olhos estavam esbugalhados e vidrados, e suor gelado lhe escorria pelas têmporas. Ele parecia delirar. Zenóbia tinha se acomodado em uma poltrona, ficando bem de frente para o colega. Ela havia tomado banho para limpar a pestilência que a impregnara durante a travessia do túnel e agora vestia um roupão felpudo que encontrara no apartamento. Ela lavou as roupas de batedora no tanque e as deixou de molho; também tinha tirado as calças de Cortez e deixado o velho apenas de cuecas. Colocou tudo de molho — não era possível ficar no mesmo ambiente que aquelas roupas saturadas do cheiro podre dos infectados, que aderia a qualquer coisa que tocava.

Ao pensar no que acontecera com Erik quando um ferimento fora exposto ao sangue de contaminados, ela engoliu em seco. Por um instante, pensou na horrível possibilidade de Cortez — ou de ela própria — transformar-se em uma das criaturas. Tentando ser prática, convenceu-se de que o pensamento não levaria a nada e o dispersou.

Zenóbia havia cuidado das próprias feridas (o corte na perna era a pior, mas, felizmente, precisara apenas de pontos falsos, que ela fez com um esparadrapo velho que havia encontrado no banheiro). Dormia profundamente, ronronando como uma gata do mato, mas, ante o sobressalto do colega, despertou com o coração disparado e a arma em punho. O silêncio que se seguiu logo a tranquilizou, permitindo-lhe relaxar, mas o fato é que a vida no mundo do Apocalipse há muito ensinara a ela e a todos outros batedores que estar alerta era importantíssimo. Sempre que estava em missão, a amazona dormia um sono leve e desconfiado, acordando pronta para o combate, em vez de ficar entorpecida e preguiçosa, como costumava ser no passado longínquo dos tempos normais.

Deixando a arma de lado, ela imediatamente se debruçou sobre o corpo do batedor e colocou a mão na testa dele, checando sua temperatura. Ele estava quente como o diabo.

— Droga, Cortez, você está ardendo de febre!

Como se não a tivesse escutado, o batedor tateou a sua volta, procurando algo. Seu comportamento era frenético, embora limitado pela dor e pelo recente estresse físico pelo qual passara.

— O que você quer, Cortez?

Ele a encarou, como se afinal tomasse consciência de onde estava. Então perguntou:

— A força? Foi ligada...?

— O quê? Não! Que força, Cortez? A gente mal conseguiu sair vivo...

— Você precisa ligá-la. O Quartel... Eu prometi...

— O Quartel vai sobreviver. Agora descanse, por favor.

Ela o acalmou, forçando-o a se recostar de volta no sofá. Quase imediatamente, derrotado pelo cansaço, o velho tornou a adormecer. Incapaz de relaxar, a batedora apanhou o rádio e tentou se comunicar com a comunidade mais uma vez. Desde que haviam chegado ao apartamento, poucas horas atrás, ela já havia feito seis tentativas, que não deram em nada. Por isso, animou-se quando, ao ligar o aparelho, captou algo que não era apenas estática. Alguém do outro lado parecia estar dizendo algo, e ela se pôs a andar pelo apartamento, procurando algum ponto em que a recepção do sinal melhorasse:

— Crrreekk... *na escut...* crreekk.

— Câmbio! Câmbio! Quem está na escuta?

Apenas estática. Ela foi até o quarto, próximo da janela, e tentou novamente. Nada!

Zenóbia rodou pelo apartamento fazendo testes, sem obter nenhum resultado positivo; quando já estava prestes a desistir, captou um novo sinal de vida. E, entre os ruídos e chiados, discerniu algumas palavras que a fizeram estremecer.

— Craack... *está...* crreekk... *ndo, estam...* crraack... *ataque. Repito,* crreeekkkk... *taque.*

O sinal morreu definitivamente e, por mais que tentasse, ela não conseguiu captar mais nada. O rádio começou a tremer em suas mãos. Zenóbia não havia sonhado; estava bem lúcida. De fato, escutara em alto e bom tom a palavra "ataque", distinguida em meio a todos aqueles chiados agudos.

Resiliente que era, ela tentou outra meia dúzia de vezes, ficando progressivamente mais nervosa a cada novo fracasso. Incapaz de estabelecer contato, a batedora apenas continuou captando ruídos e estática, até que, perdendo a paciência, arremessou o rádio longe!

— Que merda! O que eu não daria por um celular agora...

Na verdade, a situação era, de certo modo, irônica. Na Era A.A., Zenóbia odiava celulares, odiava a forma pela qual as pessoas haviam se tornado dependentes deles, tornando-os seus companheiros inseparáveis. Elas comiam ao lado do celular, dormiam ao lado do celular, transavam ao lado do celular! Até mesmo quando iam se divertir, caminhar no parque ou malhar na academia eram incapazes de se separar dele por um instante que fosse; entre um exercício e outro, ficavam enviando torpedos, cuja "importância vital" não permitia que elas esperassem uma única hora até que o treino terminasse.

A obsessão era tamanha que levou as autoridades a criar leis para proibir o uso (dentro de cinemas e espetáculos e dirigindo, por exemplo), já que faltava bom senso. Isso sem contar as operadoras, a nova encarnação do diabo, que rivalizavam com outras indústrias pavorosas, como a de medicamentos e a tabagista. As operadoras que deliberadamente derrubavam ligações, cobravam a mais de seus clientes, imputavam taxas absurdas, mas que, por algum motivo irônico, não sobreviveram ao Dia Z. Era como se algum tipo de retribuição divina as tivesse riscado do mapa, mesmo quando outros meios de comunicação haviam se mantido; quem sabe fosse o resultado da vontade de algum Deus *Ex-Machina* que as detestava tanto quanto a amazona. De qualquer modo, naquela situação, um celular teria vindo bem a calhar.

Um nó estrangulou sua garganta e o coração disparou. Teria sido apenas impressão ou, ao fundo, em meio aos ruídos, ela também escutara estampidos, como se tiros estivessem sendo disparados? Teria sua mente criado aqueles sons como consequência do seu esgotamento físico e mental? Não, tal ideia foi imediatamente descartada. Ela estava lúcida e desperta, *sabia* que estava. O trauma da luta no túnel não fora nada pior do que ela enfrentara há pouco mais de um mês e, desde então, a guerreira amadurecera muito, tornando-se mais forte e segura de si. Não, aquela situação era algo mais, definitivamente algo mais...

Manes estava em algum lugar lá fora, longe — e ela não sabia qual era a frequência de rádio que ele estava usando, nem sequer sabia se poderia se comunicar com ele usando aquele aparelho que tinha em mãos e que lhe parecia inútil. Cortez estava entre a vida e a morte. O Quartel estava sem luz e sob algum possível tipo de ataque... e a noite mal começara a adensar.

Zenóbia engoliu em seco. Não havia ninguém ao seu lado que pudesse lhe dizer o que fazer. Nenhuma autoridade para lhe dar ordens, ninguém para assumir as consequências de qualquer decisão que ela viesse a tomar. Não havia alguém com capacidade de enxergar além do trivial e vislumbrar o todo. Ninguém para ampará-la. Ela estava só! E, vendo-se obrigada a agir por conta própria, sentiu sobre os ombros o peso de ter de tomar uma decisão.

Enfim, concluiu que ligar a eletricidade continuava sendo fundamental. Ela precisava voltar para o Quartel, mas não sem antes cumprir sua missão. Se a comunidade tinha mesmo sido comprometida, a energia seria ainda mais vital para a sobrevivência de todos. Em sua cabeça, as imagens dos contaminados invadindo os corredores do Ctesifonte há poucos dias voltaram como uma assombração. Sim, ela precisava seguir em frente! Mas como concluiria a missão sem Cortez? Mesmo que chegasse até a estação de força, não saberia o que fazer, pois era ele quem detinha o conhecimento técnico para efetuar eventuais reparos.

Zenóbia tentou reanimar o velho mais uma vez e extrair dele qualquer informação que tivesse alguma utilidade, mas não conseguiu. Cortez havia descido a um estado de inconsciência plena e lá estacionara, jazendo completamente vencido e esgotado. Ele estava indefeso, e cabia a ela, como sua parceira de campo, protegê-lo. Mas um urgente anseio começou a pulsar nas veias da batedora, uma sensação inominável, porém palpável, quase como um sexto sentido, que lhe confirmava que algo estava muito errado. Se os contaminados haviam atacado o Quartel, havia batedores confiáveis lá para detê-los e seria seguro supor que José avisaria Manes de qualquer problema... Não? José ainda estava convalescente em uma cama, e os barulhos no rádio... E tudo isso bem quando a luz havia apagado; parecia coincidência grande demais.

A guerreira não sabia o que era, mas havia algo muito estranho naquilo tudo – e se tratava de mais do que um pressentimento. Evidentemente, ela jamais imaginou a invasão furtiva de um homem tão perigoso como Tebas – como poderia tê-lo feito? Mas, em seu íntimo, entendia que o que estava em jogo ali era a saúde da própria comunidade!

Quando as dúvidas ameaçavam sufocá-la e deixá-la permanentemente em um estado de inércia e apatia, Zenóbia fechou os olhos e respirou fundo três vezes. A decisão estava tomada! A sobrevivência de um não podia ser colocada na frente da sobrevivência de vários. Afinal, era isso a vida em comunidade, não? Decisões não eram tomadas em prol do indivíduo, mas sim do coletivo. Cortez, por mais que estivesse vulnerável naquele momento, teria de se virar sozinho.

A amazona vasculhou o apartamento em busca de coisas que poderiam ser úteis. Seus trajes molhados seriam um incômodo, mas, felizmente, ela encontrou roupas que lhe serviam, embora não fossem nada adequadas para sair em missão. A calça preta era de um tecido justo e colante, típica daquelas de ginástica; vestiu um top azul, com uma camiseta larga por cima. Não tinha mesmo o costume de utilizar a "armadura" dos batedores, então, não faria muita diferença, no final das contas. Deixou um bilhete bem à vista para Cortez, explicando que ela havia saído para ligar a força e que deveria voltar no dia seguinte... Ou não voltaria. Deixou com ele, também, o único rádio da dupla.

Ela checou seu armamento (severamente dilapidado pelos confrontos com os contaminados) e complementou o arsenal de forma interessante, adequando de forma satisfatória em seu cinturão de batedora mais duas facas cegas, embora ainda pontiagudas, daquelas utilizadas em churrascos no passado, além de um martelo. Em seguida, subiu até a cobertura o mais rápido possível, imprimindo o máximo de vigor que suas grossas coxas podiam lhe conferir para vencer os intermináveis lances de escadas. O ferimento feito pela lança queimava como metal derretido derramado dentro da ferida, mas ela o ignorou. Sabia que daquele ponto mais alto poderia distinguir a estação de força; afinal, nas palavras do próprio Cortez ao saírem do túnel, eles estavam próximos.

A noite reinava densa e compacta, cheia de fuligem e brumas que lhe conferiam um aspecto gótico; os guinchos e chiados dos predadores viandavam pelo ar e recheavam de temores o espírito da amazona, que sabia ter à sua frente uma tarefa nada animadora. Havia um motivo para batedores não realizarem missões sozinhos, e a expectativa de rondar pelas ruas sem apoio era de estremecer. Contudo, não havia mais como recuar. Ela circundou as beiradas do prédio cuidadosamente, forçando a vista para tentar perceber, mesmo em meio à escuridão quase total, a direção que tinha de seguir. Localizou o túnel e refez o caminho de volta com os olhos, determinando a direção em que o Quartel ficava, muitos quilômetros à sua esquerda. Logo, a poucas quadras à direita deveria estar seu objetivo.

Enfim, após seus olhos já terem se habituado melhor ao negror, a batedora viu, a sudoeste, por volta de três quarteirões de distância, algo que se assemelhava muito ao estereótipo que ela tinha de uma estação de força. O breu nublava qualquer detalhe, mas, se não fosse ali, então Cortez havia se enganado por completo, pois não havia mais nada parecido nas imediações; o local parecia cercado por uma grade alta, provavelmente chanfrada e feita de metal e, em uma área aberta, estruturas se avolumavam parecidas com pequenas torres de eletricidade. *Tinha de ser ali!*

Zenóbia memorizou exatamente como chegar àquele terreno e ainda tentou discernir se as ruas estavam livres de infectados ou não, o que não foi possível. Sua empreitada teria de ser levada a cabo no escuro e na ignorância.

A batedora considerou, por um breve instante, descer até a garagem do edifício e checar a viabilidade de obter algum tipo de transporte, mas logo desistiu da ideia, considerando que seria perda de tempo. Ela não conseguiria dar a partida em nenhum veículo motorizado parado há anos, mesmo que houvesse algum à disposição, e meios como uma bicicleta talvez a atrapalhassem mais do que a ajudassem. Logo concluiu que o melhor seria ser rápida e sorrateira, cruzar as três quadras e retornar o quanto antes, atraindo o mínimo de atenção possível. Antes de descer, ela chegou a pensar em fazer outra parada no apartamento, para checar como Cortez estava, mas desistiu. Sua decisão havia sido tomada e não tinha mais tempo a perder; o destino do amigo, pelo menos nas próximas horas, não estava mais em suas mãos.

Zenóbia chegou pela escada ao saguão do prédio e parou próximo à porta de entrada, onde ficou a escutar a movimentação externa por algum tempo. A cidade parecia espectral, e não havia indícios de massas de contaminados se deslocando. Ela respirou fundo e desceu o pequeno lance de degraus que a separava da entrada, atravessando uma alameda estreita e florida, com jardins de ambos os lados. Havia vasos de cimento retangulares, com espinhos que cresciam para fora de seus compartimentos e lindas folhas roxas cobrindo o chão como um tapete. A amazona tentou permanecer oculta pelo mato, que, pela falta de manutenção, havia crescido desenfreadamente nos últimos anos, tomando o máximo de cuidado para não ser vista pelo lado de fora. Ajoelhou-se, oculta pelas sombras, e espiou por entre o labirinto de galhos e folhas verdejantes.

A calçada parecia estar livre, assim como a maior parte da rua — pelo menos a parte que ela conseguia visualizar de onde estava —, exceto por um único infectado que jazia solitário, parado com as costas voltadas para a grade, em um ponto relativamente próximo à entrada principal. Pela postura corporal que ele apresentava, a batedora reconheceu que a criatura se encontrava naquele estado de dormência, com o pescoço inclinado para a lateral, a orelha quase "beijando" o ombro, os braços moles largados e uma corcova formada na região cervical, tamanha a curvatura que ele fazia com o próprio corpo.

Ela se aproximou como um predador, decidida a terminar aquilo de forma rápida e limpa. Não sabia se havia outros na área, portanto, não podia arriscar que ele a visse e uivasse ao luar, alertando sobre sua presença. Cada passo foi dado com cautela redobrada; em meio à penumbra, ela cuidou para não pisar em folhas secas ou galhos que traíssem sua presença.

Aproximou-se da grade. A criatura estava do lado de fora, a uns trinta centímetros de distância. A batedora suava, levando uma faca na boca, com cada músculo do corpo tensionado, imprimindo incrível força isométrica nas coxas, à medida que lutava para progredir em meio à relva densa e alcançar a distância ideal para dar seu bote. Enfim, chegou ao ponto que queria. O ar parecia carregado de eletricidade, e suas mãos tremiam levemente. Havia tempos ela não ficava tão nervosa.

A guerreira segurou firmemente o cabo da lâmina, a ponta virada para cima, e passou os dois braços para fora da grade, atravessando as barras enferrujadas e descascadas. Então, rápida e mortal, executou! A mão esquerda agarrou a testa do contaminado e deu um único e firme puxão para trás, fazendo com que ele inclinasse a cabeça, ao mesmo tempo que a direita executou um corte horizontal, abrindo uma brecha enorme no pescoço, com uma dezena de centímetros de largura e meia polegada de profundidade, tamanha fora a violência do golpe.

A criatura arfou. Mecanicamente, curvou-se, dobrando o corpo sobre si mesma, contraindo-se e debatendo-se, tentando respirar a todo custo. Mas era como se não houvesse mais vias para permitir a entrada do ar. O sangue subiu-lhe imediatamente às narinas e à boca, inundando todas as vias, fazendo com que ela engasgasse e cuspisse um gorgolejo marrom.

Zenóbia ficou a olhar a triste cena com uma sensação melancólica, imaginando que mesmo aquela mente fragmentada, conduzida por nada além de um instinto feroz e implacável, era capaz de perceber a chegada de seu próprio fim, de sentir a vida esvair-se do corpo, a essência vital ser expelida para fora como o ar que escapa de uma bexiga, deixando para trás nada além de um invólucro murcho. Naquele instante, ela não viu o moribundo que caía de joelhos diante de si como uma criatura demoníaca sem alma, mas sim como um indivíduo — uma *pessoa* — alguém que, em algum momento, tinha sido algo, significou algo. O que nos separava deles? Quais funções de sua vida pregressa eles mantinham, mesmo naquele estágio avançado da infecção, após anos regredidos a uma máquina de matar, sem sentimentos, despida de todo raciocínio, moral e bom senso? Será que restara algo a eles, mesmo em um nível rudimentar?

Ela ficou absorvida por um momento pela cena, até mesmo esquecendo-se de sua missão, comovida ao ver o infectado levar ambas as mãos ao pescoço e pressioná-lo com um desespero atroz, incapaz de impedir os jatos de sangue que escapavam por entre seus dedos. Ele estava sentindo dor — isso era claro —, mas estaria sentindo algo mais? Medo, talvez? Arrependimento? Será que um contaminado, instantes antes de sua morte, poderia recuperar a humanidade para adentrar os domínios da escuridão como um homem, e não como um monstro? Se Deus existisse, será que ele não concederia ao menos essa última dádiva a sua raça humana condenada pelo Apocalipse?

A criatura voltou-se para trás, mirando com olhos embaçados seu algoz escondido entre as folhagens do outro lado. Ela não gritou, mas foi lentamente tombando para a lateral, até estender-se por inteiro na calçada suja, quase buscando uma posição fetal, como se quisesse retornar ao útero, à segurança de uma fase pura e inocente, longe de toda a sordidez que a existência diária havia se tornado. A batedora engoliu em seco e conteve uma lágrima. Havia sido apenas impressão sua, talvez uma tentativa pueril de justificar seus atos, justificar todo o sangue que ela tinha nas mãos, acumulado ao longo dos anos, ou será que ela realmente enxergou bem no fundo daqueles olhos débeis uma expressão de gratidão?

Então, antes que uma prece pudesse ser dita, tudo estava terminado. Não havia ninguém para lamentar mais aquela morte. Ninguém para reclamar o corpo. Nenhum luto seria feito, nenhuma vigia. E, possivelmente, ninguém para reclamar aquela alma. O mundo tornara-se um lugar vazio, sem calor. Simples assim!

Decidida a não pensar no assunto, correndo o risco de enlouquecer caso o fizesse, Zenóbia suspirou e lembrou-se da missão. Olhou mais uma vez para o terreno livre e saltou a grade, ganhando a rua deserta. Como um fantasma vagando de sombra em sombra, seguiu rumo a seu destino.

CAPÍTULO 63

Das ruas, o som das sirenes dos carros de polícia, bombeiros e ambulâncias se amalgamava em uma mesma unidade, estridente e poderosa, cujos ganidos ecoavam por entre as veredas sinuosas da cidade cinzenta. O homem, açoitado de mágoas, foi obrigado a se familiarizar com um ruído inóspito e constante como o de uma britadeira, o qual, surgido ao longe, se acomodou em seu quarto e lá ficou, tendo invadido-o pelas frestas da janela; um vento frio de uma tarde de inverno.

Tempestade sem chuva, gritos surdos e pensamentos ocultos recheavam aquela noite longa e incerta. Titubeante, o pensar do homem, não de todo intacto, saudava as horas de agonia com desprezo e tentava fazê-las parecer não muito piores do que eram. Por fora, ele se mostrava de uma maneira: suas palavras e atos confiantes, seu semblante decidido, sua postura circunspecta... tudo dizia algo. Mas, por dentro, Manes era um homem quebrado. Sua esposa estava morta. A culpa o corroía. O ímpeto de corrigir seus erros e encontrar alguma redenção era um rotor, a única verdade que subsistira. Era só o que restara a uma alma alquebrada e cheia de remorso.

Mas algo estava errado, um ligeiro incômodo, uma sensação de coisas fora do lugar. Sirenes não existiam mais na Era D.A., e a noite, que já deveria estar terminando, mal havia começado. As imagens que sua mente via não eram concretas, mas fragmentos que se diluíam em temas e insinuações abstratas, como aquele insano raiar do dia, que ocorria simultâneo à mais plena densidade da noite; feito de algodão, feito de veludo. E o líder não sabia dizer se aquilo tudo estava acontecendo de fato ou se ele havia enlouquecido de vez. As sirenes prosseguiam como reminiscências de tempos idos, revoltosos e repletos de erros, nos quais balas voavam próximo às cabeças, zunindo mais altas do que mil colmeias, ainda assim incapazes de deter a massa de olhos vermelhos.

Foi só no momento em que a cama começou a voar, erguendo-se do chão, a princípio lentamente, mas depois com arrojo cada vez maior, que Manes percebeu que estava sonhando. E são raras as pessoas que conseguem estar conscientes de um sonho dentro de um sonho. O leito flutuou com suavidade e, de alguma forma (pois essas coisas nunca precisam ser explicadas nos sonhos), atravessou o teto e ganhou o espaço aberto, com o tapete estelar negro acima de si e os telhados das casas pequenos lá embaixo. Os gritos, as sirenes, os olhos vermelhos e os tiros... Tudo ficou para trás, e uma sensação de paz adveio do distanciamento. Manes, debruçado na cama, pôde ver a copa das árvores se afastando e a sacada dos prédios passando a seu lado. Tudo ficando cada vez menor, diminuindo gradativamente, criando uma nova perspectiva à medida que o leito subia rumo à estratosfera.

Os matizes eram todos diferentes, como se alguém tivesse criado um novo espectro de cores, reestruturado as leis do jogo de sombras e desenhado novas nuances, cheias de granulados e rachuras.

A cama ganhou o espaço sideral, passou próximo de cometas e estrelas, e aterrissou em um planeta pequeno e de solo arenoso. Tudo isso foi em uma fração de segundo; tudo isso se deu em uma eternidade. Manes, maravilhado com o que via, tocou o chão com seus pés nus e sentiu que ele era quente e reconfortante. Então, uma voz conhecida, vinda de trás dele, falou:

— É bom revê-lo, grandalhão.

Um arrepio percorreu seu corpo. Ele se voltou com um sorriso no rosto e deu de cara com Liza. Ela estava radiante; usava um vestido longo de cetim branco transparente, botas com saltos altos e uma linda tiara azulada segurando os longos cabelos, que esvoaçavam com o vento sideral que não existia. Sua pele parecia ser feita de bronze, dourada como a de uma pintura, e os olhos brilhavam como duas esmeraldas. Manes chorou e disse:

— Eu achei que nunca mais fosse revê-la.

A moça se aproximou e acariciou o rosto do amado com as costas da mão, falando:

— Aqui estou. Mas você sabe que não posso ficar.

— É, eu sei. Mas também não sei se posso continuar sem você.

— Você pode. Você deve. Há muita coisa dependendo de você agora. Há forças agindo neste exato instante, nos bastidores da vida. Forças que você nem sequer pode imaginar. É preciso que se mantenha firme e forte, sólido como a rocha que sempre foi, pois só assim poderá guiar os demais.

— Cada decisão que tomei foi errada, desde o início até agora. E a última delas acabou...

O líder estava cabisbaixo. Sentia-se diminuído, sem forças, e não podia deixar de pensar que tudo aquilo que acontecera tinha sido culpa sua. Todas as vidas que tinham sido perdidas repousavam em seus ombros. O som dos gritos, do choro... Ao olhar para si em tais condições e ver que não era mais do que um farrapo humano, Manes finalmente entendeu o motivo de seu pesar. Compreendeu uma coisa que, se pudesse, teria afastado, mas que, uma vez vindo à tona, não podia mais ser evitada. Racionalmente, sabia que não deveria se sentir daquela forma, porém racionalidade não era de muita valia naquelas circunstâncias. Foi inevitável; dentro de sua alma ardia algo que todos conhecem bem, algo que, em dado momento da vida, todos já chegaram a sentir. Um sentimento que faz com que os seres humanos corem e se encolham, tentando desaparecer dentro de si mesmos. Aquele amargor na boca e a queimação no estômago que nos fazem apertar os sobrolhos e suspirar a ponto de nos sentir diminutos, indecentes e irrelevantes: vergonha! Vergonha entristecida, cinza, angustiante, gritante!

Um redemoinho parecia prestes a sugar sua sanidade a qualquer instante. O sonho o colocava de frente para as verdades, e as verdades o engoliam. Ela estava lá de fato? Voltara do mundo dos querubins para, mais uma vez, ser a estrutura capaz de sustentar toda a turbulência? O rosto de Manes estampava uma expressão irreconhecível. Seus olhos velhos e cansados, cheios de reminiscências amargas. Ele pensou em gritar, mas a troco de quê? Em vez disso, se desculpou:

— Liza, sinto muito por não ter estado ao seu lado quando...

— Isso não importa mais, Mani. O que passou, passou. Eu estou aqui porque precisamos conversar, e não para escutar desculpas e lamentações.

Ele suspirou e olhou para o céu de entretons azuis, cuja paisagem mudava constantemente, de um instante para o outro.

— Eu estava muito impressionado comigo mesmo, com meus feitos e realizações, até que caí de boca no chão. No final, era tudo soberba e orgulho. E agora parece que estou fazendo tudo de novo. As pessoas me dizem para desistir, para voltar, para ser sensato, mas o tempo todo é a sua voz que escuto... Pedindo-me todas essas coisas. Parece haver mil motivos para escutar o que dizem, então, por que não consigo? Se eu a tivesse escutado, então, quem sabe...

Ela sorriu diante da autocomiseração dele e o animou:

— Grandalhão, você tem vários defeitos, mas certamente a soberba não é um deles. Nós somos todos tão ávidos para julgar e condenar... E você sempre foi tão severo consigo mesmo. Mas onde estão esses seus caprichos circunstanciais? Esses a que você se refere com tanto peso na alma? Eles existem de verdade ou será que seus erros, por mais atrozes, sempre buscaram o bem maior? Ninguém é perfeito, e essa é a coisa mais magnífica do mundo, pois é por sermos diferentes e imperfeitos que podemos aprender uns com os outros.

Ela falava com palavras que não eram dela, e sua voz era doce como mel.

— Mas como vou seguir em frente?

— Não existe "como". Isso não é uma ciência, não é algo que tenha um método. Só o que você pode fazer é seguir em frente e descobrir "como" ao longo do caminho. Você determina seu "como". Você cria seu destino. Você, Manes, é um sobrevivente! Tem que ser!

Ela tocou os ombros dele com gentileza e falou:

— Está na hora, eu preciso ir.

— Mas já?

— Temo que sim. Por isso, é necessário que você se recomponha agora. Não tornaremos a nos ver, Mani, portanto preciso partir sabendo que sua vontade estará à frente de todas as suas decisões. Você precisa me prometer que vai continuar!

Ele esmurrou a própria coxa, ralhando consigo mesmo:

— Isso tudo é culpa minha! Se eu não tivesse...

— Manes, pare agora! Se você cair, o Quartel cai junto. Tudo desmoronará. É hora de ser forte. Prometa que será forte. Prometa agora!

Ele encarou os olhos verdes flameantes da amada e resmungou:

— Não posso prometer o que não terei condições de cumprir!

— Mas você pode cumprir. Se não puder, então é o fim. Acabou!

— Então que seja o fim. Eu não quero mais responsabilidade alguma, só o que quero é paz. Quero partir com você. No fundo, só o que causei foi dor...

— Não é verdade. Como disse antes, você é muito severo consigo mesmo. — Ela fez um carinho no queixo dele. — Para onde vou, você não pode me seguir, meu amado. E você sabe disso. Meu momento acabou, e eu cumpri o que vim fazer neste mundo. Mas seu momento continua, e de suas decisões dependerá todo o resto.

— Liza, isso é muita responsabilidade para um só homem carregar nos ombros.

— Eu sei. Mas, ainda assim, você vai carregá-la!

Ele meneou a cabeça, dizendo:

— Sozinho?

E a surpreendente resposta dela o desconcertou:

— Zenóbia tomará conta de você!

— O quê? Mas eu pensei que... Quer dizer, Zenóbia e eu...

— Meu amor, não há mais o que ser dito. Eu estou do outro lado do espelho agora. Zenóbia está ao seu lado. Apoie-se no amor dela, permita que ela esteja ao seu lado e a escute com o mesmo respeito com que um dia você me escutou.

O líder sentia-se constrangido.

— Liza, eu amo você. Nós dois...

— Você me ama. Eu te amo. Zenóbia o ama. Você ama Zenóbia. No final, só o que resta é amor. Nós estamos no mundo para tentar resolver nossos conflitos, e não para iniciar novos. Com a atitude correta, temos a chance de crescer, não como seres humanos individuais, mas sim como raça humana, cheia de amor. Basta estarmos dispostos a isso.

Ele não soube responder. Não sabia o que dizer. Na verdade, entendia muito pouco do que estava acontecendo. Ela prosseguiu:

— É hora de partir. Mas, antes, prometa que seguirá adiante. Prometa que todas essas mortes não foram em vão.

— Está bem, eu prometo.

— Era só o que eu queria escutar.

Ela o abraçou e o beijou. Seus lábios eram quentes como o chão do planeta e seu toque foi uma carícia aveludada. Enquanto estava em seus braços, enredada naquele abraço mágico, Liza desapareceu.

Manes acordou assustado. Seu corpo suava como se tivesse saído de uma febre. Ele levou as mãos à cabeça e grunhiu como uma fera selvagem.

Tudo não passara de um sonho? Conversara com sua própria cabeça o tempo todo, apenas procurando justificativas inconscientes para tudo o que ocorrera? Mas o sentimento fora tão vívido...

Em vida, Liza tivera dons que as outras pessoas não tinham. Ou, ao menos, era o que ela dizia; afinal, ele jamais dera cem por cento de crédito àquilo. Mas, por um instante, por um breve e pequeno instante, ele desejou que todas as capacidades de

Liza fossem verdadeiras; desejou que o mundo fosse um lugar cheio de ocultismo, magia e feitiçaria, com fadas e bruxas, vampiros e transmorfos, seres mitológicos e alienígenas. Desejou que tudo o que fosse obscuro e indizível existisse, Céu e Inferno, fantasmas e demônios, ressurreição e reencarnação... E seu desejo tinha um único objetivo: que aquele sonho tivesse sido um encontro de verdade com a alma de sua falecida amada, e não mera conversa entabulada consigo mesmo dentro de sua mente perturbada.

CAPÍTULO 64

Zenóbia levou quase vinte minutos para conseguir chegar até a subestação de transmissão da energia elétrica que havia avistado do alto do prédio. A maior parte do caminho estava livre, mas ela foi cautelosa mesmo assim. Com armamento e munição limitados, sem apoio e em uma área desconhecida, qualquer contato com um grupo de infectados poderia ter sido fatal.

Da esquina oposta, parcialmente oculta por um par de árvores de copa larga, ela conseguia enxergar seu local de destino. Era uma instalação grande, cercada por uma grade de ferro de uns três metros de altura, com algumas torres altas de aço em seu interior das quais grandes cabos negros saíam em trios, os condutores da tão vital energia elétrica que tornara aceitável a vida no Quartel e em qualquer outra comunidade de sobreviventes das redondezas durante todos aqueles anos. Ela não viu movimentação no interior do local, que parecia tão ermo e fantasmagórico quanto tudo o mais. Observando atentamente, tentou perceber as estruturas vitais de força, e identificou os grupos de transformadores usados na redução da tensão de transmissão, distribuídos no que parecia ser uma ordem lógica, em volta de uma construção rústica de dois andares, a única que havia no terreno.

A amazona não tinha a menor ideia do que faria quando entrasse na estação. Sabia que não aprenderia por mágica o que era necessário para religar a força, isso, claro, se o problema fosse efetivamente lá. Ocorreu-lhe, naquele instante, que um poste de luz que conduzia a energia até o Quartel podia simplesmente ter caído. Mas agora não adiantava elucubrar demais; ela já estava ali, e sua mente cogitava a hipótese de, em um lance de sorte, estar defronte de um problema simples, cuja solução pudesse ser tão evidente que até mesmo uma pessoa leiga como ela descobriria. Ou, quem sabe, ela pudesse colher informações para retornar depois, com Cortez, quando ele se recuperasse. De qualquer modo, havia chegado longe demais para voltar.

Zenóbia olhou para um lado da rua, depois para o outro, e, certificando-se de que não corria riscos, cruzou velozmente a larga avenida que a separava da subestação, chegando esbaforida ao que parecia ser o portão principal. Este nada mais era do que uma extensão articulada da grade, com aproximados três metros de altura, mantido ereto por uma moldura de ferro chumbada, por entre a qual a grade era trançada.

Ao se aproximar, os olhos atentos e treinados da batedora captaram uma irregularidade. O portão, assim como a grade, estava velho e judiado pelo tempo. Ele era mantido fechado por uma corrente grossa, que ainda estava pendurada nas grades, cortada ao meio. Os elos da corrente também apresentavam as marcas da corrosão que os anos de exposição ao clima tinham gerado. Mas exatamente na marca em que ela havia sido cortada, era possível ver uma fatia translúcida e brilhante de ferro. O corte era recente!

Zenóbia segurou a corrente e examinou o corte, sentindo um arrepio percorrer-lhe a espinha. Alguém estivera ali, havia pouco tempo, e cortara a corrente com um alicate grande e forte ou alguma outra ferramenta. E contaminado nenhum usava ferramentas!

Ela checou sua arma para ver se estava carregada (um ato típico de qualquer pessoa exposta ao perigo) e entrou. O portão não tinha ficado escancarado, tendo sido deixado apenas encostado. Quem esteve ali tivera o cuidado de encostá-lo ao sair ou, pior, ainda se encontrava lá dentro. Talvez outra pessoa, de uma comunidade diferente, que viera checar a falta de luz, assim como ela? Não, algo que murmurava no âmago da batedora rosnava a verdade: nada de bom viria daquela cena. Havia uma atmosfera faiscante de perigo no ar, algo indecifrável e indefinível que sussurrava nos ouvidos dela, alertando-a da proximidade do perigo.

A batedora abriu e fechou o portão atrás de si, fazendo o mínimo de barulho e torcendo para que o terreno estivesse pelo menos livre de infectados. Ela contornou a área onde os transformadores se erguiam como poderosos caixões de ferro e rumou diretamente para a construção.

Nem um único som vinha de seu interior. O coração de Zenóbia palpitava tão alto que ela sentia como se ele pudesse ser escutado de fora de seu corpo. Seu rosto estava lavado por suor frio, e as mãos tremiam ligeiramente. O estado de alerta proporcionado pelo medo era, contudo, regozijante. A descarga de adrenalina já havia inflamado cada fibra do corpo da mulher, seus sentidos estavam mais apurados, as pupilas, dilatadas. Cada passo, um após o outro, foi dado com a sensatez da pantera, que é capaz de pisar sobre um fino galho seco sem estalá-lo. A porta do lado de dentro, entreaberta, era uma pintura tétrica e macabra, que revelava apenas uma sombra negra e densa, como um portal para outra realidade. Enfim, a uma distância de poucos pés, usando o cano da arma, Zenóbia a empurrou para a lateral, abrindo-a por completo. Com a pouca luz exterior de que dispunha, a amazona conseguiu enxergar pouco menos de dois metros adiante, o que não foi de valia alguma, já que seus olhos se perdiam no negror indistinto.

De repente, um gemido. A primeira reação dela foi mirar na direção do som, mas, um milionésimo de segundo depois, seu cérebro ordenou que ela não disparasse, apesar de toda a tensão. Mecanicamente, com total e impensado descaso pela periculosidade da situação, a amazona simplesmente entrou, seguindo o som.

O cheiro chegou primeiro. Um odor fétido e putrefato de coisas podres e infecciosas, sangue coagulado e decomposição fez as narinas da guerreira arderem e seu estômago revirar, perfurando diretamente sua sanidade. Ainda assim, nada de uivos. Nada dos movimentos bruscos e violentos que, em geral, acompanham as investidas das bestas. Apenas o cheiro corrupto e infecto da morte.

Um novo gemido indicou que o caminho a ser seguido era para cima, e, sem se aperceber, Zenóbia estava subindo um lance de escadas apertado e curvilíneo, guiada muito mais pelo instinto do que por qualquer faculdade da lógica e da razão. Mas, ao chegar ao segundo andar, seu coração parou.

— Gente... Pessoas... Viviam aqui! — murmurou ela, sabendo que ninguém responderia, mas temendo que, se ela não proclamasse em voz alta o que seus olhos testemunhavam, aquilo não se materializaria de verdade.

Havia colchões e lençóis espalhados nos quatro cantos daquela ampla sala — na verdade um cômodo único, sem paredes, parcialmente iluminado por ser repleto de vitrais com mais de dois metros de altura em toda a sua volta, os quais permitiam a entrada de luz natural. No horizonte, por entre prédios e torres, o céu começava a ficar mais azulado, dando indícios de que a aurora se aproxima. E seu fulgor, ainda que tênue, ajudava a contar a história do que ocorrera na subestação. Ela discerniu uma mesa e algumas cadeiras, agora viradas no chão e esmigalhadas. Havia uma pilha de latas de comida pela metade, e os restos pareciam estar espalhados por todos os lados; Zenóbia se perguntou quem poderia ter feito aquilo tudo, já que contaminados não cortavam correntes e seres humanos jamais deixariam comida para trás. Havia duas araras com roupas e uma estante de livros, ambas intocadas, quadros e pôsteres nas paredes, e uma televisão com um antigo aparelho de DVD. No total, Zenóbia contou seis corpos, um deles pendurado ao teto, como a carta O *Enforcado* do tarô, um observador mudo da chacina ocorrida naquela câmara de terror.

Ela temeu se mover. Temeu que os espíritos daquelas almas evisceradas se zangassem com ela e a assombrassem com seus uivos e correntes arrastadas. Temeu ter adentrado aquela cripta gigantesca e interrompido o sono dos mortos. E temeu, acima de tudo, a maldade do que viu. Não havia apenas pessoas mortas de forma limpa e misericordiosa, mas pessoas mutilad...

— Moça...

O gemido que ela escutara anteriormente e que fora esquecido mediante a crueza do que testemunhava subitamente retornara, transformando-se em uma palavra, dita de forma tão fraca que quase soou inaudível. Zenóbia percebeu que o que escutara no andar de baixo não havia sido nada mais, nada menos do que ecos de dor, os últimos balbucios de uma alma prestes a encontrar o Criador.

Chacoalhada do torpor causado pela carnificina que decorava cada metro do recinto, a batedora identificou de imediato a origem do som e foi até ela. Entre os borrifos de sangue nas paredes que adornavam as lápides abertas dos corpos estirados, um ainda vivia. Era um homem magro e barbado, provavelmente na casa dos cinquenta anos, que os dias cruéis da Era do Apocalipse cuidaram de abater e alquebrar. Suas feições se escondiam atrás de uma máscara de sangue, e o único olho que lhe restara — o outro desaparecera, deixando no lugar apenas uma cavidade macerada vermelha — girava alucinadamente de um lado para o outro.

Zenóbia ergueu o pescoço dele com cuidado e o pousou em seu próprio colo, sempre mantendo a atenção a tudo ao redor. Engolindo em seco diante daquela visão amarga, a batedora apanhou seu próprio reservatório de água, um pequeno cantil amarrado com uma tira de couro a sua coxa, e derramou um filete na boca do homem. O moribundo pareceu apreciar o líquido, embora sua mente estivesse delirante, o que ela conseguia perceber claramente pela forma como ele a olhava.

— O que aconteceu aqui, velho? — A frase não soou brutal; na verdade, foi até proferida de maneira gentil. Não houve resposta. Ela sentiu que o corpo dele começava a amolecer e, perdendo momentaneamente a caridade em seu coração, o sacudiu e perguntou de forma mais enérgica:

— O que houve com vocês?

— Eles... Eles vieram...

— Eles quem?

— Mataram... Homens armados...

Ao som da frase, Zenóbia deu uma olhada a seu redor e, de repente, tudo ficou claro como o dia. Aquelas pessoas que ali viviam, uma comunidade pequena e diligente, mantiveram a subestação em funcionamento durante todo aquele tempo. Só eles próprios sabiam de todas as dificuldades que haviam enfrentado para cumprir esse nobre propósito, as privações, as decepções, as perdas, enfrentando chances adversas e a ignorância de todos que deles dependiam, tudo para garantir que a chama da esperança da raça humana não se apagasse. Verdadeiros anjos, é o que eles eram. Muito mais do que qualquer um no Quartel. Muito mais do que as duas centenas de pessoas com as quais ela convivia diariamente e que jamais cogitaram uma ação altruísta daquelas — muito pelo contrário, perdiam-se em questões mesquinhas, dissidências e problemas de ego.

Aquelas pessoas da subestação nunca souberam quem estava lá fora, quantos ainda haviam restado e onde estariam, contudo sabiam que, quaisquer que fossem os sobreviventes do amaldiçoado Dia Z, eles precisavam de ajuda. Precisavam de *luz*. Assim, elas se reuniram naquele local e fizeram o que acreditavam ser o certo, garantindo que, durante aqueles quatro últimos e miseráveis anos, toda aquela zona da cidade continuasse respirando, munida de energia elétrica. Apesar de todas as outras dores, de todas as outras perdas e derrotas, pelo menos *aquilo* os sobreviventes teriam!

Quem era aquele grupo Zenóbia jamais saberia, mas tinha ciência de que lhes devia gratidão. Devia, provavelmente, sua própria vida. E lá estavam todos eles, mortos aos seus pés, massacrados por causa de sua generosidade, dilacerados por homens vis, que eram de várias maneiras bem piores do que os próprios infectados. Ela reconheceu a ação destrutiva de um grupo unido e coeso em meio a todo aquele caos e percebeu que as pessoas que estiveram ali o fizeram com o intuito deliberado de destruir o suprimento de energia. Literalmente. Eles vieram, mataram e partiram, sem levar nada consigo.

— Quem eram eles, velho?

— Homens... Um deles, o mais rápido e... E forte...

— O que tem ele? Por que eles mataram todos? O que disseram?

E o homem morreu, virando a cabeça para o lado e babando um filete de sangue. Zenóbia nada pôde fazer, senão ampará-lo e garantir que ele não espiasse sozinho, mas passasse para o outro lado com uma mão calorosa reconfortando a dor que sentia. Ele morreu, e com ele, provavelmente, toda a esperança. Mas, se a esperança estava morta, o mesmo não podia ser dito da ira. E do desejo de retribuição! Pois, como se a graça divina tivesse concedido ao moribundo um último lampejo de lucidez, um derradeiro instante antes que a vida escapasse pelas frestas de seu corpo, uma oportunidade de ao mesmo tempo alertar a amazona do perigo que a aguardava e de se indignar com seu próprio fim, tão estúpido quanto iminente, antes de partir, ele reuniu todas as forças e disse uma frase. Uma única frase, completamente fora de contexto, despropositada até, algo que dificilmente consistiria nas últimas palavras de qualquer um — a não ser que tivessem sido escutadas da boca do seu próprio carrasco, e repetidas com a certeza e a profundidade de um ator que profere a última frase que encerra o primeiro ato de uma peça teatral, instantes antes de as cortinas se fecharem, servindo de indicativo de toda a tragédia que está por vir. Uma frase que, para a desgraça de Zenóbia, chegou à compreensão de seus ouvidos como uma bigorna golpeada pela reverberante marreta do ferreiro.

E ainda que nada daquilo tivesse sentido, pois certamente a frase que o homem falou não tinha para ele significado algum, para a amazona fez com que peças terríveis se encaixassem.

Ela deitou a cabeça do morto no chão e fechou os olhos por um instante, lamentando a vileza de tudo aquilo. Antes que pudesse pensar com clareza e tomar qualquer decisão, o destino agiu por ela e imprimiu a urgência oriunda do perigo. De repente, lá fora, a corrente que mantinha o portão fechado retiniu e, embora a batedora estivesse no segundo andar da construção, a quietude da madrugada fez o som viajar até seus ouvidos com soberba nitidez, como se ela estivesse bem do lado do portão.

Seus sentidos aguçados captaram todos os barulhos que vieram a seguir, e sua mente ia construindo as imagens daquilo que ela escutava. A corrente mexida, as dobradiças enferrujadas do portão chiando, o farfalhar de passos — e a batedora conhecia aquele arrastar de pés. Três, talvez quatro contaminados. Não, eles não estavam ativos, pelo menos não ainda. Estavam apenas vagando pela noite. Mas por que foram diretamente atrás dela, se não a haviam visto? Como conseguiram segui-la até a subestação? Teriam sentido seu cheiro? Seria aquela outra qualidade das criaturas que ninguém ainda havia notado? Ou o portão simplesmente não fora fechado adequadamente e isso chamou a atenção dos caminhantes que estavam ali por força do acaso? Não importava. Mais perguntas sem respostas... Só o que importava era a situação. Ela estava só, e sua missão tornara-se, de um instante para o outro, a mais vital de todas!

Súbito, o sangue da leoa ferveu e o ímpeto de luta sobrepujou toda e qualquer revelação que o homem lhe fizera. A adrenalina impregnava seu corpo por inteiro, descarregada em sua corrente sanguínea como uma tromba d'água descendo um rio repentinamente sufocado por chuvas de verão, preparando a amazona para a feroz e iminente batalha.

Os sons se aproximavam lentamente, saídos do exterior da construção para ganhar seu interior. Agora estavam no andar de baixo. Zenóbia sabia que só podia disparar a arma em último caso; quanto menos atenção chamasse, melhor. Ela precisava enfrentar aquela ameaça, triunfar, retornar até onde deixara Cortez e apanhar a motocicleta. Era imperativo que o fizesse, pois agora, mais do que nunca, ela precisava sobreviver. Uma trama maior do que ela própria fora tecida à sua revelia. E se nem todas as peças haviam sido reveladas ainda, pelo menos parte da trama estava clara: o homem, em seu resfôlego de morte, antes de revirar os olhos e pender para trás o pescoço inerte, havia dito aquilo que ela preferia não ter ouvido, mas que se materializou como uma realidade inegável. Suas últimas palavras foram:

– Eles... Os malditos... Disseram que agora podem... Invadir o Quartel...

CAPÍTULO 65

Júnior acordou, pela manhã, com um cheiro doce que não sentia havia anos. Uma sensação de familiaridade caseira invadiu seu ser, um senso de quase normalidade que permeava cada canto daquele incomum casarão, que, contra todas as expectativas, parecia um refúgio do que restara da humanidade. Após se vestir, ele desceu e encontrou Duda radiante, cantarolando baixinho enquanto preparava o café da manhã. Ela estava bem diferente da figura que o trio encontrara na tarde anterior; havia se limpado e feito a barba, o cabelo não estava desgrenhado, mas penteado e brilhante. Ela usava um vestido florido simples, porém bonito, e com ele ficava parecendo uma camponesa. Percebeu que ela havia raspado as pernas e estava sem sutiã. Também havia esmaltado os dedos do pé e da mão. Parecia, de fato, outra pessoa.

Ao vê-lo, ela sorriu e o cumprimentou com um inesperado beijo no rosto, que o fez corar. O jovem, sentando-se à mesa, perguntou:

— De onde vieram essas torradas?

— Eu fiz, oras!

— Muito boas! — elogiou, já com a boca cheia mastigando um bom bocado. Ela completou:

— O mel eu pego na mata. Assim como várias outras coisas.

Ele refletiu um pouco antes de perguntar algo que era quase uma afirmação:

— Quer dizer que os contaminados não entram no meio da mata?

— Isso mesmo!

— Alguma ideia do motivo?

Ela experimentou um pouco do iogurte caseiro que havia feito, o que deu água na boca de Júnior. Havia muito tempo ele não tomava iogurte e, embora o técnico não fizesse ideia de como ela havia preparado aquilo no meio do nada, nem pensou em perguntar, já que a aparência estava ótima. Era seguro afirmar que Duda havia desenvolvido uma forma de viver sustentável. Ela estava totalmente adaptada àquela vida que decidira levar e parecia ser cem por cento autossuficiente.

— Não. Como disse ontem, foi apenas algo que observamos por aqui.

— Então você anda na mata sem medo de ser feliz?

— Os cachorros estão quase sempre comigo. Ontem, quando os encontrei, foi uma das poucas vezes em que saí sozinha. Era pra dar uma volta rápida, mas escutei o barulho do carro de longe e aquela algazarra toda que vocês estavam fazendo, cantando pneus e acelerando como se estivessem em Le Mans. Então resolvi dar uma olhada antes que atraíssem todos eles pra cá...

— E os cachorros te protegem.

Ela olhou pela janela da cozinha, que dava vista para o quintal, e seu rosto se encheu de retribuição.

— Cachorros são melhor companhia do que gente.

— Não diga isso...

— É verdade. Eles realmente te amam e te apoiam. Meus cachorros se colocariam entre um infectado e a minha vida sem hesitar. E, se eles tivessem que dar a vida por mim, seria sem arrependimento no olhar. Já as pessoas... A única coisa que sinto é que os três são machos, então não vou ter nenhum filhotinho deles.

Júnior percebeu, naquele instante, a melancolia adjacente ao espírito de Duda, mas preferiu não tocar no assunto, já que ela estava tão jovial. Fora isso, ele não era do tipo de pessoa que gostava de falar sobre coisas ruins, mas sim de celebrar as boas. Júnior não era exatamente religioso, mas acreditava na noção de atrair boas e más energias por meio da própria atitude. Portanto, evitava evocar qualquer coisa que despertasse uma emoção negativa e, sempre que o clima ficava pesado, tinha a tendência de quebrá-lo com uma piada ou comentário inteligente. Daquela vez, contudo, deixou apenas uma reticência no ar, acompanhada de um sorriso:

— Você e os cachorros na mata... Parece legal...

Duda gracejou. Ela gostava do jovem espirituoso. As pessoas que ela encontrara desde o Dia Z, em sua maioria, eram rígidas, desconfiadas, taciturnas e escondiam todos os seus sentimentos em uma capa de macheza, sempre com olhos ferozes, rispidez e voz grossa. Esse era o modo de ser da humanidade, quer aquela capa fosse apenas um verniz, como no caso de Espartano, quer fosse resultado de um trauma, como no caso de Manes. Era bom conhecer, para variar, alguém sensível da natureza de Júnior, que tinha um jeito sorridente e divertido de ser e que, mesmo quando falava sério, parecia estar sempre brincando. Ele era uma pessoa bastante reconfortadora para conversar e ter por perto. Após alguns segundos em silêncio, ela disse, como se continuasse o assunto sobre as caminhadas na mata:

— Na verdade, eu já tive problemas com animais selvagens. Mais de uma vez.

Ele se preparava para devorar outra torrada com mel, mas deteve o ato no meio e indagou, intrigado:

— Animais? Como assim? Você quer dizer cães que ficaram selvagens?

— Não. Infelizmente, não. Não sei se reparou, mas nesses quatro anos a mata cresceu muito. E a população de animais cresceu com ela.

— Você quer dizer que a fauna prosperou? Tudo bem, a natureza está recuperando o que é dela. Isso acontece até nas cidades grandes, mas e daí? O que vou encontrar pela mata? Uma ou outra jaguatirica a mais do que havia antes do Dia Z, nas serras ao redor da cidade?

De repente, Duda ficou séria e baixou a cabeça.

— Quê? O que foi? O que eu falei? — perguntou Júnior, temendo ter dito algo errado.

Ela principiou uma narrativa, e seu tom de voz soava sisudo e amargurado.

— Eu tive um companheiro que morou comigo, logo no começo de tudo. Não sei se o amava... Gosto de pensar que sim, pois tivemos bons momentos juntos.

— Por que tenho a impressão de que lá vem uma história daquelas?

Ela ignorou o comentário e prosseguiu:

— Sabe, uma coisa que as pessoas esquecem é que nós não vivemos sozinhos no mundo. Há outras criaturas aqui conosco. E passamos a ter tanto medo dos infectados que esquecemos que essas criaturas podem ser tão letais quanto eles.

— Criaturas? Do que você está falando?

— O zoológico da cidade. Tinha todo tipo de fera lá dentro. Leões, panteras, lobos e macacos selvagens. Você acha que quando os tratadores pararam de alimentá-los, os animais ficaram lá esperando pra morrer de fome? Acha que um fosso e uma cerca são capazes de segurar um felino como um tigre, se ele realmente quiser sair dali? Ou um gorila?

— Gorila?

Os olhos de Duda pareceram divagar, como se ela estivesse rememorando algo. Ela prosseguiu:

— O nome do meu companheiro era Rogério. Nós nos conhecemos tempos antes do Dia Z e tínhamos um relacionamento bastante conturbado. Ele me amava, mas não aceitava meu estilo de vida. Quando eu saía para trabalhar à noite, ele ficava em casa, pensando um monte de besteira, aumentando e alimentando histórias em sua cabeça. E, de vez em quando, ele bebia. Era quando as coisas ficavam difíceis. Nós tivemos altos e baixos, Rogério e eu, mas aos trancos e barrancos seguimos em frente. É isso o que casais fazem, não é? Seguem em frente? Então, veio o Dia Z. Ninguém sabia direito o que fazer, se devia ficar em casa ou sair, se juntar a um grupo ou permanecer sozinho... Você se lembra de toda aquela confusão, não? Falamos sobre isso ontem. Bom, Rogério teve a brilhante ideia de fugir da cidade grande cortando caminho pelo meio da mata. "Nenhum zumbi vai nos perseguir por lá", ele disse. E eu fui junto, convencida pelos argumentos dele. Meu Deus, nós andamos sem direção por muito, muito tempo. Perdidos, lógico. Como gente que nunca andou na mata vai conseguir se encontrar? Saber para onde ir? Seguir um mapa não é algo tão simples quanto parece; nós nem sabíamos a diferença entre noroeste e sudoeste. Chegamos a passar um dia e uma noite completamente desnorteados e, cada vez que tínhamos uma insinuação de civilização, uma casa, uma fumaça vinda de algum lugar, o som de buzinas projetado de alguma estrada, sempre ficávamos com medo. E se os infectados aparecessem? Ou se as pessoas que encontrássemos fossem... preconceituosas? Eu perdi a conta de quantas amigas foram espancadas antes do Dia Z por pessoas que não respeitavam as escolhas delas. E a chegada dos infectados não mudou nada disso. Na verdade, hoje tenho a impressão de que essa bosta de mundo acabou acentuando tudo o que as pessoas tinham de pior, isso sim. Por isso, a mata não parecia uma opção tão ruim, no fim das contas; talvez fosse só uma questão de aprender a comer as coisas certas, de encontrar um terreno bom e seguro e de repensar a forma de viver a vida. Mas, então, tudo aconteceu que nem um raio. Num momento, Rogério estava bem na minha frente, falando sobre as paredes lilases de um apartamento que havia visto anos atrás, no momento seguinte ele não estava mais. A frase ficou pela metade. Diante dele, apareceu aquela criatura descomunal, maior do que qualquer coisa que eu já tinha visto. Seu peito era largo que nem um tambor; o pelo, preto e lustroso, da cor do petróleo, e seus dentes pareciam duas lâminas brancas brilhando no meio de todo aquele verde-musgo que o cercava. Ele pegou Rogério como se fosse um boneco de pano e o levantou acima da cabeça. Eu escutei o barulho dos ossos rachando e estralando. Rogério tentou gritar, mas o macaco o segurara pelo pescoço e apertou, estrangulando sua voz. O rosto dele ficou vermelho e roxo em uma fração de segundo, e o gorila bateu seu corpo no chão como se fosse um bate-estaca; depois bateu novamente, e mais uma vez. O barulho, meu Deus, o barulho foi horroroso, Júnior! Ossos se partindo e sangue esguichando para todos os lados; é algo que não dá para explicar. Acho que o animal estava faminto, porque ele deu uma mordida e arrancou de uma só vez um pedaço do braço do Rogério. Foi quando eu corri desesperada, sem olhar para trás. Ele não me perseguiu, mas fiquei imaginando aquela cena: meu amante sendo devorado por uma fera, talvez ainda respirando, sentindo todas as mordidas... Devorado vivo! Consegue imaginar coisa pior do que isso? Fiquei traumatizada, sem conseguir andar pela mata por um tempão. Foi depois disso que cheguei à Catedral...

Júnior ficou estático diante do horrível relato. Ele nem conseguiu comer outra torrada, e as visões que acompanharam a história, surgidas em sua mente, o fizeram perder até a vontade de provar o iogurte. O zoológico? Ele jamais havia pensado em algo do gênero. Que outras feras estariam soltas nas redondezas? O gorila era um solitário que não teria condições de se reproduzir, mas o mesmo não poderia ser dito dos leões, panteras e demais felinos que viviam encapsulados em bandos e que, em quatro anos, poderiam ter gerado uma pequena prole. Seriam aquelas imediações (e tantas outras) palco de um novo ecossistema, no qual o homem seria cada vez mais jogado para a base da cadeia alimentar? Assustado, ele disse a única coisa que conseguiu:

— Minha nossa! Você não pode estar falando sério...

Duda riu maliciosamente e disse:

— Pois é, não estou.

— Como assim? Você quer dizer que...

— Que contei uma baita mentira? Sim. Só estava curtindo com a sua cara.

Uma sensação de alívio misturou-se com um certo constrangimento quando Júnior percebeu que havia sido alvo de uma chacota.

— Caralho, Duda! Você me assustou de verdade, porra! — ele berrou, arremessando sem pestanejar uma torrada nela.

— Eu sei. Deu pra ver no seu rosto — ela respondeu, desviando-se facilmente do "projétil".

De repente, ambos estavam rindo como se fossem velhos amigos vivendo um momento íntimo e, em meio à diversão, ele perguntou se nenhuma parte da história era verdadeira:

— De onde você tirou essa história toda? Alguém te falou algo sobre os bichos?

— E eu sei lá que fim levaram os bichos do zoológico? — gracejou ela. — Mas nada impede que a história seja verdadeira. Acho até provável que eles tenham escapado de suas jaulas; faz sentido. Quanto ao Rogério... Bom, ele realmente fez parte da minha vida durante um tempo. Foi antes do Dia Z. Mas, quando as pessoas mudaram, ele... Bom, você sabe, né?

Duda parecia renovada aquela manhã. Era evidente que a companhia humana lhe fizera bem, apesar de seu discurso sobre a fidelidade canina. Ela estava usando uma fragrância suave que parecia orvalho matutino no campo e que podia ser sentida do outro lado da mesa. De uma forma bem bizarra, Júnior chegou a achá-la bonita. Ele perguntou:

— O que você acha que eles são?

— "Eles"?

— Sim, os contaminados.

— Bom, isso é fácil. Eles são... nós!

Ela não havia feito uma citação, mas foi assim que a frase tocou a mente de Júnior, impregnada de cultura pop, mesmo após aquele tempo todo. Ele disse alegremente:

— George Romero!

Para sua surpresa, ela compreendeu a relação e emendou:

— Sim! Romero. Mas eu não estava me referindo a ele. Não mesmo. Estava falando aquilo que acho pra valer. Olha só, não sei que tipo de vida você teve, mas acho que provavelmente foi uma bem fácil. Pelo menos se comparada à minha... Não faça essa cara, não estou querendo provocá-lo, mas é verdade. Sabe, Júnior, eu já tive contato com o que há de pior no ser humano. Vi de perto raiva em níveis que você não pode imaginar, vi mesquinhez, frustração, inveja... E vi tudo isso e mais sendo aplicado com requintes de crueldade. Já vi o que há de mais horrível no homem; já sofri o que há de pior pelas mãos do homem. Senti o preconceito de verdade. Preconceito contra quem é diferente. Preconceito contra as minorias. Não estou defendendo todas as pessoas que eram como eu na Era A.A.; sei que muitas faziam besteira e mais atrapalhavam do que ajudavam. Mas ninguém precisava ser espancado por isso. Ninguém precisava morrer por ser diferente, por pensar diferente. E, agora, olha só a ironia: quem se tornou a verdadeira minoria? Quem é caçado? Todos nós. A pergunta é "O que mudou?", e eu respondo: "Nada mudou, apenas o lado da caçada em que você está". Para mim, essas coisas não são diferentes das que me atacavam antes. Não, é mentira. Elas são diferentes, sim. As que me atacavam antes eram dissimuladas, e essas de hoje não sabem fingir.

Júnior engoliu em seco ao ouvir aquelas palavras. Duda se revelava uma pessoa inteligente e vivida, que estudara e sabia se expressar, articulada até. Bastante diferente do estereótipo que o técnico tinha de uma pessoa como ela. Sentindo-se à vontade na presença da anfitriã e com a honestidade que ela demonstrava, ele perguntou:

— Duda, por que você decidiu ser travesti? Quer dizer, não estou te julgando nem nada, mas queria saber o que levou sua vida a...

De repente, Manes entrou na cozinha. Seu rosto trazia um semblante de preocupação, e ele não parecia ter descansado nada durante a noite. Seu "bom-dia" foi seco, e a voz parecia o som de uma unha arranhando uma lousa. O clima de descontração na cozinha desmoronou de imediato. Não demorou muito para que Espartano também descesse, com a cara tão amarrada quanto a do líder. O quarteto permaneceu sem conversar durante quase todo o desjejum, até que o líder exclamou:

— Você disse que nos contaria tudo o que precisamos saber sobre a Catedral, Duda. Então, vamos lá.

Duda relatou com o máximo de detalhes tudo o que sabia sobre a comunidade. Ela não havia vivido lá por muito tempo — uma pessoa com o perfil dela não demorou a sofrer pela intransigência de seus membros —, mas não era na história dela que Manes tinha interesse, e sim nas características do local. O relato foi suficiente para que ele, com sua mente militar, criasse uma estratégia.

O líder do Ctesifonte quis saber sobre aspectos de ordem prática e funcional. Perguntou sobre o terreno, fortificações, sistema defensivo e rotina da Catedral, e escutou atentamente a narrativa. Ele ficou surpreso ao saber que, antes do Dia Z, aquele era considerado o segundo maior templo católico do planeta, perdendo apenas para a Basílica de São Pedro, no Vaticano. Sua construção levou, ao todo, mais de trinta anos, e a impressionante área tinha quase trezentos mil metros quadrados. A cúpula central tinha setenta metros de altura e setenta e oito metros de diâmetro, porém não era a construção mais alta daquele conjunto arquitetônico, já que uma das torres chegava a cem metros. Duda não sabia ao certo a medida, mas toda a área construída somava mais de vinte mil metros quadrados, e cada uma de suas naves tinha mais de quarenta metros de altura. O terreno era inteiramente cercado por um muro alto, de mais de três metros, e o único acesso era um enorme portão de ferro, localizado na rua principal da cidade. Havia, também, uma ponte, na verdade, uma rampa, que conectava por meio de um caminho elevado aquela construção a uma antiga versão sua, já secular, que ficava no topo de um morro. A rampa fora dinamitada, exceto uma estreita passagem, para facilitar o controle das sentinelas. Agora passava apenas uma pessoa de cada vez. Era simplesmente impossível chegar ao local sem ser notado. A vigilância era feita do alto da torre, o que impedia a aproximação sorrateira de qualquer veículo; chegar a pé também não era boa ideia, pois tratava-se de uma área com alta concentração de contaminados. Mesmo que alguém conseguisse passar por eles, restava o problema do muro, que, além de alto, havia sido reforçado com arame farpado — uma medida drástica para aqueles tempos terríveis. Duda explicou que as pessoas chegavam pela porta da frente e sempre eram bem recebidas, e que era comportamento-padrão dos guardas nas torres darem cobertura a qualquer ser humano que se aproximasse.

— E como as pessoas vivem lá dentro? — perguntou Manes.

De acordo com o relato, a maioria vivia ao relento, ao ar livre, em tendas e barracas improvisadas. Não havia comida para todos nem condições sanitárias, e, embora o local pudesse abrigar facilmente dez vezes mais pessoas do que a quantidade que vivia lá, nem por isso a vida fora tornada menos insuportável.

— A Catedral tornou-se um antro, Manes. Ela é uma afronta ao que foi no passado, e aquele desgraçado que está no comando...

— O Bispo?

— Sim! Ele é um lunático! Mas o povo o escuta. Ele lhes deu morte e terror, transformou aquilo na nova versão de Sodoma e Gomorra, e eles o amam por isso. Escutam suas missas e gritam seu nome como se ele fosse uma espécie de Messias. Não sei se cabe a mim dizer isso, mas vocês estão indo direto para a boca da fera!

Duda não disse aquilo como uma frase de efeito; ela estava realmente preocupada com o trio. E as cicatrizes em suas costas eram testemunhas de que ela não estava de todo desprovida de motivos. O líder, entretanto, afirmou:

— Se o que me contou for verdade, então esse é mais um motivo para ir até lá. Aquelas pessoas precisam ser salvas de...

Espartano o interrompeu:

— Você enlouqueceu? Não escutou o que ela acabou de falar? Só tem maluco lá! O local é uma fortaleza. Não dá para ser invadido. Jamais conseguiremos tomá-lo, se é que era essa a sua intenção, e teremos de entrar pela porta da frente. Sabe o que farão assim que chegarmos lá? Pegarão nossas armas, e ficaremos completamente à mercê desse pirado. As pessoas perderam todo o senso de certo e errado, toda a noção de bem e mal. Veja o que fizeram nas costas dela, porra! Vamos voltar para o Quartel, Manes!

— E aí o quê? — gritou o outro, em resposta. — Vamos fazer o quê? Esperar a morte chegar? Definhar, agora que nossos recursos estão acabando?

— Nós sobrevivemos até agora! A resposta não está nessa bosta de comunidade a trezentos quilômetros de distância do Quartel. Dá só uma olhada na Duda; ela tem vivido sozinha aqui e está indo muito bem. Sozinha, porra! Por que não podemos fazer o mesmo? Por que essa necessidade de salvar o mundo?

— Manes, desculpe me intrometer, mas realmente parece que ela tem feito um bom trabalho sobrevivendo aqui no meio do nada — disse Júnior. — Se ela pode, todos nós podemos.

O líder se defendeu:

— Sim. Mas é exatamente esse o meu ponto. Viver sozinho é fácil. Qualquer comida, por pouco que seja, é suficiente. É fácil se proteger do frio, encontrar o que vestir e onde cagar. Tudo fica mais fácil, exceto pela questão da segurança. Mas como vamos continuar cuidando de duzentas pessoas sem recursos? Como vamos dar de comer e garantir a higiene de toda essa gente? Escutem: sei que eu os trouxe até aqui sem maiores justificativas, então acho que merecem uma resposta. Nós temos de reunir um grupo. Um grupo grande. E estou falando em alguns milhares, pelo menos cinco ou seis mil. Temos de fazer isso para conseguir limpar toda uma seção da cidade e torná-la segura. Conseguem compreender que, para trazer de volta um pouco do que tínhamos antes, não podemos fechar as pessoas dentro de muros, pois esses muros se tornam uma prisão? O que aconteceu ao Quartel é um exemplo claro disso. E o que provavelmente ocorre na Catedral só corrobora essa hipótese. As pessoas precisam de individualidade, precisam retomar o convívio humano normal, com atividades de comércio que tomem seu tempo, com empregos e ofícios. Precisamos limpar toda uma área da cidade e assegurá-la para que todos vivam em paz com uma boa gestão. É isso o que pretendo. Meu pai criou essa estratégia há tempos, e juntos tomamos o Ctesifonte. Eu estou seguindo o mesmo plano, só que em escala maior. Com essa proposta, sei que muitos nos seguirão!

De repente, Duda riu:

— Esse é o seu plano?

— Qual é a graça? Com a logística certa (e acredite, eu já pensei nisso tudo), nós podemos isolar uma parte enorme da capital e voltar a viver em paz. É possível! Se todos ajudarem, é possível! Nós faremos exatamente o que o Quartel faz hoje, só que em uma macroestrutura. Conseguem imaginar as pessoas voltando a viver em casas e apartamentos? Tendo de volta sua individualidade e um senso de normalidade em suas vidas? Teremos áreas de plantio em comum, podemos reconstruir as coisas do zero, com a chance de fazer tudo diferente. Colocaremos fábricas para funcionar, criaremos animais... Podemos até instituir um governo central. Você sofreu preconceito, Duda? Isso nunca mais aconteceria em uma comunidade sob o gerenciamento certo.

Júnior estremeceu ao pensar no caso envolvendo os homossexuais do Quartel, que ocorrera justamente sob a gestão de Manes e que fora o estopim do problema de um mês atrás. Parecia uma contradição. Mas ele não teve tempo de se perguntar por que estava, de fato, seguindo aquele homem, pois Duda rosnou uma réplica que fez o jovem técnico engolir em seco:

— Você parece esquecer-se de uma coisa, Manes: as criaturas são atraídas por nós. Pelos sons que fazemos, pela visão de andarmos de um lado para o outro. Merda, pode até ser que nosso cheiro as atraia. E, quando vocês juntarem cinco mil pessoas em uma comunidade que, diferentemente da Catedral, não terá um muro de três metros e arame farpado, sabe o que vai acontecer? Acabarão sufocados por cinquenta mil contaminados tentando invadi-la. Isso é o que vai acontecer. E o que vão fazer, então? Matar cinquenta mil?

Ele não respondeu. Ela perguntou de novo:

— Vão matar cinquenta mil?

— Sim! Cem mil. Um milhão. Vamos matar cada merda que se mover. Vamos matar cada filho da puta de pele cinza que virmos pela frente. Vamos ensinar crianças de quatro anos a matar esses desgraçados, ensinar mulheres e velhos, e vamos continuar matando até que não exista mais nenhum deles na face da Terra. Nenhum deles ou nenhum de nós. Não aceito menos do que isso!

A atmosfera ficou tremendamente carregada após a súbita explosão do homem. Suas últimas palavras haviam sido ditas em um rompante de raiva, e aos berros. Os olhos de Manes eram como duas brasas; com o peito estufado, sobrolho franzido e músculos contraídos, ele parecia pleno e seguro, a figura de liderança suprema que não pode ser desafiada. Ainda assim, seu aspecto era o de um ditador. Júnior sentiu um grande desconforto percorrer seu corpo. Espartano engoliu em seco e não ousou refutar. Duda baixou a cabeça e lamentou, julgando que o homem havia perdido a razão. A discussão estava encerrada. Manes olhou para os dois companheiros e disse:

— Arrumem suas coisas, partiremos em poucos minutos. E você, moça, explique direitinho como chegamos lá pelo caminho mais fácil e mais curto!

CAPÍTULO 66

Cortez recostou as costas no muro chapiscado para tentar recuperar o fôlego, mas, nem bem tinha feito aquilo, uma súbita e inesperada explosão, a poucos metros, o fez voar a quase três metros de distância. Ele fez uma péssima aterrissagem, caindo de ombro no chão. A dor lancinante o fez praguejar em voz alta. Não era para menos: há alguns anos, ele teria efetuado um rolamento perfeito e escapado incólume do acidente. Levantou-se com dificuldade e olhou a seu redor. O mundo havia se transformado em uma ópera caótica. Ele não sabia o que estava acontecendo, mas uma coisa percebeu de imediato: se ficasse em campo aberto, estaria condenado.

Do outro lado da rua, viu um boteco, ainda com as mesinhas na frente. Ele calculou a velocidade, respirou fundo e disparou em uma corrida pela própria vida, cruzando a avenida movimentada, na qual veículos sem direção colidiam uns com os outros, centenas de pessoas estavam simplesmente estendidas no chão e outras tantas começavam a se transformar, contra todas as leis da natureza, em algo tão diabólico que só poderia ter nascido da mente pervertida de Belial.

Ele correu, forçando suas pernas ao extremo, e atirou-se dentro do bar, fechando uma portinhola externa de ferro e criando, assim, uma pequena barreira que o separava da rua. Um som vindo do interior o fez entrar em alerta e voltar suas preocupações para o que poderia haver lá dentro, em vez de para o que ele havia deixado lá fora.

Cortez pegou uma garrafa de cerveja vazia caída no chão, segurou-a pelo gargalo e a quebrou, criando uma arma improvisada. Com passos cautelosos, seguiu para dentro do bar sem saber o que encontraria, mas pronto para qualquer coisa. Mas, assim que viu a fonte do barulho, baixou a guarda e perguntou:

— Você está bem?

Ele havia se dirigido ao único presente no local, um homem mais velho do que ele, gordo e de avental azul — provavelmente o dono do lugar. Como se só tivesse notado a presença dele por causa da pergunta, o homem levantou a cabeça e falou:

— Bem? É o fim do mundo. Ninguém está bem.

Ele tinha uma voz grossa e bruta, que fez Cortez pensar em Clint Eastwood, embora fisicamente os dois não tivessem a mínima semelhança. O homem estava sentado no chão; na mão direita, trazia um enorme facão de cabo de plástico, do estilo daqueles que são usados em açougues para fatiar a carne.

Eles ficaram parados, olhando um para o outro por alguns momentos; então o outro se levantou, o que fez o velho se alarmar e dar um passo de segurança para trás. O dono do bar, contudo, passou reto por ele e deu a volta no balcão, pegou dois copos pequenos e uma garrafa de conhaque, servindo uma dose a ambos. E, enquanto o fazia, falava:

— Trinta e cinco anos juntos. Cinco de namoro e mais trinta de casados. Eu pretendia levá-la para fazer uma viagem e comemorar.

Ele ergueu o copo em sinal de brinde e o virou de uma só vez. Cortez, ainda desconfiado, aproximou-se e pegou a dose que era destinada a ele, imitando a ação do dono do bar. Assim que os copos ficaram vazios, o homem serviu outra dose e continuou:

— Eu amava aquela mulher, porra! Dá pra entender isso? De todas as pessoas que conheço, nenhuma teve um relacionamento feliz de verdade. Acho que isso é mais raro do que se possa imaginar. As relações eram sempre cheias de mentiras, traições, brigas e desconfianças. Um fica cansado da cara do outro, o assunto acaba, tudo vira enfado e a rotina sufoca a ponto de o relacionamento se tornar insustentável. Talvez o homem não tenha sido feito para uma relação de longa duração. Mas não eu! No meu caso, foram trinta e cinco anos bons de verdade. E o que fiz? Acabei de cortar a garganta dela!

Cortez seguiu com os olhos um pequeno rastro de sangue que desaparecia na lateral do balcão, onde havia uma porta que dava para os fundos do bar. O homem tomou sua dose e serviu uma terceira.

— Nunca achei que essa merda fosse, de fato, chegar!

— Que merda? — perguntou o velho.

— O Apocalipse, caralho! Que outra merda seria?

O homem virou o terceiro copo, o suor parecia se misturar às lágrimas que escorriam pelas maçãs de seu rosto:

— E agora o quê? Devo viver com o que fiz?

O dono do bar largou a faca e caminhou calmamente em direção à rua. Cortez pensou em impedi-lo, mas, na verdade, estava quase tão atordoado quanto o próprio homem. Então, ficou apenas a observá-lo enquanto ele abria o portão externo e ganhava o exterior. A avenida era grande e as pessoas corriam para todos os lados. Era uma visão de guerra, algo impensável bem no coração da cidade.

O homem fechou os olhos e fez uma prece rápida. Um ônibus vinha no sentido oposto, com um motorista completamente apavorado guiando em meio a um caos indomado que tomara conta de tudo a seu redor. O dono do bar viu aquele monstro de metal beirando o desgoverno vir em sua direção. Calmamente, deu um passo à frente, saindo da calçada para a rua. O impacto fez com que Cortez estremecesse mesmo de dentro do bar. Ele olhou a sua volta. Tudo estava vazio... morto! Engolindo em seco, também saiu, ainda sem saber para onde correr.

Cortez abriu os olhos com a claridade da manhã incidindo sobre seu rosto. Ele tentou se mover, mas foi imediatamente açoitado por uma dor lancinante, como a de uma centena de agulhas cutucando seu corpo. Homem forte que era, permitiu-se dar apenas um gemido enquanto movia o tronco entorpecido. Provavelmente, dormira a noite inteira naquela mesma posição. Olhou para a ferida e sentiu-se corroído de revulsão. A amazona havia feito o melhor trabalho possível, mas, ainda assim, ele parecia ter passado pelas mãos de um desossador ou um magarefe.

— Pra que bosta eu sirvo agora? — rosnou em voz alta.

Olhou para ambos os lados e não viu sinal de Zenóbia. Uma arma estava ao alcance de sua mão, depositada sobre o sofá. Ao seu lado, um bilhete que explicava tudo. Não que fosse necessário. Ele leu as breves palavras e exclamou:

— Porra, garota, você foi sozinha?!?

Como um velho lobo do mar ou um guerreiro com mais cicatrizes do que amigos, o batedor sentia consolo em conversar consigo mesmo, fazendo perguntas cujas respostas ele já sabia, em uma atitude típica das pessoas que ficam grandes períodos de tempo sozinhas. Do lado direito, a garrafa de pinga continuava sorrindo, a apenas alguns centímetros de distância. Ele olhou para seu conteúdo e riu. Ou ele havia bebido pra cacete, ou Zenóbia havia bebido pra cacete, pois a garrafa estava quase vazia. Era evidente que a primeira opção era a mais provável, a julgar pelo latejar em seu crânio.

— Bom, dizem que a melhor cura pra ressaca...

Ele não terminou a frase. Apenas estendeu o braço, ignorando a dor, agarrou a garrafa e, como se fosse a ação mais trabalhosa do mundo, girou a tampa de rosca, permitindo-se um longo gole.

"Parece metanol", pensou. "Que merda de pinga. Como eu consegui tomar essa porcaria ontem?"

O batedor ficou sentado por algum tempo, com a mente praticamente em branco, sem nada fazer, senão dar bons goles naquele líquido que descia queimando sua garganta. Não demorou muito para uma sensação de bem-estar invadir seu ser, aquela que apenas o álcool consegue oferecer — pelo menos nos primeiros momentos. De repente, nada pareceu tão ruim e até a dor em sua barriga diminuiu. Ele ergueu a garrafa como se oferecesse um brinde ao vazio e disse em voz alta:

— Eu não sei se Você existe, mas, se existir, faço um brinde. Parabéns pelo álcool! Tá aí uma bela invenção! E com mérito: por pior que seja o gosto desta bosta, cada copo que você toma fica melhor que o anterior!

A garrafa terminou, e o batedor achou que já era hora de parar de brincar. Pela posição do Sol, ele julgou que era bem cedo. Zenóbia havia saído em algum momento enquanto ele estivera desacordado, mas ele não saberia dizer se fora há cinquenta minutos ou há cinco horas. Ela podia estar viva ou morta, mas não cabia a ele esperar. Era prerrogativa de qualquer batedor cumprir sua missão em campo e, caso isso fosse impossível, lutar pela própria sobrevivência com todas as suas forças. Isso significava que Cortez não poderia checar o problema da energia elétrica sozinho — não naquelas condições. E significava, também, que ele não podia ficar parado esperando Zenóbia, que poderia simplesmente não retornar.

O velho levantou-se praguejando por causa da dor. Qualquer médico do planeta, mesmo o pior de todos, que tivesse se graduado na pior das universidades, com as piores notas e nunca tivesse exercido a profissão, diria que ele precisava repousar. Mas ele, como o bom guerreiro turrão que era, sabia que não podia.

O plano era simples. Na verdade, era o único que poderia dar algum resultado. Ele jamais conseguiria voltar a pé para o Quartel. Precisava de um veículo! Sendo assim, desceria até a garagem e tentaria fazer algum deles funcionar. Se desse certo, voltaria para casa; se não, morreria sozinho caído em algum chão empoeirado. Não havia meio-termo.

Ele reuniu o equipamento que Zenóbia havia deixado e, em meio à mochila, encontrou o rádio para comunicar-se com a comunidade.

— Droga, garota... — disse em voz alta.

Claro que ela havia deixado o rádio com ele, mesmo sendo explicitamente contra o regulamento um batedor estar em campo aberto sem rádio. Ele estava protegido no apartamento; ela havia saído. O rádio deveria estar com ela! Mas não, a amazona tinha que ser moralmente correta. Ele ralhou com ela e ficou bravo, porém, no fundo, estava aliviado. Havia chance de chamar a base e passar suas coordenadas. Quem sabe Cufu, Kogiro ou alguém poderia buscá-lo? Os rádios, que não dependiam de energia elétrica, ainda deveriam estar funcionais. Existia uma chance, afinal, de que ele ainda conseguisse sobreviver àquela desastrosa empreitada. Ligou o aparelho e chamou o Ctesifonte.

Estática.

Andou de um lado para outro do cômodo, sempre mantendo a pressão constante sobre a ferida na barriga com uma das mãos, contando com a pinga recém-consumida para ajudá-lo a suportar a dor, e buscou uma captação melhor (embora no fundo soubesse que isso não ajudaria). Tentou repetidas vezes com paciência diligente até que, enfim, obteve uma resposta, cheia de chiados altos e agudos, que agrediam o ouvido e mal permitiam discernir o que estava sendo dito. Ele estava a alguns quilômetros do Quartel e a recepção era terrível, mas, após uma série de palavras que pareciam jogadas ao acaso, identificou a voz de José.

— Câmbio, José, está na escuta? Aqui é Cortez!

Houve resposta, mas ele foi incapaz de entender o que estava sendo dito do outro lado, pois as palavras continuavam sendo cortadas. Havia, também, a estranha sensação de gritaria ao redor.

— Câmbio, José, repito, aqui é Cortez. Você está na escuta? Se estiver me ouvindo, eu fui comprometido. Preciso de resgate imediato. A missão fracassou, e Zenóbia está desaparecida.

Mais respostas sem nenhuma clareza, mas algo dito em meio a toda aquela estática deixou o batedor intrigado. Algo como **aque.

Poderia ser? *Ataque*? Não, evidente que não! Devia ser qualquer outra coisa, apesar da inflexão usada na frase.

— José, aqui é Cortez, por favor, preciso passar minha posição; requisito resgate imediato. Repito, eu...

Então, como em uma piada cruel feita pelo próprio Destino, uma anedota tão triste e insípida quanto zombeteira, a comunicação ficou clara. Não por muito tempo, apenas um pouco. Mas foi o bastante:

— Cortez? É você?

— Sim! Falhamos em restabelecer a eletricidade. Zenóbia está desaparecida e eu fui ferido. Preciso de resgate imedi...

— O Quartel foi comprometido!

Uma agulha no coração. A voz de José parecia puro desespero; não havia protocolo algum sendo seguido, apenas um homem em pânico.

— O quê? — a voz de Cortez era pura incredulidade.

— O Quartel foi comprometido. Fomos invadidos!

— Os contaminados entraram? Como?

— Não foram os contaminados. Foram eles! Os desgraçados estão matando todos. Eles...

Cortez ouviu ruídos de tiros e gritos de fundo.

— Eles? Quem são eles? José? Quem são eles? O que está acontecendo?

Satisfeito com sua zombaria, o Destino, mais uma vez, tirou do batedor o direito de comunicação e arremessou-o em um vórtice escuro e solitário. Cortez passou quase cinco minutos tentando restabelecer contato, antes de perceber que seria inútil. Concluiu que, mesmo que conseguisse falar novamente com a base, o que faria? O que ele, com as tripas recém-costuradas dentro da barriga, poderia fazer de onde estava? Algo acontecera com o Quartel na calada da noite, algo terrível. Um ataque?

O velho suspirou! A ferida no abdômen o impediria de lutar, mesmo que ele desse um jeito de voltar ao Ctesifonte. O mais sensato seria ficar ali e se recuperar. Talvez esperar Zenóbia ou tentar contato com Manes. Ah, se aquele rádio mal conseguia captar o Quartel, que estava relativamente próximo, quem diria falar com Manes, que estava em outra frequência e a centenas de quilômetros de distância. Sim, o mais sensato seria aguardar.

O mais sensato...

Nunca escreveram canções ou contaram histórias sobre sensatez. Apenas sobre louvor e bravura.

Cortez sorriu. A pinga havia acabado. Nenhum motivo para ficar. Ele respirou o ar matinal e disse em voz alta:

— Velho... Você já viveu demais.

Mover-se era uma dor lancinante, mas, depois de um tempo, até mesmo a ela era possível se acostumar. A porta do apartamento fechou-se atrás do batedor.

CAPÍTULO 67

Manes, Espartano e Júnior estavam a aproximadamente quinhentos metros de distância da Catedral. Eles haviam estacionado o carro ainda mais longe, em segurança, conforme as precisas instruções de Duda, e seguiam em frente como um destacamento das forças especiais, chamando o mínimo de atenção possível. O trajeto fora absurdamente lento; eles passaram por muita mata fechada, desviando de qualquer aglomeração de infectados. Quando a mata ficou escassa, evitaram as ruas abertas e transitaram pelo terreno das casas, cobrindo, assim, um bom pedaço do caminho. Chegaram a cortar duas quadras por um conjunto de telhados interligados. O cuidado e a lentidão se pagaram quando o trio avistou a enorme cúpula da Catedral elevando-se no horizonte.

— É maior do que eu pensava — disse Júnior.

— Sim — respondeu Manes. — Essa poderia ser a comunidade dos sonhos...

Espartano deu uma risada forçada, antes de emendar:

— Cinco mil pessoas juntas? Ainda estou para entender esse seu sonho!

Manes não respondeu. Já estavam virando costume as constantes provocações do colega, seguidas por seu silêncio. Júnior percebia a tensão se agravando gradativamente; ele a vinha percebendo desde que saíram do Quartel e se perguntou o que resultaria daquilo tudo. O líder ainda gozava de certo respeito — tanto que Espartano estava ali, contra a sua vontade, e continuava fazendo tudo o que lhe era solicitado. Mas quanto tempo aquilo ia durar? O que precisaria acontecer para que as tensões entre ambos atingissem um ponto de ebulição e, a partir de então, não tivessem mais volta? O silêncio de Manes era uma tentativa de evitar problemas, isso estava claro, mas aquele silêncio abria um perigoso precedente. Quantos capitães, nos tempos idos, poderiam ter evitado que suas tripulações se amotinassem, caso tivessem sido mais incisivos e ativos? Manes não era complacente, todos sabiam disso, e sempre que falava duro impunha respeito. Ainda assim, a relação entre ele e Espartano estava complicada, para dizer o mínimo.

Eles estudaram o terreno com cuidado. Havia diversas vias de acesso que desembocavam no enorme muro da comunidade, o qual até poderia ser pulado, mas quase todas as áreas estavam obstruídas por grupos de contaminados. Espartano ralhou:

— Duda não tava brincando. Há muitos infectados em volta dessa merda. Não vamos conseguir chegar sem sermos notados.

— Talvez. Com um pouco de sorte...

— Você não viu o que ela falou? Há gente de vigília o tempo todo. Eles nos verão chegando. Eles nos verão até mesmo a olho nu, tamanho é o privilégio daquela torre maior. — E Espartano apontou para a torre mais alta da construção. — Além de ser mais alta do que qualquer merda que tem por aqui, a própria Catedral fica num planalto. Reparou como estamos em um nível mais baixo do que ela e ali (ele apontou novamente), a norte e oeste, as ruas também parecem descer?

Claro que Manes tinha reparado; afinal, ele fora um estrategista militar em sua outra vida. Sua mente buscava recursos para o grupo penetrar a fortaleza sem ser notado, e o que parecia ser uma missão impossível aos olhos da dupla que o acompanhava, que, no fim das contas, era formada por dois civis, para ele era uma possibilidade real.

Eles haviam circundado um bloco completamente deserto e chegado até uma praça que parecia uma espécie de mirante. Ela tinha por volta de quinze metros de largura e mais de trinta de comprimento, porém havia sido construída em três níveis; o primeiro levava a um jardim, o segundo ao parquinho e o terceiro a uma área de lazer conjunta. No passado, deveria ter sido um belo lugar para relaxar, mas a degradação havia se apossado de tudo. Tinha bancos de cimento cobertos de limo, árvores com copas gordas cujas folhas secas caídas no chão criaram uma camada de compostagem que afundava quase até os tornozelos; o parquinho tinha um gira-gira e um escorregador, ambos enferrujados e com a pintura descascada, e os balanços de madeira já tinham desaparecido havia muito tempo, deixando no lugar apenas a estrutura de ferro e as correntes penduradas. Em um canto, algo que fora uma mesa de xadrez de alvenaria tentava respirar em meio à paisagem sufocante — tudo fora devorado pela mata que se erguera acima da altura dos joelhos. Embora fosse um local incômodo e perigoso, a praça oferecia a eles a cobertura ideal para que pudessem examinar seu alvo. O único ponto de acesso a ela era uma larga escadaria de concreto que se iniciava no nível mais alto (na rua de cima) e descia até o terceiro plano, no qual a praça culminava em uma encosta íngreme, que recortava uma estrada, há uns oito metros abaixo de onde eles estavam.

— Como sabemos se eles ainda não nos viram? — perguntou Júnior, preocupado.

— Não sabemos! — rosnou Espartano, com ares de sabichão.

— Eles não nos viram! — foi a resposta do líder, e sua voz pareceu tão convicta que nem mesmo o batedor rebelde ousou desafiá-lo. Após muitos segundos agachado na beira do pequeno platô, examinando o terreno, Manes, enfim, levantou-se e explicou:

— Estão vendo aquela rua ali? Ela desemboca naquela outra alameda. No tempo todo em que ficamos aqui, nenhum contaminado passou por ela, então suponho que ou ela está bloqueada em algum ponto além daquelas árvores, que não conseguimos ver daqui, ou por algum outro motivo eles simplesmente não vão para aquele lado com frequência. Seja como for, se passarmos por ela, poderemos chegar ao muro e... O que foi isso?

— Eu também ouvi! — falou Espartano, já sacando a arma. Manes fez um sinal rápido para que não atirasse. Júnior cochichou:

— E se forem vários?

— Shhhhh... — Espartano tentava escutar algo mais, porém apenas o vento assobiava entre os prédios desertos e as árvores, que pareciam ser as únicas testemunhas mudas da presença deles ali. Júnior não se deu por satisfeito:

— É sério, e se eles estiverem em muitos?

— Se eles estivessem em muitos, já teríamos escutado, Júnior. Agora cala essa boca!

Eles estavam no terceiro nível, de costas para o fim da praça, confiando na segurança do barranco para cuidar de sua retaguarda. Era possível ver a rua diante deles, no primeiro nível, bastante maltratada, com esqueletos de carros tapando parte da visão, muito mato crescido e um ângulo agudo que naturalmente bloqueava qualquer coisa que estivesse a mais de trinta metros de distância. De repente, um uivo estremecedor fez com que Júnior literalmente se encolhesse atrás dos outros guerreiros, falando:

— Fodeu! Puta merda, agora fodeu!

Ainda não havia contato visual, porém aquele primeiro uivo foi ecoado por vários outros e, em poucos instantes, uma pletora de vozes espalhou-se pela rua. Espartano fez um ligeiro sinal para o líder, mostrando a arma. Manes fez um sinal discreto de negação e aconselhou:

— Só em último caso. Talvez os vigias ainda não nos tenham percebido.

Então, sem o menor aviso, os monstros dobraram a esquina. Correndo no desvairo característico de sua espécie, com os olhos vermelhos e a pele pálida. À luz do Sol, a epiderme se tornava algo ainda mais grotesco do que quando suas imperfeições eram ocultadas pela noite. A pele parecia enrugada, sebosa, e formava vincos grossos em quase todos os pontos de articulação do corpo. Ela parecia escamar, porém não como uma cobra escama e troca de pele, nascendo mais portentosa do que antes, mas escamar na forma de feridas purulentas. O cheiro forte chegou às narinas de Júnior antes mesmo das criaturas, que foram recebidas de peito aberto pelos dois batedores.

— Contei oito! — gritou Espartano, desviando-se de um ataque malfeito e eviscerando o primeiro do grupo; o mais veloz, que chegara bem à frente dos demais.

— Se vierem mais, vai dar merda! Protege o flanco!

Imediatamente, Espartano assumiu a posição que seu líder mandara, a qual fora treinada exaustivas vezes no Quartel, sob a supervisão de Kogiro. Ao se protegerem daquela forma, eles limitavam a movimentação um do outro, por terem que ficar mais plantados no chão, porém, ao mesmo tempo em que conseguiam proteger Júnior (qualquer contaminado que quisesse pegá-lo teria primeiro que furar a barreira criada pelos dois), podiam também cuidar um do outro.

Era sempre um risco lutar daquela maneira. O batedor vira menos a cabeça, pois confia completamente no colega, e parte da visão periférica se perde para que ele possa se concentrar no que vem na sua direção. Entretanto, por mais que os dois guerreiros tivessem desavenças, fossem graves ou não, no momento do combate todos eram leões. E cada um protegia o outro com a própria vida.

Os uivos, vindos de além do campo de visão deles, começaram a ficar ensurdecedores. Júnior, assistindo à luta de camarote, engoliu em seco ao ver mais dois contaminados dobrarem a esquina e, imediatamente depois, outros três.

— Treze! — gritou ele, não sabendo se aquilo ia ajudar os dois ou não. — Treze, eles estão em treze! Não... catorze!

Manes percebeu um retardatário chegando por último. Seu facão já havia bebido o sangue de três, e Espartano deixara mais quatro caídos, mas a situação se agravava com velocidade.

— Droga, essas merdas de uivos vão atrair a cidade inteira pra cá!

Como que movido pela urgência das palavras do líder, Júnior aproximou-se da extremidade da praça e deu uma olhada para baixo, percebendo que o barranco era tão íngreme quanto alto, mas podia ser descido. Ele berrou com força, percebendo que estava sem fôlego:

— Manes! Dá pra descer por aqui.

O líder não conseguiu olhar, porém sabia a que o técnico se referia. Talvez fosse a única chance deles, de fato. De repente, enquanto sua mente pregou-lhe uma peça ao distraí-lo da batalha, um infectado conseguiu agarrar seu braço no meio do movimento e imobilizá-lo, puxando-o com violência como se quisesse destroncá-lo, arrancá-lo inteiro do encaixe do próprio ombro. Manes começou a puxar de volta desesperadamente, mas não conseguia se soltar da firme pegada da criatura, que tentava abocanhá-lo. Com a perna direita, ele desferiu um chute lateral usando a faca do pé diretamente contra o joelho do oponente. Até mesmo Júnior, que estava a quase dois metros de distância, escutou o barulho que os ossos esmigalhados fizeram. Mas a criatura não o soltou. E como um Saci saído do Inferno, saltitando em uma perna enquanto a outra jazia como um pedaço de carne morta, mole e pendurada, o infectado prosseguiu em suas tentativas de mordê-lo, obrigando o batedor a usar as duas mãos e abrir a guarda, segurando a cabeça do monstro pela testa com a mão livre. Espartano percebera que seu líder estava em apuros, mas ele tinha suas próprias dificuldades, e o grito de Júnior não ajudou em nada:

— Dezessete! Fodeu! Fodeu bonito!

Eles estavam surgindo em velocidade maior do que caíam. Logo, a situação tornou-se um verdadeiro pandemônio.

Um deles furou a proteção. Era uma criatura magra e mirrada, talvez tivesse por volta de dezessete ou dezoito anos; ele passou pelos dois batedores, aproveitando sua pequenez, que, naquela situação, fora uma vantagem, e investiu contra Júnior, que caiu de costas no chão, tendo tempo apenas para segurá-lo pelos ombros, evitando a qualquer custo as mandíbulas que se fechavam no ar; os barulhos dos dentes batendo firmes, levando-o a estremecer.

Outro furou a barreira, mas esse não foi contra Júnior, mas agarrou Manes pelas costas, desferindo uma poderosa mordida sobre seu músculo trapézio. O líder gritou, sentindo a pressão do ataque, enquanto as garras do demônio fincavam-se em sua barriga e tentavam lacerá-lo. Imediatamente, ele deu uma cabeçada para trás, acertando em cheio o nariz do infectado, que titubeou. Foi quando um disparo explodiu a cabeça da criatura que o mordera, arremessando-a um metro para trás e cobrindo o batedor com um jato de sangue marrom. Furioso, Manes berrou para Espartano:

— Caralho! Eu falei pra não atirar!

— Não fui eu, porra!

De repente, outro disparo acertou a criatura que estava sobre Júnior. O tiro entrou exatamente na região da moleira, e o técnico sentiu uma cascata virulenta cair sobre seu rosto, uma mistura gosmenta de sangue e cérebro. Um terceiro tiro libertou Manes do Saci que se agarrara a seu braço. Júnior levantou-se de imediato e olhou, por instinto, para a direção de onde o disparo havia vindo, a tempo de ver, ao longe, na torre da Catedral, uma fumaça saindo, característica do disparo de um rifle. Enquanto os batedores acabavam com os remanescentes, ele alertou:

— Os tiros estão vindo da torre!

— Tem certeza? — perguntou Espartano.

— Absoluta!

— Então...

O batedor não disse mais nada, apenas sacou seu revólver do coldre e despejou uma série de tiros certeiros, derrubando como pinos de boliche todos os contaminados que estavam na sua frente. A eficiência do ataque fez com que Júnior se arrepiasse, e o próprio Manes arregalou os olhos ao ver cinco contaminados caírem em apenas três segundos. Era uma proeza, mesmo não sendo necessário fazer grande mira; afinal, os disparos haviam sido todos à queima-roupa. Sem se dar conta de que desempenhara um movimento admirável, Espartano acomodou a arma no coldre do peito e virou-se para Manes, perguntando com seriedade:

— Você foi mordido?

O líder passou a mão por dentro da camiseta, como se a pergunta o tivesse lembrado instantaneamente do ocorrido e da dor que vinha junto, e então respondeu:

— O equipamento segurou!

— Tem certeza?

Manes mostrou a mão que passara sobre o local mordido, indicando que não havia sangue:

— Tenho!

Súbito, novos uivos imprimiram urgência ao trio:

— Mais deles, caralho! E agora? Vamos descer? — indagou Júnior.

Manes, percebendo pela distância do som que eles deviam estar bem próximos, talvez a uns quarenta metros, ordenou:

— Não temos alternativa. Esqueçam tudo o que disse antes. Vamos descer pela encosta. O negócio vai ser seguir em linha reta até o portão de entrada da Catedral, correndo que nem o diabo!

Espartano protestou:

— Como assim, em linha reta?
— É o caminho mais curto!
— Mas tem dezenas de contaminados no meio, porra!

Como se tivesse perdido a paciência, Manes deu um passo à frente, colando seu corpo ao do batedor e, segurando-o violentamente pela camisa com uma das mãos. Apontou para a torre com a outra, que ainda portava o facão gotejante:

— Tá vendo aquela merda? Tem algum filho da puta lá que vai nos dar cobertura!
— Como você pode ter certeza disso?
— Eu não tenho, caralho. Mas vou confiar no bom senso do fulano. Ele atirou bem até agora, não atirou?
— E se o cara ficar sem balas?
— Aí cada um enfia a arma no próprio cu e dispara, porque vamos morrer antes de chegar até a Catedral. Mais alguma pergunta, caralho? Quer encostar no *drive thru* e pedir um milk-shake agora, ou podemos ir?

Júnior já conseguia escutar os passos dos contaminados, de tão próximos que estavam. Dessa vez, pelo volume, não seria pouco mais de uma dúzia, mas muitos, muitos mais!

— Vamos nessa, gente. Por favor...

Manes largou Espartano, decidindo dedicar-se a pensar na necessidade de salvar a vida de todos. Correu até os limites da praça, olhando para baixo.

— Não dá para ser sutil. Vamos descer correndo e pronto.
— Correndo? Eu vou descer rolan...

Júnior não terminou a frase. De repente, sentiu um firme empurrão do líder, e o mundo rodopiou a sua volta. Ele quicou sobre raízes duras e terra roxa, rolou por cima de folhas secas e capim, passando a própria cabeça por cima do traseiro, antes de ter a desagradável sensação de o corpo aterrissar contra uma superfície rígida de asfalto, quase uma dezena de metros abaixo. Ele sabia o que havia acontecido. Manes o empurrara pela ribanceira. Mal havia se recuperado da queda quando sentiu seu braço ser fisgado por uma pegada forte. O líder estava em pé ao seu lado, levantando-o. Espartano permanecia de costas, dando cobertura. A dupla descera tão rápido e com tamanha agilidade, que o técnico nem viu:

— Levanta, Júnior. Agora!

Como eles desceram sem rolar, Júnior jamais saberia. Era certo que os dois guerreiros natos tinham alguns atributos físicos que ele não tinha — pelo menos essa foi a única conclusão a que ele pôde chegar. Ainda tonto pela queda, o técnico viu-se correndo desenfreadamente por uma avenida larga de mão dupla, com casas de ambos os lados e um canteiro central que abrigava coqueiros em intervalos regulares. Das laterais, grupos enormes de contaminados começavam a fechá-los.

— Corre. Não para!

A voz de Manes era vigorosa e imperiosa. Júnior olhou para a frente e viu que havia pelo menos duas dúzias de contaminados entre eles e a Catedral. Sem opção, o trio corria diretamente na direção deles, arremetendo contra toda a lógica, como os exércitos costumavam fazer uns contra os outros em batalhas campais na Idade Média. As criaturas eram as únicas coisas que estavam entre os batedores e a segurança dos muros altos da Catedral. Ainda assim, Júnior sentia como se estivesse indo para seu calvário. Uma olhadela para trás revelou que mais do que o triplo de contaminados estava em seu encalço, surgidos de todos os lados: ruelas laterais, de dentro das casas, das esquinas, apenas encorpando as fileiras de seres abismais. Manes continuava ordenando que todos corressem, mesmo indo de encontro àquela massa disforme. De repente, um novo tiro derrubou o primeiro contaminado que se aproximara demais. O barulho da arma fora distante, e, quando Manes e Espartano disparavam, Júnior conseguia ver a nítida diferença de um tiro dado próximo dele daqueles que estavam vindo da torre.

O contato era iminente. Apenas poucos metros separavam o trio dos contaminados. A batalha seria feroz. Manes apertou firmemente o cabo de seu facão e pensou nos lábios de Zenóbia. A imagem o fez sorrir, e ele percebeu que não tinha a menor intenção de morrer ali. Outro disparo repentino derrubou mais um contaminado do rol e, então, uma saraivada de tiros, evidentemente desferida não apenas por uma única sentinela, abateu-se sobre o grupo de infectados que se interpunha no caminho dos batedores.

O grito de Espartano confirmou o único medo que Manes teve naquele instante. Ele olhou rapidamente para o lado e viu o colega batedor pressionar o braço esquerdo, enquanto um grosso filete de sangue escorria por entre seus dedos. Espartano, ao perceber a preocupação do líder, berrou:

— Eu estou bem. Foi de raspão.

— Atiraram em você? — Júnior estava sem fôlego e não tinha a menor ideia do que é que o impelia a continuar correndo.

— Não, porra! Atiraram neles. E uma bala pegou em mim. Corre e cala a boca, moleque!

O caminho havia sido aberto pelas sentinelas. O trio pulou por cima de corpos caídos em vez de uma barreira humana de monstros, mas a segurança ainda não era certa. O portão da Catedral estava a poucos metros de distância. Era uma portentosa grade de ferro dupla, com mais de três metros de altura, que, de repente, abriu uma fresta, permitindo a saída de um grupo armado. Os jovens, pouco mais velhos do que Júnior, vestiam uma roupa caseira e malfeita que emulava as vestes dos antigos templários, usavam capacetes de motociclistas e portavam armas antigas e enferrujadas, porém funcionais. Eles gesticularam freneticamente para que o trio se apressasse e, como se sua mente guardasse lacunas de todo o ocorrido, registrando apenas alguns momentos — talvez pela falta de oxigenação —, Júnior mal se deu conta de já estar em segurança, sentado no chão da Catedral, forçando-se a respirar um oxigênio que se recusava a vir.

Ele olhou para Manes e Espartano; ambos pareciam cansados, porém não relaxaram enquanto o portão que se fechava atrás deles não estivesse cem por cento seguro. Júnior achou que fosse vomitar e, depois, que fosse desmaiar, mas não fez nem um, nem outro. O cheiro do sangue contaminado sobre si, contudo, o nauseou, e, ao passar a mão sobre a testa, ele percebeu que havia pedaços de algo nojento sobre ele. O que era não quis saber; apenas limpou o máximo que pôde com as próprias mãos.

Então, Manes e Espartano estavam sentados a seu lado. O grupo de sentinelas armados que tomava conta do portão era bem grande — mais de trinta pessoas —, mas embora a grade de ferro que os guardava do exterior fosse vazada, ninguém atirou contra os contaminados que se aglomeravam do lado de fora e estendiam as mãos ameaçadoramente pelas aberturas entre as grades, tentando agarrar algo além do vazio com suas garras pútridas e infecciosas. Manes sorriu de forma inesperada por detrás daquela máscara marrom que se tornara seu rosto e disse:

— Conseguimos!

CAPÍTULO 68

Zenóbia limpou o suor da testa e encostou na parede da ruela estreita que encontrara, tentando recuperar o fôlego. Já fazia muito tempo desde a última vez em que ela estivera só nas ruas; seguramente desde que chegara ao Quartel, jamais excursionara sozinha. Sempre em duplas, no mínimo em duplas — esse era o lema de Manes. Quando se está sozinho, é necessário dobrar a cautela, olhar para trás e para os lados com a mesma frequência com que se olha para a frente — o que é algo bastante capcioso de ser feito. O que parece atenção plena pode se tornar um lapso de um instante para o outro, caso o batedor se descuide. E, mesmo com todos os cuidados tomados, mesmo que o avanço seja furtivo e cauteloso, executado com esmero e perfeição, ainda assim existe o risco de algo dar errado. E, quando não há ninguém cobrindo suas costas, o erro se transforma em desastre em uma fração de segundo.

Foi o que aconteceu com ela.

Tendo percebido que consertar o problema da energia estava além de sua capacidade, Zenóbia saiu da estação de força disposta a retornar ao túnel o mais rápido possível, recuperar a motocicleta e partir para o Quartel. Ela não sabia o que estava acontecendo por lá, mas era claro — por mais penoso que fosse — que não se tratava de um ataque de contaminados, mas sim de pessoas. Um ataque deliberado e maquiavélico. Parecia uma proposição irreal, mas, depois de Dujas, ela era capaz de acreditar em qualquer coisa.

Infelizmente, suas intenções foram barradas pela realidade. Três infectados obstruíam sua passagem na saída da subestação. Um deles parecia bastante velho e desgastado, e outro era gordo e lento. Eles não representariam problemas. O terceiro, contudo, era um gigante de quase dois metros de altura, com peitoral taurino, juba de leão e garras no lugar de mãos. Ainda assim, era algo com o que ela poderia lidar. Não facilmente, mas poderia lidar. Se não fosse, é claro, pelos uivos.

— Malditos demônios barulhentos!

Ela resmungou bem em meio à batalha, quando seu facão rasgava a jugular do gigante e ele se juntava aos cadáveres dos outros dois que jaziam aos pés da batedora. Não muito ao longe, seus ouvidos captaram o barulho da correria. Era um grupo grande, possivelmente o mesmo grupo que os havia perseguido havia pouco no túnel e que ainda estava nas redondezas. Ficar e lutar seria suicídio; correr era a única opção. Desde então, ela passou as últimas horas fazendo exatamente o que não pretendia: correndo e se escondendo, lutando, matando um ou dois, correndo novamente e se escondendo, lutando e correndo... Um ciclo que parecia interminável e se estendeu até o raiar do dia e a chegada abençoada da manhã.

Zenóbia havia rodado tanto que não sabia onde estava. Ela foi obrigada a fugir a esmo, cruzar algumas ruas que não conhecia e, inadvertidamente, afastou-se de seu objetivo. O rádio havia sido deixado com Cortez, mas, mesmo assim, é provável que ele se provasse inútil. Quem lhe responderia? Quem lhe daria coordenadas? Quem viria em seu socorro?

A amazona estava por conta própria. E, para piorar, ela mal sabia onde estava agora!

Seu estômago roncava de fome e a fraqueza se abatia sobre seus músculos, que estavam em frangalhos por causa do estresse, da falta de sono e do esforço físico que as últimas horas haviam exigido. De repente, algo chamou sua atenção. Parecia o reflexo do Sol em um espelho, vindo de uma janela do outro lado da rua. Ela olhou intrigada e fez uma "cabana" com a palma da mão sobre os olhos para tentar identificar o que era. De fato, um vulto enviava sinais da terceira janela do prédio imediatamente à frente da ruela em que estava. A figura, envolta em roupas pesadas e usando um capuz, fazia sinais claros para que ela fosse em direção ao prédio, mas a batedora hesitava. Não lhe agradava meter-se em um terreno desconhecido àquela altura do campeonato. A última vez em que ela entrara na casa de um desconhecido daquela forma foi no Dia Z, em meio a toda aquela confusão e balbúrdia, e o resultado havia sido desastroso, garantindo-lhe um dia inteiro com a família de O *massacre da serra elétrica*. De outro lado, a possibilidade de uma refeição quente e de um pouco de descanso após toda aquela correria, além de um aliado em potencial, era muito atraente, dadas as circunstâncias.

Zenóbia achegou-se aos limites da ruela, ainda com as costas na parede, e colocou apenas o bastante da cabeça para fora para que pudesse espiar de ambos os lados. Caminho livre. Decidida, ela disparou para o edifício, cobrindo os poucos mais de dez metros que a separavam da fachada com a rapidez de uma velocista profissional. O portão era baixo, apenas dois metros de altura, e ela o venceu com facilidade. A porta da frente, que dava para o saguão de entrada, estava aberta; era momento de ser cuidadosa.

Ela checou o revólver e viu que tinha apenas quatro balas restantes. Toda a munição que tinha levado consigo havia sido gasta ao longo das últimas extenuantes horas. Empunhando a arma com os braços flexionados em um ângulo de noventa graus, ela subiu o lance de escadas em caracol de forma tão rápida quanto sorrateira, porém sem descuidar-se nem por um segundo.

Ao chegar ao terceiro andar, desembocou em um corredor estreito e escuro, com portas de ambos os lados. Na extremidade esquerda, uma delas se abriu, permitindo que o local fosse inundado por uma tênue luminosidade. Ali, emoldurada pela porta, a figura que a chamara da janela fez novamente um sinal para que ela se aproximasse. A batedora seguiu cautelosa, passo após passo, mantendo o olhar fixo na silhueta delineada. Não era possível perceber muitos detalhes, porém a figura não parecia muito volumosa: tinha por volta de um metro e sessenta e cinco de altura e continuava coberta por capotes pesados, que ocultavam suas feições.

— Vem... Vem...

Ela falou, e Zenóbia percebeu que era uma voz feminina, bastante abatida. À medida que a amazona se aproximou, a silhueta foi para dentro do apartamento, abrindo caminho para a entrada da convidada, mas mantendo-se à vista.

A batedora parou nos limites da porta e, antes de entrar, examinou minuciosamente o ambiente. O apartamento exalava um cheiro de mofo, porém ela não captou o tradicional odor putrefato dos contaminados. As paredes eram de uma coloração alaranjada, e, bem ao lado da porta de entrada, havia um crucifixo de madeira pendurado. O chão era acarpetado, rasgado em várias partes, mas tudo parecia asseado dentro do possível. Ela deu um passo para dentro e teve um vislumbre melhor da sala, com uma mesa de centro para seis pessoas, um sofá de canto, uma estante com uma televisão antiga, vasos com flores mortas e diversos outros móveis que, no conjunto, tornavam a sala tremendamente atulhada.

A figura continuava gesticulando de forma nervosa para que Zenóbia entrasse e repetindo, com aquela voz que parecia um pio de passarinho: "Vem... Entra...". Sem dar as costas para sua anfitriã, Zenóbia empurrou a porta do apartamento com o pé e deixou-a bater pesadamente atrás de si. O barulho tremendamente alto na quietude da cidade pareceu sobressaltar a figura, que encolheu os ombros e congelou na posição em que estava, como se estivesse a escutar. A batedora sentiu a súbita mudança na atmosfera e a tensão que aquela ação causara, mas, após alguns instantes, a figura voltou a falar:

— Barulho ruim... Atrai eles... Vem, senta...

Ela falava de forma pausada e irritante, usando imperativos errados e orações curtas. De alguma forma, não parecia certo... Era algo que parecia forçado, exagerado. Seus maneirismos, mesmo encobertos por aquelas vestes pesadas, eram muito frenéticos, e Zenóbia logo percebeu que a figura se tratava de alguém que tinha desaprendido a lidar com o contato humano. Ela se sentou no sofá e fez sinal para que a batedora a acompanhasse, dando tapinhas na almofada ao seu lado.

— Eu fui Patrícia Sinclair... Eu sou Lilith Aquino... Qual é seu nome, minha flor?

"Ótimo. Mais uma maluca", pensou Zenóbia.

— Tire o capuz, mulher. Quero ver com quem estou falando.

A outra obedeceu. Os olhos de Zenóbia encontraram uma linda mulher, com cabelos pretos e lisos, divididos ao meio, que chegavam até pouco abaixo dos ombros em um fio só. Seu nariz era afilado e formava um ângulo reto e agudo; os lábios eram finos e delicados, assim como as sobrancelhas — apenas um filete de pelos, à moda antiga. Os olhos da mulher eram redondos e amendoados, com longos cílios e maquiagem pesada. A amazona mirou fundo dentro daqueles olhos, tentando discernir o que via, mas recebeu apenas vazio em resposta.

— Não precisa disso aqui... — disse a figura, referindo-se à arma nas mãos da batedora.

— Veremos! Onde estou? Que região da cidade é esta?

— Você está na casa de Lilith... Bebe algo?

A batedora não estava nos seus melhores dias. Pouco disposta a gentilezas e sem esquecer-se das urgências que a aguardavam, pulou uma almofada do sofá, sentando-se bem próximo da mulher e, sem largar a arma, segurou-a pela blusa, rosnando:

— Ouça aqui, moça. Você pode até ser alguém legal. Para mim parece uma baita maluca, mas pode até ser legal. Só que não me importa, ouviu? Preciso que você coopere comigo agora, porque duzentas e cinquenta pessoas estão em perigo neste exato instante. — Ela colou a arma debaixo do queixo da mulher. — Você vai responder a tudo o que eu perguntar e vai me ajudar, ficou claro?

Zenóbia já havia visto uma dezena de vezes uma arma ser apontada para o rosto de uma pessoa, e a reação era sempre a mesma. Por mais durona, a vítima jamais deixava de exprimir uma reação, por menor que fosse. Afinal, saber que sua vida está dependendo do pressionar de um gatilho não é algo à toa. No entanto, aquela mulher não demonstrou absolutamente nada. Sua reação não foi de espanto, medo, surpresa, raiva, nem qualquer outra que pudesse ser esperada; muito pelo contrário: os olhos continuaram vazios, e aquilo assustou a amazona mais do que os próprios contaminados que a perseguiram ao longo da noite. Vista mais de perto, a mulher parecia um fantasma, com a pele pálida pela falta de Sol, os ossos malares escavados de tão magra que era e aquele olhar inerte, o qual não se alterou nem mesmo quando um sorriso forçado foi esboçado, tão sem vida quanto todo o resto.

— Eu disse... Não precisa disso... aqui!

A voz foi álgida, e Zenóbia sentiu necessidade de se afastar de sua anfitriã, como se o próprio contato com aquele corpo pudesse contaminá-la. Ela se levantou, falando:

— Isso foi um erro.

— Não... Não foi um erro... Foi acerto! Fique. Descanse... Tome água!

— Não quero merda de água nenhuma! — Ela estava morrendo de sede e fome e precisava descansar, mas a situação beirava as fronteiras do surrealismo, e a batedora não conseguia se desvencilhar da sensação de que estava em perigo.

Sem aviso, a outra se levantou de supetão e tirou a pesada blusa que cobria seu corpo. Quando fez isso, Zenóbia se assustou e, trêmula, chegou a apontar o revólver para ela (não entendia o motivo, mas estava com medo). Novamente, Lilith ignorou o fato de ter uma arma apontada para ela e apenas continuou o que estava fazendo. Por baixo da blusa, vestia uma camisa de seda preta, com bojo rígido, que lhe deixava os braços nus. Ela trazia um longo colar repleto de pedras coloridas, que passava a linha da cintura. O decote do vestido mostrava os ossos do seu esterno magro e os ombros pontiagudos.

— O que você está fazendo? — gritou a batedora.

— Estou à vontade... Você, à vontade... Tudo fica certo assim.

Súbito, Zenóbia deu-se conta de que algo havia mudado drasticamente. Lilith estava realmente à vontade e relaxada, ao passo que antes, até o momento em que ambas entraram no apartamento, seus gestos e movimentos eram frenéticos e nervosos. Seu discurso mudara, a gramática, as inflexões na voz... Era como se ela estivesse tentando ganhar a confiança da amazona. Como se estivesse tentando deixá-la mais confortável, criando um ambiente mais caloroso. Não era algo dito, mas que podia ser sentido num nível elementar. Sim, uma sensação — alarmada pelo constante sentimento de que algo estava fora do lugar ali. O coração de Zenóbia disparou e sua garganta deu um nó, e ela foi dominada pela repentina urgência de deixar aquele lugar onde nada se encaixava.

De repente, um violento golpe lançou-a contra o chão. Desferido traiçoeiramente pelas costas, vindo de uma direção indeterminada, o mundo tornou-se uma explosão de cacos de luz, um barulho de algo se espatifando e uma quase inconsciência abateu-se sobre a batedora. A arma voou aos pés de Lilith, que a apanhou de imediato, o que Zenóbia, de quatro no chão, conseguiu ver apenas de rabo de olho. Desorientada, suas mãos buscavam no vazio algo em que se apoiar, e seu escalpo pareceu úmido e quente: na verdade, tinha uma chaga aberta pela força da pancada.

— Ela ainda está consciente. Acerta de novo!

A voz de Lilith não tinha nada de pausada e comedida agora. Soou como um estouro, energética e firme, quase como um rosnado.

— Calma, ela não vai se levantar.

Aquela outra era uma voz masculina, vinda de trás da batedora. Certamente o desgraçado que a havia golpeado. Zenóbia tentou girar o pescoço na direção do som, porém, assim que olhou para trás, sua vista, enxergando tudo em dobro, deu de encontro com o solado de borracha de uma bota descendo contra seu rosto. E foi a última coisa que viu!

CAPÍTULO 69

Cortez levou um bom tempo para conseguir descer até o andar térreo. Ele havia dormido bastante, mas seriam necessárias mais do que algumas horas de sono para que seu corpo se recuperasse da enorme agressão que sofrera. Ele já não era jovem como antes, e o desgaste estava cobrando um alto preço. Carregar o equipamento também era um problema; quando se está no auge da virilidade, o peso das armas e das mochilas parece não importar. As lâminas são empunhadas como se o braço jamais fosse ficar cansado, e o vigor das pernas parece capaz de empreender uma viagem à Lua e voltar. Mas àquela altura, embora Cortez tivesse envelhecido bem e fosse saudável, ele não era mais nenhum garotinho e seu corpo fazia questão de lembrá-lo disso.

A ida à garagem não havia dado fruto algum. Ele perdera um tempo precioso e se esforçara bastante checando alguns veículos (em péssimas condições), antes de concluir que não havia nada ali que pudesse ser aproveitado. Além disso, não havia luz nem ferramentas para auxiliá-lo, de forma que ele logo voltou à superfície.

A luz do dia o fez premer os olhos e erguer a mão para proteger um pouco o rosto. Estava uma bela manhã. Ele olhou para seu abdômen e notou que a ferida voltara a sangrar; o líquido escorrera e havia pintado suas calças até a altura dos joelhos. Ainda havia tempo de desistir de toda aquela estupidez, dar meia-volta e abrigar-se na segurança do apartamento. Mas o mero pensamento de retroceder o fez ter um arrepio:

— Cortez — disse ele em voz alta, tratando a si próprio na terceira pessoa —, não tenha ilusões. Você não vai sair daqui vivo. Não tem como.

Um "grilo falante" em seu ouvido implorava que ele voltasse atrás naquela decisão, mas qual seria o ponto? Nada se resolveria. Se ele decidisse ficar no apartamento, o que poderia esperar? Aguardar um socorro que provavelmente jamais chegaria? Ninguém do Quartel iria buscá-lo. Ele nada sabia de Zenóbia. E Manes estava a centenas de quilômetros de distância. Isso sem contar que o passar do tempo não tornaria as coisas mais fáceis; se ele já estava fraco naquele momento, o que diria dali a alguns dias, quando estivesse debilitado não só pela ferida, mas também pela falta de comida e água?

Na verdade, ele concluiu que qualquer decisão era boa. Não existe certo, não existe errado. Existe apenas o que um homem quer fazer. E, naquele instante, o batedor *queria* seguir em frente!

A rua estava deserta. Ao lado da entrada, o cadáver de um contaminado jazia estendido, parcialmente devorado. Provavelmente Zenóbia o havia matado ao sair, imaginou Cortez ao ver a garganta cortada, e os "companheiros" dele fizeram o resto do serviço. O túnel estava a apenas alguns metros de distância, e do portão, era possível enxergá-lo. E se a motocicleta ainda funcionasse? Naquela loucura toda da noite anterior, não foi possível avaliar a extensão dos danos causados pelo acidente. Decerto, era a melhor chance do batedor; melhor até do que ter tentado fazer funcionar algum veículo parado há anos na garagem.

O velho levou bastante tempo para transpor sozinho as grades do prédio. Chegou um momento em que o esforço foi extenuante e, por pouco, ele não voltou atrás. Enfim, seus pés tocaram o chão da calçada, aquecido pelos raios diretos do Sol.

Ele caminhou incerto, titubeando e mancando, deixando um rastro de gotas de sangue por onde passava. Olhava para ambos os lados sem parar, respirando pela boca, mantendo o corpo ligeiramente curvado e uma mão pressionando o ferimento. "O que estou fazendo?", perguntava a si mesmo, mas, quase simultaneamente, obtinha uma única resposta: "Cansado... Estou muito cansado...".

Era isso, então? Há um momento em que as pessoas simplesmente se cansam da vida?

Cada passo era uma nova pontada em sua barriga; as pernas estavam pesadas e se arrastavam pelo asfalto sujo e rachado, mas, enfim, ele chegou à boca do túnel. Os corpos da batalha do dia anterior estavam todos lá, estirados — alguns mordidos, outros intactos, mas a maioria completamente dilacerada. Largados uns sobre os outros em posições não naturais, mortos com as bocas abertas, membros retorcidos e olhos esbugalhados, sendo tostados pelo calor matutino. Era como se uma horda de abutres famintos tivesse passado por ali. O cheiro podia ser sentido a muitos metros de distância, e o chão cinza havia recebido uma demão de tinta marrom — o sangue amaldiçoado, agora petrificado como âmbar pelo Sol a pino.

A motocicleta estava ali, alguns metros dentro do túnel, porém à vista, na mesma posição em que ele e Zenóbia a haviam deixado. Parecia altamente danificada, com o guidão torto, aros quebrados, tanque amassado e sabe-se lá o que mais. Se ela funcionaria ou não, só testando para saber. Contudo, antes que Cortez avançasse mais um passo em direção ao túnel, um pressentimento que lhe mandou calafrios espinha abaixo o fez se virar. Era uma espécie de sexto sentido, partilhado por todos aqueles que são expostos por muito tempo a situações extremas, um sentido que alerta sobre a presença do perigo. Ele é conhecido pelos animais que precisam dividir as selvas com predadores; por presidiários que vivem seus dias encarcerados com o que há de mais vil e torpe na espécie humana; por soldados versados na arte da guerra e que dela conhecem mais do que gostariam. No mundo do Apocalipse, a maioria das pessoas que havia sobrevivido partilhava de tal sentido.

Cortez virou-se e deparou com uma criatura. Ela estava lá, parada a alguns metros de distância: um contaminado de olhos ferozes, totalmente nu, exceto por um retalho de calça que ainda permanecera em volta de sua cintura, mesmo após todos aqueles anos. Seu pescoço pendia horrendamente para o lado, como se estivesse quebrado, com a orelha colada no ombro, a boca torta e escancarada, deixando escapar um filete de baba que chegava até a altura do peito. A criatura era alta, pelo menos um palmo maior do que Cortez, e bastante magra e desconjuntada, de forma que as costelas podiam ser divisadas por debaixo da pele. Suas mãos eram grandes como raquetes de tênis, e os cabelos tinham desaparecido do crânio havia muito tempo. Ele tinha uma enorme cicatriz que começava no topo do crânio e descia pela lateral da face, passando por sobre o olho esquerdo e terminando no meio da bochecha. A pele cinza e calcinada, tão pálida que nem mesmo quatro anos de exposição ao Sol foram capazes de bronzear, transmitia uma sensação de evasão, de separação, de negatividade. Era como se um nevoeiro tivesse grudado na pele de um ser humano e se recusado a soltá-la, impregnando-a de um angustiante senso de tristeza e isolamento. Os olhos do monstro eram ligeiramente diferentes daqueles que Cortez estava acostumado a ver; em vez de globos vermelhos, como se fossem feitos de pura hemoglobina, aqueles olhos eram de um branco leitoso, estriados com dezenas de listas vermelhas, como os de uma pessoa que fica muito tempo sem dormir, porém em escala maior.

O velho resmungou:

— Sem uivos? Vindo pelas costas na surdina? O que aconteceu? Vocês estão ficando mais espertos, desgraçados?

Ele sacou seu facão e o segurou na mão esquerda. Na direita, portava o revólver. Então, falou para uma plateia imaginária, sabendo que ninguém o via, a não ser Deus — se ele existisse, é claro:

— Então é assim que vai ser? Sem louros? Sem testemunhas? Sozinho? Esse é o fim que mereço? Pois mesmo assim vou dar um espetáculo como ninguém jamais viu antes!

Nos arredores, outros infectados começaram a surgir; dois mancaram pra fora de uma casa de portão escancarado; outro pequeno grupo dobrou a esquina; atrás dele e a boca do túnel começou a cuspir vários indivíduos que logo constituíram um bando grande. Eles ainda não pareciam agressivos; andavam com lentidão, como se estivessem ativando gradualmente seu instinto de matar. Cortez desejou dar um último gole naquela pinga horrível que encontrara no apartamento; seu coração disparou, os músculos se comprimiram e os dentes semicerraram. Ele se sentiu pronto para o que tinha de fazer. Sem arrependimentos, apenas pronto para se entregar!

Pouco a pouco, eles foram cercando-o, os olhos se acendendo conforme se aproximavam, faiscando, luzindo, despertando-os do torpor e da inatividade. Dentes expostos, mãos contraindo-se como garras de coruja... As criaturas vieram, com os dentes rangendo e rosnados guturais, cercando sua presa.

— Ah, vocês querem me pegar? Pois deviam ter visto o que fiz com a gorda Divina, quando tinha só dezenove anos. Ela pesava cento e vinte quilos e eu, cinquenta e cinco. Que noite, meus caros, que noite!

Cada vez mais, outros elementos encorpavam as fileiras, juntando-se lentamente ao grupo que cingia o batedor. Uma estratégia insólita para os contaminados, que nunca agiam daquela maneira. Mas, afinal, a variedade tempera a vida, para bem ou para mal. Cortez estava tenso; as veias pareciam querer estourar de seus bíceps e antebraços, tamanha a pressão que ele impunha a suas armas. O velho deixou escapar uma gargalhada e ralhou:

— Há trinta e dois anos conheci uma mulher maravilhosa. Eu estava na praia e sentei-me ao lado dela, só a alguns metros. Ela estava deitada de barriga pra baixo sobre uma esteira de palha, de óculos escuros, chapéu e lendo um livro. Ela parou a leitura, baixou os óculos e falou comigo. Sabem o que ela disse?

Uma criatura, sem o menor aviso, adiantou-se, saindo repentinamente do estado letárgico em que o grupo se encontrava para a agressão. Cortez disparou na testa dela, abrindo um buraco limpo e perfeito. Depois desferiu outro tiro e um terceiro, derrubando uma criatura por bala, com a precisão e a segurança de um artesão. Ainda assim, não parecia estar "dentro" do combate, mas em algum lugar que não aquele. No seu rosto, um sorriso malicioso:

— Ela disse: "Estou lendo *Sidarta*, de Hermann Hesse. Ele ganhou o Prêmio Nobel de Literatura por essa obra, em 1946. Você já leu?".

Mais um tiro. E um quinto. Outro investiu, sendo detido por um chute frontal desferido contra a barriga e um golpe oblíquo do facão, que praticamente o decapitou de uma única vez. O movimento fez com que todos os pontos arrebentassem, mas ele não se importou.

— Ela me perguntou se eu li? Eu, que sou pouco mais do que um brontossauro. Ah, vou lhes contar uma coisa sobre aquela mulher: ela era muito, mas muito inteligente. E acho que a única coisa estúpida que fez foi se casar comigo!

Então, quando o cerco se fechou de vez, antes que qualquer criatura tocasse seu corpo, o batedor colou a boca do revólver ainda fumegante na própria têmpora e disse:

— Estou indo, querida!

E puxou o gatilho. No entanto, o tiro de misericórdia, a bala que lhe traria salvação e paz, que o pouparia de toda a dor, não saiu. Em seu lugar, Cortez escutou um "clique", seguido por vários outros, tantos quanto o número de vezes que ele pressionou desesperadamente o gatilho, ao perceber que a arma estava vazia. Um contaminado já estava próximo demais, e o batedor arremessou o revólver diretamente contra sua cabeça, nocauteando-o com o golpe. Depois, possuído pelo ódio, ele gritou novamente para sua "plateia":

— Qual é o Seu problema? Não era para ser assim, merda! Não assim!

O cerco fechou-se de vez. Diversos infectados atacaram juntos, tantos que era difícil até mesmo contá-los. Cortez brandiu o facão e eviscerou o primeiro, mergulhou a lâmina no meio da órbita do segundo e decepou a mão do terceiro, que chegou muito próximo de fechar as unhas infecciosas em sua garganta. Então, ele sentiu sua perna ser agarrada, e a dor de uma mordida na parte posterior o fez gritar. A sensação foi horrível; dentes poderosos pressionaram a carne de sua panturrilha com enorme vigor até se encontrarem, e então a criatura deu uma guinada para trás, levando consigo um naco da perna do homem. O facão respondeu de imediato, e o golpe acertou o contaminado na lateral do rosto, cortando fora metade da cara. Uma visão pavorosa; a lâmina ficou presa nos ossos da face, obrigando Cortez a dar um tranco firme para libertá-la. Incrivelmente, o monstro ainda estava vivo e, mesmo com metade do rosto arrancado, continuava fazendo a única coisa que lhe restara, o único instinto que subsistira em sua mente: atacar! O batedor deu um segundo golpe, esse fatal.

Imediatamente, ele já estava sendo agarrado por outro contaminado, que passou por cima do cadáver do caído para encontrar a morte na lâmina afiada, que o transfixou. De repente, outra dor lancinante, e o batedor percebeu que havia recebido outra mordida. Respondeu à altura, gingando o corpo e lacerando na direção do ataque, enquanto gritava:

— Uma mordida nos fundilhos! Nos malditos fundilhos! Vocês não têm dignidade? Para o Inferno com isso tudo! Venham seus demônios, podem vir. Eu vou abrir cada um de vocês ao meio!

Havia agora mais de uma dúzia à sua volta, todos puxando e agarrando. A ferida na barriga de Cortez sangrava profusamente, mas a adrenalina compensava toda a debilidade que poderia tê-lo acometido. Ele se manteve estático na boca do túnel, um obelisco erguido em nome da força e da bravura da humanidade, e defendeu-se da forma como pôde. Mas não demorou para que seus membros fossem agarrados por uma quantidade muito superior de mãos, que se fecharam também em volta de seu tronco e pescoço, impedindo sua movimentação. Eram mãos demais contendo-o, rasgando-o, esmurrando-o, e o peso da horda que caiu sobre suas costas o derrubou, colocando o batedor de joelhos. Um novo grito emergiu de seus lábios ensanguentados quando uma das criaturas cravou as mandíbulas na coxa esquerda, a qual ele não conseguia libertar. Seu braço estava preso por outro maldito na forma de uma menina jovem e esguia, que se dependurara nele como uma macaca. Ele deu uma cabeçada sólida contra o rosto dela, sentindo o nariz da coisa espatifar-se contra sua testa. Ganhando um mínimo de espaço para revidar, o qual usou para atacar mais uma vez com o facão, gritou e se debateu. A arma, tremendamente afiada, decepou a perna do ser que estava imediatamente à sua frente, que caiu como um saco de batatas, e mais uma estocada eviscerou outro monstro incauto, que o atacava pelo flanco esquerdo. Mas a batalha estava perdida. As mordidas em suas costas e coxas arrancavam pedaços inteiros de sua carne, as mãos puxavam seus cabelos compridos para trás, arrancando cachos que vinham com pedaços do escalpo, e as unhas laceravam sua pele como garras de falcões.

— Ela era a coisa mais... A coisa mais doce que já vi nesse mundo... Aquela mulher! Eu nunca li *Sidarta*, mas fiz ela feliz. Ah, se fiz! Ela morreu antes de vocês chegarem, suas crias do capeta... Fico contente todos os dias... Todo santo dia contente por ela ter morrido e não ter precisado ver nada disso. Nada dessa merda... Dessa bosta toda!

Por um instante, apenas por um instante, ele esbravejou, estrebuchou, contorceu-se com o furor de um tornado e, como se tivesse sido injetado de força sobre-humana, livrou-se das garras e conseguiu colocar-se de pé novamente. Um guerreiro em seu último e derradeiro momento de bravura, sozinho no campo de batalha, escrevendo um épico de combate e coragem que ninguém jamais saberia, que ninguém jamais conheceria. Um conquistador, agora desamparado. Desvalido. Os corpos se amontoavam aos seus pés. O sangue marrom escorria pela lâmina do facão até o cabo e tornava difícil segurá-lo, mas a arma parecia se mover como se tivesse vida própria — nenhum movimento era predeterminado, eles apenas aconteciam. Brandir para a esquerda, para a direita. Uma criatura o agarrou de frente, como o abraço de um urso-pardo, e cravou suas mandíbulas na garganta do batedor, sacudindo a cabeça freneticamente, como se aquilo a ajudasse a arrancar o bocado de carne que queria. As lágrimas começaram a correr na face de Cortez, cujo fulgor começava a fenecer:

— Morrer sozinho... Sem ninguém para ver o que estou fazendo. Sem ninguém ver que os estou levando pro Inferno comigo, seus desgraçados! Era isso que Você queria? Pois foi isso que entreguei!

Um joelho dobrou. As forças estavam quase no fim. Até mesmo falar estava difícil agora; as palavras embolavam e o fôlego parecia ter acabado. Os sons se foram, só restara a pantomima. Os corpos caíram sobre ele, fazendo com que a luz do dia desaparecesse diante de seus olhos, como se tivesse ocorrido um eclipse. As emoções nublaram a visão; as edificações de concreto ao seu redor eram os juízes de suas derradeiras ações. Uma mortalha começava a se estender sobre sua cabeça. Lívido... Descorado... Sentia-se levado ao santuário derradeiro, com as portas da eternidade sendo abertas diante de si. Ele sentiu pedaços de sua omoplata ser arrancados, sentiu a carne sendo dilacerada na linha das costelas, sentiu a ferida em sua barriga ser aberta por mãos viciosas, que, metidas dentro da fenda, buscavam a carne de seus órgãos, dançando dentro dele, remexendo suas vísceras, tirando-as para fora. Seus olhos ainda não haviam se fechado quando ele viu seus intestinos na boca das criaturas, mastigados, moídos por aqueles dentes amarelados e careados. E só o que Cortez conseguia pensar era que não queria partir de joelhos.

— Nunca quis morrer lutando... — Esbaforido, uma voz que era pouco mais do que um murmúrio, inaudível até mesmo para ele próprio. — Queria morrer velho e tranquilo, na minha cama.

O mundo estava girando, revolvendo-se dentro de si próprio, extinguindo toda a luz. A mortalha já cobria totalmente sua cabeça, pesada, inerte, insípida. Ausência. Faltava pouco agora. O outro joelho tocou o chão. As energias haviam se dispersado quase por completo, escapando pelas feridas do corpo, já desgastadas pelos anos de combate brutal e incessante. Não havia mais nada a fazer, nada mais pelo que lutar, nenhum motivo pelo qual continuar. A hora havia chegado, e o horizonte era purpúreo e lúrido. O velho segurou o facão com as duas mãos e encostou a ponta debaixo do queixo. Nenhuma prece derradeira. Havia forças para desempenhar mais uma ação, somente mais uma. Era só o que lhe restara. Uma última lágrima, um suspiro e a doce expiação:

— Bosta de vida...

Então, empurrou a lâmina para cima.

CAPÍTULO 70

Manes e Espartano mal haviam se dado o luxo de relaxar quando os guardas, de repente, voltaram-se para eles e apontaram as armas, confinando-os em um círculo. Espartano imediatamente ergueu seu revólver, o que aumentou a súbita tensão exponencialmente:

— Que porra é essa, caralho?

— Abaixe a arma, Espartano — recomendou o líder.

— Quê? Ficou louco? Eles estão...

— Eles estão cumprindo um protocolo, nada mais.

O próprio Manes colocou lentamente a arma a seus pés, junto com a mochila que continha o resto do equipamento. Espartano manteve-se congelado por mais alguns instantes, até que, vencido pela pressão, baixou o revólver, praguejando.

Como se estivesse apenas aguardando isso, uma figura até então oculta atrás de um grupo de árvores entrou no campo de visão do trio. Era um homem de meia-idade usando um misto de vestes cerimoniais católicas e roupas tradicionais. Ele trazia o cíngulo amarrado na cintura e o amito cobrindo os ombros e o pescoço, porém vestia tênis, jeans e uma camisa de seda. A cabeça era coberta por um solidéu simples. A mistura de trajes era demasiado esquisita aos olhos de quem não estava habituado.

Quando a figura passou pelos guardas, eles fizeram uma ligeira reverência, movendo apenas o pescoço — era evidente que não queriam se descuidar dos recém-chegados. O homem parou a uma distância de dois metros do trio e sorriu. Manes puxou a conversa:

— O senhor deve ser aquele que chamam de "Bispo"?

O homem balançou a cabeça em negativa. Ele parecia bastante calmo e seguro de si; contudo, um olhar mais atento perceberia que a serenidade que deixava transparecer não era nada além de um disfarce:

— Não, meu senhor. Sou um mero serviçal. Mas respondo por Sua Santidade. Meu nome é Joaquim. Presumo que os senhores vieram se juntar à nossa próspera comunidade, não? Os milagres aqui operados correm todos os Reinos.

— "Reinos"? — resmungou Espartano. Manes fez um sinal para que ele não falasse o que estava pensando, mas Joaquim respondeu mesmo assim, usando um tom de voz tão manso quanto irritante:

— Sim, meu senhor. Os Reinos do Pai Celestial, que hoje estão sob a tutela de Sua Santidade. O mundo foi coberto pela praga. Os quatro cavaleiros foram liberados e galgaram de norte a sul, de leste a oeste, cumprindo os desígnios divinos. Os ímpios pereceram, os justos foram reunidos sob a tutela de Sua Santidade, o novo Salvador.

Espartano meneou a cabeça e falou bem baixinho:

— Agora fodeu de vez!

Júnior teria dado risada, se não tivesse percebido que a coisa era séria. Manes, ignorando toda aquela ladainha, falou:

— Sinto desapontá-lo, senhor, mas não viemos nos juntar à sua sociedade. Meu nome é Manes e sou líder do Quartel Ctesifonte, uma pequena comunidade que fica a trezentos quilômetros daqui.

— Ah... "Quartel"? Uma organização militar, então?

A observação não fora inocente. Havia uma pitada de sarcasmo na voz, e algo mais que Manes não conseguiu identificar. O líder era muito bom em fazer "leituras" das pessoas; no momento em que viu Duda, sabia que podia confiar nela, tanto quanto percebia que Joaquim não era nada do que parecia ser. Havia um claro ar de dissimulação no homem, mas também algo mais... possivelmente uma fúria reprimida. Talvez medo. De fato, era difícil discernir. Manes prosseguiu:

— Viemos para conversar com o Bispo.

— Sua Santidade nada me disse sobre uma audiência.

— É porque não há nada programado. Ainda assim, ele sabe quem sou. Nossas comunidades já conversaram por rádio. Agora é imperativo que conversemos pessoalmente.

— Entendo — disse o homem, medindo Manes de cima a baixo. Olhou também para os demais e seu olhar era enigmático e avaliador, quase capaz de constranger o grupo. Definitivamente, a figura não inspirava confiança, e isso foi percebido até mesmo por Júnior, que começou a sentir uma forte pressão no peito. Era como se estivesse sendo escrutinado, ou melhor, como se Joaquim realizasse uma autópsia com os olhos, expondo tudo o que havia dentro dos três. Ele prosseguiu:

— Bem, cada coisa a seu tempo. Consultarei Sua Santidade e verei o que tem a dizer sobre isso. Se for de seu interesse, tenho certeza de que vai recebê-los. Nesse meio-tempo, vocês receberão água e comida, serão acomodados em quartos e poderão limpar-se. Nossos recursos não são infinitos, como devem imaginar, portanto, contamos com a sua compreensão e suplicamos que sigam as normas que lhes serão explicadas.

— Falando em normas, vocês não têm um sistema de segurança? Algum tipo de protocolo? — indagou Júnior.

— O que quer dizer, jovem companheiro?

— Bom, como sabem se não estamos contaminados? Como sabem se...

Joaquim ergueu a palma da mão, fechando os olhos docemente:

— Por favor. Aqui operamos pela vontade do Senhor, meu jovem. Ele nos dita o que fazer. Se algum de vocês estivesse contaminado, não teria conseguido atravessar os portões sagrados, não é verdade, guardas? — As sentinelas responderam em uníssono, bradando um único e fanático "Sim, senhor!". — Mas não tema, meu jovem, seus olhos também serão abertos e tudo ficará claro no tempo devido. Guardas, por favor, por ora, escoltem nossos convidados até suas devidas acomodações.

As sentinelas deram um passo atrás, abrindo um pouco de espaço para o trio; um deles saiu totalmente de lado, deixando uma direção aberta, que era claramente o caminho por onde eles deveriam seguir. Em um último lembrete, Joaquim observou:

— Mais uma coisa. Suas armas ficarão em nosso poder. Ninguém tem o direito de andar armado dentro da Catedral, a não ser os guardas.

Espartano cochichou para Manes, porém o fez de propósito, em um tom que todos pudessem escutar:

— Essa não é uma boa ideia, Manes.

Antes que o líder respondesse, Joaquim advertiu:

— Não é algo negociável, companheiro. Ou suas armas ficam conosco, ou ficam com vocês. Só que do lado de fora.

— E o que aconteceu com a Vontade de Deus? Se Ele permitiu que chegássemos aqui armados, não deveríamos poder mantê-las conosco?

O argumento de Espartano fazia algum sentido. Os guardas olharam confusos para Joaquim, que, sem perder a temperança, apenas disse:

— A "Vontade de Deus"? Meu caro, ela está sendo cumprida no momento em que vocês nos entregam suas armas.

O trio olhou para o portão de ferro e as dezenas de contaminados que se aglomeravam a sua frente. Eles pareciam um pouco mais calmos, mas seus olhos ainda queimavam como fogo vivo. Olhou, então, para o círculo de homens armados que os anelava e para a figura autoritária que tinham diante de si.

— Tudo bem! — Manes falou por fim. — Não era nossa intenção desrespeitar. Faremos de acordo com suas regras.

— Ótimo. Sigam-nos.

As armas e os equipamentos ficaram no chão e foram recolhidos por uma sentinela. Joaquim deu as costas para o trio e começou a caminhar. Um guarda colocou-se entre ele e Manes. Os demais fizeram duas filas paralelas, uma de cada lado do trio, escoltando-os por uma alameda arborizada e sinuosa, feita de chão de pedra, que levava até a entrada do templo; um caminho íngreme e movimentado. De todos os lados, o grupo via pessoas se esgueirando, mantendo uma distância de quinze a vinte metros, como se temessem a chegada deles. Eles viram homens, mulheres e crianças usando roupas velhas e esfarrapadas, carregando cestos de vime, arando o jardim e desempenhando outras pequenas funções. Espartano falou em voz alta, para que Joaquim, um pouco mais à frente, o escutasse:

— O homem que estava na torre e disparou...

— Sim. O que tem ele? — indagou Joaquim, sem olhar para trás.

— Ele salvou nossas vidas. Gostaria de agradecer.

— Ele não fez nada além de sua obrigação.

— Mesmo assim, ele salvou nossas vidas!

Joaquim parou e virou-se, dizendo:

— É seu desejo agradecer-lhe?

— Sim.

— Pois bem. Verei se pode ser arranjado. É importante que vocês saibam o sacrifício que foi preciso ser feito para colocá-los em segurança — observou ele, retomando a caminhada.

— Sacrifício? — perguntou Manes.

— Sim. Disparos atraem contaminados. Não dezenas, mas centenas. E eles vão cercar a Catedral durante dias. Talvez semanas. Isso é sempre perigoso e problemático.

— Mas se foi a Vontade de Deus... — disse Espartano maliciosamente. Joaquim não respondeu, mas lançou um firme olhar de soslaio, que fulminou o batedor.

— Algum deles já conseguiu entrar? — Júnior perguntou com um tremor na voz.

— Não. Nunca. Silêncio agora. Evitamos falar nos corredores do templo.

Os três, ao chegarem ao fim da alameda, onde o terreno aplainava, deram de cara com uma enorme construção, e vê-la de perto era arrebatador. Qualquer visão que eles haviam tido de longe não fazia jus à magnitude daquele templo, com suas portas de mais de dez metros de altura, janelas com vitrais estupendos e a torre alta, que parecia perfurar o céu. Entretanto, ao entrarem na nave, Manes observou uma pequena quantidade de pessoas. Havia alguns poucos rezando de frente para o altar principal; outros realizavam tarefas domésticas de limpeza e conservação. Mas se aquele terreno abrigava mais de cinco mil pessoas, então onde estava o resto do povo?, foi a pergunta que o líder fez.

— Tudo a seu tempo, companheiro. As portas do templo não são abertas a qualquer um, e o povo vive na cidadela, lá embaixo. Mas deixemos esses assuntos de lado por enquanto; agora serei obrigado a deixá-los sob os cuidados de nossos guardas, pois tenho afazeres que não podem esperar. É preciso também consultar Sua Santidade. Com sua licença.

Joaquim fez uma reverência e se afastou. Era uma figura deveras irritante, foi a única conclusão que puderam tirar. O trio observou-o andar calmamente e desaparecer em um corredor que fazia uma curva à esquerda. Os guardas grunhiram e fizeram sinal para que fossem seguidos, mantendo a mesma formação de antes. Júnior cutucou Manes e falou:

— Isso tudo é enrolação. Foi teatrinho.

— Pode ser.

— Pode ser, não. É!

— E por que diz isso com tanta certeza?

— Se ele é quem diz ser e se acredita que cumpre a palavra de Deus, então onde estava seu crucifixo?

Aquele detalhe havia escapado à percepção de Manes. Sim, mesmo que Joaquim estivesse cuidando de outras coisas e tivesse vestido parte daqueles trajes cerimoniais apenas para recebê-los com um pouco de pompa, a fim de impressionar aqueles que acabavam de chegar, como poderia ter se esquecido do mais importante de todos os adereços?

CAPÍTULO 71

— Zenóbia, leve esta bandeja para sua avó, por favor!

A jovem tinha apenas sete anos de idade na época. Seus dias costumavam ser fluidos e alegres, com direito a brincadeiras no jardim de casa, revistas em quadrinhos e televisão na medida certa, além de um grupo de amigos confiáveis e respeitosos com os quais ela fazia "brincadeiras de moleque", como andar de carrinhos de rolimã e jogar taco na rua. Mas cada vez que a garota era obrigada a subir aquele último lance de degraus de sua casa, que levava ao quarto da avó, na verdade um sótão transformado em quarto, tudo mudava. A infância deixava de ser radiante para tornar-se algo soturno. Era como se uma tempestade fosse prenunciada no horizonte por nuvens desiguais e cinzentas, carregadas de chuva. As nuvens, sopradas pelo vento, se aproximam de maneira inevitável, trazendo consigo uma atmosfera de inquietação e tensão, a mesma sensação que Zenóbia tinha ao chegar próximo daquela porta de madeira, sempre cerrada, silenciosa e meditativa, que ocultava dentro de si algo que, para a futura batedora, era sinônimo de um horror inominável.

Sua mãe sabia o quanto Zenóbia detestava ir até aquele quarto, com seu cheiro de amônia e uvas passadas, as janelas fechadas impedindo a passagem da luz, as cobertas formando camadas sobre camadas na superfície da cama, mesmo em um dia quente de verão como aquele, a decoração sombria, com pinturas assustadoras e desproporcionais de santos católicos penduradas nas paredes, bonecas de pano e porcelana de um século de idade, com seus olhos pretos e sem vida, mas que, apesar de tudo, pareciam mais humanos do que os olhos da ocupante do quarto. Sua mãe sabia o que aquilo causava à menina, mas arrumava justificativas para seus constantes pedidos. No fundo, as desculpas da mãe de Zenóbia não passavam de subterfúgios para que ela própria fosse lá o mínimo possível. Sim, porque ela temia o sótão tanto quanto a garotinha — talvez mais. Evidentemente, a ocupante do sótão despertava memórias ainda mais terríveis na mãe de Zenóbia, que fora obrigada a crescer sob a tutela daquela criatura.

Uma pessoa doente em casa, com o corpo e a mente apodrecendo, é um câncer dentro de uma família. É algo que no começo tenta-se compreender, cuidar, ajudar, mas que, com o passar do tempo, torna-se uma variável odiada; algo que se tenta ocultar, guardar dentro de um baú, tirar da vista de todos, pois aquele constante lembrete da nossa própria mortalidade, aquela visão da senilidade que aguarda todos nós (exceto os sortudos que morrem antes e de forma serena), a visão asquerosa da efemeridade da existência, da perda, do luto, do medo, da podridão que vai surgir um dia de algum ponto ignorado e nos devorar a alma é algo de que queremos distância.

Os que são cuidadores de gente assim, dos enfermos e dos doentios, vestem suas carapuças, suas máscaras, seus elmos dourados de salvadores e capacetes com recortes de ouro e pedras de brilhantes e, revestidos dessa armadura, fazem o que tem de ser feito, sabendo que cabe a alguém fazê-lo. Mas os cuidadores não querem cuidar se o custo disso for sua própria humanidade, então eles criam essa barreira entre o objeto cuidado e eles próprios e, assim, conseguem viver. Os que não o fazem são abalados pelas chagas da dor e da impotência que é essa luta contra uma força inamovível, choram diariamente na solidão de seus quartos. Poucos são os que lidam diariamente com a expectativa da morte e emergem incólumes. Poucos são os que gozam da verdadeira graça. Poucos têm o coração realmente aberto.

A família de Zenóbia colocou sua avó no ponto mais distante da casa, onde seus gritos seriam menos ouvidos, onde ela não pudesse atrapalhar natais, páscoas e as viradas de ano; um local onde tudo de ruim pudesse ser contido e concentrado, como se um cômodo fosse o bastante para beber a transbordante insanidade daquele espírito despedaçado. E, assim, Zenóbia era obrigada a subir aqueles degraus com mais frequência do que gostaria, a mando de sua mãe covarde. Seu quarto, imediatamente abaixo do sótão, era brindado pelos dizeres malditos que escapavam dos lábios da velha na calada da noite, as incoerências gritadas por uma mente despedaçada, cuja maior parte a garota tentava apagar da memória. Mas, por mais que o consciente agisse para tentar manter a sanidade e a isenção de dores e traumas, subsistiam o calafrio, a sensação de pavor, um quase pânico capaz de roubar o ar dos pulmões e a coragem do coração.

Zenóbia apanhou a bandeja que trazia uma tigela de sopa e algumas torradas e subiu. Sua mãe passou a mão na cabeça da menina — um afago desajeitado — e virou as costas na cozinha, dando as costas, também, a suas responsabilidades. Era assim, sempre que possível.

A garota subiu até o último lance, vencendo degrau por degrau o mais lentamente que conseguiu, como se nesse ínterim, ao retardar a chegada até o sótão, algo magnífico ocorresse, algo que a salvasse de sua tarefa terrível. Mas suas preces não eram respondidas, e cabia a ela adentrar aquele cômodo escuro, com seus odores e ídolos. Ela equilibrou a bandeja em uma das mãos e bateu na porta.

Sem resposta.

Bateu novamente. Quando não houve resposta da terceira vez, decidiu que devia entrar, pois sabia que, se retornasse com a bandeja, sua mãe a faria subir de novo. A porta abriu com um rangido de dobradiças e a luz do corredor foi lentamente iluminando o interior do cômodo. Um cheiro pavoroso ganhou as narinas da menina, sulfurando-as por dentro. Ela não queria perder tempo olhando para os detalhes do quarto, que iam tirar-lhe o sono; só o que queria era entregar a sopa e sair dali o mais rápido possível.

Era uma cama com dossel que ficava no meio do cômodo, um recosto alto e aveludado, madeira escura e maciça. Sua avó estava sentada com as costas apoiadas na cama, cobertas na altura do abdômen e um olhar vítreo, fixo na menina que entrava em seus domínios.

— Vovó, dá licença? Eu trouxe uma sopa para a senhora. Minha mãe que fez...

A imagem da velha era algo terrível. As veias saltadas nos braços, como mapas geográficos na pele pálida e enrugada; o peito afundado com ossos salientes visíveis por debaixo da pele; escaras por todo o corpo; seios murchos como frutas podres remanescentes da estação anterior em um galho de árvore desnudo. E os olhos... escuros, porém flamejantes, como se a loucura tivesse brilho próprio.

Nada daquilo Zenóbia viu, e, caso fosse uma garotinha mais madura, teria dado graças às sombras por nublar sua visão. Ainda assim, de tudo aquilo ela se lembrava! Sombras...

As sombras do coração humano.

A velha estava estática e, por um instante, a garota julgou que ela estivesse morta. Logo, porém, notou um leve movimento no peito, indicando que ela estava respirando. Um sibilo agudo e suave escapou dos lábios, e as mãos, fora do alcance da vista, metidas debaixo das cobertas volumosas, também pareciam ter se movido.

A garota tomou coragem e se aproximou, disposta a colocar a bandeja ao lado da cama, cumprir sua missão e sair dali o quanto antes.

— Eu vou colocar aqui, tudo bem? — disse ela, fingindo casualidade, mas na verdade aprendendo a triste e útil arte da dissimulação.

Zenóbia congelou quando uma mão pegajosa de suor, mas gelada como um *iceberg* segurou seu braço. Ela quase derrubou a bandeja no chão, mas, de algum modo, equilibrou-a sobre o criado-mudo. O toque grotesco a fez olhar diretamente para o rosto da velha; mas o que ela sempre evitava agora estava próximo demais para que ela se furtasse.

Seu coração veio parar na boca ao notar que, ao redor dos lábios de sua avó, um líquido negro havia se espalhado, como se ela tivesse se melado com alguma coisa — um suco infernal bebido por íncubos e súcubos, talvez. A velha olhou para ela com seu único olho bom — o outro, mergulhado em catarata e leitoso, parecia fitar outra direção e, então, ela pendeu a cabeça para o lado e começou a vomitar. A moribunda estava vomitando as próprias fezes, tamanho era o dano interno que já acometia seu corpo — algo que Zenóbia jamais soube conscientemente, mas que jamais esqueceu.

A menina libertou o braço com um puxão forte, o que lhe deixou um arranhão no punho — uma cicatriz que nunca desapareceu. Ela se afastou sem conseguir respirar; passos vacilantes recuando, mas com o olhar fixo na cena hedionda que se desenrolava diante de si. Uma viva que estava morta — foi isso que ela viu. Um zumbi. Uma criatura cujos encantos e charme que constituem a humanidade haviam desaparecido muito tempo atrás, deixando no lugar apenas um invólucro mortal, uma carcaça abandonada, que, por um capricho cruel do destino, ainda respirava, falava, pensava e agia. Uma morta-viva.

Zenóbia não gritou. Ela fechou a porta atrás de si e desceu a escadaria, com a cena a remoendo. Uma cena que estaria presente em sua memória em todos os anos que se seguiram e que, vez por outra, surgia em algum pesadelo para atormentá-la. Foi somente muitas horas depois que sua mãe encontrou a "zumbi", rígida pelo toque da morte. Zenóbia nunca falou sobre o incidente.

A batedora abriu os olhos. Foi irreal recobrar os sentidos naquelas condições. As sensações vieram todas ao mesmo tempo, despejadas da inconsciência para a consciência como o estouro de uma bomba, inundando o cérebro com um maremoto de percepções. O fluxo de informações e atilamentos ameaçou afogá-la, mas, ainda assim, em um inexplicável paradoxo, tudo podia ser percebido em separado.

Primeiro, o contato do rosto com um travesseiro fedido e embolorado. Depois, o calafrio que percorreu o corpo inteiro ocasionado por uma gélida brisa, vinda, provavelmente, de uma janela aberta. Então, a vexatória apreensão pelo corpo que estava nu. O badalar de sinos dentro da cabeça, uma reminiscência incômoda e duradoura dos dois golpes recebidos. A pressão de cordas nos punhos e tornozelos, atando-a à cama. Então, veio o pior. Logo depois de despertar, a mente da batedora começou a raciocinar; as peças do quebra-cabeça se juntaram e Zenóbia compreendeu a situação.

Sentiu dedos grossos e asquerosos remexendo dentro dela, tocando-a com uma violência esmagadora, explorando suas partes íntimas em movimentos compassados que faziam com que seu corpo fosse movido em um constante vaivém. Ao seu lado, próximo da orelha, vinha um gemido ritmado que a fez sentir um profundo asco de tudo aquilo: "Uff, uff, uff". Ela abriu levemente os olhos, sem de fato abri-los, movendo as pálpebras apenas o suficiente para conseguir enxergar por entre os cílios. Sentado ao seu lado, havia um homem — provavelmente quem a agredira — masturbando-se com uma das mãos, enquanto mantinha a outra enfiada em sua vagina. Ele era um tipo nojento e repugnante; vestia uma camisa branca regata e calças jeans, que estavam arriadas até o chão. Ele se masturbava com violência, quase com raiva, e parecia ter dificuldades na realização do ato. A batedora engoliu em seco, fechou os olhos, sem emitir um único som. Forçou levemente as amarras, constatando que seus braços e pernas haviam sido bem presos com algum tecido não orgânico, provavelmente fio de varal ou algo do gênero.

Com os braços e as pernas amarrados nas laterais da cama, deitada de barriga para baixo, completamente nua e com o corpo em forma de X, ela era uma presa fácil para o homem que se aproveitava de sua inconsciência. De repente, os movimentos dele tornaram-se mais frenéticos, o punho que forçava o meio das pernas dela começou realmente a machucá-la, e ela pôde vê-lo inclinar a cabeça para trás e abrir a boca, seus "uffs" se tornando mais intensos. Ela decidiu que era o momento de intervir:

— Divertindo-se?

A frase fez com que o homem tivesse um sobressalto e pulasse para trás, largando-a de imediato e ficando sem saber o que fazer, tentando se cobrir ao mesmo tempo em que levantava as calças arriadas. Evidentemente, ele achava que a prisioneira ainda estava desmaiada. Ela girou o rosto por cima do ombro, contorcendo-se toda para observar melhor a figura que havia se aproveitado de seu corpo. Viu um homem baixo, peludo e gordo, com coxas roliças, mãos grandes e braços desproporcionais, queixo quadrado, calvo e olhos arregalados. Ela olhou para o corpo nu e reparou no pênis mirrado e vermelho, que já começava a murchar.

O momento de susto ficou para trás, e o homem, talvez lembrando que ela estava presa e nada poderia fazer para feri-lo, recuperou a pose, estufou o peito e deu um tapa de efeito moral no rosto dela, falando:

— Vagabunda do caralho! Você me assustou, porra!

Ela ignorou o tapa, tentando mostrar-se superior, e resolveu provocá-lo. Olhou para o rosto do homem e então para seu pinto, e retorquiu num tom propositadamente irônico:

— Isso eu percebi!

O escárnio irritou profundamente o homem, que, rangendo os dentes e cerrando o punho, montou nas costas dela, soltando todo o peso em sua dorsal e cravando as unhas em seu couro cabeludo. Puxando-o para trás, ameaçou:

— Repita isso, sua puta! Repita, vamos!

A batedora não se deixou intimidar. Ele encostou suas genitálias na vagina dela e rosnou:

— Quer que eu meta em você, puta?

Ela forçou uma risada e falou:

— Você não ia nem conseguir achar o buraco!

Irado, ele desferiu um murro contra o crânio dela e gritou duas ou três vezes se a prisioneira ainda estava achando graça, quando, de repente, uma voz vinda da porta o fez parar:

— Samael, larga ela.

Zenóbia reconheceu imediatamente a figura. Era Lilith. Como um cãozinho obediente, o homem a largou, murmurando ameaças, e começou a vestir-se lentamente.

Lilith caminhou até entrar no campo de visão de Zenóbia e, uma vez que ambas trocaram olhares, falou:

— Há um bom tempo não temos uma visita. Samael estava irrequieto... eu também. Sem ninguém pra conversar. Sozinha no mundo. Ainda bem que você apareceu.

Zenóbia riu:

— "Visita"? Vocês costumam tratar todas as suas visitas assim? Esse filho da puta estava metendo o dedo em mim. Ele é o quê? Seu marido? Pelo visto você não tá dando mais no couro.

O homem se irritou, mas Lilith apenas acariciou o rosto dela e disse suavemente:

— Alguém faltou às aulas de bons modos!

Zenóbia moveu a cabeça, fugindo da carícia e, por reflexo, deu um tranco nas cordas, buscando se libertar. A mulher fingiu achar graça:

— Querida, não seja tão severa conosco. Você será bem tratada. Veja, eu preparei uma sopa para você. — Ela apontou para uma bandeja que estava sobre um móvel, bem ao lado da porta de entrada. — Deve estar com fome, não? Samael, vire-a de frente com cuidado para que ela possa se alimentar.

O companheiro, já com as calças erguidas e vestindo um roupão preto felpudo, começou a desamarrar um dos braços de Zenóbia. A amazona alertou:

— Vou dizer uma coisa aos dois: eu vou matá-los. Entenderam? Na primeira oportunidade que tiver, vou matar ambos. E quanto a este desgraçado, antes de matá-lo, pode apostar que vou enrabar seu cu com o objeto cônico mais horrível que encontrar nesta casa. Ficou claro?

Samael estava terminando de desamarrar um punho dela. Lilith, fazendo pouco das ameaças, respondeu:

— Minha cara, mais de sessenta moças já estiveram aqui. Todas dizem que vão se vingar. Algumas dizem que vão nos matar. Tem aquelas que até dizem que vão ser boazinhas e tentam ficar amigas. Mas a verdade é que...

Naquele instante, o braço de Zenóbia estava solto. O homem achava que podia controlar a amazona, já que três membros dela continuavam presos, portanto, não fora cuidadoso o suficiente. Ele estava acostumado a meninas novas e choronas, mulheres gordas e sem instinto de sobrevivência, e jamais havia deparado com alguém como Zenóbia. Seu erro ficou claro num instante.

Assim que se viu liberta, a amazona torceu o corpo com incrível velocidade e deu uma pancada com a mão na posição martelo tão forte no rosto de Samael que o jogou do outro lado do quarto. O homem, desequilibrado, caiu de maduro e, para o azar dele, varou um espelho de mesa que decorava a parte superior de uma penteadeira antiga, que ficava ao lado da cama. Aproveitando seu instante de liberdade, a amazona deu um novo rodopio e agarrou Lilith pelos cabelos, puxando-a para a frente. A mulher rodou por cima da cama e caiu do outro lado, de cara no chão.

A tentativa desesperada estava fadada ao fracasso, e Zenóbia sabia disso. Ela jamais teria tempo hábil de soltar suas três amarras e fugir. Ainda assim, foi um movimento válido, pois imprimira respeito. Ou, ao menos, foi isso o que ela achou. Enquanto lutava para soltar a mão que ainda estava amarrada, Samael, com cortes profusos em ambos os braços e no rosto, golpeou de mão fechada a cabeça dela por trás, afundando seu rosto no travesseiro. Ele a pegou pelos cabelos, ergueu seu rosto para o alto e rosnou em seus ouvidos:

— Você quer brincar? É isso? Quer brincar?

Então, mergulhou o rosto dela de volta no travesseiro, segurando-a pela parte de trás da cabeça. Zenóbia começou a se debater freneticamente, incapaz de respirar, mas ele não a soltava. Na verdade, tomado por um súbito rompante de ódio, com a mão livre ele desferiu seguidamente golpes na região da costela dela, não com força total, mas com violência bastante para deixar marcas. E, durante todo o tempo, continuava gritando: "Quer brincar? O que acha disso, vadia? Tá se divertindo agora, puta?".

Lilith, que já havia se levantado do tombo e ostentava um corte acima do supercílio, ordenou:

— Já chega, Samael!

Desta vez, o homem não obedeceu. O cheiro de seu próprio sangue e a humilhação de ter sido nocauteado por uma garota o haviam enfurecido demais. A mulher precisou gritar de forma enérgica e puxá-lo para trás para devolver-lhe parte do controle:

— Eu disse que já chega!

Ele largou Zenóbia, que ergueu o pescoço de imediato e puxou pela boca uma lufada de ar. Mas Samael nem sequer deu-lhe chance de se recuperar. Debruçando-se sobre ela novamente, falou:

— Não devia ter feito isso, puta. — Sem sair da posição, gritou para Lilith: — Você disse que trouxe sopa para ela?

— Sim, eu trouxe.

— Pois derrama na boceta dela! — E sussurrou nos ouvidos de Zenóbia. — Espero que esteja bem quente, vaca!

Lilith titubeou. Ela quase começou a contra-argumentar:

— Samael, eu quero que essa dure mais do que as...

— Faça o que mandei, caralho!

De repente, sem a menor explicação, os papéis haviam se invertido: agora Lilith era a dominada e Samael o dominante. Como uma esposa servil, ela baixou a cabeça, foi até o móvel ao lado da porta e apanhou a tigela de sopa. O líquido não estava fervendo, mas estava bastante quente. Trouxe-a com ambas as mãos, de forma quase ritualística. Samael se encarregou de firmar o corpo da batedora no lugar, prensando-o contra a cama com o joelho sobre suas costas; ele torceu a mão livre dela nas costas, aplicando uma chave de braço no estilo que policiais usavam para dominar bandidos no chão. Zenóbia tentou se contorcer, mas foi inútil; as cordas prendiam suas pernas de forma muito rígida e desfavorável e, quanto mais ela se mexia, mais ele apertava a torção no braço, ameaçando quebrá-lo.

Lilith aproximou-se e, sem dizer palavra alguma, virou a tigela com o líquido incandescente na região da genitália de Zenóbia, que gritou pavorosamente de dor ao ser queimada daquela maneira. Ela se debateu, berrando que ia matá-los, e segurou uma lágrima que quase escorreu do seu olho. O homem sorriu, tendo a sensação de provar quem mandava li. O corpo de Zenóbia amoleceu após a breve tortura e ela parou de falar, momentaneamente vencida pela dor. Samael tirou o joelho de cima de suas costelas, aliviando o peso, e amarrou novamente o braço da prisioneira. Depois, colocou uma mordaça em sua boca, usando um pano qualquer que estava à sua disposição.

— Você disse que meu pau era pequeno, puta? Então vou exercitá-lo para crescer. Que tal? Vou exercitá-lo dez vezes por dia em você. O que acha?

Tentando não se deixar abalar, Zenóbia respondeu com a voz fraca e com dificuldade por causa do pano:

— Aposto que a sopa me dá mais prazer do que você, cretino!

Não era uma frase que tinha muito sentido, mas, naquele embate de egos, qualquer coisa dita era suficiente para enfurecer Samael. Ele arrancou o roupão, jogando-o para trás e montou sobre a amazona, tentando penetrá-la.

Lilith sentou-se em uma poltrona e ficou observando. Ela parecia já ter visto aquela cena dezenas de vezes. Nada disse, nada fez; apenas ficou ali, parada. Chegou a tocar sua própria vagina em duas ocasiões, como se estivesse quase excitada, porém, acabou desistindo. De repente, Zenóbia, percebendo o que estava acontecendo com Samael, forçou uma sinistra gargalhada e berrou de novo, vencendo a mordaça:

— Não consegue deixar duro, né? Eu sabia!

O homem tentou de todas as maneiras ficar ereto, esfregando-se nela e se masturbando, mas, ao não conseguir, sentiu-se humilhado e gritou de ódio. Levantou-se de supetão e chutou a cama; arrancou um quadro da parede e o arremessou na extremidade oposta do quarto, virou uma cômoda no chão. Lilith não se mexeu. Nem mesmo tentou aplacar ou diminuir a fúria dele, apenas lhe permitiu extravasar a ira.

Mesmo ciente do perigo que corria ao levar a provocação adiante, a amazona continuou rindo forçosamente em voz alta. Enfim, ele apanhou um caco do espelho no chão e levou-o até próximo da garganta da guerreira, dizendo:

— Continue rindo. Por favor!

Foi quando Lilith finalmente interferiu, bradando:

— Samael! Essa precisa durar.

Sem se dar o trabalho de olhar para a mulher, ele respondeu, mantendo os olhos fixos nos de Zenóbia:

— Não se preocupe. Veja como essa aqui é forte. — Ele deu um tapa ressonante nas nádegas dela. — Ela vai durar bastante.

Lilith levantou-se, foi até o homem e, com um movimento suave, o fez abaixar o caco. A seguir, deu um beijo em sua testa, como uma mãe faria com o filho antes de colocá-lo para dormir, e, tratando a situação com o máximo de naturalidade, perguntou:

— Faz quanto tempo que não tínhamos uma mulher? Uma de verdade, quero dizer.

Samael, se recompondo e afastando-se de Zenóbia, respondeu:

— Eu não sei. Talvez quatro ou cinco meses. A última tinha sido aquela de olhos verdes, lembra?

— Turmalina?

— Não era esse o nome dela.

— Sim, mas eu gostava de chamá-la assim. Um doce de criança. Pena que durou pouco. — Lilith voltou-se para Zenóbia, que acompanhava a conversa do casal. — Sim, garotas fazem falta. Eu não aguentava mais as contaminadas...

O comentário fez com que a pele da batedora se eriçasse mais do que a própria violência sexual em si. O homem ralhou:

— Elas não são tão ruins assim.

Ele olhou para Zenóbia e, ao ver que ela estava consciente e acompanhando a conversa, e que aquilo mexera com seus nervos, sentou-se ao lado da cama e falou:

— Sabe, garota bonita, as contaminadas podem ser selvagens e perigosas, ariscas e ferozes, mas nenhuma nunca conseguiu me acertar. Elas já tentaram me morder e me bater, mas jamais chegaram nem perto disso. E olha só o que você fez comigo hoje... Pode apostar que não fiquei nada feliz.

Ele estendeu os braços mostrando os cortes que o espelho havia causado. Lilith deu risada, ela estava recolhendo os cacos grandes:

— Isso é bom. Você é muito descuidado. Agora vai aprender.

Ignorando o comentário, ele seguiu seu monólogo:

— Sabe o que uma contaminada tem que mulher nenhuma tem? Elas têm a boceta o tempo todo molhadinha. Duvida? Eu sei do que estou falando, garota bonita, eu sei. Nós trazemos contaminadas aqui e, às vezes, elas são novinhas, bem novinhas, e têm bocetas apertadas. Mas, por mais apertadas que sejam, o que elas têm que mulher nenhuma tem é que estão sempre molhadas e loucas de tesão. Até mesmo uma virgem que conseguimos estava molhada, dá para acreditar? Pegamos aquela menina aqui e viramos ela para cima, igualzinho você tá agora, e eu meti a rola nela. Foi incrível!

— Uma virgem — observou Lilith.

— Uma infectada virgem! Eu tenho uma teoria sobre isso. Acho que essas coisas, no fundo, querem só se divertir, sabia? Querem comer, dormir e meter. Precisa de algo mais? É disso que a vida devia ser feita, só disso!

— Agora você está sendo rude, Samael. Perdoe o meu marido, minha querida. Às vezes, ele se empolga. Mas o que mais podemos fazer neste mundo pra passar o tempo? Toda vez que temos uma hóspede, nosso sexo melhora muito. É excitante, sabe, o perigo, a emoção... O quê? Quer dizer alguma coisa? Tira a mordaça dela, Samael.

O homem obedeceu, e Zenóbia gritou:

— Vocês são dois dementes!

A dupla começou a rir. O quarto, com aquele cheiro nauseante de local fechado, sopa e sangue, começou a revirar o estômago da amazona, que simplesmente vomitou sobre o próprio travesseiro, o que levou os dois a explodirem em gargalhadas.

— Sabe o que devíamos fazer? Sabe o que seria legal? — berrou o homem em completo desvairo, em meio às risadas. — Que tal se pegássemos um contaminado e o colocássemos para comer ela?

A mulher se empolgou como uma criança recebendo um brinquedo:

— Isso... Sensacional! A gente amarra, amordaça e coloca em cima dela. Você sabe que eles são tão tarados quanto as meninas, não sabe?

— Claro que sei...

— E aí eu me divirto um pouco também. Afinal, já faz muito tempo que o único pinto que chupo é o seu.

Zenóbia engoliu em seco. A insanidade no quarto havia ultrapassado todos os limites. Aquele mínimo de razão que a dupla, em especial Lilith, parecia ter demonstrado no início perdera-se por completo. Os devaneios do casal continuaram por muitos minutos e, daquele ponto em diante, só pioraram, tornando-se cada vez mais abomináveis. E o principal problema foi que, em seu íntimo, a julgar pelo comportamento do casal, Zenóbia concluiu que existia uma grande chance de eles fazerem exatamente aquilo tudo que diziam.

CAPÍTULO 72

Manes, Espartano e Júnior puderam se limpar em um grande lavatório, sempre acompanhados de pelo menos dois guardas. Eles receberam materiais de banho — na verdade apenas toalhas e sabão de coco — e roupas limpas. Até onde podiam perceber, todo o funcionamento da Catedral parecia ser relativamente organizado; as pessoas sabiam o que fazer e como fazer. Não eram necessárias constantes trocas de informações, nem mandos e desmandos. A rotina aparentava ser costumeira e casual, tal qual no Quartel Ctesifonte — pelo menos no que dizia respeito a receber forasteiros. Eles foram presenteados com uma cesta de frutas e depois levados a acomodações separadas. A Catedral era tão grande que Manes não saberia dizer sequer se estava no mesmo andar que os outros dois; ele deu voltas e mais voltas até chegar a seu quarto.

Era um cômodo pequeno, que ficava no terceiro andar da edificação. As janelas tinham grade de segurança, o chão era feito de cimento frio e as paredes de tijolos à vista. Havia uma cama de solteiro com lençóis e cobertores limpos, embora bastante surrados, e um pequeno criado-mudo, com uma Bíblia guardada na gaveta.

Manes não gostou da ideia de ser separado dos demais, ainda mais sem suas armas, mas não havia opção. Ele arriscara tudo. Havia jogado suas cartas e, no fundo, sabia que aquela hora chegaria. A decisão de colocar tudo em jogo fora tomada havia muito tempo, e não naquele momento específico. Ainda assim, em uma situação na qual todos diziam que ele estava errado, a dúvida o atraiçoava. Ele se deitou e ficou refletindo sobre suas estratégias e posturas, sobre as recentes veredas que o haviam levado até ali e, principalmente, sobre os desdobramentos que aqueles acontecimentos teriam. No entanto, não teve muito tempo para pensar: pouco mais de meia hora após ter chegado ao quarto, duas batidas na porta anunciaram a entrada de Joaquim, vestido com menos pompa do que antes. Após cumprimentos formais, ele disse:

— Sua Santidade vai recebê-lo agora.

Manes calçou as botas e ganhou o corredor. A primeira coisa que notou — e não havia como não notar — é que o número de guardas havia triplicado. Estavam todos armados, e ele não reconheceu nenhuma das faces que vira anteriormente no portão. A fisionomia daqueles era diferente da dos demais; eles eram mais brutos, com olhos mais ferozes, algo que somente um homem treinado perceberia com tanta facilidade. Decerto o Bispo era alguém bastante precavido, que não recebia pessoas de fora sem gozar da cobertura adequada, mas aquele contingente de homens era novidade. Teria o Bispo uma guarda pessoal?

Seguiram em fila indiana pelo corredor, que era, em sua maior parte fechado, com pequenas janelas horizontais, posicionadas altas e em intervalos regulares, quase coladas ao pé-direito. Do lado interno do corredor, havia um desfile de imagens santas se alternando entre pinturas e esculturas. Eles passaram por várias salas, porém todas as portas estavam fechadas, e Manes não fazia a menor ideia do que eles ocultavam, se é que havia alguma atividade acontecendo. Todo aquele andar parecia um cemitério, a exemplo da impressão que ele tivera ao chegar à própria Catedral. Mas, ao dobrar uma esquina, o grupo desembocou em uma passagem um pouco mais larga e totalmente aberta, que ligava um átrio a outro segmento maior da edificação. Era quase uma ponte, com muretas de ambos os lados, que mediam pouco mais de um metro e sessenta de altura, feitas de cimento. A visão panorâmica que Manes teve de todo aquele sítio o deixou pasmo...

Estava do lado oposto àquele por onde haviam entrado, em um dos pontos mais altos do terreno, o que lhe dava a oportunidade de ver praticamente tudo que se encontrava em um nível abaixo dele. Enfim, sua pergunta inicial sobre onde estavam todas as pessoas foi respondida. O batedor vislumbrou, com os olhos nus, um formigueiro humano que ocupava uma enorme área de centenas de metros quadrados, quase inteiramente asfaltada, e que tomava toda a extensão lateral do terreno. Mesmo de onde estava, Manes identificou que, no passado, aquele campo aberto tinha sido o estacionamento do templo, uma área preparada para abrigar milhares de carros. Hoje, contudo, o local era ocupado por milhares de tendas de todas as formas e tamanhos, com infinita variedade de materiais. Plástico de diversas cores, azul, verde, preto, amarelo; construções de bambu e sapé; pequenas casinhas de alvenaria e telhados de palha; barracas de acampamento profissionais; barracões de tábua pregada — era impossível descrever tudo o que ele vira naquele vislumbre.

Daquela altura, as pessoas, beneficiadas pela idealização que a distância proporciona, pareciam pacatas, cozinhando em fogaréus improvisados no meio do pátio, orando em grandes grupos, ajoelhadas na direção oeste, cuidando dos jardins ou de outros afazeres domésticos. Grande parte delas parecia estar simplesmente à toa, indo de um lado para o outro, apenas matando o tempo. Era uma verdadeira cidade, bem ali dentro. Manes sentiu-se como se estivesse de volta a uma grande capital ao observar aquele aglomerado de gente, algo que não via há quatro anos. Seu ser foi inundado por sentimentos adversos, porém foi tudo rápido demais para que ele pudesse apreender mais detalhes de uma cena tão complexa. Em questão de segundos, eles cruzaram a passagem e viraram para a ala norte da construção, que também era conectada a um corredor fechado.

Após caminharem um pouco, chegaram a uma enorme porta de madeira que, pela suntuosidade, evidentemente guardava a entrada para um grande salão. Joaquim bateu e, do interior, uma voz mandou que eles entrassem. As duas chapas grossas se abriram, empurradas por dois garotos jovens e magrelos, um de cada lado, confirmando as certezas de Manes: ele estava de frente para uma sala colossal. Dentro havia uma quantidade ainda maior de homens, todos armados. Quase totalmente vazia, a única mobília aparente do recinto era uma enorme mesa retangular, capaz de abrigar mais de trinta pessoas, com cadeiras enfeitadas em dourado e estofamento vermelho, e um homem gordo e baixo sentado em uma das extremidades.

— Manes, eu presumo? Ouvi falar muito de você! — disse o anfitrião, numa voz aguda e, de certo modo, irritante.

— Sim, sou eu. E o senhor deve ser aquele que chamam de "Bispo"?

A figura sorriu. Seus dentes eram amarelos e tortos, os lábios, finos; sob o queixo, um papo flácido como o de um sapo se pronunciava.

— Sim, sim... Creio que esse tornou-se o meu nome, afinal. Por favor, sente-se.

Os olhos atentos do batedor correram o ambiente. Os guardas pareciam ter sido bem treinados. Estavam posicionados de forma a não produzir fogo cruzado uns contra os outros, guardavam uma respeitosa distância da ilustre figura ao centro, mas não tanta a ponto de não poderem socorrê-la imediatamente; seguravam as armas da forma correta, indicando que haviam sido treinados para aquilo; e não pareciam achar entediante a tarefa que lhes fora designada — pelo contrário, a expressão em seus rostos era um prenúncio de que todos levavam suas funções muito a sério.

Manes sentou-se na cadeira que lhe fora indicada por Joaquim após o convite do Bispo, a aproximadamente três metros de distância do anfitrião.

— Bem, a que devo essa visita a minha bela comunidade?

— Perdoe a minha vinda repentina e sem aviso, senhor. Eu sou o líder de uma pequena comunidade...

— Eu sei quem você é!

A súbita interrupção fez com que Manes, que se preparava para engatar uma longa explanação sobre si próprio e mais precisamente sobre o Ctesifonte, ficasse um pouco sem jeito. Ele gaguejou e só então prosseguiu:

— Bom, acho que isso facilita as coisas. Nossos operadores de rádio vêm conversando já há...

— Eu sei o que eles conversaram. Minha bela Oráculo reporta toda e qualquer informação para mim. Nada acontece sem que eu saiba ou permita. E minha resposta continua sendo "não"!

As feições do Bispo, amigáveis em um primeiro momento, subitamente se fecharam como nuvens cinzentas preconizando uma tempestade. O batedor respirou com dificuldade, como se o ar tivesse sido sugado de dentro da sala e uma energia ruim possuísse tudo o que havia ao redor dele. Nada havia mudado, mas, de algum modo, o Bispo parecia ter ficado mais lôbrego. Raramente alguém era capaz de causar uma sensação de desconforto naquele nível no líder. Os guardas permaneciam estáticos como bonecos de cera; Joaquim, em pé a alguns metros de distância, congelara com seu tradicional meio sorriso na face. Manes teve a sensação de estar na jaula das feras, e reconheceu aquelas duas gemas brilhando na face do homem à sua frente como sendo os olhos de um predador. Sem dúvida, ele estava diante de um indivíduo perigoso! O que encontrara naquela câmara não era nada do que esperava. Seu sexto sentido soou, mas já era tarde demais. Se pudesse voltar atrás, sua abordagem seria outra, mas agora não adiantava mais pensar naquilo; a diplomacia continuava sendo a melhor opção:

— Com todo o respeito, gostaria que antes o senhor escutasse o que tenho a dizer...

O Bispo levantou-se de supetão e caminhou até uma das enormes janelas do ambiente. Um dos guardas a abriu de prontidão. Uma luminosidade mais vigorosa adentrou o local – luz pura, que não era filtrada pelos vitrais coloridos. O homem fez um sinal para que Manes se aproximasse e apontou para baixo, dizendo:

— O que você vê?

O batedor, desconfiado, achegou-se e olhou pela janela; seus olhos encontraram a concentração de tendas que vira há pouco, porém de outro ângulo. Sem dar chance para que ele respondesse, o Bispo continuou:

— Nós temos mais de cinco mil almas vivendo aqui, de acordo com a última contagem. Pessoalmente, acredito que esse número já deva ter ultrapassado seis mil. Meu bom amigo Joaquim discorda. Bem, você olha para baixo e vê todas essas pessoas vivendo suas vidas, recolhendo os cacos do que restou, praticando um escambo saudável, tentando ser úteis ou apenas passando o tempo para não enlouquecer... Há algumas que estão até mesmo sendo boas umas para as outras. Você olha para baixo e pensa, portanto, que há esperança e recomeço. É isso? Acha que a humanidade pode reunir suas forças e gozar de um reinício? Você vem aqui com uma proposta, mas eu peço, meu caro, que dê uma olhada mais acurada, sem idealismos. Olhe e, enquanto o faz, eu perguntarei novamente: "O que você vê?".

Enquanto falava, o Bispo afastou-se calmamente, mantendo as mãos atrás das costas, deixando Manes de frente para aquela grande cena, a observar com as mãos apoiadas na enorme janela e os olhos mesmerizados pela cena.

— Eu não sei o que espera que eu diga. Vejo apenas pessoas que...

— Você vê ali, do lado esquerdo, próximo ao grande coqueiro, ao lado do trailer vermelho, um casal copulando? Sim? Não tinha visto aquilo, certo? Quer saber como eu vi, no meio de toda essa multidão? Eu vi porque sei tudo o que acontece na minha casa. Nada se move sem que um passarinho venha me contar. Aquele casal copulando no meio da rua, na frente de outras pessoas, de crianças, eles o fazem em plena luz do dia de propósito, para que todos os vejam, mas, na verdade, é para uma pessoa em especial que se mostram. Entenda, eles não são casados; aquele homem está comendo a mulher do vizinho, que é o dono do trailer que fica a seis metros dali. Sim, aquele outro, com a porta branca. Ele faz isso porque o vizinho violentou três vezes a filha dele, de apenas treze anos. Na última vez, a menina engravidou e deu à luz um belo e saudável bebê. No entanto, coitada, ela era apenas uma criança e não sabia como cuidar de um bebê; acabou deixando-o ao lado do canil. Nós mal temos o que comer, quanto mais os cachorros, então, como culpar as criaturas por terem devorado o pobre e indefeso infante? A fome nos obriga às mais terríveis crueldades, e com as bestas não é diferente. Depois disso, matamos quase todos os cachorros e, é claro, os comemos também. Todos apreciam um pouco de proteína... Mas sabe aquele velho que está encostado na entrada da ala noroeste? Ele era o dono do canil e adorava seus animais. Havia sido a única coisa que lhe restara após perder todo e qualquer ser humano que amava neste mundo. Ele ficou muito, muito contrariado, e decidiu que a culpa da sua desgraça era da menina, por ter sido tão cabeça de vento. Felizmente, a velha cigana que vive na barraca imediatamente à esquerda do trailer conseguiu convencê-lo de que a culpa era do homem que violentou a jovem, mas acontece que o tal homem tem dinheiro, então ninguém ousa fazer nada com ele. Você pode perguntar de que vale o dinheiro aqui, não? Na verdade, vale mais do que jamais valeu antes. A corrupção é maior, o suborno é maior e as ambições são maiores. Quando não se tem mais nada, o pouco que alguém tem torna-se muito. E todos querem esse muito. O homem compra o silêncio, a confiança e a proteção de vários; ele cria seus próprios seguidores com dinheiro, cria sua própria ganguezinha patética. Então, o estuprador parecia intocável, inalcançável, protegido por suas posses. Mas o dono do canil não ia desistir tão facilmente; ele convenceu o vizinho de que a esposa do estuprador tinha dotes, por assim dizer. Ele fez a cabeça do homem humilhado para que fodesse a mulher do outro, e mais: para que o fizesse na frente de todos, apenas para desmoralizar o estuprador. A mulher, uma vadia de marca maior, que já nasceu com o sangue de puta, adorou a ideia de se vingar do marido, que havia comido uma vagabundazinha de treze anos, e começou a transar com todos os homens que podia, e não apenas o vizinho; logo, o sexo deixou de ser feito às escondidas e aquele pátio tornou-se uma nova Sodoma. Sexo também é uma moeda preciosa, sabia? Sempre foi e sempre será! Metade desse povo é aidético, a outra tem gonorreia ou herpes. E eles continuam enfiando o pau em qualquer buraco que aparece pela frente. Bem, continuando a história, o homem do trailer não gostou nada de ser feito de idiota e buscou a desforra. Ele brigou com o pai da menina grávida e tomou uma surra, perdendo dois dentes; depois, três homens se vingaram por ele e martelaram os pés do pai, pulverizando seus ossos até torná-lo inutilizável. Este respondeu à altura, invadindo seu trailer na calada da noite e violentando-o com um cabo de vassoura, e dinheiro nenhum foi capaz de impedi-lo. Daí para a frente, a coisa só piorou. Veja, neste exato instante, o pai come a mulher do homem do trailer. Ele faz isso duas ou três vezes por semana. Quando quer realmente provocar o outro, coloca o pau para fora e goza na boca dela — na frente de todo mundo. Às vezes, isso dá início a um enorme bacanal — depende se as pessoas estão drogadas ou não. O quê? Acha que esse povo parou de consumir drogas? Eles fazem isso o tempo todo; se embebedam, se drogam, comem, metem e rezam, esperando que alguém os perdoe. E isso os deixa felizes o bastante para se matarem o mínimo possível. Bem, o homem come a mulher do outro para provocá-lo, sabendo que o tamanho da retaliação que será armada pelo marido traído do trailer será proporcional ao tamanho da provocação. A menina cuja criança foi comida pelos cachorros nunca se recuperou do baque e já tentou cometer suicídio duas vezes. Todos acreditam que a terceira será a boa da vez. Mas o pai não está mais preocupado com ela, claro; afinal, ele prefere comer a vagabunda e se lamentar pelo neto que perdeu a enfrentar a vida. O dono do canil joga lenha na fogueira toda vez que as coisas ameaçam se acalmar e, assim, transcorre um dia após o outro. Compreendeu o tamanho do absurdo ou se perdeu no meio da fábula? Ah, nem eu mesmo acho que consigo contá-la sem me confundir. Mas esta é apenas uma das pequenas, absurdas e ridículas histórias do que ocorre naquele pátio, onde cinco (ou talvez seis) mil pessoas passam seu tempo apenas aguardando a chegada de um fim há muito adiado. Você olha para baixo e vê algo? Vê redenção? Salvação? Não se engane, caro Manes; só o que há lá embaixo é maldade. Perda. Desesperança. E rancor.

— E quanto a você? — disse Manes, sem olhar nos olhos do Bispo, mas concentrando-se na cena que tinha abaixo de si.

— Eu me alimento de rancor.

Revoltado, ao término do relato, o batedor gritou:

— Como você pode permitir uma coisa dessas acontecendo bem debaixo do seu nariz? Você sabe de tudo e não faz nada! Aquelas pessoas confiam em você. Confiam na sua proteção, na sua liderança. E você está se omitindo e permitindo que elas...

O Bispo deu uma gargalhada quase diabólica, que fez com que o interlocutor se calasse:

— Sim, é verdade. Aquelas pessoas me amam. Mas apenas por causa do que eu proporciono a elas.

— Que é?

— Diversão! Arbítrio! Liberdade! Se eu tentasse tirar isso daquele bando de animais, eles me devorariam sem dó. A crença é apenas uma desculpa. O que eles querem, de verdade, é perdão, liberdade e alguém em que possam jogar a culpa e a responsabilidade.

— Como pode dizer isso? Você é um líder religioso. Por meio da fé...

— Fé? E que fé você acha que restou? Em um passado distante, eu enterrei meu irmão; você deve saber o que é isso. Todos enterraram alguém alguma vez na vida. É uma coisa tenebrosa carregar a alça do caixão do próprio irmão durante todo aquele caminho, dos portões do cemitério até a cova, escutar palavras imbecis que fingem conforto, enquanto o céu continua azul, os pássaros seguem piando felizes, alheios a sua dor, e o vento sopra do leste, carregando pólen para germinar a vida. E sabe o que mais? Todas essas coisas continuaram as mesmas, apesar do Dia Z. A natureza seguiu seu rumo, a vida prosseguiu; fomos nós que ficamos para trás. Agora não carregamos mais alças de caixões, mas entramos na reta final do abismo, rumo à nossa própria extinção. Os poucos que restaram não choram a morte de entes queridos; eles *mataram* esses entes. Não há esperança, não há absolvição, não há salvação. Só o que restou foi um interlúdio, um período suspenso no tempo, em meio ao qual aguardamos a chegada definitiva do Juízo Final.

Manes gritou:

— Não precisa ser assim, droga! Podemos reconstruir. Tudo pode ser diferente!

O Bispo pareceu intrigado.

— Diferente... — ele pronunciou a palavra como se tivesse reverência por ela. — Vou te contar algumas coisas sobre um "mundo diferente". Mas, antes, quero fazer-lhe uma pergunta: Você vem de um *background* militar, não? Sim, é possível perceber. Seus olhos entraram na sala localizando rotas de fuga e pontos de acesso, examinando rápido e minuciosamente meus guardas; sua própria postura corporal entrega o jogo. Pois então me diga, caro Manes: na sua opinião, quem é o homem mais perigoso desta sala?

O batedor não titubeou:

— Você!

O Bispo riu:

— Claro, evidente. Você me lisonjeia. Sem dúvida, quem detém o poder é sempre o homem mais perigoso, mesmo não segurando a arma nas próprias mãos. Mas digamos que eu esteja fora da contagem. Quem você diria que é o indivíduo mais perigoso daqui?

Novamente, a resposta foi precisa e imediata:

— O terceiro jovem à esquerda.

Manes fez um gesto leve com a cabeça, indicando um dos guardas. Ao ser apontado, o jovem olhou para os lados em um misto de lisonja e surpresa. O Bispo sorriu sem mostrar os dentes:

— Interessante escolha. E por que acha que ele é o mais perigoso?

— Pelo olhar. Pela forma ávida com que segura o rifle, quase desejoso de atirar. Ele já viu sangue, isso posso dizer. E digo mais: ele gostou do que viu. Posso estar enganado, mas afirmo que todos aqui gostam. Esses seus "guardas"... Dá para ver que são indivíduos nervosos, de olhares rudes e modos violentos, bem diferentes dos que encontrei lá embaixo. Aqueles são sentinelas que guardam a comunidade, responsáveis pela segurança geral. Esta é sua guarda pessoal. Estou errado?

— Bem, suponho que você esteja certo. Esta é, sim, minha guarda pessoal. E ela foi escolhida a dedo. Por mim. Por Joaquim. E por outros como nós.

Manes mergulhou o rosto na palma das mãos. Estava ficando impaciente e os rumos da conversa não eram do seu agrado. Já não via qualquer esperança de conseguir o que viera buscar na base da diplomacia, mas, mesmo assim, não queria desistir:

— Bispo...

— Sua Santidade! — corrigiu-o Joaquim, imprimindo mais tensão à situação. Parecia que um cerco estava se fechando à sua volta. Ele recomeçou a frase:

— Sua Santidade. Sinto que começamos com o pé esquerdo. Se me der uma chance, gostaria de sentar-me com o senhor e explicar tudo o que...

— Mas você já explicou. Já está tudo claro. Você quer que as coisas "sejam diferentes".

— O senhor tem o poder e os meios para transformar este mundo...

— Mas eu gosto deste mundo!

Manes se exaltou:

— Droga! Até onde acha que poderá levar isso adiante? Você tem em mãos as condições pra mudar isso tudo. No entanto, não faz nada. Não te ocorreu que, mais cedo ou mais tarde, as privações chegarão até você também? Nunca parou pra pensar que você também será afetado? Vim até aqui porque não posso fazer nada sozinho. Mas você tem o poder pra isso!

A expressão no rosto do Bispo, que havia se iluminado durante seu breve discurso e, desde então, se mantivera incólume, se amarrou de novo. Ainda com as mãos atrás das costas, ele caminhou até Manes e murmurou, de forma áspera:

— Sim, eu tenho o poder. Mas você veio até aqui para tirar meu poder de mim, não?

O batedor engoliu em seco. O Bispo havia proferido a frase em um sussurro, num claro tom de ameaça.

— O quê? Não... Espere um pouco, você entendeu tudo errado. Eu...

— Entendi errado? Será? Nas conversas que nossos operadores travaram, não foi veiculada a ideia de uma nova comunidade? E quem estaria no comando dela? — Manes tentou protestar novamente, mas o homem não deu espaço para que ele falasse. — Acha que sou algum tipo de tolo? Você veio tomar meu poder, arrastar meus fiéis para qualquer que seja a cruzada que quer empreender, suicida ou não. Veio me despojar de tudo o que construí e alcancei nesses anos todos! Teve a audácia de invadir meu lar e dizer que o meu modo está errado. Dizer que tenho de agir diferente. Condenar a minha forma de ser e de obrar! — O Bispo se afastou e começou a agir de forma extremamente teatral, falando alto e eloquentemente, como se estivesse discursando para a pequena plateia presente, a qual, de fato, o observava eletrizada. — Você quer coisas diferentes, Manes? Por quê? Para quê? E se eu dissesse que prefiro as coisas assim? E se eu dissesse que todos nós aqui nesta sala preferimos? E se eu dissesse que não precisamos de nada diferente e que aqueles desgraçados lá embaixo também não precisam?

De repente, Manes notou que os guardas estavam próximos dele. Próximos demais. E o Bispo, astutamente, havia se afastado, mantendo seu belo pescoço a salvo do alcance das mãos de aço do batedor. O líder da Catedral meneou a cabeça e lamentou com uma expressão que oscilava entre o cinismo e o sadismo:

— Não devia ter vindo aqui, meu caro. Devia ter ficado na sua comunidade e tomado conta da sua própria vidinha mirrada e medíocre. Não devia ter tentado me envolver nos seus devaneios...

— Espere. Isso tudo é um grande equívoco. Tenho certeza de que, se conversarmos, você vai entender. Eu tenho um plano. Se nós...

— Plano? — pela primeira vez o homem gritou. E ele repetiu o grito mais duas vezes: — Plano? Plano? Você tem um plano e, por causa disso, acha que todos entrarão na fila para escutá-lo e segui-lo? É isso? Pois a única coisa que vejo é que o seu plano inclui tomar aquilo que é meu, o que faz de você um ladrão. E, se você veio me roubar, isso o torna meu inimigo. E todos os meus inimigos têm o mesmo destino dentro da minha casa. Guardas!

A sentinela que estava mais próxima avançou sobre Manes ao sólido comando e tentou golpear sua nuca com a coronha do rifle. Já esperando a aproximação, o batedor desviou-se, movendo o corpo sobre o pé de apoio, e defletiu o curso da arma, derrubando o atacante com uma cotovelada diretamente contra o nariz. Nem bem o guarda caiu de joelhos e outro já estava incidindo com um golpe desajeitado e esbaforido. Em meio ao confronto, a voz do Bispo soou alta e segura: "Não atirem!", o que fez os demais segurarem os dedos nos gatilhos. Como se enfrentasse um boneco de pano, Manes derrotou o segundo atacante, aplicando uma canelada firme na lateral de seu rosto, que o fez literalmente desmoronar. Mas, quando uma terceira sentinela — aquele rapaz que o batedor havia dito ser o mais perigoso entre todos — fez menção de atacar, o Bispo deu um grito para que todos se afastassem. Com uma visão mais apurada do combate, ele percebera que, no corpo a corpo, desgovernado, Manes derrotaria o grupo inteiro e não demoraria a se apoderar de uma das armas. Pedindo distância, ele desacelerou os ânimos. O batedor ficou no centro do círculo com os braços semiflexionados, músculos contraídos e costas arqueadas, como uma fera acuada prestes a dar o bote no primeiro que se aproximasse demais. Todos ficaram fora do seu alcance, apenas cercando Manes com suas armas apontadas.

Houve um instante de pausa e incerteza. O líder do Ctesifonte olhou para o Bispo, constatando que ele estava a uns seis metros de distância, completamente fora do alcance de suas mãos, e praguejou:

— Não precisava ser assim, seu desgraçado.

O homem, com enorme frieza, respondeu:

— E como precisava ser? Do seu jeito? Não, inocente amigo. Faremos do meu jeito!

E então ele gritou um novo e enérgico comando que fez todos os guardas se lançarem, ao mesmo tempo, sobre o batedor. Manes reagiu da forma como pôde, mas desta vez, sofrendo um ataque coordenado, tombou rapidamente com uma coronhada bem aplicada na nuca. Ele caiu de joelhos, e um violento chute sacudiu-lhe as costelas, fazendo-o girar de lado, enquanto outro acertou em cheio sua boca. O batedor deu uma golfada de sangue, que descreveu um arco escarlate para o alto, e sentiu que um dente molar havia sido arrancado pelo golpe. Por um instante, cogitou prosseguir com o confronto, mas se conteve ao perceber que, caso o fizesse, seria espancado sem dó — e ele precisava se manter inteiro. Para o que quer que viesse a acontecer, seu corpo tinha de continuar íntegro o máximo de tempo possível. Aquela era uma batalha que já estava perdida, e o melhor que ele poderia esperar era sair vivo dali. A tensão no cômodo era um barril de pólvora; o pavio já havia queimado quase até o final e estava prestes a explodir.

O Bispo, ainda de longe, ajoelhou-se para ficar na mesma altura do homem caído, observando-o por entre as canelas de seus guardas, e murmurou:

— Você acha que eles me seguem porque sou complacente? Acha que gostam quando sou bonzinho? Eles me seguem porque dou a eles aquilo que realmente querem: sangue! Eles me amam por isso.

Manes deu uma cusparada vermelha no chão, sua boca já inchada por causa do golpe, e rosnou:

— Você é um filho da puta covarde!

— Covarde? Meu caro, se soubesse o que já fiz na vida, jamais me chamaria de covarde. Covarde é você, que planejava invadir meu lar e roubar minhas coisas, como um trapaceiro barato faria na calada da noite. Sou eu quem dá as cartas aqui! Sou como Cristo na manjedoura, o Escolhido! E você é uma nota de rodapé na história da minha vida.

Manes esboçou um sorriso nervoso, forçado e quase desvairado:

— Como pode uma criatura tão insana quanto você obter tanto poder?

— Mais afrontas... Mas não se preocupe, você vai pagar por isso. Vai pagar por cada palavra e ato impensados. E quando a turba enlouquecida estiver esfolando sua pele e pedindo seu pescoço, você vai lembrar que foi por eles que veio até aqui e morreu, por aqueles malditos retardados sanguinários e ingratos. Vai perceber que tipo de mundo teria construído com aquele povo e morrerá com lágrimas nos olhos, se achando um tolo por depositar sua fé em uma humanidade selvagem. E, garanto, meu pretenso salvador, que você vai implorar por uma morte rápida, mas o único que poderá concedê-la serei eu! Lembre-se disso e meça cada palavra que dirá daqui para a frente. Será uma semana longa, caro Manes, muito longa, mas tenha certeza de uma coisa: ela terminará de uma única maneira, com a sua morte! Nem por um instante duvide do desfecho dos eventos que estão entrando em moção neste exato instante.

O batedor riu de forma forçosa. O Bispo havia crescido muito para cima dele, falando eloquentemente e buscando amedrontá-lo. Mas Manes não temia nem a morte nem a dor; naquele exato momento, decidiu recuperar parte da sua dignidade, tanto perante si próprio quanto perante os presentes. Ao mesmo tempo, decidiu que uma mensagem seria passada. O batedor sacudiu a cabeça como quem sacode a letargia e, em seguida, fez menção de se levantar, apenas aguardando, com base em toda a sua experiência, o golpe que certamente receberia de algum guarda incauto, ávido para provar seu valor ao Bispo.

O ataque veio da esquerda. Um jovem tão impetuoso quanto descuidado aproximou-se para dar-lhe uma pancada com a coronha do rifle. O rapaz não tinha mais que dezessete anos, tendo, provavelmente, chegado à Catedral quando ainda era bem jovem. Acabou moldado pela lavagem cerebral que o Bispo promovia nos mais jovens. Não era culpa dele; tal qual a grande maioria, tornara-se vítima das circunstâncias. Ainda assim, agora, era um soldado brutal e perigoso.

A reação do batedor foi rápida e letal, impiedosa como um furacão, um tornado, um terremoto, insensível como toda força da natureza. Acocorado que estava, ele guinou sobre os quadris com incrível velocidade e saltou sobre o jovem, praticamente no mesmo movimento, evitou o ataque descoordenado que vinha em sua direção e tomou-lhe a arma das mãos. Então, rígido como um bloco de concreto e com um olhar despido de qualquer traço de humanidade, Manes desferiu um contra-ataque firme com a própria arma, segurando-a com ambas as mãos pelo cano. A pancada acertou em cheio a lateral do rosto do sentinela, abancando, em uma única linha oblíqua, a mandíbula, a têmpora e o parietal. Fez-se um barulho de algo esmigalhando e, no instante seguinte, o jovem estava caído no chão e Manes tinha a arma apontada diretamente contra o Bispo.

A ação foi tão rápida e inesperada que nenhum dos outros guardas teve como reagir. Assustados ao perceber a ameaça, devolveram a ação e miraram de volta para ele, com mãos nervosas e olhos esbugalhados. O Bispo, frio e experiente, sabendo que caso eles atirassem haveria uma grande chance de o batedor também apertar o gatilho — mesmo espasmodicamente —, ordenou com autoridade:

— Não atirem!

A expressão no rosto de Manes era pura fúria, um sentimento adensado por um evidente descaso pela própria vida. Ele não tinha mais nada a perder. Era isso o que seu olhar dizia.

Uma das sentinelas olhou para o colega caído no chão e para a poça de sangue que se avolumava velozmente a sua volta e gaguejou:

— Sua... Sua Santidade... Eu acho que... Cacete, ele tá morto! Você o matou, seu desgraçado!

O jovem apontou sua arma para o prisioneiro mais uma vez (a qual havia abaixado momentaneamente enquanto examinava o corpo inerte), tremulando com a face crispada e os olhos arregalados. A tensão atingira níveis insustentáveis, mas Manes não moveu um músculo sequer. Seu olhar continuava fixo no Bispo, dedo no gatilho. A cena ficou congelada por alguns segundos, como se um instantâneo fotográfico tivesse sido tirado, eternizando aquele momento. Então, com ar de zombaria, Manes falou:

— Pronto pra encontrar seu Deus?

O homem, sem se deixar abalar, respondeu calmamente:

— Guardas. Assim que ele atirar em mim, matem-no imediatamente...

— Eu tô pronto pra morrer, filho da puta! — rosnou Manes.

Infelizmente, o Bispo ainda não havia terminado a frase:

— E depois vão até seus amigos, prendam eles e os torturem pelo máximo de tempo que puderem. Semanas, meses, se possível. Façam todo o sofrimento ser pouco para os bastardos. Cozinhem seus bagos e sirvam como único alimento. Cortem os dedos das mãos, mas não antes de arrancar as unhas com alicates. Sejam criativos em minha memória. E, todos os dias, façam com que se lembrem de que a culpa de sua desgraça foi de Manes e de mais ninguém.

Fez-se um instante de silêncio. O olhar do batedor fulminava o Bispo. De repente, ele blefou:

— Acha que isso me impedirá de matá-lo?

— Não sei. Só sei que meus homens seguirão minhas ordens, mesmo depois que eu me for. Tenho a sensação de que o destino do gorducho será particularmente brutal. Pobre criatura! Não foi talhada para isso...

O suor escorria pela fronte de Manes. Ele tinha o homem na mira, alinhado, perfeito. Bastava puxar o gatilho e tudo estaria resolvido. A morte de seu inimigo, seguida de sua própria morte. Fim da história! Sua responsabilidade acabaria com sua vida. Toda a carga, todas as obrigações, todo o peso dos erros e enganos... Tudo desapareceria para sempre, levado pelo vento. Restariam apenas o doce afago da morte, o abismo, o escuro — talvez a tempestade. Ninguém o recriminaria por seus erros. Nada de cobranças, exigências, requisições; apenas o justo e aguardado fim. E, com ele, a paz! Ainda que Espartano e Júnior sofressem horrores, ele não veria nada daquilo. Não teria ciência do mal que causaria. Estaria isento...

— Eu não tenho responsabilidade sobre eles, Bispo. Jogou o blefe errado desta vez!

— Então aperte o gatilho. E descobriremos o tipo de homem que você é!

O impasse se manteve. A inflexibilidade do homem não só rivalizava à de Manes, como a superava sobremaneira. De repente, com a argúcia de uma raposa, ao perceber que o agressor não atiraria, o Bispo esboçou um leve sorriso. Foi um mero levantar de lábios e uma atenuação da expressão dos olhos, mas, ainda assim, era o bastante para deixar claro quem vencera o embate. O coração de Manes disparou como uma caixa tocando uma marcha militar e ele odiou a si mesmo pela decisão que estava prestes a tomar. Baixando ligeiramente a arma, exclamou:

— Eu sei que tipo de homem *você* é, Bispo!

A resposta foi imediata:

— E eu sei que tipo de homem *você* é, Manes. Eu sei o demônio que arde dentro de você. Reconheço claramente a fúria nos seus olhos, tanto quanto reconheço a de todos aqui. Sei o que o consome. Mas, para o seu azar, infelizmente, você próprio não sabe. Ainda... Agora, chega de jogos e entregue a arma!

Manes olhou a sua volta. Havia uma dúzia de armas apontadas para seu peito. Teria sido fácil, muito fácil. Mas não adiantava se enganar; ele sabia de onde viera a dúvida que o impedira de atirar. Ele cogitou, por um único instante, a possibilidade de Liza estar certa. A possibilidade de existir algo além daquela vida miserável e sofrida e de a eternidade ser não só um conceito abstrato como também uma realidade ao alcance de todos. E viu-se incapaz de viver com a sua decisão derradeira de condenar duas pessoas que só estavam ali por sua causa a semanas de tortura e agonia inimaginável. Se sua esposa estivesse certa, por mais improvável que fosse... Se Deus ou alguma coisa similar existisse... Se houvesse um pós-vida ou um pós-morte, ou seja lá como chamam... Um julgamento... Se existisse qualquer coisa que lhe trouxesse a consciência de seus atos, algum tipo de substância, então como ele poderia suportar o resto da sua existência? Como viveria com sua decisão? Aquele instante de dúvida foi o bastante para segurar o dedo. Quem sabe em outra circunstância ele tivesse apertado o gatilho. Contudo, o *momentum* havia passado e, assolado pelas dúvidas, Manes retrocedera. O Bispo repetiu:

— Entregue a arma. Ambos sabemos que você não vai atirar.

Ele olhou para a arma que havia tomado de um jovem que mal começara a viver e nada conhecera da vida, senão um mundo apocalíptico e insano, comandado por uma figura autoritária de morte, loucura e rancor. Ainda havia mais uma bala no cano. E, embora sua ação tivesse falhado, o líder do Ctesifonte estava decidido a passar uma mensagem. Então, afirmou convicto:

— Não em você.

De repente, o cano fumegou e uma bala partiu no meio o rosto daquele guarda que Manes identificara como o mais perigoso do recinto, em uma conversa que parecia ter sido travada havia anos. O corpo caiu, mole e com um buraco no cérebro, deixando um borrifo de sangue na parede atrás de si, a metros de distância. Manes soltou a arma no chão com descaso, seus olhos fitando os do Bispo com frieza glacial. Houve uma cessação, uma paralisação, uma suspensão, em que nada ocorreu. Ele ficou esperando a coronhada que viria pelas costas, a retribuição por sua audácia, porém, desta vez, ninguém teve coragem de se aproximar.

CAPÍTULO 73

Dois meses atrás

A mulher era alta e voluptuosa, com os cabelos compridos alisados e tingidos, formando mechas louras sobre o castanho natural. Tinha o aspecto de uma deusa grega — ainda que ninguém jamais tenha visto uma, se elas existissem, com certeza seriam exatamente iguais àquela mulher. Havia um perfeito equilíbrio de doçura e agressividade, inocência e sensualidade. Ela trajava apenas uma camisola de seda prateada, quase transparente, que revelava os íntimos contornos de seu corpo. A mulher sempre vestia roupas transparentes, mesmo em suas raras aparições em público (já que na maior parte do tempo ela preferia ficar reclusa em seu próprio ambiente) e não parecia se importar em mostrar-se vestida daquela forma. De fato, a exibição de seu corpo funcionava não só como um agente que potencializava a mítica que surgira em torno dela, mas também como parte de um ritual. A impressão era de que ela sentia prazer em ser vista, desejada e adorada. Ainda assim, embora todos pudessem vê-la e sonhar com ela, apenas um homem a tocava. A mulher não usava sutiã, e seus mamilos arroxeados e protuberantes podiam ser claramente divisados por baixo da pouca roupa que cobria seu corpo, a qual demarcava sem sutileza alguma os enormes seios, redondos como melões — na verdade, o resultado de implantes de silicone de trezentos mililitros, resquícios de outra vida que a mulher trazia consigo desde a Era A.A.

"Princesa", era como ela era chamada. O apelido fora dado por seu companheiro, mas logo todos também passaram a se referir a ela daquela maneira. A mulher estava na casa dos trinta e cinco anos, talvez um pouco mais, mas sua idade poderia ser facilmente confundida por uma pessoa que não olhasse dentro de seus olhos. Ela não vestia roupa de baixo, e esse era outro detalhe que a camisola permitia ver com clareza. Sua região pubiana não tinha pelos, e no ventre havia uma pequena cicatriz, que indicava que ela fizera uma cesárea em algum momento do passado. Seus olhos eram cor de mel, mas, dependendo do ângulo em que a luz incidia, ficavam verdes ou até cinzentos. Sua pele, naturalmente branca, estava mais pálida que o usual, por conta da ausência de sol, já que era cada vez mais raro que Princesa saísse de seus aposentos. Seus braços e coxas eram cobertos por uma penugem leve, dourada e delicada. Tinha as unhas longas e bem-feitas, pintadas de um branco sóbrio, algo cada vez mais raro de ver no mundo do Apocalipse. Trazia um colar de pérolas ao redor do pescoço, unidas umas às outras por um fio dourado, e um anel dourado que encapava o dedo médio da mão esquerda.

Princesa estava descalça e, ao caminhar em direção ao homem que adentrara seu cômodo, manteve-se na ponta dos pés, o que fez com que suas grossas panturrilhas saltassem para fora. Bem mais musculosas que o resto do corpo, as pernas denunciavam a um observador mais atento que, no passado, talvez na juventude, aquela moça devia ter sido bailarina. Ela ofereceu a mão ao homem, que a tomou com cuidado e beijou-a delicadamente, fazendo-lhe a corte como se fosse um cavalheiro de séculos passados. Depois, os dois se abraçaram.

O homem estava seminu, suado e recoberto do sangue marrom dos quatro contaminados que havia matado em um magnífico espetáculo. Ele se sentou em uma cadeira de madeira colocada bem no centro do local, ao lado da qual havia uma bacia cheia de água e uma esponja. Princesa falou, numa voz macia como a de um anjo:

— Por que se arriscar assim, meu amor?

O homem a que todos chamavam de Tebas sorriu. A adrenalina do perigo era o combustível em suas veias. Era um sujeito intenso, para dizer o mínimo, do tipo que existem pouquíssimos no mundo. Ele era a vela que queima mais forte e na metade do tempo das demais. Era o mais claro trovão de uma tempestade. Contudo, ao lado dela, Tebas era comedido, não levantava o tom de voz, evitava usar palavras de baixo calão e parecia, de fato, relaxar. De certo modo, ele também a adorava como a uma deusa, tal qual os demais:

— Eu estava no controle da situação, Princesa.

— Nunca se está no controle quando se luta contra quatro. Não contra quatro!

— Bem... Talvez você esteja certa, como sempre. Mas o esforço valeu. Ao menos agora temos mais do que tínhamos antes.

— Se você continuar assim, daqui a pouco nenhuma comunidade vai querer participar de apostas contra você.

Ele gargalhou:

— Eu sou o único motivo de as apostas existirem. Todos querem me ver lutar. Todos querem me ver perder. Não é mais uma questão de troca e necessidade; as apostas se tornaram entretenimento. Eu sou... Como é que se dizia antigamente? Ah, sim, uma celebridade!

A mulher suspirou. Sentia que, de várias maneiras, aquele homem brutal, seu companheiro, não passava de uma criança grande. Seu nome poderia ficar maior do que ele?

— Pode ser. Mas não subestime o poder da mídia. Ela adora tanto elevar ao topo quanto derrubar. E nenhuma história pode ser considerada plena e completa sem incluir uma queda de verdade!

— O que quer dizer?

— As grandes histórias são feitas de ascensão e queda. É o que motiva as pessoas.

Tebas sorriu:

— Sim, suponho que você esteja certa. De novo. Todos adoram ver alguém que está por cima ficar por baixo. É um tipo de prazer brutal. Mas quem sabe nesta história, com um pouco de sorte, não seja eu a sofrer a queda?

— Assim espero. Tire as calças!

Ele obedeceu, ficando nu para que ela limpasse a parte inferior de seu corpo. A água estava fria e lhe dava arrepios. Eles estavam em uma barraca improvisada, montada na frente do trailer de Tebas. Ele comandava uma comunidade móvel, um grupo com algumas poucas dezenas de pessoas. Rodavam o estado praticando escambo com outras comunidades, faziam jogos, saqueavam tudo o que podiam e procuravam manter suas fileiras sob controle; afinal, quanto maior a quantidade de pessoas, maior a quantidade de problemas. Nos últimos tempos, a fama de Tebas como lutador (alguns até o chamavam de "gladiador") correra por todas as comunidades pequenas que, como a dele, viviam como nômades, e a ordem da vez passou a ser as apostas. E ele era, de fato, impressionante! Invencível! Um verdadeiro *showman* do Apocalipse! Logo, tal qual ele próprio dissera, não se tratava mais de ganhar ou perder bens e produtos, mas sim de proporcionar um espetáculo.

Ela molhou a esponja e começou a limpar as costas largas dele, não sem antes perguntar:

— Quer que eu chame as meninas para entretê-lo?

Ele, que ficava sempre excitado após um bom combate, não desperdiçou a oportunidade:

— Sim, quero.

Princesa apanhou um triângulo de orquestra e deu um leve toque. Não demorou muito para que três garotas entrassem e, sem dizer palavra alguma, sabendo exatamente o que tinham de fazer, fossem até os pés do guerreiro, ajoelhando-se e começando a estimulá-lo sexualmente com beijos e carícias. Princesa não se permitia ser tocada por outro homem que não fosse ele, mas a recíproca não era verdadeira. Tebas fechou os olhos enquanto era banhado e levado ao êxtase. Em sua cabeça, escutava uma voz, e a voz era o que não se explicava, era o que havia sido perdido. A voz fazia vibrar o corpo das moças em uma frequência solitária de agressão e vileza. Há muito, o limpo havia se sujado, a consciência fora dissipada, e esponja nenhuma poderia limpar o que restara na alma. Em seu lugar, um fosso negro e gangrenoso apareceu. Era época de vindima, e uvas maduras precipitavam-se dos galhos da mente degradada, aguardando pela fermentação. Um homem como ele mantinha-se fiel apenas a si mesmo e aos que lhe eram caros, como Princesa e seus fiéis seguidores. Os conceitos de certo e errado tinham, se não perdidos por completo, sido alargados para compreender novas possibilidades. A vida tornara-se algo deveras diferente do que era.

No chão, tapetes felpudos outrora só vendidos nas mais caras lojas de Era A.A. contrastavam com a precariedade do piso de asfalto — na verdade, uma parte do pátio onde a comunidade havia montado acampamento. Luminárias de ouro e candelabros de prata se misturavam com móveis coloniais e objetos absolutamente inúteis, como uma licoreira. Na parede do trailer, um espelho retrô de corpo inteiro era testemunha da vaidade de seus habitantes, e bem ao centro havia uma cama digna de uma verdadeira princesa, com véus brancos em toda a volta e madeira trabalhada à mão. Sobre uma escrivaninha no canto esquerdo, a verdadeira natureza do cômodo se revelava: havia cristais e runas, velas, incenso, um jogo de cartas de tarô, um pêndulo e diversos objetos estranhos, outrora considerados esotéricos. Toda aquela pompa havia sido recolhida ao longo dos últimos anos, parte dela pilhada de lojas deixadas vazias, parte obtida por meio das apostas — tudo para satisfazer a personalidade depressiva da bela Princesa, cujas emoções pareciam jamais vir à flor da pele. Ela não era fria, nem era calorosa; era neutra. Quando a comunidade se movia, os móveis eram todos transportados para dentro do trailer e guardados até a próxima parada. Assim que um novo acampamento era definido, a tenda era a primeira coisa a ser montada, sempre naquela mesma configuração, sempre da forma que satisfazia os estranhos gostos da mulher. As paredes de plástico eram totalmente privativas, e só entrava na tenda quem a Princesa permitisse. Contudo, ocasionalmente ela saía — em geral na calada da noite — com seu corpo esbelto, suas roupas transparentes e sensuais e seu comportamento divinal. Às vezes ela falava, embora isso fosse raro; na maior parte do tempo, apenas permitia ser vista pelos seguidores de Tebas, muitos dos quais se ajoelhavam espontaneamente como membros primitivos de alguma tribo antiga e selvagem. O fascínio pela personalidade dela estava simplesmente arraigado, de forma que as pessoas nem ao menos pensavam no que faziam, apenas o faziam de maneira automática.

Ela pediu a uma das meninas que fosse trocar a água da bacia. De forma casual, Tebas comentou:

— O pessoal conseguiu contato com uma nova comunidade a oeste daqui. Apenas alguns quilômetros cidade adentro, próxima ao centro. Estou pensando em ir até lá.

— "Centro"? — resmungou ela. — Acha isso sábio? Você, mais do que ninguém, sabe que a melhor forma de sobreviver é mantendo-se no campo e na periferia. É por isso que temos conseguido viver tanto tempo sem incidentes: por termos nos mantido longe dos centros!

— É verdade. Mas, ao mesmo tempo, acho que não há mais nada a ser saqueado na região. Onde vamos encontrar recursos? Não tenho intenção de tentar a sorte em lugares mais distantes sem saber o que nos aguarda. Isso, sim, seria perigoso. Fora isso, temos que dar um tempo até as outras comunidades se recuperarem. Você acabou de dizer que, logo mais, eles não terão o que trocar conosco... Eu pensei que uma mudança de ares nos faria bem. E certamente uma visitinha ao centro não vai nos matar.

A garota trouxe água nova e Princesa retomou o banho, no longo e lento processo de mergulhar a esponja, limpar o sangue coagulado da pele, e mergulhá-la novamente.

— E o que você sabe dessa comunidade? Falou com eles?

— Não. Mas o menino que toma conta do rádio... qual é mesmo o nome dele? Ah, não importa! Ele já captou transmissões deles duas vezes. Aparentemente, eles têm uma base fixa, com luz elétrica e até internet. São mais de duzentas pessoas. Parece que fazem transmissões diárias, convidando as pessoas a se juntar a eles.

— Loucos?

— Talvez idealistas. Ainda assim, pensei que uma base fixa poderia ter muita coisa interessante para nós.

— E se eles não gostarem de jogos?

Nesse momento, ela deu um belo abraço nele pelas costas, envolvendo seu peito, que parecia uma armadura medieval, e colou a lateral de seu rosto na lateral do rosto dele. De onde estava, conseguia ver as garotas estimulando-o e sorriu. Sabia que naquela noite os dois fariam um sexo sensacional. Ele gostava das preliminares com as meninas, mas, no fim das contas, sempre se guardava para ela.

— Todos gostam de jogos. Se não tivermos os jogos, o que nos restará? Só sexo. E não dá para viver de sexo o tempo todo. Além disso, acho que essa comunidade deve adorar jogos. Ela se chama Quartel, e parece que não é só o nome não. Tem um esquema meio militar mesmo. O líder, um tal de Manes, que eles mencionaram nas transmissões, parece ser muito durão e levar a comunidade a ferro e fogo.

De repente, Princesa afastou-se. Largou a esponja e ficou lívida. Deu as costas e recuou alguns passos, abraçando o próprio corpo como se sentisse frio. Tebas, percebendo que havia algo errado, perguntou de imediato:

— Princesa, o que foi? Está tudo bem?

Ela não respondeu. Seu olhar ficou fixo em um ponto, estático, como se ela estivesse vendo um filme sendo exibido somente em sua mente. Ele afastou as meninas e levantou-se, nu e molhado, intrigado com o súbito recolhimento da mulher. Então, ela rugiu:

— Meninas, vou precisar que vocês saiam.

Uma delas se arriscou a indagar timidamente:

— Senhora, fizemos alguma coisa errada? Nós...

A resposta foi um grito. E Princesa nunca gritava:

— Saiam!

As três agarraram as roupas e obedeceram, chispando da tenda como se o diabo as tivesse enxotado. Tebas, sem entender o que estava acontecendo, esperou que o casal estivesse a sós, e então questionou:

— O que foi isso?

A mulher fez um sinal para que ele se sentasse novamente. Contrariado, o gladiador obedeceu. Princesa contornou-o, posicionando-se de frente para ele; tirou a roupa transparente que vestia, ficando completamente nua, exceto pelas joias. Apesar de a visão divinal da mulher tê-lo feito se remexer na cadeira, o homem pareceu irredutível:

— Por que você agiu daquela maneira? Enquanto não me disser, nós não va...

Ela tapou a boca dele com o dedo indicador, ao mesmo tempo que sibilou um "Ssshhhh", então posicionou cada uma de suas mãos sobre uma das coxas dele e, ajoelhada no chão, começou a deslizá-las para a frente e para trás, imprimindo forte pressão sobre a carne do guerreiro. E, enquanto agia, falava:

— Eu sou sua, você sabe disso.

— Você é minha — repetiu ele, sentindo-se altamente excitado.

— E você é meu!

— Eu sou seu. Pertencemos um ao outro!

— E você jurou me proteger. Jurou fazer o que eu pedisse.

As mãos dela desceram para as partes íntimas de Tebas, circundando a região mais sensível em volta do escroto. De repente, como se tivesse reunido todas as forças para resistir ao suborno sexual que sofria, Tebas travou com firmeza as mãos da amante e rosnou:

— De que se trata isso tudo, Princesa?

— Essa comunidade...

— O que tem ela? Eu ainda não sei nada sobre ela, apenas o nome...

— Você disse que eles ainda não sabem sobre nós?

— Não. Se formos mesmo para lá, eu vou entrar em contato e marcar com o chefe...

— Manes? — ela proferiu o nome, num tom de desprezo.

— Isso, Manes. Qual é o problema?

Princesa se levantou e olhou para cima. Por um breve instante, seus olhos pareceram ter se enchido de lágrimas, o que entrava em conflito com sua habitual aparência espectral. Mas logo voltaram a estampar aquela sobriedade de costume, uma quase apatia, impenetrável. Então, ela contou:

— Eu observo uma cena corriqueira qualquer, como a água sendo cuspida de um esguicho barulhento, escorrendo pelo chão duro e empoeirado, escurecendo gradualmente o tom cinza da calçada; eu enxergo essa cena e, nela, encontro beleza. É onde está encerrado todo o mistério. As pessoas diziam que o mundo era belo, mas eu digo que é fácil olhar para o pôr do sol e dizer: "Meu Deus, que lindo!" ou, ao ver o nascimento de uma criança e dizer: "Essa é a prova de que existe um poder maior pairando sobre nós!". Mas as pessoas se esqueciam de olhar em outras direções. Ninguém enxerga a beleza que está ao redor; a beleza cotidiana. Aquela que está todo o tempo, em todos os lugares, ao alcance dos nossos dedos. Mesmo os muros de concreto são belos. Mesmo rabiscos imundos nas paredes têm atrativos. Mesmo construções cinzentas feitas pelo homem têm sua beleza. Mesmo o medo, a angústia, o sangue, a dor, o tormento e a petrificação da alma... Mesmo essas coisas são admiráveis e suntuosas a seu modo... Em tudo há beleza, pois a vida em si é bela. O mundo é profanamente belo. E, para enxergá-lo, basta saber como olhar.

Ele fez uma pergunta:

— Você acha o embotamento da alma belo?

— E não é? Onde mais achamos beleza, a não ser nas coisas feias? Nas coisas terríveis? Nas coisas maldosas? Onde há beleza maior do que na morte? Na perda? Na saudade? Onde há beleza maior do que na vingança? O belo não é percebido apenas por meio do contraste?

Um alarme soou dentro da mente de Tebas. Ele cruzou os braços e se aproximou da mulher, encarando-a:

— Vingança? Há beleza na vingança?

Ela o fitou com firmeza. Seus olhos eram como os de uma serpente, amarelos e venenosos. Olhar para eles intimidou o gladiador, que abriu involuntariamente as narinas, como se aquilo o ajudasse a puxar o ar que lhe faltava. Ela declarou:

— Eu sou sua. Você é meu. Pertencemos um ao outro, somos responsáveis um pelo outro. Há um pacto entre nós!

— Certo!

— Essa comunidade... o Quartel...

— Ele tem um nome maluco. *Ctebidonte* ou algo assim.

— Não me interessa o nome dele. Você vai arrasá-lo para mim! Vai arrasá-lo por mim!

Tebas ficou mudo. Não ousou, é claro, dizer que ela só podia estar brincando — não com aquela chama que queimava nos olhos da companheira —, mas ficou simplesmente sem ação. Por fim, rebateu, baixando a cabeça e afastando-se:

— Eu te amo, Princesa, mas isso não pode ser feito.

Sem titubear, ela o segurou pelo braço, cravando as unhas na pele e rugindo como uma leoa:

— Pode, e será! Não ouse me negar esse pedido!

— Então você terá que me dizer o que está acontecendo.

Princesa sorriu e, com a palma da mão, fez um carinho gentil no rosto dele, dizendo de maneira afável:

— Não posso.

— Como assim, não pode? — explodiu o homem. — Você acabou de pedir que eu exploda com duzentas pessoas e se recusa a me contar o motivo? O que esse tal de Manes fez a você? Como você sabe quem ele é?

Ela não respondeu, mas foi como se seu olhar dissesse tudo. Ele continuou:

— OK. Manes, nome *bunitu*, provável militar... Não deve haver tantos assim, certo? Compreendi que a história entre vocês vem de antes, mas terá que me dizer o que esse cara fez.

Ela permanecia irredutível:

— Não posso!

— Ele te bateu? Te espancou? Violentou?

— Jamais o vi antes.

— Meu Deus do céu! Agora é que não entendo mais nada. Você quer que eu mate um cara que você nem sequer conhece?

— Você não vai matá-lo. Vai destruir tudo o que ele tem. Tudo o que ele amar!

Tebas se sacudiu:

— Sinto muito, meu amor, mas não posso te ajudar! Não nessas condições.

— Você pode. E vai!

— Ah, é?

— É!

Há muito tempo ninguém falava com ele com tanta firmeza quanto ela o fizera naquele instante. Tebas travou contato com uma faceta desconhecida da mulher que aprendera a chamar de sua nos últimos três anos. Uma deusa, sem dúvida. Com os atributos de deusa — incluindo a ira. Enfim, ele cedeu:

— Tudo bem, bonitona. Então, que tal me dizer por que eu devo te ajudar, se você não pode me dizer o motivo?

— Simples. Porque está no seu poder me ajudar. E eu sou sua, e você é meu. Não foi o que dissemos? Não foi nossa promessa, selada com sangue? É sua obrigação. Está no seu poder, e é sua obrigação. E eu não posso te contar nada porque jurei que jamais falaria sobre o assunto. Não vou quebrar minha palavra; isso vai morrer comigo. Mas é um pedido que faço, Tebas. O único. O primeiro. O último. Você vai arrasar esse Manes e tudo o que ele mais ama neste mundo. Você fará isso por mim! Entendeu? E não ousará negar-me essa dádiva!

Quarenta dias atrás

— Tem certeza de que eles não vão nos ver aqui? — perguntou Princesa.

— Temos que ficar fora do radar deles e, ainda assim, conseguir observá-los. Mas esse aqui parece ser um bom lugar. Acho que não nos verão, a não ser que a gente dê bandeira, o que não vai acontecer — respondeu Tebas.

Ele sempre fora muito cuidadoso em tudo o que fizera. Sua comunidade havia tomado posse de um pequeno edifício de três andares, discreto e seguro, a quatrocentos metros do Ctesifonte. A chegada de seu grupo foi minuciosamente calculada para não ser percebida pelas sentinelas do Quartel, feita por meio de rotas alternativas, nos horários noturnos e evitando as grandes avenidas. O ponto onde estavam era mais alto do que a comunidade de Manes e protegido por vegetação natural, o que lhes dava melhores condições de vigília e maior discrição. A partir do que fosse observado, ele poderia traçar sua estratégia.

As ordens de Tebas foram rígidas e claras: todos os veículos foram colocados nas garagens e não seriam utilizados; as pessoas ocupariam os apartamentos do lado oposto à face do Ctesifonte, para que não fossem vistas; mesmo assim, deveriam evitar ao máximo as janelas. Todo cuidado era pouco: nada de fumaça, de tiros ou de barulho. Comeriam enlatados, não dariam festas e fariam um eficiente serviço de campana. Eles tinham o privilégio do anonimato, mas não deviam se descuidar de um homem como Manes, que, aparentemente, era duro na queda. O prêmio? Tudo o que havia dentro do Ctesifonte.

Trinta e seis dias atrás

— Aquele é Manes? — indagou Princesa, olhando através das lentes turvas de um binóculo para um homem parado na sacada do Quartel.

— Sim. Pensando bem, não parece grande coisa, não.

Ela ignorou o comentário de Tebas. Percebia certo senso de grandiosidade no homem, mesmo àquela distância. Todos o olhavam com reverência e respeito, e pareciam realmente confiar em sua figura, como se ela fosse majestosa.

— O que conseguiram descobrir até agora?

— Bem, aparentemente há mesmo mais de duzentas pessoas vivendo ali. A boa notícia é que a maioria delas é gente comum. Eles têm uma dúzia de guerreiros que treinam diariamente e saem em missões, mas, pelo que vi, os mais perigosos são o negro e o japonês.

— Mais perigosos do que você?

— Talvez. Precisamos achar os pontos fracos desse povo, mas não vamos conseguir fazendo a vigília a distância. Fiz um detalhamento do funcionamento do Quartel, porém, ainda precisamos saber mais.

Ela deu mais uma olhada pelo binóculo e perguntou:

— O que você sugere?

— Infiltrar alguém, é claro!

Um mês atrás

Tebas estava comendo tranquilamente quando um jovem, o responsável pela tocaia ao Ctesifonte naquele horário, adentrou o cômodo esbaforido, sem bater. Ele sabia que sua intrusão era inadequada, mas estava nervoso demais para ter qualquer tipo de tato. Tebas pulou do sofá, de susto. O jovem curvou a cabeça e se desculpou por seu comportamento, mas logo o justificou:

— Senhor. O Quartel...

— O que tem ele? Fala logo, garoto!

— Ele tá pegando fogo!

— O quê? Maldito Dujas!

Tebas correu para o quarto onde a campana estava montada, com seus binóculos e lunetas em uma janela protegida pela segurança de algumas árvores, cujo ângulo era mais favorável do que nas demais. Princesa já estava lá, observando a enorme construção ao longe, e um filete de fumaça preta saindo de seu centro. Ela perguntou:

— E agora?

— Não sei, droga! Que diabo aquele maluco aprontou lá dentro? As ordens eram explícitas: ele tinha que colher informações, nada mais. Droga! — Ele deu um murro na própria perna.

Ela falou, ligeiramente contrariada:

— Eu disse que ele era instável. Podemos ter colocado tudo a perder. Basta que ele tenha dito uma palavrinha errada, e já era! Não devia tê-lo enviado. O homem tinha se juntado a nós havia menos de um mês...

— Eu sei, eu sei. Por isso mesmo quis mandá-lo. Acha que eu queria arriscar algum dos meninos? Preferi enviar esse desgraçado, que não tinha nada a perder e queria provar seu valor. Só não achei que o cara fosse tão biruta. Vai saber o que ele aprontou lá dentro... — Ele olhou novamente para o Quartel. Em silêncio, era possível escutar, mesmo daquela distância, o ruído de uma peleja em andamento. Tebas ficou pensativo por um instante, depois falou:

— Os batedores estão todos fora. Pelo que vimos, não sobrou nenhum dos graúdos lá dentro. Não tenho a menor ideia do que possa estar ocorrendo.

Princesa estava tensa. Nos últimos tempos, havia se despido bastante de sua postura etérea e superior a tudo e a todos. Ela parecia, de fato, preocupada.

— Pretende invadir? Talvez seja o melhor momento, pois eles parecem estar vulneráveis.

Ele não respondeu, mas ficou um bom tempo observando pelo binóculo. Enfim, apontou para a rua e explicou:

— Sim, estão mesmo vulneráveis. Mas dá só uma olhada na quantidade de contaminados amontoados na frente do Quartel. Não me parece a melhor das ideias enfrentá-los em campo aberto. Não. Se tem uma coisa que aprendi na vida foi que informação é poder. Eu não vou me envolver em uma enrascada como essa sem saber o que está acontecendo de fato. Nós nem ao menos sabemos onde foram parar os guerreiros. Se fôssemos até lá agora, é possível que não conseguíssemos entrar, e ainda enfrentaríamos centenas de monstros. Não, é melhor aguardar e ver no que isso tudo vai dar!

Quinze dias atrás

— Você me chamou? — disse Princesa, entrando no quarto do amante.

— Sim. Olha, sei que você está chateada por não termos agido ainda...

— Estamos aqui há um mês! É mais do que suficiente para traçar uma estratégia — disse ela, interrompendo-o. — Nesse meio-tempo, o Quartel quase caiu sem mexermos uma palha. Não entendo a dificuldade...

— Eu sei. Mas você precisa compreender o que está em jogo. Os caras lá dentro são muito durões. Eu não tô brincando, é sério. Eles têm bons lutadores e estão bem armados. Mais bem armados do que nós. Um ataque frontal seria suicídio.

— Bons lutadores? Você é o melhor lutador que conheço!

Ele sorriu lisonjeado:

— Tenho a impressão de que não daria conta do japonês ou do negro. Seria uma péssima ideia enfrentar qualquer um deles em uma luta justa...

Ela deu de ombros:

— E então? Se infiltrar alguém não deu certo, o que pretende?

Ele a abraçou e a rodou pelo quarto feito uma boneca, conduzindo uma valsa com os pés dela fora do chão, enquanto falava:

— Você me fez um pedido, não foi? — Ela concordou com a cabeça. — Pois bem, eu vou realizá-lo. Sempre cumpro minhas promessas, ainda mais para a mulher que amo.

Ela o beijou. Adorava ouvi-lo dizer que a amava. Tebas a colocou no chão e prosseguiu:

— O plano é o seguinte: na próxima saída dos batedores, vou deixar um grupo nosso de prontidão. Eles vão sair ao mesmo tempo.

— Para quê?
— O que mantém essa comunidade funcionando?
— Como assim?
— Há algo que mantém a vida deles não só em níveis aceitáveis, mas que a torna até mesmo cômoda. O que é?
— Sei lá! — disse Princesa, dando de ombros.
— Energia! — respondeu Tebas com um sorriso malicioso estampado na face. — Energia elétrica, minha gata! Ao contrário de tantas outras comunidades menores e menos privilegiadas que encontramos nesses anos todos, eles não são autossuficientes. Dependem de algo vital para funcionar. Se cortarmos seu suprimento de energia, o Quartel vai ruir.
— E como faremos isso? — indagou a moça.
— Desde o momento em que soube que a energia funcionava, dediquei-me a descobrir o motivo. Acontece que há um grupo pequeno, seis ou sete pessoas, que toma conta de uma subestação de força a alguns quilômetros daqui. Esses malucos decidiram que manteriam tudo funcionando e realmente têm feito isso há tempos.
— Altruístas?
— Mais do que isso. Os caras são verdadeiros santos! Meu plano é simples. Assim que um grupo de campo sair do Quartel por algum motivo, deixando-o mais vulnerável, nosso grupo sai junto, vai até a subestação de força e corta o suprimento de energia da região! — Ele apontou na direção em que ficava a estação. — Sem luz e com a ausência de alguns guerreiros, disseminaremos o caos.
Princesa abriu um sorriso, mas quis saber de mais detalhes:
— E depois?
— Eu entrarei sozinho por aquele portão lateral. Ali fica apenas um guarda, e tenho certeza de que consigo passar por ele. Por bem ou por mal. Uma vez lá dentro, abro as portas e entramos com o grupo todo. Se eu estiver certo — e pelo que observei do comportamento desse povo até agora, com certeza estou —, é provável que, ao cortarmos a luz, outro grupo decida sair para ver o que está acontecendo, e o desfalque será duplo. Não teremos oportunidade melhor!
Ela o abraçou e sentou-se no colo dele, mantendo os braços em torno do seu pescoço:
— E quando estivermos lá dentro?
— Quando tivermos tomado o controle do Quartel, Princesa, então minha promessa estará cumprida e o seu pedido, satisfeito. Aí o destino de todo mundo que estiver lá vai ser exatamente o que você disser que será. Portanto, pense com cuidado no que quer fazer, pois, uma vez dadas as cartas, não poderemos voltar atrás!

Um dia atrás
— Tebas, dois batedores acabaram de sair de moto — alertou o jovem responsável pela campana.

O gladiador pareceu satisfeito por suas previsões estarem sendo cumpridas. Ele falou consigo mesmo, pensando em voz alta:

— Sim, eu previa isso. Manes e Espartano haviam saído mais cedo por algum motivo. O corte da luz não poderia ter sido mais providencial. Eles estão desfalcados em quatro lutadores agora. Quem foi que saiu?

— O velho e a mulher. A gostosa. Saíram de moto.

— Droga! Dois dos mais fracos. Não queria ter que enfrentar o negro e o japonês... Bom, mas agora não dá para voltar atrás. O que tiver de ser, será. Como está a frente do Quartel?

— Uma dúzia de contaminados, senhor.

— Brincadeira de criança. Bom, mande todos se prepararem. Enfim, chegou o momento que todo mundo estava esperando. A brincadeira acabou e nós vamos entrar em batalha. Reúna todos e diga que esse mês de espera vai, afinal, se pagar. Hoje nós vamos escrever a nossa história com sangue!

CAPÍTULO 74

Três batidas nervosas na porta tiraram Júnior de seu torpor. Ele estava relaxado, ligeiramente anestesiado, deitado na cama dura do quarto. O dia havia tido ação em demasia para alguém como ele, que estava acostumado a ficar sentado diante de um monitor de computador, mas tivera que experimentar a brutal batalha na praça e a fuga desenfreada pela avenida, com tiros vindos de torres distantes e uma multidão de infectados em seu encalço. Até aquele momento, ele não conseguia compreender o motivo de Manes tê-lo levado naquela missão. Sim, ele fizera contato com o operador da Catedral, o misterioso Oráculo, mas isso não queria dizer muita coisa. Até o momento, ninguém parecia ter se importado com a presença dele ali, e Oráculo ainda não havia se mostrado. Júnior sentia-se desnecessário, para dizer o mínimo. Sua vida fora colocada em risco e ele estava a mais de trezentos quilômetros do local que aprendera a chamar de lar, longe de seus conhecidos e do recente vínculo estabelecido com José, a quem se orgulhava de chamar de amigo de verdade.

Sentia falta das conversas que ambos tinham sobre cultura pop e nerdices. Júnior havia perdido a esperança de encontrar ali, no mundo do Apocalipse, alguém que gostasse das mesmas coisas que ele, que falasse a mesma linguagem e o compreendesse. Assim, a descoberta de um igual na pele de José foi um regozijo, um sopro de ar fresco. Eles falavam de tudo, em especial de teorias científicas malucas, principalmente sobre o Dia Z. Por exemplo, José contou-lhe que um *site* havia feito, nos primeiros meses da infecção, um cálculo exato da forma como ela se espalhara, supostamente comprovando que ela não fora exatamente simultânea no mundo todo, conforme alguns alegavam, tendo sofrido atrasos de alguns minutos (e, em certos lugares, de algumas horas) de um país para outro, avançando como uma onda. O que aquilo queria dizer, contudo, era outra história...

Também discutiam sobre cultura pop em geral, com frequência lamentando tudo o que havia sido perdido. Música era um dos temas favoritos, pois os gostos de ambos eram distintos e geravam conversas acaloradas. Por exemplo, Júnior afirmava que Leonard Cohen era um dos maiores compositores da história, mas José achava um saco:

— Como assim? O cara foi regravado por Tom Jones, REM, Joe Cocker, Concrete Blonde, Bon Jovi, Elton John e até pelo Bono. *Hallelujah* deve ser uma das músicas mais regravadas da história.

— E daí? É chato! A voz do cara é estranha.

A discussão quase acabou em pancadaria. Numa das conversas mais bizarras de todas, José perguntou:

— Já ouviu falar do dorodango?

— Do quê?

— Dorodango.
— Não. Que merda é essa.
José deu risada:
— Chegou perto. É a singela arte japonesa de polir lama. Mas eles também polem excrementos.
— ...?
— Tô falando sério.
— Quê?
— É sério. No Japão, eles tinham até competição disso.
Júnior coçou a cabeça, fez uma careta e retrucou:
— A grande pergunta é: como é que você sabe uma bosta dessas!
Também falavam bastante sobre quadrinhos, literatura e cinema. Em especial, relembravam filmes de terror, heróis de ação, grandes diretores e as divas do passado, com destaque para as chamadas Rainhas do Grito, que marcaram as décadas de 1970, 1980 e 1990.
— Depois dos anos 1990, não existiram mais Rainhas do Grito! — ele afirmara com propriedade. José, claro, discordava veemente.
Certa vez, eles se desafiaram para ver quem dava a informação mais obscura possível sobre essas atrizes burlescas e desconhecidas. Foi José quem começou:
— Carol Doda. Sabe quem é?
— Lógico! — respondeu Júnior, com ares de sabichão. — Achei que você fosse propor algum desafio!
— Tudo bem. Deixa eu complicar: qual era o nome do papel de estreia dela?
Júnior riu:
— Dá pra esquecer? Foi no filme *Os Monkees estão de volta*, de 1968 — aliás, um nome bem ridículo para um filme que se chama *Head* no original. E ela se chamava Sally Silicone!
Os dois riram. O nome da protagonista era apropriado, afinal, a atriz tinha seios enormes, ainda que naturais. Júnior prosseguiu:
— Minha vez: a primeira modelo oficial da Vampirella...
— Ridículo! Barbara Leigh. Se bobear, pode ser considerada a primeira *cosplay* da história. Minha vez... Cassandra Peterson!
— Porra, só pode ser gozação. Isso é senso comum! É algo que devia cair até no vestibular. É o nome verdadeiro da Elvira, porra! Chegou a assistir ao pornozão que ela fez no começo da carreira?! Vou te contar: ela não é morena, não. Dá pra saber por causa dos pelos da...
De repente, Ana Maria entrou no quarto e, reparando a excitação da dupla, perguntou qual era o assunto. José, claro, corou por sua esposa pegá-lo discutindo aquilo.
Boas memórias...
Sim, Júnior sentia falta do Quartel e temia os desdobramentos que os próximos dias trariam. Assim, aquelas três batidas firmes e enérgicas o fizeram dar um pulo na

cama. Ele ficou meio atônito, sem saber direito o que fazer ou como agir. Então, quando mais uma série de batidas se fez escutar, falou em alto e bom tom:

— Calma, calma, tô abrindo.

Na verdade, a porta não estava trancada, mas quem batia não tinha nem mesmo forçado a maçaneta para checar. Isso parecia ser um bom sinal; afinal, qualquer um com intenções de agredi-lo não bateria na porta, simplesmente invadiria o cômodo.

Júnior levantou-se e foi até a porta. Ao abri-la, teve uma enorme surpresa quando uma jovem esbaforida adentrou o recinto. Ela parecia bastante nervosa, quase elétrica, e pediu que ele fechasse logo a porta. Confuso, o técnico deu uma olhadela para o corredor, do lado de fora, o qual estava vazio; então obedeceu ao pedido. Perguntou de imediato quem ela era e o que estava acontecendo.

— Eu me chamo Felícia, mas você me conhece por outro nome.

A ficha dele caiu na hora; afinal, ele só "conhecia" uma pessoa na Catedral:

— *Você é o Oráculo?*

— Sim. Por quê?

— Bom, pra começar, eu achava que você era um cara... E bom... Uau!

Ele deu uma boa olhada nela. Era uma moça bastante jovem, provavelmente de uns vinte e dois anos, magra, olhos escuros e cabelos compridos. Tinha uma tatuagem de borboleta nas costas da mão direita e uma orelha com tantos furos que Júnior perdeu a conta. Seu rosto era bonito, porém havia nele marcas antigas de espinhas, típicas de quem teve a pele judiada pela acne na adolescência. Ela tentou apressá-lo:

— Temos que ir. Agora.

— Como é que é?

— Júnior, você vai ter que confiar em mim. Você está em perigo. Temos que ir. Já!

Ela foi muito contundente na forma como falou, mas Júnior costumava ser cauteloso com as pessoas e raramente se deixava levar pelas emoções. Era o lado racional, em geral, que comandava suas ações:

— Felícia, você é uma gracinha e eu não sou o tipo de cara cujo quarto as meninas costumam invadir, mas calma lá: eu nem sei quem você é. Como assim? Ir pra onde?

Os modos dela eram bastante ansiosos, quase beirando a histeria, e estavam contagiando Júnior, que não se sentiu nem um pouco à vontade com a situação. Parecia que ela ia estourar a qualquer instante, olhando para todos os lados constantemente (mesmo dentro do quarto), com as mãos tremendo levemente e lambendo os lábios sem parar, como se a língua fosse incapaz de descansar dentro da boca.

— Você não entende. *Ele* vai prender seu chefe.

— Opa, opa, opa. Peraí! Quem vai prender quem?

De repente, ela se sentou na cama. Na verdade, desabou na cama seria a descrição mais acurada, deitando a cabeça sobre as mãos, completamente esgotada e vencida. Exatamente por qual motivo ele mal suspeitava. Claro, Júnior não tinha a menor ideia do que era viver dois anos naquele inferno que, ironicamente, se chamava Catedral. Combalida, ela vomitou as palavras, praticamente sem respirar entre uma e outra.

— Eu tentei te alertar, Júnior. Implorei para que vocês ficassem longe daqui. Mas ele pede relatórios diários das comunicações, acompanha tudo o que fazemos. Se eu me arriscasse a contar os detalhes, correria o risco de perder a cabeça. Tinha que ficar quieta, e você não parava de me perturbar, dizendo que vocês queriam conversar e pedindo reuniões e sei lá mais o quê. Júnior, ele sabe tudo o que acontece aqui dentro. O homem é o Diabo. Eu queria ter avisado, queria mesmo, mas... Meu Deus, tem horas que acho que ele tem superpoderes, que é onisciente.

Ela se levantou e se pôs a zanzar de um lado para o outro do quarto, recuperando a inquietação, mas Júnior, puxando-a pelas mãos, a fez sentar na cama novamente e pediu que se acalmasse:

— Tudo bem, linda. Agora, vamos começar de novo, bem devagar. O que está acontecendo? Por favor, Felícia, ordene os pensamentos pra que eu possa entender.

Ela respirou fundo e foi o mais clara que conseguiu:

— O Bispo vai encarcerar todos vocês. Bom, talvez você não, mas seu chefe e o outro mal-encarado, com certeza!

Então, o óbvio acometeu Júnior; todas as peças se encaixaram, e ele compreendeu tudo o que ela quisera explicar.

— O Bispo vai prender Manes? É isso o que você está me dizendo?

Ela não respondeu, mas balançou a cabeça afirmativamente várias vezes, fazendo movimentos curtos e velozes. Júnior, abarcando a gravidade das notícias e contagiado pelo nervosismo dela como se fosse uma doença, levantou-se e falou:

— Puta merda, temos que avisá-lo! Temos que...

Ela tomou as mãos dele, como em súplica:

— É tarde demais. Ele já mandou um destacamento de guardas para buscá-lo.

— Então temos que ir até Espartano. Ele vai saber o que fazer. Ele...

Felícia também se colocou de pé e, olhando dentro dos olhos dele, o segurou apoiando as palmas de ambas as mãos em suas bochechas:

— Júnior, escute com atenção. Há três guardas tomando conta da porta dele. Não temos como chegar lá.

De repente, em um de seus inusitados momentos de humor involuntário, o técnico olhou para a própria porta e falou:

— Espera um pouco. E como você chegou aqui?

Ela respondeu na hora:

— Não há guardas na sua porta!

— Como assim? E por que não?

Felícia fez um sinal afetado com as mãos, como quem pedisse que ele se enxergasse, a fim de indicar que ele não representava ameaça alguma. Compreendendo a mensagem, embora ligeiramente contrariado, ele deu de ombros e resmungou:

— Tá bom, tá bom. Entendi! Ninguém precisa vigiar o gorducho...

— Mas eles virão. O desgraçado do Joaquim com certeza virá até aqui e pedirá que você faça parte da comunidade; dependendo do que responder, você vai ser liberado ou não. Mas os dois lutadores... Eles são caso perdido.

— Como assim?

— Nada que possa ameaçar o Bispo sobrevive aqui, OK? É uma das formas de controle dele. Confie em mim. Eu já vi acontecer. O cara é o anticristo, e esse povo todo parece hipnotizado por ele.

Júnior estava sem ação. Era informação demais de uma vez só. Não sabia se podia confiar na garota, mas a alternativa parecia deveras pior. Enfim, ele perguntou:

— Por que *você* está aqui? Quer dizer, pelo que entendi, você está colocando sua vida em risco ao bater na minha porta.

Felícia aproximou seu corpo do dele de novo e disse:

— Nunca imaginei que vocês viessem de verdade. Mesmo quando você disse que seu líder ia falar pessoalmente com o Bispo, eu achei que vocês estavam, sei lá, blefando ou jogando um verde. Claro, eu tentei evitar, mas no fundo achava impossível que viessem. Mas vocês vieram. Estão aqui de verdade... Vocês vivem há mais de trezentos quilômetros, mas vieram mesmo assim, não é?

Ele torceu o nariz, intrigado:

— Sim. É verdade.

— Então, essa é minha condição, Júnior: me leva daqui com você. Eu quero estar o mais longe possível deste lugar. Eu te ajudo e tiro você daqui. Mas o que peço em troca é que você me leve junto pra onde mora. Você deve ter um carro, não? Nós o pegamos e desaparecemos. O Bispo nunca vai nos perseguir, nem nada assim. Ele não se importa com o que acontece lá fora, só com o que rola aqui dentro.

Júnior começou a pensar em mil coisas ao mesmo tempo, que incluíam desde tentar traçar mentalmente o caminho de volta até a Sprinter, saber se conseguiria retornar à casa de Duda e até mesmo ao Quartel, mas, então, sacudindo todas aquelas imagens da cabeça bradou:

— O quê? Não, Felícia. Olha só, não posso deixar meus amigos. Se o que você me disse é verdade, eles...

— É tarde demais pra eles. Eu não tô brincando. É sério! Escuta o que tô dizendo: é tarde demais! E, se demorarmos, será tarde demais pra gente também.

Ela o segurou firme, quase sacudindo-o, e seus olhos faiscaram quando falou:

— Você não tá levando a sério o que contei! Isso aqui é o Inferno, entendeu? Se existe um Inferno, Júnior, você veio parar nele. E eu não aguento mais isso tudo. Tenho que sair daqui. Depois de todo esse tempo, você é a primeira e talvez a minha única chance. Aquele homem é o demônio encarnado. Nunca vi nada assim. E todos parecem amá-lo. Júnior, meu Deus do céu, se você soubesse as coisas que já vi... As coisas que acontecem aqui...

— Tudo bem, tudo bem. Calma. Me deixa pensar!

Ele parou por um instante e raciocinou. Repassou mentalmente todas as informações que ela lhe trouxera, pesou os prós e os contras. Isso ele fez em poucos segundos, com uma sagacidade de raciocínio invejável. Concluiu, enfim, que uma chance era melhor do que nada e que, se ela falava a verdade e Manes e Espartano estavam mesmo sob guarda pesada, ele não poderia ajudá-los. Enfim, perguntou:

— OK. Vou tomar sua palavra como verdadeira. O que faremos, então? Você tem como sair daqui?

Ela sorriu. Parecia realmente aliviada por ele ter concordado em estar ao seu lado:

— Se conseguirmos chegar até o carro de vocês, então estaremos salvos. Eu sei como nos tirar de dentro da Catedral sem que ninguém nos veja. Mas, uma vez lá fora, estaremos por conta própria. Os...

— Contaminados. Sim, claro. Malditos contaminados. Olha, Felícia, não vou mentir. Temos um carro, sim, mas ele está bem longe daqui. Nós conseguimos cruzar a cidade quase inteira sem sermos vistos por nenhuma dessas monstruosidades, mas acabamos cercados em uma praça e teríamos sido massacrados se não fosse pela intervenção das sentinelas da Catedral. Lá fora, teremos que correr o risco. A boa notícia é que tem uma amiga que pode nos ajudar.

Ela nem sequer titubeou:

— Eu corro qualquer risco, qualquer um. Só o que desejo é sair daqui.

Júnior olhou dentro dos olhos da moça e discerniu o medo latente:

— Aqui é tão ruim assim, a ponto de você querer arriscar suas chances com um completo desconhecido lá fora?

A resposta de Felícia foi enervante, porém sincera:

— Você não faz ideia!

CAPÍTULO 75

— Ai, caralho! Puta que o pariu! Caralho!

João abraçava o próprio antebraço, decepado bem no meio do rádio e da ulna. A ação de Tebas havia sido tão mortífera quanto veloz. Incrivelmente, a sentinela não sentia dor, embora o ferimento começasse a esguichar sangue para todos os lados. O intruso olhou para o alto, identificando e memorizando os pontos de acesso por onde as sentinelas se movimentavam no andar superior, depois examinou o corredor estreito que ligava o portão lateral ao centro do Quartel, tudo com uma calma irreprimível. Parecia que João não estava diante dele, que não havia um homem gritando de dor e segurando um toco de braço que cuspia sangue como um dragão cospe fogo. Tebas, enfim, voltou sua atenção para a vítima e encarou os olhos petrificados dela. Suspirou. Havia em sua expressão um sentimento estranho, uma mistura de senso de superioridade com misericórdia. Como um adulto que está prestes a matar um rato, mas que antes o observa e pensa que, apesar de tudo, trata-se de um mamífero bonitinho e indefeso, ele observou os espasmos de João, que, curvando-se como se fosse um corcunda, tentava se afastar de seu algoz. Então, o invasor sacou da cintura um revólver e mirou-o diretamente contra a testa da vítima, disposto a conceder-lhe uma morte limpa.

— A vida não é uma merda? — Ele achou que precisava dizer alguma coisa.

Então, puxou o gatilho. Foi uma morte piedosa, apesar de tudo. O corpo caiu no chão com um baque seco, e o ruído do tiro reverberou pelos corredores do Quartel. Imediatamente, Tebas abriu o portão lateral e fez sinal para um grupo de uma dúzia de seguidores que estava posicionado na esquina, apenas aguardando seu chamado. Ao verem seu líder, eles se cutucaram entre si, afoitos e sorridentes, e vieram correndo com a animação de quem vem para uma festa, lacerando os contaminados que não haviam sido mortos por Tebas durante sua passagem e estavam no meio do caminho.

Dentro do Quartel, Cufu deu um pulo na cama. Judite, ronronando a seu lado, assustou-se, perguntando:

— O que foi?

Já vestindo as roupas, ele falou:

— Esse último tiro...

— Que é que tem?

— Ele não foi dado das paliçadas ou da sacada. Veio de dentro do Quartel.

Judite franziu o sobrolho. A tarde tinha sido movimentada, desde a saída de Cortez e Zenóbia, com vários disparos feitos pelas sentinelas por quaisquer motivos que fossem. Será que Cufu não havia se enganado?

— Tem certeza? Pois pode ser...

Ele a cortou de imediato e lançou um olhar sólido e imperativo:

— Tenho. Vista-se, algo está errado!

Embora a maior parte do equipamento ficasse guardada dentro da sala de armamentos, os batedores jamais estavam desprovidos de algum tipo de arma, nem mesmo quando em seus quartos, nem mesmo quando iam dormir. Pelo menos uma pistola e um facão sempre estavam ao alcance deles. Judite tinha um revólver e uma lâmina. Cufu tinha uma automática, dois pentes e um facão. Eles se vestiram e se armaram em pouquíssimos segundos, e ganharam o corredor, onde encontraram um ofegante Kogiro vindo em sua direção. Cufu perguntou:

— Você escutou?

— Sim — respondeu o japonês. — Parece ter vindo da ala oeste.

Judite se intrometeu:

— Foi por onde Cortez saiu. Ficou apenas um guarda no portão lateral.

O trio apressou-se na direção determinada, porém mal havia avançado algumas dezenas de metros quando Kogiro e Cufu estancaram no lugar e congelaram, como se estivessem a escutar. Judite olhou para ambos, confusa, e perguntou:

— O que estão esperando? Vamos?

— Shhh! Quantos, Kogiro?

— Pelo menos uma dezena! — respondeu o outro.

Judite mordeu os lábios. Como lobos das estepes que localizam suas presas a quilômetros de distância, os dois batedores pareciam estar escutando algo que ela não era capaz de perceber. Temerosa, a batedora falou hesitante:

— São os contaminados? Eles entraram.

Kogiro engoliu em seco e mordeu os lábios antes de responder:

— Não. Quem quer que seja, eles estão calçados e andando quase em marcha. A maioria dos contaminados perdeu os sapatos há muito tempo...

De repente, como se a frase tivesse libertado uma trava mental em sua cabeça, Judite conseguiu escutar passos batendo no chão. E o barulho a agrediu com tamanha força que ela sentiu como se uma tropa estivesse marchando nos corredores do Quartel. O trio estava em uma intersecção que ficava entre a ala oeste e o coração da instalação. A entrada principal ficava do outro lado e, para chegar até ela, era necessário contornar a instalação inteira por fora, fazendo exatamente o caminho inverso que os contaminados invasores tinham feito havia pouco mais de um mês, quando Dujas escancarara os portões do Ctesifonte. Se conseguisse dar a volta, o grupo de invasores teria fácil e rápido acesso a praticamente qualquer ponto que quisesse, inclusive à sala de armas. Felizmente, se seguissem por dentro, os batedores cortavam caminho. Cufu falou:

— Kogiro, reúna as sentinelas imediatamente. Arme uma barricada na entrada principal e segure-os o máximo que puder. Os invasores vão se dividir assim que trocarmos fogo aqui, para tentar nos flanquear. Precisamos impedi-los de dar a volta completa e nos pegar pelas costas. Eu e Judite vamos ser a distração aqui.

— Vocês têm pouca munição!

— Sim, e nenhuma opção. Vai!

O guerreiro ébano estava certo. Não houve nova troca de palavras. Assim que o samurai partiu com um corisco nos pés, Cufu virou-se para Judite e falou:

— Me dê sua arma.

Percebendo as intenções dele, ela protestou:

— Quê?

— Me dê sua arma!

— Não vou te deixar sozinho aqui.

— Judite, temos duzentos civis aqui dentro. Você tem cinco minutos para reunir todos, separar as duas dezenas que sabem como usar um revólver, armá-los e trazê-los pra cá. A prioridade é defender o Quartel, mas, acima de tudo, proteger os inocentes, entendeu?

Ela o olhou como se aquela fosse a última vez que os dois fossem se ver. Ele não retribuiu o olhar do mesmo modo; ao contrário, devolveu uma encarada firme e segura, os olhos de um guerreiro! A batedora deitou sua arma nas mãos do amante e também saiu correndo, sem olhar para trás. Nem lhe deu um beijo!

Cufu ficou sozinho no corredor estreito e mal iluminado, apenas aguardando enquanto o barulho dos pés que açoitavam o chão ficava cada vez mais alto. O batedor agachou-se com as costas ligeiramente curvadas e estendeu os dois braços — uma arma em cada mão —, acocorado quase como uma esfera, imóvel e aguardando impassível. Não havia móveis para se abrigar, e o corredor era uma longa linha reta, sem cantos nem arestas. Sua única vantagem era a surpresa.

Ele se manteve estático por um momento que parecia não ter fim, conservando o olhar fixo no fim do corredor — um entroncamento com continuidade para a esquerda e para a direita. Os sons vinham da direita, cada vez mais altos.

Cufu mal respirava, rígido como uma estátua de mármore. De repente, um vulto entrou em sua linha de visão. O tiro foi certeiro. Uma única bala, sem desperdício, que acertou em cheio a cabeça do incauto invasor, polvilhando de vermelho a parede logo atrás. O corpo foi ao chão com um baque seco, enquanto o disparo ímpar ainda ecoava na instalação — uma ação tão precisa que nem sequer deu tempo ao homem de gritar. Imediatamente, uma voz vinda de trás do morto, fora da vista de Cufu, deu ordens expressas:

— Parem! Parem, porra!

O batedor estirou-se no chão sabendo que a retaliação viria impiedosa. Uma mão sagaz apareceu no corredor, sem mostrar o resto do corpo, e despejou uma saraivada de tiros, dando cobertura a outros invasores que passaram por detrás dela e seguiram em frente, com o intuito de contornar a edificação, conforme o batedor havia previsto. Cufu deu mais meia dúzia de tiros, mas não conseguiu acertar os alvos móveis, que passaram ilesos, exceto por uma bala de raspão no escalpo de um deles.

"Maldição!", pensou o guerreiro, ciente de que em poucos minutos as sentinelas enfrentariam fogo na entrada principal do Quartel. Quem eram aquelas pessoas, afinal? O dia já estava sendo engolido pelo ocaso, e logo a escuridão seria um problema em potencial.

Em seu quarto, ao escutar a troca de tiros, José estremeceu. A seu mando, Maria recolheu roupas para ela e o bebê, alguns utensílios básicos, incluindo mamadeira e fraldas, e juntou tudo em uma sacola.

— O que está acontecendo? — perguntou ela. A criança chorava por causa da barulheira e da percepção inconsciente da tensão que se avolumara no cômodo.

— Eu não sei.

Ela socou as fraldas dentro da sacola e, realmente enraivecida, bradou:

— Droga! Não podemos ter um pouco de paz?

Antes que ele tentasse acalmá-la, Judite apareceu na porta do cômodo. Ela estava suando, com os olhos esbugalhados e tentando recuperar o ar. Era evidente que havia dado uma boa corrida.

— Deu merda? — perguntou José.

— Me ajude a reunir as pessoas. Temos que levá-las a um local seguro.

— Como foi que os contaminados entraram? — o técnico estava confuso.

— Contaminados? Não. O que entrou foi um grupo de filhos da puta armados!

Kogiro já havia coordenado três sentinelas que estavam próximas da entrada principal. Eles estavam no corredor externo, por onde os veículos saíam, de costas para o grande portão de ferro — agora inerte pela falta de eletricidade. Uma sentinela explicou para o samurai que havia falado com João pelo rádio e que ele mencionara um elemento estranho que estava do lado de fora.

— Eu tive a sensação de que João ia fazer merda e saí correndo para procurar vocês. Fiquei indeciso se abandonava meu posto ou não, mas acabamos nos trombando no meio do caminho.

— Agora não importa — falou o japonês. — Temos que defender o Quartel a todo custo, ou estaremos perdidos. Não sei o que esses caras querem, mas brincar de casinha que não é!

Não demorou muito para que um grupo de meia dúzia de homens dobrasse a esquina. A troca de tiros foi imediata, brutal e visceral. Balas arrancavam argamassa das paredes e ricocheteavam em canos de metal expostos. Gritos e desordem. Insultos e faíscas. O grupo invasor avançava temerariamente, chegando a uma distância limite da barricada armada pelas sentinelas. Não havia muitos lugares onde se proteger, exceto barris de ferro utilizados como lixeiras e fendas nas paredes que faziam parte da arquitetura do Quartel. Um dos guardas, alvejado no ombro de raspão, rodopiou e caiu para trás, berrando de dor.

Cufu foi obrigado a recuar. Se permanecesse no corredor, logo seria abatido. Ele teve que abrir uma distância que não queria dar ao grupo invasor, mas, ainda assim, continuou a controlar a estreita passagem. Ninguém atravessaria aquele caminho correndo o risco de receber o primeiro tiro. Os disparos vindos do outro lado do complexo indicavam que Kogiro havia feito contato; quando outros três invasores conseguiram passar e seguir naquela direção, indo reforçar as fileiras daqueles que já haviam atravessado, Cufu ficou preocupado.

Tebas falou para os homens que ficaram consigo:

— Isso não está saindo como planejei. Prestem atenção: mudança de planos.

— O que vai fazer? — perguntou um deles.

— Vocês correm para ajudar os outros e, não importa como, tomam a entrada do Quartel à força nos próximos minutos. Não sigam por este corredor, pois quem está fazendo a segurança tem a vantagem.

— O senhor não pode ficar aqui sozinho.

O homem lançou um olhar sombrio para o portão por onde haviam entrado, que estava a alguns metros de distância deles, e respondeu:

— Eu não vou estar sozinho.

Captando a mensagem, os homens se imbuíram de coragem e cruzaram correndo a linha do corredor, entrando momentaneamente na mira de Cufu. O guerreiro, ao ver os vultos passarem (já era quase noite, e a falta de luz tornara-se um elemento crítico), deu dois disparos, ambos no vazio, deixando dois atacantes escaparem; porém, o terceiro não teve a mesma sorte. O tiro acertou-o em cheio no pescoço, derrubando-o no chão. Tebas bateu na coxa, de raiva, ao ver a cena, soltando uma imprecação. A ferida começou a esguichar sangue, e o homem, perdendo sua arma, levou as mãos ao pescoço e pressionou-o, como se, daquela forma, pudesse empurrar para dentro o líquido perdido.

O invasor caiu com as pernas tortas, a boca aberta e olhos arregalados, e ficou tateando o chão com a mão livre, procurando a arma. A outra continuava apertando o ferimento fatal. Balbucios incompreensíveis escapavam de seus lábios ensanguentados. Em outras circunstâncias, Cufu teria acabado com a dor dele, porém suas balas estavam quase no fim, o que o obrigou a ficar ali, vendo aquele arremedo de homem se contorcer como uma serpente esmagada pelos cascos de um boi. Tebas mordeu os lábios e falou para si próprio, em voz baixa:

— Sinto muito!

Então, desferiu o tiro de misericórdia à queima-roupa, que acabou com a dor do seu soldado. Cufu teve um sobressalto ao ver o corredor ser brevemente iluminado pelo disparo. Então, silêncio.

Tebas correu de volta até o portão e, decidido a levar aquela descida ao Inferno ao extremo máximo, destrancou-o e abriu-o de supetão. Havia dezenas de contaminados do lado de fora, mais até do que poucos minutos atrás, quando seu grupo entrara — certamente atraídos pela agitação e pelos tiros. Ele chamou a atenção para si dando um tiro para o alto, o que fez com que todas as criaturas que estavam na rua se virassem simultaneamente e olhassem para a pequena passagem escancarada e para seu porteiro, que tão gentilmente as convidava a entrar.

No instante seguinte, ele subiu as escadarias onde antes João estava de guarda, saindo do caminho da pequena massa que passava pela porta como o estouro de uma boiada, contorcida e desconjuntada, uivando e se debatendo, com olhos virados e bocarras abertas, todos prontos para saciar seu apetite de sangue. A maioria seguiu reto, ignorando a pequena escada lateral por onde Tebas subira. Os poucos que, de algum modo, "pensassem" na possibilidade de segui-lo seriam facilmente eliminados.

No fim do estreito corredor, Cufu sentiu-se insuflado de um novo nível de terror. Seus olhos cintilaram ao que os ouvidos captavam o som inconfundível da horda vindo em sua direção.

— Isso não pode ser bom!

CAPÍTULO 76

Zenóbia acordou assustada com o violento chute que Samael deu na cama. Os olhos dele cintilavam com um fulgor insano. Não havia sinal de Lilith. Com um meio sorriso estampado na face, ele indagou:

— E aí? Tá pronta pra se divertir?

A amazona não respondeu. Seu olhar percorreu o cômodo, analisando em detalhes tudo o que via, enquanto ela procurava se forçar a sair imediatamente do estado de sonolência no qual ainda se encontrava. Ele soltou as amarras dela, desta vez sendo bastante cuidadoso e não dando o menor espaço para que a prisioneira pudesse reagir. A seguir, prendeu ambas as mãos em uma única corda, unindo punho com punho. Depois soltou as pernas dela e fez um sinal para que se levantasse.

Ela não se moveu, apenas ficou encarando-o com ar desconfiado. Ele alertou:

— Se eu tiver que levá-la à força, vai ser bem pior.

Zenóbia suspirou. Não havia muitas opções. Enfurecer o homem significava correr o risco de apanhar, e ela não queria correr o risco de se machucar seriamente. Pelo menos não ainda. Enquanto se levantava o mais lentamente que podia, identificou sons diversos vindo da sala, um farfalhar de passos, um cantarolar agudo e desafinado, gorgolejos, sussurros e rosnados. Definitivamente, Lilith não estava sozinha.

— Você primeiro... — disse Samael, fazendo uma pose forçada de gentileza ao indicar que ela devia ir na frente.

A batedora fez um aceno com a cabeça e permitiu-se um sorriso cínico. Era evidente que ele não se descuidaria mais, como fizera antes. Talvez o ataque empreendido pela amazona tivesse sido precipitado, pois agora seu captor estava mais vigilante. Zenóbia caminhou a passos de tartaruga, avaliando a cada instante as condições e possibilidades ao seu redor, procurando traçar um curso de ação. Ela sabia que, no fundo, tanto Samael quanto sua esposa não passavam de dois amadores doidos, sem treinamento algum. Apesar de perigosos, eles não tinham estratégia, falhavam em cuidados básicos, e era pouco provável que já tivessem encontrado uma presa com as qualidades de Zenóbia, uma mulher treinada por caras realmente durões, como Cufu e Kogiro. A chance de a dupla cometer alguma falha de segurança era enorme. Bastava uma única oportunidade para que ela pudesse se aproveitar. Zenóbia cruzou os poucos passos que separavam o quarto da sala preparando seu estado mental para não se permitir chocar com qualquer que fosse a bizarrice com que se depararia. Ainda assim, o que viu a fez titubear.

A guerreira engoliu em seco. Chegou a dar um passo inconsciente para trás, como se desejasse retornar ao quarto, porém bateu de costas no peito de Samael, que lhe deu um leve empurrão, divertindo-se com a situação. Aparentemente, a surpresa das vítimas era grande parte do deleite.

— Que merda é essa? — bradou a batedora, enquanto corria os olhos de um elemento a outro da sala, captando a perversidade de cada detalhe, minúcia, pormenor e absorvendo à revelia a improbidade da cena. Jamais imaginou que pudesse existir tamanho nível de pecado no "Mundo Z", e, ainda que não fosse ela a causadora de tudo aquilo, envergonhou-se pelo simples fato de ser uma testemunha. Ela não sabia que aquela era uma recriação competente e insana de uma lenda babilônica há muito esquecida, mas isso não impediu que seu estômago revirasse.

Lilith estava seminua no centro da sala. A primeira coisa que saltava à vista, contudo, não era a nudez da mulher, mas as horríveis cicatrizes visíveis ao longo de todo o seu torso e de suas pernas, talvez resultado de cortes e lacerações, talvez mordidas, talvez um acidente, talvez todas essas coisas e outras mais... Era impossível determinar. Seus cabelos estavam soltos, porém adornados por uma bela tiara dourada no formato da boca de um dragão, cujos olhos eram duas esferas vermelhas. Colares, anéis, uma tornozeleira e um cinturão compunham o resto de seu visual, tudo feito de metal — talvez latão — nas mais diversas cores e formatos. Uma lingerie preta de látex cobria sua virilha, e uma capa transparente, talvez feita de seda, prendia-se a um dos colares, chegando até a altura dos joelhos. Seus seios estavam à mostra, e Zenóbia observou como uma das mamas estava horrivelmente desfigurada, parecendo ter sido, de fato, mastigada — quem sabe como fruto da situação de perigo em que a mulher se colocava constantemente, tal qual o desenlace que estava prestes a ser iniciado. Seu rosto estampava uma feição maníaca; ela movia o pescoço em rápidos semicírculos concêntricos, mantendo os olhos arregalados e sem piscar, a língua circundava os lábios no mesmo ritmo compassado do giro da cabeça, mas na direção inversa, o que criava um efeito atordoante.

— E as bestas do deserto se encontrarão com hienas; e o sátiro clamará ao seu companheiro; e lá Lilith pousará, e para si há de encontrar repouso — disse a mulher desvairada, com um tom de voz que pareceu evocar um cântico antigo. Ela correu as mãos pelo corpo, subindo das ancas para os seios e a nuca até jogar os cabelos para o alto em um movimento explosivo e teatral que coincidiu com o término da frase.

Em volta dela, completando o quadro pitoresco, estava uma visão cuja ideia já era de uma revulsão tão grande que quase fez Zenóbia convulsionar. Ela sentiu o estômago contorcer e a pele eriçar; um arrepio percorreu a espinha como se um golpe de vento gelado tivesse mordiscado suas costas nuas. Eram três demônios. Completamente nus e aprisionados. A claridade lúgubre do ambiente, oriunda das janelas cuidadosamente preparadas para dar aquele efeito, empregava-lhes uma aura ainda mais terrível. Eles não pareciam agressivos — ao contrário, pareciam ter medo de Lilith. Recolhidos cada qual a um canto da sala, agachados e encolhidos, davam a nítida impressão de que, a despeito de sua sabida ferocidade, temiam aquela mulher esquálida. Havia correntes atando seus tornozelos e punhos, presas a argolas parafusadas na parede, como se a sala tivesse sido transformada em uma espécie de masmorra medieval — detalhes que Zenóbia falhara em perceber em sua primeira incursão. As costas das criaturas estavam repletas de marcas de chibatas, nenhuma das quais eram recentes.

Não havia dúvida quanto à natureza dos seres; os olhos eram vermelhos e a pele, pálida, mas, de algum modo, aqueles não eram contaminados comuns. Mesmo naquela breve observação, era possível perceber que havia certo grau de raciocínio neles — pelo menos o bastante para que demonstrassem temeridade.

Zenóbia não fazia a menor ideia de como tinham sido levados até ali e, num primeiro momento, achou que o "como" não era importante. Contudo, foi impossível deixar de perceber que, a julgar pelos ferimentos imputados, eles não tinham sido capturados recentemente. Ao contrário; pareciam estar sofrendo maus-tratos havia muito tempo, algo no mínimo insólito. Samael, parecendo ler a mente dela, sorriu expondo os dentes amarelados e falou:

— Este é o nosso lar. Nosso mundo. Aqui temos tudo de que precisamos. Tudo o que queremos. Aqui somos nós que ditamos as regras. — Ele se aproximou da batedora, que, sem perceber, havia se encolhido, tentando comprimir a própria cabeça para dentro dos ombros, fugindo do hálito infeccioso de seu captor. — Nosso mundo!

A proposição que passou como um relâmpago pela mente dela foi assustadora, ainda assim clara e límpida como as águas plácidas de um lago. Todas as conexões mentais foram feitas, todas as ligações estavam evidentes, e seu sentimento de asco intensificou-se ainda mais. Um edifício inteiro sob o domínio daquele casal de malucos. Era essa a armadilha em que ela caíra? Há quanto tempo vinham fazendo aquilo? O que haveria nos outros apartamentos? Será que eles mantinham várias pessoas aprisionadas em diversos andares? Vários contaminados também? Será que abusavam de seus prisioneiros da forma que mais lhes satisfizesse e... E depois? Faziam o quê?

Zenóbia estremeceu. Olhou a sua volta, dessa vez de outra perspectiva, e percebeu o inequívoco: o casal não vivia naquele apartamento onde se encontravam. Agora tudo ficara óbvio! Aquele era apenas mais um local de aprisionamento, mais uma cela entre as muitas que eles deviam ter naquele prédio; talvez vivessem em outro andar — quem sabe na cobertura —, talvez até em outro prédio. Mas, decerto, não ali onde ela estava. "Como pude ser tão estúpida!", a batedora pensou, percebendo que, por causa de seu cansaço nas últimas horas, de seu estresse mental e emocional, se permitira cair na mesma arapuca que qualquer pessoa sem um terço do preparo dela cairia. Uma lebre entrando na toca do lobo, tal qual o fizeram dezenas antes dela. Talvez mais.

— Eu os tenho sob meu poder! — gritou Lilith, repentinamente. E então começou a apontar para cada um dos contaminados, à medida que articulava um nome. — Sansavi! Sansi! Samangelaf! No passado, vocês me perseguiram. No passado vocês me acossaram. Não mais! Hoje vocês são meus. Hoje eu sou o flagelo. Hoje a vingança é minha!

Samael se adiantou, como se a frase o tivesse incendiado e, com um cinto de couro enrolado na mão até a metade, deixando a fivela pendurada (Zenóbia não chegou a vê-lo pegar o acessório), descreveu uma série de golpes no infectado que estava mais próximo de si, o desgraçado a que Lilith se referiu como Sansi. Os ataques foram descoordenados e malfeitos, mas pelo menos um deles estalou como uma chicotada, deixando um enorme vergão no lombo da criatura, enquanto a maioria dos outros pegou apenas de raspão. Mesmo assim, a fivela brandida causou sério dano à pele desprotegida, promovendo lacerações que pareciam ainda piores em contraste com aquela tez clara e o sangue terroso que escorria.

De repente, ainda atônita pela loucura intrínseca de tudo o que testemunhava, tentando absorver aquela confusão de imagens e referências insanas e elaborar uma estratégia que pudesse ser sua rota de fuga, Zenóbia viu seu mundo cair. E daquele baque ela levaria um bom tempo para se recuperar.

Acuada, sendo brutalmente castigada, a criatura tentava proteger o rosto das pancadas. Incapaz de fugir por causa das amarras que a prendiam, emitiu um sibilo. Foi quase inaudível, uma voz rouca e desgastada, mas que soou como a turbina de uma aeronave decolando, tamanho o seu impacto:

— Chega...!

Aquela...
criatura...
falou.

O pensamento de Zenóbia foi desmembrado como se cada parte dele tivesse ganhado vida própria, corrido solto e sem rumo pelos confins da mente apenas para se reunir no mesmo ponto segundos depois e ceder lugar à coerência inerente à formulação de uma ideia. Ainda assim, apesar de ter visto e escutado, foi como se seus sentidos tivessem lhe pregado uma peça. Depois de quatro anos lutando contra aqueles seres inumanos de pele cinza, olhos vermelhos e sangue marrom, enfrentando nada além de ira desenfreada e de uma sede de sangue que jamais podia ser satisfeita, depois de assassinar incontáveis seres de forma desmedida e sem remorso, acreditando estar matando apenas bestas que não tinham mais nenhum elo com a humanidade, ali estava, diante dela, um ser que emitira uma palavra concreta, nascida das complexas conexões que os neurônios dos seres humanos aprenderam a fazer após milhares e milhares de anos de evolução. Linguagem! Uma palavra apenas... mas que mudava tudo!

Samael afastou-se como que satisfeito por ter arrancado da criatura aquele humilhante pedido de misericórdia, e ficou claro que nada daquilo era novidade para ele. No instante seguinte, Lilith aproximou-se, lasciva e dissoluta, e, sem fazer cerimônia, segurou o pênis da criatura — que, em momento algum, deu sinais de que poderia atacá-la — e começou a acariciá-lo.

Zenóbia não quis olhar o que viria a seguir, então faltou-lhe o conhecimento dos detalhes visuais, mas seus ouvidos captaram o terrível e depravado momento que, para todo o sempre, ficaria gravado em sua memória. De repente, ela sentiu vontade de chorar. Seu coração se comprimiu como se tivesse apanhado um objeto muito maior e o apertado para enfiá-lo dentro de um invólucro diminuto, forçando-o brutalmente para que coubesse. Era a isso que a raça humana havia se resumido? Uma impudica e concupiscente baderna carnal? Um banquete sanguinário e libertino de depravação e falta de regra? Não sobrara nada além da lúbrica manifestação mais primitiva dos sentidos, nada além de devassidão e violência?

Zenóbia, mirando o próprio umbigo para se forçar a não registrar aquela cena visualmente, limitando-se aos odores fétidos das criaturas e aos sons desregrados de Lilith, foi acometida da curiosidade mórbida que carcome a mente do ser humano e sentiu-se compelida a espiar, a dar uma imagem aos sons que chamavam sua atenção – e ela se odiou por isso. Como explicar o sentimento que nasce dentro do homem e o leva a almejar e a concretizar tamanhas perversões, a ser devasso e corrupto, a agir como uma infecção que espalha pus e podridão, a cultuar a flagelação e a embriaguez como uma bacante, e a tornar-se um servo da ruína e da destruição? Sânie. Assolação. A subversão, supressão e decomposição de tudo o que importa... Como explicar?

O ato foi feito. Consumado.

Com brutalidade, sem aviso, Samael agarrou a amazona pelos cabelos, forçando seu pescoço na direção da dupla em cópula e cochichando nos ouvidos dela:

— Viu o que eu disse? Acredita agora? Eles são pervertidos. Mesmo ficando aprisionados por dias. Mesmo sendo açoitados e maltratados, mesmo se ficarem sem comer e apanharem... É sempre a mesma coisa: elas ficam molhadinhas e eles... É só pegar no pinto deles que acontece isso!

Ele virou o rosto de Zenóbia e a obrigou a olhar, segurando-a pelos cabelos e pelo queixo, mantendo seu pescoço travado enquanto falava repetidas vezes: "Olhe!". A cena, captada de relance, era horrível. Lilith estava em puro deleite, os joelhos e as palmas da mão apoiados no chão. A criatura estava atrás dela, com as unhas afundadas na pele branca de suas coxas. Samael prosseguiu:

— Mas esses são os bonzinhos. O problema são aqueles raivosos... Eles só querem saber de morder. Rasgar. Matar. Mas tenho certeza de que, quando você abrir suas pernas pra um deles, eles vão te comer. Claro, depois, vão te devorar. Se é que me entende.

Zenóbia, que havia desviado o olhar, fitou novamente a cena. Dessa vez, por vontade própria. Pouco a pouco, novas conexões foram feitas em sua cabeça, e ela lembrou-se das várias histórias que já havia escutado sobre contaminados que agiam de maneira diferente da maioria. E, o que era mais importante, lembrou-se do relato de Espartano sobre seu cárcere. Talvez ele não estivesse tão maluco, no fim das contas, e realmente existissem criaturas que conservaram um mínimo de raciocínio. Ou, quem sabe, elas não fossem diferentes, mas sim antigos infectados brutais que estavam regredindo ao estado humano. Talvez o que havia feito aquilo com as pessoas, seja lá o que fosse, estivesse, de algum modo e por motivo desconhecido, se revertendo, mudando-as de novo. Seria possível? Aquela ideia, por mais maluca que fosse, estava lhe ocorrendo enquanto ela observava um contaminado bolinando uma mulher por trás, tocando seus seios com ardor, vivendo um momento de entusiasmo e sensualidade, em contraponto a qualquer outro ser vivo na natureza, que simplesmente se reproduz. Ali, independentemente da explicação, havia algo mais. Algo misterioso. Mas as palavras de Samael não a deixavam em paz:

— Lilith vai terminar com Sansi e depois vai passar para outro. E sabe o que vou fazer? Vou abrir a garganta dele. Vou pegar o sangue quente do monstro e vou passar no seu rosto. O que acha? Te excita? Não? Mas excita Lilith, é o que importa. E vou fazer o mesmo com os outros dois; depois que ela acabar com eles, claro. Mas não se preocupe. Sempre há novos demônios, ou anjos caídos, para brincarmos.

De repente, ele sorriu. Havia uma enorme e torpe satisfação em seu ser, como se aquele tormento psicológico o excitasse:

— Sempre há diversão em nosso mundo.

Aquele homem sujo e amoral era negro como uma cárie e estava completamente contaminado pelo que quer que tivesse dissolvido sua mente. Ele acariciou o rosto de Zenóbia como se quisesse se desculpar pela forma como a tratara antes, mas sua atenção se voltou novamente para a cópula.

Lilith começou a gemer. Zenóbia sabia o que estava acontecendo e, mais uma vez, desviou o olhar. Depois de absorver toda aquela loucura, sua mente já retornara ao lugar. Ela já se acostumara com a circunstância — não é surpreendente a capacidade de adaptação do ser humano? — e voltara a raciocinar direito, a pensar em sua fuga, em sua sobrevivência. Havia novas informações importantes a considerar. Primeiro: o casal não vivia ali, e aquele era provavelmente apenas um dos muitos apartamentos em todo o prédio onde eles mantinham pessoas ou criaturas aprisionadas. Segundo: eles não eram especialistas em segurança, tampouco pródigos em combate. Suas armas eram pobres e seus meios escassos. Terceiro: eles tinham a intenção de colocá-la de frente com um infectado de verdade, um dos raivosos que ela conhecia muito bem. E, por experiência própria, a amazona sabia que infectados tumultuam facilmente qualquer ambiente onde estão. Talvez fosse esta, afinal, a sua melhor oportunidade, por mais bizarro que parecesse.

Samael levantou-se e afastou Lilith de Sansi. A mulher levou um dedo ao lábio, mimetizando os trejetos de uma atriz pornô, como se houvesse uma câmera registrando seus atos. Ela trocou olhares com Zenóbia e circundou os lábios com sua língua carnuda e vermelha. Samael havia deixado o cinto de lado, trocando-o por uma faca. Diz a mitologia que Lilith era capaz de decepar um pênis com os lábios vaginais. Naquele cômodo, a faca executou o serviço sujo que a mulher não era capaz por si só. Os gritos do contaminado persistiram por alguns segundos, agudos e rasgados, antes que sua garganta fosse cortada.

Sangue marrom.

Lilith passou a mão sobre o líquido espesso e esfregou-a em suas partes íntimas. Depois, molhou o dedo na poça que se formava, foi até Zenóbia e fez uma cruz em sua testa. Faltavam dois anjos ainda. Dois demônios. Duas almas perdidas, lançadas no círculo de fogo cruel do Destino. A batedora suspirou, ciente de que sua jornada ainda estava no começo.

CAPÍTULO 77

Princesa observava atentamente a cena da janela do apartamento que o grupo havia ocupado. Mesmo a distância, era possível ver os detalhes, captados ora a olho nu, ora com a ajuda de um binóculo, que ela utilizava e colocava sobre a mesa apenas para tomá-lo novamente e largá-lo, num rodízio incessante que denunciava seu nervosismo, assim como o tremor de suas mãos e o balançar involuntário das pernas.

Ela viu o amante se lançar com destemor em meio a um grupo de contaminados, cruzando a rua com um facão em mãos, garantindo que o portão lateral seria aberto. Como ele poderia ter tanta certeza? Ele deu ordens expressas para que seu grupo ficasse fora do campo de visão do Quartel e que não interferisse, independentemente do que acontecesse a ele. Seria aquilo uma dose excessiva de confiança, loucura, um ímpeto de autodestruição, ou ele, de fato, conhecia o comportamento humano e sabia como as pessoas reagiriam? Qualquer que fosse o motivo, não importava mais. As cartas estavam sobre a mesa, todas com a face virada para baixo, sendo reveladas uma de cada vez.

Ela começou a sentir uma comichão nas mãos e um nó na garganta. Os segundos de confronto de seu amado eram intermináveis e, embora ele fosse um guerreiro habilidoso — talvez o mais habilidoso de todos —, havia limite para seus feitos.

De repente, quando o coração dela parecia prestes a colapsar e seu nervosismo era tamanho que contagiava as mãos, fazendo-as tremer a ponto de o binóculo não conseguir mais ser mantido firme, o portão se abriu, tal qual ele previra. Princesa abriu junto um largo sorriso e foi incapaz de evitar a sensação de triunfo que tomou seu corpo, ainda que ela soubesse que eles haviam apenas arranhado a ponta do *iceberg* e que muito precisava ser feito antes que o Quartel caísse.

— Começou! — ela disse em voz alta.

Deixou o binóculo sobre a mesa e afastou-se da janela. De repente, a ansiedade baixou e ela perdeu o desejo de continuar acompanhando passo a passo o desenrolar daquele drama. Caminhou até a extremidade oposta do quarto e sentou-se sobre a cama, onde um baralho de tarô havia sido cuidadosamente disposto. Ela apanhou uma carta e virou-a para cima.

A Justiça. O décimo primeiro Arcano Maior.

Novamente, Princesa sorriu. Uma senhora segurando a espada em uma das mãos e a balança na outra. Dentro da balança, uma moeda e uma taça, ambas se equilibrando mutuamente, mantendo o vital equilíbrio entre matéria e emoção. Ela fechou os olhos e refletiu — conquista por seus próprios méritos. Era o que a aguardava. Era o que a carta dizia.

Ainda mantendo os olhos fechados, captou vindo de longe, da fachada do Quartel, sons de tiros, gritos, rugidos e uivos, que navegavam sinuosamente pelo ar. A hora da retribuição havia chegado, o único motivo pelo qual ela se permitira viver naquele mundo hediondo e brutal: vingança! Os sons foram se aprofundando, aumentando, se fundindo aos sons que vinham de dentro de sua mente, das memórias de tempos passados. Sons que cicatrizaram nos confins de seus mementos. Misturada a eles, veio a primeira lembrança: a voz em um megafone.

Princesa ajoelhou-se na frente dos dois filhos e falou com o máximo de honestidade que pôde:

— É importante que vocês prestem atenção no que vou dizer!

Ela foi dura com as crianças. Eles eram jovens, muito jovens, apenas sete e nove anos — o casal mais lindo que ela já vira em toda a vida, com seus olhos angelicais, cachos dourados como ouro e sorrisos suaves, embalados por vozes doces como mel. Mas não naquele dia. Naquele dia, os olhos deles não paravam de liberar filetes de lágrimas salgadas, os lábios tremulavam, e as únicas palavras que escapavam eram súplicas de medo, perguntas sobre onde estava o pai deles, sobre o que estava acontecendo e por que eles tinham de sair de casa.

— Crianças, nós estamos em uma região perigosa da cidade. Muito perigosa. Mas os soldados vieram nos ajudar.

— Eles vão lutar contra os homens maus? — perguntou o mais velho.

— Sim. Eles vão. E nós precisamos aproveitar pra ir junto com eles.

A menina abraçava um Snoopy de pano sujo e encardido. O menino era "velho" demais para aquelas besteiras. Já um homenzinho, ele precisava fazer as vezes de defensor do lar na ausência do pai, precisava demonstrar liderança. Princesa abraçou forte os dois, mantendo-os sob sua asa o máximo que pôde, quando o megafone soou mais uma vez:

— Atenção, moradores! A retirada será iniciada imediatamente. Repetimos: a retirada será iniciada imediatamente. Saiam de suas casas sem pertences e se dirijam para o veículo militar mais próximo de seus lares. Repito: não carreguem pertences!

A mensagem foi repetida várias vezes, até Princesa perceber que o trio precisava ir. A região sul da cidade havia se tornado um caos, um verdadeiro antro de criaturas, e a Paulista era uma espécie de ninho. Havia milhares de criaturas por todos os lados, de forma que o simples trânsito na rua era impossível. Famílias inteiras morriam de fome por não poder sair de seus apartamentos. Ela fizera o impossível para manter a si e a seus filhos a salvo naquelas circunstâncias indigestas; então, quando o ataque foi marcado e a extração anunciada, Princesa sabia que aquela seria sua única chance.

Contudo, ao ganharem as ruas, o sonho do resgate tornou-se o pior de todos os pesadelos. Havia desordem por todos os lados, com grupos de soldados sitiados em barricadas improvisadas, disparando em todas as direções, acuados por milhares de contaminados. Princesa ficou parada por alguns instantes na porta do prédio onde morava, vendo os tiros cruzarem a avenida sob uma nuvem de fumaça que sufocava os gritos dos homens e urros das feras. Uma violenta explosão de algo que se assemelhava a um morteiro a fez ajoelhar-se no canto, protegendo instintivamente seus filhos; diante de seus olhos nus, ela testemunhou metade do prédio do outro lado da rua simplesmente se desmanchar, implodindo sobre suas fundações como se fosse um brinquedo de papelão. Uma nuvem de fumaça foi cuspida dos entulhos e cobriu tudo por dezenas de metros, arremessando fragmentos de cimento, vidro e argamassa a uma distância tal que ela própria foi golpeada pela chuva de destroços.

"Voltar para o apartamento!"

Foi o primeiro pensamento que lhe ocorreu; colocar seus filhos em segurança. A menina chorava copiosamente, os olhos premidos e o rosto roxo. O Snoopy havia desaparecido. Meia dúzia de soldados passou correndo diretamente na frente do portão, e Princesa, espichando a cabeça, conseguiu identificar que havia diversos caminhões a uma distância de uns cem metros. Era verdade. Apesar de tudo, as pessoas *estavam* sendo removidas!

Súbito, uma criatura tomou ciência da presença deles e veio correndo em sua direção, desvairada e babando, com os olhos petrificados de ódio. Princesa manteve-se abaixada, protegendo seus filhos, com a mão em suas cabeças, apertando-os contra o tronco. O contaminado trombou violentamente com a grade de ferro que compunha a fachada do edifício e se debateu com ferocidade ao perceber que havia sido privado de sua presa. Ele parecia não ter consciência da simples possibilidade de escalar a grade, apenas continuava se agitando contra as lanças de ferro, despido de qualquer raciocínio básico.

Voltar para o apartamento? E então, o que mais? Qual seria o destino dela e de seus filhos? Morte lenta e dolorosa por inanição? Os olhos de Princesa se encheram de lágrimas, e seu coração palpitou quando ela se imaginou fazendo o inimaginável: libertando seus filhos do sofrimento, após ter imputado meses de sofrimento a eles, prendendo-os em um cubículo sem água nem comida. Não! Nada do gênero jamais poderia ocorrer!

Um tiro explodiu a cabeça do contaminado, fazendo voar miolos por todos os lados, inclusive nela. De repente, um jovem soldado trombou no portão, suado e carregando uma arma que parecia do tamanho dele:

— O que tá fazendo aqui, moça? Os civis têm que ir para trás das barricadas!

Ela não sabia o que dizer. Percebendo a confusão da moça, o soldado apontou para os caminhões que ela havia visto e gritou:

— Ali! Os caminhões estão retirando os civis e levando para um local seguro. Você tem que ir pra lá! Agora!

Novamente, sem nada dizer, ela fez um sinal indicando as duas crianças. O soldado começou a soltar uma imprecação, mas não teve tempo de concluí-la. Havia uma dúzia de criaturas lançando-se sobre o homem, surgidas do meio da nuvem de poeira que só agora começava a baixar e permitir que os contornos mais volumosos da avenida fossem vistos. O homem respondeu com uma rajada de balas que cortou ao meio a maioria dos corpos que o cercavam, mas não foi suficiente.

Princesa desviou o olhar. Eles o seguraram e, com as unhas, rasgaram a pele de seu rosto, arrancando-a como se fosse pele de frango assado, mordendo seus braços e destroçando o equipamento militar. Os gritos do homem se misturaram aos uivos e, de repente, uma nova rajada de balas atingiu o monte de monstros que se avolumaram sobre ele. Três outros soldados apareceram, chutando os pedaços das criaturas de cima do corpo do companheiro. Um deles falou:

— Puta merda, ele ainda tá vivo!

Princesa, que quase fora atingida por aquela segunda saraivada de tiros, levantou ligeiramente a cabeça e percebeu que o soldado atacado, transformado naqueles breves segundos em uma massa vermelha de carne avariada, murmurava algo e levantava o braço trêmulo, com o polegar estendido. Sem titubear, um dos que chegaram depois deu um disparo certeiro na testa do colega, ceifando sua dor.

— Vamos dar o fora daqui, porra! — gritou o terceiro. Foi quando Princesa saiu do canto em que estava e se revelou:

— Por favor, me ajudem! Me levem pro caminhão.

Assustados com a súbita aparição da mulher, os três levantaram as armas por reflexo, quase disparando na direção da voz.

— Cacete, mulher! Que é que você tá fazendo aqui, no meio da guerra?

Ignorando o comentário, ela revelou seus filhos, falando:

— Precisamos de ajuda.

Um dos soldados alertou:

— Acho que tem uma massa deles vindo aí.

A visibilidade havia aumentado, mas ainda não era o suficiente. O barulho de tiros só crescia. Outro soldado ralhou:

— A gente vai é tomar bala perdida aqui, isso sim.

Então, virando-se para aquele que havia atirado na cabeça do colega, ordenou:

— Pega as crianças e leva pro caminhão. Nós dois a levamos.

O soldado pareceu contrariado. A única coisa que ele falou foi:

— Aqui, porra?

Sem entender o teor da conversa, a mulher indagou:

— Do que vocês estão falando? Eu não vou me separar dos meus filhos!

— São ordens do Capitão Manes. Crianças em um caminhão, adultos em outro. O caminhão das crianças é mais bem guardado, e, como não tem espaço pra todo mundo, tem que ser assim.

Ela olhou para os filhos. As balas zuniam. Como se quisesse tranquilizá-la, o soldado falou:

— Os dois veículos vão pro mesmo lugar, dona!

A poeira baixara bastante e, a poucos metros de distância, vindo do outro lado da rua, um grupo enorme de contaminados corria na direção de um batalhão inteiro. Eles estavam verdadeiramente no meio de uma guerra, com jipes, tiros e explosões.

— Vamos, mulher! Abre esse portão logo!

As mãos de Princesa tremiam. Algo lhe dizia para não fazer aquilo. Um instinto que tentava avisá-la de que alguma coisa não se encaixava.

— Capitão Manes? — perguntou ela.

— Sim — respondeu o outro. — Não há comandante melhor nessa porra de mundo. Ele sabe o que tá fazendo. Foi ele que mandou ser assim. Mulheres de um lado, crianças do outro. Agora abre, ou te juro que vou embora dessa merda e te largo aí com os dois pirralhos!

Pressão! Desespero! Levando as pessoas a fazerem tolices.

Ignorando seus instintos, Princesa meteu a mão no bolso da calça e tirou uma chave, que usou para destrancar a fechadura de ferro, permitindo a entrada do trio.

O soldado que discutira com ela foi o primeiro a entrar. Imediatamente puxou as duas crianças pelos braços e, voltando-se para o colega, falou:

— Leva os dois pro caminhão. Corre e não olha pra trás. A gente vai logo atrás de você.

E, então, numa fração de segundo, estava feito. Princesa fez menção de protestar mais de uma vez naquele parco espaço de tempo, pensou em voltar atrás, em correr para junto de seus filhos; pensou mil coisas, mas não realizou nenhuma delas. E, num piscar de olhos, seus filhos desapareceram portão afora, levados por um soldado em meio a uma zona de guerra. Foi só diante da ausência deles que ela se deu conta do que havia feito e insinuou-se para fora do portão, tentando seguir atrás, mas foi segurada inesperadamente pelos dois soldados que ficaram ao seu lado.

— Que merda vocês estão fazendo? — gritou ela. — São meus filhos!

— Ô, dona, mas que boca suja! — falou o primeiro, com certo sarcasmo na voz. A postura corporal deles havia mudado. Depois de puxar Princesa para dentro do prédio novamente, eles fecharam a grade atrás de si e a empurraram com força para o interior do edifício. O empurrão foi tão forte que quase a derrubou no chão. Recompondo-se, ela ergueu o indicador e ameaçou:

— Eu não sei o que vocês estão achando, mas eu estou lendo seus nomes nos uniformes e vou falar pessoalmente com o Capitão Manes sobre isso. Se não me levarem para o caminhão agora...

— Vai fazer o quê, dona?

O outro ironizou:

— Foi o próprio Capitão quem deu essas ordens... Você lembra?

— Sim. Ele disse no caminhão: "Garotos, vocês podem estar mortos amanhã. Então, não façam nada que eu não faria!".

— Foi exatamente o que ele disse.

Havia um tom de intimidação nas vozes. Eles começaram a caminhar lentamente na direção dela, cercando-a como dois predadores fariam com uma presa indefesa e acuada. Princesa recuou até suas costas tocarem a parede oposta e gritou, em pânico:

— O mundo tá caindo lá fora! Qual é o problema de vocês?

Os dois, sorrindo, continuaram a conversar como se ela não estivesse presente, torturando-a emocionalmente, enquanto desafivelavam o cinto do uniforme, depois de deixar as pesadas armas de lado, encostadas na porta de entrada do saguão principal:

— Amigo, acho que a gente tirou a sorte grande desta vez...

— Tiramos mesmo. Dá uma olhada no corpo dessa vadia!

— Olha o tamanho dos peitos... Aposto que tem silicone.

— Com certeza. Perfeitos demais!

— E aí, vadia? Você tem silicone?

A última frase não soou mais como ameaça, mas sim como um ataque direto. As bombas e tiros explodiam ao longe, na avenida. A fumaça tornou a subir, nublando toda a percepção do que ocorria lá fora. Princesa tentou correr, mas já era tarde demais. Eles a agarraram e a derrubaram no chão sem a menor cerimônia.

Ela gritou até ficar rouca e os pulmões parecerem querer estourar, mas de nada adiantou. Eles nem tentaram calá-la; na verdade, os gritos os divertiam ainda mais. Os dois não bateram nela, apenas a violentaram brutalmente, se revezando várias vezes, até que seu ânus e sua vagina estivessem inchados e sangrando. Mas não era com sua dignidade que Princesa estava preocupada. Cada instante em que ela era mantida ali, era mais um instante longe dos filhos. Ela implorou para que a deixassem partir. Mesmo quando eles já haviam se satisfeito, ela implorou, mas, infelizmente, uma vez não fora o bastante para eles. Excitados com o bombardeio, com o perigo, com a transgressão, eles quiseram mais. E depois ainda mais.

As lágrimas escorreram, purgando a alma da mulher. Quando tudo acabou, os dois soldados se vestiram e a deixaram exatamente onde estava, largada no chão, em farrapos, soluçando e gaguejando. Ela encontrou forças para implorar por uma resposta:

— Por favor... O caminhão... das crianças... Onde?

Afivelando o cinto, um deles respondeu de forma seca e abrupta:

— Não faço a menor ideia, dona.

E eles desapareceram. No fim, não pareciam satisfeitos; seus olhos estavam melancólicos. Pelo menos foi como ela absorveu o que via. Eles se foram para nunca mais voltar.

Na rua, ainda era possível escutar a guerra acontecendo. Ela durou por muito tempo depois daquilo. Princesa ficou um longo período deitada naquela mesma posição, sem se mexer. Havia perdido completamente a noção do tempo. Horas, dias, meses — era tudo a mesma coisa. Tudo o tique-taque do relógio. Imperdoável. Inexorável. Implacável.

O conflito cessou. O que ocorrera lá fora ela não saberia dizer, tampouco se importava. Tudo havia desaparecido de sua mente, de suas memórias; restaram apenas algumas imagens borradas no lugar. Demorou muito tempo até que ela se colocasse no prumo e conseguisse se levantar.

Princesa nunca mais viu os filhos. Não soube o que foi feito deles. Não sabia dizer se eles haviam conseguido chegar ao caminhão e estavam em segurança ou se haviam morrido na rua. Não sabia dizer para onde aquele caminhão tinha ido, se é que tinha ido para algum lugar. As ruas daquela que havia sido a maior avenida do país estavam devastadas. Uma verdadeira zona de guerra, totalmente arruinada. Havia testemunhas vivas de toda aquela desolação, entre soldados e civis, mas ninguém fora capaz de dizer-lhe coisa alguma. Logo, o espectro da morte ocupou todos os espaços, e os abutres se refestelaram.

Sem o menor cuidado com a própria segurança, Princesa rodou aquela avenida antes mesmo de a poeira ter baixado, examinando as centenas — talvez milhares — de corpos espalhados por todos os lados, na expectativa de dar um fechamento à sua angústia. Mas não... Seus filhos não estavam entre os mortos. Ou, se estavam, ela não conseguiu vê-los. Sua visão de mundo mudou por completo naquela avenida, onde os cadáveres se empilhavam como pequenas colinas. Ela rezou para ser atacada por um devorador de gente, para ser livrada da dor que ardia em seu peito, mas não aconteceu. Então, apenas seguiu em frente, nutrindo duas esperanças: a de um dia encontrar as crianças vivas e de se vingar daqueles malditos soldados, dos quais a única coisa que sabia era o nome. E o nome do comandante que liderara aquela desastrosa missão, que acabou não somente com as esperanças dela, mas também de todo um país: o maldito Manes.

CAPÍTULO 78

A parte mais tensa do caminho para Júnior e Felícia, a moça cujo *nick* era Oráculo, foi a saída da construção. Os longos corredores de tijolos à mostra, cimento queimado, janelas altas e delgadas, e infinitas portas que se conectavam com outras salas que escondiam mil mistérios pareciam um emaranhado indecifrável que, a cada esquina, a cada escadaria, escondia uma ameaça em potencial. O que Felícia diria se, de repente, ela se deparasse com um destacamento de sentinelas ou qualquer outro corpo de confiança do Bispo? Como explicaria estar rondando por ali com Júnior a seu lado, àquela hora que via a noite se aproximar, mesmo sabendo que, por ordens expressas, ele deveria estar confinado em seu quarto? Aquilo era algo inegociável: até que a autoridade máxima da Catedral determinasse seu destino, Júnior não poderia sair. Felizmente para ambos, o excesso de confiança do Bispo, que deixara a porta sem guardas e, portanto, vulnerável, abrira o precedente para a fuga.

De longe, ao cruzarem um entroncamento, eles avistaram uma porta vigiada por dois guardas, estáticos como esculturas de pedra. Júnior sentiu-se testemunhando uma cena medieval, em meio àquela ambientação que emulava um castelo e a postura dos sentinelas. Felícia disse:

— É ali que eles mantêm seu amigo.

— Espartano?

— Sim.

— Será que ele já sabe o que está acontecendo?

Ela deu de ombros, mas arriscou uma opinião:

— Você disse que ele é irritadinho, não?

— Sim, ele é bem irascível. Ainda mais nos últimos tempos...

— Pois é. Então acho que haveria mais guardas, se esse fosse o caso. Venha, temos de seguir em frente.

Júnior sentiu-se mal por virar as costas para Manes e Espartano, confiando em uma pessoa que jamais havia visto na vida, mas, por algum motivo que transcendia a lógica e a razão, ele tinha a sensação de que podia dar crédito à palavra de Felícia. Claro, quanto mais tempo passava ao lado da moça, mesmo sem conversarem, mesmo com a tensão ameaçando engoli-los, mais ele se sentia atraído por ela. Mas não era essa a questão; não se tratava de um arroubo juvenil, uma tentativa de conquista, mas sim de algo que ele enxergou nos olhos dela. Algo presente também na inflexão de suas palavras, no tom empregado e no desespero que parecia emanar de cada poro do corpo dela, destacando a ânsia que a impelia para fora daquele lugar.

Mais de uma vez, ocorreu-lhe que poderia estar sendo atraído para uma armadilha, indo diretamente para a boca do lobo; entretanto, no instante seguinte, lembrava-se de que não fazia parte de nenhuma tramoia cinematográfica e de que ninguém prepararia uma encenação tão arrojada somente por causa dele. Tal ideia simplesmente não tinha sentido algum; afinal, ele já estava confinado em seus aposentos, preso e domesticado como um gatinho. Tirá-lo dali em prol de uma trama complexa, sem mais nem porquê, não era palpável. Felícia *tinha* que estar falando a verdade; era a única explicação plausível.

Foi com um suspiro de alívio que eles chegaram ao andar térreo e se afastaram da grande construção, que jazia meditativa e imóvel, com nuvens escuras alargando-se atrás de si e um céu estranho que dividia um Sol poente de um lado — agora já fora de vista, mas ainda derramando a luz de seus últimos raios — e a Lua, curva e brilhante como um bumerangue de cristal, do outro.

Ela fez um sinal para que eles se mantivessem nas sombras. Uma brisa fria e espectral soprava por entre as folhagens, beijando o rosto suave e preocupado da dupla, que caminhou pelo terreno amplo e sinuoso, avançando de árvore em árvore, sempre mantendo as costas abaixadas e os olhares atentos. Já a uma boa distância do prédio onde estavam antes, tendo circundado uma estrutura arredondada que ainda guardava traços de ter sido uma loja de presentes em um passado longínquo, ela fez uma pausa para explicar, em meio a cochichos e sussurros, o que eles fariam.

Aparentemente, o terreno tinha um ponto sem guaritas. Como o muro era alto, com mais de três metros e meio, e ainda cercado por vegetação densa, apesar dos esforços iniciais para manter a segurança naquele ponto, a falta de atividade levara à conclusão de que ela não seria necessária. Assim, uma parte do lado oeste da Catedral não era patrulhada nem vigiada. Era por ali que eles sairiam.

— Mas como vamos pular um muro de três metros? — perguntou Júnior, preocupado, apertando sua pequena pança arredondada como em um indicativo para a moça de que ele jamais conseguiria. Ela riu da inocência constrangedora dele e respondeu:

— Fica frio. Eu também não sou lá muito atlética. O que ninguém sabe — ou, se sabem, decidiram ignorar ou esquecer — é que existe uma passagem por dentro do muro. Uma porta de madeira que hoje deve estar podre. Acho que até você arrebentaria ela no chute...

— Bom, e qual é o seu plano? Arrebentar uma porta e deixá-la escancarada, correndo o risco de a Catedral ser invadida pelos contaminados? Não parece uma ideia muito cristã...

— Não, nada tão drástico assim. Se bem que esse povo mereceria isso numa boa.

— Então?

— Confie em mim.

O sorriso dela foi seguro e maroto. Eles cruzaram as áreas mais cheias e populosas, sempre mantendo-se ocultos e discretos, mas, mesmo o pouco que viu, foi o bastante para que o técnico se assustasse. Não havia nada de auspicioso acontecendo na Catedral; seu povo parecia violento, irascível e insidioso. Era um lugar sujo, onde as pessoas falavam alto e pareciam ter perdido todos os trejeitos de bons modos e decoro moral.

Ele presenciou duas brigas a poucos metros de distância; havia casais copulando aberta ou reservadamente em moitas bem próximas de onde eles estavam passando, heterossexuais e homossexuais, sem distinção, vivendo os prazeres da carne; jogatina indiscriminada com apostas em rodas de dados, horríveis corridas de insetos e rinhas de galos. A Catedral era uma verdadeira cidade; definira suas próprias regras e costumes e orbitava ao redor deles. As pessoas pareciam bastante desgastadas. O brilho de seus olhos desaparecera, sendo substituído por expressões desconfiadas e invejosas. Ele viu muitos habitantes locais falando sozinhos, gesticulando e dando gargalhadas, externando a loucura que os havia possuído; de certo modo, não eram muito diferentes dos desmortos que estavam do lado de lá do muro. Havia, também, muitos doentes, gente com pústulas e infecções, feridas e bolhas no rosto, pernas e torso, cabelos caindo como se tivessem sido expostos a doses maciças de radiação, dentes podres e careados ou completamente ausentes em sorrisos gengivais perversos e maliciosos.

Ao cruzar ao lado de uma mulher, uma senhora gorda de pele negra, sentada em um canto, uma imagem que quase fez Júnior vomitar gravou-se nos confins de sua memória e decerto lá ficaria, voltando para assombrá-lo em igual medida na vigília de noites maldormidas e no sono profundo de pesadelos abissais. Ela estava com a cabeça baixa, sem camisa, removendo larvas de moscas que haviam sido depositadas dentro de seus próprios seios e que, tendo se multiplicado aos milhares, haviam comido a carne de suas mamas, abrindo um labirinto de caminhos e valas, como um conjunto de túneis. A mulher enfiava os dedos gordos e infecciosos com unhas quebradas e cavava os buracos, como se fosse imune à dor; então removia uma larva, que saía branca e contorcente, gorda de tanto devorar, e morria esmagada entre o polegar e o dedo indicador, explodindo numa gosma de sangue preto e fétido. Depois ela retornava para buscar outra larva dentro de si, repetindo aquela ação lenta e inexorável, como se fosse tudo o que havia lhe restado.

Felícia puxou Júnior pelo braço, que parecia petrificado.

— Vamos! — ela falou num tom imperioso.

— Mas aquilo... Ninguém faz nada... Aquela mulher...

— Eu sei. Se ficarmos mais cinco minutos neste pátio, garanto que você verá coisa pior.

Eles cruzaram a área populosa e entraram em uma parte do terreno que ficava mais íngreme e cuja vegetação se adensava sensivelmente. Júnior reconheceu o lugar, pois, enquanto Manes e Espartano combatiam os contaminados na pracinha, do ponto alto onde estava ele teve chance de examinar bem toda a disposição daquela enorme comunidade. E Felícia o estava levando exatamente na direção que Manes pretendia ter tomado originalmente, antes de eles serem atacados e percebidos pelos sentinelas da Catedral. "Puta merda! Não é que ele estava certo? A entradinha lateral que o líder mencionou e pretendia seguir... Uma picada no meio da mata. Porra de senso militar!", pensou o técnico, labutando para vencer a vegetação e seguindo sua guia de perto, sem estar totalmente convencido de que ela era cem por cento confiável, travando uma típica batalha coração *versus* razão.

Enfim, chegaram até o muro que fazia fronteira com o exterior. Felícia olhou para Júnior de modo bastante sério e exclamou:

— Bom, é isso aí. Lá fora estaremos por nossa conta. Você não vai me deixar na mão, né?

— Eu? Caramba! Quem tá com medo de rodar aqui sou eu, isso sim.

— Eu não vou te trair, Júnior. Você é meu passaporte pra longe deste lugar. Mas eu quero que você me prometa uma coisa... mais uma. Na verdade, nós dois temos que prometer.

— O que é?

— Lá fora, se encontrarmos algum contaminado, não vamos deixar o outro na mão. Ou os dois correm ou os dois lutam. Beleza?

— Ou os dois morrem. Fechado!

A resposta dele foi tão imediata que ela desconfiou:

— Sério?

— Claro. Nada de deixar o outro na mão, entendido. Vamos lá!

Sem mais conversa, eles circundaram um pouco o muro, enquanto Felícia parecia procurar a passagem à qual se referira antes. Por fim, chegaram a uma portinhola de madeira tão discreta que um desavisado poderia muito bem passar ao seu lado e nem ao menos percebê-la. Era uma entrada baixa, de pouco mais de um metro e sessenta, estreita, com fechadura de metal enferrujada e pintura verde descascada. Dava para perceber que a madeira era maciça, mas os anos de umidade, cupins, Sol forte e outras intempéries haviam feito seu papel. Como Felícia havia afirmado, não seria preciso muito esforço para arrebentá-la. Mas a mulher pretendia cumprir sua palavra quando disse que não deixaria a porta escancarada.

Ela se ajoelhou e removeu do sopé da porta um monte de folhas úmidas e um pouco de terra, revelando que havia um buraco previamente cavado que conectava ao exterior; era grande o bastante para uma pessoa adulta passar, mas não tão grande a ponto de chamar a atenção — principalmente dos contaminados, que, em sua maioria, eram desprovidos de raciocínio e lógica.

— Há quanto tempo você planeja essa fuga? — perguntou ele.

— Vamos, você vai na frente! — ordenou ela, ignorando propositadamente a questão.

Júnior detestava aquele tipo de coisa. Detestava mata, lama, mosquitos e, acima de tudo, riscos desnecessários. Mas ele não tinha opção. Tudo indicava que Manes e Espartano estavam em perigo, e os demais batedores tinham de ser alertados enquanto ainda houvesse tempo. Cortez saberia o que fazer. Com certeza saberia. Eles haviam deixado parte do equipamento na casa de Duda, inclusive um rádio. Além disso, como o pouco que havia visto das pessoas se relacionando dentro da Catedral fizera com que ele tivesse vontade de vomitar, Júnior concluiu que se sentiria melhor saindo dali. Quando ele se deitou e começou a se arrastar, consternado pelo cheiro forte que emanava do chão, ela brincou:

— Não vai entalar a barriga...

— Engraçadinha!

Felícia deu um sorriso meigo, que ele não viu. Por algum motivo, ela gostava daquele inteligente rapaz, que, à sua maneira, era até mesmo corajoso e gostava das mesmas coisas que ela. Era uma grande experiência, após tanto tempo, conhecer alguém de fora da Catedral, alguém que não tivesse sido contaminado pela pérfida diária daquela comunidade.

Assim que ele saiu, ela o seguiu, porém colocou as pernas primeiro, antes do tronco, e foi puxando as folhas sobre o buraco para ocultar a passagem. Assim que Felícia colocou-se de pé, ele confirmou a localização de ambos, perguntando se a pracinha ficava mesmo na direção que pensava. Ao que ela respondeu positivamente, Júnior afirmou confiante:

— Ótimo! Então acho que posso levar a gente até o carro.

Ela o preveniu:

— A chegada de vocês trouxe metade dos infectados da cidade para esta região. Temos que seguir em silêncio total e o mais rápido que der.

Ele já sabia daquilo. Pensou em fazer uma piadinha, mas deixou para lá:

— Tudo bem. Vamos nessa!

Ela segurou o braço dele. Seu rosto estava impávido:

— Júnior, é sério. Não há espaço para erros.

— Eu entendi. Acerto, bom. Erro, ruim. Agora vamos, ou você quer tomar um chazinho?

Ela balançou a cabeça em negativa; na verdade, estava mais nervosa do que ele. Seguiram pela lateral, bem rente ao muro, acompanhando uma pequena trilha de uns cinquenta centímetros de largura. A terra estava bem úmida e fofa, escorregadia, quase completamente coberta de folhas secas. Os galhos das árvores se curvavam ao peso de anos sem poda, obstruindo a visão a longa distância. Enfim, após certa dificuldade em avançar naquele terreno, o caminho pareceu ficar mais livre, alargando-se; a alguns metros de distância, os dois conseguiram enxergar a rua cortando a frente deles, na transversal.

— E se atirarem na gente? — indagou Júnior, de repente.

— O quê?

— Foi um pensamento que me ocorreu agora. Vamos cruzar a rua e tentar subir aquela elevação até a pracinha. Bom, as sentinelas nos viram lá da torre antes. O que as impedirá de ver agora?

— Nada. Teremos que arriscar. Felizmente, já está praticamente de noite, e acho que não nos verão a essa distância. Fora isso, eles não têm motivos para atirar.

— Talvez nos confundam com contaminados?

De repente, ela deu um tapa no braço dele:

— Quer parar, Júnior? Eu estava confiante até agora. Você fica sempre gorando as coisas?

— Gorando, nada. Eu tô é com medo de tomar uma bala na bunda. O cara lá na torre vê um vulto passando ao longe, pensa que é um zumbi e puf! Já era!

Ela suspirou e respondeu franzindo os sobrolhos:

— Bom, isso não vai acontecer. Eles veem vultos passando a noite inteira e não ficam atirando à toa. Mas, já que tocou no assunto, acho que devia ir na frente.

— Saco! Não gostei nada desse plano! E para de me dar tapa, que você bate ardido.

Ele seguiu cautelosamente até chegar ao ponto em que o muro fazia uma curva, tendo bem diante de si a avenida principal da cidade, a qual, há poucas horas, ele e seus dois amigos batedores percorreram em meio a uma enxurrada de contaminados e tiros vindos das torres. Eles se salvaram graças ao fogo amigo, mas, desta vez, Júnior não estava tão certo de que o mesmo aconteceria.

A uma distância de aproximadamente cinquenta metros, ele enxergou o pequeno aclive, o qual antes chamara de "morrinho"; no cume, a pracinha onde o brutal combate ocorrera. Havia mortos espalhados pelas ruas, mas nenhum contaminado a curta distância; apenas algumas dezenas podiam ser vistas bem ao longe, próximos do portão de entrada. Ele chamou a atenção de Felícia e fez alguns sinais para ela, indicando que ambos correriam até o aclive, o subiriam e ganhariam a praça. Ela acenou positivamente com a cabeça, confirmando que entendera.

Júnior fechou os olhos, respirou fundo e engoliu em seco. Parecia um atleta olímpico preparando-se para iniciar uma prova, em um profundo estado de concentração. Espiou mais uma vez, se certificando de que o caminho estava livre, e então correu. Saltou da mata e cruzou a rua como uma lebre, mantendo a cabeça baixa e o corpo ligeiramente curvado. Assim que ele atingiu o meio da rua, Felícia disparou atrás dele.

Chegaram até o aclive que levava à praça, a qual ficava naquele mesmo quarteirão, porém muitos metros acima — na verdade, fazia parte da rua de cima, e não daquela em que estavam. A rampa era mais íngreme do que parecia de longe, e Júnior lembrou-se de que ao tentar descê-la, da última vez, acabara sendo empurrado por Manes e caindo de bunda no chão. Escalar não seria tão mais fácil.

Felícia não perdeu tempo e, apesar de ser um pouco desengonçada, começou a subir, usando as gramíneas baixas como ponto de apoio para puxar seu corpo. Com bastante esforço, a dupla, subindo de quatro a encosta, chegou até o topo, onde se deparou com uma verdadeira carnificina.

A jovem desviou os olhos e tampou o nariz. Os corpos, que haviam ficado expostos o dia inteiro, já começavam a entrar em estado de decomposição, liberando um odor pútrido horrível, misturado ao cheiro acrimonioso do sangue marrom.

Os corpos se amontoavam uns sobre os outros; havia pedaços de infectados espalhados pelo chão de pedra quadriculado; mãos decepadas; cabeças separadas de seus corpos; vísceras expostas, vazando de barrigas com verdadeiros abismos abertos de ponta a ponta. Os pássaros já haviam cumprido sua parte e levado os olhos da maioria, cujos membros pareciam peças de manequins, pálidos e lustrosos, alguns deles secos como um pavio queimado. Então, a má sorte prevaleceu mais uma vez.

— Espero que você tenha trazido algum tipo de arma! — disse Júnior, dando um passo involuntário para trás. Felícia sacudiu o pescoço freneticamente algumas vezes, antes de responder:

— Não. Eu não.

Diante deles, havia uma única criatura. No segundo nível da praça, segurando o braço de um dos mortos e se banqueteando, arrancando a carne podre com os dentes serrilhados, entretida com sua ceia obscena, por ora alheia à presença dos dois.

De repente, abandonando toda a fachada de coragem e decisão, Felícia apertou com força o braço de Júnior, cravando suas unhas nele. Disse, com a voz trêmula, em um momento que revelou toda a sua fragilidade interior, como se ela tivesse voltado a ser uma criança frágil e indefesa:

— Você prometeu... você prometeu.

A visão do contaminado a havia deixado apavorada, provavelmente remoendo traumas bastante profundos, que estavam enterrados em seu âmago. Júnior encheu o peito decidido. Ele estava cansado daquilo tudo. Cansado de monstros, fugas, correria e gente maluca. Algo despertou dentro de seu ser. Não era exatamente coragem, já que ele estava tremendo. A sensação, difícil de ser descrita, era exaustão: ele estava cansado de sentir medo, de ser perseguido, de ser acuado. O mundo precisava ter um significado maior do que aquilo tudo, precisava ter um propósito, mesmo que não fosse nada além das atitudes que um indivíduo pudesse tomar. Decidido, com uma expressão ferrenha estampada no rosto, ele alertou a companheira:

— Vou precisar da sua ajuda.

Ela parecia petrificada diante da visão da criatura, que nem sequer os havia notado. Felícia ameaçou andar para trás, quase voltando para a pequena encosta, derrotada pela enormidade do desafio que tinha diante de si, buscando escorregar de volta para o inferno de sua vida. Ele a segurou pelos braços e sacudiu-a:

— Ouça! É só um homem! Não é um monstro espacial, nem uma criatura com poderes místicos. Ele não vai virar névoa ou nos transformar em pedra. É um homem convertido num estado selvagem. E nós dois podemos com ele... nós podemos com ele, entendeu? Mas temos de agir juntos!

Gaguejando, ela sussurrou:

— Vamos morrer juntos.

— Não. Pelo menos não hoje. Eu não vou morrer. Você tá comigo?

Havia algo de contagiante na expressão dele que iniciou uma reação dentro dela. O técnico repetiu:

— Tá comigo?

Ela respirou fundo, mordeu os lábios, endireitou o corpo e entregou-se ao tudo ou nada.

— OK. Tô dentro!

Ele sorriu:

— Então, arme-se com o que puder. Vamos matar um zumbi.

CAPÍTULO 79

A luta foi rápida, porém acirrada.

Kogiro reuniu meia dúzia de sentinelas no corredor lateral, próximo à entrada principal do Ctesifonte, por onde os veículos entram e saem, e aguardou a chegada dos invasores. Assim que a primeira insinuação de um corpo apareceu, ele deu ordem para que todos disparassem. A troca de tiros foi violenta, porém desgovernada. Ninguém, nem mesmo ele, jamais havia estado em um tiroteio como aquele, com fogo sendo respondido com fogo; balas, tiravam faíscas de latões e repicavam no chão, enquanto os dois pequenos grupos trocavam injúrias e gritavam para extravazar a tensão palpitante que aquela situação trouxera.

No interior do Quartel, as pessoas comuns, submetidas a uma estranha maratona de eventos nas últimas vinte e quatro horas, não sabiam exatamente o que fazer. A ausência de seu líder, de seu vice e de metade dos batedores, sem contar o apagão, havia deixado todos com os nervos à flor da pele. E agora aquilo... Os estampidos ecoavam pelos corredores e, embora várias pessoas tivessem se reunido no saguão principal, diversas outras optaram por permanecer na suposta segurança de seus aposentos.

Judite e José tentavam organizar o povo, mas havia muita confusão e gente gritando ao mesmo tempo. A escuridão completa que, àquela altura, já havia recaído sobre todo o esqueleto do prédio, tornando-o mais parecido com uma alcova sinistra do que com o lar que eles conheciam, impedia a instauração da ordem.

De repente, em meio aos tiros e gritos, barulhos de pés batendo e coisas caindo no chão, balbucios e discussões, fez-se escutar um som que fez todos congelarem no lugar e estremecer, estrangulando suas almas como se fosse um torniquete. O som demoníaco que preconizava o Juízo Final. Em uma repetição exata dos eventos de um mês atrás, os uivos e rugidos das bestas que trouxeram o fim do mundo foram escutados reverberando dentro das paredes do Quartel e, por um momento, até mesmo os tiros cessaram.

— Não... — disse José. Sua voz era pura descrença.

Foi um momento surreal. Sua mente foi ocupada pela imagem de sua esposa e seu filho, numa idealização beatífica inconsciente. Se antes ele tinha dúvidas sobre os porquês e suas duvidosas respostas, se antes ele não sabia o propósito de continuar vivo quando tantos haviam partido, se antes ele questionava a luta e seus resultados, agora tudo estava mais do que claro. Ele *sabia*! José cerrou os punhos, pressionou os olhos e, valendo-se do momentâneo silêncio que se fez entre as dezenas de pessoas que estavam no saguão, gritou:

— Quem pode lutar?

Kogiro também escutou os uivos. A troca de tiros fez uma pausa, quando o grupo invasor percebeu que estava entre os defensores e os contaminados que vinham por suas costas. Capturados em uma posição delicada, que os deixava vulneráveis, eles redobraram o ataque e, cientes de que a munição de ambos os lados estava no fim, saíram de trás das proteções de peito aberto, na tentativa de ganhar o corredor na força bruta. O japonês, surpreso com aquele ataque frontal, mas temeroso pelo que viria a seguir, gritou para os demais recuarem. Uma sentinela tombou a seu lado, com um tiro transpassando seu ombro. O samurai o arrastou para a pequena passagem lateral, protegendo-se no grande aquário da portaria principal do Quartel. Os outros o seguiram, sabendo que a porta funcionaria como um funil, mas sem ter a certeza de que seria o bastante para conter invasores e monstros.

Cufu chegou ao saguão e, ao encontrar aquele caos, deu um berro que, de algum modo, se sobrepôs ao resto da balbúrdia das pessoas respondendo ao chamado de José às armas. A voz grave de barítono do guerreiro impôs respeito a todos, que se calaram imediatamente. Ao fundo, os uivos ficavam mais próximos, e ele sabia que a única coisa entre os infectados e o povo do Quartel era o pequeno contingente de Kogiro. Judite, vendo presente seu amante, que havia ficado de segurar a passagem interna, foi até ele e perguntou:

— O que você está fazendo aqui?

— Tive de recuar. Eles entraram. Não há tempo para explicar.

Então, se dirigindo a todos os presentes, gritou:

— Mulheres, crianças, jovens e idosos. Todos vocês vão bater em retirada agora!

— O quê? — protestou José. — Partir para onde? Temos que ficar e lut...

Ele não conseguiu completar a frase. O batedor não tinha tempo a perder, então simplesmente deu um empurrão bruto no colega, tirando-o da frente, e gritou:

— A situação é drástica! Estamos sob ataque de um grupo armado que está sendo contido por Kogiro e pelas sentinelas ao lado da entrada principal. Os contaminados passaram pelo portão lateral e estão penetrando por fora e, possivelmente, por dentro do Quartel. Este lugar se tornou uma enorme armadilha e, até assegurar o terreno, é mais seguro que todos os que não puderem lutar saiam. Agora!

A última palavra foi tão enérgica que fez os presentes estremecerem. Então, dirigindo-se a Judite, ele explicou em voz baixa:

— Há um plano de contingência feito por Manes.

— O quê? — ralhou ela. — Por que eu nunca soube de nada disso?

— Ainda estava em fase de elaboração, mas terá que ser colocado em prática agora. Prestem atenção, você e José. — Ele fez um sinal para que o outro se aproximasse. — Do outro lado da rua, preparamos o primeiro e o segundo andar do prédio com garrafões de água potável e comida enlatada para três dias.

— Para quantas pessoas?

— Cinquenta.

Judite engoliu em seco. Cufu prosseguiu:

— Mas, se esse grupo armado tomar o Quartel, mesmo tendo comida para um ano não faria diferença. Eles iam entrar lá e nos exterminar do mesmo jeito, então temos que colocar as pessoas em segurança e combatê-los aqui! Ficou claro?

— O que eles querem?

— Como vou saber? E isso não faz diferença agora. Ou agimos, ou é o fim para cada um de nós!

O plano de contingência foi elaborado pelo líder nos últimos dias, e não era do conhecimento de muitos, justamente por estar no estágio inicial. Após o incidente com Dujas, Manes havia considerado seriamente o risco de o Quartel ser invadido de novo, por isso traçara um esquema para a remoção imediata da comunidade. A ideia era tornar o prédio da frente habitável e seguro, de modo a poder servir de recurso e de base provisória durante determinado período de tempo. Evidentemente, o plano não previa a presença de um grupo armado e racional, mas, embora falho e ainda pela metade, era a melhor opção que tinham naquele momento.

— José, você está encarregado de levar as pessoas. O portão dianteiro vai estar destrancado, mas você precisa ser o mais rápido possível, porque elas vão passar bem ao lado do grupo de Kogiro. Se as defesas fraquejarem...

— Já entendi — disse o outro. Cufu voltou-se para sua amante.

— Judite, junte essa meia dúzia de homens que podem lutar e vá até a sala de armas. Traga armamento pesado. Nada de coisa leve. Força letal liberada! Nós vamos arrebentar qualquer coisa que não deveria estar aqui.

— E você?

— Eu vou arrebentar qualquer coisa que não deveria estar aqui!

Ela o abraçou e, desta vez, lhe deu um beijo rápido, intenso e molhado. O trio separou-se de imediato. Judite rumou para o pátio interno, onde ficava a sala de armas, levando consigo seis homens de apoio. José aproximou-se de Maria e relatou a situação em poucos segundos. Em volta dos dois, pelo menos cinco dezenas de almas aguardavam, tremendo no escuro, uma decisão quanto ao que fazer.

Aos poucos, em velocidade moderada, as criaturas foram ganhando o interior da fortaleza. Infelizmente, ao chegarem ao corredor dos quartos, os desavisados que estavam trancados em seus aposentos e decidiram sair na hora errada deram de frente com a horda. Pequenos massacres ocorriam em focos específicos nos cantos do Quartel, e a gritaria atraía novas criaturas e também os "pseudo-heróis", que, na boa intenção de ajudar os colegas, acabavam na mesma situação.

Cufu retornou pelos corredores de onde viera e, pouco mais de cinquenta metros Quartel adentro, deparou-se com a horrenda cena dos monstros vindo em sua direção. Ele não sabia se os contaminados enxergavam melhor no escuro do que as pessoas comuns, mas estava prestes a descobrir. A única luminosidade, que vinha do fim do corredor, muitos metros distante, era a claridade natural da Lua — suficiente apenas para delinear as formas volumosas e grotescas que corriam arqueadas, rugindo como bestas apocalípticas, com suas garras expostas.

O guerreiro contraiu seus músculos e prendeu a respiração por um breve momento. O corredor era estreito e, apesar do cerco, Cufu poderia resistir. Ele *tinha* de resistir. Ganhar tempo para as pessoas saírem. Ou tudo estaria perdido. Metro após metro, eles se aproximavam, vindo em sua direção como uma única massa, como uma só unidade partilhando de um mesmo objetivo: destroçá-lo!

Kogiro pretendia recuar até o saguão e valer-se da quantidade numérica superior para combater os intrusos, porém, quando as pessoas começaram a correr para a portaria principal, direcionadas por José, ele percebeu que aquilo não seria possível. Se recuasse além da portaria, as pessoas não teriam como passar, o que confinava seu espaço para estabelecer a resistência a poucos metros além da porta que dava para fora. As sentinelas estavam sem balas, e o mesmo devia estar acontecendo com os invasores. As criaturas haviam chegado ao corredor lateral e aportavam diante dele. De repente, tudo se tornou um profundo e implacável caos: os próprios invasores deixaram de lutar contra os membros da comunidade e começaram a combater entre eles, enfrentando as criaturas. O samurai gritou para os guardas:

— Não deixem nada passar por esta porta.

Uma batalha medieval. Foi o que se desenrolou naqueles breves minutos. A escuridão tornava quase impossível discernir rostos; havia apenas a intenção, o instinto, a movimentação e a confiança em quem estava exatamente ao lado. Não era possível determinar quantos demônios haviam entrado, se dez ou cem. Mas, embora as criaturas não fossem muitas, elas não paravam por nada. Era como uma enorme quantidade de sujeira tentando descer por um ralo quase entupido, forçando as laterais, abrindo espaços onde eles não existiam, quebrando, rompendo e destruindo. Kogiro queria gritar algo para dar ânimo aos que combatiam, mas não sabia o quê. Todos estavam lutando como se daquela passagem dependesse a sobrevivência da própria raça humana. Misturados em um único bloco, enfrentando as criaturas que lhes atraiçoaram, os invasores também buscavam ganhar o interior do Ctesifonte e sair do fogo cruzado que os havia pego. Punhos esmigalhando narizes, facas retalhando pele e carne, chutes quebrando costelas, dentes e garras rasgando, e gritos de dor, raiva e frustração se misturavam aos bramidos das feras irracionais.

José, atônito, observou a cena em andamento a poucos metros da portaria principal e não conseguiu evitar um pensamento de que a vida como ele a conhecia tinha sido novamente arruinada — desta vez de forma permanente. Havia uma fila de pelo menos cinquenta pessoas seguindo-o; quase todas eram mulheres, junto de alguns dos membros mais jovens da comunidade. Não era possível ver seus rostos com detalhes, mas dava quase para sentir o medo contaminando o ar. Ele próprio estava com as mãos tremendo. Por um instante, pensou que, se a fachada do Quartel também estivesse tomada de contaminados, não haveria como sair e tudo seria em vão. Mas, para a sorte do frágil grupo, a maioria das criaturas havia sido atraída para a passagem lateral pela confusão de tiros, e o caminho estava limpo.

O prédio dianteiro... Um novo porto seguro. Mas de nada adiantaria, se aquela guerra não fosse vencida. José foi o primeiro a ganhar o exterior, abrindo manualmente, com um pouco de dificuldade, a porta automática e ganhando a gaiola. A seu lado, o grande vidro com um pequeno buraco de bala, redondo e perfeito, era a única testemunha da perícia de Manes, que lhe salvara a vida. Ele abriu o portão de ferro que dava diretamente para a rua e saiu. Olhou para ambos os lados, esticando a cabeça e viu, na lateral direita, a aproximadamente sessenta metros de distância, quase na esquina, três contaminados parados.

— Puta merda! — falou para si próprio. Virou-se para Maria, que, com o bebê no colo, tremia como vara verde, e explicou:

— Tem três deles ali. Não vai dar para todo mundo passar, então vou ter de segurá-los. Corre pro prédio o mais rápido que puder!

Ela protestou imediatamente:

— Como assim segurá-los? Você não é...

Não dava para discutir. Ele não disse mais nada; deixou-a falando sozinha e saiu. Caminhou lentamente na direção das criaturas, torcendo para que, por alguma intervenção da Providência Divina, elas não olhassem para o lado. Imediatamente, o grupo de mulheres disparou cruzando a rua em fila indiana, passando, uma por vez, pela apertada entrada da gaiola. Estavam sendo lideradas por Maria, que, tomando a dianteira, chegou em poucos segundos à entrada do prédio da frente. Conforme Cufu havia dito, o portão estava destrancado, e as pessoas da comunidade foram entrando.

A alguns quarteirões de distância, Princesa, da segurança de seu cômodo, acompanhava o desenrolar da batalha, e esboçou um sorriso ao ver as pessoas saírem. Apesar de a noite já ter se adensado, a Lua estava clara no céu, e era impossível não ver um grupo tão grande cruzar em fila indiana de um ponto a outro da rua. Ela jamais imaginara que seu amante lhe concederia uma vingança tão plena, tão completa e visceral, mas não estava arrependida. A Roda da Fortuna continuaria girando.

Mas, se Princesa conseguira ver as pessoas, o mesmo valia para os contaminados. De rabo de olho, o primeiro deles percebeu o movimento e disparou em uma corrida alucinada na direção de suas presas. Os uivos atraíram os outros dois.

— Corram, caralho! — José gritou.

O coração de Maria foi parar na boca, e sua primeira atitude foi tentar sair, mas foi segurada pelas pessoas ao seu redor, cujo raciocínio ainda não havia sido superado pelas emoções. Atrás de seu marido, as pessoas continuavam a atravessar a rua. Dentro do Quartel, extenuado, Cufu enfim abaixou seu facão. A última criatura que tentara cruzar o corredor estava caída no chão diante dele, agonizando. Ele segurou a lâmina com as duas mãos e enterrou-a no meio do rosto do monstro, ceifando-lhe a vida de imediato. A seguir, berrou:

— Moradores do Ctesifonte, aqui quem está falando é o batedor Cufu. Se estiverem em seus quartos, saiam agora! O Quartel está sendo evacuado, e esta pode ser a última chance de saírem em segurança.

Algumas portas começaram a se abrir ao longo de todo o corredor, e pessoas foram saindo, ainda meio inseguras, pisando no chão lavado de sangue.

Na rua, José levantou a camisa e tirou um revólver que estava metido no cós da calça. Maria nem imaginava que seu marido portava aquela arma, mas vibrou ao vê-la, sabendo que as chances de sobrevivência dele haviam aumentado. O fato é que levar uma facada nas costas e ter testemunhado tudo o que ele vira nos últimos tempos o mudaram. José continuava sendo uma pessoa dócil e agradável, mas defender o filho e a esposa tornara-se prioridade. Então, sem dizer nada a ninguém, ele surrupiou uma arma do estoque — que só ficava disponível para batedores e sentinelas — e decidiu se resguardar. Agora estava feliz por sua decisão.

Tentou mirar naquela escuridão, mas sua mão tremia. Era um alvo em movimento, e José não era um atirador. Puxou o gatilho e a bala passou no vazio. Maria bateu na própria coxa. Atrás dele, as mulheres continuavam saindo, agora em doses mais homeopáticas, a grande maioria delas com medo de colocar os pés na rua diante da visão dos infectados. Elas começaram a segurar a fila. Ele deu outro tiro, que também passou no vazio. Poucos metros agora. Não podia errar. Dava para ver os olhos chamejantes da criatura refletirem a luz pálida do luar, os músculos definidos de sua pele nua e os dentes arreganhados prestes a rasgá-lo. O desespero tomou conta dele. Ele descarregou a arma, mandando balas a esmo, que cortaram a noite como feixes de fogo, acertando em cheio o contaminado, que capotou no asfalto, abatido como uma fera em um safári.

— Acertei! Acertei!

Mas a alegria dele durou pouco. Os outros dois já estavam próximos e, por instinto, ele apontou o revólver novamente e apertou várias vezes o gatilho, escutando o *clique* produzido pela falta de munição. O técnico pensou em correr, mas deu uma breve olhadela para trás e viu as pessoas hesitantes que ainda dependiam dele. Ele deu um berro, ordenando que elas fossem logo, e voltou a atenção para a entrada do prédio, tentando discernir Maria na escuridão, sem conseguir enxergá-la. Teria sido fácil correr. Dar um pinote e chegar em segurança à nova base. Os contaminados atacariam alguma mulher que ficasse para trás, mais lerda e indefesa do que ele. Teria sido fácil, muito fácil.

Ele teve tempo para um suspiro. Teria sido fácil, mas o que viria a seguir não teria sido vida para ele. O tempo lhe ensinara que mais difícil do que tomar decisões era ter que conviver com elas. Despediu-se mentalmente da esposa e do filho. Estava uma linda noite de luar; em outros tempos, teria sido romântica. Uma bela noite para morrer!

O contaminado lançou-se sobre ele, que, ainda com o revólver na mão, conseguiu dar uma violenta pancada no crânio da criatura. O metal contra o osso promoveu um baque surdo e o impacto tirou o infectado da linha de ataque, derrubando-o na lateral. José não teve nem tempo de celebrar; o outro já estava investindo como um leopardo. Os dois corpos se chocaram, e a violência do ataque fez com que o técnico caísse no chão, batendo as costas no asfalto.

A bocarra tentou mordê-lo, mas José o segurou pelo pescoço, lutando pela própria sobrevivência com todas as forças. As mulheres gritavam de desespero e não sabiam se o ajudavam ou se continuavam correndo para a segurança do prédio. A criatura montou nele como um lutador de jiu-jítsu, se debatendo na tentativa de se desvencilhar da pegada que a impedia de abocanhar sua presa caída. Já recuperado, o outro contaminado colocou-se de pé e, arqueando as costas para trás, emitiu um uivo para o luar como se fosse um lobo, investindo contra a fileira de mulheres que passavam atrás, derrubando algumas delas como pinos de boliche. As que estavam na porta de gaiola se detiveram de vez, na dúvida se deviam sair ou não, e o funil que se tornara a portaria do Ctesifonte ficou entupido.

Judite correu o mais rápido que pôde, chegando, enfim, à sala das armas, onde deu de frente com um homem alto e musculoso. Ele estava parado como se estivesse à espera dos batedores. Tebas, ardiloso como o próprio Diabo, provocou o máximo de caos e balbúrdia dentro do Quartel, transformando-o em uma panela de pressão cheia de fragor e desordem, o que lhe permitiu se esgueirar sem ser notado pela escuridão e chegar até onde queria.

O fato é que, tendo observado e estudado o local durante tanto tempo, Tebas sabia exatamente o que fazer. Seu plano não era à prova de falhas, claro, mas ele era um homem que sabia improvisar muito bem. Por exemplo, abrir as portas da comunidade para os contaminados entrarem não fazia parte do plano inicial, mas, quando os batedores ofereceram aquela resistência, ele pensou: "Por que não?". E agora, ao chegar à sala de armas (arrombar a porta não foi problema para um homem como ele), seus olhos cresceram quando, em meio a tantas coisas, ele viu algo que modificou totalmente o esquema original: um objeto que Cortez deveria ter guardado a pedido de Manes em um local mais seguro, do conhecimento de pouquíssimas pessoas, mas de que, graças ao apagão, o batedor se esqueceu. Um objeto que mudava tudo. Era algo tão grande, tão perfeito, tão apoteótico que não poderia ser ignorado. Tebas preparou-se em poucos segundos e, então, ficou aguardando a chegada dos oponentes.

Quando Judite aportou e o viu, não houve troca de "gentilezas"; ela apenas desferiu uma saraivada de balas em sua direção. Tebas saltou para a lateral, protegendo-se atrás dos aparelhos de treino dos batedores. O grupo de Judite, embora não fosse experiente, imediatamente abriu uma formação em asa, tentando cobrir terreno e flanquear o invasor. Tebas levou menos de dez segundos para perceber que a batedora era a única que estava armada, enquanto ele, por sua vez, havia acabado de sair da sala de armas. Era como tirar doce de uma criança.

Os contaminados romperam o cerco de Kogiro, empurrando para trás as pessoas que estavam tentando sair. Não era mais possível determinar quem era invasor e quem era membro da comunidade; só o que havia agora era uma irretocável confusão. Quem estava na frente lutava com o que tinha em mãos, mas muitos voltaram correndo para o âmago do Quartel, na esperança de dar a volta ou tornar à segurança das quatro paredes de seus quartos.

O japonês percebeu o afunilamento na gaiola e que as pessoas não estavam mais saindo. Do outro lado da rua, Maria gritava em pânico, vendo diante de seus olhos José lutar pela própria vida, arrastando as costas no chão áspero, tentando de todas as maneiras tirar a fera de cima dele. De repente, apontaram na esquina mais dois monstros, um casal de predadores. Quatro mulheres enfrentavam a criatura que as atacara; uma delas saltara nas costas do monstro e, envolvendo as pernas em sua cintura, segurava-o pelo pescoço. As outras o chutavam e batiam nele de forma descoordenada, tentando derrubá-lo enquanto a criatura girava como um peão.

Enfim, as pessoas que estavam na porta da gaiola tomaram coragem e foram ajudar as pessoas de fora. Seu grito era de dor, de libertação, de êxtase, de medo... Era o grito do mais profundo e implacável extravasamento, o grito de quem perdera tudo e a tudo engolira durante quatro anos. Era o grito que punha para fora todos os dramas que cada pessoa viveu e que só ela conhecia. O grito das lágrimas choradas na solidão de quartos vazios e o grito dos entes queridos que não estavam mais entre elas. Não era pusilanimidade o que as continha antes, assim como não era bravura o que lhes impulsionava agora. Não era audácia lutar, assim como não fora debilidade se esconder. Tomadas pela força do momento, as pessoas simplesmente reagiram, moveram-se sem pensar, sem considerar, sem planejar. No cerne de cada um dos presentes restava apenas um desejo: sobreviver!

De repente, José sentiu a criatura ser arrancada de cima dele com brutalidade. Ao olhar ao redor, viu a cena mais impressionante de toda a sua vida: mulheres comuns ao lado dos jovens e idosos da comunidade, com os olhos perdidos em ardor e veemência, espancando as duas criaturas com as próprias mãos, matando-os a pancadas como homens primitivos faziam antes de as armas serem inventadas, antes de o primeiro ser humano utilizar uma pedra para se defender.

O alívio do técnico misturou-se à tristeza de ver tudo aquilo que nos torna humanos se perder, tendo sido consumido pela mais completa entrega à selvageria. Então, ele divisou Kogiro sair pela porta da gaiola e gritar:

— José, que diabos tá acontecendo aqui?

— Temos que levar as pessoas para o prédio da frente. Foi Cufu quem mandou.

Um casal de contaminados já estava perto; o japonês, puxando o técnico para trás de si, recebeu-os com sua lâmina afiada, golpeando a mulher no centro do torso, quase partindo seu corpo em dois. Valendo-se do impulso do próprio movimento, inverteu a lâmina e rasgou a garganta do outro. Ambos caíram no chão, em meio a esguichos de sangue, ainda vivos, porém inutilizados, debatendo-se de dor e tentando se agarrar aos poucos instantes de vida que lhe restavam. Como se tivesse acabado de realizar o mais ordinário dos atos, Kogiro, voltou-se para José e falou:

— Continue coordenando a saída. Salve o máximo de gente possível, mas cheque todas as pessoas que estão passando para ver se elas não foram mordidas. Não precisamos de mais surpresas desagradáveis.

— E você?

— Tenho que voltar para dentro.

Cufu chegou até a sala de armas e se deparou com seis cadáveres estirados no chão, e Judite sendo mantida como refém por um homem que a segurava pelas costas, com uma faca em sua garganta. Mesmo na escuridão, os olhos do homem eram os mais intensos que ele já havia visto em toda a sua vida. Mais intensos que os de Manes. O batedor baixou totalmente o facão e começou a caminhar em sua direção. Tebas deixou que ele se aproximasse até pouco mais de cinco metros e então falou:

— Aí está bom.

Cufu percebeu que a pegada no pescoço de Judite estava muito justa. A lâmina, pressionando a carne, já a estava cortando; bastava uma guinada para o lado para que a garganta da moça fosse rasgada sem nenhuma chance de reparação. O agressor a segurava com o corpo grudado no dela e mantinha o olhar fixo em Cufu. Sem dúvida, aquele homem sabia o que estava fazendo.

— Então você é a razão disso tudo? — indagou o batedor, gesticulando como quem indica o caos ao redor.

— Sim. Pode-se dizer que sim. — A voz do outro era incomodamente calma.

— Por quê?

— Tenho meus motivos. Mas basicamente estou fazendo um favor a uma amiga. Uma amiga muito especial.

— Essas pessoas tinham uma vida aqui.

Tebas deu um arremedo de sorriso e então alertou, sem se deixar envolver naquele tipo de discussão:

— É o seguinte, temos pouquíssimo tempo, então vou te dizer como as coisas serão. Estique o pescoço e dê uma olhada ali, à esquerda, e me diga o que vê.

Com receio, Cufu voltou o olhar para a direção que Tebas havia indicado com uma insinuação de pescoço, e o que viu o fez arrepiar-se da cabeça aos pés. Ao lado da área do espaço de treinamento dos batedores estava o caminhão-tanque, há muito recolhido pelo grupo para garantir suprimento de combustível durante alguns anos. Preso à lataria havia um pacote que não devia ser maior do que o punho de uma pessoa. E, se era possível enxergar o pacote no escuro, era porque um cronômetro vermelho brilhava, destacando-se em meio a todo aquele negror.

— Você não ousaria...

— Está feito! — emendou Tebas.

Cufu olhou de novo.

2:02...

2:01...

2:00...

1:59...

Ele ameaçou correr, mas Tebas apertou a lâmina contra o pescoço de Judite e falou:

— Se você se mexer, ela morre!

A batedora soltou um gemido involuntário e um filete de sangue escorreu por seu pescoço.

— Seu desgraçado! Você vai destruir a vida de mais de duzentas pessoas!

— Se eu me importasse, nada disso estaria acontecendo, certo?

A frieza com que Tebas falou aquilo fez com que o batedor se remoesse de raiva. Seus olhos corriam nervosamente em todas as direções, procurando uma saída para aquela situação, mas não parecia haver nada a ser feito. O invasor prosseguiu:

— Mas é o seguinte: eu não pretendo morrer aqui. Então, temos alguns segundos para fugir... todos nós.

— Solta ela! — berrou o gigante ébano.

— Eu pretendo. Mas, antes, preciso garantir que você não virá atrás de mim.

1:12...

1:11...

— O que você quer?

— Pega seu facão e enfia na sua barriga agora.

Judite se debateu, mas a pressão da lâmina lembrou a ela quem estava no comando.

— Que merda é essa? — Cufu raramente falava palavrão, mas dessa vez não pôde evitar.

— É simples. Enfia o facão na sua barriga e eu a largo. Com você ferido, ninguém virá atrás de mim, e ambos teremos chance de escapar. Se vocês forem rápidos, claro. Mas se você demorar muito para se decidir, já já não vai dar tempo de fazer coisa alguma.

— Eu estou preparado pra morrer! — respondeu o batedor, irredutível.

— Que bom, eu também. Mas está preparado para ter a morte dela na sua consciência?

Coisas estranhas são feitas por amor...

— Cufu... não! — gritou Judite, mas o batedor já estava decidido.

Como um guerreiro samurai prestes a cometer o *seppuku*, ele arrancou a camisa, expondo a musculatura de aço à tênue luminosidade, e usou-a para limpar o sangue dos contaminados da lâmina o melhor que conseguiu. Segurou-a com ambas as mãos e sentiu a ponta afiada tocar sua pele, afundando ligeiramente. Judite chorava copiosamente. Tebas apressou-o:

— Faça! Já!

Então, sem hesitar, ele contraiu cada músculo do seu ser e deu um grito de raiva, pressionando a lâmina de uma única vez para dentro de si, trespassando o próprio corpo por completo.

CAPÍTULO 80

— Qual é o seu nome? — Espartano perguntou ao recém-chegado.
— Conan.
— Que nem o bárbaro?
— Que nem o escritor.
— Conan era policial em sua outra vida — emendou Manes. E, finalizando as apresentações, virou-se para o novato e disse: — Espartano é um dos líderes dos nossos grupos de batedores. Dê ouvidos a esse cara, Espartano. Ele sabe das coisas e tem muitas histórias pra contar.

Conan sorriu de forma ligeiramente constrangida e olhou para Espartano, dizendo:
— Sim. Por que você não me deu ouvidos?
— O quê? — perguntou Espartano.
— Por que não me escutou? Por que não escutou o que eu tinha a dizer? Por quê?

De repente, ao mesmo tempo que as perguntas se insuflavam de energia a ponto de se tornarem quase súplicas, os olhos de Conan começaram a inchar como se fossem olhos de sapo, ameaçando saltar para fora das órbitas; sua fisionomia mudou, ficando gradativamente mais carregada. Espartano olhou para o lado e viu que Manes não se encontrava mais presente; na verdade, tudo havia desaparecido, e os dois estavam sós em um vácuo completamente negro, flutuando no espaço. Um pequeno buraco se abriu na cabeça do novato e foi, pouco a pouco, se alargando, até ganhar a medida exata do rombo de um tiro, por onde um filete de sangue começou a escorrer, dividindo ao meio o rosto de Conan, deixando um rastro vermelho de cada lado de sua face.

Espartano tentou se afastar daquela visão grotesca, mas era como se ele não pudesse ir para longe; por mais que andasse para trás, sempre permanecia no mesmo lugar, vendo de perto aquele espetáculo de horror. Conan abriu a boca, o maxilar inferior se alargando além das possibilidades físicas do corpo humano, apenas para liberar a saída de centenas, talvez milhares de vermes, que pululavam do seu interior. E, como se houvesse um sistema de som *surround*, a pergunta continuava ressoando e atacando Espartano: "Por quê? Por quê? Por quê?", dita infindáveis vezes por vozes finas e agudas, que não eram nem de mulheres nem de crianças, pareciam mais guinchos infernais de criaturas amaldiçoadas que se alimentavam do pavor humano. O homem levou as duas mãos à cabeça e gritou, na tentativa de afastar aquele horror de sua mente, se debatendo e se contorcendo em vão. De repente, a visão de Conan e seu vômito indecente de vermes começou a se afastar, como se estivesse sendo engolida por um redemoinho, indo cada vez mais para longe, cada vez mais profunda nas trevas, mergulhando de volta nos meandros misteriosos da psique, até...

Vigília!

Espartano contorceu-se na cama. Ele havia adormecido, vencido pelos esforços do dia; acordara assustado, com o corpo lavado de suor. Mas não se tratava de grande novidade: dormir havia se tornado uma tarefa bastante trabalhosa desde aquele dia... Desde que ele puxara o gatilho e explodira a cabeça de seu amigo. Os pesadelos eram constantes; às vezes, Conan saltava sobre ele antes do tiro e, como o contaminado que estava se tornando, rasgava sua garganta a mordidas. Noutras, caía de joelhos e chorava lágrimas pútridas de lodo e sangue. Os piores traziam participações de demônios desgraçados: Moloch, Mammon, Nehemoth, nomes que Espartano não fazia a menor ideia de como conhecia e que esperava do fundo da alma que fossem, de fato, construtos de seu inconsciente. Quase todas as noites ele se via açoitado por pesadelos terríveis, que sempre acabavam da mesma forma: desgraça! Espartano não dormia mais do que alguns minutos seguidos, sendo sempre sacudido para fora dos domínios do João Pestana e sua algibeira, mantendo-se desperto e arredio, olhando todo o tempo para a própria sombra, como se temesse que algum ser macabro pudesse se manifestar dentro dela, tomar forma corpórea e estrangulá-lo como uma forma de compensação por seus pecados.

Quantos haviam sido mortos por suas mãos nos últimos tempos? Homens, mulheres, crianças... Amigos! Ele não questionava se havia perdido sua sanidade — isso era fato consumado. A dúvida era se ele havia perdido sua humanidade. A sensação que tinha era a de um enorme vazio dentro de si, tudo negro e petrificado. Tinha a sensação, cada vez mais forte, de que perdera em definitivo o homem que havia sido antes do Dia Z; um homem que, cada vez mais, parecia nada além de uma memória distante. Depois de tantas vidas tiradas, depois de tanta dor causada e suportada, depois de tanto o que havia sido feito e visto, como ele poderia salvar o pouco de alma que ainda lhe restava?

Súbito, o batedor escutou algo do lado de fora do seu quarto. Um arrastar de pés, seguido de um sussurro. Um tilintar como o de um molho de chaves e o característico engatilhar de uma arma. Sim, aquele último som o batedor aprendeu a reconhecer melhor do que todos os outros. Movendo-se com a leveza de um grande gato, ele foi para trás da porta no exato instante em que ela se abria e três guardas armados entravam.

Foi o instinto que lhe disse que havia algo errado naquela cena, que lhe confirmou que não se tratava de mera escolta. A postura deles ao entrar sem bater, com o corpo inclinado para a frente e os músculos contraídos, olhares selvagens e maxilares crispados — era uma postura agressiva, bem diferente de quando ele e Manes haviam sido conduzidos pelos corredores da Catedral, mesmo estando sob a mira de armas naquela ocasião. Foi a postura que indicou tudo o que ele precisava saber. E, mediante sua percepção, como guerreiro nato que era, ele reagiu de imediato, sem dar chance aos oponentes. Aproveitando-se da vantagem oferecida pela surpresa, golpeou brutalmente o primeiro deles na nuca, levando-o ao chão desacordado. O segundo virou-se, mas Espartano manteve a mira da arma dele longe de seu corpo e deu-lhe uma pancada com o cabo da faca na garganta, privando-o de ar. Então, arrancou-lhe a arma — um antigo fuzil de cano simples com coronha de madeira —, segurou-a pelo cano e acertou em cheio o queixo do último. O maxilar do guarda, um jovem que ainda não tinha atingido a maioridade, explodiu, partindo-se em pedaços.

Com os três a seus pés, o cativo insurgente empurrou a porta atrás de si com o pé e apontou a arma para os invasores, garantindo que eles não se movessem. Depois, disse para si mesmo, em voz alta:

— Então é assim que vai ser? Tinha certeza de que vocês dessa merda de lugar não eram flor que se cheirasse!

Ele os revistou rapidamente, para ver se tinham mais armamento escondido. Tomou um calibre trinta e oito de um deles e uma faca do outro. Chutou os três até que eles se encostassem num canto da parede, abraçados aos próprios joelhos como crianças que foram postas de castigo, ainda se recobrando dos ferimentos. Um deles, incapaz de falar, segurava o queixo quebrado, pendurado no rosto somente pela musculatura esgarçada e pela pele; esse chorava sem parar.

Espartano andou de um lado para o outro, fazendo um teatro proposital para impressioná-los. Fazia questão de respirar como se estivesse bufando, de premer os olhos e de projetar ligeiramente o maxilar inferior para a frente. Quando falou, foi praticamente um rosnado:

— Não vou perguntar duas vezes. O que vieram fazer aqui?

Aquele que havia sido golpeado primeiro cuspiu no rosto do batedor e encenou uma resposta malcriada, imaginando a si próprio como herói aos olhos do Bispo:

— Você tá morto, cretino! Quando o Bispo te pegar, você tá morto!

"Humanidade perdida?" foi o pensamento que ocorreu a Espartano. Sim, quantos não haviam sido mortos por suas mãos naquele caminho sem volta... Mas, de outro lado, a maioria deles não teria merecido seu destino? Cabia a ele julgar? Evidentemente não; ele apenas fazia o mesmo que os demais: vivia, cumpria seus desígnios e seguia em frente. Então, por que disfarçar?

O guerreiro não titubeou. Com uma das mãos, segurou o guarda pelos cabelos, bem na região da moleira, e puxou-o em sua direção com tanta força que o fez erguer os quadris do chão; depois, pegou a faca e, numa única passada, cortou a lateral do rosto do garoto, arrancando-lhe fora a orelha. Quando o mutilado gritou de dor, foi agraciado com um chute na boca que prensou sua cabeça contra a parede e quebrou todos os seus dentes frontais. O guarda desmaiou imediatamente; o buraco na lateral de seu rosto sangrava sem parar. Espartano jogou a orelha longe com desdém, voltou-se para os outros dois e viu a expressão de pânico em seus rostos. Eles não passavam de vítimas; eram garotos. Garotos transformados em soldados naquela guerra inútil e despropositada. Ainda assim, sua implacável impiedade se pagara:

— Mais algum herói aqui? — perguntou ele, sem perder a pose.

Os dois balançaram a cabeça freneticamente. Lágrimas sinceras escorriam de seus olhos. Ele obteria qualquer coisa agora.

— Última chance. O que vieram fazer aqui?

O único que tinha condições de falar decidiu responder, poupando a si mesmo e a seu colega de dor semelhante:

— Temos ordens de levá-lo para o porão.

— O que é o "porão"?

— É onde mantemos os prisioneiros.

Mais tarde, Espartano descobriria que o porão era, na verdade o conjunto de túneis, salas e corredores que compunham todo o andar subterrâneo da Catedral; uma extensa área que tinha o mesmo tamanho da estrutura onde estavam, talvez até ligeiramente maior, e que, antigamente, era utilizada como depósito. Todas as saídas haviam sido barradas, exceto uma, mantida fortemente vigiada por guardas armados. Não havia luz. Não havia comida. Não havia água, senão a misericordiosa quantidade concedida aos habitantes da escuridão pelo "bom coração" do Bispo. Pessoas tornadas prisioneiras eram mantidas encarceradas ali, abandonadas à própria sorte, constituindo um tipo de comunidade paralela à da Catedral. Um mundo à parte, com suas próprias regras, histórias e terrores. Dezenas, talvez centenas já haviam experimentado tal destino e viviam ali há meses, quem sabe anos. A única forma de sair era participando dos jogos, eventos selvagens que ocorriam ocasionalmente para a diversão da população da Catedral. Era evidente que a maioria — os sortudos — morria.

— Onde estão meus amigos?

Diante da hesitação do guarda, Espartano ameaçou golpeá-lo, fazendo-o se encolher e erguer as mãos de medo, protegendo o rosto. Ele respondeu de uma só vez, despejando a informação:

— O gorducho desapareceu. Ninguém sabe para onde ele foi.

— E o outro? O guerreiro?

— Ele já foi capturado.

Espartano mordeu o lábio inferior inconscientemente. O que ele havia previsto acontecera, e ainda mais rápido do que pensara. Por que Manes os havia levado até lá? Por que os atraíra àquela arapuca? O que estava tentando provar? Haveria alguma verdade em seu "plano", alguma possibilidade de ele estar certo, e não completamente maluco?

— Pra onde o levaram?

— Ele foi levado pra câmara real, para conversar com o Bispo. Depois disso, não sei. Saiu de lá escoltado por um destacamento enorme. Nós só recebemos a ordem de levar você para o porão. Não sei de nada mais, eu juro!

— E onde fica isso? Qual é o acesso mais rápido até lá?

— A escada noroeste. É só descer reto que você sai na frente. Mas o local é fortemente guardado.

— Manes vai ser levado para lá? Para o porão?

— Eu não sei. Juro que não sei!

O batedor colou o cano da arma na testa do jovem e pressionou-o com firmeza, a ponto de machucá-lo. Então, recomendou sutilmente:

— Arrisque um palpite e reze pra estar certo!

O garoto olhou fundo dentro dos olhos de Espartano e reconheceu uma expressão maldosa, de alguém prestes a machucar seu semelhante. Após uma breve consideração, falou:

— Não, ele não vai ser levado pra lá!
— Tem certeza?
— Não!

A mais pura honestidade, nascida do medo em sua forma mais primitiva. Ainda assim, Espartano sentia-se assolado pela dúvida. E quanto a Júnior? Teria ele fugido? O rapaz era, na sua opinião, um pé no saco. Mas também era astuto o suficiente para ter percebido o perigo e dado no pé antes que o pegassem. E a Manes? Se fosse levado para o tal porão, seria impossível resgatá-lo. Pelo menos sozinho. Mas o guarda deveria ter seus motivos para achar que aquele não seria o seu destino. Na verdade, fazia certo sentido. Ele, Espartano, ia para o tal do porão, enquanto Manes, mais valioso para o Bispo, seria mantido cativo em algum outro local.

Após deliberar consigo mesmo por alguns instantes, período que pareceu uma eternidade para o guarda, o batedor concluiu que o melhor a fazer seria empreender uma fuga daquele lugar sinistro. Acionar o Quartel e aguardar a chegada de reforços. Então, junto de seus companheiros, ele invadiria aquela merda de comunidade e arrasaria tudo para libertar o líder, quer ele estivesse pirado, quer não.

— Vocês têm veículos?
— Sim!
— Em bom estado de conservação?
— A maioria.
— Onde eles ficam?

CAPÍTULO 81

— É um homem perigoso demais para mantermos vivo.

O comentário de Joaquim era pertinente. Ele tinha ciência da grande capacidade do Bispo de comandar com mão de ferro a Catedral e não tinha intenção de questioná-lo. Ainda assim, considerando a brutal demonstração de força que Manes dera, achou por bem deixar sua opinião registrada. O grande salão estava vazio agora, exceto pelos dois homens. Sobre a mesa, uma garrafa de vinho tinto e frutas secas. O Bispo sorriu antes de responder:

— Eu adoro este lugar, sabia? Amo tudo nele, desde o primeiro momento em que cheguei aqui.

Joaquim deu um gole em sua taça e apenas concordou com a cabeça, gentilmente, como se fosse uma deixa para que o outro prosseguisse:

— Lembra-se de quando chegamos aqui? Foi uma diferença do quê? Dias?

— Se bem me recordo, você chegou um mês antes.

— Sim... Tenho certeza de que você se recorda. Um bando de gente perdida orando para que Deus as salvasse, para que respondesse a suas súplicas. Todos aqueles padrecos tentando dar algum significado à vida delas. — O Bispo deixou escapar um gracejo. — E eis que aparecemos: primeiro eu, depois você, Joaquim. E veja o tanto que conseguimos, quão longe chegamos. Não é uma coincidência das mais agradáveis termos nos reunido aqui assim?

O salão estava silencioso como uma tumba. As marcas de sangue, herança da ira de Manes, ainda não haviam sido limpas; o cheiro acre de sangue fresco permeava o local, mas não parecia incomodar a dupla.

— Às vezes... — começou Joaquim, mas depois parou. O Bispo interrompeu um gole no meio e, quase se engasgando, fez sinal para que ele continuasse:

— Por favor, termine o que ia dizer.

— Às vezes, eu sinto... Não sei. Às vezes, eu tenho dúvidas.

Ele se aproximou um pouco do Bispo, projetando o corpo na direção dele e disse, quase num sussurro:

— E se estivermos errados? E se nada disso for uma coincidência? E se existir um Inferno e estivermos abrindo nossa vala diretamente para dentro dele?

— O que quer dizer?

— Tudo isso que temos feito aqui. Isso não enoja você, às vezes? Não acha doentio?

O Bispo fez uma pausa. Parecia refletir sobre a frase do colega. Por fim, levando algumas uvas passas à boca, indagou:

— Você acha que pode existir um Inferno? — O outro concordou com a cabeça, sem falar. — Então há um Deus? E um "plano"? — Novamente, Joaquim concordou.

— Ora, meu caro amigo, mas, se há um plano, não fazemos parte dele? Nesse caso, qual é a diferença?

Joaquim não soube o que responder. Prendeu seu olhar no vazio e ali o manteve por algum tempo. O Bispo, ainda comendo passas, prosseguiu:

— Quanto tempo você já conseguiu ficar sem?

— Sem o quê?

— Você sabe... Sem fazer aquilo...

Joaquim baixou a cabeça:

— Não muito.

— Mas você tentou? Chegou a tentar de verdade, naqueles tempos, antes do Dia Z?

— Sim! Você sabe que sim. Todos como nós já tentaram.

— Eu não! — respondeu o Bispo, tranquilamente.

— Nunca?

— Nunca! Desde o momento em que abracei quem eu sou, o que sou, nunca olhei para trás!

A certeza e a segurança da frase quase mortificaram o ruborizado Joaquim. Suas mãos apresentavam leves tremores, e ele não parava de balançar a perna.

— Nervoso? — perguntou o Bispo.

— Você não me respondeu. E se todas essas religiões, todos esses místicos e gurus estiverem certos? E se todas aquelas pessoas lá fora, que ficam orando para Deus, estiverem com a razão? Não te passa pela cabeça que nós somos os deslocados neste mundo, que nós somos a minoria? Não são maiores as chances de estarmos errados?

— OK, vou entrar nesse jogo. Suponha, por um segundo, que eles estejam certos. E daí? O que isso mudaria? Acha que, se tivesse um arrependimento, tudo ficaria bem, como na história do ladrão na cruz? Você *consegue* se arrepender de algo? Ou essas dúvidas que está tendo, essas incertezas são apenas um retrato do seu medo?

Joaquim se irritou:

— Medo? Medo de quê?

— De muitas coisas. Por exemplo, de um homem como Manes. Da fúria que ele pode provocar. Medo de morrer com as mãos dele fechadas ao redor do seu pescoço. Sabe, se ele tivesse oportunidade, por menor que fosse, nos varreria a todos. Arrasaria tudo aqui apenas para provar seu ponto de vista, quer fosse distorcido, quer não; quer estivesse certo, quer não. No fundo, você tem razão: ele *é* um homem perigosíssimo.

— Então, por que manter vivo um homem assim?

— Ah, meu amigo, mas ele vai morrer! Sim, ele vai! Mas, por enquanto, cabe a mim quebrá-lo.

— Por quê?

— O que mais nos resta? Ele é um anacronismo neste mundo, assim como eu, você e tantos outros.

— Você não vai se envolver em joguetes infantis de vilões de cinema — emendou Joaquim. — Você é muito mais do que isso. Tem suas convicções. Qual é sua motivação ao mantê-lo vivo?

O Bispo levantou-se e apontou para a janela:

— Eu não estava brincando quando disse que adoro este lugar. Que amo tudo o que fizemos aqui. Dê só uma olhada no povo lá fora, devorando uns aos outros. Eles são exemplos tristes e insípidos da raça humana, uma prova quase cabal da inutilidade desta raça, salvo raras exceções. Eles são o motivo de eu ter começado a fazer o que faço. Junte o bastante deles em um mesmo espaço e começarão a se consumir, extorquir, abusar, matar, vilipendiar. Você, eu e outros como nós, sabemos exatamente o que há dentro do coração humano. Veja a ironia: o mundo foi destruído e nós quase fomos exterminados. Que mão está por trás disso? A mão de Deus, pois nada se move sem que Ele queira, nem ao menos uma folha. Então, que espécie de Deus é esse que traz tamanha dor ao mundo? Ou foi a mão do Demônio? E, nesse caso, que mundo é este e que Deus é este, ambos derrotados pelas forças das trevas? Você acha mesmo, caro Joaquim, que existe a mínima chance de qualquer um daqueles pobres diabos lá fora estar certo?

— Então, o que é isso tudo? De onde vem todo esse...

— Mal? Era essa a palavra que ia usar? Ora, ele vem da ciência. Do homem. Que outros seres, na existência, são capazes de provocar algo como o que ocorreu ao mundo, senão nós mesmos? Você sabe o que é um delírio, caro Joaquim? Claro que sabe; um delírio é viver uma realidade que não é a realidade de fato, um tipo de alucinação. E não é exatamente o que vive todo aquele povo lá embaixo, sedento por absolvição? Um eterno e perpétuo delírio... Já viu alguma carruagem de fogo descer do céu para salvá-los? Já viu alguma cobra falante ou oceanos se abrindo? Eu estou perguntando!

— Não, Bispo. É óbvio que nunca vi, pois algo assim não existe. Quem imagina uma coisa assim é...

— Doente mental?

— Eu ia dizer que são pessoas que creem. Que têm fé. E isso torna tudo real para elas!

— Então, a definição de imaginar coisas que não estão lá é válida para as pessoas que iam parar no hospício, mas não para as que rezam para aquilo que não enxergam?

— Você está distorcendo minhas palavras. Eu só estou dizendo que talvez...

— Você acredita em Deus, Joaquim? É isso o que está dizendo? Está considerando que a Bíblia esteja certa e todos os sermões e todos os salmos e todos os mandamentos sejam pra valer? Está levando isso em consideração por medo do que possa acontecer conosco em outra vida. É o medo que está movendo seus atos. Vou te dizer uma coisa: se os livros sagrados estiverem certos, eu e você teremos sérios problemas. E não só nós dois, mas também os mesmos bastardos que estão lá embaixo rezando. Ou você acha que o fato de eles pedirem salvação é suficiente? Minha nossa, tem gente ali que é pior do que nós dois juntos. Ouça: da forma como vejo, só existe uma chance de a Bíblia estar certa: estamos vivendo o Apocalipse. Os mortos vão se levantar. Só queria saber onde estão as trombetas... Não sei o que pretende com essa conversa toda, não sei mesmo.

Nem o próprio Joaquim sabia. Na verdade, a visão de um homem como Manes em ação havia mexido com ele. Havia algo de selvagem e primordial naquela figura, como o próprio Bispo dissera, mas também algo de messiânico. Sua voz inspirava tanto quanto seus olhos intimidavam, e era difícil manter-se alheio a ambos. O Bispo mudou o rumo da conversa:

— O que diz seu coração, Joaquim, quando a vontade chega? Você começa a suar frio, tenta pensar em outras coisas, toma uma dose de uísque, procura se distrair, reza, lê um livro, entre tantas outras coisas, mas aquilo nunca sai da sua mente, não é? Aquela sensação, o desejo incontrolável, as imagens que cerceiam seu ser, pungindo-o... Elas são inevitáveis, não são? Só existe uma forma de sua respiração voltar ao normal, de esses tremores que estou vendo neste exato instante cessarem, seus olhos deixarem de ficar vidrados e a fala voltar ao normal. E, quando isso acontece, quando afinal acontece, então você se sente realizado, sente prazer no êxito e na concretização daquilo que almeja. Só existe uma forma de acabar com essa angústia que queima lá dentro, não estou certo?

— Sim! — gritou Joaquim, se descontrolando. — O que quer que eu diga?

— Nada. Você começou esta conversa — respondeu o Bispo, servindo mais um cálice de vinho. Ele olhou para o rótulo da garrafa, meditou brevemente e completou: — Se existe algo em que aquele Manes tem razão é que os recursos vão acabar. Esta garrafa data de sete anos atrás. Penso que será cada vez mais difícil encontrar vinhos. Encontrar comida. Encontrar charutos...

— Nós fazemos nosso próprio vinho... — interrompeu Joaquim, mas o Bispo retomou a liderança do diálogo, gritando:

— Eu sei! Mas eu nunca vi você tomando o vinho que esses pobres coitados fazem. E o ponto não é produzir ou não aquele negócio com gosto de merda. Aqueles vagabundos lá embaixo comem merda diariamente e não se importam com isso. Na verdade, isso faz parte da vida deles. Eles *querem* merda. Dizem que não, mas querem, exatamente como era quando elegíamos nossos líderes, lembra? Mas nós... Eu e você... Nós não comemos merda. Nós não bebemos merda. Mas receio que, um dia, isso possa acontecer.

Joaquim pensou no sabor doce do vinho enquanto o sorvia e retrucou:

— Nunca o ouvi falar nada do gênero.

— Acredite ou não, mas aquele homicida me abriu os olhos para essas questões. A vida é uma balança, Joaquim, e nós somos uma parte importante dela. Se gente como nós não existir, todo o resto cai como um castelo de cartas. Sempre houve os que estavam acima dos demais. Mas, e é aí que mora a ironia de tudo, se existe a injustiça, se são tão poucos os que comem bem, se vestem bem, bebem bem, moram bem e transam com todas as mulheres que querem, então por que a maioria não se revolta e chuta a bunda deles?

— Mas isso ocorre. De tempos em tempos...

— Aí é que está, caro Joaquim. De tempos em tempos, a ralé se revolta. Derruba alguns e coloca outros no lugar. E esses outros fazem exatamente a mesma coisa. Comem, fodem, moram e bebem bem. — Ele fez um sinal com a taça, indicando o vinho. — E quer saber por que nem todos — e quando digo todos, estou me referindo à sociedade inteira —, sabe por que nem todos têm isso? Porque não querem. Nós somos a referência para eles, assim como os reis e imperadores, a nobreza e os ricos, os políticos e celebridades no passado... Nós somos a lâmpada em volta da qual os insetos ficam orbitando. Aspirar a ter, porém nunca conseguir, faz parte da equação da vida. O que seria do homem sem sua inveja? Sem seu desejo? Veja só: há cinco mil almas amaldiçoadas lá embaixo. O que as impede de subir aqui, arrasar com tudo e tomar para si o que reservamos para tão poucos de nós? Beber nosso vinho, dormir em camas macias, comer comida de verdade... O que as impede? Os guardas, com suas armas velhas e enferrujadas? Não temos balas para enfrentar nem algumas dezenas, quanto mais milhares; então, o que os mantêm lá embaixo comendo merda dia após dia?

— A fé? — disse Joaquim sem convicção.

— Talvez, meu caro. Fé em mim ou em Deus. Fé em outra vida, num mundo melhor... Ou talvez a equação precise ocorrer para a vida seguir em frente. E, se nós a mantivermos equilibrada, balanceada, permitindo que eles vivam sua vida de merda, mas não tão afundados na merda a ponto de nos culparem por sua situação, então passaremos incólumes — e, o que é ainda pior: seremos amados por isso. Mesmo surrupiando um ou outro garotinho de vez em quando para dar cabo desses seus tremores. Basta um bom discurso semanal e entretê-los com jogos para que se esqueçam do lodo em que estão chafurdados diariamente. Isso sempre foi assim. No passado era futebol, carnaval, novelas. Hoje é o nosso modo!

O vinho havia acabado, assim como as passas. Joaquim perguntou:

— E quanto a Manes? Vai matá-lo?

— Lógico. Mas antes preciso escutar qual era o plano dele, absorver suas ideias, pois talvez o homem tenha alguma razão. Nenhum juízo, mas alguma razão.

Os dois riram. O Bispo encerrou:

— Além do mais, já faz algum tempo que o povo precisa de uma diversão decente, e um guerreiro como ele poderá proporcionar bons momentos de entretenimento.

— Cuidado, Bispo. O povo adora histórias de superação. Faça dele um herói na arena e correrá o risco de criar um mártir.

O Bispo considerou cuidadosamente o comentário, mas então respondeu com segurança:

— Mais do que a ascensão de um herói, sabe do que as pessoas gostam?

— Não. Do quê?

— De assistir à sua queda!

CAPÍTULO 82

Zenóbia estava extenuada. À sua volta, uma orgia de sangue e perversão. O terceiro contaminado acabara de ser morto a marretadas por Samael, mas o desgraçado não teve a decência de terminar o serviço. Após três golpes desferidos contra o testa da criatura, ele a deixou de lado agonizando, com os olhos revirando, para começar a se atracar com Lilith.

A amazona, ainda sentada no sofá com as mãos amarradas, ficou observando de rabo de olho as canelas finas do contaminado tendo espasmos seguidos, primeiro frenéticos e depois em intervalos cada vez maiores, até que, após o que pareceu ser um tempo longo e exaustivo — ainda que apenas dois quartos de minuto tivessem se passado —, ele finalmente parou de se mexer.

A batedora mordeu os lábios e apertou os olhos para não chorar; ao redor, uma cena nascida da mente de dois demônios materializados em corpos humanos. Aldous Huxley se perguntara se o nosso mundo era o Inferno de outro planeta. Zenóbia começava a ter cada vez mais certeza de que sim, de que nada mais restara na face da Terra, senão o mais puro e abjeto horror. A nefasta realidade não podia ser descrita, senão pelo uso dos mais repugnantes adjetivos, mas nada podia arranhar a superfície do que ela sentia nos recessos da alma, no cerne.

O segundo contaminado havia sido o que mais sofrera. Samael apanhara uma faca de quase dois palmos de comprimento e, segurando-o pela nuca, mantendo sua cabeça voltada para o chão, começou a descrever um único corte da base da coluna até a base do crânio, sem emendas. A criatura se desesperou e guinchou como um porco no matadouro, debatendo-se e tentando em vão golpear seu agressor. Depois, Samael deu várias pisadas no torso do infectado, até prostrá-lo no chão, deixando-o indefeso. Por fim, segurou a pele dos dois lados do corte e a puxou, como se estivesse tirando a roupa do infeliz, e não sua própria pele. Lilith ria e batia palmas com um olhar doentio, e, quanto mais ela incitava seu amante, mais brutal ele ficava. Após esgotar a criatura, tamanha a dor que havia lhe imposto, ele mergulhou a faca logo abaixo da região occipital. Ainda levou algum tempo até que o contaminado morresse; seu corpo continuou a se mexer e, de algum modo, havia uma expressão de súplica naqueles olhos assassinos. Zenóbia não conseguia entender como aqueles infectados podiam ser tão indefesos, tão desarmados, tão sujeitos às ações depravadas da dupla. Decerto, ainda havia muito a ser descoberto a respeito de toda aquela praga que recaíra sobre a humanidade — um verdadeiro universo de informações e fatos esperando para ser colhido e analisado.

Com os três monstros mortos, a sala tornou-se sensivelmente mais silenciosa, com a quietude sendo perturbada apenas por Lilith e Samael — os dois monstros restantes — e suas respirações ofegantes e gemidos de paixão. O casal, perdido em carícias, parecia ter se esquecido da presença de Zenóbia, mas a batedora sabia que não era o caso. Seu olhar apurado decifrara o contexto, percebendo que Samael estava apenas esperando que ela tentasse empreender nova fuga. Para ele, era tudo um divertido jogo de gato e rato, uma brincadeira letal entre adultos, uma psicose trazida à tona pela nova e caprichosa realidade, que tornara permissível o desenrolar de coisas hediondas como aquelas.

Zenóbia intuíra, afinal, quais eram os botões que moviam Samael. Reconheceu um homem cheio de traumas e problemas com a própria libido, cuja violência e brutalidade o excitavam mais do que o sexo em si. Um homem truculento que abraçava as atrocidades como forma de satisfação. Para ele, ter a batedora testemunhando os eventos ocorridos naquela sala fazia parte de um grande show, um espetáculo, um teatro de cunho pessoal e intransferível. Ele atuava para Lilith, atuava para uma plateia em sua mente, ansioso para ver os rumos que o show ia tomar, apenas aguardando o próximo movimento dela para que ele próprio pudesse obrar. Por isso, a batedora tinha de ser extremamente cuidadosa e só agir quando o cenário estivesse favorável. Percebendo o quanto os ânimos estavam exaltados, sabia que se tentasse fugir só haveria dois resultados possíveis: ou ela conseguiria ou ele a mataria. Não podia se dar o luxo de um meio a meio.

Lilith já era um pouco mais indecifrável que seu companheiro. Ninfomaníaca, viciada em sexo, amoral, pervertida... Essas e muitas outras definições se enquadrariam perfeitamente em sua *persona*, mas havia algo mais. A mulher havia feito sexo com três infectados, chegado ao gozo diversas vezes quando penetrada e, aparentemente, umas tantas outras quando Samael assassinou, a sangue-frio, seus amantes após o coito. Zenóbia já havia visto coisas doentias e ouvido falar de pessoas que buscavam levar o sexo a extremos, desde Cicciolina transando com um cavalo, passando por Lôla Ferrari com os maiores implantes de silicone do mundo até Lisa Sparxxx batendo o recorde de 919 homens em um único dia. Entretanto, aquilo não era mera extrapolação sexual, por mais perversa que fosse. Era algo que rompia com todas as barreiras, tornando-as coisa de criança. Sim, era fato que pessoas da indústria do entretenimento adulto haviam feito muitas coisas estranhas e sem cabimento na Era A.A., mas nada podia ser comparado ao que a batedora acabara de testemunhar. O que ocorrera naquelas quatro paredes, e que provavelmente era lugar-comum na vida daquele casal podre, ultrapassava todos os limites. Era como alguém que só se excitasse com um filme oito milímetros; era a mais profunda dissociação da norma e seu oposto; talvez a definição do mal por excelência. Era algo brutal demais para estar dentro do espectro do admissível ou mesmo do razoável; era um desvio, uma deturpação de conduta tão grande que rivalizava com os piores crimes do passado, aqueles que despertavam profundo enojamento da sociedade, para os quais a única opção cabível seria a morte de seu autor — "olho por olho, dente por dente" —, ou pelo menos o encarceramento definitivo do sujeito, emparedado em uma sala escura onde não pudesse ser visto nem ouvido, sem nenhum contato com o mundo exterior. O que Zenóbia observara, em primeira mão, naquele apartamento fétido e infeto era um profundo e inexorável distúrbio, potencializado pela liberdade/libertinagem que o Dia Z havia conferido. Contudo, após suspirar longa e profundamente, ela se perguntou se não havia simplesmente visto a encarnação do mal.

Seus olhos se fecharam, e ela pensou em Manes. Onde ele estaria? Será que um dia os dois voltariam a se encontrar? A despedida de ambos não se dera em maus termos, mas poderia ter sido melhor. Ela se perguntou se teria se comportado de forma diferente caso soubesse, quando estavam juntos no Quartel, que os dois nunca mais se veriam de novo. Teria ela sido mais gentil, mais compreensiva e mais afetuosa? Ela havia perdido muito, e por isso endurecera, mas... Quem não perdera?

De repente, tudo pareceu ter pouca importância. Todas aquelas querelas, as intrigas e brigas, as birras e discussões. Ela havia resistido e lutado, mas para quê? Perdera sua dignidade e sua honra, e o mundo continuava o mesmo. Sofrera e chorara, e, ainda assim, independentemente de sua vontade, Huxley estava certo: aquele era o Inferno de outro planeta. Um local, transitório ou não, onde as almas vinham sofrer por causa de erros e pecados, levados a cabo em outra vida. Zenóbia fechou os olhos e tentou encontrar dentro de si algum motivo para não desistir, para não se entregar. Um único motivo que fosse consistente e que não nascesse de sua própria teimosia, de sua incessante batalha e do instinto de autossobrevivência.

Nada.

Nenhum sinal sagrado, nenhuma mensagem divina. Nenhum Deus falando dentro de sua cabeça. Nenhum motivo. Nenhum plano do Destino, nenhuma prova de que ela era especial nesta vida. Nada que indicasse que ela não passava de um grão de areia cósmico, que, uma vez tendo sido soprado pelos ventos da fatalidade, ia desaparecer para todo o sempre. Seu coração sentiu-se solitário. Não restara mais nada.

Com pesar, a amazona abriu os olhos. Sentia-se entregue. As lágrimas vertiam, escorrendo-lhe pelo rosto e pingando no tecido sujo e rasgado do sofá. De que adiantava aquilo tudo? A perda de seu irmão quando ela ainda era jovem, os dramas da adolescência, a batalha árdua para transformar o próprio corpo em máquina, as conquistas e premiações, as derrotas e as gargalhadas. Até mesmo o horror de infância que era o cômodo da avó. Todos aqueles momentos iam se perder no tempo. Como lágrimas na chuva.

Ela baixou a cabeça e se perguntou se era hora de morrer.

CAPÍTULO 83

— Ali! — gritou Júnior de exaltação ao ver o veículo que havia sido deixado discretamente em uma ruela.

— E a chave? — perguntou Felícia, completamente ofegante. A luta com o contaminado havia sido bestial, e toda a fuga desde o quarto onde Júnior era mantido prisioneiro, passando pelos corredores da Catedral, seus muros, as perigosas ruas da cidade e a praça salpicada de mortos, até chegar ali havia sido uma experiência extenuante.

Júnior pegou a chave no local onde Manes a escondera, justamente para que qualquer um deles tivesse acesso à Sprinter, caso algo desse errado, e abriu o carro. Os dois entraram, travaram as portas e sentiram-se incrivelmente relaxados ao sentarem nos bancos macios. Felícia recostou a cabeça e fechou os olhos por um instante; ela suava frio e sua roupa estava encharcada. Suas mãos tremiam levemente e, por mais que tentasse, não conseguia respirar pelo nariz, puxando o ar pela boca.

— Eu realmente devia fazer mais exercício — murmurou, praticamente para si mesma. Júnior sorriu. Não havia sido nada fácil para ele também.

Nem bem haviam recuperado o fôlego quando um contaminado passou bem diante do carro, em estado letárgico, arrastando as pernas como se fosse manco. Júnior fez um sinal para que sua companheira se abaixasse um pouco, encolhendo-se ele próprio; os dois guardaram o máximo de silêncio possível, controlando até mesmo a respiração. A criatura não os havia visto e logo se afastaria. Apesar da tensão, Júnior não pôde deixar de pensar que havia certa satisfação em praticamente se amontoar sobre a garota, deitando-se no banco da frente. Eles estavam a algumas centenas de metros da Catedral e fora da linha de visão das torres; bastava fazer a volta no carro e retornar pelo caminho por onde tinham vindo, de volta para a casa de Duda. Lá, ele decidiria o que fazer. Quando pareceu seguro, o técnico ergueu um pouco a cabeça e espiou lá fora, indicando que ela podia levantar também.

Felícia parecia arrasada. Seus cabelos estavam empapados e cheios de nós. Sua roupa suada e fedida estava suja de lama e manchada de sangue contaminado. Com uma expressão de nojo em relação a seu próprio estado, ela disse:

— Isso aqui fede muito!

— Eu sei — respondeu o técnico, que, no fundo, achava que ela estava adorável. — Mas, por incrível que pareça, você se acostuma.

— Será que se nos banhássemos em sangue contaminado, poderíamos nos misturar a eles?

— O quê? Que ideia maluca é essa?

— Pois é... tipo *The Walking Dead*, lembra?

— Putz, péssima ideia! Você acha que, se vestisse uma juba, poderia se disfarçar de leão e ficar no meio deles?

Ela caiu na gargalhada.

— Vestir uma juba? O que é isso? Não dá pra "vestir uma juba"!

— Eu sei — respondeu ele, meio contrariado. — Foi só uma analogia... Eu quis dizer que não acho uma boa ideia.

— Seja como for, não dá pra ficar nesse estado. Eu tô nojenta! Fora isso, dizem que o sangue deles é contagioso. Não me agrada ficar vestindo uma roupa manchada assim.

— Pô, mas você acabou de dizer que queria se encharcar com o sangue deles...

— Eu não disse que *queria*. Só fiz uma pergunta. Para de colocar palavras na minha boca!

Ele bufou. Pelo menos já discutiam como um casal, cutucando um ao outro de forma saudável.

— Bom, nós vamos pra casa de uma moça que provavelmente terá uma troca de roupa pra você vestir.

— Fica longe daqui?

— Não muito. Uns quarenta minutos. Ela vive em uma casa no mato — um lugar bem legal, por sinal. Ei, é capaz que você a conheça. O nome dela é Duda e ela já viveu na Catedral.

— Duda?

— Sim. Conhece?

Felícia engoliu em seco. A fisionomia em seu rosto mudou por completo, e Júnior viu que tocara em um ponto delicado.

— O que foi? Qual é o problema com a Duda?

Oráculo suspirou. Lembranças ruins pareceram ter voltado dos confins do esquecimento para assombrá-la. Coisas que ela preferia jamais ter sabido. Na verdade, a história de Duda não era melhor nem pior do que a centena de contos sórdidos que acometiam diariamente a comunidade da Catedral, mas, nos últimos momentos de descontração, ela havia, sem se dar conta, tirado da cabeça as coisas que testemunhara ali. Agora tudo retornava de uma só vez, como num turbilhão.

Depois de muito tempo em silêncio, período no qual Júnior ficou encarando a moça à espera de uma resposta, ela falou:

— Eu não a conheci pessoalmente, embora tenhamos vivido juntas na Catedral no mesmo período. Nós nos cruzamos uma vez ou outra, sabe? Ocasionalmente. Mas nunca conversamos.

— Como você não a conhecia?

— Caramba, Júnior! Moram mais de cinco mil pessoas lá. Acha que conheço todo mundo?

— Não me refiro a isso. Achei que você a conhecesse porque Duda é... diferente. Ela é...

— Eu sei o que ela é. Todos sabiam. Todos, menos Joaquim.

— Aquele pangaré? O que ele tem a ver com isso tudo?

Felícia não queria falar. A verdade parecia atravancada em sua garganta. Enfim, o técnico cutucou:

— Conta logo, caramba. Para de fazer tipo!

— Júnior, você precisa entender que certas coisas que aconteciam... que acontecem na Catedral... Elas, bom, elas... Muita coisa ruim acontece lá. E quando digo muita coisa, estou dizendo *muuuuita* coisa, se é que você me entende.

— Na verdade, não estou entendendo nada. Você não explica. Fala de uma vez e sem enrolação: o que foi que rolou?

— Joaquim pode parecer aquele cara calmo, profético e tal, mas é tudo fachada. Na verdade, a fama dele é de ter uma preferência sexual bizarra. Algo que é ligeiramente contra a lei, sabe? — Júnior fez uma cara de quem não havia compreendido, obrigando-a a desembuchar de uma vez. — Ele gostava de transar com garotinhos. *Capiche*? E, pior do que isso, dizem que os garotinhos que sobem para a câmara dele não retornam.

— Peraí... Como é que é? Vocês têm um comedor de criancinhas naquela porra? E o cara ainda é um dos líderes? Como é que ninguém se juntou para pegar esse cara de porrada?

— Parece simples, mas não é. Correm boatos, mas a maioria deles não chega até o povão. É o tipo de coisa que ninguém nunca viu. E, se viu, não fala a respeito. Não há provas. Entenda que, no mundo em que vivemos, não é tão difícil assim sumir com alguns moleques.

— Caralho, isso é loucura!

— Sim, lógico que é. Mas sabe quantos órfãos vivem lá? O pior é que, se isso tudo for mesmo verdade, é algo que Joaquim sempre fez muito bem, na surdina, sem se comprometer.

Júnior ficou intrigado:

— Você tá dizendo que a galera não sabe o que acontece naquele templo?

— Claro que não. Vou repetir, que acho que sua ficha não caiu: são cinco mil pessoas vivendo ali. Antigamente, alguém no país sabia o que nossos líderes ficavam fazendo? Ou melhor, não vou nem falar dos líderes, mas das pessoas mais privilegiadas, que viviam em suas coberturas e andavam de carro importado. Era um mundo à parte, dissociado de todo o resto; e continua sendo, mesmo hoje em dia — especialmente hoje em dia! Presta atenção: quando digo que havia essas desconfianças e histórias, estou dizendo que só fiquei sabendo delas porque, na condição de Oráculo, eu trabalhava dentro do templo da Catedral. Vivia lá dentro. Então, corriam boatos... falatório de corredor, sabe?

— OK, já entendi. Mas o que isso tudo tem a ver com Duda?

— Bem, o que dizem, e não sei se é verdade, é que Joaquim tinha vergonha de seus atos. E que, diferente do Bispo, que cometia suas maldades e ria delas, ele ainda tinha um coração humano no peito e queria livrar-se da ânsia que o corroía por dentro. Mas, como todos os doentes que padecem desses problemas, Joaquim havia nascido assim; seu desejo era patológico, uma necessidade inexplicável que era mais forte do que qualquer lógica e raciocínio. Por mais que ele lutasse, a "fome" sempre o vencia. Até que um dia, passeando pelas ruas da Catedral, ele colocou os olhos na criatura mais formosa que já havia visto na vida, e aquilo provocou-lhe o mais imediato desejo. Ele precisava dela, precisava possuí-la, precisava torná-la dele e somente dele. Era sua chance de redenção, a chance de salvação para um pecador do calibre dele, que, pela primeira vez na vida, sentia tentação por algo que não fosse perverso e proibido. Era a primeira vez que ele cobiçava uma jovem linda e cheia de vida, que poderia torná-lo "normal", talvez curando seu apetite insaciável pelos garotinhos. Consegue vislumbrar isso? Um pedófilo e provável assassino, com desejo de arrepender-se, encontrando uma oportunidade única de salvar a própria alma? Então, Joaquim fez o que sempre faz: mandou trazê-la para si. Ele pretendia torná-la sua e declarou suas intenções, mas as coisas não saíram conforme ele esperava. Duda, muito gentilmente, recusou-o, dizendo que, embora tivesse todo o respeito do mundo por ele, não nutria sentimentos que não fossem de amizade. Ele não aceitou a negativa como resposta, mas, no começo, foi cortês. Um jogo de gato e rato foi iniciado. Joaquim empreendeu mais algumas tentativas; agia como um tolo romântico, enviava flores, curvava-se quando ela passava, ordenou até que uma ceia fosse feita somente para os dois. Comprou-lhe vestidos caros e preparou uma casa de luxo no pátio da Catedral para ela morar. A jovem, porém, continuava a ignorá-lo. E, sem que ele soubesse, todo o povo da Catedral ria dele pelas costas, pois sabia da verdade que ele ignorava. Não demorou muito para que todos os sinais dela começassem a ser mal compreendidos: a falta de interesse que ela demonstrava foi encarada como desprezo; a cordialidade foi tida como incitação; o respeito, como flerte. E Joaquim transformou progressivamente uma situação que não existia em algo que sua mente dizia que tinha de ser! Ele *tinha* de agarrar aquela chance de absolvição! Então, quando nada do que fez deu certo, apelou para sua posição e seu poder e tomou à força a bela jovem para si. Mandou os guardas a trazerem e decidiu que ela não tinha o direito de recusá-lo! Foi nesse momento que a história se tornou realmente sórdida — um conto de terror, eu diria. Ela deveria ser a porta de salvação para que ele saísse do pecado, uma passagem direta para uma nova vida, dissociada dos crimes hediondos de outrora. Então, você consegue imaginar o que aconteceu? Consegue visualizar a cena dele jogando-a na cama, rasgando suas roupas e tentando possuí-la à força? Qual não deve ter sido a surpresa dele ao ver que, ao tentar amá-la, na ânsia de se libertar de sua luxúria, ele incorreu em outro crime perante os olhos de Deus?

— Você está dizendo que só então caiu a ficha dele de que Duda era um travesti?

— É o que dizem. Alguns contam que ele a expulsou imediatamente de seu quarto. Outros narram que eles tiveram uma noite quente de sexo e perdição, mas, arrependido, ele tomou medidas para que ninguém soubesse os detalhes do que se passara.

Algumas pessoas dizem que ele vomitou em cima dela; e há também quem jure, de pés juntos, que ele sempre soube o que ela era e que toda essa história surgiu depois para justificá-lo e expiar sua culpa. Vai saber...

— O que ele fez depois?

— Um boato começou a se espalhar em meio ao povo. Um boato que associava Duda a coisas ruins, que a ligava ao demônio, que a tirava de baixo das asas de Deus e de seus favores e a colocava como uma imagem de mau agouro — um mal que tinha de ser extirpado. Sim, ela já morava lá havia algum tempo, e todos sabiam o que ela era. Acompanharam o flerte de Joaquim, sabiam de alguns detalhes, supunham outros, mas a verdade é que a memória dos homens é desgraçadamente curta, além de selecionar apenas aquilo que lhes é conveniente. Antes de os rumores começarem, havia os que não gostavam dela e os que não a aceitavam, mas geralmente ela era deixada em paz. Até que a fofoca se espalhou, trazendo consigo as mais absurdas e sórdidas histórias; a mente das pessoas foi contaminada a ponto de acreditarem que a simples presença dela na Catedral poderia atrair a ira divina. Aquele não era o lugar dela. Ela tinha de sair.

— Então a expulsaram? Jogaram na rua?

— Se fosse assim tão simples... Os que adoram o demônio não podem simplesmente ser exilados; eles têm de sofrer. Deus precisava ver que os justos puniam os ímpios, para que sua ira não fizesse da Catedral uma nova Sodoma. Duda tinha de ser feita de exemplo, para que, por meio dela, os pecados de todos fossem expurgados. Acha loucura? Pode ser, mas entenda, Júnior: depois do que aquelas pessoas passaram após o Dia Z, não foi difícil para o Bispo fazê-las acreditar que a mão divina transformaria pessoas em sal se elas não agissem de acordo com o esperado, de acordo com o "plano". Ele é um homem muito perspicaz e tem o dom da oratória. E, se antigamente poucas pessoas eram lúcidas o bastante para realmente respeitar as opções umas das outras, quem dirá agora.

— O que fizeram com Duda? — Júnior se exaltou e quase gritou. Felícia baixou a cabeça.

— Não ocorreu da noite para o dia. Foi um processo lento. Começou com as pessoas virando-lhe a cara. Ninguém mais conversava com ela, andavam longe, evitavam esbarrar em seu corpo, evitavam tocá-la, como se sua condição fosse contagiosa. Depois, começaram as injúrias: mulheres xingando-a do outro lado da rua, crianças jogando nela bolas de lama, pessoas cuspindo-lhe no rosto. Tenho certeza de que ela pensou em ir embora antes que a bolha estourasse, mas, ao mesmo tempo, ir embora pra onde? Encarar o mundo do Apocalipse sozinho não é a mais animadora das ideias. Mas, como uma verdadeira panela de pressão, a situação cresceu, se agravou, tomou corpo e volume, até que um dia ela revidou uma agressão. Foi o que bastou.

— Eles a espancaram?

— Espancaram? Teria sido pouco perto do que fizeram. O Bispo decidiu instaurar costumes antigos para apaziguar as vontades do povo, e o que tivemos foi uma sessão de tortura medieval em público. Eles arrancaram suas roupas e a ridicularizaram de forma constrangedora e humilhante, amarrando-a a duas vigas de madeira, deixando suas partes íntimas nuas ao vento para que todos as vissem. Eles a violentaram repetidamente com todo tipo de objeto que você possa imaginar, sob o pretexto de extinguir sua vontade de perverter a ordem natural das coisas. Garrafas, legumes, tubos de desodorante, cabos de vassoura — foi impressionante a quantidade de coisas que enfiaram nela, e te juro que não sei como não a arrebentaram por dentro. Era pra ela ter morrido de hemorragia interna, isso sim, de tanto que os desgraçados abusaram dela. Mas não ficou só nisso: depois de horas de tortura, quando o público já estava perdendo o interesse...

— Público?

— Sim. Presta atenção no que estou dizendo: isso foi feito em um palanque, o mesmo em que o Bispo discursa semanalmente, aos olhos de toda a comunidade.

— Meu Deus...

— Pois é. Depois, eles a chicotearam para expurgar seus pecados, como Jesus na cruz. De novo! Pois é, haja pecado, não? Foi uma coisa horrível. O povo gritava, contando cada golpe, satisfazendo uma sede de sangue inexplicável, que leva a duvidar da capacidade do ser humano de fazer o bem. Eles não pararam nem mesmo quando ela caiu de joelhos, desmaiada, ficando suspensa somente pelas cordas que lhe amarravam os punhos. Continuaram batendo e contando; quando o carrasco ficou cansado demais, trocaram de pessoa, para açoitá-la mais um pouco. Ela ficou pendurada no palanque durante três dias e três noites, servindo de exemplo para que todos vissem o fim que aguardaria aqueles que ferissem os mandamentos de Deus. É óbvio que as peripécias de Joaquim chegaram aos ouvidos de alguns poucos e, com o tempo, tornaram-se lendas locais — nada além de histórias contadas nos salões frios e escuros.

— O desgraçado não fez nada?

— Durante todo o tempo, observou a tortura de braços cruzados, a apenas alguns metros de distância, com ar de superioridade. Ela olhou diretamente para ele várias vezes, como se pedisse que ele encerrasse aquela loucura. Mas ele nunca se pronunciou.

— E Duda?

— Dizem que ela foi mandada para o porão, onde certamente morreu. Pelo visto, essa parte da história eu não sei. Provavelmente, alguém lá dentro teve pena dela e não a condenou à morte certa nas catacumbas da Catedral. Quem sabe o próprio Joaquim, arrependido, tenha pedido que ela fosse exilada; afinal, lá fora, ela ainda teria uma chance de sobreviver. No porão, contudo...

— Porão?

— Você não vai querer saber. Agora liga esse carro e vamos dar o fora daqui. Esse lugar definitivamente não é seguro!

Júnior preparava-se para ligar o veículo quando algo do lado de fora chamou sua atenção. Ele congelou no meio do ato, dizendo:

— Caralho!

— O quê? O que foi? — disse Felícia, já apavorada e olhando para todos os lados.

— Aquele contaminado... Olha o que ele tá vestindo...

— Ah, ele? Sim, ele é famoso. Os guardas da torre já tiveram várias chances de matá-lo, mas nunca o fizeram. Ninguém tem coragem.

— Consigo imaginar o motivo. Sabe, lá na minha comunidade, tenho um amigo que daria os dois olhos da cara pra ver isso. Fico imaginando o que diabos esse cara estava fazendo quando ocorreu o Dia Z.

Felícia riu e falou:

— Não é óbvio?

Júnior suspirou e deu a partida, antes de responder:

— Sim, na verdade é.

Então, foram embora, deixando para trás a visão hilariante daquele contaminado metido em uma roupa vermelha e azul, com teias e lançadores falsos.

CAPÍTULO 84

O bar era um local de quinta categoria, um refúgio para todos os vermes que há muito haviam decidido fugir de toda forma de convívio social.

    A entrada era uma porta-balcão dupla que abria para os dois lados. À direita, dois janelões de vidro fosco compridos, retangulares, com adesivos colados, davam vista quase total para a rua. Do lado oposto, próximo à parede, o balcão começava. Era um balcão de madeira longo, com sete ou oito metros de comprimento, azulejado na parte inferior. Ele era bem alto, de forma que as pessoas sentadas naqueles tradicionais bancos longos de bar o tivessem na altura do peito e cotovelos apoiados. Do lado de dentro, o balcão tinha uma emenda em sua extensão, mudando de madeira para alumínio. O chão era vazado; havia um segundo piso sob a pedra, semelhante ao fundo de engradados de cerveja. A pia era larga e funda, com espaço para dezenas de pratos e, ao lado, a louça ficava secando. Uma bandeja de metal acomodava diversas fileiras de copos, do tipo em que se serve de tudo: café, pinga, cerveja... Na parede havia um painel espelhado, bastante antigo, que abarcava a extensão do balcão quase de ponta a ponta, cheio de marcas de mofo, manchas e embaçamentos. Era cortado por várias prateleiras de bebidas, recheadas de garrafas de uísque, conhaque, vinho e cachaça. Na extremidade oposta, próximo à porta, ficava o caixa, protegido por uma cúpula de vidro e cercado de produtos baratos, como balas, cigarros e chocolates.

    Apenas dois atendentes cuidavam do estabelecimento, ambos vestindo aventais brancos com marcas de gordura. Um deles ficava no caixa; era um senhor gordo, com gel no pouco de cabelo que lhe restara e bigodes finos. Estava sentado em um banco alto, tendo um copo de cerveja como companheiro. O outro estava na frente da pia, lavando louça. Era um jovem de uns vinte e poucos anos, moreno, de expressão apática. Era tatuado e usava brincos e tinha uma grande pinta no queixo, que mais parecia um broche marrom preso à pele. Do lado de fora, espalhadas pela área razoavelmente ampla, havia diversas mesas típicas de bar, feitas de metal, enferrujadas e descascadas, além de uma mesa de bilhar com bolas esparramadas sobre o tecido rasgado.

    No bar, apenas cinco fregueses apreciavam a liberdade devassa e a privacidade que o ambiente proporcionava: Lúcio, Vanessa, Digão, Ernesto e o homem que seria conhecido como Tebas. Lúcio e Vanessa estavam em pé, do lado oposto do balcão, trocando chamegos. Ela se insinuava na direção dele, tocando suas genitálias por cima das calças jeans apertadas, e sorria empertigada e lasciva. Digão estava sentado bem de frente para os dois, com as costas no balcão, braços abertos esparramados, observando o casal sem a menor vergonha, decidindo se a visão deles o excitaria ou não, porém mais preocupado com o lucro que obteria. Ernesto encontrava-se encolhido próximo ao caixa, os ombros miúdos, ligeiramente corcunda. Tinha à sua frente um copo cheio de pinga; não era o primeiro do dia. Próximo de si, um potinho com bolachas, ketchup e mostarda, ainda naqueles tubos antigos que haviam sido proibidos e substituídos por sachês, por recomendação da Vigilância Sanitária.

Tebas parecia alheio ao que ocorria no bar. Sentado de frente para o espelho, fitando o vazio, ele levou à boca um copo de cerveja. A garrafa à sua frente, envolta em um isopor próprio para evitar que o líquido esquentasse, também não era a primeira do dia. Em um canto, próximo à porta, um gato adulto, cinza e felpudo descansava dengosamente. A televisão estava ligada, mas sem volume, exibindo alguma novela com atores conhecidos; o som ambiente trazia uma melancólica música sertaneja que falava da traição de uma mulher.

Lúcio tinha por volta dos quarenta anos de idade. Estava ficando calvo na frente, mas conservava bastante cabelo no resto da cabeça. Ele era um pouco gordinho e baixo... mais baixo do que Vanessa. Vestia uma camisa larga de mangas compridas para fora da calça. Era narigudo, barba por fazer, e tinha uma pinta saliente na têmpora esquerda.

Lúcio tinha saído da penitenciária havia poucos dias. Assalto à mão armada. Ele ansiava por uma mulher, mas nenhuma parecia querer dar pra ele. Por não ser um homem cujo principal atributo era a coragem, na prisão fora obrigado a se acostumar a ficar de quatro — um assunto que ele prometera a si próprio jamais mencionar. Em um mundo supostamente menos cruel do que a vida atrás das grades, pretendia perder o costume.

Vanessa era alta, loira e voluptuosa, com o rosto repleto de sardas. Vestia uma microssaia branca que mal cobria o essencial, deixando suas pernas grossas completamente de fora e, dependendo do movimento, mostrando também parte da calcinha rosada. Tinha uma tatuagem tribal na coxa esquerda e o nome "Janice" tatuado no antebraço. Usava uma jaqueta branca comprada em um brechó, sem nada por baixo, com o zíper baixado até quase a metade do tronco. Seus seios turbinados ameaçavam pular para fora, capturando totalmente os olhares de Lúcio. Ela ria alto e gesticulava bastante, fingindo simpatia e sedução. Usava saltos altos agulha, brancos, mas bastante encardidos. Um enorme brinco no formato de um peixe-espada pendia de uma orelha; a outra estava vazia. A pequena bolsa a tiracolo havia sido esquecida sobre uma das mesas, a alguns metros de onde o casal estava. Seu rosto, exageradamente maquiado, era o retrato da decadência.

Vanessa tinha visto o pai dar um tiro nos próprios miolos. A mãe desaparecera logo em seguida, e aos treze anos a menina teve que aprender a se virar. Agora tinha apenas dezenove, mas a vida lhe cobrara um pedágio alto, então, ela aparentava muito mais. Era HIV positivo, mas isso não a impedia de continuar saindo com seus clientes.

Digão era o cafetão de Vanessa e tinha o irritante costume de mascar chicletes com a boca aberta. Ele continuava na mesma posição de antes: sentado estático, olhando para o casal, com os braços abertos, formando uma cruz rudimentar. Vestia uma camisa que parecia pequena para seu tronco — parte da protuberante barriga de chope ficava pra fora, revelando um umbigo fundo e sujo, além de um rastro de pelos no meio do torso. Ele usava um colar prateado longo e fumava um cigarro. Apesar das leis que proibiam o fumo em locais fechados, aquele não era o tipo de ambiente em que alguém se importaria. Óculos escuros estavam enfiados no bolso da camisa.

Ernesto era um senhor de sessenta e quatro anos. Continuava comprimido, como se quisesse entrar dentro de si próprio. Sua barriga roncava, e ele pretendia tirar o máximo de proveito que algumas bolachas murchas e o ketchup aguado — ambos oferecidos gratuitamente pelo bar — podiam lhe oferecer. Suas roupas eram típicas de um idoso: pulôver fechado com uma camisa por baixo, calças de linho de barra feita, meias finas e um sapato de couro velho. Suas mãos carregavam as manchas da idade, as orelhas eram grandes e desabadas, e as rugas em seu rosto pareciam vincos. Era o tipo de homem que achava que já havia feito tudo o que precisava na vida, não tendo extraído muita alegria dela. Havia muito que ele estava entregue.

E havia Tebas...

Como poderia o grupo saber que faltavam trinta minutos para a "Hora Z"?

Ernesto e o homem do caixa começaram a discutir. O homem do bar reclamou que o velho não havia consumido um único copo de pinga, como ele alegava, e ainda por cima estava comendo todas as suas bolachas.

Vinte minutos para a Hora Z.

Lúcio e Vanessa, tendo fixado um preço aceitável após ligeira negociação, subiram para um quarto. O teto e as quatro paredes tinham espelhos velhos com molduras douradas e bregas. Havia um ar-condicionado velho pingando no canto do cômodo. A cama, que rangia a cada movimento, ficava no centro, e estava arrumada com lençóis vermelhos e fronhas cor-de-rosa; do lado esquerdo, próximo à porta, havia uma pequena mesa com um cardápio, um telefone e um vaso de flores vazio. No alto, em uma das paredes, uma televisão presa por um suporte de metal passava um filme pornô de extremo mau gosto, que naquele instante mostrava uma cena de sexo grupal. O casal, no centro da cama, fazia sexo de quatro, enquanto Lúcio tentava tirar da cabeça imagens dele mesmo naquela posição. Ele a segurou pelos cabelos, puxando-a para trás, e pediu que ela gritasse, que o xingasse.

Dez minutos para a Hora Z.

O jovem *barman* serviu outra cerveja a Tebas. Trazia uma toalha branca sobre o ombro e parecia deslocado do resto do ambiente e seus protagonistas.

Cinco minutos para a Hora Z.

O casal voltou de mãos dadas, sorrindo. Digão mudara de posição: agora estava de frente para o balcão, palitando os dentes. Em sua frente havia um prato com um sanduíche pela metade. Ele não pretendia comer o resto, pois achara o sabor era simplesmente horrível. Estava apenas aguardando o "cliente" ir embora para pegar sua parte da trepada. Ernesto estava de pé, ainda batendo boca com o homem no caixa.

Na verdade, aquilo parecia familiar para ambos. Tebas tomou um gole de cerveja, o copo ainda pela metade.

Um minuto para a Hora Z.

Tebas terminou a bebida. Ele pensava no dia difícil que tivera e nutria esperanças de que o amanhã pudesse ser melhor.

Hora Z.

Digão deu um súbito tranco para trás, retorcendo-se. Ele urrou como um animal, os dentes à mostra, algumas veias aparecendo na lateral do rosto, como se sua cabeça estivesse sofrendo enorme pressão. Lúcio e Vanessa, próximos a ele, se afastaram de medo. Lúcio, em uma incomum atitude de valentia insuflada pelos hormônios, colocou seu corpo entre Digão e a prostituta. Tebas, sentado a poucos metros, virou o pescoço com calma e olhou para o homem convulsionando, segurando seu copo cheio. A atenção de Ernesto voltou-se para o outro lado; ele debruçara o corpo para dentro do balcão, observando intrigado o homem que estava no caixa despencar e jazer estático. Digão morreu de olhos abertos, uma morte súbita e inexplicável. O *barman* correu para ajudá-lo.

Hora Z + três minutos.

O bar estava completamente revirado. Garrafas e mesas quebradas, cadeiras caídas, manchas de sangue por todos os lados. Tebas, no centro do salão, segurava uma faca usada para cortar frutas — lâmina grande, sem serrilha e cabo de plástico branco. Sua mão estava manchada de sangue, que escorria ao longo da faca e gotejava no chão. A seus pés jazia o corpo de Digão transmutado, com a garganta cortada. Seus braços estavam esparramados e as pernas, tortas. O homem do caixa continuava no mesmo lugar, morto, sem nenhuma explicação. A vida havia simplesmente se esvaído de seu corpo. Vanessa se escondera em um canto, protegida atrás da mesa de bilhar virada em meio à balbúrdia. Lúcio, sentado próximo dela com as costas contra a parede, pressionava um ferimento no braço direito com a mão esquerda. Ernesto, que usara o resquício de agilidade que restava em seus velhos ossos para pular para dentro do balcão quando a confusão começara, olhava a cena com receio junto do outro atendente. Sobre o balcão, metade do gato estava esparramada, as tripas escorrendo do tronco; a outra metade desaparecera, perdida em algum lugar do bar, que havia se tornado um campo de guerra.

Vanessa aproximou-se de Lúcio, andando de quatro. Ela se agachou a seu lado, preocupada com o ferimento, mas não parecia saber muito bem o que fazer. Ele mantinha a pressão na ferida, com uma tremenda expressão de dor.

— Deixa eu ver — a prostituta falou.

— Ah, esse filho da puta me mordeu! Caralho, o cara arrancou um pedaço do meu braço! Puta merda, como dói!

Tebas estava incólume. Sua expressão era firme e decidida. Havia respingos de sangue em seu rosto e em seu peito. Estranhamente, o líquido não parecia vermelho, e o homem já havia visto sangue suficiente na vida para saber com o que deveria se parecer.

Ele virou o pescoço em direção à porta, como se seus ouvidos estivessem captando algo que os demais falharam em perceber. A rádio tocava uma propaganda de seguro-saúde.

— Tem algo acontecendo lá fora...

A frase dele foi como uma catarse; de repente, todos tomaram ciência de uma situação que ia além do que ocorrera no bar. A televisão, silenciosa, trazia imagens ao vivo de focos de explosões e destruição pela cidade, captadas de helicópteros. Pelas grandes janelas, os ocupantes do bar puderam ver o inimaginável ocorrendo no exterior. Vanessa, que estava mais próxima da porta de entrada, abandonou os cuidados de Lúcio, como se tivesse se esquecido por completo dele, e espiou o que se passava lá fora, com as duas mãos apoiadas no vidro, seus olhos gravando cada detalhe do horror que via. Tebas, procurando ser prático e não se perder em elucubrações que, ele bem sabia, não teriam resposta naquele instante, agarrou o corpo de Digão e o arrastou para um canto, puxando-o negligentemente pelas pernas. O cadáver, ao ser puxado, deixou um horrível rastro de sangue no chão. O rádio interrompeu sua programação normal para começar a dar notícias que pareciam incríveis demais para ser verdade. O *barman* apanhou uma toalha limpa e fez um curativo no braço de Lúcio, enquanto todos escutavam, absorvidos, a voz trêmula do locutor. De repente, Vanessa, ainda com as mãos coladas no vidro, falou:

— É como se o mundo inteiro tivesse enlouquecido.

Ela se virou de frente para o resto do grupo. Pelos janelões atrás da prostituta, era possível perceber o agito lá fora: uma ambulância capotada com a sirene ainda gritando estridentemente; pessoas sendo derrubadas no chão por outras que haviam se tornado verdadeiros demônios, correndo em plena luz do dia e sendo devoradas ainda vivas; explosões de naturezas variadas longe e perto dali; gritos de pânico e dor, frutos de perda, medo, ataques, ou tudo isso junto. A expressão no rosto de Vanessa era o mais puro pavor, como se não quisesse acreditar no que via, mas precisasse se convencer da realidade, ela falou:

— Gente. Acho que é o fim do mundo...

— Não diga bobagem, mulher! — ralhou Lúcio.

— É sério. Deem uma olhada lá fora. É... assustador. Nunca vi nada assim!

— Eu sei, mas não é o fim do mundo! — ele retrucou.

— Acho que são zumbis — deixou escapar o *barman*, falando em voz baixa e sem convicção.

Lúcio, já com uma atadura no braço, ficou sentado a olhar para o curativo improvisado, que começava a vazar um pouco de sangue. O *barman* estava de pé a seu lado.

— Como é que é? — disse o ex-presidiário, levando alguns segundos para processar a afirmação do outro.

— Zumbis, tá ligado? A *volta dos mortos-vivos*... Zumbis.

Lúcio levantou-se lentamente, franzindo as sobrancelhas e reclamando da dor. O *barman* tentou ajudá-lo segurando-o pelas axilas. Ele se sacudiu, indicando que não precisava, e rosnou de volta:

— Você tá falando sério, moleque!

— Tem explicação melhor? Dá só uma olhada lá fora. As pessoas estão comendo umas às outras. Você viu o que aconteceu com esse cara! — E ele apontou para Digão.

Vanessa foi repentinamente tomada por uma sensação de medo. Por mais absurdas que fossem as palavras do jovem, elas encontravam o paralelo exato no contexto que ela estava testemunhando. Abalada, a garota afastou-se da porta e foi andando de costas até o centro do bar. Atrás dela, absolutamente enojado, Ernesto apanhou a metade do gato que estava sobre o balcão e enfiou em um saco plástico, perguntando:

— Alguém viu como essa merda aconteceu? Cadê o resto do gato?

Como se não tivesse escutado o que ele dissera, Vanessa retomou o comentário do *barman*:

— Que zumbis, que nada! É o fim do mundo! Que nem diz na Bíblia.

— E por que o fim do mundo não pode acontecer com zumbis? Como é que era mesmo aquele papo de os mortos levantarem?

Enfim, Tebas, que era um homem prático, se manifestou, bradando com firmeza:

— Não interessa se eles são zumbis, vampiros ou alienígenas, porra. E não interessa se é o fim do mundo. Só sei que não pretendo morrer. E, se vocês também não quiserem, é melhor a gente se preparar.

— O que você quer fazer? — perguntou Lúcio.

— Pra começar, temos que barricar essa porta e as janelas. Não vai demorar muito pra aquela merda toda lá fora chegar aqui!

— Nem fodendo! — retrucou Lúcio. — Eu vou dar o fora e ir pra minha casa, isso sim.

— Se quiser, fique à vontade. Mas, se fosse você, eu reconsideraria.

Tebas apontou diretamente para uma cena que ocorria fora do bar. Do outro lado da calçada, a poucos metros de distância, uma mulher estava caída no chão. Ela vestia saias compridas e camiseta, e tinha cerca de quarenta anos. Estava um pouco acima do peso. Um de seus sapatos desaparecera. Em volta dela, três contaminadas agachadas a canibalizavam, se banqueteando como um grupo de leoas ao redor de uma gazela. As pessoas passavam na frente e atrás da mulher sem se importar com o que estava acontecendo, correndo no mais absoluto estado de pânico, lutando por suas vidas. A vítima ainda estava viva; de vez em quando dava golfadas de sangue para o alto e tentava inutilmente afastar de si a cabeça das contaminadas que a devoram, duas mulheres e uma criança de uns oito anos. Uma delas estava com o rosto literalmente mergulhado dentro da barriga da vítima, rasgando-a com os dentes. Ela usava roupa de madame, bota preta de camurça por cima da calça jeans, cinto largo com fivela dourada, e uma blusa preta de gola alta e manga comprida. Um paradoxo visual. A outra mordia o pescoço da mulher como um vampiro, arrancando, bem naquele instante, um generoso pedaço de carne. A criança segurava um dos braços da vítima e o roía como um osso. Tinha olhos vermelhos e veias saltadas no rosto, a pele um pouco mais pálida que o normal.

Todos engoliram em seco. Parecia evidente que, pelo menos naquele momento, sair não era a melhor das alternativas. O *barman* perguntou:

— E o que você sugere?

— Já disse: a primeira coisa que temos de fazer é barricar essa porta. Há outras entradas aqui, garoto?

— Uma nos fundos.

— Precisamos fechá-la também.

Do lado oposto à entrada, havia um corredor que levava para os quartos, curto, feito de tijolinhos à vista, que fazia uma curva para a esquerda. Mesmo de onde estava, no centro do bar, o grupo conseguia ver o pé de uma escadaria de madeira no final dele. Tebas perguntou:

— Há outras pessoas aqui?

— Não! — respondeu o *barman*, convicto.

Percebendo uma ligeira inquietação no jovem, Tebas se aproximou dele e, numa atitude intimidadora, disse quase num sussurro, bem próximo de seu ouvido:

— Há alguma coisa que você queira dizer?

— N-não, senhor... — gaguejou o outro.

— Não minta pra mim, moleque! Ninguém consegue mentir pra mim.

O jovem mordeu os lábios. Um breve e incômodo silêncio preencheu todo o bar, gerando certa aflição. Enfim, Lúcio balbuciou:

— O quê? Que é que tá rolando? Que é que você tá escondendo?

Vanessa levou as duas mãos à cintura, em sinal teatral de reprovação, e fez cara feia. Enfim, vencido pela pressão, ele falou:

— Olha só... Eu não tenho nada a ver com isso. Só trabalho aqui.

Tebas o segurou firme pelo braço, prestes a lhe dar uma prensa, afirmando:

— Que porra você tá escondendo, moleque?

De repente, antes que qualquer resposta pudesse ser dada, Lúcio, que estava bem atrás deles, deu uma guinada para trás, semelhante à de Digão. Jogou o pescoço para cima e urrou, arranhando o próprio corpo na tentativa de fazer com que a queimação que o consumia cessasse. Diante dos olhos incrédulos dos presentes, pouco a pouco ele começou a mudar, a se transformar em uma das criaturas. Ernesto, que estava próximo dele, afastou-se como um corisco, tropeçando nas próprias pernas. Os olhos premidos do homem começaram a mudar de cor, rápida e gradualmente; ao mesmo tempo, a pupila diminuía, ficando pequenina até quase desaparecer.

Vanessa começou a gritar de pânico, apertando o rosto com as palmas das mãos; o *barman* fez o sinal da cruz, como se o ato pudesse ajudar a espantar aquele horror que se revelava diante do grupo.

Lúcio subiu no balcão como uma besta selvagem e uivou, um misto de rugido inumano com grito de dor, num tom agudo e bizarro, que parecia a superposição de diversas vozes dissonantes. Ele olhou para Ernesto e agarrou-o pela camisa. Tebas, tão pasmo quanto os demais com o que acabara de ver, largou o *barman* e assumiu uma postura ofensiva, ficando de frente para Lúcio, músculos retesados, pronto para a luta.

— Puta que o pariu! — gritou o *barman*, enquanto corria para o canto. — Não falei? É um zumbi, caralho!

Lúcio parecia despreocupado com as pessoas ao seu redor. Nem percebeu que estava prestes a ser atacado por Tebas. Ele continuava a puxar Ernesto para si, arranhando ferozmente a pele fina e enrugada do velho, mantendo a bocarra escancarada, como se fosse mordê-lo. Ernesto, apesar da idade avançada e das condições decrépitas, defendeu-se como pôde, metendo a mão no meio do rosto do agressor e tentando impedi-lo de cravar os dentes em sua carne. A gritaria histérica tomou conta do bar.

Tebas apanhou um banco pelos pés e o espatifou nas costas do contaminado, deixando-o inconsciente. Foi uma simultaneidade de ações. O *barman* caiu de bunda no chão, gritando como uma criança, vencido pelo horror implacável que tomara conta do mundo. Afogado em pânico, ele tentava se afastar, as pernas batendo no vazio, empurrando-o para trás. Vanessa correu trôpega para o lado oposto do bar, mais uma vez se escondendo atrás da mesa de bilhar.

Súbito, surgiu um novo elemento: um infectado, provavelmente atraído pelo uivo de Lúcio, adentrou o bar, escancarando a porta da frente. Era um homem gordo e corpulento, sem camisa e descalço, vestindo apenas uma cueca samba-canção. Ele era meio careca, com cabelos ralos apenas na lateral da cabeça, e tinha um bigode fino. No seu torso, uma enorme cicatriz central indicava que, no passado, ele sofrera uma cirurgia de coração. Tebas, ainda preocupado com Lúcio, não percebeu a chegada daquela nova ameaça até que Vanessa gritou:

— Cuidado!

Foi quase tarde demais. Quando Tebas olhou para trás, respondendo à urgência do grito, o contaminado já corria em sua direção com as mãos na frente do corpo em forma de garras, babando e urrando. Usando um pedaço de banco que ficara em suas mãos, Tebas deu uma paulada no intruso, derrubando-o de uma só vez. O barulho foi como o de um tronco de árvore caindo e se espatifando no chão. Um borrifo de sangue amarronzado pintou o balcão, desenhando diversas cartas de *Rorschach*. Tebas olhou para Vanessa e agradeceu:

— Obrigado, moça! — E ciente de que, se não fosse por ela, poderia estar morto, jurou em silêncio que jamais seria pego desprevenido outra vez.

O contaminado invasor estava estirado no chão, ainda recobrando-se do golpe. Tebas permaneceu estático por alguns momentos, permitindo-se absorver tudo o que estava vivenciando. Ambas as mãos abaixadas, olhava para o desmorto como um guerreiro segurando uma clava – que, na verdade, era o pé de madeira do banquinho quebrado. Então, sem hesitar, apertou a "clava" com força e cravou-a no peito do contaminado, dando um grito raivoso ao fazê-lo. Atrás dele, Lúcio continuava largado sobre o balcão, desmaiado. No fundo, agachada, Vanessa levou as duas mãos à boca, como se aquilo pudesse ajudá-la a conter os gritos que lutavam para sair.

O contaminado gorgolejou aquele sangue espesso e, em meio a espasmos terríveis, contraiu-se e depois amoleceu. Os olhos vermelhos estáticos.

Tebas apontou para a porta:

— Eu tô falando grego, porra? Bloqueiem aquela porta agora!

Ainda tremendo de medo, mas tendo recebido uma amostra do que poderia suceder ao grupo, o *barman* pôs-se a arrastar a mesa de bilhar até a frente da porta de entrada, virando-a de forma a bloquear a maior parte da passagem. Não era o suficiente, claro, mas já era alguma coisa.

Tebas ajoelhou-se diante do corpo do contaminado no chão, tentando compreender o que via. Murmurou para si a palavra "zumbis", lembrando-se do que o atendente do bar havia insinuado. Não havia descrença em seu rosto, mas sim um olhar que, tendo admitido que algo terrivelmente extraordinário ocorria, nada descartava. Vanessa, ainda temerosa, aproximou-se dele, mantendo as mãos abaixadas e unidas na altura do ventre, ombros encolhidos, como uma criança que fizera algo errado e fora até o pai para confessar sua travessura.

Do ferimento feito pela estaca, o sangue vertia como um rio, empoçando na altura do pescoço da monstruosidade e escorrendo pelo chão. Era um líquido escuro e viscoso. A luz do teto refletia na poça límpida que se formava; Tebas, ligeiramente enojado, afastou o pé, impedindo que o líquido gosmento o tocasse. Vanessa, em um súbito ataque histérico, foi até ele e, descontando sua frustração, começou a esmurrar-lhe o peito, gritando:

— Você o matou! A sangue-frio, seu assassino!

Surpreso com a reação dela, Tebas simplesmente segurou seus braços e aplicou pressão suficiente para que ela sentisse um mínimo de dor. A moça deu um grito e puxou os membros, afastando-se; seu rosto era um misto de consternação por sua atitude, medo e raiva. A atmosfera estava palpavelmente tensa.

— Então sou um assassino frio. Quer saber? Foda-se! Diga você que porra acha que devemos fazer, então.

— Não sei, tá? — gritou a moça. — Qualquer coisa, menos sair por aí assassinando as pessoas!

— Pessoas? Acorda, mocinha! Não tem mais nenhuma pessoa aqui. Essas coisas não são gente! Olha pra isso, cacete! — ele apontou para a criatura morta.

O *barman*, depois de proteger a porta e colocar algumas cadeiras para garantir, acompanhava o bate-boca com interesse. Vanessa prosseguiu:

— E como é que você sabe? Matou Digão, matou esse cara... E se eles só estiverem doentes? Você está matando pessoas, droga!

— Que por mero acaso estavam tentando nos devorar — interrompeu-a. — Puta merda! Será que mulher só serve pra encher o saco nessas situações?

— O que quer dizer?

— Quero dizer que vocês sempre choramingam, correm ou caem em algum buraco, nos dão trabalho, gritam ou reclamam. Igualzinho ao que você está fazendo agora.

— Só o que estou dizendo é que, se isso for algum tipo de vírus ou doença...

— Doença bosta nenhuma! – disse o *barman*, intrometendo-se na conversa. — Eu disse que eles eram zumbis, e estava certo! O cara foi mordido e ficou contaminado. Vocês viram; ele virou uma dessas coisas bem na nossa frente. Foi a merda mais horripilante que já vi na vida. E olha que trabalho neste pulgueiro há três anos...

Tebas, cansado de todo aquele falatório que não ajudava a tornar a situação construtiva, afirmou:

— Doença, zumbis, demônios... já disse que não me importa o que são. Por mim poderiam ser até dinossauros que não mudaria nada! Pra nós, eles são um risco. E devem ser eliminados! Ponto final!

— Você pirou? E se ele voltasse a si? Você acabou de matar uma pessoa e trata isso como se fosse a coisa mais normal do mundo?

— Vamos fazer o seguinte: anota aí o meu RG e manda me prender depois. Pode ser? Agora o que vou fazer é quebrar o pescoço daquela coisa antes que ela acorde. Só pra garantir — disse ele, referindo-se a Lúcio.

— Não vai mesmo! — Vanessa posicionou-se entre ele e à criatura caída no chão, fazendo sinais para que Tebas se afastasse.

— Olha, moça, eu quero que se foda se a tua transa com ele foi boa. Não vou arriscar minha vida por causa de uma foda apaixonada!

Ao perceber que o homem não estava de brincadeira e que seria impossível para ela detê-lo, Vanessa aliviou o discurso, mudando seu tom de autoritário para apelativo:

— Eu conheço caras como você, tá. Sei como funciona. Mas, por favor, me escuta só um momento. Por que você não o amarra? Ou prende em alguma sala trancada a chave? Por favor, cara, pense melhor nisso tudo... Não há necessidade de matar essas pessoas quando ainda não sabemos o que tá acontecendo. Você não precisa de todo esse peso na consciência.

— Não vem me falar do que eu preciso, mulher, senão juro que...

Ernesto, já recuperado do susto de ser atacado, também resolveu se intrometer:

— A moça está certa. Você não precisa matá-lo. Só ia trazer mais arrependimento ao seu coração.

Tebas olhou para o velho, para a moça e para Lúcio. Então, de forma ríspida e agressiva, disse, mordendo os lábios:

— Você acha que me conhece, velho? É isso? Pois não conhece. Não venha me falar do que está no meu coração, porra! Que merda é essa? Uma dinâmica de grupo? Sessão de psicanálise? Que porra! Acham que eu vou colocar minha vida em risco porque vocês não aprovam minha incivilidade? Pro inferno com todos vocês!

— Só o que estamos dizendo — prosseguiu Vanessa — é que podemos colocar Lúcio em um lugar seguro. Ninguém aqui está questionando seu comando, apenas mostrando que há outro caminho. Sem mortes. Seja razoável, por favor...

Tebas ficou quieto por um instante. Sombrio e taciturno, sua expressão era de poucos amigos. Enfim, para alívio da mulher, cedeu:

— Tudo bem. Pega as pernas dele.

Vanessa suspirou e prontificou-se a ajudá-lo a carregar Lúcio. Ela deu a volta no corpo e foi para o lado das pernas, que era mais leve, enquanto Tebas ficou com o tronco. O *barman* preparou-se para seguir na frente deles, indo preparar um quarto para receber o inesperado hóspede; Ernesto deu graças a Deus por Tebas ter escutado a voz da razão.

Vanessa, já segurando as canelas de Lúcio, deu um sorriso e perguntou ao *barman*, que já estava um pouco mais adiante:

— Onde podemos colocá-lo?

De repente, Tebas fechou as palmas das mãos na cabeça da criatura desacordada e, com a perícia de alguém que não fazia aquilo pela primeira vez, deu um tranco no pescoço, quebrando-o com um som que parecia um galho seco partindo: CRUNCH!

Os presentes olharam para ele estarrecidos. Tebas largou o corpo, deu as costas e afastou-se do corpo, dizendo num tom isento de qualquer emoção:

— Bom, acho que isso encerra a discussão.

Vanessa ficou parada no mesmo lugar, ainda segurando as canelas do homem que, poucos minutos atrás, estava na cama com ela. Ele não significava nada para a prostituta; tinham se conhecido, trocado palavras deselegantes e copulado de forma mecânica e insípida – ela em troca de dinheiro, ele para aplacar algumas das muitas carências de sua alma. Ainda assim, os olhos da moça se encheram de lágrimas. Ela largou as pernas de Lúcio e deixou os braços penderem ao lado do corpo, em uma postura completamente derrotada. Como não era capaz de deixar aquela atitude vil passar sem um mínimo de dignidade e honraria ao morto, falou em voz alta, recheando de ira, cada sílaba:

— Seu cre-ti-no!

Tebas ignorou o comentário. Foi até o *barman* e, segurando-o pelo braço, o trouxe até o centro do bar. O jovem, sentindo a firme pegada no bíceps, que era como um alicate o apertando, teve a sensação de que aquele homem poderia erguê-lo no alto sem o menor esforço e parti-lo ao meio, mesmo não sendo um cara tão grande assim. Era, de longe, a pessoa mais intensa que já vira em toda a sua vida. Tebas olhou para ele com duas gemas chamejantes incrustadas no rosto, que pareciam agulhas penetrando a carne, e falou:

— Você dizia...? Antes de sermos interrompidos?

O *barman* nem tentou disfarçar; retomou exatamente o ponto da conversa onde tinham parado:

— Bom, como eu disse, a culpa não é minha. O sr. Juca tinha lá embaixo um... "comércio" um pouquinho ilegal. Eu descobri há pouco tempo e não sabia bem o que fazer. Pensei em ligar para a polícia.

Tebas cruzou os braços, mas não contestou o jovem, permitindo que ele seguisse com a explicação:

— Pensei em ligar mais de uma vez, pra dizer a verdade, mas o salário aqui não é dos piores. Eu tenho uma avó doente, sabe? Tenho. Tinha. Não sei. O negócio é que eu descobri por acaso e...

As explicações já haviam se excedido e descambado para a baboseira emocional. Tebas, irritado, deu um empurrão no *barman* e um cascudo em sua cabeça; mirando a passagem que levava até o interior do bar, falou:

— Mostra logo, moleque! E você... — Ele apontou para Vanessa. — Eu sei que você estava ligada nas merdas que aconteciam por aqui, então chega de lição de moral.

Na verdade, Vanessa intuía que algo ocorria nos bastidores daquele bar, pois já ouvira diversas vezes Digão mencionar que ele servia de fachada, mas não sabia exatamente para o quê. Mesmo assim, não se deu ao trabalho de retrucar. Naquele exato instante, estava tão irada, que se tivesse uma arma atiraria na cara de Tebas.

Ainda meio contrariado, acariciando o local onde recebera o tapa, o *barman* dirigiu-se à passagem, seguido pelos demais em fila indiana. Mas, em vez de tomar a escada que levava para os quartos no andar superior, eles dobraram para o lado oposto, passando por uma pequena porta praticamente escondida por diversos engradados de cerveja empilhados uns sobre os outros. O grupo desceu até o andar de baixo, claramente usado como depósito. A temperatura caiu drasticamente, e o ambiente ficou mais úmido. Vanessa esfregou os próprios braços e disse em voz alta:

— Detesto vir até aqui! Sempre me passa uma sensação ruim.

— Você ainda não viu nada — comentou o *barman*.

— O que quer dizer?

Ele não respondeu. Apenas afastou alguns caixotes do chão, que revelaram um alçapão feito de madeira. O jovem segurou uma argola de metal presa a uma correntinha e a puxou sem muito esforço, revelando outra escadaria de alvenaria, estreita e sinuosa, que mergulhava na mais pura escuridão. O ar parecia denso e contaminado, como se a descida levasse a uma nova realidade, um portal para outra dimensão.

— Que diabo é isso? — bradou Vanessa. — Nunca vi essa merda antes.

— Pois é. Ninguém viu — respondeu o *barman*.

— Aquele desgraçado! — ralhou Ernesto. — Era cheio de pompa e se crescia pra cima de todos nós, mas no fundo também tinha seus segredinhos sujos.

— Chega! — ordenou Tebas, e se pôs a descer a escada, dessa vez assumindo a liderança. O trajeto não foi longo. Logo após o último degrau, eles deram de frente para uma porta fechada; era feita de madeira sólida, e, uns trinta centímetros acima da maçaneta, havia um ferrolho grosso de ferro. Tudo parecia sujo e sórdido, o tipo de lugar esquecido por Deus, com insetos infecciosos correndo pelos cantos, buscando a segurança das trevas, paredes sem acabamento recobertas por uma camada escura de bolor e a única claridade vindo da abertura acima da cabeça do grupo.

— É aqui — confirmou o *barman*. — Acho que há uma lâmpada em algum lugar.

Ele começou a tatear as paredes. Levou alguns segundos até encontrar um interruptor; ao acioná-lo, uma luz fraquíssima se acendeu. Era apenas uma lâmpada presa a um fio, ambos recobertos por uma grossa camada de pó. Tebas aproximou-se e falou nos ouvidos do *barman* algo que os demais não puderam escutar. O rapaz respondeu de forma breve, e o que disse deixou o homem pensativo. Enfim, ele falou em voz alta, para que todos escutassem:

— Em quantos eles são?

— Eram oito. Agora... Bom, depois de tudo o que aconteceu, não faço a menor ideia.

O grupo trocou olhares desconfiados até que Vanessa quebrou o silêncio, com voz escandalosa:

— Do que vocês estão falando? O que há aí dentro?

Tebas sabia que eles não precisavam abrir aquela porta. Poderiam simplesmente dar meia-volta e partir. Voltar para a segurança da superfície e poupar suas mentes das imagens que viriam. Em seu íntimo, ele sabia disso; contudo, jamais conseguiria se convencer a fazê-lo. O ímpeto que determinava seu senso de moral, que ditava suas ações, algo que lhe era tão próprio e peculiar, tão seu, jamais permitiria que ele voltasse. Ele afastou o *barman* com uma das mãos e, com a outra, abriu o trinco de ferro.

O que é essa coisa que nos move em direção aos pesadelos e que nos faz abrir portas que deveriam permanecer fechadas?

O ferrolho foi destravado e, lentamente, o homem girou a maçaneta. A expectativa do grupo atrás dele era enorme e implacável. Vanessa chegou a ficar na ponta dos pés para ver por cima dos ombros largos dele. À medida que a porta se movia, a luz invadia o cômodo, revelando o terror ignóbil e repugnante, que fez com que todos os presentes arregalassem os olhos e escancarassem a boca, possuídos pela força primitiva do medo e do horror.

Tebas viu o quadro mais sórdido e odioso de sua vida: dentro da sala, havia oito garotos, entre dez e doze anos. Nenhum deles era branco; havia negros, orientais e um latino. Eles estavam malvestidos, com roupas sujas e rasgadas, e completamente desnutridos, com costelas aparentes, tamanha a magreza dos corpos esquálidos. Presos à parede por correntes velhas e enferrujadas, eles tinham pouca mobilidade e os punhos tomados por horríveis hematomas roxos. Feridas espalhavam-se pelos braços e pernas, dorsos e rostos, e os cabelos ensebados de suor grudavam-lhe à testa. O chão do lugar era emporcalhado, cheio de dejetos e urina; não havia janelas e o teto era baixo e sem nenhum tipo de iluminação. Também não havia móveis, apenas um degrau alto de alvenaria, que funcionava como um único banco, onde podiam sentar e deitar, mesmo que de forma desconfortável. Dos oito ocupantes daquela câmara enodoada, apenas quatro estavam vivos. Os demais jaziam mortos, desmembrados, devorados. Os quatro remanescentes estavam encolhidos e agachados no chão, rosnando como feras enjauladas, com os olhos rubros faiscando e os dentes expostos. Não havia sinal algum de humanidade nas crianças.

A porta se fechou. Tebas ficou de costas para ela, com o coração disparado, quase ofegante. Os demais eram incapazes de falar, de proferir a mais simples observação. Era como se o ambiente tivesse sido engolido por um vórtice negro, um turbilhão que passara pelo grupo, arrancando sua pele e congelando seus ossos.

Tebas olhou para Vanessa. Ela abraçava o próprio corpo, assolada pelo ciclone que lhe derrubara a razão, incapaz de retribuir o olhar dele. O homem deu uma fungada, se recompôs e perguntou:

— E agora? Continuo agindo como um cretino ou deixo a porta fechada?

Ela havia entendido exatamente o que ele quis dizer. Crianças... Crianças contaminadas! Pode haver algo mais horrível do que aquilo? Curiosamente, naquele instante, não ocorreu à moça a possibilidade de um dia elas voltarem ao normal. Tudo o que ela queria era poupá-las de sua miséria.

— Faça o que tiver de fazer! — Vanessa respondeu e deu as costas, subindo as escadas. Ela deu seu aval, mas não poderia ficar para ver.

Tebas observou-a desaparecer andar acima e questionou se ela levara consigo a última gota de integridade que ainda restava a ele. Por um instante, apenas por um mero instante, ele considerou a possibilidade de subir aqueles degraus e de enterrar bem fundo o que havia visto. Então, sabendo que jamais poderia fazê-lo, ordenou aos outros:

— Subam vocês dois também!

Hora Z + trinta minutos.

Vanessa estava sentada no chão, com as costas voltadas para o balcão do bar. Ela abraçava as próprias pernas, a cabeça apoiada nos joelhos, incapaz de olhar para qualquer um dos presentes, incapaz sequer de fitar a própria imagem no espelho. A sensação que a corroía era um misto de vergonha, raiva e medo. Lá fora, a gritaria continuava tão intensa quanto antes, mas ela parecia não escutar som algum, de tão absorta que estava.

Ernesto serviu-se de um copo de pinga. Ele havia recolocado uma das mesas do bar no lugar e sentado em uma cadeira, mantendo-se meditativo dentro das possibilidades que sua mente entorpecida lhe oferecia. A garrafa sobre a mesinha era esvaziada em velocidade alarmante.

O *barman*, parado de frente para a porta, olhava para o exterior, imaginando quanto tempo levaria para que aqueles corpos começassem a cheirar mal lá dentro.

Súbito, Tebas voltou ao saguão. Vanessa desgrudou a cabeça dos joelhos e espremeu os olhos numa expressão involuntária de ira contida. Ernesto deteve o copinho de pinga no ar e virou o pescoço, mirando a passagem interna. Ainda que Tebas não estivesse olhando para ele, fez um sinal com o copo, uma espécie de saudação, e virou-o de uma vez, limpando a boca com o antebraço. O *barman*, ao escutar os passos, olhou por cima do ombro sem virar o tronco.

O homem parecia ter retornado de um campo de guerra. Ele segurava uma faca ensanguentada, ainda gotejando aquele líquido marrom e espesso, que também estava borrifado em seu peito e em seu rosto.

— Está feito! — falou.

Tebas jogou a faca sobre o balcão, que tilintou algumas vezes e depois estancou. Imóvel. Morta. Assim como o rosto dele. Era evidente que algo havia morrido dentro do homem, por mais durão que ele fosse, por mais que já tivesse feito, visto e vivido — aquilo era demais.

Ernesto encheu seu copo quase até a boca. Suas mãos tremiam só de pensar no que havia sido feito lá embaixo, e o líquido respingou para fora. Quase incapaz de respirar, puxando o ar pela boca, com um nó na garganta e os olhos lacrimejando, ele virou mais aquele copo e resmungou, sem ousar olhar para Tebas:

— Se existe um inferno, você vai pra lá por isso!

O homem estendeu o braço e alcançou uma garrafa de Red Label na parede, tirou a tampa e deu um gole, direto no gargalo. O líquido desceu queimando, purgando... Enfim, ele sacudiu a cabeça e deixou escapar uma interjeição antes de resmungar:

— Não existe inferno, senão as pessoas!

Fez-se um breve silêncio. O *barman* deu dois passos à frente e, olhando para a porta de entrada e depois para Tebas, que parecia um fosso profundo de ira e melancolia, perguntou em tom de desespero:

— E agora?

Vanessa, ainda sentada no chão, desviou seu olhar para ele. Ernesto, depois de secar a garrafa, também o encarou. Todas as atenções estavam voltadas para o homem, que deu mais um gole no uísque e percebeu que seu coração havia se petrificado.

— Vamos manter as portas fechadas!

Tebas permitiu-se vivenciar um sentimento de exaltação por alguns instantes. Ele não duvidara, nem por um segundo, de que Cufu faria aquilo, por mais absurdo que o pedido parecesse. Estava escrito nos olhos apaixonados daquele varão perigoso e ameaçador que ele daria a vida por Judite. Sim, a paixão leva os homens a cometer as maiores loucuras e insanidades, faz com que eles traiam, lutem guerras, mintam e movam montanhas; faz com que eles se entreguem sem pensar duas vezes, nem que para isso tenham de abrir mão do que lhes é mais precioso e sagrado. Ainda assim, a firmeza e a determinação com que o guerreiro segurou a arma e trespassou o próprio corpo havia sido de impressionar. Sim, são extasiantes as loucuras que fazemos por amor... Ele próprio, Tebas, não estava fazendo nada além de cumprir o mais insano dos ensejos em nome de uma mulher; agia por motivações ocultas, um desejo insensato e um imenso ardor raivoso no coração, cujas origens ele nem sabia quais eram, já que todas as motivações não eram dele, mas dela. Os sentimentos, quando substituem a razão, costumam meter as pessoas em problemas. Mesmo assim, todos continuam dando valor a eles. Paradoxo. Contrassenso. Humano, demasiado humano.

Judite deu um grito desesperado, que arranhou o fundo de sua garganta e, mesmo tendo uma faca contra o pescoço, tentou se libertar. A contagem decrescente continuava. Tebas olhou para a bomba sabendo que faltava pouquíssimo tempo para escapar. Logo seria tarde demais para todos, inclusive ele próprio. Ele queria viver? Uma decisão precisava ser tomada.

Cufu caiu de joelhos, com a ponta da faca emergindo no meio das costas. Ele curvou-se ligeiramente sobre si próprio, parecendo uma concha que se fechava; um filete de sangue começou a verter dos lábios entreabertos. Tebas manteve a pressão no pescoço de Judite, que, parecendo ter amolecido o corpo, falou em voz alta:

— Seu filho da puta! Com que direito você vem aqui e faz isso? Seu filho da puta...

Então, sem se importar com o corte que a faca abria em seu pescoço, ela virou o máximo que pôde a cabeça para trás e disse:

— Me solta ou me mata!

Coragem! Eis uma coisa que o invasor respeitava.

Tebas respirou fundo e aliviou a pegada, empurrando-a para a frente. Ele já havia tirado tudo dela. Não ousaria tirar também sua esperança. Ela merecia um último momento ao lado do homem que, sem titubear, dera sua vida pela dela — algo raro de ser visto. Honra e amor, ainda que encapados pela loucura! Sem mais palavras, deu as costas para toda a cena e correu, na expectativa de deixar todo o melodrama para trás. Tinha pouco mais de quarenta segundos para sair dali.

Judite foi até Cufu, que, caído no chão, tossia jatos de sangue:

— Você precisa... Precisa...

— Preciso o quê? — perguntou ela, enquanto tentava ajudá-lo a ficar de pé, mas a massa do corpo do homem parecia engolir a estrutura mirrada dela.

— Desarmar a bomba... — ele mal conseguia falar. As palavras saíam em sopros espaçados, sussurradas e sibilantes. Judite estrilou:

— Você enlouqueceu? Temos é que dar o fora daqui!

— Se explodir... será o fim... do Quartel...

Ela segurou o rosto dele com as duas mãos e mirou fundo dentro de seus olhos:

— Meu amor, já é o fim! Agora nós temos que tentar sobreviver a ele.

Sobreviver ao fim. De novo! Parecia um conceito arbitrário. Todavia, era isso ou deitar e esperar a morte chegar. Ela começou a arrastá-lo o mais rápido possível para longe do epicentro da explosão — tarefa árdua, já que ele tinha mais que o dobro do tamanho dela. Tebas passou pelo portão lateral por onde invadira a comunidade e, ao ganhar a rua, olhou para trás e bateu continência para o Quartel. Na portaria, diversas pessoas ainda saíam. Kogiro gritou para José:

— Preciso voltar para dentro e ajudar os outros.

O técnico respondeu:

— Não, Kogiro. Temos que colocar essas pessoas em segurança. E se aparecerem outros contaminados?

O samurai olhou para dentro das instalações. Cufu ainda estava lá, assim como vários guardas e dezenas de pessoas. José, exausto e sentindo que sua ferida estava sangrando, voltou a encaminhar a fila para o prédio da frente. Sua esposa havia parado ao lado do portão de entrada, ajudando quem chegava. (O bebê já estava a salvo no interior do edifício, nas mãos de Sara, a doula que o trouxera ao mundo.) As pessoas iam se amontoando no *hall* de entrada, meio sem saber o que fazer, e precisavam de orientação para subir aos apartamentos que haviam sido preparados. De repente, algo que estava no bolso dela começou a chiar.

— Quantas pessoas faltam? — gritou Kogiro.

— Eu não sei. Mas ainda não saiu nem metade do Quartel.

O japonês balançou a cabeça:

— Não posso ficar aqui fora, José. Vocês vão ter de se virar.

Súbito, o técnico ouviu um grito agudo. Virou a cabeça para o prédio e viu sua esposa acenando freneticamente. Ele forçou a vista para entender do que se tratava e viu que ela estava com um rádio na mão.

— José, estão tentando se comunicar conosco! — Maria gritou, já saindo da segurança do edifício. Seu marido, nervoso por ela ganhar a rua novamente, esbravejou, correndo na sua direção:

— Volta pra dentro, Maria! Você enlouqueceu?

Ela parou onde estava, a poucos metros do portão, ainda na calçada oposta, e gritou de longe:

— Estão querendo se comunicar conosco!

— O quê? Quem? — respondeu o técnico.

— Não sei, não deu para entender nada. Só tá dando estática, mas pareceu ser Zenóbia.

Ele se virou para ver se Kogiro ainda não havia voltado para o Ctesifonte e seus olhos encontraram o samurai ainda indeciso sobre o que fazer: escoltar as pessoas lá fora ou entrar para ajudar a deter a invasão. De repente, novos contaminados apontaram na esquina, tomando a decisão das mãos do batedor, que, ao vê-los, gritou para o contingente lerdo que parecia levar a vida inteira para sair do prédio:

— Vamos andando, droga! Vão chegar mais deles a cada instante.

— Kogiro, alguém está tentando entrar em contato conosco. Pode ser Zenóbia! — gritou José. A seguir, correu até sua esposa e tomou o rádio de suas mãos. — Câmbio. Alguém na escuta? Estamos sob ataque. Repito, estamos sob ataque. Câmbio!

Os contaminados ainda estavam longe. Kogiro cruzou a rua, pretendendo checar o rádio. Quem sabe ainda houvesse um resquício de esperança, caso Manes e Espartano estivessem voltando, ou até mesmo Cortez e Zenóbia. Ele se afastou do muro do Quartel apenas alguns passos.

Então, aconteceu!

José não se recorda de ter escutado o som em um primeiro momento. Depois, ele concluiu que, na verdade, tudo foi tão alto que a massa sonora o engoliu em meio a ondas de choque supersônicas. Ele estava de costas para o Quartel no exato instante, e sentiu a vaga elevá-lo do chão, fazendo em suas costas uma pressão como jamais sentira antes. A temperatura subiu exponencialmente, dobrando de um instante para o outro, talvez triplicando, assando sua pele e queimando seus cabelos. O mundo fundiu-se em um brilho dourado insuportável. Foi como se o Sol tivesse descido de seu posto no céu e dado uma leve baforada na crosta do planeta.

Agora José jazia estirado no chão, há alguns metros de distância de onde estava antes. Não sabia como tinha ido parar ali; provavelmente fora erguido pela força do deslocamento, digerido e cuspido. Uma chuva de detritos caía sobre ele e todas as pessoas que estavam a sua volta. As mulheres gritavam; ele sabia disso porque via suas bocas abertas e a expressão de pânico esculpida em seus rostos, mas não havia som algum sendo produzido. Foi quando ele se deu conta de que seus ouvidos só estavam captando um ruído, uma aguda e interminável microfonia, apitando como uma agulha dentro de seus tímpanos.

O técnico virou-se a tempo de ver uma enorme nuvem preta de fumaça no formato de um cogumelo subir até os céus; era maior do que qualquer coisa que ele já tinha visto e, diante de si, parte do Quartel fora engolido por labaredas que ascendiam a dezenas de metros de altura. Toda sua lateral direita havia simplesmente desaparecido, ficando em seu lugar apenas um buraco na estrutura do edifício, sucumbindo à ira vociferante da explosão de um caminhão-tanque.

Os detritos continuavam caindo do céu, vários deles flamejantes, incendiando tudo ao redor — uma chuva de cimento e argamassa, misturada com pedaços de corpos e sangue vermelho e marrom. As pessoas que estavam próximas da portaria tinham sido arremessadas a vários metros de distância, como se canhoneadas; entre elas, estava Kogiro. José conseguiu vê-lo de relance, ainda desacordado. Um dos lados do corpo do samurai parecia destruído, totalmente queimado; o tecido do lado direito do rosto estava todo enegrecido após ter sido devorado pelas chamas, como o rosto do vilão Duas Caras.

Algumas pessoas pulavam da portaria do Quartel acesas como cometas, debatendo-se pela dor de serem queimadas vivas. Correndo alucinadamente pelas ruas, pareciam bolas de fogo com pernas, agonizantes, vivendo os últimos momentos na mais intensa e horrível provação que pode acometer um ser humano que tem pele, carne e ossos devorados pelo fogo voraz e implacável.

José sacudiu a poeira e virou-se para a fachada do prédio oposto, onde todos estavam tão atônitos quanto ele. Maria também havia sido lançada para trás pelo vagalhão, mas já se recuperava. As pessoas da fila que ainda tinham condições começaram a se levantar e a andar, meio titubeantes. Ele examinou a si próprio: seus braços não tinham um ou dois ferimentos, mas dezenas deles. Havia cacos de vidro incrustados na pele, ralados nos cotovelos e uma verdadeira cachoeira de sangue vertendo do ferimento da facada. Suas mãos estavam em carne viva e ele sentia sangue escorrendo pela lateral do rosto. O cheiro de carne queimada era doce e inebriante — um odor sacrílego e nefando.

Tentando firmar-se nas pernas bambas, o técnico quase caiu para trás duas vezes antes de ter certeza de que estava em condições de se manter de pé. Diante de si, o pior de todos os cenários possíveis se avolumava em uma coluna alaranjada como o Sol: a morte de um sonho.

Uma lágrima escorreu dos olhos dele. Mesmo sem conseguir escutar, ele disse em voz alta:

— Não...

CAPÍTULO 85

Espartano conheceu o trio em um supermercado. Ele entrara para procurar mantimentos, baterias, utensílios de banheiro, coisas essenciais à sobrevivência, mas eles só estavam preocupados em pegar vodca, pinga, saquê e uísque. Algumas garrafas de conhaque também não fariam mal, e pacotes de cigarros, se ainda tivesse restado algum. Fazia semanas que ele saltava de casa em casa, ficando um pouco aqui e um pouco ali, procurando lugares que fossem seguros e onde ele pudesse aguardar até que toda aquela insanidade que tomara conta do mundo acabasse; naquele ínterim, encontrara todo tipo de gente, mas ninguém como aqueles três. Definitivamente, ninguém como eles, absolutamente despreocupados, como se estivessem indo festejar o fim de semana, e não lutar pela própria sobrevivência.

— Venha com a gente! — eles convidaram. — Estamos acampados em um lugar que você não vai acreditar.

Quando ele disse "acampados", Espartano entendeu a frase literalmente e imaginou uma cambada de hippies e malucos amontoados em algum lugar ao ar livre. Não parecia uma boa pedida para quem buscava segurança. Contudo, ao entrar no carro deles — ele jamais soube dizer o que o compeliu a segui-los; talvez estivesse cansado de ficar sozinho, quem sabe fosse mera curiosidade –, logo se arrependeu. O trio saiu dirigindo pelas ruas da cidade alucinadamente, gritando e se embebedando, fazendo curvas em alta velocidade e dando cavalos de pau, colocando o corpo para fora das janelas como adolescentes que "roubam" o carro do pai antes de tirar carteira de motorista e vivem uma noite de aventuras inconsequentes.

Ao avistarem um grupo de contaminados a alguns metros de distância, eles pararam o carro e começaram a buzinar, atraindo a atenção deles. Um dos garotos, o que estava no banco da frente, largou a garrafa de pinga, baixou as calças e colocou a bunda para fora da janela, rebolando para as criaturas, enquanto todos gritavam "Bundão!", dando ênfase ao "ão". Quando elas estavam bem próximo, prestes a cravar as garras na carne exposta, o carro arrancou em alta velocidade, cantando pneus e rabeando a traseira.

Eles davam risadas e se divertiam o tempo todo, fazendo pouco da conjuntura dos fatos; fumavam cigarros de maconha mal "embolados" e contavam piadas sujas e preconceituosas que não tinham a menor graça, vandalizando propriedade pública e provocando qualquer contaminado que encontrassem. Parecia não haver um pingo de consciência em suas cabeças; eram quase o estereótipo do adolescente imaginado por um pai repressor e retrógrado. Ainda assim, o comportamento deles tinha seus atrativos.

Espartano evitou conversar em meio às maluquices do grupo, achando que não cabia a ele dizer coisa alguma. No trajeto até o "acampamento", eles ofenderam mulheres, chineses, portugueses, argentinos, negros, homossexuais, latinos, políticos, sogras e tantos outros grupos que Espartano perdeu a conta. Eram como metralhadoras de palavras, plugadas na tomada, que destilavam veneno ao som de rock pesado. Quando uma banda que Espartano jamais havia escutado começou a tocar, em uníssono, o trio cantou:

— *Du*.

— *Du hast*.

— *Du hast mich*.

E depois eles repetiram, acompanhando a música, que sacudia o carro com um *riff* pesado e teclados agudos. Espartano perguntou:

— Só fica nisso?

O que estava no banco do passageiro virou para trás, sem perder o balanço da música, e disse:

— Não curte Rammstein?

— Nunca ouvi falar dessa merda!

Ao palavrão, os três emitiram um coro de vaias e pediram que ele segurasse a língua.

— Como assim, "merda"? Rammstein é muito foda!

Espartano sacudiu a cabeça:

— Acho que sou tradicional demais. Música, pra mim, é outra coisa.

— Foi o que a galera disse quando Elvis apareceu — respondeu o que estava dirigindo e que parecia um pouco mais lúcido do que os demais ou, dependendo do ponto de vista, um pouco menos maluco. — Mas não esquenta. Os coroas quase nunca curtem parada nova mesmo.

— Coroa? — ironizou o que estava ao seu lado, brincando com o motorista. — Voltamos pros anos oitenta agora?

— Achei que se dissesse "coroa", o coroa aí ia entender, pô!

Eles caíram na gargalhada, mas o convidado ignorou a provocação, interrompendo-os ao dizer:

— Finalmente ele falou alguma coisa diferente — ele se referia à letra da música, que enfim havia mudado. — Vocês sabem o que ele tá dizendo?

— Bom, ninguém aqui fala alemão, mas eu já li a letra uma vez. Ele pergunta algo do tipo: "Você quer ser fiel ao amor da sua vida até que a morte os separe?", e então fala *Ja* bem baixinho e depois grita *Nein*. Olha aí: acabou de gritar, viu?

Espartano percebeu a inflexão citada e indagou:

— Quer dizer que não temos de ser fiéis ao amor da nossa vida? É essa a mensagem? Então temos de ser fiéis a quê?

O que estava no banco de trás, ao lado dele, respondeu:

— Não existe esse papo de "amor da nossa vida". Essa é uma parada que a galera criou tipo lá na Renascença...

— Romantismo! — corrigiu o motorista. — Que Renascença o caralho! De onde você tirou isso?

O outro prosseguiu:

— *Whatever, man!* Isso são tudo ideias que meteram na cabeça das pessoas — disse, batendo com o indicador na têmpora — pra que elas ficassem mais seguras. Mais seguras de si, tá ligado? É pra perderem o medo da vida e todas essas bostas. Mas acontece que esse negócio de amor eterno dá mais medo do que todo o resto, e é isso que a galera não percebe. Foi isso que sua geração não viu e que a nossa começou a enxergar antes de essa merda toda acontecer.

— É? E por quê? — questionou Espartano. — Por que isso tudo causa medo?

— Porque acabamos dependendo dos outros, sabe como é? Não é de verdade, é só dependência e medo de ficar sozinho. No fim, ficávamos sonhando com uma vidinha de merda, medíocre, e era isso o que conseguíamos. Ou pelo menos a sua geração era assim. A nossa não; caímos na real. Chega de Renascença!

E ele levantou a garrafa em um brinde, seguido pelos outros, até mesmo pelo motorista, que apanhou um litro de vodca que estava aberto e apoiado no console.

— Liberdade, cara! Sem isso a vida fica negra, pesada e vazia.

Espartano refletiu sobre a filosofia de botequim que os três seguiam. Eles eram jovens, muito jovens. Talvez estivessem no primeiro ano de faculdade, talvez nem isso. Como seria enfrentar o fim de todas as coisas, o fim do mundo e de tudo o que existe sendo tão jovem assim? Não tendo sido contaminado pela rotina avassaladora de trabalhos chatos, contas a pagar, metas a bater, déficit bancário, empréstimos, esposas reclamando e financiamentos de imóveis? O que eles sabiam da vida cotidiana, a verdadeira, cujo ponto alto do dia era tomar uma cerveja em um boteco fedorento com dois ou três amigos, logo depois de sair do serviço e pouco antes de enfrentar uma hora e meia dentro de um transporte público lotado? Uma vida cotidiana em que o melhor da semana era o futebol aos sábados à tarde ou uma eventual transa com a secretária dentro da sala de arquivos? Quando já se foi contaminado por toda a doença social, por toda a letargia, decerto o fim tem determinado peso, mas como seria perder tudo quando a vida ainda não havia sido viciada pela mesmice, contaminada pela hipnose do dia a dia de uma sociedade congelada, que canibaliza a si própria? Aqueles garotos festejavam todos os dias, saíam com várias garotas na mesma noite, viajavam em pastilhas consumidas com vodca, em *raves* coloridas regadas a música eletrônica e curtição que começava praticamente na hora em que a maioria dos "adultos" já estava indo dormir. Por mais que aqueles três fossem descabeçados, estariam certos quanto ao amor da vida de alguém? Não passaria de um ideal romântico criado para manter as rédeas sociais bem apertadas?

— Chegamos! — disse o motorista.

Foi quando Espartano se deu conta de onde estava. A região era considerada o bairro dos "elefantes brancos" da cidade, um local repleto de mansões, algumas com mais de cem anos de idade, mas que estavam, em sua maioria, vazias, desocupadas, por conta de uma lei de zoneamento imbecil e retrógrada, que dizia que aquele era um bairro residencial e, portanto, não podia abrigar empresas. Ora, quem, em pleno século XXI, viveria em casas daquele tamanho? Evidentemente, ninguém, por vários problemas — inclusive o custo proibitivo. A consequência havia sido o esvaziamento. Espartano perguntou:

— Vocês ocuparam uma mansão?

— E por que não? — respondeu um deles. — Elas estavam dando sopa. Já se imaginou morando em um palácio antes?

Parecia um pensamento lógico. Talvez não tão lógico para Espartano, mas lógico para eles, que, mesmo com o fim do mundo, ainda queriam viver a vida. Eles entraram por um enorme portão de ferro e seguiram um caminho de pedra adornado por fileiras de coqueiros imperiais. A casa tinha um muro bastante alto e uma área verde de mais de mil metros quadrados, com piscina e área de lazer no fundo. Assim que estacionaram, Espartano percebeu que a casa era ocupada por mais gente. Muito mais gente.

Eles foram recebidos por mais meia dúzia de jovens, que vieram ajudar a descarregar o carro. Eles perguntaram se o trio havia trazido a vodca, mostrando exatamente qual era sua preocupação. Alguns até cumprimentaram Espartano com um aceno de cabeça, mas ninguém se deu ao trabalho de perguntar quem ele era, como se aquilo não fizesse diferença ou não tivesse importância. Ele se sentiu em um cenário de uma comédia norte-americana escrita por péssimos roteiristas, com jovens saídos de fraternidades, descabeçados e seminus dispostos a farrear até que lhes faltassem as forças. Então apareceu uma garota, que indagou:

— Quem é esse?

Ela estava fazendo *topless*, vestindo apenas shorts jeans e chinelos. Usava chapéu de palha, óculos escuros e um colar de flores artificiais em volta do pescoço. Carregando a sacola que o trio havia pegado no supermercado, cheia de garrafas de vodca, o motorista disse:

— A gente conheceu ele no mercado. Ele é... Bom... Cara, qual é teu nome mesmo?

Espartano percebeu que eles não tinham sequer se apresentado adequadamente. Ele disse seu nome e estendeu a mão para a moça, que deu risada da atitude polida e perguntou se ele tinha um cigarro.

Com o passar dos dias ali, ele descobriu que, no total, havia dezessete pessoas vivendo na mansão, todos jovens, exceto pela dona da casa. Sim, ela estava lá, e era tão alucinada quanto os demais. Sépala era seu nome, uma mulher madura que já havia passado dos cinquenta, mas que aparentemente estava tendo uma crise adolescente e decidira viver a vida nas últimas consequências.

— Por quê? — perguntou ela a Espartano, quando ele sugeriu que Sépala deveria impor limites aos demais habitantes da casa. — Por que eu deveria me preocupar? O que mais nos resta, senão viver? Curtir, aproveitar, nos descabelar. Eu perdi todos que conhecia. Posso estar morta amanhã, posso virar uma daquelas coisas lá fora, posso...

— Você também pode fazer um monte de coisas das quais venha a se arrepender depois. Coisas que não teria feito em outras circunstâncias.

— Tipo o quê?

De repente, sem dar chance para que ele respondesse, Sépala se levantou e foi até a cômoda da sala, abriu uma gaveta e voltou com uma caixinha de porcelana, que depositou com cuidado sobre a mesa. Ela tirou o casaco e prendeu o cabelo em um rabo, todas ações rápidas e mecânicas; então, abriu a caixinha e tirou um pacote de plástico transparente com um pó branco dentro. Espalhou uma pequena quantidade sobre a mesa, fechou o saco e colocou-o de volta na caixa. Então, apanhou um canudo que também estava lá dentro, ajeitou o pó da melhor maneira que conseguiu, até formar um caminho, e o cheirou de uma só vez. Após duas fungadas e um enorme sorriso de satisfação, perguntou a Espartano:

— Tipo isso?

Ele não respondeu. Baixou a cabeça e indicou que ia se levantar. Já fazia quase quinze dias que estava vivendo com aquela galera na mansão e percebia, dia após dia, que a forma encontrada por eles de levar a vida não era compatível com a sua. Parecia uma questão de tempo até que um daqueles irresponsáveis cometesse um erro, tipo deixar o portão aberto, e toda a festa virasse um enorme pesadelo. Entretanto, apesar da contrariedade, havia algo dentro dele que o impedia de partir, uma espécie de fogo queimando dentro de seu peito, que tentava lhe dizer coisas que ele não queria escutar.

Ao ver que ele ia se levantar, Sépala segurou-o pela mão e falou:

— Espere.

— O que foi?

— Você já cheirou e meteu? — Então, ela abriu o roupão que estava vestindo, revelando uma camisola transparente por baixo, e passou a mão nas próprias coxas, encarando-o com uma expressão maliciosa. Ela não era muito bonita nem atraente, mas naquele momento parecia tremendamente sensual.

— Isso não é pra mim.

— Por que não? Você não é gay, é?

Ela o surpreendeu avançando em sua direção e pegando seu pau por cima da calça. Ao ver que estava duro, ela teve um sobressalto e perguntou:

— Que danadinho! Você fica dizendo não, não e não, mas olha só. Seu corpo diz sim. Quando vai parar de se enganar? Por que não se entrega?

De repente, como se estivesse cansado de refrear seus instintos o tempo todo, impedindo-se de fazer o que realmente queria, Espartano pensou "Por que não?", e foi incapaz de encontrar uma resposta. Marcado a ferro quente por uma vida de tantas convenções, nem sabia dizer o que era a sua própria moral e o que havia sido incutido de fora em si. Filosofia de botequim? De novo? Podia até ser, mas, naquele momento, tendo perdido tudo e não colocado nada no lugar, ele percebeu a besteira que era ficar se censurando, como se aquilo significasse alguma coisa. Quem estava olhando para ele e apontando o dedo, senão ele mesmo? Quem estava se preocupando com o que fazia ou deixava de fazer, a não ser ele mesmo? Quem ficava em seu caminho e era seu pior censor, senão ele mesmo? Sem hesitar, saltou sobre Sépala e tomou-a em seus braços, tendo uma noite luxuriosa como poucas em sua vida toda.

Sua fase na mansão durou pouco. Conforme previsto, o descuido de seus habitantes e a voracidade dos infectados garantiram que isso acontecesse, mas Espartano deu uma guinada em seu comportamento, o pontapé inicial para deixar de ser quem era e se tornar quem é — quer seu novo eu o agradasse, quer não.

Ele fez uma pausa em um corredor vazio da Catedral e pensou em todas as coisas que havia feito. Pensou na noite que tivera com Duda. Por que havia feito aquilo? Ele não era homossexual, não tinha nenhuma atração pelo sexo oposto, mas sentiu-se atraído por *ela*. Seria possível categorizá-la como sendo do sexo oposto? Ele não saberia dizer. Estava arrependido do que fizera, odiando a si próprio por ter dormido com ela, mas, ao mesmo tempo, desejava vê-la de novo. Espartano era a mais pura expressão da contradição — um retrato do homem moderno, que não sabia o que queria, por que queria, como queria ou até mesmo se queria. Suas opiniões e desejos eram tão voláteis quanto seu humor. Quando estava com alguém, queria estar sozinho; quando estava sozinho, buscava a companhia de alguém. Era como os homens do século XXI, que, quando casados, queriam ser solteiros, porém, ao ficarem solteiros, buscavam uma companheira. Qual era o sentido daquilo tudo? Ele sentia carência, mas tinha vergonha disso. Tinha medo de ter medo, escondia sua vulnerabilidade por não compreendê-la, não conseguia conversar sobre seus desejos, porque seus desejos eram instantâneos e descartáveis — ou pelo menos era assim que ele pensava. Que tipo de homem era ele, afinal?

Mas não era o momento para ficar pensando naquilo; ele lidaria com sua crise existencial depois. Como sempre o fizera, aliás; sempre jogando-a para a frente. Havia deixado os três guardas presos em seu quarto, amarrados e amordaçados com as próprias roupas, e sabia que era uma questão de tempo até que eles fossem encontrados, mas não valia a pena matá-los. Teria sido uma ação — mais uma! — que ele não precisava ter na consciência. O fato é que seu tempo era escasso: talvez ele tivesse cinco minutos, talvez trinta; qualquer que fosse, sabia que não era muito. A tarefa que tinha pela frente não era nem um pouco simples; ele precisava sair daquele labirinto de corredores sem chamar a atenção, descer até o pátio onde os veículos eram guardados, roubar um deles e conseguir sair da Catedral, tudo isso sozinho, com armas precárias e pouca munição. Moleza!

CAPÍTULO 86

Zenóbia foi levada de volta ao quarto e presa à cama da mesma forma que antes. Samael, antes de sair, apertou os seios dela de forma devassa e bronca, como quem aperta uma bexiga com a intenção de estourá-la, e sussurrou em seus ouvidos: "Em breve...". Ela se recusou a olhar para seu captor, mantendo o rosto virado para o lado. Antes de sair de vez, ele parou na entrada do quarto, mandou um beijinho e deu uma piscadela. Parecia que o homem não queria ir embora, que queria impressioná-la com maneirismos afetados e a antecipação de um suposto desígnio terrível que aguardava a batedora. Ela, contudo, não entrou no jogo dele.

De onde estava, escutou por bastante tempo barulhos na sala, reconhecendo que o casal estava arrastando os corpos dos contaminados mortos e levando-os para fora, para algum destino ignorado. O que faziam com os corpos? Não importava. Depois veio o som de limpeza, algo que era seguramente um balde cheio de água, o esfregar de escovas no chão. Mesmo do quarto, após algum tempo, ela conseguiu sentir o cheiro de sapólio trazido por uma brisa de ar fresco que circulava pelas janelas abertas. Samael e Lilith não conversaram, guardando um silêncio quase sagrado. Enfim, após um período que Zenóbia estipulou em cerca de uma hora e meia, talvez duas, tudo cessou; o último ruído que alfinetou seus ouvidos foi o som da porta da frente sendo fechada e a chave girada na fechadura. Enfim a batedora estava só.

Ela respirou fundo e, imbuída de força, vigor e coragem, falou baixinho para si própria:

— Você não é uma vítima, Zenóbia. Chega de se lamentar.

Era hora de fazer alguma coisa, antes que as forças começassem a lhe faltar. Já havia convencido a si própria, após ter pesado todas as alternativas: não havia mais pelo que esperar. Ela sabia que o momento certo não aconteceria; ele teria de ser criado. Apesar de todo o estresse daquela montanha-russa que vivera desde a saída do Quartel, a batedora havia dormido, descansado e, bem ou mal, se alimentado. Agora, sozinha no apartamento — por quanto tempo, ela não sabia —, concluía que se tratava da melhor oportunidade para empreender sua fuga desde que havia sido presa.

As cordas que atavam seus punhos estavam muito apertadas. O nó feito por Samael, longe de ser um nó profissional, era um acumulado de ligames e embaraços, amontoados uns sobre os outros, mas que juntos cumpriam o papel que deles se requeria. Entretanto, a batedora estava decidida: ela ia escapar a todo custo, e não seriam alguns nós que a impediriam.

Durante vários segundos, Zenóbia fez uma pressão fortíssima e concentrada, contraindo o bíceps, puxando o braço direito com a mão fechada e os dentes cerrados, ignorando a dor que as cordas imprimiam em seus punhos. Enfim, quando parecia que ia ter uma câimbra, tamanho o esforço feito, relaxou, ofegante, e torceu o pescoço para ver se a corda havia afrouxado. Nada. Os nós não haviam cedido nem um centímetro. Praguejando, ela repetiu a operação, mas, desta vez, além de fazer pressão, começou a dar diversos trancos, que sacudiam seu corpo inteiro, tal era a violência das puxadas. A cada novo movimento, parecia que seu punho seria partido ao meio; a cama inteira tremia e, após o que pareceu uma série infindável de guinadas, mais uma vez ela fraquejou. A dor era lancinante. Apesar da pressão, os nós mantinham-se incólumes. Irada, a amazona deu um rugido de ódio e puxou novamente. Não demorou muito para que a corda abrisse uma chaga em seu punho, circundando-o de ponta a ponta como uma pulseira rubra, um enfeite bizarro e masoquista, que se alargava mais e mais, acompanhando a movimentação dela, que, cada vez mais impaciente, aplicava novas torções de punho e puxadas.

A fronha do travesseiro começou a ficar molhada de suor, mas, implacável, a amazona não desistia. Seu corpo inteiro parecia estar tendo calafrios, e o estômago ficou embrulhado como se ela tivesse comido algo estragado. Enfim, com sangue escorrendo pelos antebraços e lágrimas nos olhos, Zenóbia percebeu que seu esforço se pagara. O nó havia afrouxado — bem pouco, apenas um centímetro talvez, mas já era um começo.

— Puta que pariu! — ela falou em voz alta, cansada do esforço e reticente quanto à dor que estava sentindo. Examinou razoavelmente a marca que a corda deixara no punho e viu que ela era profunda e que o próprio ato de forçar um ferimento em cima do outro com aquelas cordas de náilon havia calcinado a ferida. Não queria voltar a fazer força; a região estava mais sensível e, mesmo que ligeiramente amortizada, já havia a resistência natural de fazer algo que causaria desconforto de modo deliberado. Mas ela não tinha opção. Fechou os olhos por um instante e domou sua mente, conversando consigo mesmo e pedindo calma repetidas vezes. Se Samael retornasse e a visse fazendo aquilo, perceberia seu erro e pensaria em uma nova maneira de prendê-la... Ou perderia a paciência de vez. Era seguro imaginar que ele não estava habituado a lidar com pessoas como ela, com uma força de vontade inquebrantável, limiar de dor além do comum e muita resistência, tendo antes provavelmente aprisionado somente vítimas chorosas, que ficavam implorando pela própria vida. Zenóbia era mais do que isso; ela era uma guerreira, uma sobrevivente. E não estava disposta a morrer ali.

A batedora retomou a pressão sem dó, esticando a corda e dando trancos, torcendo e girando o punho, tentando alargar a abertura a todo custo. A dor lenta e excruciante era combatida pela tenacidade da mulher, que ignorava os tremores nos membros e as lágrimas que lhe escorriam dos olhos, continuando a abrir caminho para a liberdade à custa da própria aflição. Enfim, ao perceber que a abertura obtida era suficiente para que sua mão escorregasse, juntou o dedão com os outros quatro dedos, formando uma espécie de lança, tentando encolher os ossos o máximo que pudesse. Pouco a pouco, em um processo agonizante, fez a mão atravessar aquela minúscula abertura, arrancando a maior parte da pele das laterais no processo, em especial na região da base do metacarpo. Súbito, quando o laborioso procedimento parecia interminável e o suplício já era tão torturante que ela cogitou a hipótese de desistir e de se entregar, ela se viu recompensada quando, de uma única vez, sua mão escapou, arrancando a pele das duas extremidades do punho no processo. Foi um susto, uma sensação quase de descrença que se apoderou dela. O braço, há tanto tempo aprisionado naquela mesma posição, semiflexionado e quase dormente, foi estendido, e o sangue pôde circular livremente.

Zenóbia permitiu-se um sorriso, mas não perdeu tempo. A mão estava bastante machucada e a simples ação de movê-la já era aflitiva. Ela desfez rapidamente os nós que prendiam o braço esquerdo, usando a boca e a mão livre; depois passou para as pernas. Após alguns minutos, a amazona estava livre.

Lá fora, tudo era silêncio total, exceto por folhas secas sendo arrastadas pelo vento na rua e o compassado sacudir das janelas do prédio. Era muito estranha aquela ausência de ruídos; parecia que o mundo havia entrado em suspensão, parado de rodar brevemente para que ela tivesse tempo de se libertar.

Zenóbia saiu do quarto com cautela e observou a sala onde há pouco ocorrera uma carnificina. O cômodo sofrera uma verdadeira assepsia e não guardava nenhum traço das ações de Samael e Lilith. Ela revirou a casa superficialmente à procura de seu equipamento, mas logo ficou claro que ele não estava ali. Concluiu que era provável que o casal seguisse o mesmo comportamento dos birutas clássicos (pelo menos os dos filmes) e reunisse em um só lugar — provavelmente outro apartamento — todos os *souvenirs* que coletavam de suas vítimas, todas as lembranças de suas conquistas. Ela vasculhou a cozinha em busca do que poderia ser utilizado como arma e muniu-se de duas facas. Cortou uma tira da base da blusa na altura da barriga e envolveu o ferimento no punho, protegendo-o; por fim, testou a porta e viu que estava, de fato, trancada. Nada muito complicado.

Fazendo usou de uma das facas, ela removeu os parafusos verticais das dobradiças, três no total. Teve um pouco mais de trabalho daquela maneira, mas ao menos conseguiu manter a discrição. Ela não queria simplesmente arrombar a porta e atrair, de forma desnecessária, a atenção dos lunáticos. Era essencial que sua presença permanecesse soturna, sigilosa, para que a guerreira pudesse levar adiante aquilo que sua mente planejara fazer a seguir. Sim, porque era fato consumado que ela precisava voltar ao Quartel — e com urgência. Contudo, ao mesmo tempo, não podia simplesmente dar as costas a tudo o que vira e vivera e fugir na surdina, como se nada tivesse acontecido. Não era do seu feitio. Ela jamais conseguiria viver consigo mesma, caso o fizesse.

A amazona tinha ciência de suas responsabilidades e compromissos; se não o tivesse, nem teria saído do Ctesifonte. Também estava assustada e receosa com os maus-tratos que recebera e com o fato de estar sozinha, sem apoio, longe de todos os que conhecia e em quem confiava. Sabia que a comunidade enfrentava uma situação extraordinária; não imaginava qual, mas sabia que era tão ou mais caótica do que a última. Era imperativo que voltasse ao Ctesifonte para ajudar na resolução de qualquer que fosse a crise que estivesse ocorrendo por lá.

Mas não tão já. Certas coisas não podem ser deixadas para depois na vida, e aquela era uma delas. A aberração que ela presenciara, que crescia disforme e em desatino como um câncer dentro daquele prédio, precisava de um fim a todo custo.

Depois de retirar os parafusos, deixando as dobradiças soltas, moveu a porta do lugar sem dificuldade, revelando a saída. O corredor estava vazio e silencioso, tétrico como uma casa funerária à noite. Zenóbia caminhava com a leveza dos felinos, feroz e atenta, pronta para agir a qualquer instante, preparada para enfrentar Lilith e Samael, contaminados ou qualquer outra coisa que cruzasse seu caminho. As lâminas davam-lhe alguma segurança, e frases de Kogiro vinham-lhe à mente: "Confie no seu treinamento!". Mas, tomada por uma ira aguda, não havia temperança batendo no peito da batedora; só o que ela pensava era em colocar suas mãos no pescoço daquele homem amaldiçoado e perverso e torcê-lo.

Restava a questão de saber onde o casal estava. O prédio não era muito grande, mas, mesmo assim, ela não podia sair vasculhando andar por andar — além de perigoso, não podia se dar o luxo de perder aquele tempo. Mas por onde começar? Por aquele andar, pelo mais alto, pelo térreo? Qualquer opção era tão boa quanto a outra, já que se baseava em adivinhação. Mas quando a dúvida do que fazer já começava a atormentá-la além da conta, sem que vislumbrasse uma solução no horizonte, um ruído poupou-a de ter de tomar uma decisão. Ele viera de baixo, certamente do térreo, e ela o identificou precisamente como o bater de uma porta de metal — possivelmente a lixeira nos fundos do prédio. Como a energia não estava funcionando, quem estava lá embaixo, fosse Samael, Lilith, fossem ambos, teria de subir pela escada. Não havia local mais perfeito para uma emboscada.

Zenóbia saiu do corredor e tomou o caminho das escadas, acocorando-se em um canto, escondida na mais profunda treva, amalgamando-se à escuridão como se fizesse parte dela. Então, aguardou. Vários ruídos chegavam a seus ouvidos, os quais ela não conseguia decifrar; a expectativa de agir crescia a cada instante. Muitas vezes, a expectativa é pior do que o próprio ato em si, e ficar no escuro aguardando o desenrolar de uma ação cujo resultado era imprevisível liberava uma tensão terrível, quase palpável, capaz de enlouquecer uma mente sã.

A batedora aguardou o que pareceu uma eternidade, dominando os fantasmas que assombravam sua mente, arrastando correntes enferrujadas que tentavam sufocá-la e dissuadi-la da decisão que havia tomado, mas manteve-se firme. Até que escutou o barulho da porta sendo aberta no térreo, a escuridão petrificante das escadarias ser ligeiramente abatida e o barulho de passos pesados e desleixados se aproximando gradativamente.

No silêncio, cada passo era um bate-estaca que martelava os degraus. O coração da batedora disparou e, temendo que sua respiração ofegante a denunciasse, ela tentava se controlar, puxando o ar pela boca. Não demorou muito para que visse um facho de luz surgir em meio a todo aquele breu — quem estava subindo, carregava uma lanterna. Despreocupada, a pessoa que vinha começou a assobiar as notas iniciais de "Smoke on the Water" de forma surpreendentemente afinada, e Zenóbia só conseguia pensar na estranheza da situação.

O facho de luz tornou-se mais vívido, e em seu cerne era possível enxergar partículas de pó flutuando, como purpurina no céu. Era chegada a hora! A luz apareceu diante dela, volumosa e beatífica, depois veio uma mão e então um corpo inteiro. Zenóbia aguardava encostada na parede, logo após uma curva, e, assim que viu aquele vulto, deu uma guinada de onde estava e surpreendeu o passante, trombando com o corpo dele e grudando a lâmina em seu pescoço.

Era Samael, que resmungou:

— Impossível!

Zenóbia apertou tão firme a faca, prensando-o contra a parede oposta, que imediatamente um filete de sangue começou a escorrer. Ela perguntou:

— Onde está Lilith?

O homem estava furioso, ela não tinha condições de compreender o quanto. Jamais se sentira daquela maneira, com tamanho ardor dentro de si. Claro, mesmo que ele estivesse em plena luz do dia, suas feições jamais o denunciariam, pois era um bom dissimulador, entretanto, a *audácia* dela havia extrapolado todos os limites. Aquela mulher tinha de ser detida e seria agora!

Quando ele respondeu, sua voz foi calma e ponderada:

— Cuidado, moça, você pode machucar alguém com isso...

Mas no fundo o que ele pensou foi: "Vaca filha da puta. Você não sai daqui viva. Juro que não sai. Você cometeu o maior erro da sua vida".

— É bom você não tentar nada — ela ameaçou. — Basta eu dar um tranco e você já era. E não pense que não tenho coragem...

E ele respondeu:

— Vamos com calma, moça. O que você quer?

Mas o que pensou foi:

"Corta, vagabunda. Quero ver se tem peito pra cortar meu pescoço. Não tem coragem pra isso. É uma putana cagona. Vai começar a puxar papo e vai afrouxar a faca; tenho certeza. Eu vou te detonar, sua vaca! Vou destruir além de qualquer conserto."

— Não vou perguntar de novo. Onde está Lilith?

Ele merecia um Oscar:

— Eu digo. Por favor, só não me mata. Eu te levo até ela. Essas coisas... é tudo ideia dela. Por favor, não me machuca...

"Vai, vaca do caralho! Afrouxa essa faca logo, porra! Sua puta!"

A previsão acertou. A lamúria fez com que ela amolecesse um pouquinho a pressão no pescoço dele, numa ação inconsciente. Se ao menos ela pudesse escutar os pensamentos dele, saberia:

"É agora. Ela afrouxou. Afinou, a desgraçada. Sabia... Essas putas são todas iguais. Ela não sai viva dessa escadaria."

Samael parecia ter tudo planejado. Bastava executar. E ele não teve medo, nem por um segundo, nem mesmo com a vida ameaçada pela lâmina. A deixa havia sido dada e, como um ator respondendo a outro no palco, ele agiu. Foi uma série de atos simultâneos, como precisa ser toda e qualquer defesa. Não podia recuar porque estava de costas para a parede, mas era mais alto do que ela, e a envergadura era uma vantagem naquela posição, pois Zenóbia precisava segurar a faca para cima. Ele também era mais forte do que ela. Além disso, a única fonte de luz do local era dele. Ele memorizou com cuidado a posição do corpo da batedora e então agiu. A mente mandou, o corpo obedeceu.

A mão direita desligou a lanterna, jogando tudo na mais completa escuridão. O pescoço do homem deu uma guinada para o lado direito, acompanhando a linha da faca, ao mesmo tempo que o braço esquerdo livre deu um golpe de baixo para cima na região do tríceps dela. Claro, ela o cortou; era impossível escapar daquela posição ileso. Mas o talho não fora fatal, e a surpresa havia conferido a ele alguma vantagem.

Imediatamente, ainda próximo e sabendo a posição em que ela estava, Samael desferiu uma joelhada lateral que acertou em cheio as costelas da batedora e fez com que ela desse um grito de dor. Buscando um golpe de sorte, ele soltou a mão direita no vazio, cruzando-a na frente do corpo no escuro; no meio do caminho, sentiu o choque da lanterna com a cabeça de sua oponente. Zenóbia foi lançada a quase um metro para trás e, mesmo sem conseguir ver na escuridão, sentiu um corte enorme abrir-se na lateral do seu crânio. Como aquilo se tornara tão desastroso em tão pouco tempo?

Samael piscou a lanterna apenas para ver onde ela estava (ou talvez porque o aparelho não estivesse mais funcionando direito após a pancada) e, ao localizá-la ainda tentando se levantar, deu um chute frontal direto no estômago da batedora. Felizmente, como ele não era um combatente, o golpe foi mal dado e o impacto, que deveria tê-la partido ao meio, acabou defletido. Ela tentou dominar a perna dele, envolvendo-a em um habilidoso abraço para encaixar uma chave de tornozelo, mas, ligeiro e arisco, ele recolheu o membro e piscou mais uma vez a lanterna. Um segundo depois, ela sentiu sua cabeça chacoalhar novamente, quando um potente cruzado acertou em cheio exatamente sobre o corte que já estava aberto. Outro daqueles e a amazona ia apagar.

A batedora, nauseada, chegou a sentir a ânsia subir pela sua garganta e um gosto azedo chegar até a boca. O que ela estava fazendo? Não haveria outra cartada; aquele era o tudo ou nada! Ela ia morrer ali, naquelas escadarias sujas, nas mãos daquele homem torpe? Ia deixar algo assim acontecer? As palavras de Kogiro voltaram com força total, latejando dentro da sua mente: "Treinamento... Confie no seu treinamento". Por que ela havia praticado tanto, se não para saber se defender?

"Você não é uma vítima, Zenóbia!"

Não foi o que ela dissera a si mesma antes de sair do apartamento? Ela não era uma vítima! Ela não era uma vítima! Não podia deixar o desespero dominá-la. Não conseguia ver... E daí? Quantas vezes havia treinado contato corporal com Kogiro, de olhos vendados, para dominar outras competências, tendo compreendido que um combate é multifacetado? Ela não precisava adivinhar, não era profetisa... Precisava saber! Um sentido a menos, OK, mas havia outros.

Súbito, um clique chegou aos seus ouvidos. O clique da lanterna, milésimos de segundos antes de a luz piscar. A luz não só revelava o lugar onde Zenóbia estava, mas também a posição de Samael; era uma faca de dois gumes: podia ajudar ou trair. E, assim que ela apaziguou sua mente, percebeu que o clique havia lhe dado a vantagem. Daquela vez, ela atacou primeiro. Deu um salto e grudou como uma anaconda no corpo dele, envolvendo-o com seus braços e pernas, percebendo onde ele estava por meio do contato. A amazona pressionou a nuca dele contra seu estômago, mantendo a pegada o mais firme possível, enquanto com a mão livre enterrou a faca nas costas do homem, na região do rim. O grito de dor que ele emitiu foi surpreendentemente feminino, e ela escutou a lanterna se despedaçar no chão.

Zenóbia arrancou a faca e cravou-a novamente, dessa vez sem dispor da certeza de ter acertado algum órgão vital. Envolvidos naquele abraço mortal, ele começou a berrar como uma criança, chamando o nome de Lilith. Ela apertou ainda mais seu corpo no dele e, não satisfeita, sussurrou em seu ouvido: "Patético!", antes de dar uma mordida e arrancar um pedaço da orelha do homem.

Samael gritou ainda mais forte e se debateu. No escuro, não era possível vê-lo chorando, mas ela sabia que ele estava. Toda aquela postura de macho alfa havia acabado; restara somente um homenzinho pequeno e mirrado. Ela o segurou pelo escalpo e, por instinto, passou a faca em sua garganta, cessando os gritos de súplica e de socorro. O jato escarlate e morno espirrou a metros de distância, cobrindo-a da cabeça aos pés. Samael caiu de joelhos agonizando, afogando-se na seiva vital que vertia de seu corpo. Ela tateou no escuro até encontrá-lo, segurou-o pela cabeça e falou em seu ouvido:

— Não é tão macho quando enfrenta alguém que revida, não é, filho da puta do caralho?

Ainda não tendo descarregado toda a raiva carmesim acumulada, ela catarrou no rosto de Samael; depois, segurou-o pelos cabelos e, tateando, meteu a mão dentro do enorme corte feito no pescoço, fechando-a como se fosse uma garra; então, puxou a língua dele pela abertura, deixando-a pendurada no corpo como uma gravata. Na escuridão, não houve testemunhas do ato mais brutal que ela já cometera em vida. O que os olhos não veem, o coração não sente, e a amazona jamais se sentiria culpada por ter agido daquela forma, daquele dia até o momento de sua morte. Poucas vezes sentira tanto ódio por uma pessoa quanto sentira por aquele homem.

Nem bem o corpo havia se desmantelado no chão, Zenóbia escutou um bater de portas muito próximo, provavelmente no andar de cima.

— Lilith! — ela disse em voz alta.

A amazona subiu correndo os dois lances de escada que a separavam daquele súcubo. Então, ganhou o andar, escancarando a porta e gritando como uma fera. Estava coberta de vermelho, literalmente batizada por sangue. Ao entrar no corredor lateral, deu de cara com Lilith, no extremo oposto de onde estava. A mulher vestia as mesmas roupas de quando as duas haviam se visto pela primeira vez — possivelmente, estava procurando outro incauto para atrair até o prédio, tendo sido perturbada no meio do ato pelos gritos de seu amante. Zenóbia apontou a faca para ela e falou:

— Ele morreu chorando e mijando nas calças, como o grande covarde que era. Agora é sua vez, vaca!

Lilith não respondeu. Seus olhos pareciam vidrados, como se ela estivesse sob o efeito de drogas, mas a verdade é que estava atônita pela fuga de Zenóbia e ainda mais por compreender o que ela havia feito. Ao ver a amazona investir na sua direção como um tanque desgovernado, teve uma atitude desesperada: segurou a maçaneta da porta que estava a seu lado e a abriu, ao mesmo tempo correndo para a porta seguinte, que era a última do corredor.

A amazona não teve tempo de persegui-la. Da porta que Lilith abrira, saíram três contaminados e, pelo olhar deles, definitivamente não eram do tipo "bonzinhos".

— Merda! — bradou a guerreira, detendo sua corrida imediatamente e deslizando pelo corredor liso.

O primeiro atacou como um vagalhão, mas seu desespero foi tão grande ao arremeter que ele tropeçou nas próprias pernas e cruzou os poucos metros que o separavam de Zenóbia completamente desequilibrado — praticamente caiu aos pés dela. A batedora, que estava manejando a faca com a ponta virada para cima, golpeou-a por baixo do queixo da criatura. A lâmina entrou até o cabo, cruzando toda a extensão da cabeça e, por muito pouco, não atravessando o crânio.

A criatura deu um grito enforcado, e foi possível enxergar a lâmina cruzar seus lábios entreabertos antes que ela caísse morta instantaneamente. Sem que Zenóbia pudesse sequer respirar, o segundo já a assaltava no estreito corredor. Ele era corpulento, uma massa bem maior do que a da amazona, porém, sua acometida rápida e impulsiva deu condições para que ela usasse o ataque a seu favor: rolando para trás com o pé direito no estômago dele, deu um "balão". O golpe foi perfeito, e o monstro foi arremessado a metros de distância, aterrissando como um avião sem trem de pouso. O terceiro recebeu uma rasteira enquanto ela ainda estava no chão, o que deu à batedora tempo de se levantar e se recompor. Contudo, agora ela estava em um corredor estreito, entre dois contaminados brutais e sem saída.

Lilith — a maldita Lilith! — não ficou para ver o resultado da contenda. Batera a porta e não retornara mais. Devia estar espiando tudo pelo olho mágico, se borrando nas calças. Zenóbia teria de cuidar dela depois!

Alcançou a segunda faca que havia apanhado na cozinha do apartamento, bem menor que a outra e menos afiada, e procurou fazer valer cada movimento. Nada de desperdiçar golpes; a prioridade era incapacitar os agressores. Se ela se afobasse e enterrasse a lâmina no tórax de um deles, corria o risco de perder a arma, que poderia ficar entalada em uma costela, por exemplo. Mesmo que depois o ferimento matasse o agressor, ela ficaria em uma posição difícil. "Confie no treinamento...". Ela começou a pensar: "Sem braço ele não pode me agarrar, sem perna ele não pode andar". Kogiro sempre dizia: "Se não puder causar morte instantânea, ataque os membros e o incapacite".

O contaminado que estava à sua frente arremeteu, estendendo o braço para tentar agarrar o pescoço dela. Zenóbia bloqueou a pegada e desferiu um corte rápido e perfeito de cima para baixo, lacerando os tendões internos do membro. Aproveitando o impulso do movimento, ela girou a faca e talhou também por fora, abrindo uma fenda no ombro da criatura. Imediatamente, o braço ficou frouxo, despido da estrutura física necessária para mantê-lo em funcionamento. Agora não passava de um membro mole e inútil. Nada poderia fazer aquele braço subir novamente – não com os tendões rompidos daquela forma.

Sim, o treinamento funcionava; bastava manter a calma e o sangue-frio. Ela já tinha visto aquilo antes, sabia o que fazer e como fazer. Sobreviver não era impossível.

A criatura urrou e tentou pegá-la com a mão livre. Ela se esquivou, descrevendo um perfeito pêndulo de boxe com o tronco, e passou a faca atrás do joelho do infectado, fazendo com que a perna envergasse imediatamente. O outro, que havia sido arremessado pelo balão, já estava em distância de combate, mas foi novamente afobado e descuidado, atacando com desleixo. A amazona o surpreendeu com um chute lateral que pegou em cheio em sua têmpora, fazendo com que ele recuasse mais uma vez, e usou o segundo de vantagem para rasgar a garganta do contaminado avariado.

Vitória! Faltava apenas um. Foi quando o inesperado ocorreu.

O monstro remanescente, tendo sido rechaçado duas vezes em seguida, arremeteu com uma velocidade impressionante, agarrando-a pela cintura e erguendo-a do chão como se fosse um lutador de MMA. Ele girou no corredor, ligeiramente perdido, sem saber o que fazer. Enquanto isso, ela cravava repetidamente a faca em suas costas, arrancando rugidos de dor dos lábios pálidos. Então, ele virou na direção da janela e, sem o menor apreço por si mesmo, arrebentou-a com o corpo de Zenóbia, despencando com ela para o vazio, em meio a uma chuva de cacos de vidro.

Foram dois segundos de queda. Apenas dois. Mas a batedora teve tempo de pensar que aquele era seu fim. Jamais sobreviveria a uma queda do terceiro andar de um prédio, ainda mais com um contaminado caindo em cima dela. Ela conjecturou isso, ligeiramente resignada e segura de que fizera o que era certo e de que fora nobre e valorosa em vida. Entretanto, outro recôncavo de sua mente devolveu a afirmação, convencendo-a de que, mesmo que aquele fosse o fim, ela não deveria ir de forma passiva, mas lutar até que a última força se esvaísse de seu ser. Jamais se entregar! Jamais! Ela concordou com essa última voz e, embora tudo tenha se passado muito rapidamente, deu uma guinada no ar, como o gato que sempre cai de pé, e jogou o corpo do contaminado por baixo do seu, esperando que ele aterrissasse no cimento frio e ela caísse por cima dele.

Qual não foi a surpresa de Zenóbia quando os dois foram engolidos por uma explosão líquida, lançada para todos os lados. A dupla mergulhou na piscina do prédio, que, embora não fosse muito funda, amorteceu o impacto o bastante para que nenhum deles virasse patê. A água fétida, parada havia quatro anos ao relento, se tornara um abrigo de podridão, um charco negro como petróleo, que cheirava pior do que o hálito corrosivo dos contaminados.

A violência da pancada, recebida de costas pelo contaminado, deixara a criatura atordoada, mas Zenóbia estava mais lúcida do que nunca. Ela estava viva — *alive and kicking*! Havia sobrevivido a sua provação, cruzara os domínios infernais e saíra do outro lado, vitoriosa. Renovada! Infelizmente, na queda a faca havia se esvaído de suas mãos, mas ela sabia o que precisava fazer. Mergulhou e tateou o corpo ainda mole da criatura e, sem dar chance para que ela se recuperasse, meteu o pé em sua garganta e a prensou contra o chão da piscina. Não demorou muito para que o infectado começasse a se debater, sentindo o precioso oxigênio faltar-lhe nos pulmões — sim, até mesmo aqueles seres hediondos precisavam respirar. Ela cravou as unhas nas panturrilhas da batedora, arranhando-a repetidamente, porém sua algoz não se moveu, aturando o castigo que as garras lhe impunham. Ondulações se formavam na superfície, acompanhando os espasmos do monstro, que foram ficando gradativamente mais espaçados, até cessarem por completo. As bolhas de ar pararam de subir, a água negra deixou de se agitar. Estava acabado.

Zenóbia arrastou-se até a borda da piscina e ergueu o corpo, impulsionando-se para fora. Deixou-se relaxar um pouco enquanto recuperava o fôlego, deitada na borda, seus membros completamente largados, a boca seca pelo esforço que fizera, muito embora tivesse acabado de sair da água. Permitiu-se ficar naquela posição até que sua respiração se normalizasse, o que levou alguns bons segundos. Então, levantou-se lentamente, lembrando a si mesma de que ainda havia trabalho a ser feito. Lilith estava lá em cima, em algum lugar, e Zenóbia não era do tipo que deixava as coisas pela metade!

Ao olhar para o próprio corpo, percebeu que estava seriamente ferida. Havia dezenas de pequenos cortes em seus braços, pernas e barriga, e pelo menos um talho bastante sério na perna, com um caco de vidro do tamanho de um palmo enfiado bem no meio da coxa. Isso sem contar os machucados sofridos no túnel e o rasgo que a lança do prédio havia feito... A batedora não quis nem pensar na quantidade de coisas nocivas que havia contraído ao cair naquela água com tantos ferimentos expostos. Voltou-se novamente para a piscina. O contaminado estava flutuando, com os olhos escancarados e a boca aberta, os braços formando um "T".

Então, olhando alguns metros além da água, seus olhos perceberam algo que a fez estremecer, virar-se de canto e, enfim, vomitar.

— Malditos doentes! — resmungou ela.

Do outro lado da piscina, avolumando-se como a decoração macabra de um sanatório demoníaco, havia uma montanha de corpos, dezenas deles, aglomerados uns sobre os outros, decompostos, carcomidos, inteiros ou pela metade. No topo da pilha estavam as três vítimas mais recentes de Samael. E, como se a visão daquela ode ao macabro a tivesse despertado para a realidade, um cheiro terrível assou suas narinas, cheiro de coisa podre, corrupta, putrefata. Aquela dupla de malucos havia transformado os fundos do prédio em um cemitério a céu aberto, onde despejavam todo o refugo de suas medonhas brincadeiras.

Ela deu as costas àquela cena terrível e afastou-se sem olhar para trás, apertando a coxa com uma das mãos e mancando bastante. Rasgou parte da camisa, removeu o caco de vidro da perna e improvisou uma atadura. Parecia ter vindo de uma guerra e, em seu íntimo, sabia que, se tivesse de travar outra luta naquelas condições, estaria perdida. O certo seria buscar um refúgio seguro e se recuperar. Ainda assim, tal pensamento não era o bastante para sobrepujar a ânsia que ofuscava sua mente: matar Lilith!

CAPÍTULO 87

Como de costume, Princesa vestia uma roupa leve e transparente. Ela estava sozinha em seu quarto, apenas aguardando a chegada do trovão. E ele não tardou. Tebas adentrou o cômodo triunfante, sujo, suado, com ferimentos leves e coberto de sangue humano e contaminado.

Ele passou reto por ela, que estava graciosamente sentada na cama, e olhou pela janela, para a cortina de fumaça que escondia o horizonte. Impressionado com seu próprio trabalho, abriu um sorriso maroto e falou:

— Cacete! Nessa eu me superei.

Ela nada disse, apenas devolveu um aceno de cabeça que indicava aprovação. Ele continuou a olhar para a cena apocalíptica, como que hipnotizado, e discursou, mas sem querer efetivamente uma resposta da mulher. Falava consigo mesmo para assimilar tudo o que havia ocorrido, o que, mesmo para um homem como ele, não havia sido pouco:

— Já faz um bom tempo que não via uma destruição nesse nível. No Dia Z e ao longo de todo o primeiro ano, todos nós vimos coisas assim acontecerem. Parecia que estávamos em algum lugar maluco, tipo o Oriente Médio, com casas e prédios explodindo à nossa volta, mísseis voando, sirenes tocando no meio da noite. Mas depois, quando o exército caiu, tudo acabou. É uma sensação muito forte toda essa pressão que acomete o corpo.

— Você está ferido? — ela perguntou.

— Sim. Mas nada grave. Na verdade, eu dei sorte. Muita sorte... — Ele deu ênfase no "muita".

— Eu sabia que você conseguiria.

— Pois eu não tinha tanta certeza. Se tivesse que enfrentar o japonês em uma luta franca, não sei se o teria derrotado. Eu o vi de relance em combate, e o homem é realmente impressionante.

Finalmente, desgrudou-se da janela e, encarando-a com seus olhos ofídios, perguntou:

— Quantos dos nossos conseguiram sair?

Princesa baixou a cabeça. A atitude dela era de vergonha e embaraço; entretanto, qualquer um que soubesse ler os olhos de uma pessoa perceberia que não havia nada do gênero nos dela. Pessoas tinham morrido, mas no fundo ela não se importava:

— Apenas você! — respondeu sem rodeios.

Ele suspirou:

— Entendo...

— Mas ainda há tempo. Quem sabe outros voltem... — ela disse, procurando animá-lo.

Ao contrário de Princesa, Tebas estava realmente consternado. A explosão não fazia parte do plano, fora mero improviso. Seus homens não tinham como adivinhar que ele faria aquilo. O que talvez não tivesse feito muita diferença a longo prazo, já que, cercados pelos contaminados e pelas sentinelas do Quartel, era provável que todos morressem do mesmo jeito. Ainda assim, sentia-se ligeiramente responsável. O guerreiro serviu-se de um copo de água para saciar a garganta sedenta antes de virar-se para sua amante e falar:

— Eu já vi e vivi de tudo. Matei praticamente todo tipo de coisa viva neste mundo, sem jamais me arrepender. Mas aqueles garotos confiavam em mim, e eu os levei para a morte. Isso não é algo que posso simplesmente apagar.

— Eles sabiam o que estavam fazendo — ela o interrompeu.

— Pode ser. Mas isso não muda o fato de que uma dúzia de garotos que me seguiam morreu, e eu nem sei por quê. Não acha que me deve pelo menos isso? Em nome dos que se foram para que sua vingança fosse realizada?

Princesa uniu as palmas das mãos e permaneceu em silêncio, absorta. Mesmo de onde estavam, o cheiro de queimado adentrava o quarto. Havia fuligem preta sobre os móveis, carregada pelo vento, e, no silêncio do mundo D.A., ainda era possível escutar os gritos e lamúrias das vítimas da explosão.

Tebas não tornou a pedir que sua mulher se explicasse. Ela o tinha escutado — e bem. Não era o tipo de homem que ficava repetindo o que queria; no entendimento dele, palavras deveriam ser poupadas e apenas aquilo que valia a pena devia ser posto para fora. Enfim, após quase cinco minutos calada, Princesa decidiu-se. Ela se levantou e abriu a roupa. Como de costume, não vestia nada por baixo, revelando seu corpo nu.

— Quando nos conhecemos, você me perguntou do que era esta cicatriz — disse ela, apontando para uma marca horizontal, de uns dez centímetros de comprimento por dois de largura, que ficava logo abaixo do seio direito. — Eu respondi que era um ferimento que sofri na Batalha da Paulista.

Ele se aproximou e tocou a cicatriz com o dedo indicador, descrevendo o caminho completo dela e deixando uma marca escura de sujeira na pele alva, como se seu toque a tivesse contaminado.

— Sim. Eu me recordo disso. O que é que tem?

— É verdade que este é um ferimento que consegui lá, mas não da forma como você pensa. No outro mundo... na minha outra vida... eu tive dois filhos.

— Sim, eu sei. Sua cicatriz de cesárea não a deixa mentir — respondeu ele, apontando para outra cicatriz que a mulher tinha no baixo ventre, aquela bem mais fina, quase imperceptível.

— O nome dos meus filhos havia sido escrito aqui — ela apontou para o local da primeira marca. — Tatuado na minha própria pele como um símbolo do meu maior orgulho, do maior feito da minha vida, a maior realização que qualquer mulher pode alcançar. O tatuador havia usado letras corridas e decorativas, e eu sentia o maior prazer em andar na praia ou no clube e ver as pessoas lendo o nome dos meus tesouros gravados no meu corpo. Mas então veio o Dia Z, e tudo mudou. Eu os mantive a salvo durante quase um ano, protegendo-os da realidade, evitando que eles vissem contaminados ou presenciassem atrocidades, arriscando-me diariamente para manter o conforto das minhas crianças. Quase um ano! Vivendo no inferno, sempre imaginando o que seria deles se um dia eu falhasse em trazer comida para casa, se fosse mordida ou morta! Você disse que se sentia responsável pelos garotos que o seguiram até o Quartel? Imagine, então, a minha responsabilidade de ter que guerrear todos os dias pela vida dos meus filhos, tendo que pugnar, combater e resistir! Uma verdadeira provação, na qual eu triunfei.

— O que aconteceu na Batalha da Paulista?

— Durante a remoção dos residentes, fui tola o bastante para acreditar em soldados e homens armados. Jamais imaginei que pecados tão graves fossem cometidos em uma guerra que ameaça toda a raça humana, uma guerra que nos encaminhava para nossa própria extinção. Meus filhos confiaram em mim, assim como seus homens confiaram em você hoje, mas a diferença é que meus garotos não passavam de crianças. Inocentes. Sem culpa. Sem capacidade de perceber o que estava acontecendo. E eles se apegavam a mim, tinham fé no meu julgamento para tomar as decisões que eles não podiam tomar.

— E você os entregou na mão dos soldados? Foi isso?

Ela começou a chorar. Lágrimas de ódio e tristeza misturadas correram por seu rosto alvo, marcado pela dor das lembranças. Ele nunca tinha visto a mulher demonstrar tamanha emotividade:

— Sim. Ainda não entendo como pude ser tão...

— Inocente?

— Displicente. Talvez seja essa a palavra. Seja como for, eles levaram meus filhos. O mais irônico é que na hora eu senti que havia algo errado — talvez instinto materno ou apenas medo de ficar longe deles. Percebi meu erro no instante seguinte, mas já era tarde demais. Fim da história!

— Não é o fim da história. Há mais — ralhou Tebas, percebendo que o olhar dela ainda ocultava algo.

— O que mais quer saber? Eles me violentaram. Acredita nisso? No meio de uma guerra, com mísseis cruzando a avenida. Mísseis. Pelo amor de Deus! E dois imbecis com armas nas mãos me viraram de quatro como se eu fosse uma potranca e me estupraram.

Tebas ergueu as sobrancelhas e bufou. Conhecia muito bem aquele tipo de homem fraco, medroso e vulgar. O homem que obriga a mulher a fazer sexo contra sua vontade, que arranca dela, à força, algo que deveria ser entregue ou em luxúria ou em doçura, mas nunca tomado. Ele lamentou pelo que ela passara e perguntou:

— Seus filhos... Tornou a vê-los?

— Não. Gosto de pensar que o soldado que os levou, ao contrário daqueles que ficaram comigo, era íntegro e, de fato, colocou-os em um caminhão. E que esse caminhão foi conduzido até alguma instalação protegida pelo governo. E que nessa instalação havia tudo do bom e do melhor, e meus filhos cresceram recebendo um tratamento decente e conseguindo viver uma vida digna, mesmo neste mundo cão. Gosto de pensar que eles estão em alguma comunidade alternativa longe daqui, em um lugar onde a praga não chegou, um lugar que não tenha sido afetado por toda essa maldade. Esse é o meu sonho.

— Você se lembra dos soldados que a violaram?

— Sim!

— Manes era um deles? Por isso todo o seu ódio?

— Não. Manes não estava junto. Já te disse que não o conheço; nem sei como ele é. Só o vi de relance algumas vezes desde que montamos nossa tocaia, quando você o mostrou para mim. Mas Manes era o oficial responsável por toda a operação. Ele foi o responsável por meu mundo cair.

Tebas sentou-se e descansou os cotovelos sobre as pernas e as mãos, segurando o queixo. Ficou pensativo, digerindo aquelas informações e estabelecendo conexões na sua cabeça. Depois de ficar absorto longos instantes, indagou:

— Espere um pouco... Então, nós fizemos isso tudo pra punir alguém que você nem sabe se é o cara certo? Cuja culpa nem foi apurada?

— Ele *é* o cara certo. Como já te perguntei antes, quantos Manes já viu por aí? E mais: quantos deles são militares? Não dá para ignorar uma *coincidência* dessas.

— Ainda assim, nunca lhe ocorreu que ele poderia ser um cara decente e que realmente quisesse ajudar as pessoas naquele dia? Que a insubordinação dos homens não tivesse nada a ver com ele? Passou pela sua cabeça que destruímos aquela comunidade por uma vingança que não lhe trará paz alguma e que, muito provavelmente, foi direcionada à pessoa errada?

Ela se levantou e olhou para a cortina preta de fumaça no céu. Seus olhos pareciam, novamente, desprovidos de vida. Tebas engoliu em seco. Toda vez que olhava para aquela mulher, o que enxergava era a fêmea mais encantadora em que já colocara os olhos, uma feiticeira sedutora e inteligente, cheia de malícia e sagacidade. Ele sabia que havia sofrimento naqueles olhos, claro que sabia, mas quem não havia sofrido? Evitava, portanto, o assunto e seguia em frente, mesmo sabendo que havia algo no fundo daqueles olhos que o incomodava. Algo que não era improbidade, perversidade, malvadez nem qualquer outro sentimento negativo. Ele jamais definira as profundezas dos olhos de sua amada até aquele instante, e o que compreendera chocou-o. Ali estava a resposta para o que ardia dentro de Princesa: nada! Daí sua aparência espectral, sua aura etérea, sua melancolia perene. Ela estava morta por dentro, apagada, extinguida. Sua alma não fora meramente abrandada, mas raspada, desbotada e mitigada até que restasse apenas o desejo de vingança. Mas nem mesmo isso era ardor, apenas um arremedo de prazer, um prato insípido e deglutido frio. A vingança havia se tornado nada mais do que a expressão da rotina, ela havia se acostumado a odiar. Princesa falou, respondendo às perguntas dele:

— Você quer saber se questiono o que eu o obriguei a fazer, meu amor? Todos os dias, desde que você me falou sobre Manes e esta comunidade. Mas cheguei à conclusão de que isso não importa mais. Ele era o líder. Estava no comando. A responsabilidade era dele. A responsabilidade sempre é do líder. Assim como tudo o que aconteceu aqui hoje também foi responsabilidade dele. Foi culpa dele e sua. Nossas ações repercutirão na mente e no espírito de Manes até o fim de seus dias. Só peço a Deus que Ele permita que esse homem sofra o mesmo que eu sofri. Que ele olhe minha obra, nossa obra, e se desespere com o arremedo de vida que nós lhe deixamos, sinta-se impotente e despedaçado. Então, quando ele não tiver mais nada no coração, senão pedra dura e desgosto, que ele morra de desgosto.

Tebas, passional que era, teve dificuldade de lidar com a frieza na voz da amada. Ali estava uma faceta completamente nova de Princesa. Ela pronunciara cada palavra daquela última frase com um rancor profundo e inflexível, algo praticamente orgânico. Ainda assim, continuava cadavérica, em uma improvável e paradoxal mistura de comportamentos, sensações e sentimentos, que eram aparentemente incompatíveis, mas faziam parte do que ela havia se tornado. Ele julgou que aquela conversa deveria ser encerrada, então disse:

— Bom, só espero que você encontre o que está buscando, minha amada, pois, como descobrirá nos próximos dias, meses ou anos, a vingança não vai curar sua alma. Acredite em quem já esteve lá, foi e voltou. Vingança não traz alento, apenas mais culpa.

Ela nada disse. Tebas apontou para a janela e mudou de assunto:

— Muitos conseguiram fugir e se refugiaram no prédio da frente...

— Sim, eu vi.

— Se formos eliminá-los, precisa ser já. Uma explosão desse tamanho vai atrair todos os contaminados da cidade pra cá; calculo que a região estará infestada por alguns milhares deles dentro de trinta minutos, uma hora, talvez menos. Não vamos poder sair por um longo período. Tudo bem, nosso pessoal tem comida suficiente para se manter, mas, se formos terminar o serviço, é melhor pegá-los enquanto ainda estão se recuperando, de guarda baixa...

Mas Princesa já estava decidida:

— Chega de sangue derramado por hoje. No momento, a devastação já é punição bastante.

— O resto da comunidade viverá, então?

— Por ora — ela repetiu, deitando-se na cama como uma gata dengosa, insinuando-se. — Agora vá banhar-se, meu amado, e depois volte. Vou recompensar seus serviços de formas que você jamais imaginou.

CAPÍTULO 88

— O que aconteceu? — perguntou Duda. — Onde estão Manes e Espartano?

Júnior desceu do carro acompanhado de Felícia, fez um leve cafuné na cabeça do fila que vinha em sua direção abanando o rabo e respondeu:

— Você estava certa. Deu tudo errado. Manes e Espartano estão presos.

— Oh... E ela?

— Duda, esta é Felícia. Outro membro da Catedral tão afoita em sair dali quanto você.

A anfitriã mediu Oráculo da cabeça aos pés e indagou:

— Tem certeza de que ela é confiável?

Júnior olhou para a nova colega e sentimentos conflitantes preencheram seu peito. Ele já não tinha certeza de coisa alguma, mas queria acreditar que sim:

— Pra dizer a verdade, não. Mas ela me ajudou a sair de lá e passamos algumas coisinhas juntos. Acho que ela é legal.

Felícia protestou:

— "Acho que ela é legal?". Caramba, você ainda não confia em mim?

— Não leve a mal. É que aquele lugar não é exatamente...

— Auspicioso?

Duda começou a rir.

— Que escolha de palavras, menina! — disse ela. — Tudo bem, vamos deixar isso tudo pra lá. Venham, vamos entrar. Vocês estão precisando de um banho e roupas limpas. Dá pra sentir o fedor daqui...

A dupla estava muito abatida, não apenas fisicamente, mas também com o espírito bastante abalado. Duda preparou uma comidinha caseira e nutritiva enquanto os dois se lavavam, arrumou dois quartos e separou roupas limpas. Depois de tanto tempo isolada, ela meio que gostava de ter companhia. Usando o rádio que estava entre as coisas que Manes deixara guardadas ali, Júnior tentou falar com o Quartel três vezes, mas não obteve resposta. Enquanto comiam, Felícia perguntou:

— O que pretende fazer?

— Bom, vou descansar esta noite e amanhã tentarei falar com eles novamente. Se não der certo, acho que precisarei ir até lá.

— O quê? Voltar trezentos quilômetros até sua comunidade? Você enlouqueceu? — Felícia achou a ideia simplesmente insana.

— Que opção eu tenho? Se Manes e Espartano estão presos, o tempo deles vai ficar cada vez mais escasso. Temos de reunir os outros batedores, montar uma equipe de ataque e invadir a Catedral.

A colega não se deu por vencida:

— E você acha o quê? Que simplesmente conseguirão entrar, resgatar seus amigos e sair? Que vai ser fácil assim?

— Eu não tô dizendo que vai ser fácil. Mas você não conhece os caras com quem vivo. Eles são tipo uns boinas verdes, sem brincadeira. É tipo aquele filme do Stallone, *Os Mercenários*... tudo casca-grossa. Fora isso, pensa bem: se nós conseguimos sair, então eles conseguem entrar.

Felícia levou as mãos à cabeça:

— Júnior, entenda uma coisa, o Bispo vai perceber que eu desapareci em poucas horas. Na verdade, ele já deve saber que você desapareceu. Quanto tempo acha que vai levar até ele fazer a conexão? Até sacar que, como nós já conversávamos antes da chegada de vocês à Catedral, devemos estar juntos?

Duda a interrompeu, temerosa:

— Acha que virão persegui-los? Que poderão segui-los até aqui?

Felícia a tranquilizou:

— Não, isso não. Eles não sairão da Catedral de jeito nenhum; sentem-se seguros demais lá dentro para isso. Mas também não ficarão impassíveis. O Bispo não se aventura fora dos limites dos muros, mas dentro deles gosta de pensar que é Deus. Ele procurará saber como fugimos e, uma hora ou outra, vai encontrar a portinhola. E vai fortificá-la, pode ter certeza. Ele não vai nos perseguir, mas não se iluda: a segurança na Catedral vai dobrar!

Júnior bateu na mesa, mas não de forma agressiva, e sim quase ironizando o que ela havia dito:

— É por isso que preciso buscar socorro o quanto antes!

Quando Felícia foi protestar mais uma vez, Duda disse:

— Ele está certo, garota. Se seu pessoal não responder, que alternativa lhe restará?

Ficaram quietos por alguns momentos, saboreando a refeição, até que o técnico sentiu necessidade de se explicar novamente:

— Ouçam, isso não é algo que eu queira fazer. Não estou nem um pouco a fim de pegar o carro e cruzar essas estradas sozinho pra chegar até o Ctesifonte. Mas se ninguém responder pelo rádio, não terei opção. Não posso deixar Manes e Espartano presos nem posso resgatá-los sozinho. Acho que dessa vez o Destino tirou a escolha das minhas mãos.

Duda sorriu e, com gentileza, inclinou o corpo sobre a mesa. Tomando as mãos dele, disse:

— Nós sempre temos escolha. O caso é que sua alma é boa demais pra optar pelo outro caminho.

Ele fez cara de quem não entendeu, e Felícia explicou:

— Tonto! Ela está dizendo que você poderia muito bem esquecer toda essa merda e ficar aqui numa boa.

Ele respirou fundo, os olhos mirando o vazio por um momento, e então afirmou, recolhendo as mãos:

— Não... Não é uma opção. Isso eu não poderia fazer.

Felícia deu uma gargalhada e, voltando-se para Duda, falou:

— Não é uma graça? Todo corajoso...

A anfitriã, percebendo o flerte, descontraiu o ambiente com uma piada, aliviando a tensão. Antes de se levantar e carregar consigo os pratos para a cozinha, falou:

— Resolveremos tudo isso amanhã. Agora chega de pensar nisso.

O trio reuniu-se na sala, e contou histórias engraçadas e confidências. Brincaram de Jogo da Verdade, para o que Duda buscou uma garrafa de aguardente que reservava para uma ocasião especial:

— Pinga de banana? — disse Júnior. — Minha nossa, há quanto tempo não tomo algo assim.

— Pois é! Já estava cansada de deixar guardada, mas não via motivos para tomá-la sozinha. Beber quando se está só é quase deprimente, mas, quando se tem companhia, vira festa.

— É mesmo... — concordou Felícia. — Nunca havia pensado nisso, mas você tem razão. Tipo aqueles bêbados que ficavam nos botecos da Era A.A. Era horrível...

— E aquela história de "dar um gole pro santo"? Quer dizer, que porra é essa? Além de ser algo completamente maluco, era também politicamente incorreto.

— Como assim?

— Embebedar o santo? Parou pra pensar nisso? Coisa de louco!

As meninas deram risada. Em meio aos assuntos, Felícia contou uma história que Júnior desconhecia:

— Tinha esse cara... ninguém sabe o nome dele, porque ele não assinou seu trabalho. Mas o caso é que ele era um puta músico bom. Tinha estudado num conservatório, cantava e tocava violão. O negócio é que ele tinha um bom equipamento de gravação, computador, amplificador, todos aqueles programas modernos de edição...

— E aí?

— Bom, o cara começou a compor algumas músicas e a gravar. Registrando o cotidiano do mundo pós-Dia Z. É tudo bastante melancólico, mas eu tive chance de escutar. Bem legal. Tornou-se o primeiro trabalho artístico musical conhecido da Era do Apocalipse.

— Opa, como assim você escutou? Você conheceu ele? — intrometeu-se Duda.

— Não. E essa é a parte sinistra. Ele gravou meia dúzia de canções. Mas, ninguém sabe como, os infectados invadiram o seu estúdio bem no meio de uma gravação e o mataram no ar. Sem brincadeira.

— Caceta!

— Pois é. Mas a história não acaba aí. O que aconteceu é que uns tempos depois, três amigos, procurando mantimentos, foram parar na casa dele. Viram seu corpo morto e todo aquele equipamento de gravação. Um dos caras calhava de ter trabalhado na indústria musical no passado. Pra resumir a ópera, ele fuçou no computador, encontrou as versões preliminares das músicas, juntou tudo e "queimou" um CD. E depois, de forma gradativa, esse CD começou a se espalhar e virou meio que um símbolo.

— Símbolo? Do quê?

— Da força das pessoas. Da tenacidade humana. Da nossa capacidade de não nos entregar e de fazer as coisas que gostamos, que nascemos pra fazer, mesmo à beira da morte.

Eles ficaram em silêncio, até Duda murmurar:

— É uma história triste, mas bonita. Gostaria de escutar essas músicas um dia...

Seguiram conversando sobre temas diversos e, ajudada pela capacidade de desinibição do álcool, Felícia permitiu que seu lado *nerd* aflorasse, explicando para Júnior uma interessante teoria:

— A importância da cultura pop nas últimas décadas da era A.A. vai além do mero entretenimento. Acho que as pessoas não se deram conta do tanto que ela foi um constructo social, político e até espiritual. Da forma como eu entendo, a cultura pop, em todas as suas formas de expressão, cinema, televisão, livros, quadrinhos, música, tornou-se uma reengenharia social.

— Como assim? — Júnior já estava bêbado e deu corda.

— As novelas eram utilizadas como instrumento para construir a confiança do público em determinado assunto, preveni-lo ou educá-lo. Quando tivemos vários problemas com a alta tecnologia, desde a explosão de ônibus espaciais até acidentes com geradores nucleares, filmes e livros de ficção científica foram instrumentos importantes na reconquista da confiança das pessoas na ciência. Desenhos animados incutiam nas crianças valores que precisavam ser fixados desde cedo.

— Dá mais um exemplo!

— Filmes como *Rambo* ajudaram a fortalecer a identidade dos Estados Unidos após escândalos como Watergate e a Guerra do Vietnã, mesmo com as pessoas vivendo em uma sociedade completamente beligerante.

Júnior contestou:

— Dá um tempo! Isso todo mundo sabe. Reagan chegou a citar *Rambo* em discursos durante sua candidatura para presidente. Mas isso é história antiga... Vai ter que fazer melhor do que isso pra me convencer de que cultura pop era... Como você falou?

— Reengenharia social.

— Isso!

— Pois bem. Pensa em como *O rei leão* construiu uma consciência ecológica que foi fundamental para toda uma geração que estava preocupada em salvar o mundo e recuperá-lo do desastre que seus pais haviam cometido, tendo dilapidado os recursos naturais do planeta.

De repente, Duda bateu palmas. Ela também estava trançando as pernas de tão bêbada:

— É uma teoria brilhante. Mas agora tenho uma pergunta importantíssima a fazer.

— O que é? — Júnior estava curioso.

— Vocês topariam fazer sexo a três?

Os outros dois protestaram imediatamente, mas Duda levantou a mão, pedindo calma, e elucidou:

— Tudo bem, tudo bem. Eu já sabia. Mas se não querem fazer a três, espero que façam a dois.

Duda se levantou cambaleante, antes de completar:

— Eu vou dormir.

O casal ficou sozinho na penumbra da sala, iluminada apenas por velas. Lá fora, grilos podiam ser escutados, assim como o vento sacudindo levemente a copa das árvores. Por um instante, tudo parecia correto e em paz no mundo.

Felícia sorriu. Seu rosto era cheio de sardas, o que lhe dava um aspecto sapeca e divertido. Ela ficou esperando que Júnior dissesse alguma coisa, mas o técnico parecia estar, pela primeira vez desde que tinham se conhecido, sem palavras. Enfim, ela falou:

— Faz muito tempo...

Ao que ele completou de imediato:

— Pra mim também.

— Você vai mesmo até sua comunidade amanhã?

— É provável.

— Eu quero ir junto.

Júnior se surpreendeu:

— De jeito nenhum. Vai ser perigoso e não quero...

— Vai fazer o que, então? Me deixar aqui?

— É o mais seguro!

— Talvez eu não queira o mais seguro!

Eles começaram a falar de forma mais instigante, intensificando o nível da conversa e, inadvertidamente, se aproximando um do outro:

— Então, você quer o quê?

— Talvez eu só queira mais um copo de pinga, um bom beijo e uma cama quente.

— Nessa ordem?

Eles chegaram ainda mais perto, rostos quase colados.

— Nessa ordem!

Ambos viraram seus respectivos copos e se atracaram no centro da sala, trocando um beijo longo e apaixonado. Quando finalmente se separaram, ele perguntou:

— Seu quarto ou o meu?

— O meu tem cama de casal! — foi a resposta.

O resto da garrafa os acompanhou ao piso superior e, ao menos por uma noite, os dois puderam se esquecer de todo o resto.

CAPÍTULO 89

— Droga, agora não. Agora não! — murmurou Espartano. Ele conseguiu caminhar com segurança pelos corredores da Catedral, desceu até o primeiro andar e estava no meio do lance de escadas para chegar ao térreo quando topou com um contingente de homens que vinham subindo. Eles não o tinham visto, pois ele estava caminhando furtivamente, porém foi obrigado a voltar correndo. Ninguém poderia notar sua fuga até que ele chegasse a um veículo (daquele ponto em diante, provavelmente não teria mais jeito); ele bem sabia que não tinha como enfrentar a Catedral inteira.

Tentou dobrar para o corredor de onde viera, mas escutou vozes vindas do lado oposto e viu-se encurralado. "Merda!", pensou várias vezes, enquanto analisava as opções. Não queria subir mais um lance. Seu objetivo era sair da comunidade, e não se embrenhar cada vez mais nela, então começou a forçar as portas que estavam dispostas em intervalos regulares no corredor. A primeira, trancada. As vozes estavam ficando mais altas, os passos dos guardas subindo as escadas pareciam cascos de búfalo batendo contra a pedra nua naquele silêncio sepulcral que eram os corredores da Catedral. Forçou a segunda; também trancada. Rumou para a próxima. Olhou para a quina do corredor, onde a sombra das pessoas já começava a apontar. Girou a maçaneta. Ela respondeu a seu pedido e abriu. Espartano entrou ofegante, fechando a porta atrás de si, com cuidado para não batê-la.

Grudou as costas na porta, temeroso, como se a parede estivesse caindo e, com seu corpo, ele a estivesse segurando; esperou o som das vozes do lado de fora passar e se afastar. Seu tempo se abreviava; não demoraria muito para que dessem falta das sentinelas que ele surpreendeu em seu quarto e iniciassem uma busca pela comunidade. Pensou pelo menos uma dúzia de vezes se não deveria fazer algo para ajudar Manes, mas, cada vez que cogitava o assunto, concluía que a melhor opção que poderia oferecer ao líder do Ctesifonte seria fugir e retornar com reforços. Claro que era um risco, porém, se ele bobeasse, seria capturado novamente, e as chances de ambos se reduziriam a zero.

E foi naquele momento de elucubração que começou a olhar ao redor, tentando discernir o que via dentro daquele cômodo.

— Que porra é essa?

Afastou-se da porta, já seguro de que ela não cairia, e avançou para o interior da sala. Era um local amplo, porém estava atulhado de todo o tipo de parafernália. Do lado direito, dezenas de gaiolas utilizadas no passado para prender animais — provavelmente cachorros de grande porte, como um são-bernardo ou um fila brasileiro — se amontoavam em duas grandes fileiras, cada uma com dois andares de gaiolas. Havia pelo menos trinta delas, quase nenhuma vazia. Espartano aproximou-se da primeira fileira, olhou por entre as barras de metal da gaiola de cima, na ponta, e quase caiu de costas. Lá estavam os olhos raivosos de um contaminado encarando-o de volta, sua face parcialmente oculta pela iluminação parca, que fazia nascer sombras por todo o local.

A criatura não uivou, não rosnou. Na verdade, nem sequer se moveu. Apenas o acompanhou com os olhos, dissecando seus movimentos, como se, por meio da observação, apreendesse toda a riqueza e complexidade do ser humano que estava diante de si.

Espartano deixou seus olhos correrem rapidamente por todas as gaiolas e identificou infectados comprimidos dentro de cada uma delas. Alguns estavam em condições um pouco melhores, mas havia outros deploráveis. Uma mesa cirúrgica na extremidade oposta e um armário de remédios e de instrumentos médicos completavam parte do cenário, denunciando o óbvio: experiências com contaminados estavam sendo promovidas ali. E mais: em volta da mesa, havia uma dúzia de cadeiras, o que indicava que pessoas assistiam aos procedimentos – com qual propósito, Espartano só podia conjecturar.

Ele se aproximou da mesa. Havia amarras de couro, como as utilizadas em antigos hospícios para manter o paciente preso à cama. O chão gozava de uma camada de sangue coagulado, que, ao redor da área de cirurgia, praticamente formava outro piso. Nenhum contaminado uivou, mas, estando agora no centro da sala, bem de frente para as duas fileiras de gaiolas, Espartano era o centro das atenções. E, como tal, sessenta olhos o fulminavam.

Mal tivera tempo de digerir a informação quando escutou a maçaneta girar. Teve apenas uma fração de segundo para ocultar-se atrás de um pilar, de onde observou um homem vestindo jaleco branco entrar. Ele não era muito velho – provavelmente estava na casa dos quarenta –, mas sua cabeça trazia uma calvície precoce na altura da testa, e as laterais, que ainda tinham cabelos, estavam grisalhas. Ele era baixo, tinha o rosto redondo e usava um antiquado bigode preto e bastante cheio.

Assim que ele entrou e foi visto pelos infectados, uma ovação principiou dentro do cômodo, com os prisioneiros segurando as grades de suas gaiolas, sacudindo-as e gritando enfurecidamente. O homem passou reto por eles, todo apressado; em resposta à péssima recepção, disse:

– É, eu sei, eu sei. Não precisam fazer isso todas as vezes.

Espartano continuou oculto para ver o que aconteceria. O médico deixou algumas coisas que trazia em um canto e começou a preparar a maca, afrouxando as amarras. Seu olhar parecia desvairado, quase os olhos de um cientista louco estereotipado; os maneirismos eram afetados, e o tempo todo ele ficava falando baixinho sozinho, fazendo perguntas e dando respostas que Espartano não conseguia escutar.

O batedor reconheceu alguns instrumentos cirúrgicos que ele separou para deixar próximo da mesa, e o viu apanhar uma seringa e enchê-la com um líquido transparente – provavelmente um anestésico. Contudo, assim que o médico virou-se na direção das gaiolas, com os contaminados gritando como se fossem porcos indo para o abate, o guerreiro saiu de trás da coluna, mirando sua arma na cabeça do médico.

— Solte isso. Agora!

O outro estancou no lugar, seus olhos arregalados, congelados numa expressão de medo.

— Eu mandei soltar!

A seringa caiu no chão.

— Vire-se — ordenou Espartano, revistando o médico brevemente para garantir que não haveria surpresas. Ao constatar que a figura estava desarmada, virou-o de frente com brutalidade, puxando-o pelos ombros. Depois, perguntou:

— Qual é o seu nome?

— Josef. Mas o pessoal me chama de Beppo.

— Que bosta de apelido é esse, Beppo? Anda, vai pra lá! — Espartano empurrou-o para o canto oposto, procurando ficar o mais longe possível da porta de entrada. — Então... Experimentos, certo? Aposto que você não é muito popular entre esses contaminados.

— Eu sou um homem da ciência! — devolveu o outro, tentando manter certa dignidade, mas no fundo estava apavorado demais para ser convincente.

— Homem da ciência? Sei. Conheço o tipo...

Enquanto falava, Espartano observava melhor os contaminados separados nas duas fileiras e entendeu o que se passava. A fileira de criaturas em melhores condições era a de "pacientes" que ainda serviriam aos propósitos do médico, quaisquer que fossem eles. Os da outra fileira, contudo, já deviam ter sofrido algum tipo de intervenção maluca. Eles estavam mutilados, com graves infecções no corpo, desnutridos, sofrendo de todo tipo de mazela e moléstia. Espartano perguntou, num tom irônico:

— E o que a sua ciência descobriu, dr. Beppo?

— Estou desbravando um caminho e estabelecendo as bases para o que, no futuro, será a pesquisa mais importante da humanidade. Veja... essas pessoas, por algum motivo, foram revertidas (ou convertidas, ainda não sei bem) a esse estado brutal e primitivo. Deve haver uma maneira de trazê-las de volta ao que eram. Estou muito próximo de descobrir que maneira é essa.

— Não diga. E o que essas suas pesquisas, esses seus experimentos mostraram? — Espartano estava dando corda, mas o médico, interpretando como se o batedor estivesse interessado de fato, o que mostrava seu grau de insanidade, começou a se empolgar:

— Por exemplo, veja esta criatura aqui. — O médico caminhou até uma das gaiolas e mostrou um contaminado bastante avariado, com a vista completamente apodrecida em nível tal que embrulhou o estômago de Espartano. — Você percebe, pela cor de seu cabelo e pelos traços de seu rosto, que ele era um jovem loiro e bonito, talvez descendente de uma família alemã ou de algum lugar da Escandinávia? Esse jovem provavelmente tinha olhos claros — azuis, creio eu. Mas, ao ser contaminado por essa... essa... essa "coisa" — ele não parecia encontrar palavra melhor —, ganhou esse olhar vermelho, demoníaco.

— O que você fez?

— Eu estou devolvendo seus lindos olhos azuis. Ele vai voltar a ser como antes!

A mente de Espartano fez algumas rápidas conexões com base em um material que estava bem próximo da gaiola e o estado daquela vítima torturada e, então, falou:

— Você injetou tinta azul nos olhos dele? Pelo amor de Deus, me diz que você não fez isso!

Beppo prosseguiu:

— Veja este aqui. Ele está revertendo à forma humana da maneira mais simples. Eu uni as veias de seu corpo às veias de pessoas não contaminadas e permiti que houvesse a troca de sangue. Veja como ele já está bem melhor...

Tudo o que Espartano via, contudo, era um braço operado por um açougueiro. Padecia de uma terrível infecção, que subia pelo membro e chegava à altura dos ombros, deixando tudo preto e necrosado. O batedor não queria nem imaginar o que havia sido feito da pessoa — ou pessoas — que havia sido costurada àquela criatura.

— Você é um louco desgraçado! Meu Deus, você...

— Deus? De novo essa palavra? Não há lugar para Deus neste mundo. Einstein disse que as religiões são vividas, sobretudo, como angústia. Deixe Deus para os fanáticos do lado de fora desta porta. Aqui nós...

A frase foi interrompida por um violento tapa desferido no meio do rosto do médico, que o arremessou no chão. O homem, surpreso com o golpe, emudeceu e não ousou se levantar; ficou caído, esfregando o local da pancada, descrente de ter sido agredido daquela maneira. Espartano foi até ele, acocorou-se a um metro e meio de distância e falou calmamente:

— Seu maluco do caralho, o negócio é o seguinte: daqui em diante, você só abre a boca se eu te perguntar algo. Entendeu?

O homem não respondeu. Continuou encarando-o com os olhos esbugalhados, o que fez com que o batedor desse outro tapa em seu rosto, dizendo:

— Eu acabei de perguntar. Responda! Entendeu?

— Entendi.

— Muito bom. Assim vamos nos dar bem. Minha primeira pergunta é a seguinte: você vai fazer aquilo que eu mandar ou vou ter de ficar nervoso?

— O senhor está no comando.

— Ótimo. Que bom ver que você entendeu. Você tem cinco minutos para matar de forma indolor todas as criaturas do lado de cá... as que já sofreram experiências.

Por um instante, o homem deixou a flama do cientista vir à tona, elevando o tom de voz ao dizer:

— O quê? Ficou maluco? No futuro, essas experiências serão vitais para...

Uma pancada com a lateral da arma no crânio do médico produziu um baque seco e o fez esparramar-se no chão novamente. Agora quem havia se irritado tinha sido Espartano, que esbravejou:

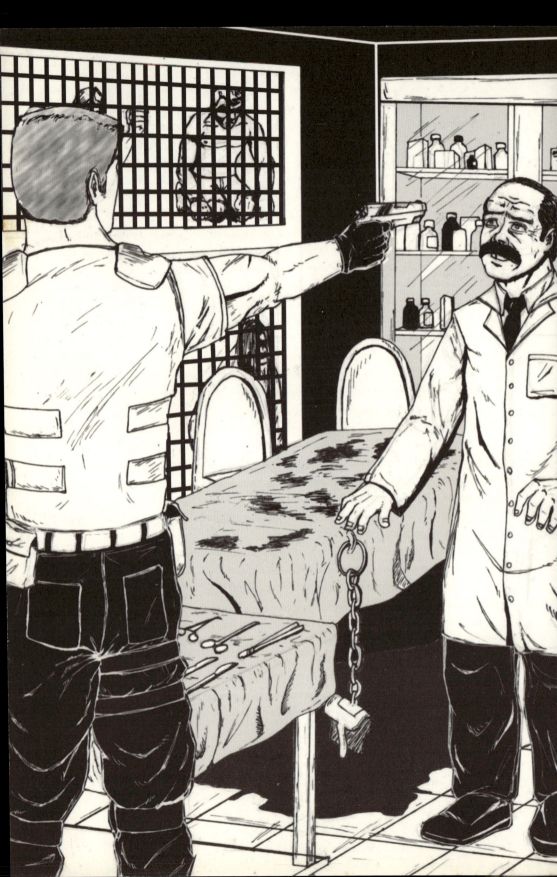

— "Vitais"? De que forma aquela merda ali vai ser vital? — Ele apontava para um contaminado estático em uma gaiola, seu crânio esmagado por ter sofrido algum tipo de pressão horrível; provavelmente colocado em uma morsa hidráulica ou algo do gênero. O médico tentou argumentar:

— Eu precisava saber até que ponto eles conseguem aguentar para...

— Ouça, Beppo. Você está falando sem que eu mande. Lembra-se do que combinamos? Eu já matei homens por muito menos do que essa merda toda que você fez aqui, entendeu? Mas acho que vou precisar de você pra conseguir sair deste lugar maldito, então vou te poupar... por ora. Mas não me teste. Nós vamos sair da Catedral e você vai me guiar por esses corredores, mas eu não vou ficar com essas criaturas na consciência, então trate de acabar com elas sem sofrimento, antes que eu comece a usar seus instrumentos em você. Entendeu?

O outro fez um sinal de positivo com a cabeça.

— Então, mãos à obra!

Beppo levantou-se muito a contragosto e começou a tomar as providências para obedecer ao batedor. Enquanto isso, Espartano sentou-se um pouco em uma das cadeiras, cansado de toda aquela loucura, abalado pelo que vinha passando. Será que só havia sobrado pessoas malucas no mundo? Ele olhou à sua volta e não só percebeu como admitiu para si próprio que tudo aquilo lhe havia afetado. Reconheceu que não era mais um homem firme e amurado; a rocha sólida havia se abalado.

Infelizmente, aquele médico desgraçado estava certo em uma coisa. Se existia um Deus, ele havia abandonado seus filhos. E ele, Espartano, sem dúvida, tinha ido parar bem no epicentro de todo o mal. Percebeu que não suportaria ficar nem mais um instante na Catedral. Sentiu saudades de Conan e das conversas que tinham. Uma pontada feriu seu coração, a dor das lembranças, a vergonha dos arrependimentos, o medo daquilo que ele se tornara.

CAPÍTULO 90 – O CATIVEIRO DE MANES

Dia 1

— E então? — perguntou o Bispo. — O que acha de suas novas acomodações? Espero que goste, pois passará boa parte do seu tempo aqui!

Manes não respondeu, mas, inadvertidamente, olhou à sua volta, fazendo um reconhecimento do local. Estava em um cômodo que era um misto de quarto com calabouço, claramente adaptado para acomodar um prisioneiro. Sabia que estava no segundo andar da construção, mas não exatamente onde. O recinto era completamente fechado, estreito e sem janelas, com um pé-direito de pelo menos quatro metros de altura. A única mobília era um colchão velho e bolorento, colocado na extremidade oposta à porta de entrada, reforçada por trancas de metal. Na parede, duas argolas grossas haviam sido chumbadas e ligadas a correntes de elos fundidos que foram presas aos punhos dele por meio de algemas convencionais.

O Bispo olhou para um homenzinho de aspecto medíocre que os acompanhava e fez um sinal com a cabeça. O homem, obedecendo ao que lhe fora ordenado, saiu da cela e retornou alguns segundos depois com um prato.

— Frango assado — disse o Bispo. — Espero que você não seja vegetariano.

Manes estava faminto e, assim que o prato lhe foi entregue, começou a comer vorazmente e sem cerimônia. Seu anfitrião sorriu, encarando aquilo como uma vitória:

— Assim que você saciar a fome, poderemos conversar.

— Não temos nada pra falar — grunhiu o prisioneiro, com a boca cheia.

— Temos, sim, sr. Manes. Há coisas que preciso perguntar, coisas que quero saber. Coisas que serão elucidadas pelo seu conhecimento.

— A única coisa que você precisa saber é que, se ficar ao alcance destas mãos, terá o pescoço partido.

O Bispo forçou uma gargalhada, mas os guardas que cercavam a dupla estavam tensos. Jamais tinham visto alguém afrontar daquela maneira o seu líder, uma pessoa que, embora carecesse de qualidades físicas, era tremendamente temido e respeitado. De fato, a sensação que tinham era a de que, a qualquer instante, Manes arrebentaria aqueles elos da parede e saltaria sobre o líder da Catedral, para torcer seu pescoço como se faz com o de uma galinha.

— Devia tomar cuidado, meu caro. Não se deixar dominar pelo ímpeto que move as emoções. Eu posso tornar sua estadia aqui muito desagradável...

Agora foi a vez de Manes rir. A diferença é que a risada dele foi sincera:

— Táticas de interrogatório? Comigo? Está falando sério? Estabelecer laços, me alimentar, fazer o jogo da conquista apenas para entrar com a intimidação logo em seguida? Não se preocupe, Bispo, eu conheço todas elas. E, de cara, já adianto que você está fazendo tudo errado.

— Estou?

— Está! Não me deu tempo para digerir nenhum de seus movimentos, para absorver a estratégia. Você deveria ter apresentado outra figura para inspirar confiança, algo como o famoso "tira bom, tira mau" dos filmes. Primeiro, uma pessoa que finja uma identificação comigo, que converse mole, que diga não concordar cem por cento com a estrutura da Catedral e que possa contrastar com o segundo interrogador, um homem brutal e sombrio. Ganhar a confiança por contraste não funciona se as duas versões estiverem incorporadas na mesma pessoa.

O Bispo deixou escapar um sorriso sem graça e ficou observando seu prisioneiro comer de forma despreocupada. Enfim, falou abertamente:

— Você veio me procurar para expor um plano. Pretendia reunificar a sociedade ou algo assim. Tinha uma visão de como restabelecer não só o funcionamento social de um grupo, mas também de como isso poderia ser executado na prática. Quero que me conte em detalhes tudo o que tinha em mente.

Manes sugou o tutano dos ossos do frango, lambeu os dedos engordurados e respondeu, de forma seca:

— Não!

— Não?

— Aqui tem eco? Eu disse que não! Você não vai tirar uma vírgula de mim. Acostume-se com essa ideia. O tempo de cooperação e diálogo já passou. Nossa relação agora é outra.

De repente, um jovem e negligente sentinela, cansado de ver o Bispo ser insultado por um homem que estava desarmado e acorrentado, deu um passo à frente e decidiu que mostraria quem estava no comando da situação dando um chute certeiro na costela de Manes. Infelizmente para ele, o líder do Quartel havia quase regredido a seu estado mais primitivo e agressivo, com todos os instintos à flor da pele, pronto para revidar ou para se defender de qualquer situação. Assim que o homem entrou em seu raio de ação, com enorme velocidade, o prisioneiro aplicou-lhe uma rasteira, derrubando-o de costas no chão, bem à sua frente; e antes que qualquer um pudesse reagir, cravou na vista do soldado, como se o estivesse apunhalando, a coxa de galinha que segurava.

O homem soltou um grito díscolo e desesperado, debatendo-se e arrancando da cavidade o osso, que saiu com parte do globo ocular enfiada nele. O Bispo praticamente entrou na frente de Manes e dos demais guardas, ordenando-lhes com energia que eles não atirassem, na tentativa de conter o súbito pânico dos jovens, que ele sabia que se instauraria:

— Não atirem! Não atirem!

O prato do batedor havia caído no chão. Como se nada tivesse acontecido, ele acomodou-se novamente, recolheu os pedaços de frango que haviam se esparramado e continuou a comer. Irado, o Bispo ralhou:

— Uma coxa de galinha? Sério que você fez isso? Aquele jovem perdeu a visão de um olho para o resto da vida! E a troco de quê?

Duas outras sentinelas ajudaram o vitimado a sair da cela, arrastando-o com cuidado. A visão de seu rosto era uma coisa horrível: o globo ocular estourado, vazando líquidos, sangue e gosma.

— Você *quer* morrer? — indagou o Bispo. — É isso? Quer que a gente te mate? Foi por isso que veio para cá? Cometeu tantos erros na vida que não é capaz mais de se olhar no espelho sem se odiar?

De repente, Manes desviou o olhar da comida para ele, fulminando-o.

— É isso! Então é isso! Você está assim tão amargurado por dentro, Manes? Eu sei o que deve estar sentindo; o ônus da decisão é uma carga bastante pesada, e não é qualquer um que consegue carregá-la. Não, não adianta disfarçar. Agora consigo ver claramente através dessa sua casca. Você errou! Errou feio, e suas ações resultaram em algo horrível demais para que você conseguisse administrar; mesmo um homem duro como você... O que foi que você fez? Causou a morte de algumas pessoas? Não... certamente não seria uma morte que abalaria alguém como você, mas... Quem sabe a morte de uma pessoa querida? Estou certo?

— Então você é vidente, agora, Bispo?

— Não há necessidade. Como já disse, você se tornou transparente. Diga-me uma coisa, apenas para satisfazer minha curiosidade: essa sua incursão até aqui... O que a motivou, afinal? Tudo isso, toda essa charada, não passa de uma carta de suicídio que você não teve coragem de assinar?

Manes colocou o prato de lado depois de terminar de comer. Então, medindo cada palavra com cuidado, disse raivosamente:

— Você não vai tirar nada de mim, seu pedaço de merda! Pode esquecer! Os negócios que eu queria ter com você estão encerrados.

— Veremos! Agora que já sei quem você é, logo saberei o que fez. E então veremos! Eu vou te quebrar, Manes! Eu vou... E tenho certeza disso por um único motivo: sou mais forte do que você.

— Você só quebra homens fracos, que não podem se defender. Homens que choramingam, que não sabem suportar a dor... que não *conhecem* a dor! É um canalha covarde que traz a morte nos olhos, mas que é incapaz de bater de frente com alguém que saiba revidar!

— Ah? Então agora eu trago a morte nos olhos? Curiosa essa sua observação, já que você veio até aqui implorar a minha ajuda. Suplicar que eu e meus homens entrássemos nessa jornada maluca que você tinha em mente, qualquer que fosse ela. Não finja ser o que não é, Manes. Você não é perspicaz, inteligente ou manipulador. Não é um bom gerente ou administrador. Não passa de um brutamontes, um brucutu, um guerreiro, na melhor das hipóteses. Você está perdido, absolutamente perdido; não sei o que era o seu norte, mas, se é que ele já existiu, consigo dizer sem medo de errar que ele se foi. E mais: tenho certeza de que foram suas ações e decisões que levaram sua comunidade à ruína!

Manes levantou-se lentamente. Todas as armas foram apontadas contra ele, de forma simultânea, mas ele as ignorou, caminhou vagarosamente até o limite das correntes, a pouco mais de um metro do Bispo, e disse, firmando sua atenção no líder da Catedral:

— Você não vai me quebrar!

— Veremos...

Dia 3

— Como você se sente depois de dois dias sem comer? É uma sensação única, que nos coloca em contato com camadas mais profundas de nós mesmos. Sabe, certa vez tivemos um prisioneiro aqui que me desafiou. Ele não era durão como você; longe disso. Não era esse cara bruto, cujo olhar feroz faz com que meus melhores guardas tremam e mantenham distância. Ele era o que chamamos, por aí, de borra-botas. — O Bispo riu sozinho do termo. — Para o azar dele, esse prisioneiro, em um ato impensado, fez algo que não devia: cuspiu na minha cara. Para piorar, ele fez isso no palanque, na frente de todos... De toda a Catedral! Vou te contar uma história: ao ser contrariado daquela maneira, fiquei irado, como poucas vezes na vida. Mas, ao mesmo tempo, não posso negar que gozei de certo júbilo, porque a manifestação do povo diante de tal ato foi tão violenta e visceral que achei que eles iam invadir o palco ali mesmo e despedaçá-lo. Foi por pouco que não aconteceu, e aquilo me mostrou o quanto eles me idolatram. Claro, não tenho ilusões; sei que as massas podem ser voláveis, mas, ao mesmo tempo, percebi que a maioria está do meu lado. Sabe o que aconteceu com o prisioneiro? Ele precisava servir de exemplo, então não podia sobreviver, mas resolvi aproveitar a oportunidade e, simultaneamente, aplacar minha raiva e satisfazer uma curiosidade. Decidi testar uma coisa que aprendi na escola quando tinha apenas dez anos de idade. Você deve ter aprendido também. Na escola dizem que o corpo humano só consegue ficar duas semanas sem comida. Recorda-se disso, das aulas de Ciências? Eu já havia lido alguma coisa sobre o assunto depois de adulto, e descobri que, na verdade, esse número varia, o que é bastante lógico; tudo depende da sua condição física, se você é uma pessoa gorda, com excesso de nutrientes, ou magra. Dizem que o recorde do jejum é de cinquenta dias. Consegue imaginar algo assim, Manes? Se já sentimos desconforto quando não comemos por algumas horas, consegue pensar em um mês inteiro sem comer nada? Quanta fome se pode sentir, a ponto de percebê-la devorando você por dentro? Decidi observar esse prisioneiro e manter uma ata, minha própria experiência escolar; ver quanto tempo ele conseguiria resistir. Bolei um registro detalhado e apurado, dia após dia, de tudo o que acontecia. Sabe quanto tempo ele aguentou? O quê? Não vai falar comigo hoje? Guarda, afrouxe a mordaça dele... eu espero.

— OK. Sinta-se livre para me interromper se quiser perguntar algo; afinal, esta é uma conversa. Pois bem, como eu dizia, esse prisioneiro não durou tanto quanto eu esperava. Foram apenas vinte e oito dias. Mas eu não estava querendo quebrar nenhum recorde de longevidade, nem nada assim; minha curiosidade restringia-se a saber o que acontece ao corpo e à mente quando privados de uma de suas funções mais básicas. Não são apenas fome e debilidade, sabe; é a necessidade física em si. Claro, as funções celulares começam a perder toda a força e se tornam incapazes de realizar seu trabalho. Nosso metabolismo, como você deve saber, é o que transforma comida em energia; sem alimento, ele começa a devorar o próprio corpo, porém há mais por trás disso. Ainda ocorre a deterioração do pensamento, do raciocínio, a clara transformação de uma mente racional em um estado não civilizado e bruto. É o ser humano canibalizando a si próprio em todos os sentidos — uma coisa assombrosa de se ver. Percebi que, em ambientes frios, o corpo precisa utilizar mais energia para manter seu funcionamento apropriado, então a cela onde o prendíamos influenciava sua condição física. A coloração da pele muda em poucos dias... Os lábios, até mesmo os brancos dos olhos. Contudo, o mais impressionante, como já dei a entender, não é o que ocorre ao corpo, mas sim à mente. Em apenas vinte e oito dias, aquele homem perdeu toda a coesão e a coerência, tornou-se incapaz de formular ideias, de articular palavras, sequer de realizar as operações mais simples. Ele enlouqueceu em apenas vinte e oito dias. É algo que nos faz pensar, não? Qual é o limiar que separa a normalidade da loucura? Vinte e oito dias? Há teorias que afirmam categoricamente que apenas um dia ruim separa a sanidade da loucura. Um... dia... ruim. Recordo-me que, no fim das contas, ele estava mordendo a parede e mastigando o tijolo. Quem, em sã consciência, faria uma coisa dessas? Arranhar o próprio corpo, escrever com sangue nas paredes... Realmente, é algo espantoso. Será que essa fome também atormenta os contaminados? É um pensamento interessante esse...

O Bispo fez uma pausa. Olhou para seu prisioneiro, que estava estirado no chão, preso pelas mãos e pelas pernas, e que havia sido violentamente espancado pouco antes do início do monólogo. Então, gritou:

— Guarda. Solte-o dali e alimente-o. Deixe apenas as algemas dos punhos, como antes. Eu o quero nutrido.

— Sim, senhor!

— E guarda...

— Senhor?

— Cuidado!

Dia 4

— Você é um desgraçado! Como pode matar a própria mão que o alimenta? O moleque tinha apenas dezessete anos!

Manes respondeu:

— Não venha me culpar disso, Bispo. A responsabilidade da morte do garoto e de todos os demais está nas suas costas!

— Ah, então é isso? Você os mata, mas eu sou o "anjo da morte"? O moleque estava te trazendo comida, pelo amor de Deus! O que devo fazer? Deixar que morra de fome?

Manes levantou-se e, como já estava virando costume, caminhou até o limite a que as correntes lhe permitiam chegar. Então, estendeu os braços, deixando os dedos em forma de garras, apenas alguns centímetros distante da garganta de seu anfitrião, e rosnou como um bicho do mato:

— Eu avisei. Vou matar qualquer coisa que estiver ao meu alcance, até que consiga colocar estas mãos no seu pescoço! Vou matar seus guardas, serviçais, súditos ou quem quer que esteja à disposição. Se mandar uma mulher para meter comigo, vou quebrá-la como um graveto. Se um garoto vier me trazer comida, vou quebrar seu pescoço. Vou matar todos os que puder, sempre sonhando, a cada morte, que foi o seu pescoço que parti!

Impávido, o Bispo devolveu:

— Eu poderia simplesmente cortar seu suprimento de água e comida. Deixá-lo sofrer uma morte lenta e dolorosa, como a que relatei ontem.

— Então faça isso! Não tenho medo de você. E, por favor, corte esse teatro medíocre, pois sei que você não dá a mínima para esses moleques que o idolatram.

— Acha que não gosto de coisa alguma neste mundo? É isso? Que não respeito as pessoas que me cercam? Vida e morte são efêmeras, dois lados de uma mesma moeda, mas isso não significa que eu as anseio ou que fico indiferente diante dos que perecem sob o meu teto. Aqueles que ficam do meu lado gozam do meu apreço!

— Chavões e clichês vindos de você, Bispo? E eu que achei que você fosse um vilão de respeito! Mas parece que só sabe repetir frases feitas...

O homem levou o indicador ao próprio peito, com expressão de surpresa:

— Eu, o vilão? Você invade minha comunidade e planeja um golpe para me derrubar, e *eu* sou o vilão? Interessante...

— Não se faça de rogado. Só estamos nós dois aqui! Eu devia ter percebido no instante em que o vi. Na verdade, talvez eu tenha percebido, mas estava tão esperançoso de que poderíamos reconstruir o mundo, fazer algo digno nascer de toda essa podridão que nos cerca que fechei os olhos para todos os sinais, para tudo o que as pessoas a minha volta me alertavam. Eu causei isso a mim mesmo, talvez por causa da minha fé, ou talvez pelo desejo de ter fé!

— Nisso talvez tenha razão: sua sede de autodestruição o condenou, Manes. Nem mais, nem menos. Você se sabotou, sabotou sua própria vida. É como uma pessoa que, incapaz de viver um relacionamento feliz e saudável, maltrata o ente querido até o rompimento — e pode apostar que sei do que estou falando. Foi isso o que você fez, só não sei ao certo por que, mas sei que tem a ver com culpa! Suas ações são resultado de algo catastrófico, mas terá sido, de fato, a morte de alguém? De uma pessoa querida, provavelmente. Quem foi? Fale comigo!

— Você parece entender muito de morte, não? Já matou antes, certo? Várias vezes. Sim, eu sei que já. Dá para ver nos seus olhos. O que sente quando mata, Bispo?

O outro sorriu:

— Ora, você conhece a sensação...

— Na verdade, não. Eu matei em diversas ocasiões, não nego, mas na guerra ou para defender minha vida ou a de outros. Nunca foi um ato pessoal; nunca foi passional. Nunca foi por *prazer*! Não como o que você sente. Ou estou errado? Diga-me que não reconheci o fulgor dos olhos de quem tem prazer em destruir.

— Como eu disse, vida e morte são faces opostas da mesma moeda. Sabe quantas pessoas morriam por dia na Era A.A.? Milhares. Em uma guerra, eram milhões! E sempre há pessoas para substituí-las; por mais que um monte de gente morra, você olha para os lados e continua cercado. É uma praga, uma maldição essa tal de humanidade! Por que eu deveria me sentir mal por minhas ações terem colocado fim a determinada vida quando tudo faz parte de uma cadeia?

Manes levantou as sobrancelhas e questionou, em um tom mais afirmativo do que interrogativo:

— Você vem matando desde muito antes disso tudo? É isso o que está dizendo nas entrelinhas? Quem era você?

— Sabe o que é um predador alfa? É aquele que está mais alto do que os demais membros em uma cadeia alimentar, aquele que nenhum outro ser vivo do ecossistema é capaz de ameaçar!

— Então é isso? Você enxerga a si próprio como um predador? Tem uma visão romantizada de si e se enxerga como uma grande e perigosa fera? Um tubarão, talvez? Pois, para mim, é um homenzinho triste e furioso, que deve ter sofrido *bullying* quando era jovem, tinha ejaculação precoce e resolveu descontar a raiva e todas as frustrações em gente que não podia se defender. Quantas pessoas já matou? Cinco? Dez?

O Bispo deu uma gostosa gargalhada. Deu as costas sem nada dizer. Ao sair da cela, alertou a sentinela que estava na porta:

— Alimente-o, mas, pelo amor de Deus, tome cuidado! Aproveite pra passar o recado a todos: de agora em diante, ninguém entra nesta cela sozinho!

Dia 6

— Conte qual era o seu plano. Conte e tudo isso acaba, todo esse tormento pode chegar a um fim. Afinal, não foi pra isso que você veio aqui?

Duas sentinelas haviam passado a manhã inteira com uma faca incandescente, aquecida a ponto de ficar alaranjada como o Sol, queimando a pele dele. Várias marcas por todo o corpo: tórax, costas, braços, pernas, rosto. Mas a vontade do prisioneiro era férrea e irredutível. Ele nem ao menos gritava, permitindo escapar ora ou outra apenas um eventual grunhido. O Bispo estava ficando cansado daquele jogo. Não era o tipo de coisa que lhe dava prazer.

— Tudo bem, eu falo.

Os guardas se remexeram, permitindo-se sorrisos discretos, satisfeitos por terem, afinal, quebrado a vontade do prisioneiro — o que quer que aquilo significasse. Mas o Bispo, mais temerário e vivido do que os jovens, já sabia, pelo tom empregado, que não era o caso. Manes começou a explicar, falando com certa dificuldade por causa do inchaço nos lábios:

— Eu pretendia juntar todos em uma só reunião, todos os que realmente importam. Papai Noel, o Coelhinho da Páscoa e a Fada dos Dentes encabeçando o encontro. Assim, unidos, lutaríamos pelo futuro da raça humana!

O Bispo coçou a cabeça:

— Fada dos Dentes?

Manes deu de ombros e respondeu com ironia:

— Pareceu adequado...

Os guardas olharam para seu líder e insinuaram se deveriam retomar a tortura, mas o Bispo os dispensou, dizendo que gostaria de ficar a sós com o prisioneiro.

— Tem certeza, senhor?

— Sim. Eu ficarei bem. Não vou deixar meu pescoço perto de onde ele possa alcançá-lo.

Uma vez sozinhos, o homem ameaçou:

— Manes, Manes, Manes... O que vou fazer com você? Como se quebra um homem que não teme a própria morte, que não se importa com torturas físicas, que parece determinado em sua trilha de autodestruição, tendo chegado a um ponto sem retorno? Talvez seja hora de colocá-lo nos jogos... Quem sabe assim eu obtenha alguma diversão para o povo? O que acha? A data já está chegando, e tenho certeza de que as pessoas estão ansiosas para ver um invasor que veio destruir o equilíbrio da nossa bela comunidade se defender na arena.

— Eu não vou lutar por você! Não vou lutar para o seu prazer!

— Tenho certeza disso. Mas você é um assassino, Manes. Por isso nos entendemos tão bem. Na hora em que tiver de encarar a perspectiva de ser mordido por uma daquelas feras, de ser transformado em uma coisa que abomina, você lutará. A verdade é que o faria por muito menos. Bem lá no fundo, você é como eu...

— Não sou nada como você! — berrou o batedor, com energia.

— Você é como eu, sim! E, quando chegar a hora, lutará e matará para garantir a própria vida. É mais forte do que você. Não dá para evitar!

— Então, coloque-me nos seus joguinhos, nesse seu arremedo de arena romana. Coloque-me e vamos ver o que acontece!

O Bispo coçou o queixo. Parou por um momento, como se estivesse maquinando alguma coisa, e então falou:

— Bem, talvez eu tenha uma ideia melhor. Quem sabe eu coloque seus amigos na arena pra lutar? O que acharia disso? Será que eles se sairiam melhor do que você?

Manes balançou a cabeça e devolveu:

— Apelando, já? Achei que você fosse um oponente mais digno. Não consegue lidar comigo, então ameaça meus amigos...

Foi a vez de o Bispo dar de ombros:

— Um homem usa as armas que tem à sua disposição. O que importa, no fim das contas, é ganhar a guerra, e não a maneira de lutá-la.

Então, já sabendo a distância exata em que podia se considerar em segurança, o Bispo se aproximou e sussurrou, sibilante como uma cascavel:

— Qual era o seu plano? Conte agora e eu lhe ofereço uma morte rápida e a liberdade dos seus amigos. Renda-se! Não farei essa oferta novamente.

Manes pareceu hesitar. Seus olhos mergulharam profundamente nos do Bispo, que queimavam com intensidade. Algo parecia fora do lugar naquela cena, uma sensação estranha, de deslocamento. De repente, ele teve um estalo e perguntou:

— Onde estão os meus amigos?

— Isso não lhe interessa!

— Estão vivos?

— Claro que estão vivos.

— Quero vê-los!

— É alguma piada? Claro que não vai vê-los!

Manes era especialista em detectar mentiras. Aquela capacidade podia ter estado ligeiramente latente, tendo em vista os últimos acontecimentos, todo o estresse emocional e, principalmente, a perda da confiança em si próprio, que o acometera nos últimos tempos. Mas, ainda assim, ele era muito bom naquilo. Bastava que uma pessoa conversasse tempo suficiente com ele. Ele fazia uma pergunta que forçava uma mentira e observava os sinais involuntários que o corpo do interlocutor enviava. Sinais que eram comparados cada vez que a pessoa dizia a verdade, e mais uma vez quando ela era forçada a mentir novamente. Uma inflexão na voz. Um tremor nos dedos. Arrumar os cabelos, coçar a barba, forçar uma risada, descruzar as pernas, suspirar, engolir em seco, mãos suadas, bater os pés no chão, um sorriso — qualquer coisa podia ser uma pista, qualquer coisa importava. Bastava saber o que olhar, como olhar, onde procurar. O Bispo estava certo quando disse que ele não era sofisticado, que não era particularmente brilhante. Era verdade; esse papel cabia a seu pai, o verdadeiro homem por trás de toda a estruturação do Ctesifonte. Ele também não era sensível, isso cabia às mulheres que o cercavam e que enxergavam bem além do que ele próprio era capaz. Mas, apesar de tudo, ele não era inapto; tinha um treinamento singular como sustentáculo para tudo o que fazia e sabia que, quando todo o resto dava errado, um homem podia pelo menos confiar em uma coisa: aquilo que fazia bem!

— Eles estão sendo bem tratados?

— Melhor do que você!

— Se eu souber que os machucou...

— Vou fazer pior do que isso se não ceder, caro Manes. Agora, pela última vez, qual era o plano?

Manes riu por dentro. O Bispo estava na palma de sua mão. Era hora de virar o jogo:

— É tudo um embate de egos pra você, não? Você não dá a mínima para o plano, mesmo porque jamais o executaria. A esta altura do campeonato, só quer sair por cima.

— Não é verdade. Preciso saber se, entre seus planos, existia a pretensão de nos atacar. Preciso saber se temos que nos resguardar. E preciso saber se havia algo de útil nessa sua cachola, algo que justificasse sua viagem. Um plano verdadeiro que contemplasse a reestruturação social. Como fazê-la, de que forma começar, quais estruturas mover, como encontrar segurança... Preciso saber de tudo isso, e é o que você me dirá agora!

O homem estava fisgado. Havia palpitações de desespero em sua voz; logo ele, que costumava ser comedido. O prisioneiro respondeu, mostrando quem estava no comando da situação, apesar das algemas:

— Talvez fosse isso no começo, Bispo. É possível que você tivesse mesmo essas intenções no primeiro e no segundo dia. Mas agora é apenas uma questão de você tentando me derrubar. É só mais uma vitória que tem necessidade de obter. Sua mente psicopata não consegue lidar com a ideia de que eu resisto a você, de que não o respeito da forma como você acha que merece ser respeitado e de que, se eu estivesse livre, o esmagaria que nem uma formiga! Você não consegue lidar com isso, nem aceitar sua derrota. Não consegue aceitar que eu sou superior!

O Bispo se descontrolou e bateu na própria coxa com o punho fechado, gritando:

— Seu filho da mãe! Juro que vou jogar você e seus amigos aos leões! Vou fazê-los picadinho e colocar na sua sopa.

O batedor parecia estar se divertindo:

— Não, não vai. Seu descontrole o entregou. Sinto muito, você é um bom mentiroso, mas não tão bom assim. Não tão bom a ponto de manter a frieza quando provocado. No fim das contas, é como todos os outros.

— Não se importa com a segurança de seus amigos? Vai arriscar a vida deles?

— Sim, me importo. Mas o fato é que você não os tem!

O Bispo tornou-se taciturno, recolhendo os ombros e encarando-o ferozmente, com a cabeça ligeiramente abaixada, o queixo quase colado ao peito e as palavras praticamente rosnadas:

— Está fazendo uma aposta arriscada, Manes. Muito arriscada. Está me tentando a trazer a cabeça deles em uma bandeja.

— Façamos assim: traga Espartano e Júnior aqui para que eu possa vê-los. Se estiverem sendo bem tratados, eu lhe direi tudo o que quiser saber, e você poderá contar a todos que me quebrou. Responderei a qualquer pergunta — não que isso fará alguma diferença. Mas, enquanto isso não acontecer, pode continuar lambendo o meu saco.

Dia 9

— Você estava certo em nossa última conversa — disse o Bispo.

— Com relação a quê?

— Praticamente tudo. Seus amigos realmente não estão em meu poder. E, sim, eu já matei antes. Muitas vezes, desde antes do Dia Z.

— E?

O Bispo parecia meditativo, como se estivesse elaborando com cuidado cada palavra que dizia. De modo geral, ele costumava falar macio, com ritmo e cadência, e não erguia demais o tom de voz. Era uma sensação quase hipnótica conversar com ele, a forma como ele movia as mãos, induzindo a outra pessoa a segui-las, distraindo-a, relaxando-a, apenas preparando-a para, depois de perceber um ponto fraco, uma porta de entrada, dar o bote. Como todo bom predador, ele era paciente, sabia observar, esperar o momento certo. O Bispo era um homem cheio de truques e, pela primeira vez, desvencilhado daquele joguinho de palavras que usara até então, parecia tentar aplicá-los em Manes.

O batedor estava na defensiva; sabia que jamais poderia baixar a guarda para aquele homem, precisava manter-se alerta a todo instante. Contudo, naquele dia havia algo diferente no líder da Catedral. Ao contrário do que ocorreu nos encontros anteriores, ele não estava fingindo, nem sendo dramático, não parecia querer nada do prisioneiro. Durante todo aquele tempo de cativeiro, aquele fora o único dia em que ele não pediu a Manes que revelasse seus planos. Ao longo da conversa, ele parecia estar sendo autêntico, se entregando de fato, remoendo sentimentos que convulsionavam dentro de seu peito. A sensação que Manes teve durante aquele encontro foi de que, apesar de tudo, o que tinha diante de si era um homem, não um monstro psicótico e estereotipado, nascido das páginas de um romance policial. Talvez ele fosse tremendamente perturbado, alguém com uma história de vida difícil, cheio de dúvidas, como todo mundo, atormentado por problemas particulares, traumas, medos e inseguranças, convivendo com seus altos e baixos e até mesmo — pasmem! — com seus arrependimentos.

O Bispo não era do tipo que se abria, que interagia, que permitia que os demais soubessem o que se passava em sua alma, em sua cabeça. Quanto menos pessoas soubessem quais eram os botões que o acionavam, o que o fazia funcionar, menor seria a chance de terem qualquer vantagem sobre ele. Então, qual não foi a surpresa quando Manes percebeu-o sincero e vulnerável naquela conversa.

— É uma sensação incrível matar uma pessoa. O fluxo de adrenalina que percorre o corpo é como uma enorme explosão que deixa uma carga magnética e elétrica no ar; seus pelos se eriçam, e o corpo fica dando pequenos choques. Você se sente no domínio de todas as coisas, o dono do poder. No passado, antes de a civilização emergir, o ato primitivo de matar para sobreviver era intrínseco à nossa espécie. Depois, fomos privados disso. Mas a morte é prova de superioridade e leva ao júbilo e à alegria. Gera satisfação. Como posso me sentir culpado se tenho comportamentos vestigiais de milhares de anos impregnando meu ser? Acredito que, no mundo civilizado, eram as barreiras sociais que impediam o nosso verdadeiro eu de vir à tona. Elas e o medo de ser punido. Mas hoje tudo isso se foi. Estamos livres!

"Livres", ele repetiu a palavra e a deixou no ar. Ela pareceu flutuar como uma bolha de sabão, sem direção, refletindo de maneira distorcida o mundo a sua volta, até estourar e desaparecer, deixando para trás apenas a impressão causada nos olhos de quem a viu. Manes sentiu vontade de dizer alguma coisa, mas se conteve. Não queria entrar naquele nível de conversa com o Bispo. Preferia quando ambos apenas trocavam farpas ou se provocavam mutuamente. Uma conversa profunda poderia gerar um laço, e ele não queria correr o risco de ter a menor empatia por aquele homem.

— Fala-se muito sobre certo e errado. Pessoalmente, chego a questionar isso tudo. Bom, é certeza que existe aquilo que é legal e o que é ilegal, ou pelo menos existia. Há, também, o moral e o imoral, mas vejo todas as definições como conceitos criados pela sociedade para definir as normas de convívio, nada mais. Mas não é possível pensar em termos de bem absoluto e mal absoluto; quer dizer, é tudo tão arbitrário... É errado matar, mas a posição de um policial lhe conferia tal autoridade, o que nos leva a concluir que é errado matar, mas não quando o governo lhe dava anuência para tanto. Como, então, define-se o "erro"? Por que eu sou um monstro, mas, em uma guerra, homens iguais a mim são heróis? No passado, cheguei a pensar seriamente sobre isso tudo. Um homem como eu sabe que é diferente de todos os demais, pois ele concretiza, enquanto todos sonham em concretizar. Mas sonhar sem nunca alcançar não é alento para a alma. É um peso enorme carregar um segredo sozinho, sabendo que ninguém jamais o entenderá. Sua mulher, seus filhos, sua família, seus amigos... Quem pode entender a devastação que as trevas causam no coração de um homem? Ninguém pode! Então, você precisa fingir o tempo todo. Sabe o quanto isso é difícil? Sim, claro que sabe, você compreende. Não totalmente, mas compreende. Posso ver que também já escondeu um segredo de um ente querido. Sua esposa, talvez? É difícil seguir em frente, não é? Sempre enganando, fingindo ser o que não é, sendo o que não quer ser, cumprindo suas obrigações sociais e morais, sorrindo quando sua vontade é outra. Disse a Joaquim que você é um anacronismo, um estranho neste mundo. Mas a verdade é que só consigo ver isso porque eu também sou. Somos deslocados. Gente que não se encaixa. O tipo de homem que nunca está satisfeito, que precisa sempre estar se movendo e que nunca é compreendido. Se você for alguém com um mínimo de inteligência, começa a questionar sua própria natureza, aquilo que o move; as dúvidas só aumentam, especialmente se tiver religião no meio. Como posso eu, pleno das minhas condições mentais, acreditar em Deus sabendo que Ele me deixou existir? Sabendo que Ele permitiu que um câncer como eu caminhe pela Terra? E, de outro lado, se Ele existe, como posso louvá-lo, sabendo que Ele me fez assim tão terrível? Não me entenda mal, eu nunca me arrependi. Nunca tive dúvidas sobre o que sou, sobre quem sou, sobre o que tinha de fazer. Do dia em que descobri minha verdadeira vocação em diante, jamais olhei para trás. Mas isso não impede que, ocasionalmente, quando você se confidencie sozinho, questione o coração das trevas.

O Bispo fez mais uma pausa. Deu um grito para o guarda lá fora e pediu que trouxesse um copo de água. Ofereceu também a Manes, que aceitou. Depois, quando a sede tinha sido saciada e os dois estavam novamente a sós, prosseguiu:

— Não existe Inferno, sabia? Não há punição. Não serei marcado por tudo o que fiz em vida, para responder por isso no futuro. Não, eu fiz o que fiz e, quando morrer, minha alma vai se dissolver; tudo o que causei ficará aqui, neste mundo, na memória dos que se lembrarem de mim, para bem ou para mal. Mas esses também vão morrer e, por pior que eu tenha sido, um dia só o que restará será um resquício, nada mais. Um hálito quente como uma brisa de verão. Eu costumava pensar que havia nascido com um defeito de fabricação. Que era torto, errado, deformado. Então, dissipava essa ideia e apenas seguia em frente, decidido a não pensar. Um dia, o destino cuidou de mudar tudo para mim. Foi um dia fabuloso — todos têm o seu dia fabuloso, aquele foi o meu. Minha mãe morreu em um leito de hospital, sofrendo de câncer pulmonar. No final, ela parecia uma laranja seca, um pavio queimado, e sua voz era pouco mais do que um sussurro, uma imagem que jamais esquecerei. As últimas palavras que ela disse em meus ouvidos, antes de as máquinas pararem para sempre, foram: "Era para vocês serem dois". E então, desfaleceu. Eu fiquei intrigado. Tentei tirar aquilo da cabeça durante um tempo, mas não consegui. O que poderia ter significado tal frase? Seriam apenas delírios de uma mente comprometida? Não havia mais ninguém na minha família com idade suficiente para saber do que ela estava falando; todos os anciões já haviam morrido ou eram pessoas com as quais eu não tinha contato algum. Mesmo assim, resolvi investigar por conta própria. Será que, em algum momento, minha mãe tivera mais um filho e o perdera? Eu deveria ter um irmão? Teria sido antes ou depois de mim? As dúvidas me atormentavam, eu precisava saber. Acho que a ânsia que me moveu foi a mesma que faz jovens adotados saírem em busca de seu pai biológico, mesmo quando ele é um cretino que os abandonou no berço. É um chamado inexplicável, como tantos outros que ardem dentro do ser humano. Saí em busca dos registros médicos. Foi um pouco difícil encontrar o que precisava; afinal, estava remontando mais de cinco décadas. Mas, com um pouco de afinco, é possível obter qualquer coisa. Sabe o que descobri, caro Manes? Uma verdade bem mais terrível do que jamais poderia ter imaginado.

— Todos temos nossos demônios, Bispo. Mas, quaisquer que sejam eles, não justificam sair por aí matando pessoas! — interrompeu Manes, sem conseguir se segurar mais. O Bispo deu uma risada larga e falou:

— Mas é justamente isso. Essa é a grande ironia da coisa. No meu caso, tudo se justifica pelo que encontrei. Como eu disse, antes de encontrar meu verdadeiro eu, minha vocação, no passado, cheguei a ter dúvidas. É normal comparar-se a outras pessoas; fazemos isso todo o tempo. E, se eu tinha dúvidas, é porque não sabia da verdade. Mas uma vez que a verdade passa a ser do seu conhecimento, então tudo entra no devido lugar, tudo se descortina. O que os registros do hospital me disseram é que eu nunca tive um irmão. Minha mãe nunca engravidou uma segunda vez. Ela nunca teve outro filho. Mas deveria ter tido... O que acontece é que no útero dela, durante nove meses, cresceu um garoto forte e saudável, que nasceu com três quilos e cheio de vida pela frente. Mas, junto com ele, acoplado em suas costas como um parasita, sugando parte de sua essência, estava uma bola gosmenta e disforme, com membros que pareciam gravetos de árvores revestidos com massinha de modelar, olhos, nariz e boca em lugares trocados, cérebro ausente e outras peculiaridades horríveis. Essa massa, nascida de terríveis e obscuros pesadelos, estava ligada ao corpo do bebê por menos de quatro centímetros de carne e, por mais bizarro que possa parecer, dividia o mesmo sistema que ele. Usava os mesmos pulmões, o mesmo coração, o mesmo estômago, os mesmos nervos; portanto, jamais poderia ter sobrevivido sozinha. O relatório dizia que ela deveria ter sido o gêmeo do bebê, como o bem e o mal, os dois lados da moeda de que falamos. Mas algo deve ter dado errado, e o gêmeo não se desenvolveu. E os médicos viram nascer aquela criança adorável e sorridente, mas com uma monstruosidade acoplada a suas costas. Eles tomaram a única decisão plausível, a única que fazia algum sentido: extirparam a coisa. Cortaram-na fora e provavelmente a incineraram, livrando para sempre o bebê daquele toque repugnante, do seu gêmeo retorcido que jamais veio a ser. Até hoje, eu tenho uma pequena cicatriz nas costas.

— Não entendi, Bispo. De que forma você acha que isso o exime de seus crimes?

— Caro Manes, é muito simples. Nós deveríamos ter sido dois indivíduos, eu e meu irmão. Mas ele nasceu a partir de mim e foi arrancado. Tiraram uma parte de mim. Os médicos acharam que estavam arrancando a parte feia, a parte deformada, a parte que causa revulsão, porque, ao olhar para aquilo, era só o que viam. Mas, para mim, é tudo muito claro: eles arrancaram a minha humanidade. Cortaram à faca tudo o que poderia me tornar humano, qualquer traço de compaixão, empatia, indulgência, afeto, dedicação, ternura... amor! Tudo estava reunido em um só lugar, naquele corpo estranho que vazou para fora de mim como se não pudesse estar no mesmo lugar que eu e que, no final, foi extirpado. Ao descobrir a verdade sobre minha origem, pude aceitar quem sou e, a partir de então, tornar-me ainda mais eficiente. Sem arrependimentos.

— O assassino perfeito... — lançou Manes no ar. — Essa historinha que você conta para si mesmo, para justificar seus atos, é muito legal, mas não muda o fato de que você não passa de um cretino.

— Pode ser. Ou pode ser realmente verdade, e quando meu gêmeo gritou com sua boca um grito que veio da minha alma, talvez os médicos tenham sentido um arrepio sem saber ao certo por quê. E, sem saber, eles condenaram a minha alma e tantas outras à Idade das Trevas, ao Círculo do Inferno, ao...

Ele parou de falar, como se estivesse exausto. Simplesmente concluiu:

— Foi a única vez que falei sobre isso na vida. — Suas palavras haviam acabado. Manes suspirou:

— Você não é um monstro. Só um homem perturbado.

— Sim. Creio que você está certo. Hoje você será nutrido e poderá descansar adequadamente. Amanhã, participará dos jogos!

Dia 10

Joaquim era quem fazia as honras nos dias de jogos. O Bispo permitia que ele tivesse a palavra e conduzisse a festa, munido de um microfone e roupas de gala, o que o deixava tremendamente satisfeito. Era algo que ele fazia muito bem, diga-se de passagem, e com extrema naturalidade. Em todas as outras ocasiões, ele costumava ser introvertido e tímido, reservado; contudo, quando tinha a oportunidade de conversar com um público daquela maneira, se transformava, a exemplo de muitos artistas do passado, que no palco eram pessoas completamente diferentes. Suas atuações eram vibrantes e empolgantes, e o Bispo tinha certeza de que grande parte da paixão que a Catedral havia desenvolvido por aquele tipo brutal de entretenimento se devia ao empolgado orador:

— Meus filhos e minhas filhas, estamos aqui aos olhos do nosso Senhor, no quarto ano do Apocalipse, sob a proteção de Sua Santidade, o Bispo, para celebrar a 78ª edição dos Jogos de Expurgação!

O povo ovacionou e bateu palmas. Obviamente, por uma limitação espacial, apenas um pequeno contingente da comunidade conseguia assistir diretamente à apresentação, que ocorria em uma área da Catedral que se parecia com um teatro de arena. Entretanto, o que acontecia lá repercutia por dias a fio, correndo de boca em boca.

— Conforme anunciado, hoje teremos lutando na arena ele, o homem que veio com o nefando objetivo de destruir toda a vida que resta no planeta, que veio para dar cabo do povo do Senhor a mando do Demônio. Eis que vos apresento o terrível Manes!

O nome do batedor foi berrado com extrema eloquência, seguido de uma salva de vaias e coisas atiradas no prisioneiro. Joaquim sorriu, e o Bispo sentiu certo prazer de ver tamanha reprovação a sua nêmese.

— Mas hoje, bom e gentil povo da Catedral, Manes pagará caro por servir o lado negro, por dar as mãos às trevas e conspirar para extirpar o bem e a justiça do mundo. Hoje, diante dos olhos de vocês que estão aqui presentes e do julgamento infalível de Deus, eu vos digo com toda a certeza de quem confia na mão divina e por ela é guiado: é chegado o Dia do Julgamento!

As mais de seiscentas pessoas presentes gritaram como selvagens primitivos. Manes evitou olhar para aquele povo e as coisas que estavam fazendo e dizendo. Sua fisionomia, na verdade, estava plácida. O Bispo fez um sinal para que Joaquim começasse:

— Armado apenas de uma faca, Manes terá de enfrentar uma fera vinda diretamente das profundezas do Inferno. O que vocês verão hoje, bom povo da Catedral, é literalmente fogo enfrentando fogo. É a batalha definitiva dos filhos de Satã.

Chegava, então, o momento mais empolgante. Joaquim narrava os fatos na arena como se fosse um antigo radialista de um jogo de futebol; ele se tornara muito bom naquilo, empregando alta dose de emoção, mesmo quando os confrontos terminavam em segundos.

— Libertem o contaminado! — ele gritou.

Preparou-se para iniciar a narração, fazendo sua voz repercutir por todo o conjunto de alto-falantes velho e remendado, que permitia a todos os presentes terem acesso a suas palavras:

— E lá vai ele! A criatura saída das masmorras do Hades. Observem sua ferocidade... ele é enorme! Será que Manes... Bem, quer dizer... Hã...

Joaquim estava ficando sem palavras.

— Libertem o outro contaminado! Ele é ainda maior e mais forte, e não será apanhado de surpresa. Um adversário a ser temido e respeitado. Percebam a fúria com que ele... com que ele...

De repente, Joaquim tapou o microfone com a mão, virou-se para o Bispo e cochichou:

— Que é que eu faço?
— Droga! Mande soltarem dois de uma vez. Vai logo!
— Dois de uma vez?
— É, vai logo, antes que o público comece a reagir.

Joaquim se recompôs. Sua voz parecia estar falhando, e ele suava frio:

— Agora vocês verão algo jamais testemunhado antes! Nosso convidado já está aquecido, e temos um casal pronto para enfrentá-lo. Libertem os dois de uma vez só! Ele será devorado e regurgitado por seus irmãos da noite... Vejam como a fêmea investe contra ele! Ela é mais rápida e feroz e... E ela... Ela estava apenas distraindo Manes para seu companheiro...

Novamente, ele tapou o microfone e virou-se para o Bispo:

— Minha nossa, ele matou os quatro! E agora, Bispo?
— Mande soltarem em cima dele tudo o que tivermos, droga!
— Como assim? Eu mandei trazerem só quatro! Não temos mais nada.
— Só quatro, Joaquim? Ficou louco? O cara é um guerreiro!
— Como eu ia saber que ele ia matar todos em dez segundos, porra? A merda da faca nem tá afiada!

O público começou a se manifestar, soltando alguns gritos isolados de protesto e revolta. O espetáculo deveria ter durado pelo menos alguns minutos. As boas edições dos jogos chegavam a durar meia hora. Vaias começaram a se instaurar, e Manes permanecia impávido no meio da arena, com os quatro corpos estendidos a seu pés e a lâmina gotejando sangue no chão empoeirado. Seu corpo retesado era como uma estátua de mármore quente.

— O que eu faço?
— Sei lá, improvisa, droga! Você é o mestre de cerimônias, Joaquim.

O homem fechou os olhos e tentou se acalmar. Seu coração estava disparado. De repente, uma ideia lhe veio à mente:

— Sua Santidade acaba de me dizer que Deus falou com ele. Falou diretamente em seus ouvidos e revelou a verdade, para que ela seja dita a todos nós. Deus seja louvado! Amém!

O público respondeu em uníssono: "Amém!".

— Deus falou e nos explicou o que espera de nós, o que Ele quer que seja feito. Ele disse: "Essas criaturas jamais lutarão umas contra as outras. Elas vêm do mesmo lugar. Obedecem ao mesmo Lorde. Podemos jogar uma centena desses seres das profundezas que ele abaterá todos". São essas as palavras do nosso Senhor! Portanto, neste exato instante precisamos de um campeão! De alguém que possa enfrentá-lo em pé de igualdade, de um cavaleiro dourado para empunhar a espada de Deus. Quem defenderá a honra do Senhor e dará cabo deste servo das trevas?

Uma enorme gritaria começou, praticamente sacudindo a arena; em meio àqueles segundos de caos, o Bispo o cutucou e falou:

— Que merda você está fazendo?

— Sei lá... Você me mandou improvisar!

— Não assim, droga! Mandar um dos nossos enfrentar uma máquina de matar? Vai ser um massacre!

— Que porra você queria que eu fizesse? Foi só o que deu pra pensar!

Joaquim voltou a narrar, pois, àquela altura, um homem corpulento já havia saltado na arena.

— Me deem uma arma! — gritou o guerreiro consecutivas vezes, até que, de algum modo, chegou a suas mãos um machado de bombeiro. Uma arma bem mais perigosa do que a faquinha que Manes trazia.

O Bispo já tinha vislumbrado o final daquilo tudo, mas não havia mais nada a ser feito. O narrador, engolindo em seco, deu prosseguimento à narração, cruzando os dedos para que o recém-chegado se saísse bem:

— Temos um campeão. Uma salva de palmas para ele! Mais alto, não posso ouvi-los. Preciso que vocês gritem tão forte que até mesmo o céu estremeça. Assim... assim! Temos Deus do nosso lado; nada temam! Que a luta comece! As forças do mal não podem fazer frente à bondade de...

O Bispo levou as mãos à cabeça e murmurou:

— Isso está se tornando um desastre!

Joaquim gritou novamente:

— Precisamos de mais um campeão!

— O que está fazendo? Vai matar outro?

— Talvez a gente dê sorte. Vamos enviar meia dúzia de uma vez...

— Isso mesmo, bem pensado. Ele vai atropelar sua meia dúzia e, no instante seguinte, o povo vai começar a gritar o nome dele. Agora o desgraçado tá armado com um machado! Me dê isto aqui!

Quando o Bispo se levantou e tomou o microfone das mãos de Joaquim, fez-se silêncio absoluto na arena. Era sinal do respeito que todos tinham por ele.

— Povo da Catedral — disse o homem. — Quero que todos vocês fechem seus olhos e procurem Deus em seu coração. Veja o que Ele lhes diz. Permitam serem iluminados por sua luz divina. Sintam a paz e a plenitude que emana de sua generosidade. Meus filhos, minhas filhas, estamos diante da nossa maior provação desde que o mundo colapsou sobre nossas cabeças. Esse homem que está aqui, neste exato instante, de pé na arena, veio com o único propósito de erradicar toda a vida do mundo livre. Ele veio nos derrubar; nós que somos o exército de Deus e cuja missão é reconstruir o mundo de acordo com a vontade Dele! Esse homem veio destruir tudo o que construímos e...

De repente, o Bispo parou. A morte passou zunindo a seu lado, quando Manes segurou o punhal pela lâmina e o arremessou como um artista de circo. A arma, girando em rotações perfeitas sobre si própria, triscou o pescoço de seu alvo, enterrando-se profundamente na parede atrás dele. O batedor ralhou consigo mesmo; ele errara o arremesso por poucos centímetros. O Bispo engoliu em seco. Naquele segundo, tudo poderia ter mudado. Da arena, o prisioneiro gritou:

— Não estou interessado em erradicar toda a vida do planeta ou mesmo desta comunidade, Bispo. Apenas a sua!

As pessoas não conseguiram acreditar no que tinham visto. Foi um momento de inação, no qual houve apenas bocas abertas e olhos arregalados. Então, o Bispo gritou:

— Guardas! Levem o prisioneiro para a cela. Declaro os jogos de hoje suspensos!

Dia 16

— O que vou fazer com você, Manes? Me diz. O que devo fazer com você?

— Você parece aborrecido, Bispo. Foi algo que comeu?

— Acha que pode comigo?

— Você machucou o pescoço? Por que essa atadura?

A ironia na voz de Manes conseguiu irritar o outro ainda mais profundamente. A forma como o prisioneiro o encarava, seu destemor petulante, seu ar de superioridade eram um desafio à autoridade do Bispo. Ele ameaçou:

— Você vai ceder! Ouviu? Eu vou quebrá-lo, nem que seja a última coisa que eu faça!

— Dê um passo à frente e veremos quem vai quebrar quem!

E o joguinho prosseguia. O pega-pega, a brincadeira de gato e rato. Ninguém *queria* ceder; ninguém *podia* ceder. O tom empregado por Manes recordou Bispo do risco que ele corria cada vez que entrava naquela cela. No seu pescoço, a atadura era o verdadeiro lembrete. Se ele se distraísse por um segundo que fosse, seria um homem morto. Evidentemente, não permitiria que isso ocorresse, mas a verdade é que, no fundo, embora jamais fosse capaz de admitir, aquele jogo o excitava como poucas coisas. Por mais irado que pudesse estar com a inflexibilidade de seu prisioneiro, Manes era um desafio extremamente raro de encontrar, e derrotá-lo havia se tornado algo que incitava o Bispo, um hobby por assim dizer, que fazia seus dedos coçarem e o coração disparar. Em vista do silêncio do homem, o batedor complementou:

— Acredito que hoje não se fala de outra coisa na Catedral, certo? Como está sua imagem perante o povo, Bispo? O que eles estão falando pelas suas costas? Já o estão chamando de fraco?

— Cale a boca!

— Uau, você ficou mesmo nervoso... Então, estão comentando sua fraqueza!

— Eu mandei calar a boca!

— Sim, com certeza estão... Mandar encerrar os jogos por não saber como derrotar o campeão da arena? Que coisa mais feia de se fazer! Acho que isso nunca aconteceu em Roma, certo? Vou te contar uma história, jamais havia imaginado que você pudesse entrar em pânico tão facilmente. A coisa muda de figura quando não está lidando com garotos sugestionáveis e pessoas derrubadas por um holocausto, não é?

— Tudo bem. Você cavou sua própria sepultura, desgraçado!

Manes deu uma gargalhada alta, que reverberou pelo pequeno cômodo:

— Quer me matar? Sem problemas, vá em frente. Mas viva consigo mesmo sabendo que não me dobrou! Sabendo que eu sou o único homem que morreu com o pé no seu pescoço, batendo no peito e urrando a vitória. Conviva com isso, se for capaz.

O Bispo fechou os olhos. Cada vez que era provocado daquela maneira, sentia-se um poço de ódio! Mirou a sentinela ao lado da porta e percebeu que o homem acompanhava atentamente a conversa, mesmo do lado de fora. Ele iria comentar o que escutou com os amigos e a lenda em torno de Manes cresceria. Apesar da excitação do embate, sentiu vergonha por ser humilhado pelo prisioneiro daquela maneira, principalmente sabendo que ele estava certo, que as más línguas corriam livremente, destilando veneno sem dó nem piedade, e que aquele era o tipo de coisa que dava início a uma cadeia de eventos que corriam o risco de se tornar uma bola de neve e, eventualmente, ter um resultado catastrófico. Agora, mais do que nunca, Manes precisava ser quebrado. E não podia ser em privacidade; ele precisava parecer fraco aos olhos de todos, com o Bispo provando sua superioridade sobre seu prisioneiro, o emissário de Satã, em todos os sentidos. O poder era uma coisa volúvel, e as pessoas amavam tanto elevar alguém quanto derrubá-lo. Brincar com isso era brincar com fogo. Ele detestava admitir, ainda que apenas para si próprio, mas Joaquim estava certo naquela última conversa que tiveram semanas atrás: Manes era um homem perigoso demais para continuar vivo, mas agora já estava feito. Era necessário remediar!

Ele falou para o guarda, antes de sair:

— Três dias sem comida e água racionada.

— Sim, senhor! — respondeu o outro prontamente.

Manes manteve a cara feia, mas, por dentro, continuava sorrindo. Ele estava vencendo aquela batalha e atormentando seu inimigo. Mas a luta estava longe de acabar.

Dia 20

— Senhor, eu imploro que reconsidere — falou Joaquim, quase em pânico. — O que está fazendo é dar um tiro no próprio pé!

O Bispo não queria saber de conversa mole:

— Joaquim, se fizermos tudo direito, ele não terá como sobreviver. Basta prepararmos o cenário.

— Bispo, permita que eu fale abertamente, como amigo?
— É claro. Só estamos nós aqui. Não precisa ficar com todos esses dedos.
— Pois bem. Entenda que é você quem está mantendo a chama acesa. É você, não ele. Manter o homem vivo já foi insensato, pra dizer o mínimo. Todas essas conversas confessionais... Meu Deus, Bispo, os guardas escutam tudo o que vocês dizem e só o que comentam é sobre sua fraqueza. E agora mais essa? Convocar novos jogos, depois de tudo o que aconteceu, é mais do que loucura. É estupidez...

O Bispo fez uma expressão carrancuda, torceu o pescoço e afirmou em tom ameaçador:
— Cuidado, Joaquim. Não vá se exceder...
— Você disse que eu podia falar abertamente. Então, agora vai escutar!
— Quais são minhas opções? O que está feito, está feito!
— Pelo amor de Deus, meta uma bala na cabeça do sujeito!
— Agora é tarde demais. O público...
— Se você simplesmente deixasse esse homem de lado, em quinze dias o povo se esqueceria dele e estaria falando de outra coisa. Assuntos vêm e vão; você sabe disso melhor do que ninguém. Mas parece que está obcecado. Escute o que estou dizendo, pense nisso como uma vozinha murmurando na sua consciência, tipo o Grilo Falante: feche o desgraçado na masmorra por um mês e, quando as coisas estiverem frias, ponha uma bala na cabeça dele. Ponto final, não se fala mais nisso. Ou, se quiser que ele tenha uma queda de verdade, jogue-o no porão. Anuncie a todos que ele está lá e que, se for realmente poderoso, terá de escapar. Nós dois sabemos que isso jamais acontecerá. Faça alguma coisa que possa acabar com ele de vez, em vez de alimentar a lenda que está surgindo em torno do nome dele.
— Lenda? Lenda? — As duas palavras foram berradas, a segunda mais forte do que a primeira. — A única lenda que existe aqui sou eu! Ouviu, Joaquim? Sou eu quem conversa com Deus e lhes dá direcionamento e razão! Eu, e mais ninguém!

Joaquim levou a mão ao rosto:
— Por favor, não leve a conversa para esse lado. Como disse, só estamos nós aqui. Isso não se trata de você, Bispo, mas dele.
— Então, na sua opinião, ou melhor, na sua opinião, que é mais lúcida do que a do líder desta comunidade, eu estou alimentando a lenda de Manes? É isso? Estou nos colocando em risco?
— Bispo, desculpe-me, mas é exatamente isso. Você está obcecado pelo homem; essa é a verdade. Já devia ter tomado uma atitude há muito tempo; aliás, se fosse qualquer outro que estivesse lá preso, já o teria feito. Pense bem: perdemos os desgraçados que estavam com ele. Não lhe ocorre que, a qualquer instante, eles podem retornar pra tentar resgatá-lo? Acha que não haverá retaliação? Ou pelo menos retribuição? Por favor, perceba essa verdade: é perigosíssimo mantê-lo vivo! Honestamente, não sei que fascínio o maldito exerce sobre você, não consigo entender... Você quer vencê-lo, quer derrubá-lo, quer quebrar a vontade dele, como se isso significasse algu-

ma coisa. Não percebe que não significa nada? Não passa do seu ego falando? "Eu" preciso derrotá-lo, "eu" preciso quebrá-lo... Um monte de besteiras, isso sim! Repito: uma bala na cabeça, dobramos a segurança da Catedral e fim de jogo!

— Não — gritou o outro. — Ele tem que cair! Pois é a queda dele que reafirmará meu poder!

Joaquim se irritou e devolveu o berro:

— Ele *não* vai cair! Não entendeu isso ainda?

— E como pode ter tanta certeza?

— Porque nenhum de nós tem força para derrubá-lo! Pronto, falei. Satisfeito?

— Você está insinuando que ele é mais forte do que eu?

Joaquim sentou-se e ficou em silêncio, o braço segurando a cabeça, que parecia derrotada, vencida. O Bispo não sossegou:

— Eu fiz uma pergunta. Então ele é mais forte do que eu?

— Olha, eu não quis dizer...

— Responda, Joaquim!

— Sim! — O berro foi firme e veio de dentro. Um berro vindo da alma, não da garganta. O Bispo parecia chocado:

— Nunca imaginei que escutaria isso de você, amigo. Você é meu amigo, não?

— Claro que sou. Por que acha que estou aqui alertando-o?

— Pois bem. Vou levar em consideração sua opinião. Agora, por favor, vá embora.

— Bispo, eu...

— Eu disse pra ir embora!

Joaquim apanhou seu casaco e saiu sem dizer mais nada. Manes não comia havia quatro dias. Estava apenas à base de água. Ficaria mais dois dias de jejum e sem ver a luz do Sol por uma semana; então seria jogado na arena desarmado para enfrentar meia dúzia de contaminados. Ele *ia* cair! De um jeito ou de outro! Esse era o plano, e ele seria levado a cabo!

Dia 21

Certo dia, quando ainda era criança, Manes sentou-se no colo do pai, que lhe contou uma história. Era uma história de bravura e honra, um conto de aventuras e desafios, com direito a grandes vilões e batalhas. Era a história da vida dele, do seu pai. Manes cresceu com aquela história na cabeça, romantizada, mas, para ele, era tão verdadeira quanto o tecido da realidade. Uma história que esteve presente em todos os momentos de sua vida e que o definiu por excelência.

Como poderia ele superar a história de seu pai? Como poderia ele sair da sombra daquele grande homem? Ele era apresentado a todos como "o filho de..." e, mesmo quando cresceu e tornou-se maior do que seu genitor, mais alto, com os ombros mais largos, ainda parecia enxergar a vida de baixo para cima, do mesmo ângulo de quando era um garotinho. Manes, "filho de...", sempre condensado.

Ele procurou a própria voz, mas, sempre que pensava tê-la encontrado, percebia que ela era um reflexo da voz de seu pai, distorcida, como em um espelho de circo. De que forma ele via o mundo, senão da forma como seu pai o via? De que forma qualquer um pode enxergar o mundo e viver a vida e fabricar as próprias respostas, senão pela influência positiva ou negativa da criação, do exemplo, da experiência filial? Uma mudança de visão era apenas isso. Adequação. A visão igual era apenas isso. Imitação.

Manes carregou a história de seu pai consigo por toda a vida, sentindo-se o tempo todo diminuído por ela, até que, no final, sua mão cometeu o maior e mais imperdoável de todos os crimes. Patricídio. Ele era como Édipo, mas em sua história não havia uma Jocasta. Sua visão não era mais do que uma distorção – possivelmente, uma distorção passada de pai para filho, geração após geração, desde o nascimento do mundo.

O batedor fechou os olhos em sua cela e chorou copiosamente. O momento se aproximava, ele sentia. Quanto tempo um homem pode permanecer perdido? Quantos erros pode cometer, até se desviar tanto do caminho a ponto de não conseguir mais reencontrá-lo?

Naquele momento de fragilidade, ele admitiu algo para si mesmo. Algo que não disse em voz alta, apenas sentiu no fundo da sua alma. Deitou-se no chão e abraçou as próprias pernas, e assim permaneceu.

Dia 22

De volta à Arena.

Estava um dia triste e cinzento. Nuvens escuras pairavam no céu, encobrindo os raios do Sol, e uma leve e constante garoa caía compassada, derramando-se sobre a Catedral como um lamento divino.

As pessoas gritavam enlouquecidamente, mas Manes não as escutava. Ele também não ouviu absolutamente nada do que o Bispo havia dito ao fazer, ele próprio, todas as honrarias e discursos daquele dia, enquanto Joaquim, relegado a permanecer sentado a seu lado, apresentava-se visivelmente contrariado por ter sido preterido. Não, nada do que ocorria a sua volta tinha qualquer relevância; só o que importava era o que acontecia dentro da Arena e dentro de seu próprio ser.

Sua esposa apareceu sorrindo nas visões que iluminaram sua mente; ela não o recriminava. Nem Zenóbia, vista logo em seguida, também gracejando e incapaz de culpá-lo por tê-la abandonado como fez. Por um segundo, tudo estava certo, encaixado em seu devido lugar.

Ele não portava arma alguma. Nem uma lâmina. Nem mesmo um prego. Nada, senão as mãos e dentes, que usaria para matar o que quer que fosse lançado contra ele. Mas o Bispo se enganara em uma coisa: ele não estava debilitado. Não estava fraco, nem indefeso. O jejum forçado havia, claro, minado suas energias, mas isso não significava que ele estava fraco. A exemplo dos iogues que jejuam para ampliar suas percepções, aquele período servira para que ele tomasse maior consciência de todas as coisas a seu redor, dominasse seus sentidos e os deixasse à flor da pele, como se fosse possível tocá-los. Ele estava mais lento e menos forte, porém sua visão havia se aguçado, sua mente se apaziguara e, embora ele estivesse em paz consigo mesmo e pronto para morrer, jamais se entregaria. Como o guerreiro que era, ele ensaiara mentalmente todos os seus movimentos incontáveis vezes, e venderia caro, muito caro a sua pele.

O Bispo deu o sinal. A ovação foi explosiva. Comportas se levantaram, e os demônios ganharam o campo, rancorosos, furiosos, prontos para privá-lo de tudo o que ele era, de tudo o que ele tinha, de todas as suas conquistas. De todos os seus erros e enganos, de todos os seus sonhos e frustrações, de todas as mentiras e verdades. Para privá-lo do ódio e do amor, do desejo e da inveja, da paixão e entusiasmo, dos erros e acertos, do ardor e da apatia. Ele estava ali, sozinho naquela arena, para ser privado das decepções e alegrias, das fantasias e concretizações, das risadas e lágrimas e para, enfim, ser relegado ao mais triste de todos os fins: o esquecimento.

Manes não se entregaria. "Ainda não!", ele disse para si mesmo. Enquanto há vida, há esperança. E enquanto há esperança, há vida! Seu coração estava munido de toda potestade e poder. A chuva em seu rosto lavava-lhe a alma. Era como renascer, passar por um novo batismo, viver uma nova experiência consagradora. Uma vida experimentada em sua totalidade em alguns poucos segundos, derradeiros e decisivos segundos nos quais tudo — absolutamente tudo — era absorvido pelos extremos da alma.

Eles corriam, rosnando e gritando. Teriam perdido a vida que os movia? Já teriam perdido a força motriz?

Uma pausa... Ver Zenóbia, pelo menos mais uma vez, foi tudo o que ele desejou — não era pedir demais.

Quando estamos de frente para a morte, sempre queremos mais tempo, mais e mais tempo. Há sempre mais a ser feito; a imortalidade é um sonho. Olhos fumegantes, hálitos raivosos, tudo próximo demais. Seis deles *versus* unhas e dentes. Mas talvez — apenas talvez — ainda não fosse a hora dele.

Manes cerrou os dentes, apertou os punhos. A pausa se desfez. Músculos se contraíram. Os gritos da multidão eram uma sinfonia para sua coragem. O olhar do Bispo era uma consagração para sua habilidade. E cada corpo que caía no chão era uma ode à tenacidade do espírito humano!

Dia 25

O Bispo entrou na cela. Estava realmente abatido. Parecia não dormir havia dias. No canto do cômodo, uma cadeira simples de madeira e palha o esperava. Agora era lá que ele se sentava, como se estivesse acostumado, como se aquilo já fizesse parte de sua rotina. Ele ficou um longo período apenas parado, sem dizer nada. Por fim, sem olhar diretamente para Manes, soltou a seguinte frase no ar:

— Isso tem de parar. Ouviu? Isso tem de acabar agora!

O batedor estava fraco. Ainda não havia se recuperado dos ferimentos da terrível batalha. Não comia nada havia uma semana, não conseguia dormir direito; a umidade fazia seus ossos doerem e a escuridão era a amante que trazia à tona todos os seus pesadelos. A última luta havia exaurido suas reservas, e ele sentia-se anêmico, débil, espectral.

— Como foi que chegamos a isso? — perguntou Manes, também sem dirigir a pergunta diretamente ao visitante. Era mais como uma lamúria lançada no espaço.

— Você veio até aqui. Ameaçou minha posição. Nós...

— Não, não... Não estou me referindo a nós dois. Estou falando da humanidade.

— Ah... Isso... Bem, creio que nesse caso o assunto é um pouco mais complexo do que um braço de ferro de egos.

Manes olhou para ele:

— É isso que estamos fazendo aqui? Medindo forças? Um braço de ferro?

— E não é o que as pessoas fazem o tempo todo? Nos relacionamentos, o homem falando mais alto do que a mulher; ela provando de várias maneiras que pode derrubá-lo quando bem entender; os cutucões e olhares significativos... Colegas de profissão: sorrisos pela frente, mas rasteiras e disputas pelas costas. O desejo de ajudar a erguer, apenas para regozijar-se com a queda — não era esse o modo de ser da nossa sociedade? Existe uma única verdade: nosso sistema social é predatório; somos aves de rapina que só respeitam a lei do mais forte. É assim que é!

— Foi assim que chegamos a isso, então? A lei do mais forte? Foi o que trouxe o mundo ao estado em que se encontra?

— Poucos mandam. Muitos seguem. Quase ninguém questiona. A sociedade cria os monstros, nós assinamos embaixo. Não há muito a ser dito sobre o assunto.

— Você é um monstro social, Bispo?

O homem levantou-se como se estivesse sacudindo a poeira:

— Gosto de pensar que nasci assim. Que não tive opção...

— Genética, então?

— Acaso, Deus, genética, ciência — o que me importa? O culpado pode ser qualquer um, o que importa é o resultado. Eu existo!

— Você é um homem de contradições. Cada vez que conversamos, parece que estou falando com uma pessoa diferente. Com ideias e conceitos diferentes. Há momentos em que vejo um homem triste e perdido que anseia por amor. Noutros, estou de frente para uma criatura infernal; Duriel, o Senhor da Dor!

— Que bom que não sou Belial, o Senhor das Mentiras!

— Você não mente, senão para si mesmo.

— Assim como você, caro Manes!

— Sim. E cada vez que mentimos para nós mesmos, mentimos também para o resto do mundo. E ferimos as pessoas que confiam em nós.

O Bispo suspirou:

— É o ônus do líder!

— Não! É o medo da vida. Gente como nós esconde sua verdadeira essência. No fundo, temos mais medo do que os demais. Deveríamos proteger o rebanho, não destruí-lo...

— Só o que importa é a sobrevivência!

— E por que a do indivíduo? Por que não a da espécie?

— Você me diz, Manes. Por que luta para viver?

O batedor abaixou a cabeça e murmurou:

— Devo isso a alguém...

— Quem? À sua esposa?

— Não. Ao meu pai.

— Ah... Os pais! Herdamos seus pecados, quer eles queiram, quer não. Quer a gente queira, quer não. Você se sente culpado por seu pai, Manes?

O prisioneiro demorou a responder. Pareceu perdido em pensamentos e memórias, hipnotizado pelas imagens que corriam soltas por sua mente indômita. Enfim, falou:

— Eu gostaria de encontrar alguma paz. Nunca a tive, Bispo. Apenas alguns momentos aqui, outros ali, mas isso não é paz de verdade. Quando eu era jovem, muito jovem mesmo, sonhava que podia voar. Certa vez, conversei com uma psicóloga que me disse que todas as pessoas sonham isso. E esse é sempre o sonho mais real que elas têm, mais real até mesmo do que a desagradável experiência de morrer ou de ver alguém morrendo em um sonho.

O Bispo buscou mentalmente uma memória há muito enterrada. Nela, ele também flutuava vividamente. Manes prosseguiu:

— Eu começava jogando os ombros para cima, fechando os olhos, sentindo-me mais e mais leve. Permitia que todos os problemas e dúvidas ficassem para trás, que nada daquilo me impedisse. Que o medo não me detivesse no chão, nem a insegurança, nem o constrangimento de estar acima das outras pessoas. A sensação mais perfeita de ser livre, ao lado dos pássaros, com o céu azul de fundo. Sabe do que estou falando?

— Não!

— Pena. Você não se prende a nada? Não há nada que considere maior do que você, que mereça seu respeito e reverência?

— Claro que há!

— O quê?

— A morte! Tão necessária quanto a vida!

— Algumas culturas dizem que morte é apenas transformação. Passagem. Um estágio transitório que nos leva daqui para ali.

— O que *você* acha? — perguntou o Bispo. — Acha que a morte é um estágio transitório ou o fim?

— Nunca dei importância para essas coisas. Creio que, no fundo, apesar de a minha esposa ter sido alguém de muita fé, eu mesmo não acreditava em nada. Descobri que é difícil amar quando se há tanto para odiar. Tantas coisas erradas, tanta angústia e decepção. Então, acho que minha fé era... limitada. Mas agora que sinto que minha hora se aproxima não gosto de pensar na morte como um fim. Não *consigo* mais pensar assim.

— Você está com medo?

— Não! Apenas... decepcionado. Passei a maior parte da vida cobrindo os olhos quando mandavam, virando o rosto para o lado, "empurrando com a barriga" — lembra-se dessa expressão? E, de repente, vejo que é tarde demais. E rezo para ter mais tempo, para refazer meus passos... mas, novamente, qual é o sentido disso tudo?

— Você também vive em contradição?

— Um homem muito sábio disse que, se você começa com certezas na vida, acaba com incertezas.

— Era, de fato, um homem sábio esse.

De repente, o Bispo percebeu que não estava em seu local de costume, mas dentro do raio de alcance de Manes. Ele entrara tão compenetrado em seus próprios pensamentos que não se dera conta daquele fato. Por algum motivo, pareceu não importar mais. Ele disse:

— Você percebeu que poderia ter me agarrado?

Manes não respondeu, apenas consentiu com a cabeça.

— Por que não o fez?

Não havia resposta. O ódio havia se aplacado. Apenas isso. Uma dormência. Entrega...

— Sabe — disse o Bispo —, arrisco dizer que você é o mais próximo que já tive de um amigo, caro Manes.

— Nós não somos amigos, Bispo. Não temos laços. Não temos nada em comum. O que disse antes é verdade. Eu sou um desgraçado cruel e violento, um lobo em pele de cordeiro que destrói tudo o que toca. E você...

O outro levantou a mão para que o prisioneiro parasse de falar. Murmurou:

— Sabe como me tornei o Bispo? Sabe por quê? Por perceber que mesmo aqui, no fim do mundo, o ser humano ainda pode subsistir. Mas ele precisa de uma coisa: fé. Mesmo que ela seja uma falácia! Você tem fé, Manes? Fé em Deus?

— Gostaria. Mas a verdade é que minha fé morreu quando minhas mãos se fecharam no primeiro pescoço que parti.

— Quantos anos você tinha?

— Dezenove.

— Uau... O que era você? Algum tipo de mercenário?

— Não. Apenas um azarado.

— Então, o que o motiva? A busca por redenção, talvez? Restou alguma esperança nessa carcaça velha, ou você é movido apenas pela determinação teimosa que queima no fundo da sua alma?

Manes não respondeu; não era necessário. O Bispo foi até a extremidade da cela, deu duas batidas na lateral da porta e gritou:

— Guardas!

Segundos depois, quatro homens armados entraram. Dois mantiveram Manes na mira de seus rifles, enquanto os outros o soltavam.

— Aonde vamos? — perguntou o prisioneiro.

— Espero que tenha feito as pazes com seu criador, Manes, pois está prestes a encontrá-lo.

— Isso significa, então, que eu venci?

Muito a contragosto, o Bispo respondeu:

— Eu não posso mais continuar com esse jogo. Tenho uma comunidade inteira para gerir. Não posso continuar a me envolver em joguetes com você. Simplesmente não posso. Eles estão tirando meu foco e meu...

— Então, eu venci? É isso que está me dizendo, Bispo? Em vez de você me quebrar, eu te quebrei. Você vai me matar por não ter mais condições de seguir em frente?

Os guardas nada disseram, mas se entreolharam. A situação era tensa e estranha. O homem aproximou-se de seu oponente e sussurrou:

— Não cante vitória antes do tempo, Manes. A longo prazo, serei eu a vencer. Você será apagado da história, e eu prosseguirei como o grande líder do mundo livre!

O prisioneiro gargalhou:

— Eu serei apagado da história, de todos os lugares... Não haverá crônicas sobre mim, nem cantos ou contos. Mas sei de um lugar onde jamais serei esquecido.

— Não me importa a sua comunidade...

— Não falava deles.

— Então?

— Sua memória. E a vergonha do que apenas nós dois sabemos. Nós dois sabemos que isso jamais sairá de sua mente, Bispo. Eu venci. Eu te dobrei. E você terá de conviver com isso para o resto dos seus dias!

Era um palco amplo, que ficava bem de frente para a maior parte da "cidade" montada dentro da Catedral. Diante dele, milhares de pessoas se dispunham em um mar de cabeças, a observar a cena que se desenrolava. A cruz era feita de madeira, mas diferente da tradicional imagem que remete ao Cristo; aquela tinha forma de "X".

Manes foi arrastado e mantido o tempo todo sob a mira das armas. O Sol queimou seus olhos, o vento açoitou sua pele e os gritos insanos da multidão feriram seus ouvidos. O Bispo estava na extremidade esquerda do palanque, a alguns metros de distância da cruz. No chão, havia cinco pregos enormes, com mais de um palmo de comprimento. O homem falou:

— Um para cada membro do corpo.

— E o quinto?

— Para o seu coração.

— Você será misericordioso, então?

— Não! O quinto será pregado daqui a três dias!

— Não terá meus gritos — o prisioneiro afirmou, quando suas costas bateram na madeira grossa e irregular do tronco principal que compunha a cruz, tendo sido empurrado pelos guardas que o cercavam. O Bispo se aproximou dele e sussurrou:

— Não me interessam os seus gritos. Eu quero apenas a sua vida!

O prisioneiro sacudiu-se, libertando-se das mãos que o prendiam. Imediatamente, meia dúzia de armas apontaram diretamente contra seu rosto, seguradas por mãos que estavam altamente propensas a puxar o gatilho. Ele, no entanto, não fez menção de atacar; pelo contrário. Posicionou-se de costas para a cruz e levantou os braços, de forma até passiva, indicando que estava pronto para a crucificação. Ele oferecia seu corpo como quem aceita o destino, mas, na verdade, sua suposta submissão era mais uma afronta para o Bispo. A coragem dele superava a tortura proposta. Entre as centenas de membros da Catedral que acompanhavam o desenrolar da cena, não eram poucos os que começavam a sentir uma pontinha de admiração pelo prisioneiro.

Um homem vestido de preto aproximou-se trazendo uma grande marreta nas mãos. Ele olhou para o Bispo, que fez um sinal de positivo com a cabeça, e então deu início à ação: apanhou um dos grandes pregos e levantou-o contra o Sol. Manes engoliu em seco, mas não recuou. Manteve-se impávido, com os olhos fixos no líder da comunidade. O público calou-se em expectativa. A ponta do prego foi posicionada contra a palma aberta, apresentada de boa vontade para ser mutilada. O homem de preto ergueu a marreta. Uma revoada de pássaros saiu das árvores. Os olhos do Bispo eram espectrais como olhos de vidro, sem vida. O golpe desceu com toda a força sobre a cabeça do prego. Todos os músculos do prisioneiro estremeceram com o impacto; a ponta atravessou a carne de uma só vez e parou do outro lado, tendo penetrado alguns milímetros dentro da madeira. O segundo golpe foi aflitivo, depois vieram o terceiro e então o quarto, que o homem de preto errou, acertando uma casquinha na cabeça de ferro, o que resultou em uma marretada de raspão no dedão do prisioneiro.

— Desculpe — disse o autor, em tom irônico, dando um sorriso que exibiu uma boca banguela, exceto por dois dentes amarelos. Outras três pancadas, e o prego estava no lugar.

— Um já foi; faltam três.

Cumprindo sua promessa, Manes não gritou. Olhou para o homem de preto e pensou que poderia facilmente tê-lo matado com a mão que estava livre. O carrasco era negligente, lento, descuidado e estava a curta distância — curta o bastante para ter o pescoço partido, aquele pescoço magro e delgado, mesmo com Manes dispondo de uma única mão. Mas não teria sido a atitude certa a tomar na frente de toda a comunidade, então ele desistiu da ideia.

O segundo prego foi posicionado. Todo o corpo do prisioneiro havia começado a estremecer em calafrios. Sangue escorria do ferimento messiânico, roubando as forças do homem.

— Você é durão — disse o homem de preto. — Mas, no final, vai ceder. Daqui a alguns dias, estará implorando para que te matem, isso eu garanto.

Ele deu a primeira marretada e continuou a conversa, como se estivesse realizando uma ação corriqueira:

— Seus pés estão no chão, então terá um suporte melhor. Mas, mesmo não estando pendurado, da forma como era feito antigamente, o peso de seu corpo sobre o ferimento vai abrir a chaga. Talvez em vinte e quatro ou trinta horas, esse ferimento nas mãos vai se alargar, até parti-las ao meio. Eu já sugeri que o Bispo pregasse as vítimas pelos punhos, mas ele não quer. É extremamente ortodoxo nesse sentido. O máximo que permite é que eu passe uma faixa em volta do punho pra ajudar a segurar...

Quando ele terminou a última frase, as marretadas também haviam acabado. Ele tirou um canivete do bolso da calça e usou-o para cortar as roupas do prisioneiro: primeiro a camisa, depois as calças e as roupas de baixo, deixando-o completamente nu. A seguir, o homem de preto limpou-lhe o suor da testa e observou:

— Ufa, trabalho pesado esse! Mas metade já foi. Vamos aos pés agora!

Dia 26

Vinte e quatro horas tinham se passado. Parte do público tinha ido embora, cansado do espetáculo macabro e mais preocupado em cuidar de seus afazeres; depois foi dormir, esquecendo-se da cena brutal que testemunhara, e então retornou para ver mais. O Bispo discursava para uma multidão consideravelmente menor do que a do dia anterior. Manes passara o tempo todo preso pelos quatro pregos, que atravessavam suas mãos e a articulação dos tornozelos. Conforme tinha sido previsto pelo homem de preto, o peso do corpo realmente havia aumentado o buraco feito pelo prego: agora, uma trilha de quase três centímetros jazia aberta pelo ferimento, ameaçando rasgar de ponta a ponta a mão do prisioneiro.

O Bispo dormira confortavelmente naquela noite — havia muito tempo que ele não descansava tanto. Pela manhã, tomou um bom café e passou um longo tempo olhando para o prisioneiro, enquanto Manes estava desmaiado na cruz. Agora, um dia após a crucificação, era chegada a segunda parte do suplício. Bispo pegou o microfone e explicou o que ia acontecer:

— Hoje é o segundo dia da Paixão do Demônio. Vocês conseguem perceber a importância do que está sendo feito aqui, membros da Catedral? Percebem que estamos salvando o mundo da danação? Assim como Nosso Senhor Jesus Cristo precisou morrer por nossos pecados, precisou morrer para salvar o mundo, também o filho das trevas terá o seu suplício. E será somente pelo suplício que cumpriremos nossa parte, que aos olhos de Deus libertaremos o mundo desse purgatório em que nos encontramos e abriremos caminho para a absolvição da humanidade. Estava escrito: os demônios serão atormentados com fogo, aflição e enxofre até o final da eternidade. É nosso dever divino enviá-los para a consternação infernal que os aguarda!

O povo não estava satisfeito. Não fora motivado pelo discurso, como de costume. As pessoas pareciam impacientes; afinal, os jogos haviam sido anunciados e cancelados. Isso era muito significativo. Para grande parte da população, Manes era um campeão legítimo, no mínimo um oponente valoroso que devia ser posto à prova na arena, não em uma tortura covarde.

O Bispo anunciou a chegada do homem de preto como se ele fosse um *pop star*, desta vez armado de uma cinta de couro.

— Chibatadas costumam ser dadas nas costas, mas temo que hoje teremos que alterar o costume.

Olhou para o homem de preto e deu um sinal para que ele começasse. A primeira chibatada deixou um vergão vermelho no meio do peito do prisioneiro, que tentou se encolher, forçando as feridas contra os pregos. A segunda arrancou uma saliva branca e espessa, que, por pouco, veio junto de um grito de dor, mas Manes se conteve. Os estalos agudos da cinta pareciam explosões de faíscas no ar; o povo fazia caretas a cada golpe, sacudindo-se diante da agonia que o prisioneiro estava sentindo. A falta de perícia da mão que manejava a arma trazia resultados ainda mais desastrosos, embora inesperados, com golpes sendo desferidos contra a virilha, o pescoço e o rosto do aprisionado. Mas, embora o suplício fosse terrível, como prometido, ele não gritou.

Ao término de cinquenta chibatadas, o Bispo fez sinal para que o carrasco parasse de bater. O Sol estava a pino; no céu, não havia uma única nuvem.

— Aposto que você daria um dedo por um pouco de chuva, não? — sussurrou o líder da comunidade, de modo que apenas ele e o prisioneiro escutassem. Manes, com o corpo praticamente largado, só não caía no chão por causa dos pregos. O homem de preto falou:

— Daqui a pouco a cabeça do prego vai passar pela ferida. Olha como ela alargou.

— E daí? — respondeu o Bispo.

— Bem, não seria mais seguro se passássemos uma corda em volta? Só para garantir? O tecido que passei também está rasgando.

— Não. Tem vigilância vinte e quatro horas em cima desse maldito. Mesmo que ele se liberte, não poderá fugir. As sentinelas têm ordens de atirar em suas coxas. Se uma das mãos escapar, a gente prega de novo.

Dia 27

Uma faca de caça serrilhada, como a do Rambo. Era o que o homem de preto trazia nas mãos naquele dia.

Manes estava desidratado, debilitado pela falta de comida, perda de sangue e maus-tratos. Ele não conseguira dormir desde que fora preso na cruz, exceto por eventuais desmaios. Sua vista estava embaçada, os membros tremiam inconscientemente, e os lábios ressequidos começavam a rachar. O Sol tostava sua pele nua e ferida.

— Um lobo em pele de cordeiro! — gritou o Bispo. — Foi isso que essa criatura afirmou para mim que era, quando estávamos a sós, achando que suas palavras não teriam nenhuma repercussão. Ele julgava que seus atos perversos poderiam passar incólumes. Pois eu vos digo, povo da Catedral: ele estava errado! Aqui, diante da verdade de Deus, aleluia, afirmou que as consequências das ações dele, das palavras dele serão enfrentadas! Não se planeja fazer o que essa criatura fez sem encarar consequências. Temos a luz divina ao nosso lado, e é pela orientação dela que agimos!

Havia entusiasmo na multidão, mas não tanto quanto o Bispo esperava:

— Se o lobo se esconde, sua pele deve ser arrancada!

O Bispo abriu os braços e, como se vivenciasse um estado de êxtase, recitou de forma afetada:

— Levítico, Capítulo 4: "O sacerdote ungido tomará o sangue do touro e o levará à tenda da revelação; mergulhará seu dedo no sangue e espargirá sete vezes diante do Senhor".

A ordem era expressa. O Bispo olhou para o homem de preto, que se adiantou. Havia um esboço de satisfação em seus lábios; decerto, aquele trabalho lhe dava mais prazer que os demais, além de não ser tão exaustivo. Então, sem que nada mais fosse dito, como se estivesse cortando uma fatia de carne no açougue, ele encostou a ponta da lâmina no peito de Manes e começou a descer em linha reta, vagarosamente, como se aproveitasse o momento. Os olhos do Bispo brilharam, na expectativa do grito que o prisioneiro prometera não dar e, até o momento, fizera cumprir sua palavra. A faca percorreu todo o caminho do esterno, chegou até a altura da barriga e parou exatamente sobre o umbigo. O corte foi seguido de muito sangue. O Bispo prosseguiu com sua narrativa épica:

— "Colocará também o sangue diante do Senhor, nas extremidades do altar dos perfumes aromáticos, que está na tenda da revelação; e derramará o resto do sangue do touro à base do altar do holocausto que está à porta da tenda da revelação."

A multidão se contorcia, mas havia algo de diferente naquele homem crucificado, que, por meio de seu silêncio, mantinha a dignidade. Não era possível explicar a sensação por ele transmitida; havia anos, séculos, talvez mais tempo, que a humanidade não era confrontada com uma situação como aquela; por isso, ao vê-la, não foi capaz de reconhecer e abarcar a complexidade do que presenciava. Mas o fato é que, diante dos olhos atônitos dos membros da Catedral, estava a mais pura expressão do martírio. Manes não morria por sua fé religiosa, verdade fosse dita, mas por todos os outros conceitos pelos quais vivera e que defendera. Liberdade. União. Recomeço. Acima de tudo, morria por não ter sido capaz de se perdoar, por ter errado e por seu erro ter custado mais do que ele era capaz de suportar. Morria por não ter compreendido o amor, por não ter conseguido fazer uma escolha. Morria por ter abandonado suas mulheres, primeiro sua esposa, depois sua amante. Morria por ter matado o próprio pai!

O homem de preto descreveu outro corte transversal na altura do estômago e depois circundou o pescoço, como se traçasse a marca da gola de uma camisa. Então, guardou a faca em uma bainha que trazia na cintura e, fazendo uso das próprias

mãos, começou a arrancar a sangue-frio a pele do prisioneiro, desprendendo-a da carne. Cada pedaço descolado ficava pendurado, soprado pela brisa morna, balançando como um pedaço de tecido colocado em um varal para secar. Em poucos segundos, o tórax do homem era uma colcha de retalhos, como o corpo de Frankenstein. O Bispo estava exultante:

— "Tirará toda a gordura do touro imolado pelo pecado, a que envolve as entranhas e também a que adere a elas; os dois rins e a gordura que está sobre eles, nos lombos, e o redenho que recobre o fígado, junto com os rins, assim como se faz com o touro do sacrifício pacífico; e o sacerdote queimará tudo isso no altar do holocausto."

Manes se debatia e grunhia, contorcia e rosnava como uma criatura selvagem, mas não gritava. Sua bravura era tal que começou a despertar sentimentos ainda mais adversos na multidão, até que uma voz tímida gritou: "Parem com isso!". Não se sabe de onde ela veio ou quem a disse, apenas que surgiu do meio daquele caldeirão de inquietação e foi seguida de outros comentários similares. O Bispo, percebendo os protestos, apanhou o microfone e falou:

— Esfolamento! Pode parecer cruel e brutal, mas gostaria de lembrá-los de que este homem veio aqui para destituí-los de suas vidas. Ele adentrou nosso lar com um único propósito. Olhem para ele; pode parecer indefeso agora, pode parecer uma vítima, mas não se deixe enganar, meu povo. Ele veio destruir suas famílias e...

De repente, um estrondo foi ouvido. Uma explosão que fez tremer a própria terra que abrigava a torre principal da Catedral. Algumas pessoas chegaram a cair no chão, tal fora a força do impacto. O próprio homem de preto se desequilibrou, derrubando a faca no chão.

— Que diabos foi isso? — indagou o Bispo, por força do hábito.

Ele girou a cabeça na direção da origem do barulho e viu, por detrás de uma alameda arborizada que cobria a visão total do muro que demarcava os limites da Catedral, uma cortina de fumaça preta subir aos céus. Atrás dele, o prisioneiro começou a rir. Foi uma cena insana, surreal, pontuada pela demência que acomete almas em pleno desvario como as daqueles homens.

— Do que está rindo? — gritou o líder da Catedral, seus olhos parecendo os de serpentes, a boca espumando de raiva.

— Eu tinha esperança de que isso acontecesse. Sempre soube que eles não me abandonariam. Devia ter me matado antes, mas agora é tarde demais. A guerra chegou até a Catedral, Bispo. Ela veio até você. Espero que esteja preparado!

FIM DO VOLUME DOIS

PRELÚDIO

Aqui, no fim de tudo
No término de todas as coisas
No ocaso da humanidade

Vi que mesmo na treva derradeira
Havia algo que eu podia fazer
Uma maneira de contribuir

Tudo ruiu ao nosso redor
Perdemos o próprio caráter
Do que nos tornava humanos...

É O FIM

É o fim. Tem que ser...

Mas dizem que brasas
Teimam em se extinguir
Nem tudo está ~~ser~~ perdido
Se por algum motivo

Por uma charada do destino
Se por uma razão
A gente sobreviver
Este é o meu legado...

Um violão e um microfone
Um amplificador e um computador
Enquanto ainda há energia

Energia em mim e no mundo
Assim posso contar minha história
Narrar dias sombrios
O dia quente e úmido
E o sol a pino me faz suar
Me faz tremer

De vez em quando, escuto gritos
Fecho os olhos
Não, não vou parar
Numa tormenta, entrei...

REFRÃO

Este é o meu legado...

PERDA

Não um terremoto
Nenhum cometa estelar
Não foram alienígenas
Ou uma guerra nuclear

Não um maremoto
Nenhuma falta de ~~bebida~~ comida
Não foi efeito estufa
Ou robôs ganhando vida

O que nos trouxe o fim
O que nos trouxe a perda   REFRÃO
Foi algo que enfim
Não temos nem certeza   Profecia de qualquer religião
Uma praga, um terror   Temores afetam todo cidadão
Que gerou toda essa dor!   Consternação... de todos os lugares
                             Mostrando que nem sempre a morte
Sem explicação   é o pior
Começaram a cair
Sem direito a expiação   Os sobreviventes
Tornaram a surgir   Hoje são ladrões
                             Tratantes mercenários
A levantar...   Decididos a seguir

PONTE   O tempo passou
                             O sol zombou de nós
O que nos trouxe o fim   Nascendo todo dia
O que nos trouxe a perda   Indiferente ao pesar
Foi algo que enfim
Não temos nem certeza   PONTE
Uma praga, um terror
Que gerou toda essa dor!   REFRÃO

A CARNE

Outro dia para ver as coisas que vejo
Outro dia para sentir as coisas que sinto

Sinto a carne queimar
Sinto o gracejo partir
Sinto a febre arder
Sinto a vontade lascar

Como chuva ácida
Chuva negra, chuva do mal
Que batiza o meu peito
Arruina, mas deixa fluir

Penso em entregar a carne
Cogitei cruzar os braços
Resvalar na morte e sorrir
Abraçar o fim e partir

Vi o senhor da morfeia
Rei da lepra, rei da agonia
Nada quero, mas tudo possuo
Dentro de um pesadelo

O corpo recusa a alma e assim eles
seguem vivendo
Em transe, num abismo profundo
A carne é podre; a alma se foi
O vazio é o luto do que restou

Como vento forte
Vento tetro, vento adverso
Que carrega o meu infortúnio
Doentia epidemia

Penso em entregar a carne
Cogitei cruzar os braços
Resvalar na morte e sorrir
Abraçar o fim e partir

O corpo recusa a alma e assim eles
seguem vivendo
Em transe, num abismo profundo
A carne é podre; a alma se foi
O vazio é o luto do que restou

O DIA DA DONZELA PERDIDA

Pisando de leve na grama
Se esgueirar pelos becos
As costas coladas aos muros

Olhando por cima do ombro
Tente não chamar atenção
Seja um fantasma, um espectro

(Busque o que foi deixado pra trás
Busque o que ajuda a sobreviver
(Não olhe ao redor (ou irá enlouquecer)

A devastação é
Como um toque gélido
Como um coração
Lutando pra pulsar em vão

Uma voz doce me chama
Diferente dos gritos
Não parecia em apuros

Em meio a um escombro
Ela aperta firme seu coração
É uma rosa, uma donzela

(Eu me movi como se fosse um
guerreiro audaz
Perto dela queria estar
Queria estar

A ~~destruição~~ devastação é
Como um toque gélido
Como um coração
Lutando pra pulsar em vão

Ela estava ferida
Em seu braço uma mordida
Mas ela não chorava
Tudo aceitava
Foi o dia da donzela perdida
Cuja missão de salvar foi minha
Quis ajudá-la
Dona da sua sina
A donzela perdida...

CORSÁRIOS DA RUA MALDITA

Parece que foi ontem
Que tudo aconteceu
Pela rua eu andava
Em busca de comida

Fui sorrateiro...
Silencioso...

As regras de ouro
Eu logo aprendi
Saber ~~~~ sobreviver

Fui sorrateiro...
Silencioso...

PONTE

Nunca chame atenção
Sempre tenha arma à mão
Saiba quando é pra correr

Parece que foi ontem
Que eu os encontrei
Não eram infectados
Eram da minha tribo

Fui companheiro...
Atencioso...

As regras de ouro
Eu me esqueci
Ignorei por amizade

Fui companheiro...
Atencioso...

PONTE

Ah, que grupo horrível e cruel eu encontrei
Seu líder, um esboço humano!
Uma caricatura nefasta que afasta
A chama da esperança!
Ah, que grupo horrível e cruel encontrei
Corsários da Rua Maldita
Uma má lembrança, lembrança que a andança
Não traz esperança!
De lá eu corri!

Piores que as criaturas são eles
Chamados de homens, humanos
Seu sangue é como veneno
Brutais, me perseguiram
Queriam o que sobrou desta vida
Partida! Perdida! Maldita!

DIAS TERRÍVEIS

Vigilante, desperto
A um futuro incerto
Todavia, espero
Que o pior fique pra trás...

Preciso me lembrar
De como era respirar
Andar despreocupado
Sem olhar pra trás

Vigilante, desperto
A um futuro incerto
Todavia, espero
Que o pior fique pra trás...

Ontem cruzaram a rua
Como guerrilheiros
Disparando

Dias terríveis
Sem descanso
Incompreensão
Dias terríveis
Registrando
Com o coração

Preciso me ater
Aos momentos felizes
Como astros e atrizes
Nesta peça sem cor   aturas são eles
                                    os de homens, Humanos
                                    angue é como veneno
                                    rutais, me perseguiram
                                Queriam o que sobrou des a vida
                                Partida! Perdida! Maldita!